KARINA KULBACH-FRICKE

Der Kaufmann von Köln

Buch

In Frieden und Wohlstand wächst der kleine Constantin, Sohn eines jüdischen Kaufmanns, in Köln auf. Die Schule von Rabbi Samuel besucht er allerdings nur ungern. Viel mehr interessiert ihn, was im Hafen passiert, welche Waren den Rhein entlang verschifft, gekauft und veräußert werden. Eines Tages, im Jahr 1096, kommt ihm seine genaue Kenntnis der Gassen und Gässchen seines Viertels zugute. Denn eine Horde hasserfüllter Mörder ist plötzlich in Köln unterwegs, und sie töten alle Juden, deren sie habhaft werden können. Auch Constantins Eltern fallen dem wütenden Mob zum Opfer, nur er selbst überlebt, weil er sich rechtzeitig verstecken konnte. Constantin steht nun ganz allein da. Doch er hat Glück im Unglück, denn der wohlhabende Kaufmann Wolbero und seine warmherzige Frau Blithildis nehmen ihn bei sich auf. Sie lassen ihn lernen, und er darf Wolbero auf seinen vielen Reisen begleiten. Um den Preis allerdings, dass er sich auf den Namen Eckebrecht taufen lässt und mit seinem Namen auch seine jüdische Identität und Religion aufgibt …

Autorin

Karin Kulbach-Fricke kam mit neun Jahren nach Köln. Nach dem Besuch der Irmgardisschule studierte sie Geschichte an der Kölner Universität. Nach jahrelanger Forschung über das Kölner Patriziat kann sie ihre Vorfahren bis ins 11. Jahrhundert zurückverfolgen. Eckebrecht, der Held des Romans, war einer ihrer Vorfahren. Karin Kulbach-Fricke lebt als Mutter von vier Kindern in Freiburg.

Karin Kulbach-
Fricke

Der Kaufmann von Köln

Roman

GOLDMANN

Umwelthinweis:
Alle bedruckten Materialien dieses Taschenbuches
sind chlorfrei und umweltschonend.

1. Auflage
Taschenbuchausgabe Juni 2006
Wilhelm Goldmann Verlag, München,
in der Verlagsgruppe Random House GmbH

Ungekürzte Lizenzausgabe des gleichnamigen Romans
Umschlaggestaltung: Design Team München
Umschlagcollage: Artothek
JE · Herstellung: MW
Satz: DTP Service Apel, Hannover
Druck und Bindung: GGP Media GmbH, Pößneck
Printed in Germany
ISBN-10: 3-442-46216-9
ISBN-13: 978-442-46216-2

www.goldmann-verlag.de

Meinen Kindern
Sigrun, Kiri, Roderich und Florian

Prolog

Der alte Mann saß auf einem Stein im Kirchhof von St. Martin und betrachtete das Grab. Die frischen Schollen strömten den warmen Duft von sonnenbeschienener Erde aus. Stärker aber war der Brandgeruch über der Stadt, wenige Tage, nachdem das schreckliche Feuer im Juni 1150 große Teile von Köln in Schutt und Asche gelegt hatte.

Zwei Tage Sommersonne hatten genügt, um die verschwenderisch über das Grab gestreuten Blumen in eine unansehnliche Masse zu verwandeln. Das konnte er nicht dulden. Seine Sophia war immer so schön gewesen, eine so anmutige, gepflegte Erscheinung; ihr Grab, das jetzt ihr Haus war, sollte auch eine Augenweide sein.

Er hatte darum die verwelkten Blumen weggeräumt und eine einzelne, herrliche Blume mit großer Sorgfalt mitten auf das Grab gepflanzt. Sie stammte aus Sophias Garten. Sie hatte Blumen immer so geliebt und seltene Sorten gehegt.

Wie diese Blume zum Beispiel hieß, wusste er nicht. Sie war makellos schön und duftete zart. Er stellte sich vor, wie die Blume ihre Wurzeln in der Erde recken und strecken würde, bis sie den Sarg berührten.

»Dann klopft ihr vorsichtig an und grüßt Sophia von mir, hört ihr«, sagte er. Es war sonst niemand auf dem Friedhof, der sich darüber hätte wundern können, dass der Großkaufmann und führende Ratsherr Eckebrecht mit einer Blume sprach.

Sein Blick wanderte von dem frischen Grab, in dem seine

Sophia ruhte, zu den beiden Nachbarhügeln, die im Laufe der Jahre so eingesunken waren, dass sie sich kaum mehr vom Boden des Kirchhofs abhoben. Hier lagen sie nun nebeneinander, drei Frauen, die alle in seinem Leben wichtig gewesen waren. Blond waren sie alle drei gewesen: Seidige, hellblonde Locken – das war Liveradis, seine erste Frau; sie ruhte hier seit über vierzig Jahren, und er konnte sich nicht mehr genau an ihr Gesicht erinnern. Üppiges, goldblondes Haar – seine zweite Mutter, Blithildis. Auch sie war nun schon seit siebzehn Jahren tot. Als sie starb, war ihr Haar längst weiß gewesen, aber in seiner Erinnerung sah er sie stets als kraftvolle, blühende Frau. Und Sophias lockiger, kornblonder Schopf. Christinnen, alle drei. Und keine von ihnen war friedlich in ihrem Bett gestorben!

Die vierte Frau in seinem Leben lag nicht auf diesem Friedhof. Rachel: schwarze Locken, schwarze Augen. Die Frau, die ihn geboren hatte, an der er in zärtlicher Liebe gehangen hatte, bis sie ihm plötzlich entrissen worden war. Sie lag in einem Grab auf dem jüdischen Friedhof, in den Armen ihres Mannes Alexander. Es war nicht möglich gewesen, die beiden Körper voneinander zu trennen. Auch Rachel war keines natürlichen Todes gestorben, nein, wahrhaftig nicht.

Zwei Mütter, zwei Ehefrauen, zwei Religionen – ihm schien, als hätte er auch zwei Leben gehabt, und es war nicht leicht gewesen, beide unter einen Hut zu bringen.

Wie lange hatte er nicht mehr an seine Eltern gedacht! Ihr Tod lag nun schon mehr als ein halbes Jahrhundert zurück. Als Kind hatte er sie verloren, nun war er ein alter Mann. Nie, nie würde er die schrecklichen Ereignisse vergessen, die seinen Vater und seine Mutter das Leben gekostet und sein eigenes Leben von Grund auf verändert hatten.

Erstes Buch

1096 bis 1107

Es war noch früh, aber die Frühlingssonne schien an diesem Aprilmorgen im Jahre 1096 schon strahlend auf Köln herab. In den kleinen Gärten hinter den Häusern blühten außer den letzten Schneeglöckchen jetzt auch Krokusse, Veilchen und Primeln; die Luft schmeckte köstlich und verheißungsvoll.

Constantin hatte große Lust, zum Rhein hinunterzulaufen und nachzusehen, welche Schiffe da lagen, und das sagte er auch zu seiner Mutter, die hinter ihm aus der Haustür trat und die Enge Gasse hinabschaute. Rachel blickte ihn ernst an.

»Mein Sohn«, sagte sie mit sanfter Stimme, »du weißt, dass du in die Schule gehen sollst. Willst du nicht lernen und ein kluger Mann werden wie dein Vater?«

»Das hat noch lange Zeit. Heute will ich zum Hafen und sehen, was die Schiffe mitgebracht haben«, trotzte der Knabe. Die Mutter lächelte und strich ihm das Haar aus der Stirn.

»Und was ist mit Rabbi Samuel? Er wäre sicher traurig, wenn du nicht kommst. Und das Geld braucht er auch, das Vater ihm zahlt, damit du bei ihm lernst. Also, keine Widerworte mehr. Nun geh schon!«

Sie blickte hinter ihm her, wie er die Gasse hinabtrabte, eine kleine Gestalt, kleiner jedenfalls als seine christlichen Altersgenossen. Sonst unterschied er sich nicht so sehr von ihnen. Er hatte nicht die üppigen dunklen Locken seiner Mutter geerbt und auch nicht ihre schwarzen Augen, sondern war braunhaarig und braunäugig wie sein Vater Alexander, der eben aus dem Haus trat.

Stolz und liebevoll schaute er auf seine schöne Frau, die er als Dreizehnjährige heimgeführt hatte. Sie war jetzt schwanger mit ihrem vierten Kind. Drei Jahre nach Constantin hatten sie einen zweiten Sohn, Löb, bekommen und wieder drei Jahre später eine kleine Tochter, die sie Bejle nannten. Dann war vor zwei Jahren eine Kinderseuche über Köln gekommen.

Damals hatte man wochenlang das Schreien und Weinen verzweifelter Mütter in der Stadt gehört, und täglich klingelte dünn das Sterbeglöckchen, wenn die kleinen Särge auf den Kirchhof getragen wurden. Rachel hatte Tag und Nacht am Bett des kleinen Löb gewacht. Nach einer Woche war er gestorben, abgezehrt vom Fieber, erst fünf Jahre alt.

Die Eltern hatten bitterlich an seinem Grab geweint. Als sie vom jüdischen Friedhof zurückgekommen waren, hatte Rachel bemerkt, dass ihre kleine Tochter Bejle, die gerade laufen gelernt hatte, stark fieberte. Das kleine Mädchen hatte der Krankheit nur zwei Tage standgehalten, ehe es sterben musste.

Zum zweiten Mal hatte Rachel am Grab eines Kindes gestanden, diesmal hatte sie keine Tränen mehr gehabt. Sie hatte nur nach ihrem ältesten Sohn Constantin gegriffen und ihn hart an sich gerissen, sprachlos vor Angst, sie könnte auch ihn noch verlieren. Aber Constantin blieb gesund.

Zärtlich strich Alexander jetzt über ihre schwarzen Locken und blickte auf ihr Gewand, unter dem sich ihr Leib schon rundete.

»Was war das für eine Auseinandersetzung mit unserem Sohn?«, fragte er seine Frau. Rachel lachte und lehnte sich in seine Arme.

»Er wollte nicht in die Schul, sondern lieber zum Rhein hinunter. Er strebt nach Kaufmannschaft, nicht nach Wissenschaft.«

Alexander wühlte seine Nase in ihr Haar. »Hm, wie gut

du riechst!«, bemerkte er und drückte sie liebevoll an sich. Dann machte er ein ernstes Gesicht und fügte hinzu:

»Der Junge muss lernen; ein Kaufmann wird er später, jetzt soll erst einmal ein richtiger Jude aus ihm werden. Wo wären wir, hätten uns nicht unsere Rabbiner gelehrt, Generation für Generation? Heute Abend werde ich ihn abfragen, was er zuletzt aus der Thora gelernt hat.«

Constantin trottete die Enge Gasse hinab. Es war noch ein wenig frisch, und es fror ihn, sodass sich die kleinen Härchen auf seinen nackten Beinen aufstellten.

Fast wäre er über ein kleines, mageres Schwein gefallen, das ihm in die Füße lief. Der Junge hielt einen Augenblick inne und beobachtete das Tier, das die Gasse nach Essensresten absuchte. Es fand ein paar Kohlblätter und fraß sie. In einem Winkel lag ein Knochen, an dem noch ein paar Fleischfasern hingen, der erregte seine besondere Aufmerksamkeit. Da kam ein junger Hund, verjagte das Schwein und trabte mit dem Knochen davon.

Constantin ging weiter und bog in Unter Goldschmied ab, eine breite, schnurgerade Straße. Sie war gepflastert, sodass man auch bei Regen und Schneematsch bequem über sie fahren und gehen konnte, während man in den benachbarten Gassen ohne Bodenbelag ständig ausrutschte und tief im Schlamm versank.

Unter Goldschmied war eine der Hauptstraßen des ehemaligen römischen Lagers gewesen und jetzt eine der wichtigsten Handelsstraßen in Köln. Hier wohnten reiche christliche Kaufleute neben Handwerkern. Das Kind blieb kurz stehen und schaute einem Tuchhändler zu, wie er gerade den Laden öffnete, seinen Verkaufstisch heraustrug und dann neue Stoffrollen darauf ausbreitete. Er lobte seine Ware in den höchsten Tönen, es waren warme wollene Stoffe, Leinen von bester Güte und auch eine Rolle kostbarer blauer Seide.

Gerade wollte Constantin seinen Weg fortsetzen, als ein schwer beladener Wagen vorbeirollte, den ein mächtiges Pferd nur mit Mühe ziehen konnte. Seine Fracht waren lange Holzbalken, die zur nächsten Baustelle gefahren werden sollten. Constantin drückte sich eng an die Hauswand, um nicht von dem gewichtigen Fuhrzeug erfasst zu werden.

Hinter ihm öffnete sich eine schmale Pforte im Hoftor, und eine Frau trat heraus, zum Kirchgang gekleidet. Constantin kannte sie vom Sehen. Es war Blithildis, die Frau des reichen Kaufmanns Wolbero.

Zwischen ihren Füßen schoss, ehe sie es verhindern konnte, ein junges Hündchen heraus. Fast wäre es unter die Räder geraten, da griff Constantin blitzschnell zu und zerrte das Tier zu sich. Die Frau hatte einen lauten Schrei ausgestoßen, als sie das Unheil kommen sah, nun lachte sie befreit auf.

»Was für ein Glück, dass du gerade da warst! Ich hätte Sanna nicht rechtzeitig erwischt!«

Sie drückte Constantin dankbar einen Kuss auf die Stirn, was das Kind etwas verlegen machte.

»Frau Blithildis, es war nicht der Rede wert.«

»O doch, ich bin dir sehr dankbar. Komm herein, ich will dir einen Apfel schenken.«

Er würde zu spät zur Schule kommen, aber Constantin war neugierig, wie es in dem schönen Haus der reichen Christin wohl aussehen mochte, und so folgte er ihr ohne weiteren Widerspruch.

»Immer versucht dieses dumme Hündchen, auf die Straße zu laufen. Sie ist einfach hinausgewischt, als ich die Tür öffnete. Los, Sanna, ab in den Hof!«

Blithildis gab dem Tierchen einen kleinen Klaps, setzte es auf den Boden und schloss die Hofpforte. Sie nahm Constantin an der Hand und ging mit ihm über den Hof. Rechts von ihnen lag der Stall, dahinter der Garten. Ein Apfelbaum stand in voller Blüte, wie weiße Schneeflocken bedeckten die Apfelblüten den Boden zu seinen Füßen. Sie gingen an der Küche vorbei, wo die Mägde geräuschvoll wirkten, und durch einen schmalen Gang, der an dem Lager- und Verkaufsraum ihres Gatten Wolbero vorbeiführte. Über eine steile Stiege führte ihr Weg in das obere Stockwerk zur großen Wohnstube. Constantin betrachtete das große Bett in der Ecke, die Schlafstatt des Kaufmanns und seiner Frau. An der Wand standen breite Bänke, auf einer lagen die Strohsäcke gestapelt, auf denen nachts die Söhne des Hauses und das Gesinde schliefen. Constantin bestaunte die beiden schweren Truhen, den mächtigen Tisch und den geschnitzten Stuhl des Hausherrn. Ein hölzernes Bild an der Wand erschreckte ihn, denn es zeigte einen Mann, der mit schmerzerfülltem Gesicht an einem Kreuz hing. Große Nägel hielten seine Hände und Füße an den Balken fest.

»Was ist das für ein Mann, Frau Blithildis?«

Die Hausfrau wandte den Kopf.

»Mein Junge, das ist ein Kruzifix. Unser Heiland hängt am Kreuz, um die Menschen zu erlösen.« Sie strich dem Jungen über den Kopf. »Du kennst das wohl nicht? Ich weiß schon, du gehörst zu den Juden in der Engen Gasse. Ich kann dir ein andermal davon erzählen, wenn du willst. Jetzt wollten wir doch den Apfel holen.«

Und sie griff in den aus Weidenruten geflochtenen Korb in der Ecke und suchte den schönsten Apfel heraus, der sich zu dieser Jahreszeit noch finden ließ. Sie reichte ihn dem Kind, das sofort hineinbiss, und sagte freundlich:

»Ich wollte gerade zur Kirche gehen. Wenn dein Weg in die gleiche Richtung führt, könnten wir wohl ein Stück zusammen gehen.«

Der Junge begleitete sie gern. Ihm gefiel die hoch gewachsene Frau, deren schönes goldblondes Haar sich durch die Frauenhaube nicht bändigen ließ, sondern an mehreren Stellen vorwitzig hervorschaute. Ihre Gestalt war üppig, sie war fleißig und rasch in ihren Bewegungen, sodass der dicke Schlüsselbund an ihrem Gürtel ständig klingelte.

Blithildis freute sich an dem aufgeweckten, höflichen kleinen Burschen, der fröhlich plaudernd neben ihr herlief, und lud ihn ein, sie einmal wieder zu besuchen. Vor dem Kirchportal winkte sie ihm nach und trat dann in den halbdunklen, strengen, feierlichen Raum, der nach Weihrauch und Kerzen duftete.

Der Gottesdienst hatte noch nicht begonnen. Blithildis kniete in der Nische vor einem geschnitzten Bild der Gottesmutter nieder und flehte sie um die Erfüllung ihres ständigen Wunsches an.

An Gottvater wandte sie sich nicht, weil sie ihm im tiefsten Grund ihres Herzens grollte, dass er den Tod ihres Kindes zugelassen hatte. Auch bei Jesus glaubte sie nicht genügend Verständnis für ihren Herzenswunsch zu finden. Nur von Frau zu Frau am Marienaltar äußerte sie ihre Bitten immer wieder; manchmal auch etwas vorwurfsvoll, denn da sie selbst immer gern bereit war, anderen einen Wunsch zu erfüllen, sah sie nicht recht ein, warum man sie seit Jahren vergeblich flehen ließ.

»Heilige Maria, gütige Mutter Gottes, hier ist deine Tochter Blithildis. Bitte, schenke dein Ohr meinem Flehen. In Demut liege ich vor dir auf den Knien. Du hast den Heiland geboren, deinen vollkommenen Sohn, und hast dich lange Zeit an ihm freuen dürfen. Mach, dass auch ich ein Kind in meinen Armen halten kann.

Gütige Mutter, dir habe ich mich geweiht von Kindheit an, und du hast mir viele Geschenke gemacht in meinem Leben. Wohl behütet durfte ich in einem glücklichen Elternhaus aufwachsen. Du hast mir einen guten Mann gegeben, an dem mein Herz hängt, und mir seine beiden Söhne anvertraut, die ich von Herzen liebe.

Liebste Mutter, mein Herz seufzt nach einem eigenen Kind. Seit sechzehn Jahren bin ich Wolberos Frau, und noch bin ich jung genug, um Mutter zu werden. Hilf mir, heilige Mutter Maria! Wie glücklich war ich, als ich vor zehn Jahren schwanger wurde. Wie habe ich mich auf das Kind gefreut! Vielleicht habe ich vergessen, dir genügend dafür zu danken? O Maria, als mein Töchterchen gleich nach der Geburt dahinging, ohne einen Atemzug getan zu haben, wäre ich am liebsten auch gleich gestorben. Ich flehe dich an, gib mir wieder ein Kind.«

Constantin hatte Blithildis nachgeschaut, als sie in der Kirche verschwand. Ob sie dort so betete wie sein Vater in der Synagoge? Ob in der Kirche auch ein solch furchterregendes Holzbild hing? Constantin hatte den schwierigen Namen nicht behalten. Nie zuvor war er auf den Gedanken gekommen, sich damit zu beschäftigen, was die Christen von seinen Leuten unterscheiden mochte. Nun nahm er sich vor, seinen Vater zu fragen, was dieser Kreuzmann zu bedeuten hatte und warum er in Blithildis' Wohnstube hing.

Da schlug die Glocke in der Kirche. Er schaute in die Höhe. Die Sonne stand schon weitaus höher, als er gedacht hatte. Er würde viel zu spät kommen! Eilig trabte er los.

Schließlich war es Constantin doch noch gelungen, die Schule zu erreichen. Der Unterricht fand in der Synagoge statt. Der Junge eilte zunächst zu dem großen, sehr tiefen kalten Bad, Mikwe genannt, um dort die rituellen Waschungen vorzunehmen, die der Rabbi für unerlässlich hielt, wenn jemand sich der Weisheit der Thora nähern wollte.

Ohne zu murren, nahm Constantin dann die Strafe für das Zuspätkommen auf sich und bemühte sich sehr, dem Rabbi zu folgen, der die Knaben lehrte, in der Thora zu lesen. Mit heißen Wangen beugten sich die Kinder über die Rollen, den kostbarsten Besitz des Rabbis, und versuchten, seine Erklärungen zu verstehen. Das fiel ihnen schwer, und besonders schwer an einem so schönen sonnigen Frühlingstag. Constantin musste sich sehr zusammennehmen, um nicht immer auf die herrlichen Glasgemälde zu starren, mit denen die Synagoge geschmückt war. Sie zeigten Löwen und Schlangen, und Constantin träumte davon, diese wilden Tiere einmal in Wirklichkeit sehen zu können.

Auch dieser Unterricht ging irgendwann zu Ende, und Constantin beschloss, doch noch einen kurzen Abstecher zum Rhein zu machen, ehe er nach Hause zurückkehrte. Eilig lief er über den Alter Markt hinunter zum Rhein und dann zum Hafen, der eine nie erlöschende Anziehungskraft auf ihn ausübte. Die Rufe der Fisch- und Obsthändler übertönten sich gegenseitig, und es herrschte ein ständiges Gestoße und Gedränge.

Von Süden sah Constantin eine Reihe von großen Schiffen herantreiben, in deren offenem Innenraum viele Menschen standen und laut sangen. Constantin musste dringend erfahren, wer da ankam. Er drängelte sich zwischen die vor ihm stehenden Erwachsenen und achtete nicht der Kopfnüsse, die er sich damit einhandelte. Die Art von Gesang kannte er. Wenn die Christen ihre Umzüge machten, zu Fronleichnam etwa, dann sangen sie so. Es musste sich also um etwas handeln, das mit ihrer Religion zu tun hatte. Und richtig: Als das führende Schiff angelegt hatte, stieg ein hoch gewachsener Mann mit langer Kutte und zur Tonsur geschorenem Kopf als Erster aus, gefolgt von einer Schar von Bauern, die als Waffen Dreschflegel, Prügel, Spieße, Äxte und sogar Heugabeln mit sich führten.

Constantin hatte schon oft Mönche gesehen, manche waren still und bescheiden, andere laut und stolz. Dieser hier wusste jedenfalls auf sich aufmerksam zu machen. Er winkte einem Krüppel, der ihn begleitete, auf einer Trommel zu schlagen, blieb stehen und wartete, bis genügend Menschen zu ihm herschauten. Dann stieg er auf einen Karren und rief mit lauter Stimme, die voll über den Platz und die Fluten des Rheins tönte. Die meisten Leute hatten inzwischen bemerkt, dass etwas ganz Besonderes geschehen würde, drehten sich zu dem Mönch um und waren gespannt, was er ihnen zu sagen hatte.

Constantin war dessen Sprache fremd, und er fragte einen gut gekleideten Mann, der neben ihm stand:

»In welcher Sprache redet der Mann?«

»Er spricht französisch. Nun sei still, damit ich verstehe, was er sagt.« Das war allerdings nicht nötig, denn der Mönch hatte einen jungen Mann an seiner Seite, der zwar mit Akzent sprach, doch in verständlichem Deutsch übersetzte: »Liebe Brüder und Schwestern, gute Christen! Hört an, was ich euch zu sagen habe. Unser Heiliger Vater Urban hat im vergangenen Jahr alle Christen aufgerufen, ins Heilige Land zu ziehen, um dort zu kämpfen und die Ungläubigen zu vertreiben, die uns den Zugang zu unseren Heiligtümern verwehren: zum Stall in Bethlehem, wo unser Herr geboren wurde, und zur Grabeskirche in Jerusalem, wo er für uns den Kreuzestod erlitt. Wie lange sollen wir das noch ertragen?

Ich, Peter von Amiens, der bescheidenste aller Augustiner, sage euch: Wir wollen es nicht mehr dulden! Wir wollen die Ungläubigen vertreiben! Die heiligen Stätten sollen frei sein, denn wo wollt ihr sonst beten, wenn euch nach schweren Sünden eine Wallfahrt dorthin auferlegt wird? All diese Männer, die ihr hier mit mir seht, haben sich schon zum Kampf entschlossen und sind mir aus Frankreich gefolgt.

Ich sage euch: Nehmt an Waffen, was ihr findet, und zieht mit uns ins Heilige Land. Gewinnt euch dort die ewige Seligkeit im Himmel, und erwerbt alles, was ihr mit eurem Schwert erkämpft, denn die Ungläubigen besitzen viele Reichtümer. Kommt mit uns: Gott will es!«

Und wie ein Donner tönten die antwortenden Stimmen der französischen Bauern: »Dieu le veut! Gott will es! Dieu le veut!«

Der Mönch schaute mit beschwörenden Blicken in die Menge. Er ließ seine Augen langsam über die Menschen wandern, die seine Predigt aufgeregt und verwirrt hatte. Obwohl der kleine Constantin in der dicht gedrängten Menge fast verschwand und sich mühen musste, Peter von Amiens zu sehen, meinte er doch, dass dieser ihm mitten ins Gesicht gesehen hatte, und er fühlte den Blick des Mönches wie ein Brennen auf seiner Haut. Es lief ihm kalt über den Rücken, und er fürchtete sich plötzlich. Dann stieg der Prediger vom Karren und schritt in Richtung Stadtmitte, gefolgt von seinen Anhängern und vielen Kölnern, die sich die weiteren Auftritte des Predigers nicht entgehen lassen wollten.

Wie ein Pfeil schoss Constantin zwischen ihnen hindurch und rannte nach Hause, so schnell er konnte. Mit wirrem Haar und heißen Backen langte er beim Hause seiner Eltern an. Seine Mutter saß vor dem Haus und flickte gerade einen Riss im Kittel ihres Sohnes, der Vater zählte Warenbestände hinten im Vorratslager des Hauses. Constantin sprudelte hervor, was er vernommen hatte.

Rachel lachte über die Aufregung des Kindes. Ihr Mann kam nach vorn und machte ein sehr ernstes Gesicht.

»Das bedeutet nichts Gutes«, sagte er nachdenklich.

Rachel zuckte mit den Schultern. »Was geht es uns an?«

Alexander betrachtete sie lange. »Gegen die Ungläubigen wollen sie kämpfen. Was glaubst du, was wir für die Christen sind?«

Verständnislos blickte sie ihn an. »Wir, wir sind doch die einzigen Rechtgläubigen! Wir sind doch nicht gemeint!«

Aber Alexander machte sich große Sorgen und begab sich rasch auf den Weg zum Alter Markt, um selbst zu hören, was sich in der Stadt zusammenbraute.

Auf dem Alter Markt hatte sich inzwischen eine noch viel größere Menschenmenge versammelt, um dem Wanderprediger zuzuhören. Ein Händler hatte rasch seinen Verkaufstisch geleert. Darauf stand nun der Augustiner Peter von Amiens und sprach zu den Leuten, die so dicht standen, dass Alexander nicht in die Nähe des Mönches durchdringen konnte. Nur Wortfetzen erreichten sein Ohr: »... der Heilige Vater befiehlt ...«, »... für eure ewige Seligkeit ...«, »... Tod den Ungläubigen ...« und immer wieder: »Gott will es!«

Jetzt schoben sich zwei Büttel des Erzbischofs durch die Menge und bahnten einem jungen, vornehmen Mann den Weg. Es war Konrad von Bachem, der Sohn des erzbischöflichen Kämmerers, der im Auftrage seines Vaters feststellen sollte, was in der Stadt vor sich ging.

Die Büttel stießen die Leute, die sich kaum rühren konnten, mit den stumpfen Enden ihrer Spieße an. Dabei wurde Alexander zur Seite gedrängt und trat einem jungen Mann auf den Fuß. Er kannte ihn, es war Richwin, der jüngere Sohn von Kaufmann Wolbero. Richwin schien Alexanders Entschuldigung gar nicht zu bemerken, so mitgerissen war er von den Worten des Predigers.

»Ja, Gott will es!«, rief er laut. »Ich ziehe mit nach Jerusalem!« Seine Wangen glühten, und seine Augen leuchteten vor Begeisterung.

»Wer von euch mit uns geht, soll ein Zeichen tragen«, rief Peter von Amiens jetzt mit lauter Stimme. »Kommt, ihr guten Leute, nehmt das Zeichen des Kreuzes, an dem unser Herr und Heiland gestorben ist. Es wird euch schützen und den Sieg verleihen. Wie könntet ihr unter diesem Zeichen verlieren? Kommt herauf zu mir!«

Seine Helfer zogen aus einem Sack Kreuze aus weißem Stoff, die sie den herbeidrängenden Menschen mit einigen Nadelstichen an die Schulter hefteten.

»Ich ziehe nach Jerusalem«, rief ein Obstverkäufer. »Hier habe ich doch nichts vom Leben, ich will Abenteuer erleben, ferne Länder sehen und als reicher Mann heimkommen.«

Auch der junge Richwin hatte sich ein Kreuz geholt und eilte jetzt zu seinem Elternhaus Unter Goldschmied. Das Hoftor war weit geöffnet, denn gerade kehrte sein Vater von einer Geschäftsreise nach Neuss zurück. Die Packtaschen baumelten leer an der Seite der Pferde, der Vater hatte wohl alle seine Tuche verkauft. Er schaute seinem Sohn lachend entgegen.

»Gute Geschäfte habe ich gemacht, mein Junge!«

Richwin hatte dafür im Augenblick keinen Sinn. »Vater, ich ziehe nach Jerusalem«, rief er voller Begeisterung.

Wolbero sah seinen Jüngsten erstaunt an. Er hörte sich dessen etwas unzusammenhängenden Bericht wortlos an und sagte dann kurz: »Ich werde Erkundigungen einziehen und dir dann meine Entscheidung dazu nennen.«

»Vater, es ist schon entschieden. Ich habe mich Gott verpflichtet. Dieses Kreuz auf meiner Schulter ist mein Versprechen an Gott, dass ich für ihn kämpfen will, das kann ich nicht zurücknehmen.«

Wolbero wandte sich verstimmt und etwas ratlos dem Pferd zu, löste seine Gurte und führte es in den Stall, wo der Knecht es mit Stroh abreiben und füttern sollte.

Als er aus dem Stall kam, traf er auf seine Frau Blithildis und seinen ältesten Sohn Eckebrecht, die am Hafen gewesen waren, um ihren Vorrat an Stockfisch aufzufüllen, als Peter von Amiens dort eintraf, und die ihm dann aus Neugier weiter zum Alter Markt gefolgt waren.

»Vater, in der Stadt ist ein Mönch, er heißt Peter von Amiens, er hat Hunderte von Kämpfern bei sich, und er zieht ins Heilige Land«, rief Eckebrecht.

»Ich weiß schon«, sagte Wolbero. »Was sind das für

Kämpfer? Sind es Ritter? Verstehen sie etwas von Kriegführung? Wer ist der Anführer? Wie sind sie ausgerüstet?«

Auf diese Fragen wussten die beiden jungen Männer nichts zu antworten. Wolbero bat seine Frau, ihm etwas zu essen zu richten. Die begeisterte Ankündigung des jungen Richwin hatte ihn sehr beunruhigt. Darum wollte er jetzt selbst in die Stadt, um Genaueres zu erfahren.

Wolbero fand den Mönch nicht mehr am Alter Markt vor. Inzwischen waren die Soldaten des Erzbischofs gekommen und hatten Peter von Amiens vor den Kirchenfürsten beschieden. War es auch in Form einer höflichen Einladung geschehen, so war doch klar ersichtlich, dass Erzbischof Hermann III. von Hochstaden keineswegs gewillt war, allzu große Eigenmächtigkeiten ohne sein Einverständnis in den Mauern seiner Stadt zu dulden.

Die Menschenmenge, aufgewühlt von den Reden des Augustiners, verharrte auf dem Alter Markt. Die, die vorn gestanden hatten, berichteten den anderen, was diese nicht so gut hatten hören können. Und was man nicht gehört hatte, ergänzte man wohl durch Vermutungen.

Wolbero entdeckte in der Menge den Kaufmann und erzbischöflichen Vogt Herimann, den er als Verwandten seiner Frau Blithildis gut kannte, und ließ sich von ihm über das Vorgefallene aufklären.

»Ich habe gehört, dieser Augustiner Peter von Amiens hat als Einsiedler in Frankreich gelebt. Seit der Papst die Christenheit zum Kreuzzug aufgerufen hat, zieht Peter durch die Lande und predigt überall. Seine Worte sind wirklich aufwühlend, ich habe mich davon überzeugen können. Das Volk glaubt, einen Heiligen vor sich zu haben, überhäuft ihn mit Geschenken und versucht, ihn zu berühren, um Anteil an dieser Heiligkeit zu erhalten. Er verteilt alle Geschenke sofort wieder unter Bedürftigen, denn er braucht nichts. Er lebt sehr enthaltsam, isst hauptsächlich Fisch, trägt groben Stoff an seinem Körper und geht barfuß.«

Herimanns Worte waren nicht dazu angetan, Wolbero zu beruhigen. »Er muss wirklich überzeugend sein. Leider hat mein Jüngster sich hinreißen lassen, sich eins dieser Kreuze zu holen. Richwin ist doch erst sechzehn Jahre, nun will er mit diesem wilden Haufen ziehen. Ich bin sehr beunruhigt und frage mich, welche Folgen das haben wird.«

Herimann schüttelte den Kopf. »Das war reichlich voreilig von Richwin. Ich verstehe gut, dass du dir jetzt Sorgen machst. Gerade die ganz jungen Männer haben sich in Scharen gemeldet. Da kann ich ja froh sein, dass ich nur meine kleine Tochter Liveradis habe.«

Wolbero winkte einen Straßenhändler herbei, kaufte ihm zwei Becher mit heißem Glühwein ab und reichte Herimann einen davon.

»Ich mag es nicht, wenn solch riesige Menschenhaufen sich zusammenrotten«, bemerkte Herimann. »Vor vielen Jahren sah ich schon einmal eine solche Menge in wilder Aufregung hier versammelt. Das war, als Gudrun als Hexe getötet wurde.«

Wolbero konnte sich gut daran erinnern, obwohl der Vorfall mehr als zwanzig Jahre zurücklag. Gudrun war eine alte Frau gewesen, krumm von der Last der Jahre; sie hatte lange als Aufwärterin bei einem Bader gearbeitet und nach dessen Tod versucht, sich mit dem Verkauf von Heiltränken am Leben zu erhalten. Eines Tages hatte ein wütender Nachbar ihr auf dem Markt den Korb mit Heilkräutern umgetreten und sie beschuldigt, sie habe seine Frau krank gehext.

Vergebens hatte Gudrun ihre Unschuld beteuert. Wenn man sie dafür bezahlte, richtete sie auch schon einmal einen Liebestrunk, das hatte sie zugegeben. Aber einen Zaubertrunk, um jemandem zu schaden, nein, den hatte sie nie bereitet, wüsste auch gar nicht, wie er herzustellen sei, so hatte die alte Frau geschrien.

Es hatte ihr nicht geholfen. Nachdem weitere Mitbürger ihr die Schuld an etlichen Missgeschicken in die Schuhe geschoben hatten, war die Menge in helle Aufregung geraten und hatte die dünne Stimme der Alten niedergeschrien. Gudrun war zur Stadtmauer gezerrt und hinuntergestoßen worden. Mit gebrochenem Genick war sie im Stadtgraben liegen geblieben, ihre toten Augen hatten anklagend zum Himmel gestarrt. Die Menge war mit einem Mal still gewesen und hatte sich rasch zerstreut.

»Ja, wo der Hass spricht, schweigt die Vernunft«, sagte jetzt eine Stimme hinter ihnen. Wolbero und Herimann drehten sich um und sahen den jüdischen Kaufmann Alexander, den sie beide gut kannten. »Ich fürchte, die Leute könnten sich auch gegen uns wenden.«

»Was für ein Gedanke«, entgegnete ihm Wolbero. »Wir kennen dich schon lange, du und deinesgleichen, ihr habt immer friedlich mit uns zusammengelebt und uns nie gestört; wer könnte etwas gegen euch Juden haben?«

»Wer weiß? Ich kann nicht sagen, dass mir die Lage gefällt.«

»Hat einer von euch gesehen, wer Peter von Amiens begleitet?«, fragte Wolbero.

»Mir scheint, es sind hauptsächlich französische Bauern. Peter hat bisher nur auf dem Lande gepredigt und den Männern versprochen, mit der Plackerei auf dem Feld sei es nun vorbei, aus dem Heiligen Land würden sie alle als reiche Herren zurückkehren«, meinte Alexander.

Die drei Kaufleute wechselten bedeutungsvolle Blicke. Alexander war schon als Händler in Palästina gewesen, und Wolbero hatte genug von anderen Händlern vernommen. Sie wussten, dass in den südlichen Ländern die Edelsteine nicht einfach auf der Straße herumlagen, und die Sarazenen waren ihnen als gut ausgebildete und tapfer kämpfende Truppen bekannt.

Auch Herimann war im Dienst des Erzbischofs weit in der Welt herumgekommen und kannte sich aus.

»Sag besser nichts gegen den Kreuzzug«, meinte Wolbero. »Die Leute sind überzeugt, dass sie gar nicht verlieren können, weil sie ja Gottes Willen erfüllen.«

»Du glaubst nicht daran?«

»Handel gedeiht im Frieden am besten«, sagte Wolbero kurz. Er nickte dem Juden einen Gruß zu und ging gedankenschwer nach Hause.

Blithildis saß in der großen Stube am Webstuhl, das Schiffchen flog hin und her. Sie hatte schon auf ihren Mann gewartet; aber sie war nicht die Frau, die beim Warten die Hände in den Schoß legte.

»Nun sag mir bitte sofort, was das alles zu bedeuten hat!«, forderte sie ihn auf, als er die Stube betrat. Als kluge Frau hatte sie längst einen Krug mit verdünntem Wein und einen kleinen Imbiss bereitgestellt, damit er sich erst einmal stärken konnte.

Wolbero ließ sich nieder, tat einen tiefen Zug und seufzte dann.

»Ich befürchte sehr, nichts Gutes«, sagte er düster. »Der Erzbischof ist beleidigt, weil Köln über seinen Kopf hinweg als Sammelplatz für die Kreuzfahrer vom Niederrhein bestimmt wurde. Er kann Peter von Amiens zwar nicht daran hindern, überall in der Stadt seine flammenden Aufrufe zu halten, hat ihm aber nur eine Woche zugestanden, dann muss er weiterziehen. Die bischöflichen Soldaten haben alle Hände voll zu tun, um für Ordnung zu sorgen und die Scharen der Kreuzfahrer vor den Toren der Stadt zu halten. Der Erzbischof muss Nahrung aus dem Umland für sie beschaffen, damit sie den Bauern nichts gewaltsam fortnehmen. Diese Schwierigkeiten werden behoben werden. Was mir mehr Angst macht, ist die Sorglosigkeit, mit der hier kleine Leute verführt werden, sich in ein Abenteuer zu stürzen, das sie nicht absehen können.«

»Was meinst du damit?«, fragte seine Frau.

»Du solltest einmal sehen, mit was für Waffen diese Leute auf den Kreuzzug gehen wollen. Die Kaufmannssöhne sind ja an den Umgang mit Waffen von den Reisen her gewöhnt, aber die Jungen der Handwerker suchen sich in Kellern und Speichern rostige Spieße von ihren Großvätern. Ich sah Bauern mit Dreschflegeln, Knüppeln und Messern, mit denen sie wohl Unheil anrichten können, gegen einen geübten Kämpfer taugen sie kaum. Ihre sonstige Ausrüstung ist nicht besser als ihre Bewaffnung. Wenn ich auf eine Handelsfahrt gehe, plane ich immer genau, wie lange die Reise etwa sein wird, wie viele Leute ich zur Beförderung und zur Verteidigung brauche, wie viel Mundvorrat nötig ist, was ich an Zelten und Planen brauche, um auf freiem Feld übernachten zu können, welche Ersatzteile ich für Schiff, Wagen oder Lasttiere unterwegs nicht oder schwer bekomme und darum mitführen muss. Und dabei kommt es doch zum Glück selten zu irgendwelchen Kämpfen. Doch diese Leute denken an gar nichts. Sie ziehen los mit dem, was sie am Leib tragen, und glauben, Gott wird für alles sorgen, was sie brauchen, denn sie machen sich ja um seinetwillen auf den Weg.«

Frau Blithildis erkannte sofort die Bedeutung seiner Worte für die eigene Familie. »Ich werde mich sofort darum kümmern, dass es Richwin auf dieser Fahrt an nichts fehlt. Oder können wir ihn doch daran hindern, sich diesem Abenteuer anzuschließen?«, fragte sie hoffnungsvoll.

Wolbero schüttelte traurig den Kopf. »Ich würde ihn ja am liebsten so lange einsperren, bis die Menge abgerückt ist.

Aber Peters Helfer haben alle Namen derjenigen aufgeschrieben, die sich für das Kreuz entschieden haben. Ich traf in der Stadt den Bäcker Heribert. Du kennst doch seinen Sohn?«

»Ja, hat er nicht im vergangenen Herbst die Tochter des Schuhmachers Otto geheiratet?«

»Ganz recht, und sie erwartet ihr erstes Kind. Da kannst du dir wohl denken, wie sie gejammert und geweint hat, als er stolz mit dem Kreuz auf der Schulter nach Hause kam. Er ging zu Peter von Amiens zurück und sagte, er habe unüberlegt gehandelt und sich jetzt anders besonnen, er müsse bei seiner Frau bleiben. Da haben ihn Peters Helfer gepackt und in das Lager vor der Stadt geschleppt, und sie lassen ihn dort nicht aus den Augen. Sie sagen, ein Versprechen an Gott könne man nicht zurücknehmen. So hat es mir Heribert berichtet, und er macht sich genauso große Sorgen um seinen Sohn wie wir uns um den unseren.«

In den nächsten Tagen versuchte Wolbero, einen Weg zu finden, um seinen Sohn von diesem Unternehmen zurückzuhalten. Er wollte ihn heimlich auf dem Schiff aus Köln schaffen, aber Richwin ließ sich nicht beirren.

»Vater, du kannst mich nicht zurückhalten, wenn es doch Gottes Wille ist, dass ich ziehe«, sagte er mit leuchtenden Augen. Er achtete weder auf die Mahnungen Wolberos noch auf die Bitten seiner Stiefmutter Blithildis, die ihn liebte wie ein eigenes Kind.

Es kam noch schlimmer: Am Tag vor der festgesetzten Abreise verkündete Eckebrecht den entsetzten Eltern, dass er den Bruder begleiten wollte.

»Soll ich ihn allein Ruhm und Ehre sammeln lassen?«, fragte er. »Immer haben wir alles zu zweit gemacht, nun gehen wir gemeinsam auf die Fahrt.«

Eigentlich meinte er, dass er den Jüngeren bei dieser abenteuerlichen Fahrt beschützen wollte, doch das sagte er nicht, um den Bruder nicht zu verärgern.

Viel zu schnell kam der Tag, an dem sich der lange Zug der Kreuzfahrer in Bewegung setzte. Voran ritt Peter von Amiens auf einem Esel, so wie Jesus vor über tausend Jahren in Jerusalem eingeritten war. Er sang mit lauter Stimme einen Choral, als er durch die lange Straße durch die Rheinvorstadt ritt, und die Pilger sangen mit, voller Inbrunst und Glaubenseifer.

Entlang des Wegs standen die Kölner Bürger dicht gedrängt, sie schwenkten Tücher und Zweige und riefen den Scheidenden Abschiedsgrüße und gute Wünsche zu. Kleine Knaben rannten mit, und ein ganz mutiger lief eine Weile neben Peter von Amiens her, rupfte dem Esel ein Härchen aus und erntete dafür einen schmerzhaften Tritt vom Huf des Tieres. Junge Mädchen warfen Blumen auf den Weg der Pilger, und es floss so manche Abschiedsträne.

Mitten im Zug ritten auch Eckebrecht und Richwin, fröhlich winkend und erwartungsvoll. Wolbero hatte von den drei Pferden, die er besaß, die zwei kräftigsten und ausdauerndsten seinen Söhnen mitgegeben. Da er die beiden nicht hatte zurückhalten können, hatte er sie wenigstens so gut ausgerüstet, wie er nur konnte. Viel Geld hatte er zum Waffenschmied getragen, der hatte Tag und Nacht arbeiten müssen. Jeder Sohn bekam ein Schwert und einen Spieß, und beim Sattler hatte Wolbero feste Lederwämser für sie richten lassen.

Als Bürgersöhne waren sie im Gebrauch von Waffen unterrichtet worden, denn im Notfall mussten sie für ihre Stadt kämpfen können. Da der jüngste Knecht Wolberos, der fünfzehnjährige Gerhard, sich ebenfalls für die Kreuzfahrt begeisterte, hatte der Kaufmann auch ihm die Abreise erlaubt, und nun ging er fröhlich hinter den beiden Söhnen seines Dienstherrn her und führte einen Lastesel am Zügel, den Frau Blithildis mit so viel Mundvorrat bepackt hatte, wie er nur schleppen konnte. Sie hatte sich die Finger wund gestochen, um für alle drei ausreichend warme Kleidung zu nähen.

Nun lief Blithildis neben dem Zug her, bis sie sich nicht mehr schnell genug durch die Menge drängen konnte, um ihnen zu folgen, und die jungen Männer ihren Blicken entschwanden. Sie winkte ihnen noch nach, auch wenn sie die beiden durch den dichten Schleier ihrer Tränen nicht mehr erkennen konnte.

Dann kehrte sie langsam und erschöpft in ihr Haus zurück. Das Herz tat ihr weh. Was mochte den jungen Männern bevorstehen, und wann würde sie sie wiedersehen?

Das Haus war ganz still und leer. Das Gesinde war draußen in der Stadt und jubelte den Kreuzfahrern zu.

Nur Wolbero war zu Hause geblieben. Nachdem er die Söhne gesegnet und mit ihnen zusammen um eine glückliche Heimkehr gebetet hatte, war er in seine Arbeitsstube hinaufgestiegen und hatte sich dort mit seinem Kummer eingeschlossen.

Blithildis klopfte leise an seine Tür, aber er antwortete nicht.

Im Hause des Kaufmanns Alexander dagegen atmeten alle nach dem Ausrücken der Kreuzfahrer auf. Sie hatten in den vergangenen Wochen nur für unaufschiebbare Erledigungen das Haus verlassen und auch den Abmarsch nicht mit angesehen.

Den Jungen hatten sie allerdings weiter täglich zur Schule gehen lassen, weil sie ihn nicht für gefährdet hielten. Die Eltern wären entsetzt gewesen, hätten sie gewusst, dass er sich jeden Tag im Sammellager der Kreuzfahrer herumgetrieben und dabei allerlei französische Brocken aufgeschnappt hatte. Er war bitter enttäuscht, dass diese für ihn so aufregende Zeit nun vorbei war.

Seit diesem Morgen war die Kriegerschar nun fort, und die ermüdeten Kölner kamen zur Ruhe. In der Nacht hielt Alexander seine Rachel eng an sich gedrückt.

»Wolbero hatte Recht«, murmelte er in ihr Ohr. »Warum sollten sie uns etwas antun? Wem haben wir ein Unrecht getan? Wir leben hier doch in Frieden mit den Nachbarn, Juden wie Christen. Seit Hunderten von Jahren gelten die Gesetze, die Kaiser Ludwig der Fromme zu unserem Schutz erlassen hatte, denn wir Fernkaufleute bringen den Herrschern Nutzen. Lass uns gemeinsam beten, Rachel, zum Dank, dass alles vorbei ist und nichts uns widerfuhr.«

So stiegen in dieser Nacht Gebete gleichermaßen zu Gott und zu Jehova auf.

Die Betenden konnten nicht wissen, dass all ihre Bitten kein Gehör finden sollten.

Pfingsten fiel in diesem Jahr auf den 29. Mai. Im Hause Wolberos wurde ein festliches Mahl aufgetragen. Die Knechte hatten die lange, schwere Tafel auf Holzböcke gestellt. Der Fußboden war tags zuvor blitzblank gescheuert und mit neuen Binsen bestreut worden, frische grüne Zweige schmückten die Wände. Die Mägde machten die letzten Handgriffe in der Küche, aus der lautes Klappern von Töpfen, Deckeln und Kochlöffeln schallte.

Der Hausherr rieb sich die Hände und freute sich auf das Essen. Der feierliche Gottesdienst war sehr lang gewesen, und jetzt war er rechtschaffen hungrig.

»Nun, meine Liebe, mit welchen Köstlichkeiten willst du mich heute wieder verwöhnen?«, wandte er sich an seine

Frau, die erhitzt aus der Küche eilte. Ihre Antwort ging unter, denn es klopfte laut und dringend an der Eingangstür.

Die Magd lief hinaus und kam mit ratlosem Gesicht zurück.

»Herr, draußen stehen Juden aus der Engen Gasse! Ihr Anliegen wollen sie nur Euch selbst sagen.«

Wolbero begab sich zur Tür.

Draußen stand der ihm gut bekannte jüdische Kaufmann Alexander mit einer hübschen schwarzhaarigen Frau und einem Kind, dahinter eine Magd und ein Knecht, mit ein paar Bündeln beladen; hinter ihnen ein sehr junger Mann. Seine feine Kleidung war schmutzig und zerrissen, er trug den linken Arm in einer Schlinge. Alexander sah blass und verstört aus.

»Wolbero, ich komme als Bittender zu dir. Ich und die Meinen sind in großer Gefahr und brauchen den Schutz eines christlichen Daches. Kannst und willst du uns diesen gewähren?«

Der Kaufmann sah den Juden prüfend an. »Hat einer von euch Schuld auf sich geladen?«

Alexander schüttelte heftig den Kopf und legte die rechte Hand auf sein Herz. »Ich würde jetzt gern fragen: Was ist Schuld? Ich kann dir versichern, niemand von uns hat irgendetwas Unrechtmäßiges getan.« Und ganz leise, sodass selbst Wolbero es kaum verstand, flüsterte er: »Ich will nicht vor deinen Leuten sprechen.«

Wolbero trat beiseite und lud ihn mit einer Armbewegung ins Haus ein. »Wir wollen uns gerade zum Festmahl setzen. Ihr seid meine Gäste, in meinem Hause seid ihr sicher.«

Alexander wies auf die junge Frau. »Meine Ehefrau Rachel«, sagte er. »Und mein Sohn Constantin. Mein Knecht Mojsche, meine Magd Salome.« Den Namen des jungen Mannes nannte er nicht.

Hinter der Tür hatte sich inzwischen das gesamte Gesinde Wolberos neugierig versammelt. Frau Blithildis hielt es allerdings für unter ihrer Würde, an der Tür herumzugaffen, und stand vor der Tafel zur Begrüßung bereit.

»Sieh an, das ist ja Constantin«, rief sie erfreut, als sie das Kind sah. Sie reichte dessen Eltern freundlich die Hand und hieß sie in ihrem Haus willkommen. Sie hätte brennend gern gewusst, was die jüdische Familie in ihrem Haus wollte, war aber zu wohlerzogen, um zu fragen.

»Meine Liebe, du musst mir verzeihen; zuerst habe ich gedrängelt, ob das Essen noch nicht bald fertig sei, und nun muss ich dich bitten, es noch ein wenig hinauszuzögern, weil ich zuerst mit Alexander sprechen möchte. Ist dir das möglich?«, wandte sich Wolbero an Blithildis. Diese nickte gelassen, bat Rachel und Constantin, neben ihr auf der Bank Platz zu nehmen, und schickte die Mägde in die Küche zurück, wo diese leise murrend die Töpfe wieder auf den Herd stellten, nahe am Rand, um die Speisen warm zu halten.

»Ein Glück, dass ich das Feuer noch nicht gelöscht habe«, brummte Mechthild, die älteste der Mägde, »ist das denn eine Art, Leute kurz vor der Mahlzeit zu überfallen?«

Wolbero öffnete die Tür seiner Arbeitsstube. »Bitte, tritt ein«, sagte er höflich zu Alexander. Der Jude winkte dem jungen Mann mit dem verletzten Arm, ihm zu folgen.

Wolbero bot den Gästen einen bequemen Sitz an und wollte ihnen ein Glas Wein einschenken. Alexander hob die Hand und bat nur um einen Schluck Wasser für sie beide. Er sah blass und gequält aus.

»Lass mich dir von Herzen danken, dass du uns, ohne zu zögern, aufgenommen hast. Ich habe eine entsetzliche Nachricht erhalten und fürchte für das Leben der Meinen.«

»Was ist geschehen?«, fragte Wolbero.

»Hunderte meiner Glaubensgenossen sind erschlagen

worden.« Alexander rang nach Luft. »Unsere Gemeinden in Speyer, Worms, Mainz und Trier sind nahezu vernichtet worden.«

Wolbero schüttelte ungläubig den Kopf. »Vernichtet?«

»Ja, von Männern, die sich versammelt hatten, um auf den Kreuzzug zu gehen. Sie wurden aufgehetzt.«

Wolbero setzte sein Glas ab, seine Hand zitterte. »Alexander, das scheint mir so unglaubhaft, dass es nicht in meinen Kopf will. Bist du sicher, dass diese entsetzliche Nachricht stimmt?«

»Ganz sicher. Dies ist Ruben aus Mainz. Er kam heute früh hierher. Er berichtete von grässlichen Metzeleien.«

Wolbero schüttelte wieder den Kopf. »Ich habe noch niemals gehört, dass in Friedenszeiten eine große Schar Menschen ermordet wurde. Und wieso gerade die Juden?«

»Graf Emicho von Leiningen hat auf einer Versammlung der Kreuzfahrer gerufen, sie bräuchten doch nicht erst nach Palästina zu ziehen, um Ungläubige zu bekämpfen, die gäbe es doch auch hier mitten unter ihnen. Wir Juden hätten euren Heiland gekreuzigt und würden bis heute bestreiten, dass er Gottes Sohn war. Darum müsse man zuerst uns töten, damit Gott dem Kreuzzug seinen Beistand leihe.«

»Und diesem Grafen wurde geglaubt?«

»Er soll sehr überzeugend gesprochen haben. Übrigens war er bei einer ganzen Reihe von Juden stark verschuldet – Tote treiben keine Schulden mehr ein.«

»Und niemand kam den Juden zu Hilfe?«

»Doch, in Speyer widersprach der Bürgermeister dem Grafen Emicho. Er rief, der Papst habe nur verlangt, man solle die heiligen Stätten befreien, und diese seien nicht von Juden besetzt. Der Graf brüllte ihn nieder, in dem Sinne, ein überzeugter Christ könne keinesfalls begreifen, wieso die Juden die Segnungen der Kirche nicht erkennen und von ihrem Irrglauben ablassen wollten. Sie sollten sich alle taufen lassen. Wenn sie sich hartnäckig weigerten, dann geschähe es ihnen doch ganz recht, wenn sie ihr Leben verlören. Immerhin bliebe ihnen ja die Wahl zwischen Taufe und Tod. Da fürchtete der Bürgermeister um sein Leben und sagte nichts mehr.«

»Woher weißt du das?«

Ruben machte zum ersten Mal den Mund auf.

»Mein Vater war der Vorsteher der jüdischen Gemeinde in Mainz. Er hatte erfahren, was in Speyer, Trier und Worms geschehen war, und bat den Erzbischof um Schutz. Erzbischof Ruthard war dazu bereit – für zweihundert Mark Silber ließ er uns in seine Residenz. Dort glaubten wir uns sicher. Außerdem hatten wir sieben Pfund Gold für Emicho gesammelt, damit er uns verschonen sollte. Er nahm zwar unser Gold, aber dann gab er den Befehl zum Angriff. Natürlich ließen die Torwachen ihn durch, sie sahen nicht ein, warum sie ihre jüdischen Mitbürger gegen christliche Ritter verteidigen sollten.«

Wolbero holte tief Luft. »Was geschah dann?«

Ruben rang nach Worten. Tränen traten in seine Augen. Nun sah man, dass er fast noch ein Kind war.

»Die Frauen erwürgten ihre Kinder, dann erdolchten die Männer die Frauen und schließlich sich selbst«, sagte er tonlos. »Wir hatten ja keine andere Wahl.«

Wolbero schwieg eine Weile erschüttert. Dann fragte er: »Wie bist du davongekommen?«

Der Junge errötete tief.

»Ich schäme mich so. Ich hatte Angst, so schreckliche Angst. Meine Mutter mit dem Dolch – meine drei jüngeren Schwestern waren schon tot, ihre Kehlen durchgeschnitten, Blut lief über ihre Hälse, dunkelrot, und ihre Gesichter waren schneeweiß. Ich stand wie erstarrt in unserem Hof, konnte mich nicht rühren. Meine Mutter hatte mich am Arm gepackt. Ihre Augen sahen ganz irr aus vor Verzweiflung, als sie den Dolch hob. In dem Augenblick kam ein Reiter zum Hoftor herein, er lachte, als er uns sah. Meine Mutter fuhr herum, sie packte ihn am Knöchel und riss ihn aus dem Sattel. Damit hatte er nicht gerechnet, er stürzte herab, schlug mit dem Hinterkopf hart auf den Boden und verdrehte benommen die Augen. Im nächsten Augenblick hatte meine Mutter ihm den Helm heruntergerissen und auf meinen Kopf gedrückt. Sie drängte mich zu dem Pferd. ›Los, reite zu!‹, schrie sie mich an. Der Reiter versuchte sich aufzurappeln, da stieß sie ihm den Dolch in die Brust. Er war zwar schwer verletzt, konnte sie aber noch packen und zückte sein eigenes Messer. ›Reite los, ich befehle es dir!‹, schrie sie noch, da traf sie sein Messer. – Ich weiß nicht, wie ich weggekommen bin. Das Stadttor war nicht weit, und Emichos Männer erkannten mich nicht, ich trug ja den Helm.«

Die Stimme versagte ihm.

Alexander beugte sich vor und griff nach seiner Hand.

»Du lebst, und das hat deine Mutter mehr gewollt als alles andere. Ruben kam beim Morgengrauen in die Stadt, um uns zu warnen. Wir haben uns in aller Hast in der Synagoge beraten. Wohin sollten wir fliehen? Wir wissen ja nicht, wo Emichos Bande sich jetzt aufhält. Darum haben wir in der Gemeindeversammlung beschlossen, jeder solle versuchen, bei einem christlichen Nachbarn Unterschlupf zu finden. Glaubst du, dass meine Familie dein Haus in Gefahr bringt?«

Wolbero straffte sich. »Noch habe ich Einfluss in der Bürgerschaft, ein gut befestigtes Haus und starke Knechte. Als Christ bin ich auch verpflichtet, Verfolgten zu helfen, wenn ich kann. Ich traue mir durchaus zu, dich und die Deinen zu schützen. Bleibt also.«

Alexander wollte ihm danken, doch Wolbero schnitt ihm das Wort mit einer Handbewegung ab.

»Setzt euch zu uns an den Tisch, ihr seht ja, es ist reichlich gedeckt.«

Auf einen Wink des Hausherrn rückten alle enger zusammen an der Festtafel, sodass auch die Gäste Platz fanden: Alexander und Rachel zwischen dem Gastgeber und seiner Frau, Knecht und Magd am Ende unter den Bediensteten. Der junge Mann zog sich in einen Winkel des Raumes zurück.

Frau Blithildis klopfte einladend auf den Platz an ihrer anderen Seite und lächelte Constantin zu. Alexander hielt den Sohn am Arm zurück.

»Habt vielen Dank für eure Gastfreundschaft, wir wissen eure Güte sehr zu schätzen. Wir haben strenge Gebote, was unsere Speisen angeht. Meine Magd hat dort im Korb Nahrungsmittel mitgebracht, die uns erlaubt sind. Wärst du gekränkt, Wolbero, wenn wir diese essen?«

Wolbero schüttelte den Kopf. »Ich habe schon gehört, dass die Juden Vorschriften haben, was sie essen dürfen und was nicht; nur sind sie mir nicht bekannt. Euch wird ja nicht alles verboten sein, was wir essen; nehmt also bitte auch von den Gerichten, die meine Frau mit den Mägden bereitet hat, soweit sie euch erlaubt sind.«

Nun ließ Alexander seinen Sohn los und gab ihm einen kleinen Klaps; Constantin schlüpfte auf die Bank neben Blithildis. Diese reichte Rachel einen Teller.

»Sicher möchtest du selbst deinem Jungen auflegen.«

Sie lächelte die hübsche Frau mit den schwarzen Locken an. Rachel versuchte zurückzulächeln; aber es fiel ihr sichtlich schwer. Blithildis hätte gern gewusst, warum sie so angstvoll und bedrückt aussah.

Rachel wählte mit Bedacht aus den Schüsseln, nahm ein wenig vom Hühnerklein mit Rosmarin, griff nach einer Gemüseschüssel und zögerte.

»Was ist mit Schmalz gekocht?«, flüsterte sie Blithildis zu. »Wir dürfen nichts vom Schwein essen!«

»Nimm von dem eingelegten Kohl und von den Bohnen. Ich war in der Küche und weiß, dass sie in Ordnung sind.«

Rachel schüttelte den Kopf. »In Ordnung ist sicher alles, was auf deinen Tisch kommt; für uns muss es auch koscher sein.« Sie fügte noch einen großen Kanten Brot hinzu und reichte dem Kind den Teller.

»Was ist das, koscher?«, fragte Blithildis.

»Nun, eben rein. Wenn etwas nicht unseren Reinheitsgeboten entspricht, ist es treife, und wir dürfen es nicht essen.«

»Ich habe verstanden, kein Schwein.«

»Nein, kein Schwein. Es darf auch nichts Fleischernes und Milchiges zusammen gekocht werden, wir haben eigene Töpfe für Gerichte mit Fleisch und für Milchspeisen.«

»Wie merkst du dir, welche Töpfe du für welches Gericht nimmst?«

»Die für Fleisch sind weit und flach, die für Milch hoch und schmal. Die für Fleisch stehen links vom Herd und die anderen rechts.«

Blithildis nickte, freute sich aber insgeheim, dass sie nicht so umständlich kochen musste. Als Rachel vom Zickleinbraten nahm, flüsterte die Hausfrau ihr ins Ohr: »Lass die Soße weg, ich habe einen guten Schuss Rahm hineingetan«, und erntete einen dankbaren Blick.

Constantin hatte inzwischen alles aufgegessen und kroch unter den Tisch, um das Wiedersehen mit dem Hündchen Sanna zu feiern.

»Er ist dein einziges Kind?«, wandte Blithildis sich Rachel zu.

»Nein, wir hatten noch einen weiteren Sohn, Löb, und eine kleine Tochter, Bejle. Aber bei dieser schrecklichen Kinderseuche vor zwei Jahren haben wir sie verloren.« Die Stimme versagte ihr bei der Erinnerung an diese schmerzvolle Zeit.

Mitfühlend legte Blithildis ihr die Hand auf den Arm.

»Ich verstehe dich so gut. Doch nun freust du dich wieder auf ein Kind, und ich wünsche dir von Herzen eine glückliche Geburt.« Und sie streifte den gerundeten Leib der anderen mit einem wehmütigen Blick.

Eine Magd räumte nun etliche leergegessene Platten ab und brachte ein gebratenes Ferkel herein. Blithildis klatschte in die Hände.

»Bring das wieder in die Küche«, ordnete sie an.

Die Magd sah ihre Herrin verwundert an. »Das ist doch unser bestes Gericht«, widersprach sie.

Die Hausfrau sah sie so streng an, dass sie, leise maulend, das Ferkel wieder hinaustrug. Wehmütig schaute Blithildis ihr nach. Gebratenes vom Schwein war ihr Lieblingsessen.

Schließlich hatten sich alle satt gegessen, und Wolberos Knechte und Mägde räumten die Schüsseln und Kannen fort, wischten die Tafeln ab und kehrten die Knochen und Speisereste vom Boden. Blithildis schaute aus der Haustür. In der Nähe kauerten einige arme Leute auf dem Boden. Sie wussten, dass es an einem Festtag wie diesem immer Reste für sie gab.

»Wartet noch ein wenig«, rief Blithildis und eilte in die Küche zurück. Sie ergriff die schwere Platte, auf der das zerteilte Ferkel ruhte, und schleppte sie hinaus. Noch ein letztes Mal schnupperte sie entsagungsvoll den herrlichen Duft, dann verteilte sie es unter die Bettler. Diese eilten, so schnell sie konnten, mit ihrer Beute davon. Sie wussten schon lange, dass die Frau des reichen Kaufmanns Wolbero großzügig war, aber heute war sie offenbar nicht ganz bei Trost.

Nach dem Mahl begab sich Wolbero zum Bürgerhaus, um sich mit den anderen Kaufleuten zu beraten, und fand dort niemanden. Er sprach in zwei, drei Häusern seiner Ratskollegen vor und erkundigte sich, ob bedrohliche Nachrichten in die Stadt gedrungen seien. Er erntete verwunderte Blicke.

»Wenn Nachrichten kommen, besonders bei schlimmen, würdest du doch wohl als einer der Ersten verständigt«, meinte Vogt Herimann.

Der reiche Kaufmann Anselm hingegen teilte Wolbero mit, dass auch in seinem Hause eine jüdische Familie Zuflucht erbeten und erhalten hatte. Auch er hatte nur von dieser Familie von den Gräueln in den südlichen Städten gehört. Offenbar war außer Ruben niemand in die Stadt gelangt, der die unglaublichen Ereignisse selbst erlebt hatte.

Wolbero kehrte in der Abenddämmerung nach Hause zurück und war nicht klüger als zuvor. Ob der junge Ruben wirklich die Wahrheit berichtet hatte?

Für die jüdischen Gäste wurden im Lager Schlafstätten gerichtet. Wolbero geleitete die Gäste dorthin.

»Vielleicht kannst du, Rachel, meine Blithildis morgen bei der Aufstellung des Küchenplans unterstützen, damit nicht wieder während eures Aufenthalts ein Ferkel auf den Tisch kommt. – Ich wünsche euch eine gute Nacht, schlaft in Frieden.«

Bevor er sich zur Ruhe begab, überzeugte sich Wolbero selbst, dass alle Türen des Hauses verrammelt waren. Schwere Balken wurden eingehängt, alle Fenster mit Läden geschlossen und sehr gut gesichert. Jeder vom Gesinde wachte eine Stunde lang und hielt dabei Fackeln bereit, die bei Gefahr gleich entzündet werden konnten.

Die Männer schliefen nur halb entkleidet und hatten ihre Waffen neben die Schlafstatt gelegt. Sie waren die ganze Nacht darauf gefasst, dass in der Stadt Mordio geschrien wurde.

Der Nachtwächter zog seine Runden, und sein Gesang sagte den Bürgern: Alles ist in Ordnung, schlaft ruhig, während ich wache.

Der Morgen kam. Wolbero verließ das noch immer fest

verschlossene Haus und begab sich ins Bürgerhaus. Dort hatten sich schon einige der Kaufleute versammelt, nämlich diejenigen, die jüdische Gäste im Hause hatten. Wolbero schickte zwei Ratsboten zu den südlichen Stadttoren, um zu erfahren, ob dort etwas Auffälliges beobachtet worden war. Alles war ruhig geblieben. Daraufhin beschlossen die Ratsherren, die Wachen an den Toren und an allen Ausgucken auf den Mauern zu verdoppeln. Darüber murrten die Mitglieder der Handwerkerzünfte, die diese Pflichten zu erfüllen hatten und die jetzt nicht ihrer gewohnten Arbeit und ihrem Broterwerb nachgehen konnten. Wolbero bestand auf seiner Maßnahme, ließ die Handwerker aber wissen, dass sie aufgehoben würde, wenn sich am heutigen Tage und in der kommenden Nacht nichts Besonderes ereignen sollte.

An diesem Tage öffnete Wolbero seinen Laden nicht. Er hielt das gesamte Gesinde im Haus und bat auch die Gäste, seine schützenden Mauern nicht zu verlassen.

Der Tag wurde ihnen allen lang, außer Constantin, der unermüdlich im Haus und im Stall herumstreifte. Seine Mutter ermahnte ihn, den Gastgebern nicht lästig zu fallen. Das beeindruckte den Jungen wenig. Er stellte dem Hausherrn, dem Stallknecht, der Küchenmagd und vor allem Frau Blithildis so viele Fragen, dass Alexander seinen Sohn zur Seite nahm und ihm Ohrfeigen androhte, wenn er sich nicht etwas zurückhaltender benehmen wollte.

Am Abend waren Christen und Juden gleichermaßen erschöpft. Sie waren es nicht gewohnt, den ganzen Tag in ihren vier Wänden eingesperrt zu sein. Da die übliche Arbeit fehlte, hatte Frau Blithildis einen Putztag für die Mägde eingelegt, und Wolbero hatte die Knechte angehalten, die Bestände an Waren zu überprüfen und einige Ausbesserungen im Hause vorzunehmen. Die Gäste hatten den ganzen Tag müßig dagesessen, sich Gedanken über das Geschehen draußen gemacht und Sorgen über die möglichen Gefahren in ihren Köpfen gewälzt.

Nur Constantin, der seinem Vater entschlüpft war und dem Stallknecht mit Begeisterung bei der Arbeit half, hatte einen aufregenden Tag hinter sich. Der Junge wusste nichts über den Bericht Rubens, sondern glaubte, dieser habe auf dem Weg nach Köln nur einen Reitunfall erlitten. Die Eltern wollten ihr Kind nicht unnütz ängstigen.

Nach dem Abendessen zogen Knechte und Mägde sich sehr bald in den Stall zurück. Sie fühlten sich nicht wohl in Gegenwart der Gäste, da sie nicht wussten, warum diese so angstvoll und bekümmert wirkten. Constantin folgte ihnen, denn er hatte im hintersten Winkel des Stalles einen Wurf Kätzchen entdeckt, die die Mutter gut im Stroh versteckt hatte, und konnte sich an den ersten tapsigen Gehversuchen der kleinen Tierchen nicht satt sehen.

So fanden sich Wolbero und Blithildis mit Alexander und Rachel allein in der Wohnstube.

»Wo ist Ruben?«, fragte Wolbero.

»Er ist heute Nachmittag nach Kerpen geritten. Er hat sich durch nichts aufhalten lassen. Dort ist eine Gemeinde von uns, und er möchte auch sie warnen.«

Wolbero schüttelte verärgert den Kopf. Er war es gewohnt, dass in seinem Haus alle seine Anordnungen widerspruchslos befolgt wurden. Auch fand er es nicht gerade höflich, dass der Gast sich davonmachte, ohne sich zu verabschieden. Aber er sagte nur: »Ich hoffe, er ist gut angekommen.«

Er holte einen Becher, füllte ihn mit einem guten Rheinwein, gab nur wenig Wasser dazu, trank dem Gast zu und reichte ihm das Gefäß. Alexander trank einen kleinen Schluck und noch einen größeren, reichte den Becher dann an seine Frau, die nur nippte und ihn an Blithildis weitergab.

Wolbero wollte seinen Gast etwas von den quälenden Gedanken ablenken, die diesem wohl den ganzen Tag durch den Kopf gegangen waren. Er lächelte Alexander aufmunternd an und fragte:

»Sage mir doch, Alexander, wenn die Frage nicht zu aufdringlich ist: Wie kam deine Familie eigentlich nach Köln?«

Der jüdische Kaufmann musste sich erst einmal sammeln, offenbar war er mit seinen Gedanken woanders.

»Mein Vater – er hieß Constantin, wie jetzt mein Sohn – kam aus Spanien nach Köln, das war im Sommer 1049. Papst und Kaiser hielten sich damals gemeinsam hier auf, und viele Mächtige des Reiches und der Kirche hatten sich versammelt. Mein Vater hatte also Gelegenheit, hervorragende Geschäfte zu machen. Er hatte herrlichen Schmuck aus Toledo mitgebracht und fast alles verkauft.

Mein Vater war bei einem Glaubensgenossen hier in Köln eingekehrt, im Hause des Kaufmanns Juda. Da wurde verabredet, er sollte Judas Tochter Gütlin heiraten. Sie war aber erst zwölf Jahre alt, die Hochzeit sollte also noch nicht stattfinden.

Zwei Jahre darauf gab es wieder ein prachtvolles Fest in Köln: Der Kaiser, der bis dahin nur mit vier Töchtern gesegnet worden war, ließ im Dom durch den Erzbischof seinen ersten Sohn Heinrich taufen, der jetzt als Heinrich IV. herrscht.

Ich glaube, niemand von Rang und Namen im Reich fehlte bei diesem feierlichen Ereignis, von dem mein Großvater Juda mir als Kind oft erzählt hat. Mein Vater war wieder aus Spanien angereist. Seine Juwelen, sein Goldschmuck und seine allerfeinsten Seidenstoffe erzielten höchste Preise. Nach der Abreise der Fürsten wurde seine Hochzeit mit Gütlin gefeiert, und sie ließen sich im nahe bei St. Laurenz gelegenen Judenviertel nieder.

Auf seinen weiten Reisen hat mein Vater viel Geld verdient und noch mehr durch die Mitgift seiner Frau gewonnen. Meine beiden Schwestern und ich wuchsen in Wohlstand und Frieden auf. Leider starben die Mädchen, das eine als Kind und das andere als junge Braut. So kam der Besitz der Familie an mich allein, als mein Vater von einer seiner Handelsfahrten nicht mehr zurückkam. Er hat den Tod durch Wegelagerer gefunden.«

»Friede seinem Angedenken«, sagte Wolbero und bekreuzigte sich. Auf diese Todesart musste jeder Kaufmann gefasst sein.

»Deine Frau kommt, glaube ich, nicht aus Köln?«, fragte Blithildis mit einem freundlichen Blick auf die hübsche junge Frau, die errötete, weil sich aller Augen ihr zuwandten.

»Nein, Rachel ist in Lyon geboren.«

Alexander griff wieder nach dem Pokal und nahm einen tiefen Zug. Sein Gesicht hatte durch den Wein seine Blässe verloren.

»Ihr Vater Isaak und ich waren Reisegefährten in einer jüdischen Gruppe, die eine Handelsfahrt nach Spanien unternahm. Wir machten recht gute Geschäfte, auch mit meinen Onkeln und Vettern in Santiago. Nun ja«, jetzt ging sogar ein leichtes Lächeln über Alexanders Gesicht, »ich erfuhr später, dass Isaak vier junge Töchter im Haus hatte. Er bot mir seine Älteste, die fünfzehnjährige Esther, zur Frau an. Ich sollte auf der Heimreise ein paar Tage bei seiner Familie bleiben und im kommenden Jahr zur Hochzeit wiederkehren.«

Alexander schenkte sich aus dem Wasserkrug nach und tat einen tiefen Zug. »Verzeiht bitte, wenn ich in der Erinnerung an eine sehr glückliche Zeit zu redselig geworden bin.«

»Gar nicht, Alexander«, widersprach ihm Blithildis. »Ich würde gar zu gern weiter davon hören.«

»Nun, gut. Wir trennten uns dann von der übrigen Reisegesellschaft und zogen in das abendliche Lyon ein. In den christlichen Kirchen läuteten die Glocken zum Angelus, und wir freuten uns auf die Abendmahlzeit. Ein Bote war vorausgeschickt worden, unsere Ankunft zu melden, darum wurden wir schon von Isaaks Frau Ruth erwartet und auf das Herzlichste begrüßt. Ich ging dann noch einmal in den Stall, um nach meinem Pferd zu sehen, das auf der letzten Strecke ein wenig gelahmt hatte. Ich öffnete die quietschende Tür und sah im halbdunklen Hintergrund einen Jungen über einen Huf des Pferdes gebeugt. Er trug eine kleine rote Kappe auf dem schwarzen Haar.«

Alexander wandte sich seiner Frau zu. »Rachel, darf ich weitererzählen?«, fragte er sie.

Rachel errötete noch tiefer. »Das wollen unsere Gastgeber doch nicht wissen«, widersprach sie. Blithildis bat so dringend, mit der Geschichte fortzufahren, dass Rachel schließlich die Schultern zuckte und Alexander weitererzählen ließ.

»Ich fragte also den Jungen: ›He, was machst du da mit meinem Pferd? Finger weg! Das ist ein wertvolles Tier und empfindlich gegen ungeschickte Hände!‹ Er richtete sich auf, dabei fiel ihm die Kappe vom Kopf, und eine Flut schwarzer Locken brandete herab. O weh! Ein Mädchen, ein wunderschönes Mädchen, und was für Augen sie hatte! Was hatte ich dummer Narr denn eben zu ihr gesagt? Irgendetwas von ungeschickten Händen. Ich hätte im Erdboden verschwinden mögen.«

Wolbero lachte und goss dem Gast nach. Alexander trank seiner jungen Frau zu und fuhr mit seiner Geschichte fort.

»›Der Hengst hatte einen Stein im Huf‹, sagte das Mädchen unbefangen. ›Ich habe ihn schon herausgekratzt.‹

Ich konnte sie nur stumm anstarren, weil das Herz mir bis in den Hals schlug. Das Mädchen dachte wohl, ich wäre mit ihrer Behandlung des Tieres nicht einverstanden.

›Ich kann gut mit Pferden umgehen, Vaters Tiere versorge ich auch immer. Unser alter Knecht Lazarus hat es mir beigebracht‹, versicherte sie und betrachtete nachdenklich ihre Hände. ›So besonders ungeschickt bin ich vielleicht doch nicht‹, meinte sie. Ich sehnte mich nur nach einem Mauseloch, um mich darin zu verkriechen. Ein dummer Satz, und schon hatte ich mein Glück bei diesem zauberhaften Wesen verspielt.

›Vielen Dank für deine Hilfe‹, krächzte ich. Meine Stimme war plötzlich heiser. Ich fasste allen Mut zusammen, trat einen Schritt näher und ergriff ihre Hand.

›Wer bist du?‹, fragte ich sie und konnte mich nicht satt sehen an dem zarten Schwung ihrer Wangen, an der Anmut, mit der sie mir leicht erstaunt den Kopf zuwandte.

›Rachel bin ich, Isaaks Tochter‹, sagte sie fröhlich, entzog mir ihre Hand und lief hinaus. Da stand ich nun, wie vom Blitz getroffen. Nie zuvor hatte mich der Anblick eines Mädchens so in den Bann geschlagen. So musste es sein, wenn man der Einen, der Einzigen begegnet.

Die Hausfrau hatte mir eine Stube angewiesen und warmes Wasser zum Waschen bringen lassen. Als ich den Reisestaub abgespült und mich umgekleidet hatte, holte sie mich zum Essen. Zu meiner Enttäuschung aß ich allein mit Isaak und den Knechten, die uns auf der Reise begleitet hatten. Nach der Mahlzeit führte Isaak mich in die große Wohnstube. Dort saß die Hausfrau Ruth, in ihr bestes Seidengewand gekleidet, auf einem schönen geschnitzten Stuhl. Neben ihr stand ein hübsches junges Mädchen, das die Augen verschämt niederschlug.

›Meine Tochter Esther‹, sagte Isaak und sah mich erwartungsvoll an. Ich murmelte ein paar höfliche Worte der Begrüßung und starrte dann an Esther vorbei in den Hintergrund der Stube; dort saßen auf der Ofenbank, wie Hühner auf der Stange, die übrigen Töchter des Hauses, zwei noch im Kindesalter und Rachel, die Schwarzäugige.

›Kinder, kommt und begrüßt unseren Gast‹, gebot der

Vater. Die drei kamen näher, und so fand ich mich plötzlich Auge in Auge mit der Schönen. Ich wollte etwas Freundliches sagen, ich wünschte mir ja so sehr, einen guten Eindruck auf sie zu machen, aber ich stotterte und fühlte mich ungeschickt und schwerfällig dabei.

Sie lachte nur und sah mich so warm an, dass ich mich kurz entschlossen zu Isaak umdrehte.

›Gib mir diese zur Frau‹, verlangte ich. Ich weiß gar nicht, woher ich den Mut dazu nahm.

Isaak zögerte. ›Das ist unsere zweite Tochter, Rachel. Ich will sie noch nicht verheiraten, sie ist erst dreizehn Jahre.‹

Aber ich hatte schon die Hand des Mädchens ergriffen. Wie schön sie war! Als sie lächelte, zeigten sich Grübchen in ihren Wangen. In ihre üppigen schwarzen Locken hatte sie ein rotes Seidenband gebunden. Am meisten aber bezauberten mich diese großen schwarzen, wunderschönen Augen.

›Isaak, dies ist die Frau, die ich mir über alles wünsche. Ich will immer gut zu ihr sein‹, sagte ich, und meine Stimme klang in meinen eigenen Ohren wie das Quaken eines Frosches. Isaak schaute ein wenig verärgert drein und wollte wohl gerade ein abschlägiges Wort sagen, als seine Frau nur ganz ruhig seinen Namen sagte. ›Isaak!‹ Er drehte sich zu ihr um, sie blickte ihn bedeutsam an und lächelte sanft.

›Lass uns morgen darüber reden‹, meinte sie, und nach einem kurzen Zögern nickte er.«

Alexander unterbrach seinen Bericht wieder, um einen Schluck zu trinken.

»Ich merke selbst, dass ich richtig geschwätzig bin«, sagte er dann zögernd.

Aber Wolbero goss noch einmal nach und sagte teilnahmsvoll: »Du sprichst von Erinnerungen, die dir kostbar sind, und wirst dadurch von deinen Sorgen abgelenkt. Sprich also bitte weiter, das verkürzt uns die Wartezeit in dieser Nacht.«

Und Alexander fuhr fort:

»Ich glaube, ich tat damals die ganze Nacht kein Auge zu vor Aufregung und Unsicherheit. Wenn ich Rachel nun nicht bekäme – was wäre dann mein ganzes Leben noch wert? Beim Morgengrauen stand ich auf, blass und übernächtigt. Als ich die Stiege herunterkam, drang schon der Duft des Morgenbreis verlockend in meine Nase. Dennoch konnte ich keinen Bissen herunterwürgen, sondern trank nur rasch etwas Wasser. Isaak und Ruth hatten mich beobachtet, und Ruth lächelte mich an. Darauf fasste ich etwas Mut und wandte mich an Isaak: ›Bist du bereit, mir deine Rachel anzuvertrauen?‹

Der Hausherr schaute noch einmal zu seiner Frau hin, die ihm aufmunternd zunickte. Dann sagte er: ›Du sollst sie haben, und du sollst uns als Sohn willkommen sein.‹

Ach, wie war ich erleichtert und selig!

Dann wandte ich mich an Ruth, in der ich meine Fürsprecherin erkannt hatte, und dankte ihr von Herzen. Schließlich wagte ich es, mich an das junge Mädchen zu wenden, das still im Hintergrund saß und alles beobachtete.

›Rachel, mein Leben, willst du im nächsten Frühjahr meine Frau werden?‹ Sie blickte mich an, ihre großen Augen lächelten.

›Nein‹, sagte sie mit sanfter Stimme. Ich fühlte mich, als habe jemand einen Kübel Eiswasser über mich geschüttet, da fuhr sie fort: ›Ich möchte, dass du mich gleich heiratest und nach Köln mitnimmst.‹

Und sie setzte ihren Willen durch. Die nächsten Tage brachten sehr viel Arbeit und Unruhe, es wurden Gäste geladen, es wurde geschächtet, gebacken und gebraut.

Ruth jammerte, so schnell könne man keinen Brautschatz zusammenstellen, man müsse doch Kleider und Wäsche nähen und dergleichen. Ich versicherte ihr, dies alles würde meine Rachel nicht mitnehmen müssen. Meine Schwester

Elisabeth war im Jahr zuvor gestorben, kurz bevor ihre Hochzeit mit einem jüdischen Kaufmann aus Mainz stattfinden sollte, und ihre ganze reiche Ausstattung stand bereit.

Ruth war der Gedanke nicht recht, dass ihre Tochter den Besitz einer Toten übernehmen sollte. Rachel lachte nur fröhlich und sagte, das mache ihr nichts. Sie sähe es als Hochzeitsgeschenk der verstorbenen Schwägerin an. Ich glaube, sie hatte sich inzwischen auch ein wenig in mich verliebt und freute sich auf das Leben mit mir.

Ich erinnere mich nur noch undeutlich an viele fremde Gesichter auf unserer Hochzeit; unvergesslich aber ist mir das Bild meiner Rachel in einem roten Kleid, mit einem Schleier aus zartem goldenem Netzstoff über dem Kopf, geblieben und ihr strahlendes Lächeln, als ich ihr den schönsten Halsschmuck umlegte, den ich auf dieser Reise erworben hatte.«

Alexander sah seine Frau mit großer Zärtlichkeit an.

Auch in dieser Nacht geschah nichts Ungewöhnliches. Am nächsten Morgen drangen darum die Handwerker auf das Versprechen, von den unerwünschten zusätzlichen Wachdiensten wieder befreit zu werden. Blithildis stellte fest, dass sie an diesem Tag unbedingt zumindest eine der Mägde zum Markt schicken musste, da in den letzten Tagen viele Menschen beköstigt worden waren und die Vorräte zur Neige gingen. Ein ungeduldiger Kunde pochte an die Ladentür und rief, Wolbero möge gefälligst öffnen und mit ihm über eine Lieferung von Tuch und Garn reden, sonst müsse er seinen Bedarf an anderer Stelle decken.

Und Alexander und Rachel sehnten sich danach, wieder in ihr eigenes Heim zurückzukehren. Nach zwei ereignislosen, mit angstvoller Erwartung durchlebten Tagen hatten sie das Gefühl, die Gefahr doch überschätzt zu haben. Offensichtlich drohte ihnen nichts Böses, die Truppe des Grafen

Emicho hatte sich vielleicht schon verlaufen. Sie bedankten sich daher sehr bei Wolbero und Blithildis und verließen das Haus.

Constantin allerdings machte noch einmal kehrt und lief zu Blithildis zurück. »Ich möchte auch sehr herzlich danken. Und darf ich vielleicht wiederkommen und nach den jungen Kätzchen und nach Sanna sehen?«

Dann lief er, fröhlich zurückwinkend, hinter seinen Eltern her.

Der 1. Juni war ein wundervoller Frühlingsmorgen. Mild und warm strahlte die Sonne über Köln. Es ging ein lauer Wind über die Stadt, köstlich und verheißungsvoll.

Alexander stand vor seinem Haus, sah seinem Sohn Constantin nach und fröstelte. Er bekam kaum Luft, die Brust war ihm wie zugeschnürt. Die kleinen Gärten hinter den Häuserreihen quollen über von Blüten: Die Kirschen waren schon verblüht und hatten den Boden zu ihren Füßen mit einem Teppich von weißen Blüten besät, während die Apfel-, Birn- und Pfirsichbäume in Weiß und Rosa schimmerten. Frühjahrsblumen leuchteten in allen Farben, und auch die blühenden Unkräuter waren lieblich anzusehen.

Für Alexander hätte es ebenso gut ein grauer, verregneter, windiger Novembertag sein können. Er hatte entsetzliche Angst.

Als er Wolberos Haus verlassen hatte, war es ihm fast albern vorgekommen, dass er dort als Schutzsuchender vor der Tür gestanden hatte. Nichts hatte sich ereignet. Außer Ruben hatte niemand Kunde von unvorstellbaren Ereignissen in die Stadt getragen. Abgesehen von den Juden ging jedermann ruhig seiner Tagesarbeit nach, nachdem das Pfingstfest vorbei war.

An diesem Morgen war Alexander aus dem Schlaf hochgeschreckt, noch ehe ein Hahn gekräht hatte. Er war schlaftrunken aus dem Bett getaumelt und hatte sich leise an das Fenster geschlichen. Angestrengt hatte er durch die dicht verschlossenen Läden gelauscht, ob draußen bedrohliche Geräusche waren. Lange hatte er dort gestanden, und das Herz hatte ihm heftig bis in den Hals geklopft.

Es war nichts zu hören gewesen.

Da es noch ganz finster war, war er wieder ins Bett geschlüpft. Rachel, die wegen ihrer fortgeschrittenen Schwangerschaft nicht mehr gut schlafen konnte, war erwacht.

»Was ist denn los?«, hatte sie ängstlich gefragt.

»Gar nichts, mein Leben, schlafe nur ruhig weiter«, wollte er sie beruhigen.

Aber sie hatte an seiner gepressten Stimme gemerkt, dass er in großen Sorgen war, und konnte auch nicht wieder einschlafen.

Sobald der Morgen dämmerte, war Alexander aufgestanden und hatte unter seiner Habe das herausgesucht, was besonders wertvoll und leicht zu tragen und zu verstecken war. Er hatte das fertige Bündel griffbereit in einer Truhe verborgen, noch ehe Constantin erwacht war.

Rachel hatte ihrem Mann schweigend zugesehen. Ihre Augen waren groß und angstvoll, und sie hatte unwillkürlich die Hand schützend auf das Ungeborene in ihrem Leib gelegt.

Bei der Morgengrütze hatte Constantin dann gemerkt, dass seine Eltern sehr bedrückt und schweigsam waren. Heute jedenfalls widerstand er jeder Versuchung, den Unterricht zu schwänzen und ging brav und auf kürzestem Weg zur Schule.

Ein Kunde kam und wollte einen kostbaren Schmuck

erstehen. Mürrisch betrachtete er, was Alexander ihm vorlegte.

»Hast du nichts Besseres? Es ist ja nicht gerade viel, was du anzubieten hast«, sagte er und zog abschätzig die Mundwinkel herab. Alexander konnte ihm nicht sagen, dass seine besten Stücke in einem Bündel versteckt in seiner Truhe lagen, und hob bedauernd die Schultern. Unzufrieden ging der Kunde wieder fort.

Rachel war in der Küche mit der Vorbereitung der Mittagsmahlzeit beschäftigt. Sonst hatte sie oft fröhlich dabei gesungen, aber seit der Ankunft Rubens war kein Lied mehr von ihr zu hören.

Sie hob den Kopf, als in der Ferne Gegröle hörbar wurde, und schaute aus dem Fenster. Sie hörte Klirren von Metall, dann laute Schreie. Es durchfuhr sie eiskalt, als sie den Nachbarn Zacheus die Enge Gasse herunterrennen sah. Er hatte sein Gewand hochgeschürzt, um schneller laufen zu können; an seinem Arm lief Blut herab. Mit weit aufgerissenen Augen starrte er Rachel an und schrie:

»Bringt euch in Sicherheit, wenn ihr könnt. Sie wollen uns erschlagen!«

Dann war er vorbei und entschwand. Hastig drehte Rachel sich um und rannte zu ihrem Mann, der gerade aus dem Laden trat. Alexander handelte sehr rasch. Während das Getöse draußen sich schnell näherte, griff er eilig nach dem Bündel, stopfte es in eine Innentasche seines Gewandes und riss Rachel davon.

»Wohin?«, keuchte sie. Alexander zog sie hinter einen Baum, während zwei Bewaffnete auftauchten und in ihr Haus stürmten. Dann rannten sie weiter. Die hochschwangere Frau konnte kaum mit ihrem Mann Schritt halten.

»Wohin?«, rief sie noch einmal verzweifelt.

Alexander sagte nur: »Den Jungen holen.«

Als sie um die Ecke bogen, sahen sie auch dort schreiende

bewaffnete Männer, die jeden Mann, jede Frau erschlugen, die sie für Juden hielten, auch die Kinder nicht schonten. Alexander sah zwei Männer, die den alten Mosche aus seinem Haus zerrten und ihn zur Kurzweil zwischen ihren Spießen hin- und herschubsten, bis er aus vielen Wunden blutete. Als er jämmerlich zu schreien anfing, wurden sie des Spiels überdrüssig, und der eine stieß ihm ein Messer in den Hals.

Die Straße war ihnen also versperrt. Alexander versuchte, auf einem anderen Weg zu entkommen und zum Hause des Rabbis Samuel zu gelangen. Als eine neue Horde auftauchte, verbarg er sich rasch mit Rachel in einem kleinen Holzschuppen hinter dem Hause des Kaufmanns Vogelo. Eng hielt er seine Frau an sich gedrückt, während sie vor Angst und Entsetzen zitterte.

Der Lärm draußen schwoll an, man hörte das laute Kreischen eines Mädchens. Alexander erkannte die Stimme von Rebekka, der elfjährigen Tochter seines Nachbarn Simon. Er spähte durch einen Holzspalt und sah, wie die Männer sie an den Haaren festhielten und ihr ein Kleidungsstück nach dem anderen herunterrissen.

Vier hielten sie dann an Armen und Beinen nackt auf dem Boden ausgestreckt, während der fünfte, ein langer, magerer Mann mit einer Glatze, sie vergewaltigte. Rebekka schrie, dass ihr fast die Stimme brach.

Gleichmütig erhob sich der Mann und ließ den nächsten an seine Stelle, dann kam der dritte. Der Magere stellte sich breitbeinig über das Mädchen, und ohne eine Miene zu verziehen, schlug er sein Wasser ab und zielte dabei in ihren schreienden Mund. Rebekka gurgelte nur noch und verlor das Bewusstsein.

»Willst du auch noch?«, fragte der Magere den letzten Mann, aber der schüttelte den Kopf, zog sein Messer und schnitt dem Mädchen mit einer einzigen Bewegung die Kehle durch.

Alexander hielt seiner Frau die Hände über die Ohren, als könnte er so das Grauen von ihr fern halten, und zermarterte sich den Kopf, wie sie beide zum Hause von Rabbi Samuel gelangen könnten. Erstarrt kauerten beide im Schuppen, bis der Lärm draußen verklang.

Sie warteten noch etwas, doch die Angst und Sorge um ihren Sohn brachte sie fast um. Sobald sie sich sicher glaubten, krochen sie hervor und rannten durch eine schmale Gasse weiter.

Plötzlich krümmte sich Rachel und brach zusammen.

»Du musst rennen«, sagte Alexander verzweifelt. »Komm, ich stütze dich, so gut ich kann.« Rachel starrte ihn an, das Gesicht vor Entsetzen verzerrt. Als sie sich abermals zusammenkrümmte, sah er, wie ihr Kleid sich dunkel färbte, ein Schwall Wasser an ihrem Bein herunterlief und eine Pfütze zu ihren Füßen bildete.

»Das Kind?«, fragte er hastig. Sie antwortete ihm nicht, keuchte nur und sah an ihm vorbei, Augen und Mund weit aufgerissen. Alexander drehte sich um und sah einen weiteren Trupp von Spießgesellen von hinten auf sie zulaufen, nur noch wenige Schritte entfernt. Sie brüllten laut und schwenkten ihre Waffen.

»Tu es!«, schrie Rachel und zeigte auf das Messer an seiner Seite. Alexander zögerte.

»Sofort, überlass mich ihnen nicht!« Da nahm er das Messer, hielt ihr die Hand über die Augen und stieß es in ihr Herz, kurz bevor die ersten Männer ihn erreichten.

Noch einmal sah er in ihre schwarzen Augen, aus denen der Lebensfunke wich, dann traf ihn der erste Hieb in den Rücken. Er fiel über seine Rachel und hielt sie fest. Da schlug ihn ein Kämpfer mit seinem Schwert auf den Kopf. Mit lautem Knirschen zerbarst Alexanders Schädel, und er brach über seiner Frau zusammen.

Flink sahen die blutbespritzten Männer nach, ob die Ermordeten etwas Wertvolles bei sich trugen, aber da Alexander seinen Beutel im Holzschuppen verloren hatte, ohne es auch nur zu bemerken, fanden sie nichts.

»Willst du die Frau?«, fragte ein schnauzbärtiger Mann seinen Kumpanen. Der sah, dass die tote Rachel vom Blut und der Gehirnmasse ihres Mannes überströmt war, schüttelte den Kopf und wandte sich angewidert ab. Sie liefen davon, um neue Opfer zu suchen, und riefen dabei:

»Gott will es!«

Sie gingen davon aus, dass Gott nur auf ihre Frömmigkeit sah und die Wertsachen in ihren Taschen, die sie den erschlagenen Juden geraubt hatten, nicht bemerkte. Das Kind in Rachels Leib lebte noch zwei Minuten länger als seine Eltern und ging dann, da der nährende Blutstrom der Mutter nicht mehr floss, zugrunde.

Weil das Wetter so schön war, hielt Samuel seinen Unterricht heute nicht in der Schule oder Synagoge, sondern in seinem Garten hinter dem kleinen Haus in der Judengasse ab. Er las einen Abschnitt aus der Thora vor und ließ die Kinder mehrmals wiederholen. Sie hörten ihm nicht mehr zu, sondern drehten die Köpfe zur Gartentür.

Die Kinder hatten den Lärm weit eher vernommen als der alte schwerhörige Samuel. Ohne auf dessen Widerspruch zu achten, flitzten sie fort. Die ersten vier waren schon aus dem Tor gelaufen, nur Constantin und Benjamin konnten nicht mit, weil die knochige Hand Samuels ihre Wämser festhielt, während der alte Mann zornig schimpfte.

Sie hörten draußen die Kameraden laut aufschreien, dann gellend brüllen. Samuel und Benjamin erstarrten vor Schreck, der flinke Constantin aber riss sich los und rannte in die andere Richtung, so schnell er konnte. Er schlüpfte durch zwei Zaunlatten in den Nachbargarten. Das Herz schlug ihm wie rasend, und das Blut pochte hinter seinen

Augen, als er gebückt weiterrannte und abermals durch einen Zaun schlüpfte.

In diesem Augenblick hörte er den alten Samuel kurz aufstöhnen:

»Herr, rette uns!«, und dann einen dumpfen Fall. Benjamins Stimme kreischte durchdringend.

Noch einmal kroch Constantin durch einen Zaun, und nun befand er sich in einem Garten, der nicht mehr zur Judengasse gehörte, sondern zu Oben Marspforten. Hinter einem Gemüsebeet lag ein altes, halbverrottetes Holzfass. Constantin schlüpfte darunter und machte sich ganz klein. Er hatte große Angst, dass die furchtbaren Männer auch ihn hervorzerren und ihm schreckliche Dinge antun würden, dass auch er so grauenhaft schreien müsste wie seine Kameraden.

Den ganzen Tag und die Nacht dazu hockte der Junge in dem Fass, und Angst, Entsetzen und quälende Gedanken trieben ihm den Schweiß aus den Poren. Warum hatte der Herr, den Samuel so flehentlich angerufen hatte, ihm nicht geholfen? Und vor allem: Wo waren seine Eltern, lebten sie?

Um Mitternacht wagte er es endlich, das Fass zu verlassen. Er lauschte lange in die Dunkelheit. In seinem Fass hatte er nichts hören können, doch jetzt hörte er Grölen und Schreien, mal aus dieser, mal aus jener Richtung, jedoch nicht in unmittelbarer Nähe.

So leise er konnte, schlich er im Garten herum und suchte im Dunkeln nach etwas zu essen. Er entdeckte eine Miete mit Möhren vom letzten Jahr. Er rieb die Möhren ab. Der Sand knirschte ihm zwischen den Zähnen, als er sie gierig hinunterwürgte. Dann fand er ein paar Stängel Rhabarber und aß auch diese, und bald trieb ihn ein quälender Durchfall aus seinem Versteck. Immer wieder musste er in der Nacht seinen Darm krampfhaft entleeren, während die Angst, er könnte doch noch entdeckt werden, seine Kehle zuschnürte.

Er sehnte sich zutiefst danach, zu seinen Eltern zu laufen

und in ihren Armen das Grauen zu vergessen, traute sich aber nicht auf die Straße, solange draußen noch immer Lärm und Geschrei zu vernehmen war.

Erst als der Morgen dämmerte, wurde es ruhig. Die wilde Horde, die die Kölner Juden überfallen hatte, schlief erschöpft vom Morden und Huren, und es war wohl niemand unter ihnen, der keinen schweren Rausch hatte.

Constantin kroch aus seinem Fass. Arme und Beine taten ihm weh von dem engen Versteck, und die Leibschmerzen grollten noch immer in ihm. Sein Mund war trocken und pelzig, und er hatte grausamen Durst, doch er wagte nicht, sich Wasser aus dem Brunnen auf der Straße zu holen.

So leise er konnte, schlich er durch Oben Marspforten und Unter Goldschmied zu seinem Elternhaus in der Engen Gasse, immer voller Angst, er könnte einem Nachtwächter begegnen. Aber in dieser Nacht ging niemand auf Wache. Zweimal floh er in Todesangst in einen Winkel, als er Betrunkenen begegnete; die hatten allerdings so geladen, dass sie ihn gar nicht wahrnahmen.

Es wurde schon hell, als er in die Enge Gasse kam. Er rannte, so schnell er konnte, an den Leichen vorbei, die auf dem Boden herumlagen wie zerbrochenes Spielzeug. Jetzt hätte er sein Elternhaus schon sehen müssen. Den rauchenden Trümmerhaufen erkannte er zuerst nicht. Er war wie gelähmt. Alle Kraft floss aus ihm wie Wasser aus einem geborstenen Schlauch. Er wollte sich zu Boden fallen lassen, nichts mehr sehen, nichts mehr hören.

Wo waren seine Eltern? Er sah sie nirgends. Mühsam schleppte er sich durch die Enge Gasse, seine Augen irrten suchend über die auf der Straße liegenden Körper, während er vor Entsetzen fast die Besinnung verlor. Zu rufen wagte er nicht.

Plötzlich presste sich eine Hand auf seinen Mund. Er

wollte schon losschreien, als eine bekannte Stimme in sein Ohr flüsterte:

»Komm mit, Constantin, du musst hier fort.«

Der Griff lockerte sich, und er konnte seinen Kopf drehen. Er wurde ganz schwach vor Erleichterung, als er einen Nachbarn, den Kaufmann Jonathan, erkannte.

»Ich suche meine Eltern«, flüsterte das Kind.

Jonathan mied den Blick des Jungen und sagte hastig:

»Wir müssen weg. Die Unseren wollen aus dem Hafen entfliehen. Deine Eltern sind sicher schon dort. Mach schnell! Du kannst mein zweites Bündel tragen.«

Mit einem Schlag erwachte Constantin aus seiner Erstarrung, lud sich den Ballen auf die Schultern und folgte Jonathan, der sich vorsichtig in Richtung Rhein schlich.

Auf ihrem Weg sahen sie niemanden. Sie kamen zum Hafen, wo mehrere Schiffe darauf warteten, entladen zu werden. Es war totenstill, wo sich sonst auch früh schon viele Menschen tummelten, Fischverkäufer ihren nachts gefischten Fang anboten, Lastenträger einen Auftraggeber suchten.

Die Rheinschiffer zeigten sich nicht an Deck ihrer Fahrzeuge. Nur vor einem Schiff drängelten sich Menschen, manche humpelnd, andere mit blutigen Verbänden um Kopf oder Gliedmaßen. Leise und rasch arbeiteten Seeleute in den Segeln. Es mochten etwa zweihundert Menschen am Kai warten. Als sie dem Ufer näher kamen, erkannte Constantin, dass es sich um lauter Juden handelte, die so versuchten, über den Strom den Mördern in ihrer Heimatstadt zu entkommen.

Rücksichtslos drängte sich Jonathan durch und zerrte den Jungen hinter sich her. Der schaffte kaum den Weg durch die Menge, denn er war völlig erschöpft, und das umfangreiche Bündel behinderte ihn.

Mit Gewalt drückten sich die Wartenden auf das viel zu kleine Schiff. Als die letzten sich an Bord quetschten, tauchten plötzlich Reiter aus einer Seitenstraße auf. Sie waren schnell heran, brüllend und waffenschwingend. Sie hatten Brandpfeile dabei und schossen auf die Segel, die gerade leicht knatternd in die Morgenluft aufstiegen. Im Nu brannten sie, und nun begannen die Menschen an Bord zu schreien. Hastig versuchten Seemänner wie Flüchtende, die Flammen zu löschen. Es flogen viele Funken umher und setzten weitere Leinwand in Brand. Lodernde Fetzen fielen auf die Köpfe herab, die Getroffenen trampelten verzweifelt die überall züngelnden Feuer nieder. Eine Frau schrie gellend, als ihr Haar zu brennen begann.

Bei der drangvollen Enge fielen Menschen auf die Planken, gerieten unter die Füße der anderen. Kleine Kinder wurden totgetrampelt, ohne dass Rettung möglich war.

Die Seemänner versuchten noch, statt der Segel die Ruder zu benutzen, um sich vom Ufer abzustoßen, aber es war schon zu spät. Einige der Angreifer warfen mit Haken bewehrte Leinen nach dem Schiff und hinderten es am Ablegen; andere schoben bereits Laufplanken über die Reling und schwangen sich hinüber. Wo nicht genügend Platz war, um das Schwert zu schwingen, stießen sie mit ihren Lanzen und Dolchen zu.

Die Juden wehrten sich in Todesangst und brachten den Angreifern Beulen und blutige Verletzungen bei. So dicht gedrängt, wie sie standen, hatten sie kaum Möglichkeiten, ihre Messer und Dolche gegen die Schwerter einzusetzen. Ein noch sehr junger Krieger war in die Masten hochgeklettert, spannte seinen Bogen und zielte von dort mit Pfeilen auf die Menschen an Bord. Für eine Weile wogte der Kampf hin und her, dann erreichte ein zweiter Kriegertrupp das schaukelnde Schiff. Die Juden, darunter viele Frauen und Kinder, sahen ihrem Tod entgegen.

Constantin war in dem Gedränge an die vom Ufer abgewandte Seite gedrückt worden. Verzweifelt suchten seine Augen nach seinen Eltern. Wo waren sie nur? Er konnte sie in der Menge nicht entdecken. Er war so klein, er konnte nicht über die Menschen hinwegschauen, die in wilder Angst versuchten, den Pfeilen und Schwertern auszuweichen. Er kletterte auf die Reling, um besser sehen zu können und seine Eltern doch noch zu finden. Das Entsetzen hatte ihn so gepackt, dass er die Gewalt über seine Blase verlor und kaum merkte, wie es ihm heiß das Bein entlangrann. Der Kampf entbrannte immer heißer. Als mehrere Erwachsene vor ihm vor den Pfeilen zurückwichen, bekam Constantin einen gewaltigen Stoß und flog über die Bordkante ins Wasser. Er konnte nicht schwimmen.

Wild schlug er um sich, als er in die Tiefe tauchte. Das kalte Wasser des Rheins drang in seine Lungen. Da bekam Constantin die Ankerkette des Schiffs zu fassen. Er klammerte sich daran und zog sich hustend hoch, sah über sich die blutigen Kämpfe toben. Niemand hatte bemerkt, dass er ins Wasser gestürzt war.

In kurzer Entfernung bemerkte er ein Seil, das aus einem Loch in der Bordwand hing. Das konnte die Rettung zumindest vor dem Tod durch Ertrinken sein. Der Junge nahm all seinen Mut zusammen und stieß sich von der Kette ab. Einen kurzen Augenblick strampelte er hilflos im Wasser, und die Angst drückte ihm schon den Hals zu, da griff er das Seil und zog sich so eng an die gewölbte Bordwand, dass man ihn nicht mehr sehen konnte. Hier blieb er, während oben das Abschlachten weiterging. Er rechnete jeden Augenblick damit, dass ein Kopf über der Reling auftauchte, ihn hilflos an seinem Seil hängend entdeckte und ihn mit Schwert, Lanze oder Pfeil tötete oder ins Wasser stieß, sodass er ertrinken musste.

Er wollte nur eins: leben!

Der polternde Lärm und die Schreie oben wurden leiser und verstummten, nachdem auch der letzte Jude verblutet war. Eine Weile hörte Constantin noch, wie die Kreuzfahrer sich der Wertsachen der Erschlagenen bemächtigten und gelegentlich miteinander stritten, dann liefen sie wieder über die Planke ans Ufer zurück und verschwanden. Um das Schiff trieben einige Leichen, die bei den Kämpfen ins Wasser gestürzt waren. Der Rhein spülte sie davon, und der Junge sah sie langsam untergehen.

Er war vor Angst ganz starr, und sein Körper war vom Wasser ausgekühlt. Noch lange, nachdem die Geräusche verklungen waren, wagte er sich nicht zu rühren. Er glaubte nicht, dass er das Ufer erreichen könnte.

Schließlich versuchte er, an dem Seil emporzuklettern. Es fiel ihm sehr schwer, denn seine Hände waren klamm und seine Beine taub. Endlich erreichte er die Bordwand, zog sich hoch und ließ sich auf das Schiff fallen.

Als er den Kopf hob, sah er in ein Gesicht, das ihm bekannt vorkam. Gehörte es nicht dem Bäcker Simon? Er blickte mit einem Auge starr auf Constantin, und wo das zweite gewesen war, war nur noch eine blutige Höhle.

Neben Simon lag ein anderer Mann, sein Mund war weit aufgerissen, sein Gewand zerfetzt, er hatte die Hände auf den Leib gepresst, und zwischen den Händen quollen die Därme heraus. Es stank entsetzlich, und Constantin begann zu würgen, konnte aber, da er kaum etwas gegessen hatte, nur das viele Rheinwasser ausspeien, das er geschluckt hatte. Er fürchtete sich vor den verstümmelten Toten und versuchte, nicht auf ihre Verletzungen zu schauen. Was, wenn er Vater und Mutter so entsetzlich zugerichtet fände? Einen Augenblick war er versucht davonzulaufen, einfach nur weg von diesem grauenhaften Schiff.

Dann fasste er allen Mut zusammen und suchte weiter unter den Erschlagenen nach seinen Eltern. Er sah eine Frau mit roten Striemen um den Hals. Ihr Gesicht war blau und geschwollen, und die Zunge hing heraus. Dann bemerkte er, dass ihr Gewand bis zum Hals hochgestreift worden war, und fuhr entsetzt zusammen. Rachel war schamhaft gewesen, und Constantin hatte noch nie eine nackte Frau gesehen.

Noch einmal raffte er allen Mut zusammen. Er brachte es nicht über sich, auf die dicht gedrängten Leichen zu treten, und tastete sich an der Reling entlang rund um das Schiff. Er warf nur kurz einen Blick in jedes Gesicht, das er entdecken konnte, und vermied es, die blutigen Körper anzuschauen.

Manche der Toten lagen auch auf dem Bauch, und er konnte ihre Gesichter nicht sehen. Aber an der Kleidung hätte er seine Eltern wohl erkannt.

Als er merkte, dass er das Schiff umrundet hatte, ohne Vater oder Mutter zu finden, war er ganz schwach vor Erleichterung.

Weil seine Beine so sehr zitterten, kroch er auf allen vieren über die Laufplanke zum Ufer hinüber. Dann versagten ihm die Kräfte völlig, alles wurde schwarz um ihn, und er brach besinnungslos zusammen.

Gleich nachdem seine jüdischen Gäste sein Haus verlassen hatten, war Wolbero zu einer kurzen Reise nach Neuss aufgebrochen. Er brachte mit seinem eigenen Schiff eine Ladung Wein zu seinem dortigen Handelspartner Gerwin. Weil das Wetter so schön war, hatte auch Blithildis große Lust zu einer Schiffsfahrt gehabt und ihren Mann begleitet. Sie waren zeitig aufgebrochen und mit kleinem Segel den Strom hinabgefahren. Am folgenden Tag kamen sie mit neuer Ladung zurück. Schwer zogen die Ruderer an den Holmen, um den Weg gegen die Strömung zu bewältigen.

Blithildis saß vorn im Schiff auf einem in Leder gewickelten Tuchballen. Die Wellen schlugen gegen die Planken. Links von ihnen sahen sie in der Ferne den Turm von St. Heribert, und rechts tauchte Köln auf mit seiner festen Mauer und seinen zahllosen Türmen. Blithildis hob die Hand über die Augen denn die Sonnenstrahlen brachen sich tausendfach in den Wellen und blendeten sie.

Wolbero stand am Steuer und führte sein Schiff mit sicherer Hand. »Eigentlich findet das Schiff allein in den Hafen, so wie unsere Pferde den Weg in den Stall ohne Hilfe finden«, scherzte er.

Sie näherten sich dem Hafen. Etwas stimmte nicht. Nur sehr wenige Schiffe lagen im Hafen, und auf diesen war kein Mensch zu sehen.

Befremdet schaute sich der Kaufmann um. Wo waren all die Schauerleute, Stauer, Träger? Wo die Fischer, Kaufleute, Straßenhändler? Wo sonst hunderte Stimmen durcheinander riefen, herrschte Grabesstille.

Wolbero zögerte. Konnte er es wagen, mit seinem Schiff in den Hafen einzulaufen? Er schaute sich nach allen Seiten um, konnte jedoch nicht herausfinden, was das zu bedeuten hatte.

»Haltet euch bereit, notfalls schleunigst wieder in den Strom hinauszurudern«, wies er seine Männer an. »Und du, Blithildis, gehst besser in Deckung.«

Seine Frau tauchte gehorsam zwischen einige Bündel.

Langsam glitt Wolberos Schiff näher zum Ufer. Da lag die Rheinmöwe, das schöne große Schiff, das Kaufmann Vogelo sich im vergangenen Jahr hatte bauen lassen. Auch hier schien keine Seele an Bord zu sein, nur einige Vögel kreisten umher.

Dann waren beide Schiffe auf gleicher Höhe. Die Ruderer und Frau Blithildis konnten nichts Besonderes wahrnehmen, aber Wolbero stand höher als sie und konnte über den Rand des anderen Schiffes blicken. Fassungslos sah er auf zahllose Menschenkörper an Bord der Rheinmöwe, die in wildem Durcheinander auf den Planken lagen. Entsetzt schrie er auf. Blithildis fuhr aus ihrem Versteck empor und schaute hinüber. Voll Grauen presste sie die Hand auf den Mund.

Wolbero ließ seine Leute am Nebenplatz festmachen und sprang ans Ufer. Er lief zum Laufsteg der Rheinmöwe und wäre fast über eine kleine Gestalt gestolpert, die dort reglos lag. Er bückte sich und drehte sie um. Es war ein kleiner Junge, seine Augen waren fest geschlossen. Seine Kleider waren nass, sein Gesicht verzerrt.

»Das ist ja der kleine Constantin!«, rief Blithildis entsetzt. Wolbero fasste nach dem Hals des Jungen. Er lebte, der Puls schlug schwach und rasch.

Da Wolbero keine Verletzung an dem Kind bemerkte, überließ er es den Händen seiner Frau und betrat das fremde Schiff. Mit kreideweißem Gesicht kehrte er nach kurzer Zeit zurück.

Wolbero hatte Hinrichtungen mit angesehen, den Tod der Hexe Gudrun, er hatte auf seinen Handelsreisen Raubüberfälle abwehren müssen, wobei es Tote gegeben hatte. Doch ein solches Grauen hatte er sich nicht vorstellen können. Blut auf den Planken, gespaltene Schädel, zertrümmerte Gesichter. Ein abgeschlagener Arm lag ganz allein, die Hand umklammerte noch den Stumpf eines Messers mit zerbrochener Klinge.

Einer der Knechte übergab sich in die Fluten des gleichmütig dahinströmenden Rheins.

Inzwischen hatte Blithildis die Hände des Kindes gerieben und ihm leichte Klapse ins Gesicht gegeben, aber nichts hatte den Jungen aus seinem tiefen Erschöpfungsschlaf gerufen. Sie hielt das Kind an sich gedrückt, wiegte es und murmelte leise Trostworte, für Constantin und für sich selbst. Sie vermied es, zu dem Todesschiff hinüberzublicken.

Da weit und breit keine Schauerleute und Lastenträger sich blicken ließen, wies der Kaufmann seine Knechte an, so rasch wie möglich die wertvollste Ladung von Bord zu schaffen und auf einige Karren zu verladen. Einen Mann ließ er als Wache beim Schiff zurück, einen weiteren sandte er als

Boten zum Vogt des Erzbischofs, damit er die Gräueltat dort melden sollte.

Er selbst hob das Kind vom Boden auf und legte es auf einen der Karren zwischen seine Handelswaren. Dann zog er seinen Reisemantel aus und breitete ihn über die kleine Gestalt. Schweigend machten sie sich auf den Heimweg.

Auf dem Alter Markt sahen sie endlich Menschen. Leute standen in Gruppen zusammen und redeten, aber Händler sah man nicht. Wolbero hielt an und versuchte herauszufinden, was in Köln geschehen war. Fassungslos vernahm er, dass der ungezügelte Trupp Kreuzfahrer, von dem Ruben berichtet hatte, jetzt das Kölner Land unsicher machte und entlang des Rheins alle Juden umbrachte, deren er habhaft werden konnte.

Als die Männer an Oben Marspforten vorbeikamen, sahen sie die Leichen in der Judengasse liegen. Noch hatte sich niemand hingewagt, um sie zu bergen. Gerade kamen einige Mönche aus der Klosterkirche Groß St. Martin und begannen, geführt von ihrem Abt, mit dem Einsammeln der Toten. Schweigend trugen sie die Ermordeten aus der Engen Gasse und der Judengasse zum Alter Markt, um sie dort abzulegen.

Wolbero sah mehrere grässlich zugerichtete Leichen, einige der Gesichter kannte er.

Ein alter Rabbiner wurde vorbeigetragen. Seine Kleidung war blutüberströmt, sein Gesicht war so weiß wie der lange Bart.

Wolbero schauderte und wollte sich gerade abwenden, als ihm das Gesicht eines anderen Getöteten auffiel. Als er ungläubig und entsetzt näher trat, erkannte er Alexander. Der jüdische Kaufmann hatte seine Arme so fest um seine tote junge Frau geschlungen, dass die Mönche die beiden nicht hatten trennen können.

Vor kurzer Zeit hatten die beiden Zuflucht in Wolberos Haus gefunden, und nun hatte das Unheil sie doch ereilt.

Als die Mönche die Leichen auf der Bahre vorbeitrugen, schob sich Wolbero vor den Karren, um dem Kind den Anblick seiner ermordeten Eltern zu ersparen. Aber der Junge erwachte nicht.

Der Kaufmann winkte dem Knecht, den Karren weiterzuschieben. Schweigend folgte er dem Gefährt, neben ihm ging seine Frau. Da kam ihnen eine Truppe Bewaffneter entgegen. Sie waren alles andere als nüchtern, und die gefüllten Flaschen in ihren Händen sprachen dagegen, dass sie es bald sein würden. Wolbero zählte rasch: Es waren sieben Männer, und er hatte nur drei Knechte bei sich.

»Sind es Männer unseres Erzbischofs?«, fragte Blithildis.

»Nein, sie tragen nicht die Kölner Farben«, meinte Wolbero kurz. Er zog sein Schwert und packte mit der anderen Hand sein Messer fest. Die Männer versperrten dem Karren den Weg.

»Platz da«, rief Wolbero mit scharfer Stimme. »Wollt ihr einem Kölner Bürger wohl den Weg freigeben? Ihr brecht den Stadtfrieden. Und falls es euch einfallen sollte, euch an meiner Ware zu vergreifen, werdet ihr die Stadt kaum lebend wieder verlassen.«

Der Anführer der Gruppe, ein schwarzbärtiger Mann mit einem langen Spieß, schüttelte beleidigt den Kopf.

»Für was haltet ihr uns? Wir sind doch keine Räuber, sondern Streiter Christi.«

Er rülpste, und ein Schwall weingeschwängerter Luft wehte Wolbero entgegen.

»Wir sehen schon, dass du ein christlicher Kaufmann bist, und haben gar nichts im Sinn mit dir. Nur auf die Juden, die unseren Heiland umgebracht haben, haben wir es abgesehen. So ist es uns befohlen. Gott will es.«

Er wollte gerade weitertorkeln, als sein Blick auf das bewusstlose Kind auf dem Karren fiel, das mit seiner verbeulten, blutbeschmierten Stirn seine Aufmerksamkeit auf sich zog.

»Wer ist das denn? Habt ihr etwa einen dieser Gottesleugner aufgelesen?« Er machte Miene, nach dem Jungen zu greifen.

Da trat Blithildis rasch dazwischen. Mit den Fingernägeln fuhr sie ihm ins Gesicht und fauchte: »Lass ihn in Ruhe. Siehst du nicht, dass er verletzt ist?«

Der Mann drängte sie beiseite.

»Kein Jude soll am Leben bleiben. Tod allen Ungläubigen!« Und er zog einen Dolch heraus.

Blithildis fürchtete sich nicht vor ihm. »Hände weg! Es ist unser Sohn.«

»Woher hat er die Verletzung?«, fragte der Mann, noch immer misstrauisch.

»Er rutschte auf der Laufplanke aus und fiel ins Wasser, dabei schlug er sich die Stirn an und ist noch nicht wieder zu sich gekommen. Nun mach endlich, dass du aus dem Weg kommst, damit wir ihn rasch in unser Haus bringen können.«

Noch immer zögerte der Mann unschlüssig. Da vernahmen sie den Hufschlag von Reitern, und eine Gruppe Bewaffneter in erzbischöflichen Farben kam die Straße entlang. Sie ritten geradewegs auf die Kreuzfahrer zu und drängten sich zwischen diese und Wolbero. Der Weg war frei für den Kölner Kaufmann und die Seinen.

Zu Hause machte Frau Blithildis großes Wesen um den Knaben. Sie hüllte ihn in gewärmte Tücher, wusch ihn und bürstete seine wild zerzausten Haare. Schließlich tauchte das Kind aus seinem Tiefschlaf auf und schaute seine Wohltäterin an.

»Frau Blithildis«, sagte es mit schwacher Stimme und sah sich mit verwirrtem Blick um.

»Bist du endlich wach? Dann musst du jetzt etwas essen.«

Sie hatte schon einen Napf mit Brei an seinem Lager bereitgestellt. Der Junge setzte sich auf und schüttelte verwirrt den Kopf. Blithildis hielt ihm, wie einem Kleinkind, den Löffel mit Brei vor den Mund, sodass der Duft in seine Nase stieg. Wieder lehnte er ab, aber die Frau schob den Löffel sanft zwischen seine Lippen. Er kostete zuerst lustlos, aß dann jedoch die noch warme Grütze, die vor Butter troff, mit Heißhunger auf. Nachdem er noch einen großen Becher Wasser getrunken hatte, wurden seine Augen langsam klar.

»Wie komme ich denn hierher?«, fragte er.

»Wir haben dich am Hafen aufgelesen bei dem Schiff …« Sie stockte und wollte nicht von dem Totenschiff reden, das sie so sehr entsetzt hatte.

»Das Schiff«, wiederholte er zögernd, und dann erinnerte er sich. »So viele Tote, sie haben alle totgeschlagen«, schrie er.

»Du armes Kind«, sagte Blithildis leise, »hast du so etwas mit ansehen müssen!«

»Böse Männer, sie kamen mit Waffen«, klagte das Kind. »Zuerst in der Schul und dann auf dem Schiff, mit dem wir fliehen wollten … Ich wollte dort meinen Vater und meine Mutter suchen, aber ich habe sie nicht gefunden. Sie müssen noch irgendwo in der Stadt sein. Frau Blithildis, bitte bringt mich zu meinen Eltern!«

»Wir kümmern uns um sie, wenn du dich etwas erholt hast«, sagte Frau Blithildis bestimmt. Doch der Junge glitt schon aus dem Bett und schaute sich suchend nach seinen Kleidern um.

»Deine Kleider waren ganz nass, du bist wohl im Wasser gewesen; ich habe sie in die Küche zum Trocknen gehängt«, sagte Frau Blithildis.

Der Junge brach in Tränen aus.

»Meine Eltern, ich will zu meinen Eltern!«, rief er voller Verzweiflung. Gerade trat Wolbero in den Raum, und seine Augen trafen sich voller Trauer mit denen seiner Frau über dem Kopf des Kindes.

»Constantin«, sagte er sanft und fasste seine Hand. »Deine Eltern können sich nicht mehr um dich kümmern.«

Er stockte. Es war so schwer, die Wahrheit zu sagen. Aber der Junge hatte schon verstanden. Er wurde so weiß wie ein Leintuch.

»Beide?«, flüsterte er. Wolbero nickte nur. Constantin wollte laut schreien, doch sein Hals war wie von einer stählernen Klammer gedrosselt. Er rang nach Atem und verdrehte die Augen. In tiefem Mitleid schloss ihn Frau Blithildis in die Arme. Diese weiche, mütterliche Berührung zersprengte den Eispanzer, der Constantin fast erstickt hätte. Er sank in sich zusammen und begann, tief und trostlos zu weinen. Blithildis und Wolbero blieben lange bei ihm sitzen. Die Dämmerung senkte sich herab, und es wurde Nacht. Endlich schlief der Junge ein.

Früh am nächsten Morgen machte sich Wolbero auf den Weg. Nachdem er sich um sein Schiff gekümmert und den letzten Rest der Ladung in seinen Lagerraum hatte holen lassen, ging er zur Burg des Erzbischofs, um die Lage zu erkunden.

»Erzbischof Hermanns Vogt hat die Kreuzfahrer beschwichtigt und vorsichtig aus der Stadt geschickt«, berichtete er seiner Frau nach seiner Rückkehr. »Es sind viele, und sie sind aufgestachelt. Er wagt nicht, ihnen so zu begegnen, wie er es möchte, mit den wenigen Leuten, die er jetzt hier in Köln hat. Die meisten seiner Männer sind ja mit dem Erzbischof am Hof des Kaisers. Er hat aber die Juden, die das Morden überlebt haben, einsammeln lassen. Seine Reisigen bringen sie jetzt in verschiedene Städte, nach Neuss, Xanten, Kerpen, Wevelinghoven, Altenahr, Altenhofen und Meer.

Dort werden sie hoffentlich sicher sein. Viele sind es nicht mehr.«

Frau Blithildis schüttelte bekümmert den Kopf, während sie emsig an einem Kleidungsstück nähte.

Ihr Mann schwieg eine Weile und fuhr dann fort:

»Einige der Kreuzfahrer hatten versprochen, die Juden zu schonen, wenn sie sich taufen lassen wollten. Denen, die aus Todesangst zustimmten, haben sie dann gleich Wasser über den Kopf gegossen. Auch dies sind nicht viele.«

»Was geschieht nun mit ihnen?«, fragte Blithildis.

»Man weiß es noch nicht. Ich traf einen Juden im Palast des Erzbischofs. Aus Angst um seine kleinen Kinder hat er sich und die Seinen von den Kreuzfahrern taufen lassen. Nun klagt er beim Vogt, das sei unter Zwang geschehen und darum ungültig. Manche stimmen ihm zu, doch ich habe auch Stimmen gehört, die behaupten, eine Taufe sei sozusagen nicht mehr abwaschbar. Der Erzbischof wird nach seiner Rückkehr entscheiden, was hier zu geschehen hat.«

Wolbero wechselte das Thema. »Ich habe nach Verwandten von Constantin geforscht. Unter den Juden, die sich gerade zur Abreise fertig machen, habe ich keine gefunden, aber eine der Nachbarsfamilien hat sich bereit erklärt, den Jungen mitzunehmen.«

Blithildis schrak zusammen, ihre Näharbeit fiel ihr aus den Händen. »Den Jungen wegschicken? Warum denn? Bei uns ist er doch sicher.«

Wolbero hob erstaunt die Augenbrauen. »Was sollen wir mit ihm? Er gehört zu seinesgleichen. Wie geht es ihm übrigens heute?«

»Er ist so gefasst, wie du es von einem Kind erwarten kannst, das gerade seine Eltern auf grauenhafte Weise verloren hat. Er sagt, er muss die Totengebete für sie sprechen. Du musst ihn begleiten, man kann ihn nicht allein in die Stadt gehen lassen.«

Wolbero nickte. »Totengebete? Ja, wir gehen mit ihm. Ich habe mich erkundigt, sie haben die Leichen inzwischen alle zum Judenfriedhof geschafft.«

Blithildis trat auf ihren Mann zu und schlang die Arme um ihn. »Wolbero, lass den Jungen bei uns! Es ist ein so lieber kleiner Kerl; jetzt, wo unsere beiden Söhne auf Kreuzfahrt sind, wäre es so schön für mich, ihn hier zu haben. Und was soll sonst aus ihm werden? Er steht doch ganz allein auf der Welt.«

»Blithildis, er ist ein kleiner Jude. Er ist ein sehr netter Junge, aber seine Art ist uns doch fremd. Es ist besser, wir schicken ihn mit den anderen Juden fort. – Na, na, was machst du denn da?«

Seine Frau war in Tränen ausgebrochen. Sie schluchzte: »Er tut mir so leid, ihm ist so Schreckliches angetan worden. Ich will versuchen, etwas davon wieder gutzumachen. Er ist doch noch ein Kind, wer soll denn jetzt für ihn sorgen, wo seine Eltern tot sind? Ich möchte ihn auch um meinetwillen bei uns behalten, weil ich ihn sehr gern habe. Was schert es mich denn, ob Jude oder Christ? Lass ihn bei uns, Wolbero, ich bitte dich sehr!«

Wolbero schwieg eine Weile und dachte nach. Er ahnte, dass es zu Schwierigkeiten kommen könnte, wenn er einen kleinen Juden in einen christlichen Haushalt aufnahm, aber die flehentlichen Bitten seiner Frau, die ihn sehr selten um etwas bat, rührten ihn.

»Nun gut, vorerst kann er bleiben. Wir werden später sehen, was wir mit ihm anfangen«, willigte er ein. »Jetzt pass auf, dein Nähzeug ist schon wieder heruntergefallen und wird schmutzig auf dem Boden. Was nähst du da eigentlich?«

»Einen neuen Kittel für Constantin«, sagte Blithildis trotzig.

Sie suchten Constantin und fanden ihn im Stall, hinten in einem dunklen Winkel. Er hatte eins der Katzenkinder an sich gepresst. Er saß ganz still und gab keinen Laut von sich, die Tränen strömten über sein Gesicht. Er merkte nicht, dass er das Tierchen so fest hielt, dass es maunzte, und dass die Alte vor ihm stand, um ihm ihr Kleines abzunehmen und es fortzutragen.

»Komm, Constantin, es ist Zeit zu gehen«, sagte Wolbero, und der Junge folgte ihnen zum Judenfriedhof.

Vor dem Eingang des Friedhofs blieb Constantin stehen.

»Es müssen zehn Juden dabei sein!«, rief er verzweifelt. »So ist es nicht richtig!«

Wolbero legte den Arm um ihn. »So viele Juden gibt es heute in Köln nicht mehr. Blithildis, Hermann, Dietrich und ich werden sie ersetzen. Dein Gott wird den guten Willen gelten lassen.«

Wolbero hatte zuvor seine Knechte Hermann und Dietrich zum Alter Markt geschickt. Sie hatten Alexander und Rachel unter den vielen Toten herausgesucht. Sie hatten sie auf zwei Bahren legen wollen, doch das war nicht möglich gewesen. Alexanders Arme waren schon längst im Tode erstarrt und gaben seine Frau nicht mehr frei.

Die Knechte hatten das Blut abgewaschen, so gut es möglich war, und ein leinenes Tuch über das tote Paar gebreitet, sodass man die blutüberströmte Kleidung nicht sah. Sie hatten Alexander eine Mütze aufgesetzt, damit sein Sohn nicht seinen zertrümmerten Schädel sehen musste. Dietrich, der kaum dem Knabenalter entwachsen war und sein zartes Kindergemüt bewahrt hatte, hatte voller Mitleid mit der toten Frau ihr Haar geordnet und ein paar Feldblumen hineingesteckt.

Da stand Constantin nun allein vor seinen Eltern. Die Tränen strömten ihm über das Gesicht, und mit klagender Stimme rief er Worte in einer Sprache, die Wolbero und Blithildis nicht verstanden. Dabei wiegte er sich voller Schmerz hin und her. Fremd erschien er seinen Gastgebern in diesem Augenblick, aber das Mitleid verband sie mit dem verzweifelten Kind.

Nachdem Alexander und Rachel begraben waren, blieb Constantin zögernd am Grab stehen. Die Frage traf ihn plötzlich wie ein Schlag: Wohin sollte er nun gehen?

Blithildis trat auf ihn zu, nahm wie selbstverständlich seine Hand und führte ihn fort.

Einige Tage später kam Wolbero in höchster Eile vom Bürgerhaus zurück. Sein Gesicht war sehr ernst. Er zog seine Frau in seine kleine Arbeitsstube und schloss die Tür fest.

»Ich habe wieder eine schreckliche Nachricht vernommen«, sagte er bekümmert. »Ich sagte dir doch, dass Erzbischof Hermann die überlebenden Juden sammeln und in verschiedene Städte in der Umgebung hat bringen lassen, um sie so der Aufmerksamkeit der Kreuzfahrer zu entziehen, die ja immer noch im Lande sind. Nun ist die Nachricht gekommen, dass in sechs Städten alle Juden umgebracht worden sind; nur in Kerpen sind sie nicht entdeckt worden. Es gibt jetzt nur noch eine Hand voll von ihnen. Ich habe mich erkundigt, in Neuss und Xanten waren entfernte Verwandte von Constantin dabei, von Seiten seiner Großmutter Gütlin. Niemand von ihnen hat überlebt.«

Er machte eine Pause und dachte nach, den Kopf mit dem graublonden Haar in die Hand gestützt.

»Fürs Erste kann der Junge nirgendwo hin. Wir müssen uns eine sinnvolle Beschäftigung für ihn ausdenken, bis wir klarer sehen.«

Er ließ den Jungen rufen.

Constantin trat ein und grüßte den Hausherrn ehrerbietig.

»Mein lieber Junge«, fragte Wolbero, »was hast du eigentlich früher jeden Tag gemacht?«

»Ich bin jeden Morgen in die Schul zum Rabbiner gegangen. Dort hat Rabbi Samuel uns aus Thora und Talmud gelehrt.« Constantin schwieg und erinnerte sich schuldbewusst daran, dass er gar nicht so selten den Unterricht geschwänzt hatte, weil er lieber durch die Stadt gestreift oder zum Hafen gelaufen war. »Fast jeden Morgen«, verbesserte er sich darum.

»Kannst du schreiben und lesen?«, fragte Wolbero. Der Junge bejahte es. Der Kaufmann schob ihm eine Schiefertafel zu, auf der er seine Rechnungen zu machen pflegte.

»Schreib ein paar Worte.«

Der Junge tat es, und der Kaufmann starrte verdutzt hin. Dann lachte er.

»Ich sehe, du schreibst in euren Zeichen, nicht in lateinischen Buchstaben. Immerhin bist du darin geübt, mit dem Griffel umzugehen, und deine Schrift sieht sauber und schön aus, auch wenn ich sie nicht lesen kann. Wie steht es mit Rechnen?«

»Das hat mir mein Vater beigebracht, denn ich sollte ja Kaufmann werden wie er und wie Ihr.«

Wolbero prüfte den Jungen noch eine Weile und war nicht unzufrieden.

»Hast du Neigung zur Kaufmannschaft?«, fragte er. Constantin nickte leidenschaftlich.

»Ich möchte erfahren, woher die Waren kommen, die am Hafen ausgeladen werden. Ich habe auch gern den Vater beobachtet, wenn er ein schönes Schmuckstück oder Lyoner Seide oder sonst etwas verkaufte. Nur beim Weinverkauf durfte ich noch nicht helfen, denn die Mutter erlaubte nicht, dass ich den Wein probierte. Ich kann auch ein wenig die einzelnen Münzsorten umrechnen. Immer wollte ich mit dem Vater auf Handelsfahrt gehen, aber er hat gesagt, ich muss zuerst noch lange in die Schul gehen.«

Wolbero blickte den Jungen an.

»Du willst lieber in die Schule gehen als Handel treiben?« Heftig schüttelte das Kind den Kopf. Der Kaufmann lachte und gab ihm einen kleinen Klaps.

»Kinder sind doch alle gleich. Hör zu, Constantin. Es gibt auch bei uns eine Schule, wo Kaufmannskinder die wichtigsten Kenntnisse erwerben können. Aber ich möchte dich nicht dorthin schicken. Sie wird von Mönchen geleitet, und du wärst dort wohl nicht willkommen. Meine Blithildis wird dir unsere Schrift beibringen. Sie war mehrere Jahre lang als Schülerin im Kloster und hat eine wundervolle Handschrift. Was du als Kaufmann wissen musst, kannst du bei mir lernen. Ab sofort begleitest du mich jeden Tag von früh bis zum Nachmittag, und die letzten beiden Stunden des Tages unterrichtet dich meine Frau. Was meinst du dazu?«

Der Junge strahlte.

»Ich danke Euch, Herr«, rief er erfreut aus.

»Und nenne mich nicht mehr Herr, sondern bei meinem Namen. Und höre zu, Constantin, nächste Woche nehme ich dich mit auf eine Fahrt nach London.«

Der Sommer ging vorbei, und auch der Herbst. Constantin lernte rasch. Rabbi Samuel hatte ihm beigebracht, längere Schriften auswendig zu lernen, so fiel es ihm jetzt nicht schwer, sich alles genau zu merken, was ihm zunächst fremd gewesen war.

Mit Feuereifer lernte er, kaufmännisch zu rechnen, welche Waren man wo kaufen musste, um gute Geschäfte damit zu machen, welche Handelswege zu welcher Jahreszeit die günstigsten waren, welche Zölle und Abgaben gezahlt werden mussten und dergleichen mehr.

Fast noch schöner waren für ihn die vorabendlichen Stunden mit Frau Blithildis. Sehr rasch lernte er von ihr, lateinische Buchstaben sauber auf eine Schiefertafel zu malen.

Sie besaß ein kleines Stundenbuch, das sie in ihrer Klosterzeit in einem langen Winter aus den prächtigen Büchern der dortigen Bibliothek abgeschrieben hatte. Eine ganze Kuh hatte ihr Vater damals für die Pergamentstreifen hingegeben und ein wenig darüber gemurrt. Aber als sie ihm ihr fertiges Werk zeigte, mit schönen Initialmalereien, wie es ihr Schwester Mechtildis beigebracht hatte, war er sehr stolz auf seine kunstfertige Tochter gewesen. Aus diesem Stundenbuch las sie nun Constantin vor, und bald entzifferte er die Wörter selbst.

Der Junge hatte die Hausfrau sehr in sein verwaistes Herz geschlossen. Er beobachtete sie genau und achtete auf alles, was sie tat. Sie war morgens als Erste und abends als Letzte auf den Beinen, jede Arbeit ging ihr flink von der Hand. Auch mit dem Mundwerk war sie nicht langsam, das merkten die Mägde, wenn sie einmal eine Arbeit nicht oder nicht rasch genug erledigt hatten. Trotzdem dienten sie ihr gern, denn sie verlangte nicht nur Fleiß von anderen. Jederzeit hatte sie ein offenes Ohr für die Sorgen ihres Gesindes. Ihre fröhliche Natur und ihr mitfühlendes Herz gewannen ihr leicht die Zuneigung ihrer Nächsten.

Ihre Fensterbänke standen stets voll mit Töpfen, in denen zu fast jeder Jahreszeit Blumen blühten. Niemand hatte wohlriechendere Kräuter, saftigeres Gemüse im Garten hinter dem Haus als Frau Blithildis.

Ständig zog sie Jungtiere auf, die sie irgendwo auflas: Hunde, Katzen, aus dem Nest gefallene Jungvögel, Igel und ähnliches Getier. Nur vor Mäusen und Ratten hatte sie eine unüberwindliche Abscheu und hatte sich beim Schmied Egolf mehrere Fallen anfertigen lassen, um diese unerwünschten Gäste zu vertreiben, und auch ihre Katze half, deren Anzahl zu vermindern.

Besonders liebte es Constantin, wenn sie ihm aus der Geschichte ihrer Heimatstadt Köln erzählte, von den Machtkämpfen, die ständig zwischen den Erzbischöfen und den Bürgern stattfanden. Dann saß er ganz still und hielt ihr das Wollknäuel, denn die fleißige Blithildis konnte Mundwerk und Hände zugleich regen. Während ihrer Schilderungen strickte sie warme Strümpfe für Wolbero und für Constantin. Sie berichtete auch von den Heiligen, die in Köln besonders verehrt wurden, Gereon, Ursula und wie sie alle hießen.

Sonst ließ sie die Religion aus ihrem Unterricht fort, denn was sollte er damit, wenn er eines Tages wieder zu seinen Glaubensgenossen zurückkehrte?

Nicht alle im Hause liebten den Jungen. Die alte Magd Gertrud hatte für Constantin nichts übrig. Sie war seit einem Vierteljahrhundert im Haus, seit Wolbero seine erste Frau heimgeführt hatte. Sie arbeitete meistens in der Küche, und Wolbero schätzte ihre Kochkünste sehr.

Blithildis hatte schon gemerkt, dass Gertrud den Jungen oft scheel ansah und barsch mit ihm sprach. Gerade darum hatte sie Constantin an diesem Samstagvormittag in die Küche geschickt, er sollte der alten Magd helfen, Sauerkraut für den Winter einzustampfen. Sie hoffte, die Magd wäre freundlicher zu ihm, wenn er ihr die lästige und schwere Arbeit erleichterte.

Die Hausfrau war gerade dabei, im Hof mit der jüngeren Magd Ada frisch gewaschene Wäsche zu recken, als sie ein wütendes Schimpfen und dann einen lauten Klatsch aus dem Haus vernahm. Sie eilte in die Küche und fand dort Gertrud, die laut zeterte und mit den Fäusten fuchtelte, sowie Constantin, auf dessen weißem Gesicht sich deutlich die rote

Spur einer Hand abzeichnete. Seine Augen standen voll Tränen.

Blithildis wurde zornig, nahm sich mit Mühe zusammen und wandte sich an die Magd: »Was ist hier geschehen?«

»Ich mache gerade das Hasenklein für morgen Mittag. Der Bengel hat daran genascht und es dann auch noch auf den Boden gespuckt!«, wütete die Alte.

»Hast du aus dem Topf da genascht?«, fragte Blithildis den Jungen. Constantin nickte betreten.

»Es roch so gut, da habe ich mich vergessen. Es tut mir Leid.«

»Du darfst nur naschen, wenn Gertrud es dir vorher erlaubt hat. Wenn ich nicht in der Küche bin, hat sie hier das Sagen. Du wirst dich jetzt sofort bei ihr entschuldigen.«

Der Blick, den Constantin auf die alte Magd warf, war zwar nicht allzu freundlich, aber er ging gehorsam auf sie zu, machte eine kleine Verbeugung und murmelte: »Verzeih mir, Gertrud, ich will es nicht wieder tun.«

Er erntete nur einen ungnädigen Blick. Blithildis tat, als hätte sie es nicht bemerkt.

»Gut«, sagte Blithildis, »soweit dieses. Gertrud beklagt sich, du hättest das Hasenklein dann auf den Boden gespuckt. Ist das richtig?«

Constantin nickte und ließ den Kopf hängen.

»Dann sage mir, warum.«

Constantin schluckte.

»Als Gertrud mich mit vollem Mund erwischte, fragte sie mich, ob mir das Schweinefleisch gut schmecke. Da bin ich so erschrocken, denn Schwein ist uns doch streng verboten. Ich wusste nicht, was ich tun sollte, da habe ich es eben wieder ausgespuckt.«

Blithildis schwieg. Sie erinnerte sich, wie sie sich damals zu Pfingsten mit Constantins Mutter über jüdische Speisegebote unterhalten hatte. Nichts Fleischernes und Milchiges zusammen, hatte Rachel gesagt. Und auf keinen Fall Schwein. Gertrud wusste genau, dass es Hasenfleisch war. Aus Bosheit hatte sie Constantin glauben lassen, es sei Schweinefleisch.

»An deine Gebote musst du dich halten«, entschied Blithildis. »Wir haben auch unsere Gebote, darum gibt es bei uns freitags kein Fleisch. Wenn du geglaubt hast, du hast Schweinefleisch im Mund, blieb dir kaum etwas anderes übrig, als es auszuspucken. Dafür brauchst du dich also nicht zu entschuldigen. Und nun zu dir, Gertrud. Du hast Constantin geschlagen.«

»Wenn er doch genascht hat, der Judenbengel!«

Blithildis sah die alte Magd sehr streng an.

»Ich kann mich gut erinnern, dass Eckebrecht und Richwin sich oft in der Küche herumgetrieben und genascht haben, wann immer es ihnen einfiel. Und du hast ihnen noch dauernd etwas zugesteckt und sie niemals geschlagen. Der eigentliche Grund ist also wohl, dass Constantin ein kleiner Jude ist, wie ich aus dem hässlichen Wort erkenne, das du gebraucht hast.«

Die alte Magd stampfte zornig mit dem Fuß auf den Boden.

»Was denkt Ihr denn, Ihr zwingt uns hier einen Fremden auf, der nichts von unseren Gebräuchen weiß. Er bekreuzigt sich nicht, er steckt die Finger nicht ins Weihwasserkesselchen, er betet nicht – jedenfalls nicht so, wie ein Christenmensch es tut. Er will am Samstag nicht arbeiten, wo doch jeder weiß, dass Gott den Sonntag und nicht den Samstag zum Ruhetag bestimmt hat. Wer will schon mit so einem in einem Haus zusammenleben? Sicher bringt er Unglück. Soll er doch zu seinesgleichen gehen, da gehört er hin.«

Blithildis war ganz weiß geworden.

»Dieser Junge ist kein Fremder. Er mag kein Christenmensch sein, wie du sagst, aber ein Mensch ist er ganz bestimmt und ein hilfloses Kind dazu. Du meinst, er soll zu seinesgleichen gehen? Das kann er nicht, weil deinesgleichen seinesgleichen umgebracht haben.«

»Wieso denn meinesgleichen?«, fragte Gertrud empört.

»Christenmenschen eben. Die haben seine Eltern ermordet. Merkst du, was man mit Begriffen wie seinesgleichen und meinesgleichen alles anrichten kann? Constantin gibt sich alle Mühe, sich hier einzufügen. Dass er versucht, die Gebräuche seines Elternhauses zu wahren, ist seine Pflicht, jeder wohlwollende Mensch müsste das verstehen.«

»Jetzt reicht es mir«, keifte die alte Magd. »Wie komme ich dazu, dass Ihr mich so scheltet? Mich, die ich länger hier im Hause bin als Ihr selbst? Und alles wegen dem da?«

Blithildis reichte es auch.

»Hör mir gut zu, Gertrud. Der da heißt Constantin, ich sagte es bereits. Er hat sich bei dir entschuldigt, und du wirst dich jetzt bei ihm für die Ohrfeige entschuldigen, denn es war Unrecht von dir, ihn zu schlagen. Im Übrigen weißt du ganz genau, dass du ihn hinterlistig dazu gebracht hast, das Fleisch auszuspucken, indem du vorgabst, es sei Schweinefleisch. Oder kannst du plötzlich einen Hasen nicht mehr von einem Schwein unterscheiden? Bitte entschuldige dich, damit wir diese unerfreuliche Geschichte hinter uns bringen.«

»Ich denke ja gar nicht daran«, schäumte die Magd. »Lieber verlasse ich dieses Haus.«

Constantin zupfte Blithildis flehend am Ärmel und schüttelte den Kopf. Er wollte nicht, dass die Magd zu einer Entschuldigung gezwungen wurde. Aber die Hausfrau sagte zu Gertrud:

»Das würde ich bedauern. Du kannst bis heute Abend in Ruhe darüber nachdenken.«

Und sie fügte, zu Constantin gewandt, hinzu: »Wenn man ungerecht gehandelt hat, muss man lernen, es einzusehen und sich zu entschuldigen. Daran geht kein Weg vorbei.«

Eigentlich wollte Blithildis noch hinzufügen, dass Gertrud und sie erst noch einmal miteinander reden sollten, wenn sie sich beide etwas beruhigt hätten. Aber als sie Gertruds wütendes Gesicht sah und den hasserfüllten Blick, den Gertrud nun auf Constantin warf, erstarb ihr jedes versöhnliche Wort im Munde. Sie verschob ihre Absicht bis auf den Abend.

Es kam jedoch nicht dazu. Es dauerte keine Stunde, und Gertrud verließ das Haus. Blithildis nahm es nicht ernst, denn die Magd ging mit leeren Händen. Bald darauf klopfte ein Mann im Hause Unter Goldschmied und sagte, er solle das Bündel abholen, das Gertrud in der Kammer unter dem Dach zurückgelassen hatte. Betroffen gab Blithildis das Gewünschte heraus.

Beim Abendbrot schaute sich Wolbero in der Runde um und fragte nach Gertrud.

»Sie ist fortgegangen«, sagte Blithildis einsilbig. »Auf ihren eigenen Wunsch.«

Wolbero sagte nichts mehr, denn er führte grundsätzlich keine Auseinandersetzung mit seiner Frau vor den Ohren des Gesindes, nur eine steile Falte auf seiner Stirn sprach von seinem Unmut.

Erst unter vier Augen ließ er sich später von Blithildis über das Vorgefallene unterrichten.

»Gertrud war ein Menschenalter in diesem Haus«, sagte er unzufrieden. »Hätte sich die Angelegenheit nicht im Guten bereinigen lassen?« Blithildis hatte ja selbst ein ungutes Gefühl über den unerfreulichen Verlauf, aber nun wurde sie trotzig.

»An mir hat es wahrhaftig nicht gelegen. Gertrud war völlig uneinsichtig. Sie hat etwas gegen Constantin, einzig und allein, weil er kein Christ ist. Schon länger habe ich beobachtet, dass sie ihm mit allerlei kleinen Bosheiten zusetzt.«

Wolbero schaute Blithildis böse an.

»Ich hätte nicht gedacht, dass du so hart gegen eine Magd sein kannst, die uns ein Menschenalter lang gedient hat! Und das wegen eines Kindes, das doch wohl nur kurze Zeit in diesem Hause sein wird!«

Blithildis antwortete nicht, schaute aber genauso böse zurück.

So hatte Wolbero sie noch nie erlebt. Sie würde nicht nachgeben, nein, das würde sie nicht.

Noch immer verärgert, brummte er nur kurz: »Über die Mägde hast du allein zu bestimmen, mag es also so sein.« Und dann gab er noch eins drauf: »Schade, Gertrud hat so gut gekocht.«

Als Blithildis hinausging, hörte sie noch, wie ihr Mann murmelte: »Ich wusste ja, dass es Schwierigkeiten mit dem Jungen geben würde.«

Blithildis' Herz klopfte heftig vor Ärger. Zuerst der Verdruss mit Gertrud. Noch nie hatte sich eine der Mägde auf diese Weise gegen sie aufgelehnt. Und nun haderte auch noch ihr Mann mit ihr! Das fand Blithildis sehr ungerecht. Die Magd hatte Constantin hereingelegt und auch noch ihre hämische Freude an seinem Schrecken gehabt. Es war völlig angemessen gewesen, eine Entschuldigung zu verlangen.

Nur gegen Constantin hegte sie kein Fünkchen Unmut. Sie eilte zu seiner Kammer. Der Junge schlief nämlich nicht im großen Raum mit allen anderen zusammen. Das war zwar ungewöhnlich, Blithildis hatte dies jedoch stillschweigend so eingerichtet, damit Constantin dort in Ruhe seine jüdischen Gebete sprechen konnte, ohne verwunderten oder missbilligenden Blicken ausgesetzt zu sein, und Wolbero hatte es ebenso stillschweigend geduldet. Vor seiner Tür stand sie still und horchte kurz. Als sie ein unterdrücktes Weinen hörte, klopfte sie und trat ein. Sie fand Constantin nicht auf seinem Strohsack, sondern er kauerte tränenüberströmt in einer Ecke. Sanft zog sie ihn in ihre Arme, wiegte ihn eine Weile tröstend und streichelte seinen Kopf, bis sein Schluchzen leiser wurde.

»Schau mal, mein lieber Junge«, sagte sie dann leise zu ihm, »es gibt immer Menschen, die können es nicht aushalten, dass jemand anders ist als sie selbst. Alles, was fremd ist, scheint ihnen bedrohlich, und sie setzen sich dagegen zur Wehr. Und manchmal sind sie dann so gemein wie Gertrud heute zu dir. Aber es gibt auch genügend Leute, die es lieben, Neues zu erfahren und Menschen kennen zu lernen, die anders leben als sie selbst. Die sind aufgeschlossen. Manche sind so und manche so. Du musst es nehmen, wie es kommt.«

Constantin nickte, aber seine Tränen versiegten nicht.

»Du weinst auch noch aus einem anderen Grund«, vermutete Blithildis und strich liebevoll über seine Hand. »Ist es, weil du an deine Eltern denkst?«

Er musste so schluchzen, dass sie nur ein paar Wortfetzen verstand.

»O ja, mein Vater ... meine Mutter ... unser alter Rabbi ... meine Kameraden ... alle sind sie tot, und ich bin noch da und fühle mich so unnütz ...«

Während sie das Kind in den Armen hielt, kam ihr der Gedanke, dass er vielleicht jeden Abend weinen musste, und sie hatte es nicht bemerkt. Sie küsste ihn sanft auf die Stirn.

»Constantin, wolltest du deinen Kummer vor uns verbergen?«

Er nickte, sah sie jedoch nicht an.

»Das ist nicht nötig. Wir verstehen deinen Schmerz und achten ihn. – Hast du vielleicht geglaubt, es würde mich kränken, wenn du um deine Mutter weinst?«

Der Junge sah zu ihr auf. Ihre Augen spiegelten das Licht der kleinen Unschlittkerze, die sie in der Hand trug. Er fiel ihr um den Hals und schluchzte. Die Frau streichelte seine Hand. »Mein Junge, ich habe dich in mein Herz geschlossen, das hast du wohl bemerkt. Ich trauere mit dir um deine Mutter, die dich geboren und aufgezogen hat. Ich weiß nicht, wie Juden über die ewige Seligkeit denken, dennoch bete ich jeden Abend für deine Eltern. Ich stelle mir vor, dass sie jetzt im Himmel sind, und ich sage deiner Mutter in meinen Gebeten, dass ich auf ihr Kind aufpassen will. Und natürlich bete ich auch für dich, dass dein Schmerz heilen möge.«

Dann küsste sie ihn noch einmal sanft, deckte ihn liebevoll mit seinem Leintuch zu und wandte sich zum Gehen. In der Tür sah sie sich noch einmal um und sagte sehr leise: »Du bist ganz und gar nicht unnütz, Constantin. Ich freue mich sehr an dir und bin dankbar für jeden Tag, den du in meiner Nähe bist.« Damit verließ sie leise den Raum.

Constantin weinte noch eine Weile weiter. Nun war der Schmerz nicht mehr so reißend, sondern löste sich langsam in seinen Tränen auf. Er dachte auch weiterhin täglich an seine Eltern, aber der rasende Schmerz machte langsam einem traurigen Gedenken Platz.

Tief in seinem Innern war ihm bewusst, dass er viele Dinge nicht mehr beachtete, auf die seine Eltern stets großen Wert gelegt hatten.

Er ging nicht mehr in die Schul – es gab ja auch weder Schul noch Rabbi. Er vergaß langsam die religiösen Riten. Er achtete den Sabbat nicht mehr, weil für die Christen der Sonntag der geheiligte Tag und der Samstag ein Arbeitstag war.

Er wusste natürlich, dass es jüdische Speisevorschriften gab, seine Mutter hatte alle Mahlzeiten entsprechend diesen Vorschriften zubereitet und es nicht für nötig gehalten, sie im Einzelnen zu erklären, da sie in ihrem Hause selbstverständlich waren. Dass Schweinefleisch verboten war, hatte er im Gedächtnis behalten, und er aß nichts davon, wenn es auf den Tisch kam. Die übrigen Gebote vergaß er im Lauf der Zeit.

Es war für ihn kaum möglich, die Gebräuche seines jüdischen Elternhauses in einer christlichen Umwelt zu bewahren; dennoch fühlte er sich tief in seinem Innern dafür schuldig.

Der Winter des Jahres 1098 hatte starken Schneefall gebracht, und ein dicker weißer Teppich bedeckte die Häuser der Stadt. Wolbero und seine Knechte hatten die Läden vor den Fenstern überprüft und eine große Menge Holz herbeigeschafft. Abwechselnd hatten sie im Hof das Holz zu Brennscheiten zersägt und zerhackt, und auch Constantin hatte dabei nach Kräften mitgeholfen.

Jeden Morgen stand er auf, wenn es noch dunkel war, und schlüpfte zitternd in die schöne, warme Wolljoppe, die Frau Blithildis für ihn angefertigt hatte. Er holte draußen im Schuppen Holz und Kienspäne und verteilte es in der Küche und in der Arbeitsstube des Hausherrn.

In den anderen Räumen des Hauses konnte nicht geheizt werden, auch im Laden nicht, weil dort die Brandgefahr zu groß war. Wohl nahm Wolbero, wenn er hinunterging, ein kleines Kohlenbecken mit, an dem er sich zwischendurch immer wieder die Hände wärmte.

An einem dunklen Februartag klopfte es in der frühen Abenddämmerung an das Tor. Draußen stand der junge Knecht Gerhard. Völlig erschöpft wankte er herein, wurde von Frau Blithildis mit erschreckten Rufen empfangen und an den Küchenherd zum Aufwärmen gesetzt.

»Hier hast du erst einmal einen heißen Trunk, Gerhard. Und hier ist noch ein Teller von der Abendgrütze. Und nun sag endlich, wieso du allein hier ankommst und was du erlebt hast.«

Aber Gerhard ließ nur den Kopf hängen und sagte nichts.

Alle Bewohner des Hauses strömten herbei, um zu hören, was er zu erzählen hatte. Als Letzter kam der Hausherr in die Küche und streckte Gerhard die Hand zum freundlichen Willkommen entgegen.

Gerhard fasste beide Hände Wolberos und sah ihm jammervoll ins Gesicht.

»Schlechte Kunde bringe ich Euch, Herr Wolbero«, sagte er zögernd. »Gott gebe Euch Kraft, um sie zu ertragen. Euer Sohn Richwin ist tot. Er fiel als Kreuzfahrer im Dienste des Herrn, Er sei seiner Seele gnädig.«

Blithildis schrie voller Schmerz auf, und Wolbero wurde weiß wie die Wand.

»Berichte! Erzähle alles von Anfang an!«, sagte er tonlos.

»Von Anfang an ... ja, Herr, das wird freilich eine lange Geschichte. Bei unserem Aufbruch, da waren wir alle froh und erwartungsvoll. Ach, Herr, hätte ich gewusst, was uns erwartet, ich wäre niemals mitgezogen.«

Wolbero drückte den jungen Knecht auf die Ofenbank und ließ sich ihm gegenüber mühsam nieder.

»Nun sprich, Gerhard.«

»Zuerst zogen wir zur Donau«, berichtete Gerhard. »Dort empfing man uns noch mit Begeisterung. Man jubelte uns zu, Essen und Trinken gab es für uns und auch Geld für die weite Pilgerfahrt. So entbehrten auch die Armen nichts, die auf Karren ihre kleinen Kinder schoben, denn die sollten ja auch die ewige Seligkeit bekommen, die man uns allen versprochen hatte. Ihr habt ja gesehen, wie wir losgezogen sind. Französische Bauern saht ihr selbst, ich sah auch starke Niederländer, barfüßige Schotten und Leute aus irgendwelchen barbarischen Völkern, deren Sprache niemand verstand. Sie legten die Finger in Kreuzform übereinander. Wir sind auch Kreuzfahrer, wollten sie damit wohl sagen.

Wir kamen so bis zur Stadt Nisch in Serbien. Da hatte Peter die Leute schon nicht mehr in der Hand. Es gab dauernd Ausschreitungen gegen die friedfertigen Bewohner. Die hatten uns reichlich Getreide und Schlachtvieh angeboten, und ich kann nicht sagen, dass sie zu hohe Preise verlangt hätten. Die Unseren führten sich auf wie die Wilden, misshandelten die Menschen, nahmen ihnen ohne Bezahlung weg, was sie haben wollten. Sie dachten nur an Mord und Plünderung und brüsteten sich damit, dass sie es bei den Türken genauso halten wollten.

Natürlich gab es auch welche, die versuchten, die anderen im Zaum zu halten, wie Euer Sohn Eckebrecht. Aber es waren nur wenige, und sie konnten fast nichts ausrichten. Da schickte der Kaiser von Byzanz, der über Serbien herrscht, pecenegische Soldtruppen gegen uns, und es kam zu schlimmen Kämpfen, in denen wir viele Leute verloren. Schon dort kam der Sohn des Bäckers Heribert um, er war der Erste aus Köln, der sein Leben auf diesem Kreuzzug lassen musste.«

Blithildis dachte an die junge Frau des Bäckersohns, die erst ganz kurz mit ihm verheiratet gewesen war und die nach seinem Aufbruch ein Kind geboren hatte. Es würde seinen Vater niemals sehen.

»Ende Juli kamen wir dann nach Byzanz, das auch Konstantinopel genannt wird. Niemals, Herr, sah ich eine so wunderbare Stadt. Sie haben dort eine Kirche, Hagia Sophia genannt, mit einer gewaltigen Kuppel, und sie ist mit herrlichen Farben und viel Gold ausgemalt. Es gibt dort die schönsten Paläste mit weiten Gärten, mitten in der Stadt.

Kaufleute sah ich dort aus allen Ländern, blonde Waräger, Normannen aus Sizilien, auch dunkelhäutige und schwarzbärtige Händler, deren Herkunft ich Euch nicht zu nennen wüsste. Byzanz liegt am Bosporus, das ist eine Meerenge, und die Einwohner können sie mit einer riesigen eisernen Kette sperren, sodass kein feindliches Schiff vorbei kann.

Peter von Amiens wurde dann von Kaiser Alexios Komnenos empfangen, und Euer Sohn Eckebrecht war in seiner Begleitung. Er hat uns genau geschildert, wie sie durch mehrere Höfe und Säle gehen mussten. Sie kamen dann in einen Thronsaal, der war voller Gold, Perlen und Edelsteine. Da mussten sie sich schon an der Tür zu Boden werfen und dort liegen bleiben, bis der Hofmeister ihnen aufzustehen gebot.

Der Kaiser ging nicht zwischen ihnen umher, wie unser Kaiser Heinrich das zu tun pflegt. Alexios blieb vielmehr auf seinem Thron sitzen und sprach auch nicht zu den Unseren, sondern zu seinem Hofmeister, der dann wiederum Peter mitteilte, was die Majestät gesagt hatte.

Da Peter das nicht verstand, weil der Kaiser griechisch sprach, wurde noch ein französischer Kaufmann dazwischengeschaltet, der übersetzte. Eckebrecht sagte später, eine Rede aus dritter Hand sei doch nicht so das Wahre.

Ich denke, der Kaiser hat sich sicher sehr gefreut, als so viele Kämpfer kamen, um ihm zu helfen, denn ihm selbst mit seinen Truppen war es ja nicht gelungen, die heiligen Stätten zu befreien. Jedenfalls gab er Peter herrliche Geschenke, riet ihm aber, er solle nicht gleich weiterziehen, sondern die anderen Pilgerheere abwarten, die schon nahe waren, wie seine Späher ihm gemeldet hatten.

Peter wäre damit einverstanden gewesen, aber seine Gefolgsleute waren ungeduldig und wollten gleich weiterziehen. Als sie sich immer unruhiger aufführten und die Vorstädte plünderten, wollten die Byzantiner uns dann doch lieber loswerden und rieten nun auch zum Aufbruch. Am

6. August schickten sie genügend Schiffe, um uns über den Bosporus zu bringen.«

Blithildis wurde langsam ungeduldig.

»Das dauert mir alles viel zu lang, Gerhard. Warum sprichst du nicht von Richwin?«

Wolbero legte die Hand auf ihren Arm. Sein Gesicht war weiß, und sein Blick war trostlos. Er sagte mit fester Stimme:

»Warte doch, Blithildis. Gerhard erzählt von einer Zeit, als unser Richwin noch lebte. Die einzige Zeit seines Lebens, die er fern von uns war und von der wir darum nichts wissen. Ich muss alles über diese letzte Zeit seines Lebens erfahren, das doch so kurz war.«

Gerhard fuhr fort: »Dann zogen wir nach Nikomedia, das ist der äußerste Punkt, den die Griechen beherrschen. Gleich dahinter beginnt das Land der Heiden. Da hätten wir besser gewartet, bis die Fürsten und Ritter kamen, dann wären viele noch am Leben. Dann ging es nach Civetot, das ist ein Heerlager, wo die Byzantiner sonst Truppen unterhielten, nun stand es leer.«

Jetzt hielt Blithildis es nicht mehr aus.

»Gerhard, nun berichte doch endlich von unserem Richwin!«

»Ja, das kommt ja gleich. Unsere Leute fühlten sich so stark, sie glaubten, mit Gottes Hilfe müsste ihnen alles gelingen. Sie verübten also mehrere Überfälle, und eine französische Truppe machte dabei in Nicäa reiche Beute. Als unsere Leute das erfuhren, wollten sie auch von dem Reichtum abhaben. Sie zogen nach Xerigordon, das ist eine kleine Festung, die von den Türken aufgegeben war, und Euer Sohn Richwin wollte mit – dabei hatte Eckebrecht es ihm ausdrücklich verboten! Als ich sah, dass Richwin sein Pferd sattelte, lief ich zu Eckebrecht, um es ihm zu sagen. Als ich ihn fand, waren die anderen schon fort und Richwin mit ihnen.

Es war nicht schwer für sie, Xerigordon zu besetzen, denn es war niemand dort. Aber dann kamen die Türken wieder mit großer Übermacht und belagerten die Feste.

Draußen vor dem Burgtor war ein Brunnen und am Fuß der Burg eine Quelle. Rainald, der Führer der Unseren, legte sich mit seinen Leuten dort in den Hinterhalt, um die Türken zu überfallen. Sie waren der Übermacht der Türken nicht gewachsen und wurden niedergemacht, einige konnten in die Burg zurückfliehen. Jetzt hatten sie kein Wasser mehr. Ich hörte von einem Überlebenden, dass die Christen so grausam unter Durst litten, dass sie ihren Reit- und Lasttieren in die Adern schnitten und von ihrem Blut tranken. In ihrer Verzweiflung tranken sie auch den eigenen Urin, warfen Lappen in kleine, stinkende Tümpel und drückten sich dann die Flüssigkeit in den Mund. Ekelhaft. Andere gruben sich in die Erde ein, wo sie etwas feucht zu sein schien, so wollten sie sich kühlen und den Durst weniger spüren.

Einer entkam und floh zu uns nach Civetot. Nun kannte Euer ältester Sohn Eckebrecht nur ein Ziel: Er musste seinen Bruder befreien. Er lief herum und warb, bat und drohte. Peter der Eremit hätte es vielleicht verhindert, aber er war zwei Tage vorher nach Byzanz zurückgekehrt, um Hilfe zu holen.

Die Pilger ließen sich von Eckebrecht mitreißen und verließen ihre Verschanzungen, Frauen, Kinder und Greise ließen sie zurück. So ritten wir nach Xerigordon, um die Eingeschlossenen zu entsetzen, das heißt, Eckebrecht ritt auf dem Pferd, das ihr ihm gegeben habt, und ich auf einem Lastesel. Wir waren schon fast bei Xerigordon, als wir von einer großen türkischen Reiterschar angegriffen wurden. Ich sah es von weit hinten, denn natürlich konnte mein Esel mit den Pferden nicht mithalten.

Ich muss gestehen, Herr, dass ich mich in einem Gebüsch versteckte, denn ich bin ja nur ein Knecht und wollte mich nicht mit schreienden Türken anlegen. Ich sah Eckebrecht tapfer fechten, dann verlor ich ihn aus den Augen. Ich habe von der Schlacht in meinem Versteck nicht viel mitbekommen, das Geschrei der Türken kam mir immer lauter und unser Kyrie eleison immer leiser vor. Also hatten die Türken gesiegt, und ich blieb lieber in meinem Versteck bis zum nächsten Morgen.«

Gerhard senkte den Kopf. Es fiel ihm schwer weiterzusprechen, und seine Stimme schwankte.

»Sobald der Morgen dämmerte, suchte ich auf dem Schlachtfeld nach Euren Söhnen. Ich fand Richwin tot. Er trug mehrere Wunden auf der Brust und am Kopf, und in seiner Kehle steckte ein Pfeil. Er muss wohl tapfer gekämpft haben. Ich habe sehr um ihn geweint, Herr. Ich hatte ja keinen Spaten, um ihn zu begraben, und die Erde ist dort steinhart. Darum häufte ich so viele große Steine auf ihn, wie ich nur konnte, bis er darunter ganz verborgen lag und kein wildes Tier ihn ausgraben konnte. Ich sprach noch ein Totengebet für ihn. Eckebrecht fand ich nicht, solange ich auch suchte.«

Blithildis und die Mägde weinten nun laut, und Wolbero saß kreideweiß und erstarrt da.

»Weiter!«, sagte er nur.

»Es war dann schon Abend geworden, und ich hatte nichts zu essen und war entsetzlich müde. Ich versteckte mich wieder für die Nacht. Am nächsten Tag machte ich mich zurück auf den Weg nach Civetot. Oh, Herr, es war grauenhaft. Die Türken hatten die Schanze angegriffen und erobert, es waren ja keine Kämpfer mehr da gewesen. Sie verschleppten die Kräftigsten als Sklaven, denke ich mir, denn wir fanden nur noch Greise, Frauen und Kinder, die waren ohne Erbarmen niedergemetzelt worden, und diese Unmenschen hatten sie aus der Festung herausgeschleppt und auf einen Haufen geworfen. Einen hohen Haufen von

Leibern, Köpfen und Gliedern. So etwas habe ich noch nie gesehen, und ich hoffe, ich muss es mein Lebtag nicht mehr sehen.

Nun mochte ich nicht länger Pilgerfahrer sein und dachte, dass Euer Befehl nun nicht mehr gelte, da einer Eurer Söhne nicht mehr lebte und der andere Gott weiß wo war. Ich schlich mich also am folgenden Tag zurück und hatte Glück, dass keine türkische Streifschar mich entdeckte. Wenigstens hatte ich noch ein klein wenig Wasser in meinem Schlauch, sonst lägen meine Knochen jetzt auch in diesem Heidenland. Ich wäre auch fast verhungert, aber am nächsten Morgen fand ich eine Schlange, die war noch ganz steif von der Kälte in der Nacht, und die habe ich erschlagen und gegessen. Ich habe mich zwar davor geekelt, aber so blieb ich am Leben. Nach einigen Tagen sah ich in der Ferne eine kleine Gruppe Männer, das waren die wenigen von uns, die den Kampf überlebt hatten, und Eckebrecht war dabei.«

Blithildis hob den Kopf von der Schulter ihres Mannes. »Eckebrecht lebt! Wenigstens er!«, rief sie und bekreuzigte sich.

»Und warum ist er nicht mit dir zurückgekommen?«, fragte Wolbero.

»Er wollte nicht zurück. Er sagte, er hätte seine Aufgabe noch nicht erfüllt. Jetzt, wo sein Bruder tot wäre, müsste er dessen Gelübde erfüllen.«

»Welches Gelübde denn?«, rief Wolbero, und seine Stimme schwankte.

»Richwin hatte doch gelobt, das Heilige Grab zu befreien. Oder jedenfalls dabei zu helfen. Und Eckebrecht meinte, wenn er jetzt nach Hause ginge, dann sei Richwin für nichts gefallen. Ach, Herr, ich wäre wahrhaftig viel lieber mit ihm zusammen heimgekehrt. Aber auf mich hörte er natürlich nicht.

Wir zogen also nach Konstantinopel zurück, da waren inzwischen die französischen und lothringischen Ritter angekommen. Die Kreuzfahrt unter dem Eremiten Peter war jedenfalls zu Ende. Erreicht hatten wir gar nichts. Zehntausende von Gebeinen bleichen nun im Heidenland in der felsigen Wüste, und die Byzantiner waren jetzt sehr zurückhaltend gegen uns, denn sie nannten uns gierig und wild. Vermutlich haben sie damit Recht.

Als das Ritterheer in Konstantinopel ankam, sah es freilich besser aus als unser wilder Haufen. Herr Gottfried von Bouillon ritt an der Spitze, er versteht es besser, seine Leute in Zucht zu halten als der Eremit Peter.

Eckebrecht bat um Aufnahme bei ihm, um doch noch ins Heilige Land zu gelangen, und er wurde angenommen. Ich flehte ihn an, mit mir nach Köln zurückzukehren, es half nichts. Ich hatte Angst, wieder in dieses schreckliche Heidenland zurückzugehen. Dann bekam ich ein schlimmes Fieber, kurz bevor Eckebrecht abzog. Da befahl er mir zurückzubleiben, und er zahlte einem Arzt einige Silberstücke, er sollte für mich sorgen, bis ich wieder gesund war, oder sich um mein Begräbnis kümmern, falls ich sterben würde. Im ersten Fall sollte ich wieder nach Hause gehen und Euch, Herr Wolbero, Kunde geben von dem, was geschehen ist. Ich war nach zwei Wochen wieder gesund, und so bin ich nun hier.«

Gerhard schwieg, und obwohl seinen Zuhörern tausend Fragen auf der Zunge lagen, sagte doch keiner mehr ein Wort. Wolbero saß still und aufrecht. Er hatte eine Hand vor seine Augen gelegt und schwieg lange Zeit. Blithildis, der Ströme von Tränen übers Gesicht rannen, hatte ihre Hand auf seine Schulter gelegt.

Endlich sagte Wolbero: »Gerhard, ich danke dir, dass du den weiten Weg gemacht hast, um mir die Nachricht vom Tod meines Sohnes zu bringen. Jetzt geh schlafen, du wirst todmüde sein.« Damit erhob er sich und ging mit Blithildis in die Schlafkammer. Still zerstreuten sich die anderen.

Constantin hatte ganz still und unbemerkt in der Ecke gesessen.

In diesem Winter ging Blithildis noch häufiger zum Gottesdienst als sonst. Jeden Morgen suchte sie eine der vielen Kirchen oder Kapellen in ihrem Viertel auf und betete dort still für die Seele ihres lieben Stiefsohns, den sie aufgezogen hatte, seit er ein Wickelkind war. Wie froh und stolz war er ausgezogen, gerade sechzehn Jahre alt, und nun wartete er weit in der Fremde, unter Steinen begraben, auf den Jüngsten Tag. Sie hatte ihn geliebt wie ein eigenes Kind, und sein früher Tod schmerzte sie in tiefster Seele.

Sie betete auch jedes Mal für die glückliche Rückkehr von Eckebrecht.

»Er war noch viel kleiner als du, erst fünf Jahre, als ich seine zweite Mutter wurde«, erzählte sie Constantin. »Er war viel bedächtiger als der übermütige Richwin. Immer überlegte er, warum etwas gerade so war und nicht anders. So ein kluger Junge war er, und er liebte seinen kleinen Bruder über alles. Ich weiß genau, Eckebrecht wäre nie im Leben auf diesen törichten Kreuzzug gegangen, wenn nicht Richwin sich dazu entschlossen hätte. Ich hatte eine feine Braut für ihn gefunden, du hast sie neulich gesehen, als du mit mir auf dem Markt warst.«

»Meinst du das schöne Mädchen mit den dunklen Haaren und dem grünen Kleid, mit dem du so lange gesprochen hast?«, fragte Constantin.

»Ja, Gertrud Hardefust heißt sie. Für dieses Jahr war die Hochzeit abgesprochen, und nun ist er weit weg in diesem

Land, von dem Gerhard so schlimme Dinge berichtet. Gott möge ihn dort beschützen und gesund erhalten, bis er heimkommen kann.«

Wer hätte früher Blithildis je gedankenverloren sitzen sehen, die Hände müßig? Wenn Constantin sie so jetzt des Öfteren sah, dann wusste er, dass sie an Eckebrecht weit in der Fremde dachte.

»Meinst du, dass es dort viele wilde Tiere gibt?«, fragte sie dann etwa den Jungen. »Sie müssen doch dort im Freien schlafen. Ob sie nachts Wachen aufstellen? Woher bekommt er denn seine Nahrung? Ob nicht die Kleider, die ich ihm mitgab, längst zerschlissen sind?«

Constantin wusste auf diese Fragen keine Antwort.

Er begleitete sie, sooft ihm seine Pflichten Zeit ließen. Der Geruch von Weihrauch und Kerzen wurde ihm vertraut. Anfangs hatte Blithildis Bedenken, ihn in christliche Gotteshäuser mitzunehmen. Sie wollte den Jungen, der ihr so vertrauensvoll folgte, nicht kränken und sagte daher nichts. Allmählich wurde es ihr ganz selbstverständlich, dass er bei ihr war.

Als der lange, schwere Winter zu Ende ging, kam ein jüdischer Händler zum Hause Unter Goldschmied und verlangte, den Hausherrn zu sprechen. Wolbero ließ ihn in seine Arbeitsstube führen und bot ihm einen Trunk an.

Der Händler hieß Aharon und war soeben von einer Fahrt aus Italien zurückgekommen, wo er in Venedig und Bologna gehandelt hatte. Auf seinem Weg nach Norden hatte er von den furchtbaren Pogromen in den Städten am Rhein vernommen. In Köln hatte er mit tiefem Schrecken erfahren, dass nur noch ganz wenige seiner Glaubensgenossen in Kerpen überlebt hatten.

Er war gleich dorthin weitergezogen und hatte nach Alexander gesucht, der sein Geschäftspartner gewesen war. Mit großem Kummer hatte er von dessen Tod gehört und auch, dass dessen Sohn in einem christlichen Hause in Köln lebte. Er war darüber sehr befremdet und hatte den Glaubensgenossen bittere Vorwürfe gemacht, dass sie dies zugelassen hatten.

Dann war er nach Köln zurückgekehrt und zu Wolbero gegangen.

»Alexander war mein Freund, und viele Jahre haben wir gemeinsam Geschäfte gemacht. Oft zog einer von uns im Frühjahr aus und erledigte die Geschäfte des anderen mit. Er war vor zwei Jahren in Paris, ich war letztes Jahr an der Reihe. So lebe ich nun, und er ist tot. Jetzt bin ich hier, um seinen Sohn zu holen.«

Wolbero öffnete das Fenster und rief nach dem Jungen, der im Hof das Pferd des fremden Kaufmanns abgerieben und getränkt hatte. Constantin lief eifrig die Treppe herauf und trat ein, höflich den jüdischen Kaufmann grüßend.

»Constantin, du kennst den Kaufmann Aharon?«

Nach einem kurzen Zögern nickte der Junge.

»Er ist gekommen, um dich mitzunehmen.«

Der Junge verlor die Farbe. »Nein, ich will hier nicht weg! Ich will nicht mit ihm gehen!«

Aharon, der ein ungeduldiger Mann war, erhob sich und trat auf den Jungen zu.

»Du kannst hier nicht bleiben, das wirst du doch einsehen«, meinte er kurz. Und als der Junge ein ablehnendes Gesicht machte, fügte er hinzu: »Ein Jude gehört unter Juden, nur da ist er zu Hause. Ich weiß nicht, ob du noch deine täglichen Gebete sprichst, ob du den Sabbat einhältst und auf koscheres Essen achtest. Außerdem siehst du schon fast aus wie ein Christ. Was ist denn das für eine Haartracht?«, und dabei deutete er auf den Kopf des Knaben.

Constantin blickte ihn finster an. Erst an diesem Morgen hatte Frau Blithildis ihm die Haare geschnitten und dabei mit ihm gelacht und gescherzt. Sie hatte gefragt, ob sie seine

Schläfenlocken lang lassen sollte, aber er hatte seine Haare so tragen wollen wie alle Männer im Haus, und so hatte sie sie abgeschnitten.

»Deinen Eltern wäre das gar nicht recht, das ist dir hoffentlich klar«, sagte Aharon barsch. »Was glaubst du, was dein Vater dazu sagen würde, wenn er noch lebte?«

Constantin brach in Tränen aus. »Wenn er noch lebte, dann wäre ich bei ihm, und alles wäre gut. Er ist tot. Meine Mutter ist auch tot. Alle unsere früheren Nachbarn sind tot. Der Rabbi ist tot und auch alle meine Schulkameraden.«

Aharon war schon immer jähzornig gewesen, und Constantins Widerstand machte ihn nun wütend.

»Du bist nur ein dummes Kind, und du wirst Erwachsenen gehorchen, die viel besser wissen, was gut für dich ist. Du kannst nicht in einem christlichen Hause leben und dabei ein Jude bleiben. Es ist wie eine ansteckende Krankheit.«

Über diese Unhöflichkeit zog Wolbero nun doch die Augenbrauen hoch. Noch ehe er sich entschließen konnte, etwas gegen den Gast in seinem Hause zu sagen, erklärte Constantin schon mit entschiedener Stimme: »Wolbero und Blithildis sind so gut zu mir, du darfst nichts Hässliches über sie sagen.«

Jetzt fuhr Aharon aus der Haut.

»Sag mir bloß nicht, was ich darf oder nicht darf. Du bist hier ja doch nur ein Fremder, in Wirklichkeit wollen sie dich gar nicht haben.«

In diesem Augenblick öffnete sich die Tür mit einem Ruck. Blithildis hatte draußen gelauscht und beschlossen, dass es höchste Zeit war einzugreifen.

»Ich begrüße dich, sei willkommen in unserem Hause«, sagte sie höflich zu dem jüdischen Händler. »Ich muss dir sagen, dass du dich irrst. Wir wollen Constantin sehr wohl bei uns haben, weil er ein liebenswertes Kind ist und weil er bei uns den Schutz findet, den er braucht.«

Sie wandte sich an den Jungen. »Willst du bei Aharon und seiner Familie leben?«

Constantin hatte sich sofort hinter seine Beschützerin geflüchtet und seine Hand in ihre geschoben.

»Ich möchte bei dir bleiben, bitte, bitte, schick mich nicht fort!«, flehte er.

Aharon schwieg eine Weile und sagte dann mit sanfterer Stimme: »Ich weiß, du hast Schweres durchgemacht. Aber nun ist es an der Zeit, dass du wieder unter deinesgleichen kommst. Ich nehme dich jetzt mit, meine Frau wird sich um dich kümmern.«

Constantin kannte Aharons Frau. Sie war tugendhaft, streng und äußerst mürrisch.

Er wandte sich an Wolbero und flehte: »Wolbero, ich bitte dich, lass mich bei euch bleiben, bei dir und Blithildis! Ich will mir auch große Mühe geben, euch alles recht zu machen. Meinst du nicht, dass Blithildis mich braucht, damit ich ihr bei ihrer Arbeit helfe?«

Wolbero bezweifelte nicht, dass Blithildis den Jungen brauchte, wenn auch vielleicht nicht zur Bewältigung ihrer täglichen Pflichten. Andererseits war er immer der Meinung gewesen, dass es für Constantin das Richtige war, wieder in seine Gemeinde zurückzukehren. Aber ob es dem Jungen bei diesem harten, aufbrausenden Aharon gut gehen würde, schien ihm sehr fraglich. Was war das Richtige für ihn? Wolbero beschloss, sich nicht in den Kampf seiner Frau um Constantin einzumischen.

»Du hast es gehört«, wandte Blithildis sich an Aharon. »Es geht ihm gut bei uns. Er hat Schreckliches durchgemacht und soll nicht schon wieder sein Heim verlieren. Lass ihn jetzt erst einmal hier. Vielleicht, wenn er älter ist …«

Aharon schüttelte den Kopf. Nur dem toten Freund zuliebe hatte er das Angebot gemacht, den Knaben zu übernehmen. Seine Frau erwartete ihr fünftes Kind und war gar nicht erbaut darüber gewesen, sich noch um ein fremdes kümmern zu müssen. Dennoch missbilligte er sehr, dass Constantin lieber in der christlichen Familie bleiben wollte, statt zu seinen Glaubensgenossen zurückzukehren.

»Ich sage dir nur noch eins«, sagte er mit düsterer Miene zu dem Jungen, »es kann leicht geschehen, dass du nicht mehr an dem Bündnis teilhast, das der Herr mit uns Juden geschlossen hat. Dein Vater kann nicht ruhig in seinem Grabe liegen …«

Constantin wurde schneeweiß. Er klammerte sich nur mit aller Kraft an Blithildis' Hand.

Blithildis war sehr aufgebracht darüber, dass Aharon dem Jungen so zusetzte. Sie nahm sich zusammen, und es gelang ihr, mit ruhiger Stimme zu sagen:

»Nun, Aharon, ich will doch nicht hoffen, dass dies ein Fluch gegen Constantin sein soll. Ich bitte dich noch einmal zu bedenken, dass er nur ein Kind ist, das vor allem Liebe braucht, viel Liebe, um über seine schrecklichen Erlebnisse hinwegzukommen. Kannst du wirklich aus ganzem Herzen behaupten, dass er in deiner Familie mehr Liebe bekommen würde als hier bei uns?«

Aharon war wohl ein harter und aufbrausender Mann, aber nicht ungerecht. Dass Constantin bei seiner Frau aus widerwilligem Pflichtbewusstsein aufgenommen und keine Zuneigung finden würde, war ihm klar. Er lenkte darum ein.

»Nun, wir müssen das nicht heute entscheiden. Die wenigen von uns, die in Kerpen überlebt haben, werden im Frühjahr wieder nach Köln zurückkehren. Dann kann Constantin jederzeit bei mir oder einem unserer Glaubensbrüder unterkommen. – Aber da wäre noch eine zweite Sache.«

Es zeigte sich, dass Alexander mit einem sehr erheblichen Anteil an der Handelsfahrt Aharons beteiligt gewesen war. Das Geschäft war diesmal außerordentlich gut gelaufen, und der Jude legte einen schweren Beutel mit Gold- und Silbermünzen auf den Tisch.

»Das ist Alexanders Teil und nun das Erbe seines Sohnes. Willst du es zu treuen Händen für ihn verwahren?«

Wolbero war bereit, zählte die Summe, schrieb eine Quittung aus und verstaute den Beutel sorgsam in seiner Geschäftstruhe. Constantin blieb im Haus, und auch als zu Pfingsten acht jüdische Familien zurück nach Köln kamen, war nicht die Rede davon, dass er zu einer von ihnen ziehen sollte.

Heiß, so heiß! Die Zunge klebt am Gaumen. Durst! Durst! Wir wollen nach Antiochia. Wir müssen durch diese Wüste. Die Sonne flirrt über den Steinen.

Ich hatte gedacht, eine Wüste sei glatt und eben, schöner, weicher Sand. Aber nein! Steine, die den müden Fuß immer wieder straucheln lassen. Trotz der Hitze haben wir alle die Füße dick umwickelt, um uns nicht die Sohlen blutig zu reißen.

Der Kopf schwirrt mir von der glühenden Sonne. Ich habe versucht, mir ein Tuch um den Kopf zu wickeln, wie die Wüstenkrieger hier. Ich habe nicht so ganz herausgebracht, wie sie es machen; es löst sich immer wieder auf. Unter dem Tuch schwitze ich entsetzlich, aber der Kopf schmerzt weniger.

Und müde bin ich, so müde! Ich möchte mich auf den nächsten Stein setzen und ausruhen. Ich tue es nicht, denn ich sah vorgestern einen der Unseren, der einen Fels im Schatten erspäht hatte, sich seufzend niederließ und die Füße zum Kühlen in ein Felsenloch schob. Im nächsten Augenblick hatte ihn ein Skorpion in die Ferse gebissen. Er schrie und schrie, ich hörte ihn noch lange, während ich stumpf weiterstapfte.

Mein Pferd ist längst dahin, die treue Stute, die mein lieber Vater mir gab. Ich teilte mein Brot mit ihr, als es kein Gras mehr gab und die kleinen Heuvorräte aufgebraucht waren. Wir teilten auch das Wasser. Mich hat mein Anteil so gerade am Leben erhalten, für das Tier war es zu wenig. Eines Morgens war es tot. Ich hatte neben ihm geschlafen, sein Leib war mein Kopfkissen gewesen. Ich wachte auf, und die Stute war kalt.

Wir haben nur sehr wenig zu essen. Die Türken haben das ganze Land verwüstet, die Brunnen mit Kadavern vergiftet, die Ernten zerstört und verbrannt. Wir haben fast keine Vorräte mehr. Immerhin leben wir noch.

Unser Heer hat sich geteilt, die Normannen und Flamen sind mit einer byzantinischen Abteilung vorausgezogen, unsere Lothringer folgen ihnen. Vor zwei Wochen wurden die Normannen unter Boemund von den Truppen Kilic Arslans angefallen. In der Schlacht griffen die Türken von allen Seiten gleichzeitig an. Sie sind leichter bewaffnet als wir und viel beweglicher. Ihre Pfeile kamen von überall, die normannischen Panzerreiter konnten nichts gegen sie ausrichten. Boemund hielt die Seinen mit eiserner Faust zusammen, die Türken vermochten die Reihen nicht zu durchbrechen.

Dann kamen wir, die zweite Gruppe. Unter Führung von Gottfried von Bouillon und Raimund von Toulouse fielen wir den Türken in den Rücken. Der Bischof Adémar von Le Puy griff sie in der Flanke an, und der Sultan bekam Angst und floh kopflos mit seinem Heer. Sein Prunkzelt und sein reich bestücktes Lager waren unsere Beute und zum Glück auch einige Reit- und Lasttiere. Ich habe kein neues Pferd erhalten, doch einen Esel, der nun meine Ausrüstung trägt, sodass ich es etwas leichter habe.

Weil wir nicht durch das Hauptgebiet der türkischen Macht ziehen können, müssen wir durch das südöstliche Anatolien, entlang dem Taurusgebirge.

Für morgen ist uns eine Rast versprochen worden, heute ziehen wir voran. Ich brauche alle meine Kraft, um immer wieder einen Fuß vor den anderen zu setzen.

Damit ich nicht ständig nur an Wasser denken muss, richte ich meine Gedanken nach Hause. Ich denke an Blithildis, unsere liebe, fürsorgliche Blithildis.

Ich denke an meinen lieben, treuen Vater, der meinen Bruder und mich so sorgsam ausgestattet hat.

Ach, mein Bruder! Ich denke jeden Tag, fast jede Stunde gar an ihn. Sein ganzes Leben lang habe ich ihn geliebt. Er war ein so schönes Kind und immer heiter, auch ein wenig ungebärdig, weil wir alle ihm keinen Wunsch abschlagen konnten, und er lief mir ständig nach.

Ohne ihn wäre ich sicher nicht mit den Pilgern gezogen, aber wie konnte ich ihn allein lassen? So froh war er, so glühend in seiner frommen Bereitschaft, die heiligen Stätten zu befreien.

In unserem Zug sind viele, die aus ganz anderen Gründen mitgezogen sind: aus Abenteuerlust, aus Gier nach Reichtum und Gewinn. Einige glauben auch, so schwer gesündigt zu haben, dass nur eine Pilgerfahrt sie reinigen kann. Richwin war anders, an Gewinn dachte er gar nicht, und was wusste er von Sünde? Er war ja fast noch ein Kind. Ich habe ihn nicht beschützt. Wie konnte ich, er hörte ja nicht auf mich. Ich hatte ihm abgeraten, nach Xerigordon zu reiten, er bestand eigensinnig darauf; dann verbot ich es ihm.

Als ich mit einem Trupp auf Fourage geritten war, ist

er hinter meinem Rücken heimlich doch mitgezogen. Er brannte nach Rittertaten! Ach, Richwin, was hattest du in Xerigordon zu suchen? Ich kehrte nach zwei Tagen zurück, da war das Unglück schon geschehen und Xerigordon von den Türken eingeschlossen.

Ich raste. Ich rannte zu allen Hauptleuten und beschwor sie, die Eingeschlossenen zu entsetzen. Die Angst um den Bruder verlieh meiner Zunge Flügel. Binnen drei Stunden waren alle Kämpfer marschbereit. Da unser Lager Civetot gut verschanzt war, ließen wir die Frauen und Kinder und auch die alten Leute dort zurück. Wir rechneten nicht damit, dass die Türken uns hier angreifen würden.

Als wir vor Xerigordon ankamen, sahen wir nur einen kleinen Trupp türkischer Reiter. An Mut mangelte es uns nie, also drauf! Inzwischen habe ich im Heer des Herrn Gottfried gedient und weiß besser, wie man Krieg führen muss.

Aber vor Xerigordon: Keine Späher, keine Geländeerkundung, kein Plan, nichts. Nur todesmutiger Angriff. Es ging nicht gut, es führte in die Vernichtung.

Während wir mutig auf die Türken losgingen, fielen uns deren Kameraden aus dem Hinterhalt an. Der Kampf war mörderisch. Ich versuchte, mich zur Burg durchzuschlagen, weil die Unseren einen Ausfall machten.

In der Ferne sah ich meinen jungen Bruder kämpfen. Er verteidigte sich gut. Zwei Türken bedrängten ihn gleichzeitig, er hielt sie sich vom Leibe. Ich schrie: »Richwin, halt aus, ich komme!« Er drehte den Kopf in meine Richtung. In diesem Augenblick kam ein Pfeil geflogen. Ich sah ihn, er senkte sich wie ein Schwan auf meinen Bruder nieder und durchbohrte seine Kehle, ganz sacht. Richwin fiel.

Ich hatte nur noch auf ihn geschaut und meine Deckung vernachlässigt. Mein Bruder hatte den Boden noch nicht erreicht, da haute mich ein Keulenschlag besinnungslos. Neben mir focht mein Jugendfreund Walthelm. Er sah mich unter der Keule des Türken zusammenbrechen und stieß diesem seinen Spieß in den Rücken, dann packte er mich, rief einen Kameraden herbei, und sie hielten mich von beiden Seiten fest, während sie im Galopp den Rückzug antraten.

Wie haben sie nur die Kraft aufgebracht? Und wieso bin ich dabei nicht vom Pferd gestürzt?

Unter der Pflege meiner Kameraden erholte ich mich in der Nacht. In dieser Nacht ließen sie mir noch keine Zeit zum Weinen. Sobald ich wach genug war, um mich auf dem Pferd zu halten, trieben sie mich vorwärts, denn wir mussten vor den türkischen Streifen fliehen, die die ganze Nacht das Gelände durchsuchten.

Am folgenden Tag erreichten wir wieder die Feste Civetot. Ein unbeschreiblicher Anblick bot sich uns dort. Die Türken waren uns zuvorgekommen, hatten in unserer Abwesenheit die Verschanzungen zerschlagen und die hilflosen Menschen darinnen ermordet.

Vergebens hatten die alten Leute mit ihren schwachen Kräften kochendes Wasser von den Mauern auf die Angreifer geschüttet; vergeblich hatten die Frauen, wie Löwinnen für ihre Kinder kämpfend, mit allen Waffen, die sie fanden, auch mit Stöcken und Steinen, die einbrechenden Türken abzuwehren versucht. Nur noch Tote fanden wir – die Barbaren hatten aus ihnen einen hohen Menschenturm aufgeschichtet, über dem nun die Geier kreisten.

Das hässliche Summen der Schmeißfliegen machte uns fast wahnsinnig. Dies war der grausigste Anblick, den ich auf unserer Pilgerfahrt ertragen musste.

Der glücklichste Augenblick in diesen unbarmherzigen Tagen war, als unser junger Knecht Gerhard zurückkehrte. Er wenigstens war dem Gemetzel entronnen. Als er mir berichtete, dass er Richwin unter Steinen ein Grab gegeben hatte, konnte ich endlich in Tränen ausbrechen. Ich hatte nicht gewagt, an meinen toten Bruder zu denken, solange ich das Bild der Geier im Kopf hatte.

Von Konstantinopel aus machte ich mich später mit Herrn Gottfried von Bouillon erneut auf den Weg. Gerhard schickte ich nach Hause zurück; so ist wenigstens einer von uns mit dem Leben davongekommen.

Ich selbst werde, so glaube ich, die Heimat nicht wiedersehen. Von den Verletzungen meines Körpers habe ich mich zwar erholt, aber die Wunde in meiner Seele kann nicht heilen.

Dennoch kämpfe ich mich vorwärts, Tag für Tag, Schritt für Schritt. Nachts spreche ich mit meinem toten Bruder und sage ihm, dass ich versuchen will, meinen Beitrag zur Befreiung des Heiligen Landes zu leisten, für ihn und für mich. Das freut Richwin, und er lacht mich an wie zu seinen Lebzeiten.

Wenn sein Schatten mich dann verlassen hat und ich ganz allein mit mir bin, frage ich mich: Wozu das alles? Wozu all die Toten? Wozu Krieg, Kampf, Töten, Unfrieden?

Ich wünschte mir, ich wäre daheim bei meinen Eltern in dem lieblichen Tal des Rheins, ich sähe den Strom dahinziehen und die Vögel am Himmel. Ich wollte, ich könnte mich auf das Leben vorbereiten, das für mich bestimmt war: Es wäre an der Zeit, eine Frau zu nehmen, Kinder zu haben, meinen Geschäften nachzugehen, als angesehener Kaufmann im Rat der Bürger meinen Platz einzunehmen.

Ich hatte in Köln schon ein Mädchen im Auge, Gertrud Hardefust. Ihr Onkel ist der berühmte Bruno Hardefust, der im einsamen Felsental La Chartreuse bei Grenoble einen Orden gegründet hat. Seine Mönche heißen Kartäuser, ihre Regeln sind besonders streng. Gertrud ist nicht streng, sondern lieblich …

Jetzt bin ich hier in diesem heißen Land, in dem ich kaum atmen kann, und kann es nicht ändern. Werde ich jemals wieder in die Heimat zurückkehren?

Es regnete seit Wochen. Im November des Jahres 1099 war Constantin zum ersten Mal in Genua und hatte geglaubt, hier schiene die Sonne das ganze Jahr. Was für ein Irrtum!

Wolbero hatte seinen Bedarf an wertvollen Seiden- und Damaststoffen gedeckt und wäre gern nach Köln zurückgekehrt; aber es war nicht möglich. Der Regen hatte alle Straßen in Morast verwandelt.

Er trat mit Constantin aus dem flämischen Kontor, wo er ein paar Kaufleute aufgesucht hatte, die er aus Brügge kannte. Der junge Knecht Gerhard folgte ihnen und führte ein Lastpferd am Zügel. Die Taschen an beiden Flanken des Tieres waren nun prall mit flandrischem Tuch gefüllt.

»Wann fahren wir heim, Herr?«, fragte Gerhard mit kläglicher Stimme.

Wolbero schaute sich erstaunt nach dem Knecht um und zog den Hut tiefer in die Stirn, um sich gegen die grauen Wasserschnüre zu schützen, die unablässig vom Himmel rannen.

»Unsere Wagen würden sofort im Schlamm stecken bleiben, das kannst du dir doch selbst denken.« Er zog den Mantel enger um sich und machte sich auf den Weg. »Hast du mich in den letzten Tagen nicht schon zweimal gefragt, wann wir abfahren?«, rief er über die Schulter. »Ich verstehe ja, dass dir das Wetter hier nicht passt, doch wir sind im deutschen Handelshof wahrhaftig besser aufgehoben als auf der Straße. Dir macht die Wartezeit wohl nichts aus, Constantin? Du treibst dich doch den ganzen Tag in den Handelshöfen der Italiener herum. Mir scheint, du sperrst Augen und Ohren dort weit auf. Jedenfalls sprichst du inzwischen fast fließend italienisch, und zwar besser als ich selbst.«

Constantin freute sich über das Lob und sprang mit einem Satz über eine große Wasserlache.

Gerhard machte einen zweiten Anlauf. »Könnten wir nicht mit einem Schiff zurückfahren, durch das Meer und dann über den Rhein?«

Wolbero schüttelte den Kopf. »Dass du mir Vorschläge machst, wie ich meine Fahrt hinter mich bringe, ist etwas ganz Neues. Es fällt mir gar nicht ein, uns ausgerechnet auf dem Meer den Herbststürmen auszusetzen, und meine kostbaren Stoffe würden durch Nässe ganz verderben. Ich denke, in der Höhe wird es schneien statt regnen. Wir werden also heimkehren, wenn der Schnee fest genug ist, um Schlitten zu tragen. Wir wollen nur hoffen, dass dies der Fall ist, ehe der Schnee so hoch liegt, dass kein Durchkommen mehr ist. Bis zum Frühjahr würde ich doch nicht gern hier bleiben.«

Gerhard stöhnte entsetzt auf, und Constantin lachte leise. Wolbero schaute ihn mit hochgezogenen Augenbrauen an.

»Gibt es etwas, was ich nicht weiß?«

»Willst du ihm nicht sagen, was dich so heftig nach Hause zieht?«, wandte sich Constantin an Gerhard. Der wurde rot über das ganze Gesicht und schüttelte den Kopf.

»Ich glaube, er hat sich in Berta verliebt«, erklärte der Junge.

Gerhard stieß ihn mit dem Ellenbogen derb in die Seite, grinste aber seinen Herrn verlegen und stolz an.

»Wer ist Berta?«, wollte Wolbero wissen.

»Die jüngste Tochter vom Fährmann Heribert. Der in der Markmannsgasse«, sagte Constantin.

»Und warum weiß ich nichts davon, wenn du auf Freiersfüßen gehst?«, fragte Wolbero mit gespielter Strenge.

Der Knecht ließ den Kopf hängen.

»Ach, Herr, mit den Freiersfüßen ist das so eine Sache. Heribert hat zehn Kinder, da bekommt Berta wohl nichts mit. Und von meinem Lohn als Knecht kann ich zwar leben, aber eine Frau und dann auch Kinder – das geht nicht.«

Wolbero machte einen Bogen um eine tiefe Pfütze.

»Gerhard, ich bin dir etwas schuldig, weil du meinen Söhnen gut gedient hast. Wenn du willst, kaufe ich ein Boot, so groß wie das von Heribert, und dann kannst du auch Fährmann werden. Wenn du später gut verdienst, kannst du mir das Boot abbezahlen, damit hat es überhaupt keine Eile.«

Darauf wurde Gerhard ausgesprochen fröhlich und knuffte Constantin noch einmal in die Seite, diesmal allerdings fast zärtlich.

Die Straße machte jetzt einen Bogen und öffnete sich zum Meer hin. Sie hätten weit hinausblicken können, aber das Meer war hinter den dichten Regenschleiern nur zu ahnen.

Wieder machte die Straße eine Krümmung, da kam ihnen in gemessener Geschwindigkeit ein Wagen entgegen, von vier Pferden gezogen. Ein Sarg stand darauf. Das schwarze Tuch, das ihn ganz bedeckte, troff vor Nässe.

Ein Trauerzug. Ihm folgte eine große Anzahl Menschen. Kein Trauergesang war zu hören, keine Klagerufe. Die Menschen waren still. Wolbero wurde es beklommen zumute.

Die drei Kölner drängten sich eng an eine Hauswand, um den Zug vorbeizulassen.

Als der Wagen an ihnen vorbeifuhr, geriet eins der Räder

in ein tiefes Loch auf der Straße. Das Regenwasser darin spritzte hoch auf und durchnässte Wolbero von oben bis unten. Er unterdrückte einen Fluch.

Gerhard trat unwillkürlich dicht hinter seinen Herrn, sein fröhlicher Gesichtsausdruck war wie weggewischt. Nur Constantin blieb ungerührt.

»Ich habe mir gestern ihren Friedhof angesehen, er soll nämlich berühmt sein. Die Leute werden hier nicht in der Erde eingegraben, sondern man baut ihnen schöne Häuser aus glatten Steinen, da hinein werden die Särge geschoben«, sagte er, »weil hier überall Felsen sind. Man kann nicht in den Boden graben.« Und er trat gegen einen Stein, dass er platschend in die nächste Pfütze flog.

Wolbero antwortete nicht. Beklommen blickte er dem Trauerzug nach, wie er in der Ferne entschwand.

Dann wandte er sich an Constantin. »Jetzt schnell nach Hause, wir müssen uns umziehen. Heute Abend sind wir im Hause von Giuliano eingeladen. Es sind dort Kaufleute, die gerade aus dem Heiligen Land angekommen sind. Ich hörte eben schon im flämischen Kontor Gerüchte, dass Jerusalem in unseren Händen sei. Nun kann ich es kaum erwarten, mit eigenen Ohren zu hören, was sich dort alles zugetragen hat. Ich hoffe doch, mein Eckebrecht kommt nun bald wieder heim.«

»Ja, das wäre schön«, stimmte Constantin ihm bei.

Als sie an diesem Abend bei Giuliano ankamen, herrschte dichtes Gedränge im Saal; jedes Plätzchen auf den Bänken war besetzt. Giuliano scheuchte ein paar jüngere Männer beiseite, die dem grauhaarigen deutschen Kaufmann Platz machen sollten, und Constantin kauerte sich zu Wolberos Füßen nieder. Die Mägde zwängten sich mit großen Krügen durch die engen Lücken, um die Gäste nicht verdursten zu lassen.

Als nun zwei kräftige, muskelbepackte Kaufleute eintraten, wandten sich aller Augen ihnen zu.

»Ecco, das ist ja Tommaso«, rief ein junger Mann mit langen schwarzen Locken. Der jüngere der Männer lachte und winkte in seine Richtung. Giuliano, der Gastgeber, hob die Hände und forderte Ruhe.

»Freunde und Mitbürger, wenn ihr wissen wollt, was sich im Heiligen Land zugetragen hat, dann hört, was diese Männer uns zu berichten haben.«

Schlagartig verstummten die lebhaften Gespräche. Alle Zuhörer waren aufs Äußerste gespannt, von Augenzeugen über den Kreuzzug zu hören.

Der Ältere von beiden erhob die Stimme.

»Für die unter euch, die mich nicht kennen: Ich heiße Bartolome da Quero und komme aus Treviso. Dies ist mein Schwestersohn Tommaso, ihr werdet ihn kennen, er ist euer Mitbürger. Wir sind gerade aus dem Heiligen Land zurückgekommen und könnten so viel berichten, dass unserem Gastgeber sicher der Wein inzwischen ausginge.«

Auf diesen deutlichen Wink hin rief Giuliano eine der Mägde und ließ sie zwei Krüge mit Wein und Wasser für die beiden Kreuzfahrer bringen.

»Los, sag es uns doch schnell, Bartolome: Ist es wahr, dass Jerusalem frei ist?«, rief ein großer Mann mit einer langen, gebogenen Nase.

Da Quero strich sich über seinen grau gesprenkelten Backenbart und schmunzelte.

»Ihr könnt nun wählen: Entweder sagen wir euch, wie es nun im Heiligen Land steht, und dann gehen wir zu Bett und schlafen uns erst einmal aus. – Oder wir erzählen der Reihe nach, was dort alles geschehen ist, dann müsst ihr eben Geduld haben.«

»Wir wollen alles hören!«, erscholl es von allen Seiten, und Bartolome fuhr fort.

»Tommaso hier, abenteuerlustig, wie junge Leute nun einmal sind, ist mit dem nordfranzösischen Heer unter der Leitung der Grafen Robert von Flandern und Stephan von Blois und des Herzogs Robert von der Normandie gezogen. In Konstantinopel haben sie sich mit den anderen drei Ritterheeren vereinigt: mit dem lothringischen unter Gottfried von Bouillon, dem südfranzösischen unter Graf Raimund von Toulouse und dem sizilisch-normannischen unter Boemund von Tarent.«

Sofort setzte lebhaftes Gemurmel ein. Die Namen dieser Fürsten waren weit und breit bekannt.

»Ja«, fuhr der Jüngere fort, »wir trafen uns alle in Konstantinopel. Leider ließ uns Kaiser Alexios nicht in die Stadt hinein nach den schlechten Erfahrungen mit den Pilgern, die vor uns angekommen waren. Wir mussten in den Vorstädten lagern, und byzantinische Soldaten passten genau auf, dass keiner die Lager verließ. Nur unsere Anführer durften mit kleinem Gefolge die herrliche Stadt betreten und bestaunen. Schade, ich war leider nicht dabei. Zu gern hätte ich die Wunder Konstantinopels gesehen, und von den reichen Geschenken des Kaisers hätte ich auch gern einen Anteil gehabt.«

Constantin hatte sich inzwischen durch die dichten Reihen geschlängelt und einen Krug für Wolbero erobert. Nun schlüpfte er wieder zurück, reichte ihn dem Kaufmann und setzte sich zu dessen Füßen, bemüht, nur ja kein Wort zu versäumen.

Tommaso fuhr fort:

»Umsonst gab der listige Byzantiner diese Geschenke allerdings nicht. Die Fürsten sollten ihm schwören, ihm alle Eroberungen zu überlassen, die ursprünglich Byzanz gehört hatten, bevor die Türken sie ihnen weggenommen hatten. Selbstverständlich sah Kaiser Alexios sie als seinen nur zeitweise verlorenen Besitz an; ebenso selbstverständlich sahen wir Pilger nicht ein, warum wir unser Leben einsetzen sollten, nur damit der Grieche wieder zu dem Seinigen käme.

Zuerst war Hugo von Vermandois angekommen, das ist der jüngere Bruder des französischen Königs. Er hatte sich, ungeheuer beeindruckt vom kaiserlichen Pomp, schon zu dem Eid überreden lassen. Als Gottfried von Bouillon als nächster Heerführer eintraf, erfuhr er natürlich von dieser Geschichte. Er war keineswegs zu diesen Zugeständnissen bereit und vermied es daher trotz mehrfacher Einladungen, den Kaiser in der Stadt zu besuchen.

Alexios versuchte, Gottfried zu zwingen, und lieferte ihm keinerlei Vorräte mehr; daraufhin plünderten die Pilger die Vorstädte. Es ging eine Weile hin und her, so ganz genau weiß ich auch nicht, wie es zugegangen ist, schließlich soll Herzog Gottfried doch geschworen haben, und der Kaiser ließ ihn mit seinen Truppen über den Bosporus verschiffen.

Nun kamen nach und nach immer weitere Kreuzfahrerscharen an. Kaiser Alexios hatte vermutlich geglaubt, er könne sie als unbezahlte Truppen nach seinem Belieben verwenden. Aber mit solchen Menschenmassen hatte er wohl nicht gerechnet, es war auch gar nicht leicht, sie zu beköstigen und davon abzuhalten, die Stadt und das Umland zu plündern.«

»Was sollte denn das Gezanke um Städte, die noch gar nicht erobert waren?«, rief einer der Zuhörer.

»Man muss das so sehen«, warf Bartolome da Quero ein. »Byzanz, das seit Jahrhunderten seine Kraft und seine Geldmittel damit verbraucht hat, seine Gebiete gegen germanische Stämme in Italien oder gegen arabische und türkische Moslems in Kleinasien zu verteidigen, muss auf die Erhaltung seines Reiches bedacht sein. Darum war der Eid der fränkischen Fürsten auf Erstattung ehemals byzantinischer Gebiete für den Kaiser so wichtig.«

Tommaso erzählte weiter:

»Im Mai kam Herzog Gottfried nach Nicäa, das ist die Hauptstadt des seldschukischen Sultans Kilic Arslan. Der Sultan hatte nach den Erfahrungen mit den Scharen unter Peter von Amiens die christlichen Heere nicht mehr ernst genommen und stritt sich gerade anderswo mit den Turkmenen herum. Sein Staatsschatz und seine Familie waren in dem gut verteidigten Nicäa zurückgeblieben.

Als er zurückkehrte, war es schon zu spät, die Stadt zu entsetzen. Er unterlag uns Kreuzfahrern in einer Feldschlacht. Es zeigte sich, dass die wendigen leichten Reiterheere der Türken besser aus der Ferne kämpften, da sie den Gegner einfach mit Pfeilen zuschütteten, dass sie aber im Nahkampf den schwer Gepanzerten der Christenheere nicht standhalten konnten.

Um die Stadt zu erobern, musste sie allerdings vom Wasser her abgeschottet werden. Nun hatten wir aber keine Schiffe. Da ließ Kaiser Alexios Schiffe auseinander nehmen, auf Lasttieren und Wagen über Land schaffen und vor Nicäa wieder zusammensetzen. Ich hätte nie geglaubt, dass so etwas möglich wäre, und dabei stamme ich doch aus einer Familie von Schiffsbauern und Seefahrern.«

Constantin schüttelte erstaunt den Kopf. Er hätte das auch nicht für möglich gehalten.

»Die Verteidiger von Nicäa konnten sich gar nicht erklären, woher diese Flotte wohl kommen mochte. Sie hatten die Niederlage ihres Sultans vor der Stadt mit ansehen müssen und verloren jede Hoffnung. Sie ergaben sich also, aber nicht etwa uns Franken, sondern dem byzantinischen Admiral.«

»Frechheit! Habt ihr euch das gefallen lassen?«, rief ein langbärtiger Kaufmann und schüttelte drohend die Faust.

Tommaso zuckte mit den Schultern. »Was konnten wir dagegen tun? Natürlich sahen wir uns um den Lohn für unsere Anstrengungen gebracht. Dass Alexios eilig reiche Geschenke austeilen ließ, um uns für die entgangene Plünderung schadlos zu halten, machte die Sache nur wenig besser. Der Ingrimm in unseren Reihen gegen den Byzantiner wuchs. Nun ja, wir hatten ein wichtigeres Ziel. Wir rechneten damit, in wenigen Wochen in Jerusalem einzutreffen, und waren in fiebriger Erwartung. Niemand von uns ahnte, dass der Zug noch zwei Jahre dauern und unbeschreibliche Leiden über uns bringen sollte.«

Die Zuhörer stöhnten auf, obwohl ihnen ja bekannt war, wie lange der Kreuzzug schon andauerte.

Tommaso musste jetzt erst einmal einen kräftigen Trunk nehmen und fuhr dann fort:

»Schuld daran war die Stadt Antiochia, einst eine Perle und die drittgrößte Stadt des römischen Reiches, eine fast unbezwingbare Festung. Hier kamen wir im Oktober 1097 an. Unser Hauptmann sagte uns, ein rascher Sturm auf die Stadt wäre durchaus erfolgversprechend, doch Boemund wusste das zu verhindern. Erst später merkten wir, dass Boemund die Stadt für sich zu behalten gedachte und sie darum nicht zerstören und plündern lassen wollte.

Den ganzen Winter belagerten wir diese Stadt. Wir konnten uns nur völlig unzureichende Nahrungsmittel beschaffen und hungerten sehr. Im Winter kam es sogar zu Menschenfresserei: Wilde Flamen, Überlebende aus der Truppe des Peter von Amiens, brieten sich gefallene türkische Krieger. Ich habe mich übergeben, als ich das erfuhr. Der griechische Patriarch von Zypern schickte Schiffe mit Lebensmitteln, aber es war nur ein Tropfen auf den heißen Stein.

Es war auch bitterkalt, damit hatten wir nie und nimmer gerechnet. Wir polsterten die Schuhe mit Gras und machten uns Umhänge aus den Häuten von Tieren; ich muss sagen, das Gerberhandwerk beherrschten wir gar nicht. Die Umhänge stanken erbärmlich und wurden ganz hart.« Er deutete auf seine schönen, verzierten Lederstiefel. »Könnt ihr verstehen, dass ich sofort nach unserer Rückkehr mit Vergnügen ein kleines Vermögen für diese wunderbaren Schuhe aus Genua ausgegeben habe?«

Er winkte noch einmal der Magd, die gerade vorbeieilen wollte, und ließ sich nachschenken.

»Vielleicht etwas mehr Wasser in den Wein, sonst liege ich unter dem Tisch, ehe meine Geschichte zu Ende ist.«

Constantin beugte sich zu Wolbero und flüsterte ihm entsetzt ins Ohr: »Wie mag es Eckebrecht dort ergangen sein, sicher hat er doch keine gebratenen Türken gegessen?«

»Niemals«, sagte Wolbero mit fester Stimme. »Ich bin ganz sicher, dass Eckebrecht niemals etwas so Widerwärtiges täte.«

»Pst«, zischten die Umsitzenden, denn Tommaso setzte seinen Bericht fort.

»Die Fürsten Boemund und Robert von Flandern zogen nun auf Fourage aus und plünderten die ganze Gegend bis zum Orontes, und ich war mit dabei. Es kam auch zu einer Schlacht mit einem damaszenischen Heer, das von den Unsrigen in Stücke gehauen wurde.

Erst im März 1098 gelang es, Antiochia völlig einzuschließen. Aber schon wurde die Lage äußerst heikel, denn Kerboga von Mossul, ein berühmter Kämpfer, zog zum Entsatz heran. Gelang es uns nicht, die Stadt vor seiner Ankunft zu erobern, so war alles verloren.

Wir nahmen noch einmal alle Kräfte zusammen und bereiteten fieberhaft die Erstürmung vor. Plötzlich merkten wir, dass Graf Stephan von Blois nicht mehr da war. Wir konnten uns das gar nicht erklären und hörten später, dass er seelenruhig noch vor dem Angriff am 2. Juni 1098 die Stadt verlassen und sich auf den Heimweg gemacht hatte. Er war für den Nachschub verantwortlich gewesen, eine Aufgabe, die er ziemlich mittelmäßig erledigt hatte. Jetzt hatte er wohl das Gefühl, seine Pflicht sei reichlich erfüllt, und zog Richtung Heimat.

In Anatolien traf er auf Kaiser Alexios, der sich gerade zur Entlastung der Kreuzfahrer zu einem Einfall in Syrien anschickte und nicht schlecht über den selbstzufriedenen Rückreisenden staunte.

Man erzählt sich, Stephan sei zu Hause in Blois von seiner Gemahlin, der Gräfin Adele, höchst ungnädig aufgenommen worden. Sie ist eine Tochter des Königs von England, Wilhelm des Eroberers. Als sie hörte, wie wenig heldenhaft ihr Gatte sich aufgeführt hatte, fand sie eine Menge Worte, die seinen Ohren gar nicht gefielen. Dann soll sie sein Bettzeug aus der gemeinsamen Schlafkammer genommen und mit Schwung in den Gang hinausgeworfen haben.«

Das löste große Heiterkeit bei den Zuhörern aus, und es dauerte eine Weile, bis sie sich wieder so weit beruhigt hatten, dass Tommaso seinen Bericht fortsetzen konnte. Constantin allerdings lachte nicht mit. Der Ehestreit des Grafen von Blois war ihm gleichgültig, aber dafür war seine Sorge groß, wie denn der Angriff auf Antiochia abgelaufen sein mochte.

»Am Tag nach Stephans Abreise fiel Antiochia endlich, nicht durch einen offenen Sturm, sondern durch List und Verrat. Boemund war noch immer darauf bedacht, Antiochia möglichst wenig Schaden nehmen zu lassen. Das Christenheer tat also am Abend des 2. Juni so, als wollte es abziehen, und zog sich ein Stück weit zurück. In der Nacht kehrte es heimlich zurück, und am frühen Morgen wurden Boemund und einige seiner Leute von einem Mann namens Firuz über die Stadtmauern gelassen. Kurz darauf war die Stadt in christlicher Hand.

Es war nicht viel gewonnen, denn schon nahte der große türkische Krieger Kerboga und schloss die Stadt ein. Die Bewohner Antiochias hatten kaum Vorräte für uns aufgespart, wie ihr euch denken könnt. Aus hungernden Belagerern waren wir nun zu ebenso hungernden Belagerten geworden.

Die Verzweiflung war groß, und irgendetwas Bedeutsames musste geschehen, um den Mut der Franken wiederherzustellen und sie daran zu hindern, in Scharen heimlich aus der Stadt zu flüchten. Da hatte, oh Wunder, ein Provençale – er hieß Peter wie der Eremit aus Amiens und trug den Beinamen Bartholomäus – eine Vision. Der heilige Andreas erschien ihm und teilte ihm mit, im Boden der Peterskathedrale sei die Lanze begraben, mit der Christus nach seinem Tode die Seite geöffnet worden sei. Und, oh nochmaliges Wunder, die Lanze fand sich genau am angegebenen Ort.

Die Teilnehmer an der Ausgrabung wunderten sich zwar, wie schnell die genaue Stelle zu finden war und wie leicht sich der Boden dort aufgraben ließ. Auch hieß es, eben diese Lanze sei ja bereits in der Reliquienschatzkammer in Byzanz seit langer Zeit vorhanden.«

»Bei uns heißt es, dass unser deutscher Kaiser genau diese Lanze besitzt und sie seit langer Zeit in seinem Kronschatz aufbewahrt«, rief Wolbero in den Saal.

»Das wären dann schon drei Lanzen«, stellte Tommaso nachdenklich fest. »Wie dem auch sei, die leise zweifelnden Stimmen wurden von dem Jubel der begeisterten Pilger übertönt. Wir waren inzwischen mager wie halb verhungerte Esel, aber nun wuchs uns noch einmal eine gewaltige Kraft zu. Wir machten einen Ausbruch und schlugen, klug gelenkt von Boemund, die Türken so nieder, dass diese in Angst flüchteten.«

Begeistert klatschten die Zuhörer in die Hände.

»Unermessliche Schätze seien dabei in unsere Hände gefallen, so hieß es. Zwar begreife ich nicht, warum Kerboga auf einem Feldzug größere Mengen an Kostbarkeiten mitgeschleppt haben sollte; auch bekam keiner von uns Kriegern diese Reichtümer zu sehen oder gar einen Anteil davon, auch ich nicht, aber allein das Gerücht hob die Stimmung der kämpfenden Truppe gewaltig. Klar, niemand konnte Boemund den Verdienst streitig machen, mit aller Kraft und List die Stadt erobert zu haben. Doch die anderen Heerführer gönnten sie ihm nicht und wollten sie nicht in seinem Besitz lassen.«

»Das kann ich gut verstehen«, sagte Constantin leise zu Wolbero. »Sollte er sich fröhlich in das Nest setzen, das von allen gemeinsam erobert worden war, und die anderen mussten mit leeren Händen weiterziehen?«

»Ob wohl Eckebrecht in Antiochia blieb oder weiter nach Jerusalem zog?«, fragte Wolbero leise.

Tommaso fuhr fort:

»Es kam noch schlimmer. Nun brach auch noch eine Seuche aus. Das Heer konnte in der Sommerhitze nicht weiterziehen, und die einfachen Soldaten mussten eben abwarten, ob sie der Seuche entgingen, sich nach der Erkrankung erholten oder starben. Die Führer machten sich hingegen in kühlere Gegenden davon und warteten in Sicherheit ab. Im September kehrten sie zurück und stritten sich weiter. Das Heer wurde indes zunehmend unruhiger. Wir hatten das Gezänk und die Warterei gründlich satt und erzwangen den Weitermarsch.

Es war im Januar dieses Jahres, als wir endlich nach Jerusalem aufbrachen. Wie wenige wir nur noch waren! Die Heiden, durch deren Gebiet wir nun zogen, sahen unser Heer schadenfroh nur als Unheil für die Fatimiden an, so heißen ihre obersten Fürsten, und meinten, sie hätten damit nichts zu tun. Ach, sie hätten uns leicht vernichten können. Am 7. Juni 1099 führte der Weg uns über einen Berg. Wir schauten über ein Tal hinweg und blickten auf Jerusalem! Die meisten fielen auf die Knie, Freudentränen liefen über bärtige Kriegergesichter. Nach dreijähriger Pilgerschaft waren wir endlich am Ziel. Die gelobte, die verheißene Stadt lag zu unseren Füßen. Wir gaben dem Berg den Namen Montjoie, Berg der Freude.«

Bei der Erinnerung an diesen großen, so lange ersehnten, so heiß erkämpften Augenblick übermannte Tommaso die Rührung, und er brauchte wieder einen halben Krug, um fortfahren zu können. Die Zuhörer waren gleichfalls erschüttert, und die Schankmägde hatten alle Hände voll zu tun.

Schließlich hatte sich Tommaso wieder gefasst. »Leider mussten wir bemerken, dass Jerusalem stark befestigt und durch seine Höhenlage fast uneinnehmbar war. Unserem Heer strömten nun Christen zu, die hatte der fatimidische Stadtherr aus Jerusalem ausgewiesen, damit sie nicht heimlich die Tore für uns öffneten. Sie klärten uns genau über die Gegebenheiten in Jerusalem auf. Es half nichts, zu gering war die Anzahl der Kreuzfahrer, die allen Anstrengungen, Kämpfen und Hungerszeiten zum Trotz überlebt hatten: nur noch ein paar hundert Ritter, ein paar tausend Fußsoldaten. Wir konnten die Stadt nicht völlig einschließen und auch nicht erstürmen.

Außerdem war es wieder Sommer und glühend heiß. Alle erreichbaren Lebensmittel hatte der Fatimide in die Stadt schaffen lassen, den Rest vernichtet und die außerhalb Jerusalems gelegenen Brunnen durch Aas verunreinigt, damit wir nicht daraus trinken konnten.

Unsere Kundschafter meldeten uns, dass nun auch das ägyptische Heer heranzog, wir mussten also die allerletzten Kräfte aufbieten. Aber wie? Es traf sich daher äußerst günstig, dass ein anderer Peter, genannt Desiderius, dem Heer wiederum mit einer Vision zu Hilfe kam. Man müsse einige Tage fasten und dann eine Prozession um die Mauern der Heiligen Stadt unternehmen, dann werde Jerusalem binnen neun Tagen fallen. Ich glaube, es war diesem Peter gar nicht aufgefallen, dass wir schon seit längerer Zeit fasteten, wenn auch durchaus nicht freiwillig.

Die Belagerten in Jerusalem waren wohl sehr verwundert, als wir Krieger draußen uns zu einem feierlichen Zug formten, der unter Führung der hohen Geistlichkeit und unter inbrünstigen, wenn auch nicht sonderlich wohlklingenden Gesängen aus rauen, trockenen Kehlen den Himmel beschwor.

Wir umwanderten die ganze Stadt, wohlweislich außerhalb der Reichweite von etwaigen Pfeilen, und versammelten uns auf dem Ölberg. Die drei Peter, der Eremit aus Amiens, Bartholomäus und Desiderius, hielten abwechselnd zunächst salbungsvolle, dann zündende, aufpeitschende Reden. In der Nacht vom 13. zum 14. Juli begannen wir, die Stadt zu erstürmen.«

Constantin fasste nach Wolberos Hand und klammerte sich daran fest. Er dachte an Eckebrecht, Wolberos ältesten Sohn und Erben. Ob er bis nach Jerusalem gekommen war? Wie mochte es ihm dann bei der Eroberung der Stadt ergangen sein?

Seit drei Jahren sind wir unterwegs nach Jerusalem, und nun liegt die Heilige Stadt zum Greifen nah vor unseren Augen. Der Sonnenglast wabert über dem Tal. Hier vom Ölberg aus kann ich über die Mauern auf die Stadt auf der gegenüberliegende Anhöhe blicken. Es sieht aus, als würde Wasser in Wellen über sie hinwegfließen. Täuschen mich meine Augen in der Mittagsglut, oder ist es das Fieber, das mich seit Tagen erhitzt, der Hunger, der Durst, die Schlaflosigkeit? Meine Augen brennen, meine Stirn glüht. Da es nirgendwo Was-

ser gibt, in dem ich mich beim Trinken spiegeln könnte, weiß ich zum Glück nicht, wie ich aussehe.

Lieber Vater in der fernen Heimat, du würdest deinen Sohn wohl nicht mehr wiedererkennen. Liebe Stiefmutter, wie gut täte mir deine sanfte Hand auf der heißen Stirn! Die Feinde starren von den Mauern zu uns herüber. Sie haben fassungslos unsere Bittprozession um Jerusalem angeschaut. Zuerst haben sie laut gelacht und irgendwelche pöbelhaften Bemerkungen herübergerufen, die ich nicht verstehe, weil ich weder türkisch noch arabisch noch sonst eine Heidensprache kann. Dann wurden sie immer stiller, weil wir ihnen wohl unheimlich sind.

Die Feinde. Die Feinde, so schreien die Prediger. Tötet die Feinde! Peter von Amiens, der Eremit, schreit so! Er ist schuld, dass ich hier bin. Er hat meinen Bruder verlockt durch seine Reden, die so zündend waren, so voller klingender Worte.

Auf den endlosen, quälenden Märschen durch diese fremden Länder habe ich seine schönen Worte in meinem Kopf hin und her gedreht, und der Sinn ist aus ihnen herausgelaufen wie die Sägespäne aus einem kaputten Ball.

Heilige Stätten befreien? Ein Ort kann nicht frei oder unfrei sein, nur Lebewesen kennen die Freiheit.

Von den Christen, die der Stadtherr von Jerusalem vor unserer Ankunft aus der Stadt gejagt hat, weiß ich: Sie wurden nicht unterdrückt. Sie zahlten Steuern und genossen Schutz wie alle anderen Bürger auch. Sie durften ihrem Glauben nachgehen und konnten jederzeit zu den heiligen Stätten pilgern, zu deren Befreiung sie uns niemals gerufen haben.

Was also hat der Papst bei seiner Predigt, die alles in Gang setzte, nur gemeint? Ich weiß es nicht. Ich bin in der Religion nicht bewandert genug, und mein fiebriger Kopf kann mit all diesen Gedanken zu keinem Schluss kommen, der mich zufrieden stellen könnte.

Was rief Peter noch? Tod den Ungläubigen! Ich habe so viele Tote gesehen auf diesem Zug, erschlagene Gegner, aber auch zahllose von uns, darunter auch ihn, meinen von Herzen geliebten Bruder. Ich finde keinen Sinn in all diesem Sterben. Wir sind in dieses Land eingefallen, haben uns als Feinde zu erkennen gegeben. Wie kann ich den Einwohnern hier verdenken, dass sie uns, die Eindringlinge, vernichten wollen?

Diese Gedanken halte ich tief in meinem Herzen verborgen. Wer von meinen Kameraden würde mich verstehen?

Die letzte Mahlzeit vor dem Sturm wird ausgeteilt. Nichts wird aufgespart. Morgen sind wir tot oder Sieger. Ich esse und trinke, was man mir gibt, ich brauche neue Kraft. Ich bin nicht zur Wache eingeteilt worden. Voll bewaffnet strecke ich mich unter einem Olivenbaum aus, der zerbeulte Helm liegt neben mir. Die Erde riecht so gut. Langsam kaue ich eine Olive, die Frucht dieses Landes. Ich hätte lieber einen Apfel von dem Baum in unserem Garten: grün und unansehnlich, aber von herrlichem, säuerlichem Geschmack und prall vor Saft.

Der Apfel steht ganz deutlich vor meinen Augen, ich rieche ihn, ich schmecke ihn, doch sonst verschwimmt die Heimat in meiner Erinnerung. Vater, dein Bild ist wie verschleiert. Ich sehe deine Züge nicht mehr genau, nur der Klang deiner Stimme ist in meinem Ohr.

Und Blithildis: Sie gab mir mütterliche Zuwendung, liebevolle Fürsorge nach dem Tod meiner Mutter. Ich erinnere mich noch an ihr schönes, reiches, blondes Haar, den Duft ihrer Kleider.

Und Gertrud Hardefust? Die schwache Erinnerung

an ein schönes, lächelndes Bild, die ich in mir trage, hat sicher nichts mehr mit dem Mädchen zu tun, das sie heute ist. Vielleicht ist sie auch längst die Frau eines anderen.

Ich habe noch nie eine Frau in meinen Armen gehalten.

Eine Hand schüttelt meine Schulter, gesprochen wird nicht. Rasch erhebe ich mich, stehe einen Augenblick schwankend vor Schwindel. Lanze, Schwert, Schild, Helm! Griffe wie im Schlaf. Wie schwer drückte, als wir auszogen, der Helm auf meinen Kopf, der Schild auf meine Schulter! Ich fühle sie schon lange nicht mehr. Bin ich je ohne schwere Waffen gegangen, nur mit dem kleinen Dolch an der Seite, mit dem ich mittags Brot und Fleisch schnitt?

Ein Schluck Wasser, ein Schluck Wein für jeden. Wo haben sie den denn aufgehoben? Ich denke darüber nach, wo und wie sie den Wein vor den gierigen Männern bewahrt haben. Als wenn es jetzt keine größeren Nöte gäbe.

Um mich herum machen sich die Lothringer fertig. Der Morgen steigt herauf. Noch ist es kühl. Herr Gottfried geht vorbei, er gibt ein paar gute Worte nach allen Seiten. Ein tüchtiger, umsichtiger Mann ist das, ich habe Zutrauen zu ihm.

Wir ziehen an den Südfranzosen vorbei. Graf Raimund von Toulouse müht sich, seinen Belagerungsturm an die südwestliche Mauer zu bringen. Wir versuchen die Belagerung im Norden. Den ganzen Tag geht es hin und her: Die Straßenbauer füllen die Löcher im Boden und machen den Weg glatt, damit die Räder des Turms nicht hängen bleiben. Dann schieben wir den schweren Turm weiter auf die Stadtmauer zu. Einige Kameraden decken die Schiebenden mit Schilden gegen die Pfeile von oben, so gut sie können. Die Männer oben auf den Mauern wehren sich nämlich, wie sie nur können: Pfeile, Steine, heißes Wasser, Pech.

Wir setzen unsere Schützen ein, eine Armbrust trägt sehr weit; so mancher da oben schreit auf und fällt, von einem Pfeil durchbohrt, in die Stadt zurück oder nach unten zu uns. Wie kann man dieses Spiel nur viele Stunden lang treiben? Ein ganzer Tag vergeht, die Körper arbeiten von allein. Der Geist nimmt nicht mehr auf, was geschieht.

Herr Gottfried von Bouillon weiß Rat. In der Nacht, als die erschöpften Belagerten schlafen, schiebt er den Turm leise näher. Wir haben alle Räder mit Öl geschmiert, das wir aus den Oliven gepresst haben. Ganz sacht, ganz leise!

Da ist das Blumentor, dort wollen wir über die Mauer. Ein schöner Name, aber jetzt ist uns nicht nach Blumen zumute. Leise, leise! Und rasch, der Morgen graut. Gleich wird die Wache auf ihrem Rundgang vorbeikommen.

Jetzt sind wir nah genug! Jetzt fällt die Brücke vom Turm auf die Mauer, gleich die Eisenhaken her, um sie festzumachen. Ich stehe unten und sehe Letold, einen Flamen, als Ersten auf die Mauer springen, gleich dahinter Herrn Gottfried.

So rasch ich kann, klimme ich mit meiner schweren Ausrüstung auf den Turm. Auf, ihr Lothringer! Zum Kampf! Gleich hinter uns kommt der Normanne Tankred, der hat gemerkt, dass wir es als Erste geschafft haben, und will nicht zurückstehen.

Die Verteidiger sind da, ich schaue in bärtige Gesichter, dunkle Augen, kühne Hakennasen. Das Schwert! Wir stechen und hauen, werden angegriffen und verteidigen uns und greifen wieder an.

Ich sehe die Todesangst in den Augen meiner Gegner. Warum verspüre ich selbst gar keine Angst? Mein Nachbar, der Genuese Tommaso, schreit seine Wut heraus. Drei Jahre Kampf, Hunger, Entbehrungen, quälende Märsche, tote Kameraden. Wie rasend greift er an.

Ich weiß genau, was in ihm vorgeht, teile seine Gefühle aber nicht. Ich kämpfe, weil ich jetzt muss, empfinde nichts dabei und wünsche nur, dass es bald vorbei ist.

Der Rausch des Sieges kommt über die Unsrigen. Sie fühlen sich jetzt unbesiegbar, sie schlagen zu wie die Löwen. Ihr Heiden seid uns unterlegen, ihr könnt gar nicht gewinnen! Das Gemetzel ist grausig. Köpfe rollen, abgeschlagene Gliedmaßen liegen überall, Eingeweide quellen aus aufgeschlitzten Bäuchen und verbreiten einen grauenhaften Gestank. Das Schreien und Stöhnen gellt mir in den Ohren. Ich rutsche aus, falle fast und schaue auf meine Füße: Bis zu den Knöcheln stehe ich in Blut!

Tommaso kämpft mit drei Moslems gleichzeitig, das kann er nicht schaffen. Ich springe ihm bei, wehre einen mit meinem Schild ab und steche nach dem zweiten mit dem Schwert. Die Lanze habe ich schon fortgeworfen, ich kann sie in diesem Gedränge nicht gebrauchen. Da sehe ich ein Schwert auf Tommasos Kopf sausen. Zum Schreien ist es zu spät, ich stoße einfach mit der Faust zu.

Tommaso fährt herum, sein Kopf ist heil, aber mein Arm fühlt sich seltsam an. Ich schaue hin: Die Hand ist fort. Blut strömt in dickem, spritzendem Strom aus dem Armstumpf. Wieso fühle ich denn keinen Schmerz? Tommaso schreit etwas, ich verstehe nicht, was er sagt. Von hinten trifft mich ein harter Stoß. Ich sehe, wie die eiserne Spitze einer Lanze vorn an meiner Brust erscheint. Dann ein Schwall von Blut.

Ich falle auf die Knie. Tommaso hält mich in seinem Arm. Wie tröstlich, in seine braunen Augen zu schauen …

Immer noch lauschten die Männer gebannt dem Bericht des Tommaso. »… endlich war Jerusalem unser.« Mit diesen einfachen Worten beendete der Genuese die Schilderung seiner Erlebnisse auf dem Kreuzzug. Seine Stimme schwankte, und Tränen liefen ihm über das Gesicht. Er hatte wohl längst nicht alles preisgegeben, was er erlebt hatte.

Die Zuhörer seufzten auf vor Erschütterung. Kaum konnten sie sich so weit fassen, da fuhr Bartolome da Quero fort:

»Ich kam im August mit meinem Schiff an, wir hatten neue Waffen für das siegreiche christliche Heer an Bord. Kurz zuvor war es zur Schlacht mit dem heraufziehenden ägyptischen Heer gekommen. Die Christen hatten das fatimidische Heer in seinem Lager überrascht und völlig vernichtet. Der Krieg war damit entschieden.

Während die Ritter sich anschickten, die eroberten Gebiete unter sich aufzuteilen, und sich um die Verwaltung kümmerten, machten sich die meisten der kleineren Leute auf die Heimreise.

Ich war sehr glücklich, Tommaso hier mit nur geringfügigen Kratzern wiederzufinden. Unsere Landsleute suchten sofort Plätze auf meinem Schiff für die Rückfahrt. Nach rechter Kaufmannsart achteten wir darauf, dass das Unternehmen auch einen ordentlichen Gewinn abwarf. In Jerusalem war den Christen die kostbare Gemeindebibliothek der Juden in die Hände gefallen, acht Thorarollen und 330 Handschriften. Die erwarben wir günstig, verkauften sie für teures Geld nach Askalon, kauften für den Erlös Kriegsbeute aus Jerusalem auf, die sich zu Hause mit hohem Gewinn absetzen ließ, und segelten zufrieden und beschwingt davon.«

Es war tiefe Nacht, als die Kaufleute ihren Bericht beendet hatten. Mit glühenden Wangen saßen die Zuhörer, die in atemloser Spannung gelauscht hatten, und reckten nun die vom langen Sitzen steif gewordenen Beine.

Wolbero hatte etwas Mühe gehabt, dem temperamentvollen Vortrag der beiden Italiener zu folgen. Immer wieder hatte Constantin, der die Sprache schon viel besser als sein Lehrherr beherrschte, ihm leise Erklärungen ins Ohr geflüstert.

Der Hausherr schickte seine Mägde durch den Saal, um einen Imbiss und noch einmal einen Trunk auszuteilen. Die Tafeln konnte man nicht auflegen, so eng saßen die Leute gedrängt. So aßen alle ein paar Bissen Fleisch und Brot aus der Hand und redeten nun, nachdem sie so lange nur zugehört hatten, mit der lebhaften Beredsamkeit der Italiener alle durcheinander, dass Wolbero der Kopf dröhnte.

Eine Magd drängte sich durch die Menge zu Wolbero und bedeutete ihm, er möge ihr zu ihrem Herrn folgen. Wolbero und Constantin gingen mit in das Kaufmannskontor. Giuliano trat auf Wolbero zu und führte ihn zu seinem eigenen Sitz. Freundlich nötigte er ihn, sich zu setzen, und blieb neben ihm stehen, die Hand auf der Schulter des Kölner Kaufmanns. Tommaso stand neben ihm. Seine Augen ruhten ernst auf Wolbero.

Er begann zu sprechen, und Wolbero verstand plötzlich kein italienisches Wort mehr. Er hörte Constantin an seiner Seite laut aufstöhnen und in Tränen ausbrechen. Er schüttelte den Kopf zum Zeichen, dass er nicht verstanden hatte, aber tief in seinem Innern war ihm klar, dass er nicht umhin konnte, der Wahrheit tapfer ins Gesicht zu schauen.

»Hatte er einen schweren Tod?«, presste er mühsam hervor. Der Italiener schüttelte heftig den Kopf und sagte wieder etwas, rasch und mit vielen Gesten. Wolbero merkte, dass er gar nicht italienisch sprach, sondern sich, wenn auch mit starkem Akzent, der deutschen Sprache bediente.

»Tapferer, unermüdlicher Krieger«, verstand er, »... verdanke ihm mein Leben ... immer guter Kamerad ...«

Der alternde Kaufmann fühlte sein Herz mühsam klopfen. Schwerfällig erhob er sich und sagte mit Würde:

»Ich danke für deine Botschaft. Möge Gott mit dir sein.«

Dann ging er hinaus, den Arm um den bitterlich weinenden Constantin gelegt.

Das stürmische Herbstwetter hatte sich nach ein paar Tagen endlich beruhigt, und die Kölner Kaufleute hätten sich auf den Heimweg machen können. Aber nach dem andauernden Regen war die Kälte so rasch gekommen, dass an ein Überqueren der Alpen vor dem Ende des Winters nicht mehr zu denken war. So mussten sie ihren Aufenthalt in Genua fortsetzen. Wolbero ging jeden Tag im Morgengrauen in eine der Kirchen und betete lange für das Seelenheil seines Sohnes, und Constantin war wie selbstverständlich an seiner Seite. Er war in die Höhe geschossen und stand mit dreizehn Jahren auf der Schwelle zwischen Kind und Jüngling. Mit seinen wachen braunen Augen und dem eigenwilligen Kinn erinnerte er immer mehr an seinen Vater. Danach gingen sie gemeinsam in die verschiedenen Handelshöfe, fanden dort alte Bekannte und gewannen neue und trafen zahlreiche geschäftliche Abmachungen.

Constantin erfuhr im Hafen, dass eins der einlaufenden Schiffe eine Ladung Gewürze aus dem Morgenland an Bord hatte, und rannte so rasch zu Wolbero, dass er völlig außer Atem bei diesem eintraf. Es gelang ihnen, sich einen beträchtlichen Teil der wertvollen Ware zu sichern. Sie wussten, dass sie ihnen zu Hause trotz des hohen Preises aus der Hand gerissen werden würden.

»Das wird auch dein Vermögen nicht unbeträchtlich vermehren«, sagte Wolbero zu Constantin.

Er war, nachdem die wenigen überlebenden Juden aus Kerpen zurückgekehrt waren und wieder eine kleine jüdische Gemeinde in Köln gebildet hatten, zu deren Vorsteher gegangen. Er hatte ihm angeboten, das Geld Constantins solle zur Hälfte in Wolberos Geschäft angelegt werden, die andere Hälfte wollte er als Sicherheitsreserve in der Truhe halten. Aus dem Geschäftsanteil sollten Constantin nach jeder Geschäftsfahrt Gewinnanteile gutgeschrieben werden.

Der Gemeindevorsteher war einverstanden gewesen, denn Wolbero war als besonders erfolgreicher und ehrenhafter Kaufmann bekannt. So kam es, dass Constantin bereits über ein ansehnliches Vermögen verfügte.

Im Frühjahr 1100 waren die Pässe so frei, dass die Kölner Richtung Norden ziehen konnten. In Basel verkauften sie einen Teil ihrer Stoffe und verluden alles Übrige auf Wolberos Schiff.

Nun näherte sich Wolberos Schiff der Heimat. Von rechts sah Constantin St. Heribert in Deutz nahe dem Strom liegen, links grüßten die zahllosen Kirchen Kölns. Am Ufer blühten schon die Kirschbäume, und die Sonne strahlte herab.

Der Kaufmann hatte sich während der Reise scheinbar gefasst. Immer wieder hatte Constantin ihm wiederholen müssen, was der Genuese berichtet hatte. Ernst und traurig schaute Wolbero drein, erledigte aber die notwendigen Arbeiten mit vollem Einsatz.

Schwer war es, die schlimme Botschaft ins Haus in Unter Goldschmied zu bringen. Blithildis weinte lange Zeit trostlos. Constantin kniete neben ihr und streichelte ihre Hand. Er trauerte von Herzen mit ihr und Wolbero.

Einige Tage nach ihrer Ankunft rief Wolbero den Jungen zu sich. Constantin wunderte sich, dass Wolbero ihn nicht in die Wohnstube, sondern ins Arbeitszimmer bestellt hatte. Er klopfte höflich an und trat ein. Wolbero und Blithildis saßen still nebeneinander und sahen ihn ernst an. Der Kaufmann bedeutete dem Jungen, sich zu setzen. Constantin holte zuerst noch schnell einen Schemel herbei und schob ihn Blithildis unter die Füße.

»Constantin, ich will gar nicht erst um den heißen Brei herumreden. Du hast miterlebt, wie es uns ergangen ist. Ich habe meine beiden Söhne verloren. Du lebst nun seit fast vier Jahren in meinem Haus, und du weißt, dass ich dich sehr in mein Herz geschlossen habe wegen deines anstelligen und geschickten Wesens. Dass meine Frau dich liebt wie ein eigenes Kind, fühlst du genau. Du wolltest auch all die Jahre nie von uns fort; nicht nur die Angebote der Kölner Gemeinde, dich aufzunehmen, hast du abgelehnt. Nachdem du auch nicht nach Lyon zu den Verwandten deiner Mutter wolltest, habe ich mir lange Zeit Gedanken gemacht, wie dein Leben verlaufen könnte. Heute kann auch ich mir gar nicht mehr vorstellen, dass du gehen würdest. Und darum möchte ich dir einen Vorschlag machen. Wir möchten dich an Kindes statt als unseren Sohn und Erben annehmen.«

Constantin schaute Wolbero an, das Blut schoss ihm ins Gesicht. »Du meinst, richtig als euer Kind?«, fragte er atemlos. Der lange, schlaksige Junge sah plötzlich wieder ganz kindlich aus.

»Ja.« Wolbero nickte. »Als unser Kind. Da ist noch eins.

Um mein Erbe zu sein, müsstest du Christ werden. Wäre dir das möglich?«

Constantin schwieg und versuchte, sich an seine Eltern zu erinnern. Was hätten sie wohl dazu gesagt? Wie wichtig war es doch seinem Vater gewesen, dass aus seinem Sohn ein guter Jude wurde! Wie genau hatte seine Mutter Rachel darauf geachtet, dass er alle jüdischen Gebräuche erlernte und einhielt.

Doch war es ihm selbst wichtig gewesen? Seit Jahren lebte er nun unter Christen, und nichts hatte er vermisst, nichts hatte ihn befremdet. Mit der Neugier des Kindes hatte er sich ihren Gebräuchen angepasst, weil er Wolbero und Blithildis so sehr schätzte.

In der ersten Zeit in ihrem Haus hatte er sich an Blithildis geklammert, deren liebevolle Zuneigung alles war, worauf er sich noch verlassen konnte, und hatte über das Heute nie hinausgedacht.

Später, als Aharon ihn holen wollte oder als Wolbero Nachforschungen in Lyon plante, war er sehr erschrocken. Nur keine Veränderung! Nur nicht wieder alles verlieren! Er hatte jede Überlegung darüber vermieden, wie es denn in seinem Leben weitergehen sollte.

Nun bot Wolbero ihm einen Weg, den er sich nie erträumt hätte. Sollte, konnte er ihn gehen? Wo sollte er hin? Sich von Blithildis und Wolbero zu trennen – das war ganz unmöglich. Aber sein Judentum ganz und für immer aufgeben, würde er das können? Tief in seinem Innern verbarg er sein schlechtes Gewissen seinen Eltern gegenüber.

Doch das musste er allein mit sich ausmachen. Er wollte Wolbero mit diesen Bedenken nicht verletzen, und wie hätte er etwas sagen können, was Blithildis vielleicht wehtun würde?

Seine Entscheidung musste jetzt und hier fallen, und die Folgen hatte er ganz allein zu tragen.

»Ich will mich gern taufen lassen, wenn ich dann dein Sohn sein darf.« Er lief zu Blithildis, kniete neben ihrem Stuhl nieder und drückte sein Gesicht an ihre Brust. »Darf ich schon jetzt Mutter zu dir sagen?«, flüsterte er leise, und sie schloss ihn in ihre Arme und nickte glücklich.

Wolbero war entschlossen, die Annahme des Jungen an Kindes statt sofort in Gang zu setzen. Zunächst ging er also mit Constantin zu Aharon, der mittlerweile der Gemeindevorsteher der Juden war. Aharon war entsetzt, dass ein jüdischer Knabe den Glauben wechseln wollte.

»Du willst alles vergessen, was deinen Eltern und unserm ganzen Volk wichtig war?«, fuhr er Constantin an. »Ich schäme mich für dich und verachte dich, du Abtrünniger.«

Der Junge wurde kreidebleich und brachte kein Wort heraus. Wolbero kam ihm zu Hilfe.

»Sei nicht ungerecht, Aharon«, mahnte er ruhig. »Du weißt genau, wie hilflos Constantin als Waisenkind zurückblieb. Wie kannst du einem Kind vorwerfen, dass es überleben möchte?«

Aharon grollte: »Er hat sich auch später heftig dagegen gewehrt, als ich ihn bei dir abholen wollte.«

»Das kann ich nicht bestreiten, Aharon. Du botest ihm die Rückkehr zu seinen Glaubensbrüdern, aber er brauchte Liebe.«

Aharon musste zugeben, dass er damals keinen übermäßigen Druck auf Constantin ausgeübt hatte. Der Junge wäre in einer schweren Zeit eine zusätzliche Last für ihn gewesen, und er hatte – vielleicht zu rasch – unter dem Vorwand nachgegeben, die Entscheidung könne auf einen späteren Zeitpunkt verschoben werden.

Er hatte ein schlechtes Gewissen, und darum fuhr er Constantin an: »Ein Jude, der seinen Glauben verrät, ist weniger als nichts. Du willst Christ werden? Dein Vater Alexander ist von Christen ermordet worden! Deine Mutter Rachel ist von Christen ermordet worden!«

Constantin krümmte sich unter diesen Worten vor Qual. Wolbero fasste ihn fest am Arm und sagte zu Aharon: »Schon einmal hast du so bittere Worte diesem Jungen gegenüber gefunden. Du sprichst zwar die Wahrheit, aber damals wie heute scheint mir, dass du nicht recht tust, ihn so hart zu verurteilen. Lass Constantin seinen Weg gehen, ohne ihm eine Last für immer aufzuerlegen.«

Aharon wandte sich ab und betete eine lange Weile still, damit Gott ihm die richtige Entscheidung eingab.

Schließlich wandte er sich wieder an Wolbero und sagte: »Ich muss zugeben, dass du einen sehr guten Ruf und dazu eine hervorragende Stellung in der Bürgerschaft hast. Du bist auch reich, und das kann Constantin das Leben sehr erleichtern. Ich erkläre mich also, wenn auch schweren Herzens, dazu bereit, ihn aus unserer Gemeinde zu entlassen.«

Dann schaute er Constantin an. Seine Stirn war gefurcht, und seine Stimme klang eisig: »Dir, Constantin, sage ich nur eins. Du gehörst ab jetzt nicht mehr zu uns. Du hast es selbst so gewollt. Denke auch in deinem zukünftigen Leben daran, wo du herkommst. Wenn du schon unbedingt ein Christ werden willst, so vergiss doch nie, dass du in einem jüdischen Hause geboren bist. Hilf also deinen früheren Glaubensgenossen, wo du kannst.«

Schweigend ging Constantin an Wolberos Seite nach Hause. Er war immer noch kreideweiß und zitterte.

Wolbero wartete einige Tage, bis Constantin sich wieder beruhigt hatte, um mit ihm zum erzbischöflichen Palast zu gehen. Der Kaufmann meldete sich beim Schreiber des neuen Erzbischofs, Herrn Friedrich von Schwarzenburg, an. Constantin musste sich das Lachen verbeißen, weil der Mönch eine so seltsame Mundart sprach.

Sie mussten ziemlich lange warten und setzten sich in den Hof, der von alten Kastanien beschattet war.

»Ich habe kaum verstanden, was der Schreiber sagte. Wo kommt er denn her?«

»Aus Bayern, wie Herr Friedrich auch. Pass auf, dass du über seine Sprache nicht auch grinsen musst, das würde einen schlechten Eindruck machen.«

»Ich werde mich zusammennehmen. Warum haben wir denn einen Erzbischof, der aus Bayern stammt?«

Wolbero strich sich über das Kinn.

»Das ist eine gute Frage, mein Junge. Unsere bisherigen Erzbischöfe stammten eher aus dem hiesigen Hochadel. Ich denke, Kaiser Heinrich hat ihn eingesetzt, weil er in ihm einen treuen Anhänger sieht, und die hat er bitter nötig, weil er sich nicht einmal auf den eigenen Sohn verlassen kann.«

»Wieso das?«

Der Kaufmann streckte sein rechtes Bein, das ihn gelegentlich schmerzte, etwas bequemer aus und berichtete.

»Unser Herr, der Kaiser, hat seinen ältesten Sohn Konrad mit sechzehn Jahren zum König krönen lassen. Das war im Jahr 1090, du warst noch ganz klein. Aber Konrad lief bald zur päpstlichen Seite über und machte seinem eigenen Vater die Krone streitig. Nur mit viel Mühe konnte sich der Kaiser gegen ihn behaupten und ließ ihn 1098 wieder absetzen. Nach dieser schlimmen Erfahrung mit seinem eigenen Fleisch und Blut ist Kaiser Heinrich nun vorsichtig geworden.«

»Wolbero, wie kann es denn sein, dass Herr Konrad zum Feind seines Vaters wird, wenn er zum Papst übergeht? Sollten Papst und Kaiser nicht einig sein?«

Wolbero lachte nur bitter auf.

»Mein Junge, dein Wort in Gottes Ohr. Papst und Kaiser ringen seit langem erbittert darum, wer die meiste Macht im Reich hat. Es ist nun über zwanzig Jahre her, dass unser

Kaiser als Gebannter nach Canossa ziehen musste und dort barfuß im Schnee vor dem Tor stand, um seine Reue darüber zu bekennen, dass er den Papst für abgesetzt erklärt hatte. Mit ihm, obwohl selbst ganz schuldlos, stand seine treue Frau Berta von Savoyen im Schnee. Sie war Heinrich schon als Kind verlobt worden. Als beide herangewachsen waren, versuchte er, sie wieder heimzuschicken, um eine Frau nach seinen eigenen Wünschen auszusuchen. Die Erzbischöfe machten ihm jedoch klar, dass sie dem niemals zustimmen würden. Da blieb ihm nichts anderes übrig, als sie zu behalten. Sie hat ihn den Verrat an ihr aber nie büßen lassen, sondern stand stets unerschütterlich treu an seiner Seite.

Nun stand Heinrich also vor Canossa im Schnee. Drinnen saß der Papst im Warmen. Er raste vor Zorn über den Bußfertigen draußen in der Kälte, der ihm sein Spiel zu verderben drohte. Zu sehr hatte der oberste Priester sich darauf gefreut, den Kaiser mit Hilfe der Fürsten vom Thron zu stoßen. In der Bibel steht: Gott hat an einem reumütigen Sünder mehr Freude als an zehn Gerechten. Ich denke, diesen Spruch hat der Papst wohl nie gelesen.«

Constantin konnte sich gar nicht vorstellen, dass der Kaiser barfuß im Schnee gestanden hatte. In Köln war der Kaiser immer nur prunkvoll gekleidet zu sehen, umgeben von Leuten, die jedem seiner Winke folgten.

Nicht einmal die ärmsten Bettler standen barfuß im Schnee, denn irgendwelche Lumpen, die sie um die Füße binden konnten, gab es immer für sie.

»Und was geschah dann?«, fragte er.

»Die Fürstin Mathilde, die dort Burgherrin ist, überzeugte den Papst schließlich, dass er einem Sünder nicht willkürlich die Lösung vom Bann verweigern kann. Macht, mein Junge, es geht nur um Macht!«

»Wie denn um Macht?«

»Dem Kaiser hat die Bußübung genützt, nur eine anständige Erkältung hat er davongetragen. Dem Papst hat er damit die Möglichkeit genommen, ihn abzusetzen, und Seine Heiligkeit kehrte wutschnaubend nach Rom zurück. Unser Herr, der Kaiser, aber sitzt noch heute auf seinem Thron. Und so hat der Demütige, der Bußfertige letzten Endes den Sieg errungen, und der Papst, der sich für allmächtig hält, hat das Spiel verloren.«

»Ja, und der neue Erzbischof? Was weißt du von ihm?«

»Ich sah ihn noch nie«, sagte Wolbero bedächtig. »Er kommt nicht aus unserer Gegend wie Herr Hermann und seine Vorgänger, Herr Sigewin und Herr Hildolf. Soviel ich weiß, stammt er aus dem Hause der Grafen von Dießen. Er ist Domherr in Speyer und Bamberg gewesen, und unser gnädiger Kaiser hat ihn im Januar zum Erzbischof von Köln ernannt.«

Aber nun war ihre Wartezeit abgelaufen, und sie wurden in das Arbeitszimmer von Herrn Friedrich gerufen.

Der Erzbischof saß an seinem Schreibtisch und unterzeichnete Pergamente, die ihm sein Schreiber vorlegte. Dann blickte er auf und rief Wolbero zu sich.

Im Gegensatz zu dem verstorbenen Hermann von Hochstaden, einem hoch gewachsenen und starken Mann aus rheinischem Adelshaus, war Herr Friedrich klein und zierlich. Wolbero wusste, dass der neue Erzbischof in recht jugendlichem Alter zu diesem hohen Amt gelangt war. Er sah aber noch jünger aus, als es seinen Jahren entsprach. Die braunen Augen waren klug und flink, ein schöner brauner Haarkranz umgab die Tonsur. Sein Lächeln war verbindlich, jedoch nicht herzlich. Er wirkte wie ein Mann, der genau weiß, was er will und wie er es durchsetzt.

Der Kaufmann neigte sich zum Kuss über den Ring des Erzbischofs, und Constantin machte es ihm nach. Als der

Fürst vernahm, was den Kaufmann zu ihm geführt hatte, blickte er den Jungen nachdenklich an.

»Und ist es dir auch ernst mit dem Übertritt zum Christentum?«, fragte er ihn.

Constantin nickte. »Ja, Euer Gnaden.«

Prüfend musterte der Erzbischof den Jungen.

Wolbero mischte sich ein: »Gnädiger Herr, wenn Ihr erlaubt: Der Junge lebt seit vier Jahren bei mir. Es ist dies eine Sache des Herzens. Er hat seine Eltern und alle Anverwandten verloren bei dem Pogrom. Ihr Vorgänger, Herr, hat damals versucht, die Juden zu schützen. Dem Jungen hier hat es nichts genützt. Meine beiden Söhne sind auf der großen Pilgerfahrt gefallen, ich habe keine Kinder mehr.« Er machte eine kleine Pause und sagte dann ganz schlicht: »Wir brauchen uns gegenseitig. Und einen guten Christen will ich schon aus ihm machen, dafür habt Ihr mein Wort.«

Der Erzbischof nickte. »Ja, das Judenpogrom war eine böse Sache. Ich hörte, dass Herr Hermann von dem Überfall der wilden Schar unter Emicho von Leiningen, der die Juden hasst, aber ihr Geld liebt, völlig überrascht war und keine Truppen hier hatte, die das Morden hätten verhindern können. Das lag schwer auf seiner Seele. – Mein Junge, ein besserer Mann als Wolbero kann nicht für dich bürgen. Du nimmst jetzt einige Zeit Unterricht beim Pfarrer deines zukünftigen Vaters, und dann will ich dich taufen.«

Das war mehr, als Wolbero zu hoffen gewagt hatte. Erfreut dankend zog er sich mit dem Jungen zurück.

Der nächste Schritt war die Bürgerschaft, der er die bevorstehende Annahme an Kindes statt nur anzeigte, ihre Genehmigung war nicht vonnöten. Die meisten Ratsherren beglückwünschten ihn; Wolbero war allgemein beliebt, und viele hatten den jungen Constantin schon an seiner Seite gesehen. Es hatte allgemeine betroffene Anteilnahme gefunden, dass er gleich beide Söhne auf dem Kreuzzug verloren hatte.

Nur einer der Kaufleute mit Namen Bruno schüttelte den Kopf. Er war bei Geschäften mit jüdischen Kaufleuten übervorteilt worden, wie er meinte, und wollte darum von diesen nichts mehr wissen.

»Constantin ist doch wohl nicht an deinem Schaden schuld, oder?«, fragte Wolbero mit einem leichten Lächeln. »Da er bald Christ sein wird, braucht er auch nicht dafür zu haften.«

Das löste in den Ratskreisen einiges Gelächter und gutmütigen Spott aus, und die Sache war erledigt.

So ungern Constantin früher in die Schule gegangen war, den Unterricht bei Pfarrer Herrmann besuchte er mit Feuereifer. Er war kein verspieltes Kind mehr, sondern wusste genau, dass seine Zukunft von seinen eigenen Bemühungen abhing. Abends stellte er Blithildis noch tausend Fragen, die diese lächelnd und unermüdlich beantwortete.

Blithildis hatte in den letzten Jahren ihre häufigen Kirchenbesuche ziemlich aufgegeben; jetzt aber ging sie wieder jeden Tag und dankte der Gottesmutter.

Sie zerbrach sich lange den Kopf darüber, wer als Pate für den Jungen in Frage käme. Als Tochter einer alteingesessenen und einflussreichen Kaufmannsfamilie waren ihr alle wichtigen Familien der Rheinstadt gut bekannt, und mit fast allen bedeutenden war sie verwandt. Schließlich ging sie zu dem besonders angesehenen und reichen Herimann, dem Vogt des Erzbischofs. Da er Blithildis' Vetter von Seiten ihrer seligen Mutter war, bat sie ihn, die Patenschaft für Constantin zu übernehmen. Zu ihrer Freude sagte er sogleich zu.

Dann kam das Pfingstfest des Jahres 1100. Wolbero und sein ganzer Hausstand erhoben sich schon im Morgengrauen. Sie sprachen ein kurzes gemeinsames Gebet und erinnerten sich daran, wie am Pfingstfest vor vier Jahren Alexander mit seiner Familie bei ihnen Zuflucht gefunden hatte. Ein Frühstück gab es nicht, denn man pflegte vor so wichtigen religiösen Ereignissen zu fasten.

Am Vorabend hatte der Erzbischof Constantin zu sich beschieden und eingehend geprüft, wie weit seine Kenntnisse des christlichen Glaubens gediehen waren. Der Junge hatte auf alle Fragen bescheiden, aber sicher geantwortet. Als er einmal doch bei einer Frage etwas zögerte, hatte Erzbischof Friedrich gelächelt und seiner Zufriedenheit Ausdruck gegeben.

»Ein Neugeborenes muss keinerlei Fragen beantworten und wird doch getauft«, hatte er gesagt und den Jungen heimgeschickt.

Zum feierlichen Hochamt fand man sich im Dom ein. Blithildis hatte für Constantin neue Kleidung angefertigt, ein blütenweißes Hemd und wollene Hosen, mit Kreuzbinden am Unterschenkel geschnürt, einen Überwurf aus blauem Tuch, dazu Stiefel aus weichem Leder. Sie selbst und Wolbero trugen ihre besten Kleider, ebenso das ganze Hausgesinde. Noch immer zog Blithildis die Augen auf sich, wie sie dahinschritt in ihrem roten Gewand mit geschlitzten Ärmeln, die üppigen goldblonden Haare aus der Haube rutschend.

Im Dom war es kühl und geheimnisvoll dunkel. Weihrauchwolken schwebten betäubend in der Luft. Der Frühgottesdienst war vorbei, das feierliche Hochamt sollte nach der Taufe beginnen. Es waren schon viele Menschen versammelt, um die Taufe des jungen Juden mitzuerleben.

Die feierliche Handlung nahm ihren Lauf. Constantin trat vor das Taufbecken, sein Pate Herimann stand an seiner linken, Wolbero an seiner rechten Seite. Blithildis stand einen Schritt dahinter mit Tränen in den Augen. Feierlich stellte Erzbischof Friedrich mit volltönender Stimme die vorgeschriebenen Fragen, und Constantin antwortete. Dann kam die Frage: »Wie soll der Täufling heißen?«

Da trat Wolbero vor und sagte mit fester Stimme: »Er soll Eckebrecht heißen.«

Jäh drehte sich Constantin um und schaute Wolbero ins Gesicht. Der Kaufmann lächelte ihn liebevoll an. Er hatte den Jungen mit dem Namen seines verstorbenen Sohnes beschenkt. Constantin wurde erst blass und dann rot. Darauf war er nicht vorbereitet. Er verneigte sich zum Dank tief vor seinem neuen Vater.

Eine leise Mahnung von Fürst Friedrich rief ihn zu der heiligen Handlung zurück. Rasch schlüpfte er aus seinem schönen neuen Hemd und beugte sich über das Taufbecken. Während Herimann die Hand auf seine Schulter legte, goss der Erzbischof Wasser über Kopf und Rücken des Jungen und sagte feierlich:

»So taufe ich dich auf den Namen Eckebrecht – im Namen des Vaters, des Sohnes und des Heiligen Geistes, amen.«

Die Mönche hinter dem Erzbischof begannen einen feierlichen Choral. Herimann trocknete den Jungen mit einem weißen Tuch ab und reichte ihm sein Hemd. Alle nahmen am anschließenden Hochamt teil. Der Junge, der von nun an Eckebrecht hieß, glaubte zu träumen. In kurzer Zeit hatte sich sein Leben sehr verändert.

Nach der Messe trat Wolbero mit seiner Familie aus dem Domportal und blieb auf dem Kirchenvorplatz stehen. Trotz der sommerlichen Wärme trug er einen weiten, leichten Mantel. Um ihn versammelte sich eine große Menschenmenge: die Ratsherren, die mächtigsten Kaufleute der Stadt und die Nachbarn aus Unter Goldschmied. Wolbero hob die Hand, es wurde still.

»Vor Gott und dieser versammelten Gemeinde nehme ich dich, Eckebrecht, zu meinem Sohn und Erben an«, sprach

Wolbero, öffnete seinen Mantel weit und schlug ihn um den Jungen. Er hielt ihn ein paar Augenblicke in fester Umarmung, damit alle es sehen konnten.

Dann trat Blithildis auf den Jungen zu und tat es ihrem Mann nach. Als sie den Jungen festhielt, schoss ihr ein Gedanke durch den Kopf: »Jetzt ist mein Wunsch nach einem Kind doch noch in Erfüllung gegangen, anders, als ich es eigentlich gewollt habe, aber nun ist es recht so.«

Mit dieser Handlung war Eckebrecht jetzt und für alle Zeit Wolberos und Blithildis' Sohn.

Zum anschließenden Festmahl kamen die angesehensten Bürger der Stadt, auch einige der Ministerialen des Erzbischofs. Sie alle beschenkten den Täufling und begrüßten ihn als neues Gemeindemitglied.

In diesem Jahr machte Wolbero ganz außerordentlich gute Geschäfte. Es gab zwei große Jahrmärkte in Köln, den einen zu St. Petri Kettenfeier und den anderen zum Severinsfest, wo des Kölner Bischofs Severin gedacht wurde, der im vierten Jahrhundert in Köln regiert hatte. Es kamen sehr viele Kaufleute aus allen Teilen des Reiches, auch aus den Nachbarländern. Auch das bescheidenste Schlafplätzchen ließ sich zu Höchstpreisen vermieten, und dennoch schliefen viele Menschen in Zelten vor der Stadt oder auch einfach in einem Winkel der kleinen Gassen auf dem Boden.

Die Lebensmittelpreise schnellten in die Höhe, das freute die Bauern des Kölner Umlandes, ärgerte aber die armen Leute in der Stadt, die diese Preise auch bezahlen mussten. Sie hielten sich schadlos, indem sie mit allerlei Diensten an den Fremden so viel Geld einnahmen, wie sie nur konnten.

Seit der Taufe Eckebrechts schien ein glücklicher Stern über dem Hause Wolberos zu stehen. Die Geschäfte gingen gut; keines von Wolberos Schiffen ging unter oder geriet in die Hände von Seeräubern. Auch keiner der Warenzüge ging verloren.

Das war erfreulich, aber auch erstaunlich, denn im Reich gärte es.

In diesem Jahr erneuerte der Papst Paschalis II. den von seinem Vorgänger Gregor verhängten Bannfluch gegen den Kaiser. Heinrich hatte auf ein friedlicheres Verhältnis gehofft und Verhandlungen aufgenommen, auf die Paschalis aber nicht eingehen wollte. Darauf bot Heinrich an, einen Kreuzzug zu unternehmen, um endlich die Lösung vom Bann zu erreichen. Als Vorbereitung dazu erließ er auf dem Reichstag in Mainz im Januar 1103 einen Reichslandfrieden, der für vier Jahre alle Fehden unter strenger Strafandrohung untersagte.

Zähneknirschend beschwor der Adel den Frieden und war höchst unzufrieden, weil die Gerichtsbeamten des Königs ihn daran hinderten, den Dienstadel für seine eigenen Absichten einzusetzen und Bürger und Bauern nach Belieben auszuplündern. Dass der Kaiser das Adelsprivileg, Strafen an Leib und Leben durch Geldbußen ablösen zu können, aufhob, sah der Reichsadel als unerhörten Angriff auf ihre althergebrachten Rechte an.

Viele hohe Herren hatten sich bisher ein großes kriegerisches Gefolge durch freigebige Zahlungen gehalten; waren ihre Truhen dadurch leer geworden, beschafften sie sich bedenkenlos neue Mittel durch Raubzüge. Sie hatten nichts dabei gefunden, sich durch Überfälle auf Kaufmannszüge und Plündern von fremden Ortschaften die Taschen aufs Neue zu füllen. Wer konnte da schon seines Lebens, seines Besitzes sicher sein?

Die Schwierigkeiten im Reich konnten auch den Sohn des

Kaisers, den jungen König Heinrich, nicht gleichgültig lassen. Zweimal war der Vater mit einem Gegenkönig fertiggeworden: Der erste war Rudolf von Rheinfelden, der 1080 gefallen war und dabei im Kampf die rechte Hand verloren hatte – die Schwurhand, mit der er einst Kaiser Heinrich die Treue geschworen hatte.

Gottesgericht!, hatten Heinrichs Anhänger gerufen. Gottesgericht!, hatten auch seine Gegner geflüstert.

Doch schon im folgenden Jahr hatte der aufrührerische Reichsadel einen zweiten Gegenkönig gewählt: Hermann von Salm, der bei der Erstürmung einer Burg 1088 durch ein steinernes Geschoss den Tod fand.

Heinrich zählte erst achtzehn Jahre. Er wog ganz kühl die Aussichten seines Vaters ab, streckte heimlich seine Fühler zu den kaiserfeindlichen Reichsfürsten aus und entschloss sich zum Abfall. Als er im Dezember 1104 mit seinem Vater gegen die aufrührerischen Sachsen im Feld lag, verließ er heimlich das Lager, ging nach Bayern und nahm Verhandlungen mit den Fürsten einerseits und dem Papst andererseits auf. Paschalis frohlockte über den Abfall des Sohnes und beeilte sich, diesen sowohl vom Bann zu lösen als auch vom Treueid, den er dem Vater geleistet hatte. Schließlich war ihm die Macht, zu binden und zu lösen, vom Himmel verliehen worden!

Was galt dagegen schon Ehre, Treue, Kindespflicht?

Es war kurz vor dem Christfest im Jahr 1104, und Frau Blithildis war mit den Mägden in der Küche fleißig bei den Weihnachtsvorbereitungen. Eckebrecht drückte sich, allen im Wege stehend, herum, um von den Kuchen- und Plätzchenteigen zu naschen. Lachend scheuchten die Frauen ihn von einer Ecke in die andere.

»Wenn du uns schon dauernd in die Füße läufst, mein lieber Sohn, dann mach dich wenigstens nützlich«, rief Frau

Blithildis und schob mit dem Unterarm die noch immer goldblonden Haare aus dem erhitzten Gesicht. »Rupf schon einmal die Gans, die wir morgen Mittag essen wollen.«

Eckebrecht lachte, steckte schnell noch einmal den Finger in die Teigschüssel und griff sich dann gehorsam den großen, fetten Vogel.

Eckebrecht war inzwischen achtzehn Jahre alt. Aus dem schmächtigen Knaben war ein hochaufgeschossener junger Mann geworden. Noch immer wirkte er auf den ersten Blick eher unauffällig. Er brauchte sein Gegenüber jedoch nur einmal anzuschauen, und dieser Eindruck änderte sich sofort: Eckebrecht hatte sehr schöne, ausdrucksvolle Augen, wie seine verstorbene Mutter Rachel, aber von brauner Farbe, seine Züge waren klug und nachdenklich. Geschwätzigkeit war nicht seine Sache, doch wenn er in einem Gespräch etwas zu sagen hatte, konnte er seine Meinung sehr überzeugend dartun. Seit seinen ersten Tagen im Hause Wolberos hatte er die Angewohnheit beibehalten, noch eher aufzustehen als die fleißige Blithildis, die er von Herzen liebte und verehrte.

Die Tür zur Küche wurde aufgerissen. Mit einem Schwall kalter Luft stürmte der Hausherr herein. Diese Hast entsprach gar nicht seiner sonst so bedächtigen Art, und in die Küche, das Weiberreich, kam er auch äußerst selten. Daher starrten ihn Frau Blithildis, Eckebrecht und die Mägde entgeistert an.

»Eckebrecht, du sollst mit einer Gesandtschaft nach Regensburg zu König Heinrich reisen!«, rief Wolbero.

Sein Sohn war sprachlos, Blithildis desto weniger.

»Nach Bayern? Zum König? Was für eine Gesandtschaft? Und warum?« Alle Fragen fielen ihr gleichzeitig ein, und auch die Mägde redeten alle durcheinander.

»Ruhe!«, rief Wolbero. »Ich werde es euch gleich erklären. Also hör zu, Eckebrecht. Ich komme gerade von deinem Paten Herimann und hörte dort eine schlimme Nachricht. König Heinrich hat sich gegen seinen und unseren Herrn, den Kaiser, empört.«

Nun sorgte Frau Blithildis für Ordnung.

»Jetzt seid einmal alle still«, wies sie die aufgeregten Mägde zurecht. »Wie kann er das? Hat nicht Kaiser Heinrich letztes Jahr den großen Reichslandfrieden ausgerufen? Was will sein Sohn denn?«

Wolbero ließ sich schwer auf der Küchenbank nieder.

»Die Herrschaft für sich will er. Er hat geglaubt, sein Vater zöge nach Jerusalem, wie er es vor zwei Jahren auf dem Mainzer Hoftag angekündigt hatte, und er wäre ihn los und könnte im Reich nach seinem Belieben schalten. Aus dem Heiligen Land sind ja schon viele nie mehr zurückgekehrt.« Er hielt kurz inne und fuhr dann fort: »Ich will nicht ungerecht sein. Nachdem sein Vater abermals gebannt wurde, hat der junge König wohl befürchtet, Kirche und Fürsten könnten sich wieder zusammenschließen und dem Vater und damit auch ihm die Krone nehmen, und sein Erbe würde dabei verspielt. Wer weiß denn, ob unser Herr Kaiser auch noch einen dritten Gegenkönig zurückdrängen könnte? Was Wunder, dass der junge Heinrich seine Erbfolge in höchster Gefahr sieht. Also will er den Vater verdrängen, um selbst dessen Stelle einzunehmen.«

Wolbero runzelte die Stirn und strich sich das weiße Haar aus der Stirn. »Heinrich hat bei seiner Krönung dem Vater einen Eid geleistet, niemals ohne dessen Zustimmung nach der Macht im Reich zu greifen. Nun hat er erklärt, einem gebannten Vater könne er nicht gehorchen. Wie hart muss dieser Verrat für den Kaiser sein. Der junge Heinrich ist der letzte Sohn, der ihm noch geblieben ist! Die Fürsten in Sachsen und Bayern sollen sich schon auf die Seite des jungen Heinrich gestellt haben. Und der Papst hat ihn gleich von der Sünde des Eidbruches freigesprochen!«

Er griff nach einem hölzernen Becher und schenkte sich aus dem Wasserkrug ein. »Der König ist zu jung, um zu begreifen, wie klug sein Vater gehandelt hat, als er den Reichslandfrieden ausrief. Der Kaiser hat damit seinen Anspruch auf uneingeschränkte Herrschaft erneuert, wie sie sein eigener Vater Heinrich, seines Namens der Dritte, ganz selbstverständlich ausgeübt hat. Sein ganzes Leben lang hat unser Kaiser sich mit den Bischöfen und dem Papst herumschlagen müssen, da ist er gut beraten, wenn er nun dauerhafte Ordnung und Frieden im Reich zu schaffen versucht, jetzt, wo er alt wird.«

Wolbero blickte zu seinem Sohn hinüber, der sich noch immer dem Federvieh widmete. »Wenn ich es recht bedenke, ist er noch gar nicht so sehr alt. Ich bin ihm wohl zehn Jahre im Alter voraus, und ich fühle mich noch nicht wie ein Greis.«

Eckebrecht, die halb gerupfte Gans im Arm, bemerkte dazu: »Vater, du hast aber auch keinen Sohn, der dir die Herrschaft nehmen will.«

Wolbero schaute ihn lange an. Dann sagte er nachdenklich: »Ein angenommenes Kind kann wohl einmal treuer zu einem stehen als ein leibliches. Höre, Eckebrecht, unser Erzbischof hat vom Kaiser den Auftrag erhalten, eine Versöhnung mit seinem Sohn herbeizuführen. Er fährt darum nach Bayern, wo sich König Heinrich zur Zeit aufhält. In seiner Gesandtschaft reist auch dein Pate Herimann, von dem ich diese schlimmen Botschaften erfuhr. Er wünscht auf der Reise deine Begleitung. Mach dich bereit zur Abreise nach dem Dreikönigsfest.«

Wer sich am meisten über diese Ankündigungen aufregte, war Frau Blithildis. Sie fiel sofort in aufgeregte Geschäftigkeit, die der Stille des Christfestes abträglich war. Zwar war Eckebrecht daran gewöhnt, zu jeder Jahreszeit weite und beschwerliche Reisen zu unternehmen, aber in Frau Blithildis' Augen war es etwas ganz anderes, im Gefolge des Erzbischofs zum König zu fahren. Was sie alles für ihren Sohn zusammenpackte, hätte auf drei Maultieren nicht Platz gefunden. Lachend setzte sich Eckebrecht gegen so viel mütterliche Fürsorge zur Wehr, ließ sich dann doch gefallen, dass sie zwei Schneider von früh bis spät hetzte, damit diese ihrem Sohn neue Kleidung nähten, die die Mutter dem Anlass für angemessen hielt.

Gleich nach dem Dreikönigsfest ging es los. Herr Friedrich hatte noch ein feierliches Hochamt gehalten und mit lauter Stimme Gottes Beistand für seine Mission vom Himmel herabgerufen. Die Bürger drängten sich im eiskalten Dom mit dampfendem Atem und frostigen Füßen. Dann wurde noch ein Glühwein gereicht, dessen Duft lieblich in die Nasen stieg und der die Glieder wärmte, und der Zug setzte sich in Bewegung.

Ganz vorn ritten die Meldereiter, die den Orten am Reiseweg rechtzeitig ankündigten, welch wichtige Persönlichkeit gleich erscheinen würde. Dann folgten die Wegbereiter, die für eine freie Bahn zu sorgen hatten, falls etwa Schneeverwehungen, umgestürzte Bäume oder dergleichen den Weg des geistlichen Herrn behindern sollten, dann kam ein Trupp erzbischöflicher Soldaten, gefolgt von der Sänfte des hohen Herrn, der trotz des Schaukelns Schriftsätze durcharbeitete und seinen Schreiber anwies, was er am Abend alles zu erledigen habe.

Hinter dem Erzbischof ritt sein Gefolge, seine Ministerialen, Diener und Köche, auch eine Gruppe von Kölner Bürgern, die die Gelegenheit nutzten, unter schwerer Bedeckung eine Geschäftsreise zu machen. Zwar ließ der Erzbischof sie für die gnädige Erlaubnis, ihn zu begleiten, auch zahlen, jedoch blieben die Kosten weit hinter dem Preis einer eigenen Wachmannschaft zurück.

Der Tross war nicht gerade klein. Der Erzbischof ließ Tafel- und Kochgeschirr mitschleppen, Bettzeug, reichlich Kleidung und Geschenke. Dazu kamen die Kaufmannswaren, Nahrungsmittel, Getränke, Futter für Pferde, Esel und Maultiere. Auch ein Käfig mit gackerndem Federvieh war dabei, damit Herr Friedrich unterwegs nichts zu entbehren hatte. Alle diese Dinge stellten einen hohen Wert dar und mussten daher durch eine ausreichende Schutztruppe gesichert werden. Alles in allem waren wohl sechzig Menschen auf dem Weg.

Eckebrecht ritt neben seinem Paten Herimann. Der Vogt war ein hochgewachsener Mann im Alter Wolberos. Sein Körper schien aus Stahl zu sein, denn er ließ nicht erkennen, dass der anstrengende Ritt durch Schnee und Kälte ihm etwas ausmachte. Herimann hatte vor einigen Jahren auch das Amt eines Zöllners bekleidet und nutzte nun die Reise, um seinem Patensohn genau zu erklären, was die Aufgaben eines Zöllners waren.

»Die Zölle stehen dem Erzbischof zu. Sie sind eine wichtige Einnahmequelle für ihn. Nun ist er häufig von Köln abwesend, da der Kaiser das Kanzleramt für das Reich oder für Italien in der Regel dem Erzbischof von Köln anvertraut. Wie soll er da das Zollwesen beaufsichtigen? Deshalb verpachtet er das Amt ganz gern.«

»Was bedeutet das, verpachten?«, fragte Eckebrecht.

»Ganz einfach: Der Zöllner oder Zollmeister zahlt ihm eine bestimmte Summe für ein Jahr, und du kannst mir glauben, diese Summe ist ganz und gar nicht bescheiden, und verwaltet dann das Zollamt auf eigene Rechnung. Der Erzbischof weiß so schon im Voraus, wie viel Geld ihm aus dem Zoll zur Verfügung steht.«

»Und der Zöllner, der weiß es nicht im Voraus?«

»Nein, er passt natürlich gut auf, dass ihm nur ja keine Zollgebühr entgeht, denn er muss ja die Pachtsumme wieder hereinholen und will natürlich darüber hinaus auch verdienen, sonst wäre seine Arbeit umsonst. Wo immer ein Kaufmannszug die Grenze des Erzbistums überschreitet, werden Zölle fällig. Alle Schiffe, die den Rhein befahren, müssen in Köln Halt machen und ihre Waren entladen. Erst wenn die Kölner drei Tage Zeit gehabt haben, davon zu kaufen – und wenn die Zollgebühren entrichtet sind –, darf der Rest wieder eingeladen und weiterverschifft werden.«

»Sicher braucht man dann viele Leute, um das alles zu überwachen?«, fragte Eckebrecht.

»Und ob! Die Beamten und Aufpasser sind zahlreich, und viele Menschen leben von dem Zollaufkommen, am besten natürlich der Zöllner.«

Und Herimann lachte und rieb sich die Hände.

»Schade, dass der Kaiser erst jetzt den allgemeinen Reichslandfrieden ausgerufen hat, wo ich dieses schöne Amt nicht mehr innehabe. Das hebt nämlich den Gewinn des Zöllners sehr, weil der Handel sich beträchtlich steigert.«

»Also eigentlich ein ganz sicheres Geschäft?«

»Leider nein, lieber Junge. Friedlose Zeiten können den Zöllner ganz schnell ins Verderben stürzen, weil er dann keine Möglichkeit hat, seinen großen Geldeinsatz wieder herauszuholen. Den Erzbischof braucht das nicht zu scheren. Ihm ist sein Geld in jedem Fall sicher.«

Eckebrecht hörte sehr aufmerksam zu und stellte Herimann viele Fragen. Ihm ging auf, dass man mit Geschäften kleines Geld machen kann, aber auch großes, dass Verlust und Gewinn nicht unbedingt immer im gleichen Verhältnis standen, dass man mehr verdienen kann, wenn man andere für sich arbeiten lässt, statt alle Arbeit selbst zu tun oder doch wenigstens zu leiten.

In Regensburg nutzte Herimann die Gelegenheit, seinen Neffen Arnulf aufzusuchen, der vor vielen Jahren als junger Domherr dorthin gegangen war und seit dem vorigen Jahr als Schreiber bei dem jungen König Heinrich weilte. Bei einem ordentlichen Trunk und reichlich Essen sprachen sie ausgiebig über Bekannte und Verwandte in Köln und waren nun bei den neuen Begebenheiten am Königshof angelangt.

»Diese Reise ins Bayernland ist wohl leider ohne politischen Erfolg geblieben«, sagte Herimann unzufrieden. »Ich war dabei, als unser Erzbischof Friedrich seine Audienz bei dem jungen König hatte, und meine, er hat die Friedensvorschläge des Kaisers auf gute Art und Weise vorgebracht. Ich wundere mich, dass der König nicht darauf eingegangen ist.«

Er winkte Eckebrecht, Arnulfs Becher nachzufüllen, und trank dem Neffen zu. »Herr Friedrich wird dem Kaiser wohl den Misserfolg seiner Sendung eingestehen müssen, das wird ihm wenig gefallen.«

Arnulf kostete bedächtig von dem Fisch, den Eckebrecht ihm vorlegte. »Vorzüglich, diese Weinsoße. – Ja, lieber Onkel, die Frage ist eben, wem denn wohl die nähere Zukunft gehört? Noch dem Kaiser? Oder doch schon sehr bald seinem Sohn?«

Herimann zog die Augenbrauen hoch und musterte Arnulf nachdenklich.

»Ach, so ist das. So, so. Eckebrecht, schau nach, ob jemand uns belauschen kann.«

Eckebrecht trat aus der Tür und schaute sich um. Sie waren in einem abgelegenen Raum der besten Herberge untergebracht, wie es sich für den höchsten Beamten des Erzbischofs schickte. Dies war ihr letzter Abend in Regensburg. Morgen in aller Frühe sollte die Heimreise angetreten werden, und das Gefolge des Erzbischofs war emsig mit Packen beschäftigt. Keiner achtete auf Herimanns Unterkunft.

»Niemand ist draußen, Herr Vogt. Wünscht Ihr, dass ich die weiteren Speisen selbst in der Küche abhole?«

Herimann überlegte.

»Nein, Eckebrecht, schicke einen unserer Knechte, damit der Wirt hier nicht herumläuft. Du selbst kannst uns bedienen und darauf achten, dass uns niemand hört. Schließlich gehörst du zur Familie. Dass du für dich behalten wirst, was du hier hörst, brauche ich wohl nicht erst zu sagen.«

Er wandte sich wieder dem Domherrn zu und bat ihn fortzufahren. Arnulf lächelte. »Mein lieber Onkel, der König, hat mich immer dabei, damit ich sofort nach der Unterredung einen Vermerk schreiben kann. Darum war der Herr Erzbischof sehr, sehr vorsichtig in der Wahl seiner Worte. Er hat nur ganz sacht anklingen lassen, dass er sich durchaus vorstellen könne, sich die Sache König Heinrichs zu Eigen zu machen.«

»Du meinst, er will zwischen Vater und Sohn vermitteln?«

Arnulf wiegte bedächtig den Kopf.

»Nein, den Eindruck hatte ich nicht. Schon eher, dass Herr Friedrich bereit ist, die Seite zu wechseln.«

»Schau an«, sagte Herimann erstaunt. Er stand auf und legte noch etwas Holzkohle auf das Wärmebecken.

»Der Herr Erzbischof, Vertrauensmann des Kaisers, biedert sich also bei dessen Sohn an. Das schmeckt nach Verrat. Das kann für Köln schlimme Folgen haben.«

Eckebrecht hatte gerade eine neue Weinkanne gebracht und die geleerte fortgenommen. Sie fiel ihm aus der Hand, die Neige spritzte über den Boden. Mit hochrotem Gesicht entschuldigte er sich und versuchte, die Spritzer wegzuwischen.

»Lass nur«, sagte Herimann, »das werden morgen die Mägde erledigen. Du bist wohl erschrocken? Da hast du guten Grund.«

»Ich war unachtsam, weil ich an die schlimmen Folgen dachte. Verzeiht, Herr Vogt.«

Herimann blickte ihn prüfend an. »Was meinst du, was könnte geschehen?«

»Ich habe wenig Erfahrung. Aber mir scheint, die Kölner Bürger stehen treu zum Kaiser.«

»Warum?«

»Sie haben ihm den Treueeid geschworen.«

Herimann und Arnulf lachten.

»Ach, du bist noch so jung, Eckebrecht«, sagte Herimann. »Warum noch?«

Eckebrecht überlegte. »Sie kennen den Kaiser. Er hält sein Wort, man weiß immer, woran man bei ihm ist. Vom jungen König Heinrich weiß man noch nichts.«

»Schau einer diesen jungen Kerl an«, spottete Arnulf gutmütig, »wie er über die höchsten Herren des Reiches denkt!«

Herimann hob abwehrend die Hand. »Lass nur, Arnulf. Ich möchte hören, was Eckebrecht meint. Und wo, glaubst du, liegen nun die Gefahren?«

»Wenn unser Erzbischof vom Kaiser abfällt, könnten wir die kaiserlichen Soldaten schnell vor unserer Stadt haben. Halten wir Bürger zum Kaiser, so wird unser Stadtherr versuchen, uns zu strafen. Ich weiß nicht, wie die Bürger entscheiden sollen.«

»Dann ist es ja gut, dass noch ein paar Ältere als du im Rat sitzen, denen die Entscheidung obliegt«, spottete Arnulf wieder. Eckebrecht wurde puterrot vor Verlegenheit.

Herimann sah ihn freundlich an und bemerkte: »Eckebrecht, deine Überlegungen sind ganz richtig. Wir brauchen dich hier im Augenblick nicht mehr. Könntest du bitte noch einmal unser Gepäck überprüfen? Wir fahren bei Tagesanbruch los.«

Erfolgreicher als die Verhandlungen im Namen des Kaisers waren die Kölner Kaufleute gewesen. Sie hatten ihre Waren in Regensburg glänzend abgesetzt. Eckebrecht war von früh bis tief in die Nacht auf den Beinen gewesen, um für seinen Paten neues Handelsgut zu erwerben, welches die Donau heraufgekommen war: ungarischer Wein und Honig, Gewürze, dazu auch Regensburger Tongefäße, die mit viel Sägespänen in dick gepolsterte Säcke verpackt wurden.

Herimann hatte eine besonders große Ladung Gewürze erstanden. Da er als Vogt des Erzbischofs vom Zoll befreit war, sah er dem gewinnbringenden Verkauf mit Behagen entgegen.

Auf der Rückreise schloss sich ein Pilger namens Adelfrid dem Erzbischof an, ein Benediktinermönch aus dem Kloster Hirsau. Er war soeben aus dem Heiligen Land zurückgekehrt und wollte nach Köln reisen, woher seine Mutter gebürtig war, um sich mit deren Verwandten ein Erbe zu teilen. Eckebrecht wollte alles über seine Erlebnisse wissen und setzte ihm bei einer Rast in einer Herberge mit tausend Fragen zu.

»Ich war schon seit 1090 im Heiligen Land und habe dort ein Spital für durchreisende Pilger geleitet«, erzählte ihm Adelfrid. »Darum beherrsche ich auch die arabische Sprache sehr gut. Nachdem der Massenmord bei der Eroberung Jerusalems sich unter den Moslems herumgesprochen hatte, wurde ich um ein Haar von aufgebrachten Arabern totgeschlagen, aber ein einheimischer Kaufmann hat mich von der wütenden Menge losgekauft, weil er voraussah, dass es nützlich sein könnte, sich mit fremden Sprachen vertraut zu machen. Jeden Abend hatte ich daher den Kaufmann und dessen heranwachsende Söhne in der unseren und auch in der französischen Sprache zu unterrichten. Sogar ein wenig Latein konnte ich ihnen beibringen.

Der Kaufmann Abdul machte es sich zur Gewohnheit,

des Abends nach dem Sprachunterricht mit mir zusammenzusitzen und zu reden, nicht von Moslem zu Christ, nicht von Herr zu Gefangenem, sondern es waren Gespräche zwischen Männern aus zwei verschiedenen Welten, die beide von großem Wissensdrang befallen waren.

Weil es für einen Kaufmann immer gut ist, über den Handelspartner Bescheid zu wissen, befragte er mich auch über alle möglichen Gebräuche meiner Heimat. Da musste ich beschämt zugeben, nicht besonders viel über kaufmännische Gepflogenheiten zu wissen, da ich aus einem adligen Hause stamme. Ich habe aber von meiner klösterlichen Ausbildung her eine sehr schöne Handschrift, und da mir die arabischen Schriftzeichen vertraut waren, ließ Abdul mich seine Bücher führen. Nach fünfjährigem Dienst hat er mich wieder in die Freiheit entlassen, und nun freue ich mich auf die Heimat.«

Das Feuer war schon weit heruntergebrannt, und Eckebrecht stand auf und legte neue Scheite nach. Dann holte er noch einen Becher Würzwein für Adelfrid.

Der Mönch lachte. »Ich merke schon, du richtest dich wieder einmal auf einen langen Abend mit mir ein. Was ist, wenn ein alter Mann wie ich früher müde wird als du junger Kerl und seinen Schlaf braucht?«

Aber Eckebrecht bat ihn so herzlich, in seinem Bericht fortzufahren, dass Adelfrid sich erweichen ließ.

»Ich will dir nun ganz unter uns ein Geheimnis anvertrauen. Ich habe nämlich bei Abdul etwas sehr Merkwürdiges entdeckt: Die Araber haben eine höchst seltsame Art, mit Zahlen umzugehen. Zunächst können sie mit wenigen Zeichen jede Zahl darstellen, auch eine höchst eigenartige Zahl namens Null, und dann haben sie eine Rechenart entwickelt, die sie blitzschnell viele Zahlen zusammenzählen oder abziehen lässt. Auch können sie hervorragend und rasch vervielfältigen und teilen. Diese Kunst nennen sie Mathematik, und die Kaufleute haben großen Nutzen davon.

Ich brauchte eine Weile, ehe ich begriff, wie das zusammenhängt, doch dann war ich begeistert. Abdul erlaubte mir, mich täglich nach Erfüllung meiner Pflichten mit dieser Materie zu beschäftigen, und ich möchte in aller Bescheidenheit sagen, dass ich ein ziemlicher Meister dieser Kunst geworden bin.«

»Das möchte ich unbedingt lernen. Willst du so freundlich sein, es mir zu zeigen?«

Adelfrid zögerte und blickte sich um, ob ihnen auch niemand zuhörte. Die anderen Reisenden beschäftigten sich mit ihrem Abendtrunk und achteten nicht auf sie.

»Es ist nicht ganz ungefährlich. Du wirst es nicht glauben, ich bin tatsächlich schon einmal wegen dieser Kenntnisse als Hexer verdächtigt worden. Weil ich aber Wert darauf lege, eines hoffentlich fernen Tages auf meinem Strohsack zu sterben und nicht auf dem Scheiterhaufen, habe ich seitdem mit niemandem mehr darüber gesprochen.«

Eckebrecht ließ ihm keine Ruhe, und so zeigte ihm der Mönch die seltsamen arabischen Zeichen auf der kleinen Schiefertafel, die er immer bei sich trug. Wenn der Junge sie sich eingeprägt hatte, wischte Adelfrid sie rasch wieder aus. Eckebrecht lernte schnell wie immer. Wenn sich alle niedergelegt hatten und das Licht gelöscht war, stellte er sich im Kopf die gelernten Zahlen und das Rechnen mit ihnen vor, soweit Adelfrid ihn bereits eingewiesen hatte.

Nachdem er genügend geübt hatte, erzählte Eckebrecht seinem Paten von seiner neuen Kunst und gab ihm gleich ein paar Proben davon. Herimann wurde sehr nachdenklich. Auch er riet Eckebrecht, mit seinem Können lieber ganz hinter dem Berg zu halten.

»Du weißt, dass unsere Kirche Anspruch darauf erhebt, der Born alles Wissens zu sein. Was du nicht im Kloster lernen kannst, könnte sehr schnell verteufelt werden. Gerade bei dir, mein lieber Junge, würden sich Geistliche daran erinnern, dass du nicht immer Christ warst, und würden wohl Teufelswerk vermuten. Sei also klug, ziehe Nutzen aus deiner Kunst und verrate sie niemandem.«

Herimann dachte noch eine Weile darüber nach und schüttelte dann den Kopf. »Ich wüsste auch gern mehr davon, aber ich glaube, mein Kopf ist doch schon etwas zu alt, um eine solche neue Wissenschaft hineinzustopfen.«

Am folgenden Tag kamen sie nach Köln. Der Erzbischof hatte seine Melder wieder vorausgeschickt, die sein Kommen ankündigten. Er zog mit viel Pomp in seine Stadt ein, begleitet von Kölns Geistlichkeit, die zahlreich vor die Tore geeilt war, um ihren Oberhirten zu empfangen.

Herr Friedrich äußerte sich nur recht undeutlich über die Erfolge seiner Mission, gab sich aber so selbstbewusst und zufrieden, dass alle annahmen, er sei sehr erfolgreich gewesen. Auch wusste er viel Vorteilhaftes über den jungen König zu berichten.

Den Kaufleuten, die in seinem Gefolge gereist waren, hatte er angedeutet, sie sollten lieber sehr vorsichtig mit ihren Äußerungen sein und vielleicht besser gar nichts sagen, um die Ruhe in der Stadt nicht zu gefährden. Dies alles brachte er ganz beiläufig vor. Allen Mitreisenden war jedoch völlig klar, dass sie nie wieder die Gelegenheit bekommen würden, in Friedrichs Gesellschaft zu reisen, wenn sie sich nicht genau an seine Weisungen hielten.

Einige Wochen nach ihrer Rückkehr aus Bayern ließ sich Herimann in Wolberos Haus melden. Erfreut eilte Frau Blithildis in die Küche und scheuchte ihre Mägde auf, um den Gast durch eine hervorragende Bewirtung zu ehren, während Wolbero Herimann in sein Arbeitszimmer bat und ihm dort Wein aus Südfrankreich anbot, den er kürzlich beim Stapelrecht erworben hatte. Als Blithildis erhitzt von der Eile das Zimmer betrat, fand sie ihren Mann strahlend neben dem Gast sitzend.

»Meine liebe Frau«, sagte er und zog sie an seine Seite, »Herimann hat mir ein Angebot gemacht, über das ich mich sehr freue, und wir möchten auch nach deiner Zustimmung fragen.«

Blithildis machte große Augen. Bei aller Achtung, die ihr Gatte ihr entgegenbrachte, pflegte er doch nicht allzu häufig etwas von ihrer Meinung abhängig zu machen. Freundlich nötigte sie den Vetter, doch zuerst einmal von den Köstlichkeiten zu nehmen, die sie rasch zusammengestellt hatte, obwohl sie vor Neugierde fast platzte. So wollte es die Höflichkeit.

Herimann griff zu, biss einmal in ein herrlich duftendes Gebäck, lobte die hausfraulichen Fähigkeiten seiner Base und sagte dann:

»Euer Junge war mir eine sehr angenehme Reisebegleitung. Er denkt weit mehr nach, als es viele seiner Altersgenossen tun. Er ist von rascher Auffassungsgabe und erkennt Zusammenhänge. Auch hat er ein sehr liebenswürdiges, höfliches Auftreten. Kaufmännischen Brauch und Können hat er bei Wolbero vollkommen erlernt.

Liebe Blithildis, niemand weiß besser als du, dass meine beiden ersten Ehefrauen mir keine Kinder hinterlassen haben. Erst meine dritte Frau Durechin hat mir mein einziges lebendes Kind geboren, meine Tochter Liveradis. Sie ist fast fünfzehn Jahre alt, und ich mochte bisher nicht darüber nachdenken, an wen ich sie verheiraten will, denn der Gedanke schmerzt mich, dass sie mein Haus dann verlassen wird. Nun scheint mir, dass euer Sohn wohl der vielversprechendste junge Mann hier in Köln ist, den ich kenne, deshalb wollte ich mich mit euch über eine mögliche Heirat unserer Kinder unterhalten.«

Nun strahlte Frau Blithildis ebenso wie ihr Gatte. So sehr sie ihren Eckebrecht liebte, im tiefsten Innern ihres Herzens hatte sie sich manchmal gefragt, ob seine jüdische Abstammung ihm vielleicht bei der Heiratssuche ein Hindernis sein könnte. Und jetzt bot sich eine Ehe mit einem Mädchen von so ausgezeichneter Herkunft an, wie sie es sich nur wünschen konnte. Herimann gehörte zum Stadtadel und war außerordentlich reich. Fünf Erzbischöfe hatten auf seinen Rat gehört, nämlich Anno, Hildolf, Sigewin, Hermann und nun auch Friedrich.

Seine jetzige, dritte Ehefrau war Durechin Hardefust, die älteste Schwester jener Gertrud, auf die Wolberos verstorbener Erstgeborener seine Gedanken gerichtet hatte. Durechin war also ebenfalls eine Nichte des berühmten Priesters Bruno Hardefust, der den jetzt sich so rasch verbreitenden Kartäuserorden gegründet hatte und der im Jahre 1101 in La Torre in Kalabrien verstorben war.

Fröhlich hob Wolbero den Trinkpokal, trank dem Gast zu und reichte ihm dann das schwere Kristallglas. Herimann trank gleichfalls und zwinkerte dann fröhlich der Hausfrau zu.

Blithildis errötete und sagte: »Wir freuen uns sehr über deine Anfrage, Vetter Herimann. Wir wollen den Kindern Gelegenheit geben, sich kennen zu lernen.«

Und so geschah es. Das Osterfest stand bevor, und es wurde beschlossen, dass beide Familien den Tag gemeinsam verbringen sollten. Wie üblich begannen die Bürger diesen Tag mit einem Gottesdienst. Ganz Köln hallte wider vom Klang der Domglocken sowie der viel kleineren Glocken der übrigen Kirchen. Die schweren Tore der Domkirche öffneten sich. Angeführt von kleinen Knaben, die gewissenhaft

Weihrauchgefäße schwenkten, betrat Erzbischof Friedrich feierlichen Schritts seine Kirche, gefolgt von hohen Prälaten und weiteren Priestern und Mönchen. Dahinter folgten seine Ministerialen. Sie alle schritten durch die Reihen, die die Ratsbürger bildeten. Hinter diesen drängte sich das gemeine Volk.

Eckebrecht stand in der ersten Reihe zwischen seinen Eltern. Er versuchte, ganz unbeteiligt auszusehen, reckte aber doch den Hals, als unter den Ministerialen Herimann auf das Kirchenportal zuschritt, an seiner Hand seine Frau Durechin, an deren Hand wiederum die Tochter Liveradis.

Viel zu schnell waren sie vorbeigegangen, aber Eckebrecht hatte doch gesehen, dass das Mädchen auffällig schön war. Seine Gestalt war groß und sehr schlank. Liveradis blickte nicht nach rechts und nicht nach links, ihre rechte Hand hielt anmutig einen Zipfel des grünen Kleides gefasst, damit es nicht im Straßenstaub schleifte. In das lange, lockige, hellblonde Haar, das offen ihren Rücken hinunterfiel, war ein Blütenkranz geflochten.

Nach dem Gottesdienst begrüßten sich die beiden Familien vor der Kirche. Sie gingen alle zusammen zu dem prächtigen Hause Herimanns, das am Malzbüchel, gegenüber der Kirche Maria im Kapitol, gelegen war. Eckebrecht bot Liveradis den Arm an, doch sie nahm ihn nicht und ging mit niedergeschlagenen Augen an seiner Seite. Wenn er sie ansprach, antwortete sie so leise wie ein kleiner Vogel.

Ihr Verhalten änderte sich auch im Verlauf des festlichen Tages nicht. Während die beiden Elternpaare sich prächtig verstanden, das Festmahl miteinander genossen und nach fleißigem Kreisen des Weinkruges recht fröhlich und ausgelassen wurden, war Eckebrecht ziemlich ratlos. Liveradis achtete höflich darauf, dass die Mägde ihm gute Bissen vorlegten und dass er nie zu dürsten hatte. Aber nicht ein einziges Mal sah sie in seine Augen. Er wusste durchaus nicht, ob er der jungen Schönen missfiel oder ob sie nur schüchtern war.

Auf dem Heimweg fragte Wolbero seinen Sohn: »Wie denkst du über diese Verbindung?«

Zögernd erwiderte Eckebrecht: »Sie ist ein liebliches Mädchen, schön und gut erzogen; aber ist sie nicht ein wenig kalt?«

Wolbero sah ihn verwundert an. »Kalt? Das ist mir nicht aufgefallen. Sie war doch sehr höflich und aufmerksam.« Er wandte sich an seine Frau. »Blithildis, was meint der Junge?«

Die Mutter schwieg. Ihr war ein wenig schwindlig von dem reichlich genossenen Wein, der nicht durch allzu viel beigemischtes Wasser seine Kraft verloren hatte. Trotz des fröhlichen Zuspruchs der Gastgeber hatte sie verstohlen immer wieder zu den jungen Leuten geschaut. An dem Benehmen des jungen Mädchens war durchaus nichts auszusetzen gewesen. Und doch hatte auch sie ein unbehagliches Gefühl. Liveradis schien ganz und gar unbeteiligt. Da die sonst so Redegewandte diesen Eindruck jedoch nicht in Worte fassen konnte, schüttelte sie nur stumm den Kopf.

Verärgert brummte Wolbero: »Das ist alles Unfug. Eine bessere Frau kann ich nicht für dich finden. Du bekommst einen höchst geachteten und einflussreichen Schwiegervater, und reicher als wir ist die Familie auch noch. Das Mädchen ist nur noch sehr jung und schüchtern, und damit Schluss. Wenn du nicht einen Widerwillen gegen sie gefasst hast, was ich mir gar nicht denken kann, dann solltest du sie umwerben. Die Verlobung können wir dann zu Pfingsten feiern.«

Als Eckebrecht eine Woche später mit einem Blumenstrauß, den Blithildis ihm aus ihrem Garten geschnitten hatte, beim Hause Herimanns auftauchte, kam zu seiner Enttäuschung nur die Hausfrau an die Tür. Sie rang sichtlich um Fassung, als sie dem jungen Mann mitteilte, die Tochter sei erkrankt, zu schwer, als dass Eckebrecht sie besuchen könnte.

Eine offenbar nur aus Höflichkeit ausgesprochene Einladung, ins Haus zu treten, lehnte Eckebrecht sofort ab. Er bat Durechin nur, Liveradis die Blumen mit einem Gruß zu überbringen, und wünschte baldige Genesung. Seine Frage, was für ein Übel das Mädchen denn so plötzlich befallen habe, erhielt nur eine zögernde und höchst unbestimmte Antwort. Der junge Mann gewann jedoch den Eindruck, dass es sich um ein gefährliches Fieber handelte.

So verabschiedete sich Eckebrecht und bat nur um die Erlaubnis, täglich einen Knecht vorbeischicken zu dürfen, der nach dem Befinden der Kranken fragen sollte. Eine Woche lang war Liveradis' Zustand bedenklich, dann erholte sie sich langsam.

Der Frühling war schon weit fortgeschritten, als Eckebrecht sie endlich sehen durfte. Er fand sie in dem großen Garten hinter ihrem Haus in der Sonne sitzend vor.

Sie saß auf einer kleinen Bank unter einem Nussbaum und sah sehr schmal und blass aus. Ihr Haar war strähnig und ohne Glanz, und das zarte Gesicht war fahl. Ihre grünen Augen blickten trübe. Trotz des warmen Sonnenscheins war sie in einen großen Schal gehüllt. Der Blick, mit dem sie Eckebrecht entgegensah, war traurig.

Sofort erfüllte heftiges Mitleid das Herz des jungen Mannes. Sie sah so elend, so verlassen und schutzbedürftig aus. Er fasste nach ihrer Hand, aber sie zog sie rasch wieder fort. Da sie ihn nicht eingeladen hatte, neben ihr auf der Bank Platz zu nehmen, hockte er sich daneben ins Gras und sah sie an.

Worüber sollte er nur mit ihr sprechen? Er wagte nicht, sich nach ihrer Krankheit zu erkundigen. Die Dinge, die ihn zur Zeit beschäftigten, nämlich die Geschäfte des Reichs, die Zwistigkeiten zwischen Kaiser Heinrich und seinem Sohn und deren Auswirkungen auf die Sicherheit der Stadt Köln und den Handel, schienen ganz und gar ungeeignet für ein Gespräch mit einem so jungen Mädchen. Über sich selbst, seine Arbeit und seine Pläne zu sprechen, schien ihm zu aufdringlich. Dann fiel ihm doch etwas ein.

»Meine Mutter hat eine Katze, die hat vor zwei Wochen vier Junge geworfen«, begann er. Er machte eine Pause, um zu sehen, ob Liveradis wohl Aufmerksamkeit zeigte. Immerhin, sie blickte zu ihm hin.

»Sie hat sie im Pferdestall geworfen, ganz versteckt im Heu hat sie ihnen ein Nest bereitet. Als meine Mutter sah, dass die Katze nicht mehr dick war, hat sie so lange gesucht, bis sie sie gefunden hat. Dann hat sie die Kleinen ins Haus gebracht, damit sie nicht von einem Pferdehuf verletzt oder getötet werden können. Sie hat einen Korb in den stillsten Winkel der Küche gestellt und mit Heu ausgepolstert. Die Katze liegt darin mit ihren Kindern und säugt und putzt ihre Kleinen den ganzen Tag. Wenn sie Hunger hat und den Korb verlässt, um zu fressen, wird es kalt an der Stelle, wo gerade noch die Mutter war, und die Kleinen fangen erschreckt an zu fiepen. Dann kehrt die Katze sofort hungrig in den Korb zurück, um ihre Kinder zu trösten, zu säugen und zu putzen. Meine Mutter kommt dann und füttert die Katze aus der Hand, damit sie nicht von Kräften kommt.«

»Wie sehen die kleinen Kätzchen denn aus?«, fragte Liveradis.

Eckebrecht freute sich, denn dies war das erste Mal, dass das Mädchen selbst das Wort an ihn richtete. Bisher hatte sie immer nur kurz auf seine Fragen geantwortet.

»Zwei sind goldfarben, eins ist rabenschwarz, und eins ist schwarz und gold und weiß. Die Mutter ist grünäugig, dreifarbig, und sie hat drei schwarze Pfoten und eine goldene Pfote. Der Vater ist schwarz und hat ein weißes Lätzchen und weiße Pfoten, seine Augen sind goldgelb.« Ihm fiel noch etwas ein. »Wusstest du, dass Katzen blind geboren werden? In den letzten Tagen haben sie, eins nach dem anderen, die Augen geöffnet, und nun sind sie ungeheuer neugierig auf die Welt. Obwohl sie noch ganz schwache Beinchen haben, stemmen sie mühsam ihre kleinen runden Bäuchlein in die Höhe und tapsen vorwärts. Wenn sie Pech haben, fallen sie dabei auf die Nase.«

Liveradis lachte, und Eckebrecht strahlte, weil er ihre Aufmerksamkeit erregt hatte. Dann sagte sie: »Wir hatten noch nie eine Katze. Ich würde wohl gern die Kleinen sehen.«

Das hörte Frau Durechin, die gerade mit einer Kanne voll Pfefferminztee mit Honig für die beiden in den Garten kam. »Wenn du dich kräftig genug fühlst, kannst du zum Hause Wolberos gehen und die Kätzchen anschauen«, sagte sie, während sie den Tee in drei irdene Becher goss.

Sofort machte die Tochter ein abwehrendes Gesicht. Ihre Mutter fügte eilig hinzu: »Ich komme auch mit.«

Es dauerte noch mehrere Tage, bis sich Liveradis zu einem Besuch im Hause Wolberos entschließen konnte. Eckebrecht holte Mutter und Tochter ab und hatte die sanfteste Stute aus Wolberos Stall mitgebracht, darauf hob er das junge Mädchen und führte das Tier am Zügel nach Hause. Die rundliche Frau Durechin, einen Kopf kleiner als ihre hochgewachsene Tochter, hatte es abgelehnt zu reiten.

Die beiden Gäste wurden von Frau Blithildis auf das herzlichste begrüßt und bewirtet. Sie brachte den Katzenkorb aus der Küche herein, und die vier Jungkätzchen krochen sofort heraus und tapsten durch die Stube, alles aus großen, runden Augen bestaunend. Sie spielten und balgten miteinander, winzige Pfötchen wirbelten durch die Luft. Die Alte beäugte die Fremden zuerst misstrauisch, sah aber dann wohl ein, dass diese keine bösen Absichten hatten. Sie setzte sich in eine Ecke und schaffte es, alle vier Kleinen gleichzeitig im Auge zu behalten.

Liveradis kauerte sich auf den Boden und stieß entzückte Laute aus, während sie die Kätzchen bestaunte und streichelte. In ihr blasses Gesicht kam etwas Farbe, und ihre Augen strahlten. Nun sah man wieder, wie schön das Mädchen war.

»Hättest du gern eine Katze?«, fragte Frau Blithildis.

»Oh, ja!« Das Mädchen nickte sehnsüchtig.

»Du kannst ein Pärchen aus dem Wurf haben, wenn sie alt genug sind, die Mutter zu verlassen. Komm häufig bis dahin, damit sie sich an dich gewöhnen können.«

Die Katzenmutter fand nun, dass Liveradis genug mit den Kleinen gespielt hatte, sprang ihr mit einem kühnen Satz auf den Schoß, nahm behutsam ein Kind nach dem anderen im Genick auf und trug die kleinen baumelnden Bündel in den Korb zurück.

Liveradis kam in den nächsten vier Wochen häufig in Wolberos Haus, immer begleitet von ihrer Mutter oder einer Magd. Die Verlobung wurde zu Pfingsten gefeiert. Die Braut hatte ihre Krankheit überwunden, erschien aber immer noch blass und still in ihrem wunderschönen hellblauen Kleid. Ihr Haar war von einem Kranz von Vergissmeinnicht durchflochten, und sie sah aus wie die Verkörperung der Unschuld, als ihr Vater ihre Hand und Eckebrechts Hand zusammenführte.

Der Bräutigam lächelte aufmunternd seine Braut an, die nicht viel kleiner war als er, aber eine hauchzarte Erscheinung. Sie legte mit gesenktem Blick die Fingerspitzen in seine Hand. Eckebrechts Herz schlug heftig, und er fühlte sich wie der glücklichste Mensch in ganz Köln.

Die Hochzeit sollte Ende Oktober 1105 stattfinden. Eckebrecht konnte es kaum mehr erwarten. Sein erster Gedanke, wenn er morgens erwachte, galt seiner süßen, jungen, schönen Braut. Täglich fand er einen Grund, um in ihrem Elternhaus vorzusprechen. Verzückt betrachtete er sie, wie sie mit gesenktem Kopf an einem Wäschestück ihrer Aussteuer stichelte. Er brachte ihr Blumen und Früchte und war selig, wenn er zum Dank ein scheues Lächeln erhielt. Dieses wundervolle Wesen sollte bald für alle Zeiten an seiner Seite sein, Tag für Tag, ein Leben lang? Er konnte sein Glück kaum fassen. Er machte Pläne für die nächsten Jahrzehnte: Wie er führender Ratsherr werden wollte wie Wolbero, damit seine Liveradis die Achtung in der Stadt haben sollte, die ihr von Geburt her zukam. Wie er sich mühen und Reichtümer ansammeln würde, damit sie nichts, aber auch gar nichts entbehren musste – sie und die Kinder, die sich bald einstellen würden. Eckebrecht, der sich nicht mehr an seine früh verstorbenen Geschwister erinnern konnte und allein aufgewachsen war, träumte von einer großen Familie.

Ihr Hochzeitstag würde der Beginn einer grenzenlos glücklichen Zeit sein.

Am letzten Oktobertag war es endlich so weit. Eckebrecht und Liveradis hielten Kirchgang in der Domkirche. Erzbischof Friedrich ließ es sich nicht nehmen, das einzige Kind seines Vogtes Herimann zu trauen. Eckebrecht bemerkte scherzend seiner Mutter gegenüber: »Offenbar ist der Herr Erzbischof unser Hauskaplan.«

Erschrocken legte Blithildis ihm die Hand über den Mund. »Mein Junge, solche Bemerkungen können dir sehr schlecht bekommen. Scherze, über was du willst, aber nie über die Kirche.«

»Vater macht auch spitze Bemerkungen über den Klerus«, entgegnete der Junge empört. Blithildis sah ihn lange an.

»Du tust es aber besser nicht«, sagte sie dann nur. Eckebrecht hatte verstanden. Er, der als Jude geboren war, durfte sich nichts herausnehmen, was man einem Christen durchgehen ließ, ganz besonders, wenn er reich und hoch geachtet war.

Es war die größte Hochzeit, die in diesem Jahr in Köln gefeiert wurde. In der Kirche waren alle Mitglieder der Tuchhändlergilde versammelt, alle Ratsherren, alle Ministerialen. Nach der Trauung wurden reichlich Almosen an die vielen Armen ausgeteilt, die sich vor der Domtür versammelt hatten.

Das Fest fand in der Gildestube statt, denn auch das geräumige Haus Herimanns hätte nicht alle Gäste aufnehmen können. Fidel, Brummbass und Trommel spielten den Hochzeitsgästen auf. Ein Spielmann legte sein Instrument beiseite, schlug im Hof vier, fünf Räder und lief dann auf Händen zur Tür hinein, worüber sehr gelacht wurde.

Der Duft aus dem benachbarten Gasthaus, wo heute nur für das Hochzeitsfest gekocht wurde, ließ den Gästen das Wasser im Munde zusammenlaufen.

Und dann wurden die Speisen gebracht: Hühner, Kapaune, Rheinfische, Aal in Gelee, einige im Ganzen gebratene Spanferkel, Hammel und Rinderbraten. Die Knechte schleppten große Kessel herbei, in denen buttertriefende Grütze dampfte, Kopfsalat, Möhren, Spinat und verschiedene Kohlsorten, große heiße Brotlaibe, die zu riesigen Scheiben zersäbelt wurden und auf die man die Speisen häufte, schließlich noch süße Speisen, mit Honig gekochtes Obst und Kuchen. Das alles wurde mit gewaltigen Strömen von Bier, Wein und Wasser hinuntergespült.

Leider muss festgestellt werden, dass die höchste Bürgerschaft sich nicht nur sittsam verhielt. Kaufmann Bruno, der wenig Alkohol vertrug, aber den Mischkrug als seinem Wein abträglich zurückgewiesen hatte, wusste schon vor den süßen Speisen nicht mehr, wo er war, torkelte auf der Suche nach seinem Bett aus dem Saal, erbrach sich im Hof und wurde dann friedlich schlafend auf einem Strohbündel im Pferdestall aufgefunden.

Der Ministeriale Albert erregte Ärgernis bei Alstradis, der Frau des Truchsessen Almar, als er ihr in den Ausschnitt griff. Zu seiner Entschuldigung kann nur angeführt werden, dass es ihm zu schwer geworden war, dem Anblick dieser lieblichen Äpfelein zu widerstehen.

Man hätte auch Anstoß an einigen wohlbetuchten und vornehmen Ratsherren nehmen können, die mit unschöner Stimme misslautende Lieder grölten und auch noch meinten, sie könnten den Spielleuten ebenbürtig sein. Zu fortgeschrittener Stunde war allerdings niemand mehr so nüchtern, um sich über solche Kleinigkeiten zu ärgern.

Nach Stunden der üppigsten Tafelfreuden konnte auch der größte Vielfraß nichts mehr hinunterwürgen. Es war noch immer viel übrig, und Eckebrecht ließ alles auf die Straße schaffen, wo viel armes Volk sich versammelt hatte und sich gierig um die Reste balgte.

Dann kehrte er in den Saal zurück, klatschte in die Hände und befahl den Spielleuten, zum Tanz aufzuspielen. Die Tafeln waren inzwischen rasch von Knechten und Mägden sauber gewischt und beiseite geräumt worden, der Boden schnell gefegt, damit niemand über weggeworfene Knochen stolperte.

Die Musikanten spielten eine fröhliche Tanzweise, und Eckebrecht ging und verbeugte sich, die Hand auf dem Herzen, höfisch vor seiner zarten Braut. Unter Beifallrufen der Angehörigen und Gäste sprang er den Reigentanz mit ihr. In seinem Herzen dankte er Frau Blithildis, die diese schwierige Kunst seit zwei Wochen jeden Tag mit ihm geübt hatte, und deshalb holte er sie zum zweiten Tanz, nachdem Herimann ihn an der Seite seiner Tochter abgelöst hatte.

Die Fiedeln kreischten so lustig und laut, dass niemand außer Blithildis ihn verstehen konnte, als er sagte: »Mutter, ich danke dir tausend Mal. Alles, alles verdanke ich nur dir. Und Vater natürlich auch, aber doch ganz besonders dir. Was soll ich schon groß sagen, ich liebe dich von ganzem Herzen. Möge Gott dir vergelten, was du alles für mich getan hast.«

Frau Blithildis wiegte sich anmutig im Reigen, dessen Figuren sie nun von Eckebrecht fort- und wieder zu ihm hinführten. Sie war gar nicht wehmütig wie andere Mütter, die ihren einzigen Sohn an eine junge Frau hergeben müssen, sondern heiter und froh, dass ihr Sohn eine so glänzende Heirat gemacht hatte.

»Mein lieber Junge«, sagte sie und gab ihm einen Klaps auf die Nase, »du brauchst nicht so feierlich zu sein, dazu ist der Tag heute zu lustig. Ich bin diejenige, die hier dankbar sein muss, denn ich hatte schon die Hoffnung auf ein Kind fast aufgegeben, und dann kamst du und hast mir sehr viel Freude gemacht. Und nun fängt ein wundervolles neues Leben für dich an: Wenn das kein Grund ist, fröhlich zu feiern!«

Und sie drehte sich rasch im Kreis, ihre Haube rutschte von ihrem Kopf, dass die langen goldblonden, noch kaum angegrauten Haare flogen. Auch Herr Friedrich ließ es sich nicht nehmen, die schöne Braut einmal im Kreise zu führen. Es zeigte sich, dass er mit seiner zierlichen Gestalt die Tanzschritte vorzüglich beherrschte. Wie er zu dieser Fertigkeit gekommen war, blieb verborgen.

Später erfreute er auch die Mütter von Braut und Bräutigam mit seiner Tanzkunst, und ganz zum Schluss drehte er sogar noch eine Runde mit Frau Alstradis und schaute ihr nur so unauffällig in den Ausschnitt, dass fast niemand es bemerkte.

Schon längst war es dunkel, und die Knechte hatten die Fackeln an den Wänden angesteckt. Der Erzbischof bedeutete nun dem Bräutigam, er gedenke, das Fest zu verlassen.

Eckebrecht, der sich mit dem besten Rheinwein Mut angetrunken hatte, war schon seit längerem unruhig, hatte aber nicht selbst das Zeichen zum Aufbruch geben wollen, um nicht als ungeduldiger Bräutigam verspottet zu werden. Nun ergriff er erleichtert die Hand seiner Braut und folgte dem hohen geistlichen Herrn, hinter ihnen gingen die Verwandten und die übrigen Gäste.

Angeführt von Fackelträgern ging der Zug zu Wolberos Haus. Dort drängte sich die ganze Gesellschaft durch das Haustor und dann die enge Stiege hinauf zu den Wohnräumen. Es war üblich, dass Eltern, Kinder und Gesinde in der kalten Jahreszeit in der großen Stube schliefen, in der tagsüber gegessen, gearbeitet und gelebt wurde. Abends breitete man die Strohsäcke aus, die in einer Ecke gestapelt waren, nur Hausherr und Hausfrau hatten ein großes, geschnitztes Bett. Die Übrigen legten sich auf die Säcke und deckten sich mit Laken oder einfach mit ihren Mänteln zu. Im Sommer schlief das Gesinde auch unter dem Dach oder im Stall.

Für die Brautnacht war aber für das junge Paar eine Kammer gerichtet. Frau Blithildis selbst hatte sie früh an diesem Morgen auf das liebevollste vorbereitet. Ihre besten Leintücher waren über einen Sack mit Heu und Stroh gebreitet, es waren Kissen da, Felle und Decken. Der Fußboden war mit wohlriechenden Kräutern bestreut, und auf den Decken schimmerten Rosenblätter, die Frau Blithildis im Sommer eigens zu diesem Zweck getrocknet hatte.

Die angeheiterten Gäste machten allerlei unanständige

Bemerkungen, die sie nur für den Segen des Erzbischofs unterbrachen. Dieser hob beide Arme, wartete einen Augenblick, damit Ruhe einkehrte, und strafte eine noch immer kichernde Kaufmannsfrau mit einem strengen Blick. Dann segnete er das Brautbett und die Brautleute und verließ würdevoll das Gemach.

Die Braut brach in Tränen aus, das schien aber niemanden von den Anwesenden zu beunruhigen. »Brauttränen trocknen schnell«, sagte die schöne Alstradis lachend und warf ihrem Nachbarn einen herausfordernden Blick zu.

Blithildis sorgte dafür, dass die lärmende Gesellschaft nun rasch den Raum verließ, küsste die Braut auf die Stirn und den Sohn auf den Mund und verließ die Kammer, wobei sie sich vergewisserte, dass die Tür auch ganz geschlossen war.

Eckebrecht setzte sich auf das Bett neben seine Braut und wartete darauf, dass ihr Tränenstrom nun versiegen möge. Als sie dazu keine Anstalten machte, hob er die Hand und legte sie tröstend auf ihre Schulter. Flugs schlug sie ihm auf die Finger und weinte weiter.

Betreten saß er da und fragte sich, was er nun anfangen sollte. Dann entdeckte er auf dem kleinen Tisch unter dem Fenster einen Wein- und einen Wasserkrug und zwei Becher sowie einige Erfrischungen, die seine fürsorgliche Mutter bereitgestellt hatte. Er stand auf und goss etwas Wein für die trostlose Braut ein.

Sie schüttelte zuerst heftig den Kopf, als er ihr den Becher bot, aber dann griff sie danach und schüttete den Inhalt hinunter, als sei es Wasser. Dann verlangte sie mehr. Schnell holte er ihr noch mehr Wein, den sie ebenfalls hinuntergoss.

Er betrachtete sie ratlos und hätte sich am liebsten vor der ihm jetzt völlig Unbekannten, die ihn mit wildem Blick anschaute und mit drohender Miene trank, in Sicherheit gebracht. Doch schließlich war die Hochzeitsnacht nicht zur Flucht gedacht.

Er fasste allen Mut zusammen, überlegte sehr genau, wo seine Berührung am wenigsten ärgern mochte, und legte seine Hand auf die ihre. Diesmal wurde er nicht abgeschüttelt. Ermutigt legte er die andere Hand nun auf ihren Unterarm, und wieder geschah ihm nichts.

Er sah in ihr Gesicht, noch tränenüberströmt, aber schon etwas gefasster. Rasch füllte er ihr noch einmal den Weinbecher. Wieder trank sie ihn in einem Zug aus, ließ ihn dann auf den Boden rollen und erklärte: »Jetzt könnte es gehen.«

Das war nun ganz und gar nicht, was Eckebrecht erwartet hatte. Er hatte geträumt, seine Braut würde ihn selig anlächeln, da sie doch nun den kirchlichen Segen und damit die Erlaubnis hatten, sich näher zu kommen. Stattdessen schien sie grimmig entschlossen, eine Sache nun endlich hinter sich zu bringen, um die alle seine sehnsüchtigen Träume der letzten Wochen gekreist hatten.

Im Augenblick allerdings war von Sehnsucht wenig zu merken, er fühlte sich ziemlich verzagt. Jetzt war es Eckebrecht, der dringend einen Becher Wein brauchte. Daraufhin kehrten Mut und Unternehmungslust wieder zurück, und er wagte einen zweiten Anlauf.

Zwar mangelte es Eckebrecht an eigener Erfahrung, aber er hatte von seinem Vater, seinem Beichtvater und vom Pferdeknecht Bardo drei ganz verschiedenartige Anweisungen bekommen, wie er sich zu verhalten und was er zu tun habe.

Diese rief er sich nun ins Gedächtnis zurück, wählte den ihm hier passend erscheinenden Ratschlag des Bardo aus und griff ihr in den Ausschnitt. Dies schien jedoch seiner jungen Braut nicht zu gefallen, denn sie schubste ihn derb zur Seite.

Also ging er lieber nach Wolberos Art vor, schob den weiten Ärmel ihres Gewandes vorsichtig hoch und streichelte zart ihren Unterarm. Sie zog den Ärmel zurück und warf Eckebrecht einen unfreundlichen Blick zu.

Nun ja, er konnte es auch nach Beichtvater Konrads Methode versuchen, denn dieser mochte ja immerhin theoretische Kenntnisse haben, wie man mit einer jungen Frau umgehen sollte. Also kniete Eckebrecht neben dem Bett nieder und betete laut zu Gott, dass er diese Ehe segnen und vielleicht dazu helfen möge, dass sie doch bitte überhaupt erst einmal begann.

Insgeheim stellte er sich dabei die verzagte Frage, ob die Berichte von Kennern über die Köstlichkeit von Liebesfreuden nicht sehr übertrieben waren.

Leider hatte sein Gebet wieder ein Öffnen der Tränenschleusen bei der Braut zur unerwünschten Folge. Eckebrecht gab daher zunächst einmal seine anstrengenden und fruchtlosen Bemühungen auf, Liveradis zu verführen, und nahm das Mädchen einfach nur in die Arme, um mit tröstenden Worten dessen Kummer zu besiegen.

»Du brauchst keine so schreckliche Angst zu haben, meine süße Liveradis. Ich werde ganz gewiss nie und nimmer etwas tun, was dein Missfallen erregen könnte.«

Aber die Aufregungen des Tages, der Wein und die verfrühte Vorfreude auf ungeahnte Wonnen zeigten jetzt Wirkung bei ihm, und es kam ihm so vor, als würde er vielleicht doch etwas tun wollen.

Listig zog er ganz unauffällig an den Schleifen, mit der ihre Kleidung geschlossen war. Ihr Umhang öffnete sich und fiel herab, darunter schimmerte das dünne weiße Leinengewand mit dem purpurroten Besatz. Da er noch nicht recht wusste, wie er sie geschickt aus dieser Hülle bringen konnte, löschte er die Kerzen im Raum außer einer aus und streifte stattdessen seine eigenen Kleider ab. Sie warf einen flüchtigen Blick in seine Richtung, aber das Licht war so schwach, dass sie kaum etwas sehen konnte.

Dann zog er ihr das Gewand über den Kopf, so vorsichtig wie ein Kater, der sich ständig bewusst ist, dass die von ihm verehrte Katze ganz plötzlich Tatzen und Ohrfeigen vorrätig hat, wenn er ihr zu nahe kommt.

Der Duft ihres Körpers und ihres Haares ließ das Blut in seinen Ohren rauschen, und obwohl ihm die Hinweise seiner drei Lehrmeister entfallen waren, wusste er doch genau, was er zu tun hatte.

Eckebrecht pflegte sonst immer als Erster im Haus aufzustehen, aber als er am nächsten Morgen erwachte, schien schon die Herbstsonne durch das Fenster. Die hereindringende Luft war der Jahreszeit entsprechend recht kühl, und sein erster Gedanke war, dass man bald Pergament und Schweinsblasen einsetzen musste, um die Wärme drinnen und die Kälte draußen zu halten.

Dann erst fiel sein Blick auf die schlafende Liveradis, und er lachte über sich selbst, dass er jetzt an zu verschließende Fenster denken konnte. Das Blut schoss ihm ins Gesicht, als er an die vergangene Nacht dachte, und er hatte große Lust, die neuen Erfahrungen noch etwas zu vertiefen.

Liveradis' lange Haare waren wie ein feiner Schleier über das Kissen gebreitet. Zärtlich beugte er sich über das Mädchen, dessen klare, feine Züge auch im Schlaf so schön waren, und küsste sie.

Freude durchfuhr ihn, als sie noch im Halbschlaf lächelte. Dann öffnete sie die Augen und blickte ihn an. Als erlösche ein Licht in ihrem Gesicht, wurde ihr Ausdruck plötzlich freudlos, und sie drehte den Kopf zur Seite. Es fröstelte ihn. Was war denn nur geschehen? Ratlos schaute er sie an, und die Enttäuschung lag wie ein eiskalter Stein in seinem Leib.

Er schluckte und fragte sie mit leicht zitternder Stimme: »Habe ich etwas falsch gemacht? War ich vielleicht zu grob mit dir?«

Sie warf ihm einen kurzen Blick zu und merkte, dass er

mühsam die Tränen zurückdrängte. »Nein«, sagte sie mit sanfter Stimme, »es ist alles in Ordnung.«

Dann stand sie auf. Er sah ihren langen, schlanken Körper, den er in der fast dunklen Kammer nur geahnt hatte, im hellen Licht, und sie kam ihm sehr begehrenswert vor und sehr fern. Sie schlüpfte in ihr Hemd und suchte die Kleidungsstücke zusammen, die er in der Nacht so achtlos auf dem Boden verstreut hatte.

Er erhob sich gleichfalls, warf noch einen traurigen Blick auf das Brautbett zurück und stutzte. Wo war der Blutfleck, der die Mitte des Lakens hätte zieren sollen zum Zeichen der Ehre der Braut? Die vorenthaltene Freude, die Enttäuschung und die Ratlosigkeit schlugen wie eine Woge über ihm zusammen.

Liveradis hatte sich fertig angekleidet und wollte schon zur Tür gehen. Rasch griff er nach ihrem Arm und sah ihr verstört ins Gesicht.

»Es ist kein Blut im Bett«, bemerkte er kurz und hielt ihre Schulter mit schmerzendem Griff. Sie sah ihm lange in die Augen, wie sie es noch nie getan hatte. Er konnte ihren Blick nicht deuten. Lag darin Anklage, Schuldbekenntnis, Trauer, Triumph?

Sie entzog sich ihm schweigend, trat an den Tisch, den Blithildis so liebevoll gerichtet hatte, damit das junge Paar sich stärken konnte, und suchte sich das Messer, das zum Schneiden von Brot und Fleisch zurechtgelegt war.

Sie biss die Zähne zusammen und ritzte dann die Haut am Knie tief ein. Sie kniete auf dem Bett nieder und ließ das hervorquellende Blut auf die passende Stelle des Lakens tropfen. Als es ihr genug schien, erhob sie sich, riss einen Streifen unten an ihrem feinen Leinenhemd ab und drückte ihn als Bausch auf die Wunde. Einen zweiten Streifen wand sie als Verband um das Bein. Als sie das Kleid fallen ließ, war nichts mehr zu sehen.

Sie drehte sich noch einmal zu ihrem Bräutigam um und legte ganz kurz ihre Hand auf seine. Dann ging sie zur Tür hinaus. Sie hatte kein Wort gesprochen.

Er blieb zurück wie vor den Kopf geschlagen. Irgendwie gelangte er in seine Kleider. Als er in seine Tasche griff, fand er die feine goldene Kette mit dem Smaragdstein, der genau so grün war wie die Augen von Liveradis; er hatte sich so darauf gefreut, ihr den Schmuck als Morgengabe zu überreichen.

Wie ein Dieb schlich er durch sein eigenes Elternhaus, damit niemand ihn sah, die Stiege hinab, durch die hintere Pforte in den Stall. Der alte Hermann fütterte gerade die Pferde und fing gleich an, derbe Scherze über Jungvermählte zu machen.

So schnell er konnte, sattelte Eckebrecht ein Pferd und ritt wie der Teufel durch das Tor, das Hermann ihm lachend öffnete, die Straße Unter Goldschmied entlang, verließ die Stadt durch das Tor bei Airsburg und ritt immer weiter, bis er ins flache Land kam.

Als er merkte, dass das Pferd müde wurde, ließ er sich herabgleiten, schlang die Leine um einen Ast und ließ es ruhen und grasen. Er setzte sich unter eine hohe Kastanie und dachte nach. All seine Erfahrungen eines zwanzigjährigen Lebens halfen ihm nicht, er verstand einfach nicht, was geschehen war.

Was hatte das Verhalten seiner jungen Frau zu bedeuten? Wo waren ihre Gedanken gewesen, als er vor Seligkeit fast vergangen war? War es denkbar, dass sie seine Liebe nicht erwiderte? Sie hätte ihm doch nicht die Hand reichen müssen, wenn sie nicht gewollt hätte.

Gut, ihr Vater hatte die Ehe eingeleitet, aber das war in ihren Kreisen die Regel und schloss ein herzliches Zusammensein nicht aus. Vielleicht traf ihn doch die Schuld, und er verstand es einfach nicht, Liebe zu erwecken?

Er fühlte, dass er unbedingt mit jemandem sprechen musste, um nicht an seinem Unbehagen zu ersticken. Er schreckte davor zurück, sich an den Vater zu wenden, der solche Schwierigkeiten mit Frau Blithildis nie und nimmer gehabt haben konnte. Seine Freunde kamen schon gar nicht in Frage, da schämte er sich viel zu sehr. Er konnte also nur zur Mutter gehen. Vor ihr schämte er sich zwar auch, aber er wusste genau, sie würde ihn nie verachten oder bemitleiden.

So ritt er langsam in die Stadt zurück. Es war schon Mittagszeit, und aus den Garküchen drangen verlockende Düfte. Eckebrecht merkte plötzlich, dass er hungrig war. Es gelang ihm, ungesehen das Pferd wieder in den Stall zu bringen. Dann lauschte er, aus welchem Teil des Hauses Blithildis' Stimme drang.

Er hörte sie in der Küche, wollte aber durchaus nicht vor die neugierigen Augen der Mägde treten. So wartete er, bis er Blithildis von der Küche in den Keller gehen hörte, und schlich leise hinter ihr her.

»Mein lieber Junge, wie hast du mich erschreckt«, rief seine Mutter und griff sich an die Kehle. Er legte den Finger auf den Mund und zog sie nach hinten in den Keller, wo Wolbero die Weinfässer gelagert hatte. Blithildis erschrak, als sie sein Gesicht sah.

»Mutter«, platzte er heraus, »müsste nach der Hochzeitsnacht nicht Blut auf dem Laken sein?«

Frau Blithildis sah ihm verdutzt in das vor Verlegenheit puterrote Gesicht. »Es war Blut da, ich habe das Laken heute Morgen gesehen«, meinte sie verwundert.

Er schüttelte den Kopf und sagte hastig: »Nein, Mutter, sie hat sich mit dem Messer verletzt und den Fleck vorgetäuscht. Mutter, war Liveradis keine Jungfrau?«

Die Mutter sah ihn nachdenklich an. »Ach, Junge, das ist so eine Sache. Ich war ganz gewiss eine Jungfrau, als ich zu deinem Vater kam. Ich freute mich auf die Hochzeitsnacht, aber es tat so entsetzlich weh, dass ich ganz verzagt wurde, und ein Fleck war auch nicht da. Ich glaubte, ich müsste mich vor ihm rechtfertigen. Wolbero lachte nur und hielt mir den Mund mit seiner Hand zu. Er sagte, es sei ihm ganz gleichgültig, so oder so sei ich seine Herzensfreude. Auch in der zweiten Nacht tat es so weh, und ich konnte gar nicht verstehen, warum immer von den Freuden der Liebe die Rede ist. In der dritten Nacht war es zunächst ebenso, doch dann hatte ich das Gefühl, ich risse in zwei Stücke. Das Laken schwamm vor Blut. Von da an hatte ich keine Schmerzen mehr, sondern fand viel Gefallen an diesem schönen Spiel. Vielleicht ist es bei Liveradis ähnlich, warte doch ein paar Tage ab. Wenn du lieb mit ihr umgehst, wird alles gut.«

Sie wandte sich zum Gehen und murmelte dabei noch: »Ein so zartes, unschuldiges junges Mädchen. Wie sollte sie keine Jungfrau mehr sein!«

Eckebrecht hatte eigentlich auch von der rätselhaften Art sprechen wollen, wie seine junge Braut ihn ansah, wusste aber nicht, wie er es in Worte fassen sollte. Ihr Verhalten erschien ihm nun doch ganz erklärbar, und er fasste neuen Mut.

Er trug seiner Mutter den Mehlsack, nach dem sie gesucht hatte, in die Küche und fand dort unter den Mägden auch seine junge Frau vor, wie sie gerade eine Speise abschmeckte. Während die jungen Mägde bei seinem Anblick rot wurden und kicherten, lächelte Liveradis nur kurz, etwas unverbindlich, aber doch nicht ganz unfreundlich. Er floh und suchte lieber die Gesellschaft Wolberos auf.

Als der Abend kam, fingen wieder die Neckereien vor allem des jungen Gesindes an.

»Beeilt euch, ihr Mädchen, mit der Abendgrütze«, rief der lustige Bardo, »unser junger Herr hat es eilig, auf sein Lager zu kommen.«

Schallendes Gelächter war die Antwort, und Eckebrecht konnte es nicht verhindern, dass er rot wurde. So ging es noch eine Weile weiter, bis Wolbero lächelte und der Ulkerei ein Ende gebot.

Nach dem Essen stand Eckebrecht auf, warf trotzig den Kopf zurück, schaute mit funkelnden Augen in die Runde und brüllte: »Ruhe!!!« Dann packte er sich eine Lampe und führte Liveradis an der Hand hinaus, gefolgt von geräuschvoller Heiterkeit.

In der Kammer zog er sie neben sich aufs Bett, nahm ihre Hand und ließ sie auch nicht los, als sie sie ihm entziehen wollte. »Liveradis, du bist nun meine Frau. Ich merke wohl, dass du mir widerstrebst, weiß aber nicht, warum. Bin ich dir vielleicht zuwider?«

Sie schüttelte den Kopf, ohne ihn anzusehen.

»Du musst mir sagen, wie ich es dir recht machen soll, damit wir gut miteinander leben können. Glaub mir, du gefällst mir sehr, und ich will mich von Herzen bemühen, dir ein guter Mann zu sein. Aber gerade nun, nach unserer Hochzeitsnacht, wo wir uns doch ganz nahe sein müssten, habe ich das Gefühl, dass uns eine Wand trennt.«

Sie schwieg noch eine Weile, und ihm war, als wollte sie zu ihm sprechen. Als sie dann nur mit müder Stimme sagte: »Wir werden schon miteinander auskommen«, war er sehr enttäuscht.

Ein bisschen Mut war ihm jedoch geblieben. Er dachte an Blithildis' aufmunternde Worte und zog sich aus. Dann trat er auf sie zu, um ihr die Kleider abzustreifen. Seine junge Frau sah ihn an, und unwillkürlich wanderten ihre Blicke zu einer bestimmten Stelle. Ihre Augen wurden groß, und sie rief: »Was ist denn mit dir? Du siehst so anders aus.«

Eckebrecht stand wie erstarrt. Natürlich hatten seine jüdischen Eltern ihn als Säugling beschneiden lassen. Die christlichen Jungen, die seine Gespielen waren, hatten ihn darum gelegentlich beim sommerlichen Baden gutmütig geneckt.

Woran aber erkannte seine junge Braut, die doch als Kind ins Kloster gekommen war, das sie erst vor ganz kurzer Zeit verlassen hatte, den Unterschied?

Zorn, Scham, Enttäuschung und Hilflosigkeit schossen in ihm hoch wie eine jähe Flamme. Er packte Liveradis grob bei den Schultern und herrschte sie an: »Anders als wer?«

Sie schwieg und drehte den Kopf weg. Jetzt verlor er jede Beherrschung. Er schlug sie ins Gesicht – einmal nur, dann ließ ihn ihr eisiger Blick zurückweichen.

»Anders als wer?«, fragte er noch einmal tonlos. Aber als sie sich schweigend von ihm abwandte, fragte er nicht mehr. Er legte sich ins Bett, ohne sie zu berühren. Er schämte sich zutiefst dafür, dass sie ihn wortlos abgewiesen hatte.

Am folgenden Tag teilte er Liveradis mit, dass er nach Norditalien fahre, wo ein Handelszug vermisst wurde, an dem Wolbero in größerem Umfang beteiligt war. Der Zug war schon vor vier Wochen erwartet worden, aber wegen der bevorstehenden Hochzeit war noch niemand ausgeschickt worden.

Die junge Frau nickte und machte sich gleich daran, genügend warme Kleidung für ihren Mann zu richten. Umsichtig und flink erledigte sie alles, und Frau Blithildis fand nichts an ihren Vorbereitungen auszusetzen.

Alle wunderten sich darüber, dass Eckebrecht noch am gleichen Abend auf das Schiff ging, das ihn doch erst am nächsten Morgen den Rhein hinaufbringen sollte, statt die letzte Nacht bei seiner jungen Frau zu verbringen.

Ende Januar 1106 kehrte Eckebrecht wieder nach Köln zurück. Der vermisste Handelszug hatte sich in den Alpen wiedergefunden. Sein Leiter, der Kaufmann Berthold von Basel, war bei einem Abstieg gestürzt und hatte sich ein Bein gebrochen. In Italien hatte sich einer seiner Knechte in ein schönes Mädchen verliebt und war dort geblieben, um es zu heiraten. Berthold brauchte die ihm noch verbliebenen Männer dringend zum Schutz seiner Handelsware und hatte niemanden als Boten nach Köln schicken können.

Nun war er leidlich wiederhergestellt, hinkte zwar noch sehr, konnte aber mit Hilfe Eckebrechts seine Reise bis Basel fortsetzen. Eckebrecht hatte seinen Anteil dort auf ein Schiff verladen. Der Winter war bisher nicht zu streng, um den Rhein noch befahren zu können.

Als er sich dem Kölner Hafen näherte, freute er sich wie immer an dem stolzen Anblick seiner Stadt. Da waren die Türme von St. Severin zur Linken, St. Georg, Maria im Kapitol, und auf der rechten Rheinseite St. Heribert.

Die Enttäuschungen seiner Hochzeitsnacht waren inzwischen etwas verblasst. Er erinnerte sich zwar noch, wie gedemütigt und zurückgewiesen er sich gefühlt hatte. Konnte nicht doch jungfräuliche Scheu seine junge Braut gehemmt haben? Er hatte ja nie zuvor mit einer Frau geschlafen. Vielleicht hatte er in der Seligkeit der ersten Begegnung Fehler gemacht?

Das Schiff legte im Hafen an, und Eckebrecht schaute zu den Türmen von St. Martin und dem majestätischen Dom auf. Er rieb sich die kalten Hände und schnupperte den vertrauten Duft von Flusswasser und Fischen. Ein Straßenbäcker näherte sich mit frisch gebackenen Kringeln, die heiß in der Kälte dampften. Die Sandsäcke zur Schonung der Bordwände wurden hinausgehängt, der Hafenknecht fing die Leine von Eckebrechts Schiff und machte sie fest. Der junge

Kaufmann warf dem Bäcker eine Münze zu und biss heißhungrig in einen der Kringel. Dann schickte er einen Boten zum Hause seines Vaters und kümmerte sich um das Entladen. Der Vater würde staunen, wenn er die feine grüne und blaue Seide sah, die Kaufmann Berthold in Italien erstanden hatte.

Als er nach Hause kam, begrüßten ihn die Eltern voller Freude. Neben Frau Blithildis saß Liveradis, ein leichtes Lächeln auf den Lippen. In den drei Monaten seiner Abwesenheit hatte sie sich verändert, sie sah weicher und verträumter aus.

»Sag es ihm, Liveradis«, ermunterte Blithildis sie.

»Ich bekomme ein Kind«, sagte sie gleich zur Begrüßung zu ihrem Mann. Eckebrecht stand starr vor Staunen. War das möglich? Es war doch nur ein einziges Mal …

Als er »Wann denn?« fragte, brachen alle in Gelächter aus.

»Mein Junge, du bist ja schon zwei Tage nach der Hochzeit abgereist. Die Lieferzeit hierbei ist immer die gleiche, nämlich etwa neun Monate«, spottete seine Mutter gutmütig. »Das Kind wird also im Juli geboren.«

Eckebrecht und Liveradis schliefen nun nicht mehr in der Kammer, wo es zu dieser Jahreszeit zu kalt war, sondern in der Wohnstube. Ein zweites Himmelbett war inzwischen angeschafft und aufgestellt worden. Es konnte durch Vorhänge geschlossen werden, aber Eckebrecht rührte seine junge Frau nicht an. Er gestand sich selbst nicht ein, dass er Angst hatte, Angst davor, erneut zurückgewiesen zu werden, Angst vor dem ihm unbegreiflichen Verhalten seiner Frau.

Vor sich selbst begründete er seine Zurückhaltung damit, dass sie ja schwanger war, und die Kirche duldete ehelichen Verkehr nur zur Zeugung von Nachwuchs. Lustgewinn war von Seiten der Kirche nicht vorgesehen.

Eckebrecht befolgte die christlichen Gebote genau, damit er sich als ehemaliger Jude nicht unbeliebt machte. Innerlich war ihm das Christentum jedoch nicht sehr wichtig, so wie früher der jüdische Glaube in seinem kindlichen Leben keinen großen Raum eingenommen hatte. In diesem Fall freilich hielt er es für unverzichtbar, die kirchliche Meinung zu beachten. Jedoch schenkte er Liveradis nun den Schmuck, den sie schon nach der Hochzeitsnacht hätte erhalten sollen.

In diesem Jahr war der Februar besonders streng. Der Frost hielt das ganze Land in seinem eisigen Griff. Es hatte zu schneien begonnen, und eine dünne Decke aus Pulverschnee lag auf den Plätzen und Gassen der Stadt. Schon längst hatte der Nachtwächter seine Runden gezogen, einsame Spuren im jungfräulichen Schnee hinterlassend. Wolbero wurde jäh aus seinem tiefen Schlaf gerissen, als jemand an seiner Tür hämmerte. Hastig warf er sich einen Umhang über und tastete sich zur Tür. Während er sich im Dunkeln noch mit den schweren Balken abmühte, die nachts das Haustor sicherten, war Eckebrecht schon an seiner Seite.

»Lass mich das machen, Vater«, sagte er und öffnete erst einmal die Sichtluke. Draußen stand der Ratsbote und rief:

»Du musst sofort ins Bürgerhaus, Wolbero, der Kaiser ist gekommen.«

Wolbero fragte nicht weiter, sondern zog in größter Eile warme Kleidung an. Eckebrecht wollte ihn natürlich nicht allein gehen lassen und hatte sich auch bereit gemacht. Blithildis hatte inzwischen an der Glut, die sorgfältig im Küchenherd gehütet wurde, eine Fackel entzündet.

Die beiden eilten zum Bürgerhaus, so schnell Wolbero seine alten Beine trugen. Die Kaufmannsgilde war trotz der nächtlichen Stunde fast vollständig versammelt. Wolbero sah seine langjährigen Freunde, die Ratsherren Vogelo, Waldever, Tietmar und Richolf, den Burggrafen Franco und den Ritter Immo.

»Der Kaiser ist als Flüchtling in unsere Stadt gekommen«, teilte Vogelo seinen Ratskollegen mit. »Er kam mitten in der Nacht mit einem einzigen Begleiter an und verlangte Einlass. Die Torwache erkannte ihn und ließ die beiden herein. Jetzt sitzt er in der Wachstube bei einem heißen Trunk, und wir müssen entscheiden, was wir tun wollen.«

»Ihr wisst ja wohl, dass unser Erzbischof zur Zeit der Feind des Kaisers ist«, rief der bischöfliche Burggraf Franco.

Wolbero als führender Ratsherr trat in die Mitte und rief mit lauter Stimme: »Es ist uns bewusst, Burggraf. Aber ich spreche es offen aus, meine Mitbürger, was meines Wissens der Wille der meisten ist: Lasst uns unseren Herrn, den Kaiser, mit allen Ehren aufnehmen, die ihm zustehen, so, wie wir es ihm geschworen haben. Wir schulden ihm Treue, und die soll er bei uns finden. Unter die Ungetreuen wollen wir uns keinesfalls einreihen!«

Die Kaufleute riefen laut Beifall. Die Ministerialen hielten sich zurück, denn es war klar, dass ihr Herr, der Erzbischof, zu den zitierten Ungetreuen gehörte. Aber da auch bei ihnen die Neigung zum Kaiser offenbar schwerer wog als die Verpflichtung dem Erzbischof gegenüber, fiel kein Wort gegen Wolbero.

»Dann lasst den hohen Herrn nicht warten!«, rief Wolbero, und die Bürger strömten in aller Eile im Lichte von Fackeln durch die nächtlichen Straßen und Gassen zur Wachstube im Torhäuschen, während die Nachtwächter sich beeilten, die Kunde in der Stadt zu verbreiten.

Sie fanden den Kaiser todmüde und erschöpft vor. Er war

tage- und nächtelang mit seinem Begleiter über verschneite Wege geritten. Doch seine Tatkraft war ungebrochen.

Die Bürger geleiteten ihn zum Bürgerhaus, wo man ihm feierlich Gehorsam und Unterstützung zusagte. Aus den nächstgelegenen Häusern waren in aller Eile Bettsachen, trockene Kleidung, Speise und Trank geholt worden, und die Bürger verwandelten den Saal des Bürgerhauses in das kaiserliche Quartier.

Des Kaisers einziger Diener Erlefrid, der ihn begleitet hatte, war ein Rittersohn aus Köln, ein entfernter Verwandter von Blithildis. Wolbero bestand daher darauf, ihn in seinem eigenen Hause unterzubringen.

»Du musst dich auch erholen, und der Kaiser wird von unseren Leuten bestens versorgt. Morgen kannst du deinen Dienst bei ihm wieder aufnehmen.«

Erlefrid taumelte vor Müdigkeit, als sie zum Hause Wolberos gingen. Dort schlief inzwischen niemand mehr. Blithildis hatte einen heißen Trunk aus Kräutern und Honig mit einem guten Schuss Rotwein zubereitet, das Feuer in der Küche brannte hell, und ein kräftiger Imbiss für Erlefrid stand im Nu auf dem Tisch.

Freudig schloss Blithildis den Verwandten in die Arme. Erlefrid war ein Mann um die fünfzig, nicht sehr groß, aber zäh und ausdauernd. Er hatte bei einem Feldzug des Kaisers eine lange Narbe von der Stirn bis zum Kinn davongetragen. Seine blonden Haare wurden schon etwas dünn.

»Das kommt vom Helm, der scheuert«, sagte Blithildis. »Sicher bist du zu müde, um uns heute noch zu berichten, wieso der Kaiser mitten in der Nacht als Flüchtling bei uns auftaucht«, fügte sie bedauernd hinzu und legte ihm noch etwas Fleisch auf den Teller.

Erlefrid sah ein, dass er seine Gastgeber nicht bis zum nächsten Morgen auf die Folter spannen durfte. Nachdem er sich satt gegessen hatte, begann er darum mit seinem Bericht.

»Vor zwei Monaten hatte mein kaiserlicher Herr sich mit seinem Sohn Heinrich verabredet. Sie wollten sich einigen, wer von ihnen künftig auf dem Thron sitzen sollte. Der Sohn hatte dem Vater sicheres Geleit zugesagt, so machten wir uns auf den Weg.«

»Zu zweit?«, fragte Eckebrecht erstaunt.

»Nein, wir waren damals etwa zwanzig. Es war noch kälter als jetzt, und unsere Pferde kämpften sich durch hohen Schnee. Bei Bingen sperrte plötzlich ein Reitertrupp unseren Weg: Dreifache Übermacht umzingelte die kaiserliche Schar, Widerstand war zwecklos. Der Kaiser fragte, unter wessen Befehl sie denn wagten, den Herrscher des Reichs anzugreifen. Sie sagten, sie gehorchten dem jungen König Heinrich. Der Kaiser wollte unser Leben schonen und befahl uns, die Waffen stecken zu lassen. Er verlangte und erhielt freien Abzug seiner Leute, nur mich behielt er bei sich.

Sie brachten uns beide nach Böckelheim. Ich muss bekennen, dass ich keinen Pfifferling für unser Leben gab, als das schwere Burgtor mit lautem Krach hinter uns ins Schloss fiel. Sie begegneten uns zwar höflich, aber eine Doppelwache von Bewaffneten wich nicht von unserer Seite. Unsere Waffen hatten sie uns natürlich weggenommen.

In dieser Nacht schlief der Kaiser nicht. Vor der Kammertür hörten wir Husten und leise Gespräche der Wachen.

›Das ist die bitterste Nacht meines Lebens‹, sagte der Kaiser leise. ›Nun hat mich auch mein letzter Sohn verraten. Schon einmal habe ich geglaubt, den schlimmsten Punkt meines Lebens erreicht zu haben: in einer anderen schneereichen Winternacht, damals vor Canossa. Dort war ich nicht allein. Meine Frau Berta stand an meiner Seite, unerschütterlich in ihrer Treue, an ihrer Hand den kleinen Konrad. Wer hätte damals gedacht, dass er seinen Vater verraten würde? Heinrich war noch lange nicht geboren. – Ich sehe Berta noch vor mir, ihre Augen waren groß und lagen tief in den Höhlen, sie war zu Tode erschöpft, aber dort stand sie, ihre kleine, unscheinbare Gestalt gerade und aufrecht, und immer wieder kam ein leiser, trostreicher Zuspruch aus ihren steif gefrorenen Lippen. Als das Kind gar zu sehr heulte und quengelte, schickte sie es mit einer Handbewegung zu der Amme. Nichts und niemand konnte sie von meiner Seite reißen.

Ach, Berta! Warum habe ich damals nicht erkannt, dass sie ein Diamant reinsten Wassers war? Als Vierjährige war sie als meine Verlobte an den Hof meines Vaters, des Kaisers Heinrich III., gekommen, gemeinsam sind wir aufgewachsen.

Lauf nicht immer hinter mir her!, habe ich sie oft angefahren, als wir noch Kinder waren. Doch Berta sah mich nur ernsthaft an, die Kaiserin hatte ihr aufgetragen, in meiner Nähe zu bleiben und mich von Unfug abzuhalten.‹

Ich nickte hin und wieder oder schüttelte den Kopf, aber das wäre nicht nötig gewesen. Der Kaiser konnte es in der Dunkelheit nicht sehen – die Wachen hatten es nicht für nötig befunden, uns ein Nachtlicht zu lassen.

›Nachdem Erzbischof Anno mich der Obhut meiner Mutter entrissen und auf einem Schiff entführt hatte, habe ich Berta jahrelang nicht gesehen und sie ganz vergessen. Erst bei meiner Schwertleite sah ich sie wieder. Noch immer war sie kein schönes Mädchen: klein, unscheinbar, sommersprossig. Ich war damals vierzehn und sie zwölf.

Im folgenden Jahr feierten wir Hochzeit. Die Ehe wurde natürlich noch nicht vollzogen. Ich wünschte mir eine glänzende, schöne Königin an meiner Seite, und drei Jahre darauf versuchte ich, die unerwünschte Berta loszuwerden. Ich meinte, es müsste doch ganz leicht sein, der Kinderverlobung und nicht vollzogenen Ehe zu entschlüpfen. Die Bischöfe und auch die Fürsten setzten diesen Träumen schleunigst ein Ende, ich musste Berta behalten.

Nie hat sie mich den Verrat merken lassen, mich nie für die bitteren Tränen büßen lassen, die sie sicher damals des Nachts geweint hat. Schließlich habe ich klein beigegeben und sie als meine Frau in mein Bett genommen, und sie hat mir fünf Kinder geboren. Wie kann es nur sein, dass die Söhne dieser treuesten aller Frauen so untreu gegen den eigenen Vater sind? Sag mir das, Erlefrid!‹

Ich wusste keine Antwort und wollte mich auch nicht zu den Kaisersöhnen äußern, darum schüttelte ich nur heftig den Kopf.

›Als Berta starb, saß ich an ihrem Bett und weinte, sie aber versuchte, mich mit liebevollen Abschiedsworten zu trösten.‹

Ich wurde sehr verlegen, denn ich war nicht gewohnt, dass der Kaiser mir sein Herz ausschüttete.

›Büßen für meine anfängliche Kaltherzigkeit ließ mich dann später eine andere: Du warst ja dabei, als ich die junge Witwe des Markgrafen von Stade zum ersten Mal sah. Ihr strahlendes Aussehen blendete mich, und so wurde nach sehr kurzer Zeit aus der Markgräfin Praxedis die Kaiserin Adelheid. Du mochtest sie nie, nicht wahr?‹

Ich war ganz entsetzt, dass er mich das fragte, denn wie hätte ich das Recht gehabt, über die Kaiserin zu urteilen?

›Du hattest ja Recht. Eitel und hohl war sie, warum habe ich das nicht rechtzeitig bemerkt? Ich hatte nicht sie selbst gesehen, sondern meinen Jugendtraum.‹

Dann sagte der Kaiser eine Weile nichts, und ich dachte schon, er sei eingeschlafen, als er fortfuhr:

›Es dauerte gar nicht lange, und mir wurde zugetragen, dass sie nicht nur einem, sondern gleich mehreren Männern am Hof schöne Augen machte. Nun ja, sie war eben ein rotbackiger, aber im Innern fauler Apfel. Erinnerst du dich an die strenge alte Gräfin, die ich ihr als Oberkammerfrau gab, zum Schutz ihrer und meiner Ehre? Von Frauen habe ich nie viel verstanden, ich hatte anderes zu tun, als mir über sie Gedanken zu machen. Ich muss mich eigentlich nicht wundern, dass Adelheid sich wie eine Gefangene fühlte. Aber dass sie meine Abwesenheit vom Hof nutzte und zu meiner Feindin, der Markgräfin Mathilde von Tuszien, floh, das hätte ich denn doch nicht gedacht.

Diese Mathilde ist ein grässliches Frauenzimmer. Sie war sich nicht zu schade, mit dreiundvierzig Jahren den fünfzehnjährigen Welf von Bayern zu heiraten. Sie ist die Busenfreundin meines Erzfeindes, des Papstes. Das Erscheinen der Kaiserin Adelheid war für die beiden ein gefundenes Fressen. Ich weiß nicht, wer sich die widerlichen Geschichten ausgedacht hat: Ich hätte meine Frau mit meinen Freunden und, man staune, selbst mit meinem eigenen Sohn Konrad verkuppelt.

Heute ist Adelheid in einem Kloster, und ich hoffe sehr, dass ich sie nie wiedersehen muss. Mag die Äbtissin sich mit ihr herumärgern, sicher versucht sie, den Pförtner oder den Gärtner zu verführen.

Damals saß ich jahrelang fest in Nordostitalien, denn Welf von Bayern, der seinen blutjungen Sohn mit der alten Mathilde verheiratet hatte, sperrte mir die Pässe. Du warst damals nicht bei mir!‹, sagte der Kaiser streng.

Ich ließ den Kopf hängen, murmelte etwas von der Krankheit meiner Frau, und dass für mich die Alpenpässe genauso gesperrt gewesen waren wie für meinen Herrn, wie hätte ich zu ihm gelangen können?

›Es ist ja schon gut, mein treuer Erlefrid. Du hast mir gefehlt in diesen vier Jahren. Aber heute noch muss ich lachen, wenn ich daran denke, wie der alte Welf merkte, dass die frömmelnde Mathilde ihren Besitz dem Heiligen Stuhl vermacht hatte und nicht daran dachte, das Vermächtnis zu Gunsten ihres jungen Ehemanns zu ändern. Kurz entschlossen holte Welf sich seinen Sohn zurück und versöhnte sich mit mir, damals hatte ich wenigstens einmal Grund zu lachen.

Büßen ließ mich auch mein Sohn Konrad, indem er auf die Seite des Papstes überging und mich verriet. Während ich in Italien festsaß, ließ er sich in Mailand zum König krönen, und die Italiener jubelten ihm zu. Ach, wie schnell sie ihn dann fallen ließen, als ich wieder Herr der Lage war! Glaubst du, Erlefrid, dass das Gottes Strafe für mich war, weil ich Berta jahrelang gering geschätzt habe?‹

O nein, das glaubte ich natürlich nicht. Nie würde ich glauben, dass Gott meinen geliebten Kaiser, der mir der wichtigste und größte Mensch ist, für irgendetwas strafen könnte.

›Und nun lässt mich mein letzter Sohn Heinrich büßen. Ich hätte geglaubt, er stünde felsenfest zu mir. Die Dynastie war mir immer so wichtig; ich hätte alles für meinen Sohn getan. Auf wen kann ich mich jetzt noch verlassen? Im letzten Jahr starb mein Schwiegersohn, Herzog Friedrich von Schwaben, der immer treu zu mir gestanden hat. Wusstest du, dass ich ihm meine Tochter Agnes verlobt habe, als sie erst sechs Jahre war? Er hat mit ihr eine gute Ehe geführt, er hat es besser gemacht als ich mit Berta.

Wie findest du es denn, dass mein Sohn Heinrich nun dem wichtigsten Anhänger, den ich noch hatte, dem Liutpold von Babenberg, die Hand seiner gerade verwitweten Schwester versprochen hat, wenn er dafür auf seine Seite träte?‹

Ich sagte zu ihm: ›Nie, mein kaiserlicher Herr, würde Markgraf Liutpold von Euch abfallen.‹

Der Kaiser lachte nur spöttisch.

›Mein guter Erlefrid, er hat es bereits getan. Ich weiß wirklich nicht, auf wen ich mich nun noch verlassen kann.‹

Da hätte ich gern gerufen: ›Auf mich, Herr, auf mich könnt ihr Euch immer verlassen!‹ Aber das wagte ich nicht.

Irgendwann verrieten mir seine tiefen Atemzüge, dass der

Schlummer, der mich floh, doch noch zum Kaiser gekommen war. Ich aber lag da und dachte darüber nach, ob der junge Heinrich in dieser Nacht schlafen konnte.«

»Er muss doch ein schlechtes Gewissen haben, wenn er den eigenen Vater treulos gefangen nehmen ließ!«, rief Blithildis. »Was ist das denn für ein Mensch?«

Wolbero bat: »Wenn du noch nicht zu müde bist, Erlefrid, dann lass uns weiterhören.«

Und Erlefrid fuhr fort:

»Am folgenden Tag wurden wir in einer geschlossenen, schwer bewachten Sänfte nach Ingelheim geschafft. Der Hauptmann der Wachmannschaft hätte uns am liebsten gefesselt, weil er einen Flucht- oder Befreiungsversuch des hohen Gefangenen befürchtete. Als er den Blick des Kaisers sah, hat er es nicht gewagt.

In Ingelheim, der alten kaiserlichen Pfalz, trafen Vater und Sohn zusammen. Es war der letzte Tag des Jahres 1105. Das Feuer im riesigen Kamin vermochte die Kälte nicht aus dem Saal zu verbannen. Die wegen der eisigen Luft geschlossenen Fensterläden machten den Raum dunkel, das Flackern der Fackeln zuckte über die Gesichter der Männer.

Da stand ich hinter meinem Herrn und dachte: Wie ungerecht! Auf der einen Seite der junge König mit seinem Gefolge, alle jung wie er, hinter ihm eine Schar von Geistlichen. Und was glaubt ihr, auch Erzbischof Friedrich von Köln war dabei! Hatte er nicht den Auftrag gehabt, den Sohn wieder mit dem Vater zusammenzubringen? Ist er nicht vor wenigen Monaten erst vom päpstlichen Legaten von seinem Amt entbunden worden, doch wohl, weil er noch zu dem gebannten Kaiser hielt? Wann hat sein Sinneswandel stattgefunden – um nicht zu sagen: sein Verrat?

Ach ja, und da waren auch einige der Reichsfürsten. Sie hatten dem Kaiser Treue geschworen, einer wie der andere. Was zählt Treue?

Da standen sie alle, und der Kaiser war ganz allein. Bis auf mich, natürlich, aber mich zählten sie nicht. Ich bin ja nur ein Ritter und sein Diener.

Mit kühlen Worten verlangte der junge König die Abdankung des Vaters. Ihn dabei anzusehen, wagte er nicht, ich denke, er fühlte wie einen glühenden Brand den Blick des Vaters auf seinem geröteten Gesicht.

Der Kaiser beschwor familiäre Treue, Sohnespflicht, Zusammenstehen um des salischen Hauses willen. Er warf sich dem Sohn zu Füßen – der junge König blieb hart.

Er ließ das Reisegepäck des Vaters hereinbringen und verlangte die Herausgabe der Reichsinsignien. Ich öffnete den Holzschrein und reichte meinem Herrn die Krone.

Der junge Heinrich streckte die Hand nach ihr aus, aber der Vater drückte sie rasch auf die eigene Stirn. Noch einmal hoffte er, das Blatt für sich wenden zu können. Sie sollten sich daran erinnern, dass er der erwählte und gekrönte Kaiser ist, auf Lebenszeit!

Doch ehe er sprechen konnte, stürmten mehrere der Geistlichen auf ihn los, ergriffen ihn, und Herr Friedrich versuchte sogar, ihm die Krone vom Kopf zu reißen.

Sofort sprang ich meinem Herrn zu Hilfe, aber schon waren drei Lanzen auf mich gerichtet, und ich hatte ja nicht einmal mein Messer.

Der Kaiser wehrte sich und schlug Friedrich schallend mit der flachen Hand ins Gesicht. Ihr kennt ihn ja, euren Stadtherrn. Schmächtig, wie er ist, zuckte er zurück. Den zornglühenden Blick des Kaisers konnte er aushalten, aber vor körperlicher Gewalt erschrak er.

Einen Augenblick standen alle starr, dann atmete Kaiser Heinrich tief auf und nahm die Krone vom Kopf. Achtlos warf er sie auf den Tisch, wo sie flugs von einem der Männer aufgelesen wurde.

König Heinrich, der sich an dem Gerangel nicht beteiligt

hatte, ergriff das Wort und ersuchte den Vater, die übrigen Reichsinsignien auszuhändigen: das Kreuz, die Lanze, das Zepter und die Weltkugel.

Der Kaiser sah seinen Sohn düster an, zuckte mit den Schultern und meinte tonlos, der Sohn möge sie sich nur selbst nehmen, da er seinem Vater auch sonst alles genommen habe.

Thronverzicht? Der Kaiser lachte bitter und blickte in die Runde junger Männer, die alle auf der Seite des Königs standen, die Waffen in der Hand oder doch griffbereit. Er sei bereit, auf den Thron zu verzichten.

Aber als der Sohn auch noch ein öffentliches Schuldbekenntnis forderte, sagte der Kaiser mit kaltem Blick auf den Sohn:

›Was noch? Ein öffentliches Schuldbekenntnis? Nein, König Heinrich, den ich nicht mehr meinen Sohn nennen mag, das denn doch nicht. Versuche lieber nicht, mich zu einem mea culpa zu zwingen. Das schadet der Dynastie.‹

Dann verweigerte er jedes weitere Wort und ließ sich hinausführen. Ich folgte ihm, niemand hinderte mich daran.

Mir brach es fast das Herz. Seit Jahrzehnten diene ich ihm nun, meine Frau und meine Kinder sehen mich fast nie, mein Besitz in Kerpen wird inzwischen von meinem Ältesten verwaltet. Für mich gibt es immer nur den Kaiser. Ich hatte große Angst um ihn. Bis er, als die Wachen sich ablösten und uns nicht im Auge hatten, den gesenkten Kopf hob und mich anschaute. Sein Blick war ganz klar und selbstbewusst. Da wusste ich, der Kaiser hatte sich nicht verloren gegeben, sondern spielte nur den Gebrochenen. Meine Aufgabe musste es nun sein, ihm wieder zu seiner Freiheit zu verhelfen.«

»Bravo, Erlefrid, du bist ein guter und treuer Mann!«, rief Blithildis und drückte den Verwandten rasch an ihr Herz.

»Wir spielten nun beide den Wachen etwas vor. Der Kaiser lag stundenlang mit mutlosem Gesicht auf seinem Lager. Er hustete oft und bat die Wachen mit matter Stimme um Kräutertee. Er verlangte auch häufig nach einem Priester, um die Beichte abzulegen. Aber nachts, wenn auch die Wachen vor der verschlossenen Tür schliefen – die Kerle nahmen ihre Pflichten inzwischen nicht mehr so genau –, erhob er sich leise und stemmte den Tisch mit den Armen viele Male in die Höhe, dann legte er sich auf den Boden und machte dasselbe mit den Beinen, während ich den Tisch im Gleichgewicht hielt, damit er nicht mit einem Riesengepolter zu Boden fallen konnte. So hielt er sich bei Kräften.

Ich hingegen trieb mich täglich immer länger außerhalb der Zelle herum. Mir war nämlich gestattet, alle nötigen Arbeiten für den Kaiser zu verrichten, also seine Mahlzeiten zu bereiten, besagten Kräutertee zu kochen, seinen Kübel auszuleeren und zu scheuern. Ich zeigte ständig ein missmutiges Gesicht und schien es nicht mehr eilig zu haben, meinen Dienst bei ihm zu versehen. Scheinheilig fragte ich den Hauptmann der Wachmannschaft, ob er wohl einen Platz für mich hätte, wenn der Kaiser sich demnächst in ein Kloster zurückzöge. ›Für einen alten Kerl wie dich haben wir keinen Bedarf, unser König hat Leute genug‹, sagte der Hauptmann hochnäsig. Ich bin sicher, dass er eiligst meldete, der Kaiser sei offenbar schon fast zur Abdankung bereit.«

Erlefrid schien nun sehr müde zu sein, aber Blithildis holte eilig einen Krug mit kaltem Wasser und tupfte ihm mit einem Lappen das Gesicht ab. »Wir haben noch immer keine Ahnung, wie ihr entkommen seid«, sagte sie vorwurfsvoll. »Nun spann uns nicht so auf die Folter. Erzähle noch zu Ende, bevor du hier am Tisch einschläfst!«

Erlefrid seufzte. Er kannte Blithildis seit Jahrzehnten und wusste, dass sie ihren Kopf durchsetzen würde.

»Da ist nicht mehr viel zu erzählen«, sagte er mürrisch.

»Der Kaiser hat noch immer Getreue. Einer von ihnen ließ sich als Pferdeknecht anwerben, ich schlug den Beichtvater des Kaisers nieder, und mein Herr entkam mit mir in dessen Habit. Der Pferdeknecht hatte uns zwei Pferde verschafft, und wir ritten Tag und Nacht hierher. Der Kaiser meinte, in Köln sei er sicher.«

»Das ist er auch, und du, Erlefrid, gehst jetzt endlich schlafen«, schaltete Wolbero sich ein, ehe seiner Frau noch weitere Fragen einfielen.

Nur drei Tage gönnte sich der erschöpfte Kaiser Rast in seiner treuen Stadt, dann ritt er weiter.

Die Kölner wollten nicht, dass der Herrscher fast ohne Leute wie ein Vogelfreier durch die Lande ritt. Sie stellten ihm ein Ehrengeleit von jungen Bürgern, unter denen sich auch Eckebrecht befand. Angeführt wurden sie von den Rittern Immo, Bavo, Almer und Gerhard. Auch über Geld verfügte der Kaiser wieder, denn die Kaufleute hatten tief in ihre Truhen gegriffen.

Der Herrscher ritt zunächst nach Aachen. Obwohl es kalter Winter war, zog er dort barfuß als Pilger ein und zeigte so allen seine Bußfertigkeit. Damit brachte er viele Geistliche auf seine Seite.

Dann ging er nach Lüttich und rüstete dort zur Wehr gegen seinen eigenen Sohn. Er wusste, wie man Verbündete findet: Er schrieb Briefe an seinen greisen Taufpaten, den Abt Hugo von Cluny, und an die Fürsten mit der Bitte um Vermittlung. Ein Schreiben an König Philipp von Frankreich rief diesen zum Beistand von König zu König auf.

Selbst im fröhlichen Köln hatte in diesem Jahr niemand Lust, die Fastnachtszeit zu feiern. Zwar fand ein Umzug statt, aber man sah überwiegend dunkle Todesgestalten, Teufel und andere Schrecken erregende Figuren.

»Der Sohn empört sich gegen den Vater, der König gegen

den Kaiser. Blut und Unheil werden über uns alle kommen«, flüsterten die Bürger.

Erzbischof Friedrich, der sich noch am Hofe des jungen Königs aufgehalten hatte, kam zu Ohren, dass seine eigene Stadt den flüchtigen Kaiser aufgenommen hatte. Er ärgerte sich maßlos. Nicht lange nach dem Abmarsch des Kaisers traf er in Köln ein und brachte alle Soldaten mit, die er unterwegs in seinem Gebiet hatte auftreiben können.

Mit drohender Miene ritt er durch das Stadttor. Die Straßen waren wie ausgestorben, niemand wollte den heimkehrenden Stadtherrn begrüßen. Herr Friedrich sicherte den Bischofspalast und ließ Doppelwachen einteilen, die Tag und Nacht den Palast umkreisen mussten und stündlich abgelöst wurden.

Auch die Bürger verschanzten sich. Hoftore und Haustüren wurden mit zusätzlichen Balken gesichert, Lebensmittelvorräte gehortet, sodass kaum mehr etwas zu kaufen war und die Preise stark anstiegen.

Die Kaufherren schickten keine Handelszüge über Land, weil sie im Kriegsfall zu leicht ihre Güter verlieren konnten. Nur über den Rhein gingen noch Waren hinaus und herein. Es gab wenig Arbeit für das kleine Volk, und viele, die sich sonst selbst erhalten konnten, waren auf die Suppe der Armenküchen der Kirchen angewiesen, wenn sie nicht hungern wollten.

Am Palmsonntag, dem 18. März 1106, erschien unter starker Bedeckung der junge König Heinrich, um auf Einladung des Erzbischofs das Fest in Köln zu feiern.

Heinrich ritt durch die Stadt, in prächtigem Gewand und mit der Krone auf dem Kopf. Es war das Diadem, das er bei seiner eigenen Krönung erhalten hatte. Die dem Vater geraubte Krone wagte er den Kölnern nicht zu zeigen. Er wollte durch seine Jugend die Kölner Bürger für sich gewinnen, aber an den Straßen fanden sich überwiegend Arme und Bettler ein, die auf königliche Almosen hofften, die Bürger hingegen vermieden es, sich am Weg des Königs zu zeigen.

Beim Feiertagsgottesdienst war die Bischofskirche längst nicht so voll wie sonst. Ein Grund mochte sein, dass die meisten der Ratsherren stattdessen ins Bürgerhaus gingen, um sich über ihr Vorgehen abzusprechen. Auch viele Handwerker hielten sich fern und besuchten andere Messen, weil sie es verwerflich fanden, dass sich der junge König gegen seinen Vater, den rechtmäßigen Herrscher des Reiches, auflehnte.

Eckebrecht kam an diesem Sonntagmorgen von seinen Schwiegereltern. Er hatte seine Frau Liveradis dort hingebracht, weil sie mit ihren Eltern den Gottesdienst besuchen und den Tag bei ihnen verbringen wollte. Er mochte sie nicht allein gehen lassen, weil es in der Stadt zu Unruhen kommen konnte. Als er an der Domkirche vorbeikam, war gerade das feierliche Hochamt zu Ende.

König Heinrich kam aus dem Gotteshaus und fand draußen eine schweigende Menschenmauer vor. Er machte gute Miene zum Spiel, lächelte in die Menge, warf Almosen unter die Bettler. Neben Eckebrecht stand ein junges Mädchen in schlichtem Kleid, die Zöpfe auf den Kopf gebunden. Sie blickte finster zu dem lächelnden, gut aussehenden König hin. Als er vorbeigegangen war, rief sie mit heller Stimme: »Es lebe unser Kaiser Heinrich! Es lebe unser Kaiser Heinrich!«

Der junge König fuhr herum, konnte aber nicht ausmachen, von wem dieser Ruf gekommen war. Er wurde blass.

Finster und ohne nach links und rechts zu schauen, ging er mit dem Erzbischof zum Palast, aß vom Festmahl und ritt schon am Nachmittag wieder davon.

Es gingen heimliche Boten der Bürger zum Kaiser nach

Lüttich und zu den Städten Bonn und Jülich, die untereinander Absprachen zur Unterstützung des Kaisers trafen.

Ende März warteten im Morgengrauen wie gewöhnlich Bauern aus dem Umland darauf, dass die Stadttore geöffnet wurden, damit sie mit ihren Karren voller Gemüse, Hühner, Milch und Eier in die Stadt einziehen konnten. Nachdem die Wächter geöffnet hatten, zogen die Bauern plötzlich Waffen unter ihren Waren hervor. Die Wächter wollten Alarm schlagen, wurden aber von hinten von vermummten Gestalten angegriffen, die sich aus den benachbarten Gassen herangeschlichen hatten.

Ehe sie begriffen, was da eigentlich vor sich ging, waren die Wächter gebunden und geknebelt, und rasch wurden die Tore in ihrer ganzen Breite geöffnet.

Schon sah man eine Reiterschar heranbrausen, und Kaiser Heinrich war in der Stadt.

Er führte seine Truppen sofort zum erzbischöflichen Palast, wo Herr Friedrich sich gerade zur Frühmesse bereitete. Als er Getöse aus dem Hof vernahm, trat er ans Fenster und sah die Soldaten in kaiserlichen Farben, gegen deren erdrückende Überzahl seine Söldner nichts ausrichten konnten.

Herrn Friedrich überfielen sofort heftiges Bauchgrimmen und Durchfall, denn er hatte zwar einen starken Geist und verfügte über einen kühlen Verstand, aber sein zierlicher Körper ließ ihn immer wieder im Stich, wenn er Angst hatte. So kam es, dass der Hauptmann den Erzbischof vom Nachtstuhl holen musste, um ihn zum Kaiser zu führen. Darüber brachen die kaiserlichen Soldaten in grölendes Gelächter aus, was den Erzbischof sehr erbitterte.

Er gab keinen Pfifferling für sein Leben, als er zitternd vor dem Kaiser stand. Heinrich sah nur düster auf die Tonsur des kleingewachsenen Geistlichen herab und forderte ihn verächtlich auf, Köln binnen einer Stunde zu verlassen.

Während der Erzbischof mit kleinem Gefolge zum Hafen lief, so schnell ihn die Füße trugen, waren die Ratsherren unter Führung Wolberos schon im Bürgersaal eingetroffen und jubelten dem Kaiser zu. Sie schworen ihm einen Eid, die Stadt für ihn zu halten. Im Hintergrund standen auch Eckebrecht und die übrigen jungen Männer, die dem Kaiser vor kurzem das Ehrengeleit gegeben hatten.

»Meine getreuen Bürger von Köln«, begann der Kaiser, und seine dunkle Stimme drang bis in den letzten Winkel des Saals, »ich habe euch viel zu danken. Mit der Stadt Köln und ihren Männern fühle ich mich seit meiner Kindheit besonders verbunden, wie ihr alle wisst. Von den Erzbischöfen Kölns kann ich das hingegen nicht behaupten. Hervorragend habt ihr den Handstreich heute Morgen organisiert, es ist kein Blut dabei geflossen. Ich weiß genau, wie mutig ihr gewesen seid, um euch gegen euren eigenen Erzbischof zu stellen. Damit ihr euch gegen ihn und seine Soldaten schützen könnt, gestatte ich euch hiermit, eure Stadt stärker zu befestigen. Setzt die alten Römermauern um den Stadtkern instand, und zieht Wall, Graben und Mauern um Oversburg, St. Aposteln und Niederich, damit ihr euch verteidigen könnt. Ich lasse euch meinen Festungsbaumeister hier, der euch beraten wird, wie ihr starke Tore baut, einen Trupp Pioniere und zwei Gruppen Soldaten als Bauarbeiter auf sechs Wochen, damit der Anfang schnell gemacht wird. Ihr Sold ist bezahlt, verköstigen müsst ihr sie.

Euer großzügiges Darlehen kann ich euch zur Zeit nicht zurückzahlen, weil ich es für meine Truppen ausgegeben habe. Fürs Erste mögt ihr euch mit meiner Erlaubnis an den erzbischöflichen Gebühren, Beden und Zöllen schadlos halten. Mein Schreiber wird euch die entsprechende Urkunde aushändigen.«

Diese Anordnung rief helle Freude bei den Kölnern hervor.

Eckebrecht flüsterte seinem Vater ins Ohr:

»Erzbischof Friedrich wird sich sehr ärgern, dass sein Geld für Befestigungen gegen ihn selbst verbraucht wird.«

Der Kaiser verließ Köln sehr bald wieder, um den Feldzug gegen seinen Sohn vorzubereiten, und die Bürger machten sich im April 1106 mit Feuereifer an die Festungsarbeiten. Sie ahnten, dass sie sich bald gegen ihren eigenen Erzbischof, aber wohl auch gegen König Heinrich verteidigen mussten. In ihrem jetzigen Zustand war die Stadt keinesfalls in der Lage, einen Angreifer lange abzuwehren. Auch die jungen Herren wie Eckebrecht und seine Freunde waren sich daher nicht zu schade, vom Morgengrauen bis zur Dunkelheit zu graben, Bäume zu fällen und einzurammen, Wälle aufzuschütten und Steine zu schleppen. Überall um die Stadt wieherten Pferde, klopften Hämmer und Meißel, knarrten Fuhrzeuge.

Die Befestigungen umfassten mit den neu in die Stadt einbezogenen Siedlungen Oversburg im Süden, St. Aposteln im Westen und Niederich im Norden der Stadt nun weitere achtzig Hektar.

Die Bauern der Umgebung strömten herbei und verdingten sich als Arbeiter. Zwar zahlten die Kölner, zur Zeit an Geld knapp, nicht besonders viel, doch die Bauern wussten nur zu gut, dass im Kriegsfall die jetzt errichteten Mauern und Gräben auch den Bewohnern des Umlandes und ihrer mitgeschleppten Habe Schutz bieten würden.

Täglich kam Eckebrecht erst spät am Abend und mit schmerzenden Knochen nach Hause, wollte nur noch essen und schlafen. Die Mutter hielt aber immer eine Bütte mit warmem Wasser für ihn bereit, in die sie den Sohn trotz seines Widerstandes zwang, damit sich seine Glieder wieder lockerten und ihm am nächsten Morgen nicht allzu wehtaten.

Im April entdeckten die Kölner bei den Ausschachtungsarbeiten viele uralte Knochen. Es hieß in Köln, auf diesem Gelände habe die heilige Ursula mit ihren Gefährtinnen der Märtyrertod ereilt.

Jedes Kind in Köln kannte die Geschichte von der britischen Prinzessin, die mit angeblich elftausend Gefährtinnen eine Wallfahrt zu Schiff gemacht haben soll, wenngleich spöttische Stimmen munkelten, so viele Jungfrauen hätte man in ganz England nie zusammenbekommen. Die Mädchen seien auf ihren Schiffen bis Köln gekommen und hier von beutemachenden Hunnen überfallen und ausnahmslos niedergemetzelt worden.

Diese ahnungslose und vertrauensselige Jungfrau hatten die Kölner sich als Schutzpatronin auserkoren, wohl in der Hoffnung, dass sie auf die Stadt besser Acht geben möge als auf ihre armen Begleiterinnen.

Mit Feuereifer wurden nun die Knochen zusammengesucht und gleich auf dem Feld Dankgottesdienste und eine feierliche Prozession abgehalten. Selbstverständlich konnte dies nur ein gutes Zeichen sein: Die Heilige würde ihre Stadt schützen.

Die älteren der Ratsherren hatten bei den frommen Gebeten in der ersten Reihe gestanden. Wolbero bemerkte zu seinen Kollegen:

»Die Heilige wird uns sogar beim Bau der Befestigung helfen.«

Befremdet sahen die Herren Richolf und Vogelo ihn an. Wolbero war einer der Ältesten unter ihnen, aber falls er langsam kindisch wurde, war ihnen dies bisher verborgen geblieben.

Wolbero fuhr fort: »Wir haben gleich zwei Stadtheilige,

den heiligen Gereon und die heilige Ursula. Wir waren bisher mit Reliquien nicht schlecht ausgestattet; meint ihr, dass wir die vielen, vielen Knochen, die unsere Leute da unten aufsammeln, wirklich alle zu unserem Schutz in unseren Mauern haben müssen?«

Da freute sich Richolf, und auch Vogelo begriff, was Wolbero bezweckte. Begeistert gingen sie ans Werk, verteilten einige von den Gebeinen an die nächstliegenden Klöster, besonders an Brauweiler und Deutz, deren Äbte aus Kölner Patrizierfamilien stammten; dafür wurden von dort so viele Mönche abgezogen, dass kaum genügend mehr da waren, um die Messen zu feiern.

Die Mönche verließen Köln mit vielen kleinen Päckchen, in denen einzelne Knochen in kostbare Stoffe gewickelt waren, und suchten Klöster, geistliche und weltliche Herren und Städte der ganzen Umgebung bis weit nach Belgien hinein auf.

Fromm trugen sie dort Grußbotschaften der Kölner vor, die offenbar von Gott besonders begünstigt waren, weil er ihnen die Gnade erwiesen hatte, ihnen so viele wundertätige Reliquien zu schenken. In christlicher Bruderliebe wollten die Kölner diese Schätze natürlich nicht alle für sich behalten, sondern den Herrn Abt oder Grafen, den Ritter oder Bürgermeister an diesem Segen teilhaben lassen. Und ob vielleicht der Herr Abt oder Graf, Ritter oder Bürgermeister durch eine gütige Spende die Kölner unterstützen wolle, die gerade viele Kosten durch ihre neue Stadterweiterung hätten?

In den nächsten Wochen gab es ein emsiges Kommen und Gehen der Mönche, viele Päckchen verließen die Stadt, und viele Gold- und Silberstücke kehrten zurück, auch weltliche und geistliche Geräte aus kostbarem Metall wie Tafelgeschirr, silberne Humpen, Monstranzen und Ähnliches. Die Kölner ließen dies unverzüglich einschmelzen und den Erlös für den Festungsbau ausgeben, sodass tatsächlich die heilige Ursula tatkräftig an der Verstärkung ihrer Stadt mitarbeitete.

Es war ein Glück für Köln, dass die Bürger in solch unglaublicher Geschwindigkeit ihre Stadt befestigt hatten, denn schon im Juni 1106 zog König Heinrich heran, um gemeinsam mit Erzbischof Friedrich die Stadt für ihre Eigenmächtigkeit zu strafen.

Fassungslos sah er, wie die Stadt sich in der kurzen Zeit seit seinem letzten Besuch am Palmsonntag verändert hatte. Auch Erzbischof Friedrich mit seinem Gefolge erkannte seine eigene Stadt kaum wieder. Von den hohen, festen Mauern flogen Pfeile durch die Schießscharten und hielten die königlichen Soldaten auf Abstand. Tag und Nacht hämmerten die Schmiede, die Harnisch- und Pfeilmacher in der Stadt.

Im Juli gab Heinrich die Belagerung auf und zog grollend ab. Er ritt nach Worms und rief dort am Pfingstfest die Fürsten, die er bereits für sich gewonnen hatte, zum Kampf gegen die »niederrheinischen Reichsfeinde« auf. Gemeint waren damit vor allem der Herzog von Lothringen sowie die Stadt Köln, weil sie zum Kaiser standen.

Im Hause Wolberos trat allerdings vorübergehend die Reichspolitik zurück. Liveradis lag in Wehen. Sie quälte sich zwei Tage lang, behütet und umsorgt von ihrer Mutter und ihrer Schwiegermutter. Eckebrecht suchte Zuflucht im Laden, aber die Schreie der Gebärenden drangen in jeden Winkel des Hauses. Schreckensbleich saß Eckebrecht neben seinem Vater und zuckte bei jedem erneuten Schrei zusammen.

Er machte sich bittere Vorwürfe, dass es ihm noch immer nicht gelungen war, das Verhältnis zu seiner jungen Frau zärtlicher zu gestalten. Wohl redeten sie freundlich miteinander, aber er hatte immer das Gefühl, sie mache sich wenig aus seiner Gegenwart.

Ein letzter, durchdringend hoher Schrei, und dann herrschte Stille.

»Jetzt ist sie tot«, stöhnte Eckebrecht.

Der Alte streichelte tröstend seine Hand. »Warte einen Augenblick«, sagte er. Und wirklich: Ein zartes kleines Stimmchen begann zu klagen und beschwerte sich über die Bitternis der Welt.

Nach einer Weile kam Frau Blithildis die Treppe herabgerauscht. Ihr strahlendes Gesicht ließ Eckebrecht ein Gebirge von der Seele fallen.

»Los, herein mit dir, mein Sohn«, rief sie munter. »Und du, Wolbero, kannst auch mitkommen. Nein, ich sage euch nicht, was es ist. Das möchte die Mutter gern selbst, und das hat sie auch verdient.«

Die Kammer war stickig und von Blutgeruch erfüllt. Liveradis lag im Bett, von Kissen gestützt. Ihr Gesicht war blass und blutleer, aber ihre Augen leuchteten sehr lebendig. In ihren Armen hielt sie ein kleines Bündel, und als Eckebrecht näher trat, lächelte sie und öffnete schweigend die Decken, in die das Neugeborene gehüllt war. Eckebrecht sah seinen Sohn: krebsrot die Haut, ein runder Bauch, krumme Beinchen. Ob alle Neugeborenen so hässlich waren? Dann öffnete der Knabe seine tiefblauen Augen, und Eckebrecht sah so lange in das kleine Gesicht, bis Tränen ihm den Blick verwischten. Sein Sohn war vollkommen und wunderschön.

Stumm nahm er Liveradis' Hand, küsste sie lange und liebevoll und griff dann nach dem Kind. Noch nie hatte er ein Neugeborenes gehalten, aber ohne jede Sorge nahm er es mit geschicktem Griff und ging in der Stube auf und ab, den Kleinen an sich gedrückt. Er konnte den Blick nicht von dem feierlichen kleinen Gesicht lassen.

Wolbero, Blithildis und Durechin hatten ihn verwundert betrachtet.

»Nun sieh doch einer diesen frischen, jungen Vater an«, spottete Durechin gutmütig. »Eine Amme würde es nicht besser machen. Vielleicht darf dein Vater ihn auch einmal sehen?«

In diesem Augenblick hielt Eckebrecht das Neugeborene erschreckt ein Stückchen von sich, denn es plätscherte auf den Boden. Und alle lachten, bis ihnen die Tränen kamen.

Sie nannten das Kind Fordolf, das war der Name von Herimanns Vater gewesen. Wolbero war vor Freude und Stolz ganz närrisch, wie das bei Großvätern zuweilen so ist. Er hätte die Taufe gern in größtem Rahmen gefeiert: Die heilige Handlung sollte im Dom vom Erzbischof vorgenommen werden mit einer unübersehbaren Schar von Gästen, alle Verwandten, alle Ratsherren mit ihren Frauen sollten kommen. Ein Festmahl mit so vielen Gängen und Leckerbissen, dass auch der größte Vielfraß nicht imstande sein würde, von allem zu kosten, schwebte ihm vor.

Als er diese großartigen Pläne Blithildis schilderte, meinte sie trocken: »Ja, das wäre sehr schön, aber es ist ganz ausgeschlossen, dass wir viele Gäste bewirten. Ist es dir denn entgangen, dass die Stadt nach der Belagerung des Königs mühsam nach Atem ringt? Seine Truppen haben die ganze Umgebung leer gefressen, und was sie nicht verbraucht haben, wurde verbrannt. Geh einmal auf den Markt, dann siehst du, dass das Angebot an Fleisch, Geflügel, Gemüse und Getreide nur sehr klein ist und äußerst teuer dazu. Hättest du übrigens überhaupt genug Geld in der Truhe?«

Da kam Wolbero auf den Boden der Tatsachen zurück.

Die Truhen und Geldbeutel aller Kölner Bürger waren durch das letzte Jahr geleert worden: zuerst die Unterstützung für den Kaiser, dann der Mauerbau, schließlich die Kosten der Belagerung durch König Heinrich und auch noch der Freikauf davon – nein, eine prunkvolle Taufe kam nicht in Frage.

Und dass es zur Zeit nicht möglich war, den Erzbischof dazu zu bewegen, das Kind mit eigener Hand zu taufen, musste selbst Wolbero schweren Herzens einsehen.

Dann kam eine Nachricht, mit der keiner gerechnet hatte und die wie ein Blitz einschlug: Kaiser Heinrich war am 7. August 1106 in Lüttich gestorben, mitten in der Vorbereitung des Feldzuges gegen den König. Die Bürger wollten es nicht glauben; so kraftvoll, so eisern hatte der Kaiser bei seinem letzten Aufenthalt gewirkt. Er war fünfundfünfzig Jahre alt gewesen, und jeder hatte gedacht, er habe noch Jahrzehnte des Lebens vor sich.

»Unser Herr, der Kaiser, war den ganzen Tag bei seinen Truppen gewesen«, berichtete der Bote der Lütticher im Bürgerhaus. »Abends hielt er noch eine Besprechung mit seinen Hauptleuten über die Planung des Feldzuges ab, als er sich ganz plötzlich an die Brust griff und schrecklich stöhnte. Unser Bürgermeister ließ sofort den Stadtmedikus rufen, denn der Kaiser, der über eine eiserne Gesundheit verfügte und dies für selbstverständlich hielt, hatte gar keinen Arzt bei sich. Dieser legte dem Kaiser das Ohr auf die Brust und horchte ihn ab, fühlte seinen Puls und sagte dann, gegen den Ruf des Schöpfers sei man machtlos.

Darauf nickte der Kaiser und sagte ganz ruhig: ›Es ist also so weit. Mein Beichtvater soll sich bereithalten; vorher habe ich aber noch Verschiedenes zu erledigen. Mir war der Frieden in dem Reich, das Gott mir anvertraut hat, so wichtig wie nichts anderes. Der Verrat meines Sohnes hat mich gezwungen, den Krieg gegen meine eigenen Untertanen zu planen. Nun erspart Gott ihn mir, und dafür danke ich ihm aus tiefstem Herzen.‹

Er winkte den Herzog Heinrich von Niederlothringen an seine Seite. Kaiser Heinrich biss die Zähne zusammen, und jeder konnte sehen, dass ein neuer Schmerz in seiner Brust tobte. Als er wieder atmen konnte, sagte er mit lauter Stimme, sodass alle Anwesenden ihn gut verstanden:

›Heinrich, mein treuer Gefährte, ich sende dich zu meinem Sohn, dem König Heinrich, der bald auch euer Kaiser sein wird. Du wirst ihm mein Schwert und meinen Ring bringen als Zeichen der Nachfolge. Nun, da ich bald nicht mehr bin, wird dies seine Rechte auf den Thron unterstreichen. Du sollst mein Bote sein, weil er dich als Feind hasst; ich will aber, dass er dich als Friedensboten schätzen soll.

All meine anderen Freunde und Anhänger bitte ich um Vergebung, dass ich euch nun im Stich lasse, wo ihr doch auf mein Leben und mein kaiserliches Ansehen vertraut habt. Mein Sohn hat ja im Grunde nichts gegen euch, er wollte nur in meinen Schuhen stecken, und das wird er nun bald. Ich rate euch, unterwerft euch ihm unverzüglich, und huldigt ihm. Bittet ihn um Verzeihung dafür, dass ihr eurem Kaiser die beschworene Treue gehalten habt.

Mit meinem Tod wird der Krieg gegen meine eigenen Untertanen überflüssig, und so ist er das letzte Opfer, das ich meinem Reich bringe. Ich möchte in Speyer begraben werden. Und nun schickt mir meinen Beichtvater.‹

Dann ging unser Herr, der Kaiser, am frühen Morgen dahin, Gott habe ihn selig.«

Der Bote endete, und die Ratsherren zerstreuten sich still.

Wolbero und Eckebrecht gingen mit dem Boten noch in die Herberge neben dem Bürgerhaus, um ihm eine gute Mahlzeit geben zu lassen.

»Kannst du uns noch mehr erzählen?«, fragte Eckebrecht. Auch er war beeindruckt von der Persönlichkeit des Kaisers gewesen, und er war betrübt über dessen unerwarteten Tod.

»Ich kann euch noch sagen, dass wir, seine Anhänger, ihn sehr beweint haben, denn wir haben den harten, stolzen Mann wegen seiner Kraft, seiner Treue und Ehrlichkeit geliebt. Wir wussten aber auch, dass er sehr menschlich war, ein Freund der Armen, der gern half und gab; doch hat er dies stets im Geheimen getan, um nicht von seinen Feinden für weich gehalten zu werden.

Schon wenige Stunden nach seinem Tod haben wir ihn mit kaiserlichem Gepränge, aber auch in größter Eile in Lüttich begraben, da der Krieg ja noch nicht ausgestanden war. Und tatsächlich überfielen seine Gegner, angeführt vom päpstlichen Legaten, noch am gleichen Tag die Stadt, raubten die gerade bestattete Leiche und schafften sie nach Speyer. Wir konnten es nicht verhindern.«

Die hohen geistlichen Herrn hatten den Leichnam des Kaisers in einem Steinsarg unbeerdigt in einer Seitenkapelle abgestellt, da er ja noch immer mit dem Bann belegt war. Dort sollte er stehen bleiben, bis er fünf Jahre nach seinem Tod endlich vom Bann gelöst wurde.

Es heißt aber, dass die Lütticher Bauern sich später Erde von der Stelle holten, wo Kaiser Heinrich begraben gewesen war. Sie streuten diese auf ihre Felder, damit die Güte des verstorbenen Kaisers diese fruchtbarer machen sollte. Auch legten sie ihr Getreide vor der Aussaat auf der Bahre nieder, die den Toten getragen hatte, damit es besseren Ertrag brächte. So hoch schätzten sie die Menschlichkeit des Verstorbenen.

Als die Kölner vom Tode des Kaisers erfuhren, waren sie sehr bestürzt. Die Aufrechten sagten, es sei offensichtlich, dass die Treue zum angestammten Herrscher sie teuer zu stehen kommen würde. Die Berechnenden tuschelten hinter vorgehaltener Hand, sie hätten auf das falsche Pferd gesetzt.

König Heinrich war zurückgekommen und belagerte Köln erneut. Zum Glück bewährte sich die hervorragend gebaute neue Festungsanlage. Auch dieses Mal gelang es Heinrich nicht, die Stadt zu erstürmen.

Da nun der Tod ihr Treuegelöbnis gelöst hatte, beschlossen die Bürger, sich mit Heinrich zu versöhnen und ihn durch eine hohe Geldzahlung zu beschwichtigen. Sie boten ihm sechstausend Pfund Silber, wenn er die Belagerung aufgäbe und ihnen seine Verzeihung gewähren wollte.

Nachdem Heinrich eine Weile gegrollt und das Angebot abgelehnt hatte, ging er schließlich doch darauf ein, kassierte die von ihm dringend benötigte Summe und zog den Rhein hinauf fort.

Nun kehrte auch der Erzbischof in seine Stadt zurück. Er hielt es für das Klügste, so zu tun, als sei gar nichts Ungewöhnliches geschehen, und ritt lächelnd und nach links und rechts den Segen erteilend in die Stadt ein, die er unter so schmählichen Umständen hatte verlassen müssen.

Für Eckebrecht hatte mit der Geburt seines Kindes eine sehr beglückende Zeit begonnen. So oft seine Pflichten es ihm gestatteten, eilte er in die Wochenkammer. Neben Liveradis' Lager stand die schwere geschnitzte Wiege, in der vor langer Zeit die verstorbenen Söhne Wolberos gelegen hatten. Er beugte sich über die Kissen, bestaunte das kleine Gesicht des Kindes, schälte seine Ärmchen aus dem Wickelbund und war glücklich, wenn die winzigen Fäustchen sich fest um seinen Finger schlossen. Er fühlte sich wie der reichste Mann der Welt, wenn er den kleinen warmen Körper in seinen Armen hielt. So oft hob er den Kleinen heraus und trug ihn im Haus herum, dass Frau Blithildis lachend mit ihm schalt.

»Du verwöhnst ihn«, sagte sie.

»Man kann kleine Kinder gar nicht verwöhnen«, erwiderte der junge Vater. »Liebe muss man mit Eimern über sie ausschütten, nicht mit kleinen Löffeln zumessen.«

Er war auch gern dabei, wenn Liveradis das Kind stillte. Nach der schweren Geburt hatte sie sich rasch erholt, und die Milch lief so üppig, dass das Kind immer satt und zufrieden war. Sobald Fordolf nur einen Ton von sich gab und Eckebrecht dies hörte, lief er gleich herbei, nahm das Kind und brachte es seiner Mutter zum Stillen.

Der innige Blick, den Mutter und Kind beim Säugen miteinander tauschten, rührte ihn in tiefster Seele, und es kam ihm so vor, als sei er Liveradis jetzt näher denn je. Auch sie redete mit ihm so freundlich, wie er es noch nicht bei ihr erlebt hatte. Sie hatte sich verändert, war üppiger, farbiger, strahlender geworden.

Es wird noch alles gut, dachte Eckebrecht. Es ist schon alles gut! Seine Mutter hatte ihm den Wink gegeben, er möge seine junge Frau noch ein paar Wochen mit seinen ehelichen Aufmerksamkeiten verschonen, weil sie bei der Geburt einen Schaden genommen hatte, der zuerst ausheilen sollte.

Das war für Eckebrecht keine unüberwindbare Schwierigkeit. Er hatte bisher keine Gelegenheit gehabt, sich an ein rechtes Eheleben zu gewöhnen, und die Scheu vor der jungen Frau, die er nicht verstand, aber dennoch gern lieben wollte, unterdrückte seine natürlichen Bedürfnisse.

Außerdem bereitete er sich im Herbst auf eine Handelsfahrt nach Mainz und Worms vor. Der Abschied von seinem kleinen Sohn fiel ihm sehr schwer, und er küsste das Kind viele Male, ehe er es über sich brachte, es Liveradis zu reichen.

Er blickte ihr in die Augen und dachte dabei:

»Wenn ich wiederkomme, machen wir einen ganz neuen Anfang. Wir werden sehr glücklich werden.«

Und es schien ihm, als lese er Zustimmung in ihren Augen.

Aber seine Hoffnungen wurden ein weiteres Mal enttäuscht. Schwere Herbststürme und ein Fuhrwerkunfall verzögerten seine Heimkehr, und das Jahr 1106, das so viele schwerwiegende Ereignisse für das Reich, für die Stadt Köln und für die Familie Wolberos gebracht hatte, ging schon seinem Ende entgegen, als der junge Kaufmann sich seiner Heimatstadt näherte.

Eckebrecht freute sich diesmal ganz besonders auf die Heimkehr. Er sehnte sich sehr nach dem kleinen Fordolf, und er fieberte seiner Frau entgegen.

So groß war seine Ungeduld, dass er im Hafen dem Knecht Gerhard die Verantwortung für das Ausladen und die Erledigung der Hafengebühren überließ und selbst spornstreichs nach Unter Goldschmied lief. Voller Vorfreude eilte er durch das Hoftor und stürmte die Treppe hinauf in die Küche.

Das Kind war sehr gewachsen, saß auf dem Arm der Großmutter und lächelte den Vater an. Nachdem der erste Flaum auf seinem Köpfchen ausgefallen war, ringelten sich nun blonde Locken; Eckebrecht schloss es in die Arme, herzte und küsste es und umarmte auch Blithildis innig.

Liveradis aber war nicht da.

»Sie ist in der Kirche«, sagte Blithildis, und ihre Stimme klang etwas bedrückt. »Ich weiß nicht, was mit ihr ist. Von einem Tag auf den anderen war sie verändert, sie schwankt zwischen lauter Heiterkeit und düsterem Schweigen. Sie will mir nicht sagen, was los ist, aber sie geht fast jeden Tag zum Gebet und bleibt manchmal so lange fort, dass der Junge hungrig wird und nach der Milch der Mutter weint.«

Als ob sie ihren Namen gehört hätte, kam Liveradis gerade zur Tür herein. Ihre Wangen waren gerötet. Zögernd trat sie auf ihren Mann zu, bot ihm sehr flüchtig die Wange zum Kuss, ohne ihn anzuschauen, griff sich rasch das Kind, das bei ihrem Anblick in vorwurfsvolles Geschrei ausgebrochen war, und setzte sich auf die Ofenbank, um ihm die Brust zu reichen.

Als es Nacht wurde, bedauerte Eckebrecht sehr, dass ihr Bett nun in der großen Wohnstube stand und nicht mehr in der kleinen Kammer, wo sie ihre Hochzeitsnacht erlebt hatten. Er hätte es entschieden vorgezogen, mit Liveradis allein zu sein und nicht in einem Raum mit seinen Eltern und dem Gesinde.

Er saß noch auf der Bettkante, als die kleinen Unschlittkerzen gelöscht wurden. Nur die Glut im Kamin gab noch ein wenig Licht. Während er bis auf das Hemd seine Kleider auf einem Schemel abwarf, hörte er von der einen Bank die Knechte murmeln und von der anderen die Mägde kichern.

So leise er konnte, zog er die Vorhänge um das Bett zu. Nun war es stockfinster. Zögernd tastete er mit der Hand nach der anderen Seite, wo Liveradis lag. In diesem sehr ungeeigneten Augenblick erwachte sein kleiner Sohn und tat seinen Hunger durch Schreien kund.

Sofort schlüpfte Liveradis aus dem Bett, griff sich das Kind aus der Wiege und stillte es. Eckebrecht hörte das gierige Schlucken des Kleinen. Leise summend ging sie mit ihm in der Stube auf und ab, ihm sanft den kleinen Rücken klopfend, bis er laut aufstieß. Dann hörte Eckebrecht, wie sie Fordolf in die Wiege zurücklegte und wieder ins Bett schlüpfte, wobei sie auf der äußersten Kante liegen blieb.

Er rutschte zu ihr hinüber und legte den rechten Arm über sie. Sofort merkte er, wie sie stocksteif wurde. Wenn er es auch nicht sehen konnte, so fühlte er ihren abwehrenden Blick doch. Trotzdem versuchte er, die Brust unter ihrem

Hemd zu fassen, aber sie packte seine Hand und schob sie weg.

Zorn packte ihn, dass sie ihn so abwies, aber er erinnerte sich daran, wie er sie an ihrem zweiten Ehetag geschlagen hatte. Das wollte er niemals wieder tun. Leise, damit niemand in der Stube es hörte, flüsterte er:

»Warum weist du mich ab? Wir sind Mann und Frau für unser ganzes Leben!«

Aber sie zischte so heftig »Lass mich in Ruhe!«, dass er von ihr abließ und zutiefst enttäuscht und verletzt in seine Betthälfte zurückkehrte.

Der Winter ging dahin, und an Liveradis' Verhalten änderte sich nichts. Eckebrecht vergrub Schmerz, Scham und Zorn in seinem Innern und kümmerte sich wenig um seine Frau.

Liveradis besuchte gelegentlich ihre Eltern, wobei sie das Kind mitnahm. Sie ging auch häufig zum Gebet und ließ dabei Fordolf in der Obhut von Blithildis zurück.

Sobald Frost und Schneenässe gegangen und die Wege befahrbar waren, musste Eckebrecht sich wieder auf die Reise machen. Sie sollte ihn nach Regensburg führen, wo er Kölner Tuche absetzen und byzantinische Waren einkaufen wollte.

Im April 1107 kehrte Eckebrecht nach Köln zurück. Dieses Mal konnte von Vorfreude und Ungeduld keine Rede sein. Als der alte Hafenmeister Lambert ihn von Bord kommen sah, eilte er herbei und zog Eckebrecht zur Seite, ehe irgendjemand ein Wort zu ihm sagen konnte.

»Junger Herr, geh unverzüglich nach Hause. Ich werde mich um all deine Belange hier kümmern. Es ist ein Unglück geschehen. Frag jetzt nicht, mach nur schnell.« Lambert blickte dem davoneilenden jungen Mann traurig und mitfühlend nach.

Während Eckebrecht zu seinem Haus hastete, gingen ihm die quälendsten Ängste durch den Kopf. War Wolbero etwas zugestoßen? Er war alt, ging auf die siebzig zu. Es konnte doch nicht etwa Blithildis krank sein? Sie war das Salz der Erde, der fröhliche, geräuschvolle Mittelpunkt des Hauses. Den Gedanken, es könnte sich um seinen kleinen Sohn handeln, ließ er gar nicht erst an sich heran, sonst hätte ihm das Herz brechen müssen.

Atemlos kam er in Unter Goldschmied an. Die Haustür war nur angelehnt, er konnte hören, wie drinnen gebetet wurde. Er holte tief Luft und riss die Tür auf. Durch den Gang an der Treppe vorbei blickte er in den Hof. Er sah Wolberos breiten Rücken, das weiße Haar, eine Schar von Menschen, im Hintergrund Blithildis' blondes Haar, das wie immer halb aus der Haube herausschaute. Sie weinte bitterlich und hatte den Knaben fest an ihr Herz gedrückt. Oh, Schöpfer im Himmel, nicht das Kind, nicht mein Fordolf, hab Dank! Aber welches Unglück konnte Lambert gemeint haben?

Voll banger Erwartung trat er in den Hof. Als sie ihn sahen, verstummten die Menschen. Sie machten eine Gasse für ihn auf, an deren Ende er einen Karren stehen sah. Noch konnte er nicht erkennen, wer darauf lag, aber er ahnte es.

Noch einen weiteren Schritt, und er sah sie. Liveradis lag da, die Hände über der Brust gekreuzt. Ihr Gesicht mit den geschlossenen Augen sah so unglaublich jung und unschuldig aus, dass sie wie ein Kind wirkte. Ihr langes Haar war ganz dunkel vor Nässe. Sie trug ein einfaches, ungefärbtes Kleid wie die Mägde, und auch dieses war nass. Einer ihrer Füße war beschuht, der andere nackt.

Sie wäre im nächsten Monat siebzehn Jahre alt geworden.

Wolbero schloss seinen Sohn in die Arme. Mit lauter Stimme sagte er: »Es war ein Unglück. Sie wollte beim heiligen Heribert drüben in Deutz beten und ist unvorsichtig vom Bord des Fährkahns gefallen und ertrunken. Gott gebe ihrer Seele Frieden.«

Eckebrecht starrte noch immer fassungslos auf seine tote Frau. Wie im Schlaf griff er nach seinem Kind und drückte es an sich. Dann kamen ihm die Tränen.

Er weinte um den kleinen, mutterlosen Knaben. Er weinte um Herimann und Durechin, die trostlos neben der Leiche ihres einzigen Kindes standen. Er weinte um seine eigenen verlorenen Hoffnungen. Er weinte um das junge Menschenkind, das sein Leben verloren hatte. Er weinte um alles, was er sich sehnlich gewünscht hatte, was hätte sein können und nun niemals sein würde.

Herimann und Wolbero sorgten dafür, dass das Begräbnis sehr rasch stattfand. Schon am folgenden Morgen wurde die junge Frau im Grab ihres schon lange verstorbenen Großvaters Fordolf beigesetzt, auf dem Kirchhof von Groß St. Martin gleich an der Kirchenwand.

Aber es wurde geredet. Schon flüsterte man sich hinter vorgehaltener Hand zu, die Bestattung auf geweihtem Boden sei nicht rechtmäßig. Liveradis sei keineswegs einem Unfall zum Opfer gefallen, sondern eine Selbstmörderin. Mit voller Absicht sei sie von Bord des Fährkahns gesprungen und hätte deswegen außerhalb der Kirchhofsmauern verscharrt werden müssen.

Der Erzbischof hörte dieses Gerücht von seinem Geheimschreiber, aber er wies es als unsinnig zurück. Er hatte nicht die geringste Lust, eine Untersuchung anzustellen und am Ende die Leiche der jungen Frau wieder ausgraben zu lassen; ihr Vater Herimann war einer seiner wertvollsten Gefolgsleute.

Der alte Pfarrer von St. Martin wandte sich schweigend ab und wollte der Handwerkersfrau nicht zuhören, die es genau wusste, weil ihr Schwager mit einem Mann gesprochen hatte, der es von jemandem gehört hatte, der auch auf dem Fährkahn übergesetzt war.

Pfarrer Konrad war seit nahezu einem halben Jahrhundert Seelsorger und mit den Schwächen der Menschen vertraut. Niemand konnte ihm einreden, dass diese zarte junge Frau, deren Beichten die eines Kindes hätten sein können, imstande gewesen sei, ihre ewige Seligkeit durch einen Selbstmord aufs Spiel zu setzen.

Zu allerletzt kam das Gerücht Eckebrecht zu Ohren. Zwar sprach niemand ihn darauf an, aber er bemerkte verstohlene, mitleidige, gelegentlich auch neugierige und missgünstige Blicke, die er nicht zu deuten wusste. Hellhörig geworden, fing er Wortfetzen auf von Leuten, die rasch verstummten, sobald sie ihn bemerkten. Er war wochenlang fort gewesen und konnte nicht wissen, was sich während seiner Abwesenheit zugetragen haben mochte.

Endlich entschloss er sich, mit seinem Vater zu sprechen. Er ging in den Laden, wo Wolbero gerade die noch vorhandenen Vorräte an Stoffen zählte.

»Vater, hast du etwas Zeit für mich?«

Wolbero nickte nur, rief den Gehilfen Hermann herbei, dass er im Laden nach dem Rechten sehe, und nahm den Arm des Sohnes. Sie gingen schweigend zusammen durch die Stadt, vorbei an der Domkirche, durch die Rheinvorstadt, und setzten sich an einer stillen Uferstelle nieder, wo niemand sie belauschen konnte.

Eckebrecht blickte beklommen hinüber zu St. Heribert. Da strömte der Rhein, breit, ruhig flutend, und in seiner Mitte hatte Liveradis ihr Leben verloren.

»Mein Sohn, ich weiß nicht genau, was geschehen ist.

Mutter und ich haben sehr wohl bemerkt, dass bei euch jungen Leuten etwas nicht gestimmt hat. Es war für uns aber nicht erkennbar, woher die Schwierigkeiten kamen. Dich kennen wir lange Zeit, wir konnten uns nicht denken, dass du mit einer Ehefrau nicht zurechtkommst.

Liveradis hat fast zwei Jahre in unserem Haus gelebt. Sie war ein gutes Mädchen, klug, fleißig, eine liebevolle Mutter. Aber je länger ich sie kannte, umso mehr drängte sich mir der Gedanke auf, dass sie ein Geheimnis hatte, das ihr das Herz abdrückte und sie stark beschäftigte. Ich hatte das Gefühl, dass es nach der Geburt des Kindes besser wurde, auch zwischen euch beiden. Aber als du auf der Fahrt nach Mainz warst, muss etwas geschehen sein. Von einem Tag zum anderen war sie wie verwandelt, lachte und weinte scheinbar grundlos, war geistesabwesend. Und plötzlich ging sie täglich zum Gebet, fieberte ihrem Kirchgang förmlich entgegen. Ich wollte mit ihr sprechen, aber sie sagte mir nichts.

Ich muss dir jetzt gestehen, ich bin ihr einige Male heimlich gefolgt, um zu sehen, wohin sie ging, ob ihr Weg sie auch wirklich zur Kirche führte. Du musst mir das verzeihen, jemanden auszuspähen ist sonst gewiss nicht meine Art; aber du warst ja nicht da, und als Herr des Hauses bin ich auch für deine Frau verantwortlich. Doch ich habe nichts entdeckt, sie ging wirklich jedes Mal nur zur Kirche.«

»Vater, kannst du mir etwas über ihren Tod sagen, was ich nicht weiß?«

Der Alte schwieg lange. Dann sagte er mit müder Stimme: »Offenbar habe ich doch nicht verhindern können, dass dir das böse Gerücht von ihrem Freitod zu Ohren kam. Nun muss ich dir sagen: Ich fürchte sehr, dass es mehr ist als ein Gerücht. Der alte Fährmann Ezelin hat mir bestätigt, dass es so aussah, als hätte sie sich absichtlich über Bord fallen lassen. Wir haben sie so schnell beisetzen müssen, um es zu vertuschen. Die beiden Ruderer, die es auch gesehen hatten, habe ich bestochen. Aber sie haben wohl trotzdem ihren Mund nicht gehalten.

Ich wollte nicht, dass man sie verscharrt wie einen Hund. Unser Fordolf soll nicht mit dem Makel aufwachsen, seine Mutter habe ihrem Leben selbst ein Ende gesetzt.«

Eckebrecht liefen die Tränen über das Gesicht. »Vater, warum nur, warum?«

Wolberos Augen waren auch nass. Er legte den Arm um den Sohn und drückte ihn an sich.

»Ich weiß es nicht, Eckebrecht. Niemand kann es wissen. Wer will beschwören, dass sie nicht doch versehentlich über Bord fiel? Niemand weiß einen Grund, warum sie es getan haben könnte.«

Eckebrecht begleitete den Vater nach Hause und ging dann die paar Schritte nach St. Martin. Um diese Tageszeit lag der Kirchhof still und menschenleer da. Eine Blutjohannisbeere wiegte ihre roten Blütentrauben im Frühjahrswind, Märzenbecher und Krokusse leuchteten von den Gräbern, und die ersten Veilchen erfüllten die Luft mit ihrem Duft.

Das frische Grab war mit zarten Birkenzweigen bedeckt, die die nackten Erdschollen verbargen. Liveradis' Mutter kniete davor. Sie war in einen großen Schleier gehüllt, der Kopf und Gesicht ganz bedeckte. Eckebrecht kniete neben ihr nieder und sprach ein Gebet.

Nachdem sie lange Zeit geschwiegen hatten, sagte Eckebrecht mit tonloser Stimme: »Wenn du weißt, was geschehen ist, dann sollst du es mir sagen. Mit Freude habe ich deine Tochter zur Frau genommen, und ich wollte sie lieben und ehren ein Leben lang. Unsere kurze Ehe hat uns beide nicht glücklich gemacht. Zwei Jahre habe ich mich gequält mit der Frage, was uns den Weg zueinander versperrte. Immer wieder habe ich gehofft, ich könnte ihr Herz doch noch erobern, aber es gelang mir nicht. Nun ist sie tot, und nichts kann mehr gutgemacht werden. Wenn du nicht willst, dass es mir für den Rest meines Lebens schwer auf der Seele liegt, dann hilf mir jetzt.«

Frau Durechin schwieg lange und kämpfte mit sich. Dann schlug sie den Schleier zurück und sah ihn mit ihren verweinten Augen an.

»Es fällt mir schwer, aber du hast sicher ein Recht auf die Wahrheit – wenigstens jetzt. Wir haben unsere Tochter mit zwölf Jahren zur Erziehung ins Kloster geschickt. Die Schwestern hatten immer nur gute Worte über sie. So fleißig und geschickt, wie sie zu Hause gewesen war, zeigte sie sich auch im Kloster. Sie lernte willig, zu den anderen Mädchen und den jungen Novizinnen hatte sie stets ein gutes Verhältnis. Sie fehlte mir sehr, darum holte Herimann sie zu den großen Festen immer nach Hause.

Als sie zum Weihnachtsfest des Jahres 1104 heimkam, war sie völlig verändert. Sie erschien uns völlig verschlossen, ihr gewohnter Frohsinn war wie weggewischt. Sie weinte viel, war fahrig, vergesslich, schlief schlecht. Auch auf inständiges Bitten war sie nicht bereit, uns zu sagen, wie wir ihr helfen konnten. Wir hatten sie seit Pfingsten nicht gesehen und konnten uns nicht denken, was sie verstörte.

Herimann bot ihr an, wieder bei uns zu bleiben. Zu unserem Entsetzen fing sie fast an zu rasen. Sie wollte zurück um jeden Preis. Wir kannten unser Kind nicht mehr. Herimann brachte sie zurück, sprach aber mit der Äbtissin über ihr auffälliges Betragen. Es stellte sich heraus, dass man im Kloster dergleichen nicht bemerkt hatte, wohl war sie dort in den letzten Monaten völlig still und abwesend erschienen.

Sehr besorgt kehrte er zurück. Er sollte bald darauf den Erzbischof auf seiner Gesandtschaft zu König Heinrich begleiten, wie du ja weißt. Wenige Tage vor seiner Abreise erschien ein Bote der Äbtissin bei uns, Liveradis sei entdeckt worden beim unerlaubten Umgang mit einem Mann, wir sollten sie abholen kommen.«

Eckebrecht sah seine Schwiegermutter fassungslos an. »Mit einem Mann? Im Kloster? Wie kann das sein? Was denn für ein Mann?«

Durechin seufzte. »Die Äbtissin wusste es nicht. Die beiden hatten sich in der Sakristei der kleinen Klosterkapelle getroffen. Schwester Adelheid wollte dort nach einem Messgewand für den nächsten Gottesdienst suchen und entdeckte die beiden. Dem Mann gelang es, unerkannt zu entkommen. Schwester Adelheid ist alt und sieht gar nicht mehr gut. Sie erwischte Liveradis aber und hielt sie fest. Die beiden hatten sich übrigens ein Lager aus den Messgewändern gemacht, sie waren entweiht und am nächsten Tag daher nicht zu gebrauchen. Die Äbtissin verhörte Liveradis streng, aber unsere Tochter sagte kein Wort über ihren Sündenpartner. Du weißt ja, wie sie war: Sie drehte einfach den Kopf zur Seite, presste die Lippen zusammen und schwieg.

Wir nahmen sie mit nach Hause, aber auch zu uns sagte sie nichts über den Mann. Herimann hätte sie am liebsten verprügelt, aber ich beschwor ihn, sie nicht anzurühren. Sie war doch noch ein Kind, keine fünfzehn Jahre alt, und ich war der Ansicht, die Prügel hätten eher dem Mann gebührt, der sie verführt hat. Herimann ließ sie in meiner Obhut und ging auf die Fahrt nach Bayern, an der auch du teilgenommen hast. Auf dieser Reise kam ihm der Gedanke, unser Kind mit dir zu verheiraten.«

»Jetzt wird mir doch einiges klar«, sagte Eckebrecht bitter. »Deshalb habe ich also eine Braut bekommen, wie ich sie mir gar nicht hätte erträumen dürfen. Die einzige Tochter des Vogtes Herimann hätte ohne weiteres auch in die Familie des Kämmerers oder in eine der Adelsfamilien einheiraten können. War ich als Bräutigam gut genug, weil ihr sie so schnell wie möglich unterbringen wolltet?«

Durechin zögerte.

»Im Anfang vielleicht, das will ich gar nicht abstreiten. Aber dann lernten wir dich näher kennen. Du zeigtest dich als so klug, so besonnen, so tüchtig, dass Herimann meinte, unsere Tochter sei bei dir sicher und gut aufgehoben. Er glaubte, mit dieser Ehe wären alle Sorgen behoben. Zu Liveradis sagte er nach seiner Rückkehr, sie könne froh sein, dass sich ihr noch die Heirat mit einem guten, aussichtsreichen Kaufmann biete. Das Mädchen wollte zuerst nicht; aber da Herimann ihr drohte, dann könne er sie auch als Nonne in ein anderes Kloster schicken, zuckte sie schließlich die Achseln und ergab sich.

Ich wusste, dass sie nicht gern einwilligte; aber ich erinnerte mich, dass auch ich nicht gern als junges Mädchen die Werbung von Herimann angenommen hatte, der schon zweimal verwitwet war und dreißig Jahre älter als ich. Auch bei mir hatten die Eltern Druck ausgeübt, und ich habe vor der Hochzeit viele Tränen vergossen. Aber Herimann war mir immer ein guter Mann, verständnisvoll und großzügig, und er war mir so dankbar für das lang ersehnte Kind. Ich bin zufrieden an seiner Seite, und ich glaubte ganz sicher, an einen so anziehenden jungen Gatten wie dich müsste Liveradis sich noch weit besser gewöhnen können und glücklich mit dir werden.

Alles war mit euch schon abgesprochen, da stellte ich zu meinem Entsetzen fest, dass sie schwanger war. Sie selbst hatte es nicht bemerkt, dumm wie sie noch war. Ich sagte es Herimann nicht, sondern kümmerte mich selbst um eine Hebamme, die ihr helfen sollte. Damit es nicht herauskam, brachte ich Liveradis abends zu ihr, als Herimann verreist war. Meine Tochter und ich hatten uns so vermummt, dass die Frau uns nicht erkennen konnte.

Es war eine entwürdigende Angelegenheit in der kleinen, schmutzigen Hütte der Frau. Ich bezahlte sie sehr gut, damit sie den Mund hielt. Nur mit größter Mühe konnte ich Liveradis wieder nach Hause schaffen. An die Nacht erinnere ich mich mit Entsetzen, mein Kind schrie und wand sich vor Qualen und blutete so, dass ich glaubte, sie müsse sterben. In meiner Angst holte ich meine Schwester Richmodis zu Hilfe, die Frau von Ritter Immo. Sie hat keine Kinder und arbeitet aus Barmherzigkeit dreimal in der Woche im Spital. Sie kam, machte ein grimmiges Gesicht und wusste, was zu tun war. Sie brachte blutstillende Kräuter und machte Liveradis übel riechende, aber hilfreiche Tränke. Wir rieben dem Kind die ganze Nacht die eiskalten Hände und Füße. Am Morgen sagte Richmodis, das Schlimmste sei nun vorbei, und mit Gottes Hilfe könne sie überleben.

Ich schämte mich so, dass ich meiner Schwester nicht ins Gesicht zu sehen wagte. Sie aber gab mir einen derben Stoß und sagte streng, dass ich schon einmal gar nicht verantwortlich sei und daher keinen Grund zur Scham habe, und auch das Kind sei eher zu bedauern. Den Kerl aber, der ihr das angetan habe, solle man entmannen, hängen, vierteilen, köpfen oder am besten alles zusammen.

Liveradis erholte sich nur langsam. Aber es war mir gelungen, alles geheim zu halten. Herimann hat nichts erfahren, du hast nichts erfahren. Ich glaubte, es würde nun alles gut.«

»Ach so, jetzt verstehe ich. Das war damals, als Liveradis angeblich an Fieber erkrankt war.«

»Wie hätte ich denn die Wahrheit sagen können?«, rief Durechin. »Ich wollte doch nur Ruhe, Frieden und eine gesicherte Zukunft für mein Kind. Nur an sie habe ich gedacht, ist das denn zu verurteilen?«

Eckebrecht schwieg eine Weile. Dann sagte er müde:

»Du wolltest Ruhe für dein Kind, gut, ich kann es verstehen. Darum wurde ich belogen. Das ist bitter, aber ich werde mich wohl damit abfinden müssen. Aber es gab weder Ruhe noch Frieden – und die Zukunft deiner Tochter liegt nun im

Grab. Warum, sag mir, Durechin, was ist denn nach unserer Heirat geschehen, was ich nicht weiß?«

Durechin rang verzweifelt die Hände.

»Wie hätte ich denn wissen können, dass Liveradis starrsinnig diesen unbekannten Mann in ihrem Sinn trug? Mir sagte sie kein Wort darüber. Die Verlobung kam und die Hochzeit. Du bist ja kurz nach der Hochzeit auf Reisen gegangen; nicht lange darauf erfuhr ich von Blithildis, dass meine Tochter gesegneten Leibes war. Ich war so froh. Dass Liveradis verschlossen und oft wie abwesend war, bemerkte ich zwar, aber ich dachte mir: Lass nur erst das Kind da sein, dann ist sie beschäftigt, und was auch immer jetzt in ihrem Kopf kreist, hat dann keinen Platz mehr.

Du weißt ja, wie die Ereignisse sich dann gejagt haben. Als kurz nach der Geburt von Fordolf der Kaiser starb und König Heinrich die Stadt belagerte, hatte ich alle Hände voll zu tun, unsere wertvollste Habe im Keller zu vergraben. Allzu viel war es nicht mehr, denn das Jahr hatte uns viel Geld gekostet. Aber ich habe es mir doch nicht nehmen lassen, jeden Tag bei euch hereinzuschauen, um mich an dem Säugling zu freuen. Liveradis war nun viel ausgeglichener und froh in ihrer Sorge um ihr Kind, und wieder dachte ich zufrieden, es sei doch noch alles gut geworden.

Dann bemerkte ich plötzlich eine Veränderung. Du warst seit einiger Zeit fort nach Mainz. Wieder sah ich in den Augen meiner Tochter den fiebrigen Blick, der in mir böse Erinnerungen weckte. Wie bei ihr üblich, schwieg sie starrsinnig auf meine besorgten Fragen. Mir kam der Verdacht, dieser Mann, der sie im Kloster missbraucht hatte, wäre wieder aufgetaucht.

Ich beobachtete sie unauffällig. Sie ging plötzlich täglich zum Gebet. Daran fand niemand in eurem Haus etwas auszusetzen, aber mein Misstrauen war geweckt. Sie bemerkte nicht, dass ich ihr mehrere Male folgte. Einmal sah ich Wolbero, der wohl auch über die Betfreudigkeit seiner Schwiegertochter erstaunt war.«

»Mein Vater sagte es mir. Aber er fand nichts heraus.«

»Wie sollte er, sie war ja sehr vorsichtig, und wie hätte Wolbero die Wahrheit ahnen sollen? Aber ich kam dahinter. Sie war nach St. Columba gegangen. Ich wartete nicht wie sonst vor der Kirche, sondern trat nach ihr ein und sah sie zum Beichtstuhl gehen. Kurz darauf kam sie aber wieder heraus und ging zur Sakristeitür, und auch der Geistliche verließ den Beichtstuhl, sah sich nach allen Seiten um, sodass ich mich eilends hinter einer Säule versteckte. Ich konnte beobachten, dass er ihr zur Sakristei folgte. Der Blick, den sie wechselten, ehe sie in der Tür verschwanden, sagte mir genug.

Ganz verzweifelt ging ich hinaus und suchte mir einen Platz, wo ich die Kirchentür und auch die Seitentür zur Sakristei im Auge behalten konnte, da wartete ich auf sie. Die Zeit wurde mir sehr lang, und schreckliche Gedanken gingen durch meinen Kopf, bis ich Liveradis herauskommen sah. Ich trat gerade auf meine Tochter zu und sah ihr fest in die Augen, ohne ein Wort zu sagen. Alles Blut wich aus ihrem Gesicht, als sie mich sah, aber dann hob sie den Kopf trotzig und ging. Ich folgte ihr auf den Fersen.

›Also mit einem Pfarrer treibst du es‹, sagte ich erbittert.

Meine Tochter wandte sich zu mir. ›Mutter, es hat keinen Zweck, wenn du mich beschimpfst. Ich kann nicht anders.‹

Ich konnte es nicht fassen. ›Dann erkläre es mir, damit ich es verstehe‹, sagte ich nur. Sie holte tief Luft und sagte dann ganz ruhig, sie könnte es mir auch ebenso gut sagen, ändern würde das sowieso nichts.«

Durechin unterbrach sich und schaute Eckebrecht an. »Willst du es jetzt genug sein lassen, oder musst du unbedingt hören, was sie mir berichtete? Es würde dich sehr schmerzen.«

»Alles will ich wissen, alles! Ich könnte sonst nie wieder Ruhe finden.«

»Nun gut. Das also ist Liveradis' Bericht:

›In meinem letzten Jahr im Kloster, nachdem Pater Ambrosius gestorben war, kam ein neuer Beichtvater zu uns. Pater Nikolaus war streng und gab uns harte Bußen für kleine Vergehen. Ganz genau befragte er uns Mädchen über unsere Sünden. Ich weiß noch, wie verstört ich war, als er wissen wollte, ob ich etwa sündhafte Gedanken an Männer hätte. Ob wir Mädchen uns gegenseitig an verbotenen Stellen berührten. Oder ob ich dies bei mir selbst tue, etwa abends im Bett.

Ich war so entsetzt über diese Fragen, wurde puterrot und konnte nur den Kopf schütteln, denn all diese Dinge wären mir nicht einmal im Traum eingefallen.

Seine Augen waren dunkel und brennend, er trug einen kurzen Bart, auf den starrte ich, wenn er mich befragte. Ich fürchtete mich vor ihm, war aber auch so gefangen, dass ich nicht mehr richtig schlafen und essen konnte. Er ging mir nicht aus dem Kopf, immerzu sah ich diese brennenden Augen vor mir. Im Kloster mussten wir wenigstens einmal in der Woche beichten. Ich hatte Angst davor und konnte es doch kaum erwarten. Wenn er mich ansah, begann ich zu zittern.

Einmal sagte ich in der Beichte, in dieser Woche könne ich mich an gar keine Sünde erinnern. Er sah mich so finster an, dass mir ganz bange wurde, und sagte dann mit schneidender Stimme, Frauen und Mädchen seien niemals sündlos. Schon allein unser Dasein mache uns schuldig, denn wir erweckten in Männern sündige Gedanken, auch in solchen Männern, die der Heiligkeit und Keuschheit geweiht seien. Sein Blick war durchbohrend. Dann packte er meine Hand, schob sie unter seine Kutte und sagte streng, nun könne ich ja sehen, wie ich ihn auf den Pfad der Sünde gelockt habe, und ich müsse dafür Buße tun.

Ich zog meine Hand weg, sowie er den Griff lockerte. Mein Gesicht glühte, und das Herz klopfte mir bis in den Hals. Ich rannte nach draußen und fort, und die anderen Mädchen, die vor der Tür gewartet hatten, bis sie an die Reihe kämen, riefen mir nach, ob ich krank sei und Fieber hätte.

Ich verkroch mich im Bett, obwohl das am Tag streng verboten war, und zog die Decke über den Kopf. Es half mir nichts.

Nach einer Weile kam die kleine Methildis hereingehüpft, die Jüngste von uns, und rief mir fröhlich zu, ich solle noch einmal zum Herrn Pfarrer kommen.

Ich schlüpfte wieder aus dem Bett und eilte in die Sakristei zurück. Nie hätte ich gewagt, seinen Befehl nicht zu befolgen. Er war ins Gebet vertieft und beachtete mich nicht. Ich wartete lange. Schließlich drehte er sich zu mir, betrachtete mich mit düsterer Miene und bemerkte, ich hätte weder Buße getan noch Absolution erhalten.

Dann musste ich mich niederknien und nach vorn beugen. Er hob meinen Rock bis zur Taille und schlug mich mit einer Rute. Es tat nicht besonders weh – Schwester Helgard schlägt härter zu, wenn wir Mädchen etwas ausgefressen hatten, aber ich war so beschämt und verwirrt, dass ich fast in Ohnmacht gefallen wäre. Dann streifte er meinen Rock herunter, erteilte mir achtlos die Absolution und schickte mich davon.

Bei der nächsten Beichte war es ähnlich, nur dieses Mal fragte er, nachdem er mich geschlagen hatte, ob es wehgetan hätte, und streichelte mich lange an der abgestraften Stelle.

Heute weiß ich, auf was er es abgesehen hatte, aber damals fehlte mir noch jede Erfahrung. Ich fürchtete mich sehr, fieberte aber jedem Mal so sehr entgegen, dass ich es kaum ertragen konnte.

Eines Tages nahm er mich dann, nachdem er mich kurz geschlagen hatte. Ich schrie auf, weil es wehtat, aber er hielt mir den Mund zu und sagte, alle Frauen hätten zu büßen für Evas Sünde. Er beschlief mich dann nach jeder Beichte. Es ging über Monate. Er befahl, und ich gehorchte.

Mutter, du weißt, wie es weiterging. Wir wurden eines Tages erwischt, aber er entkam, ehe die alte Schwester Adelheid ihn erkennen konnte. Sie schlug mich, aber ich saß nur da und lachte und weinte und konnte nicht mehr aufhören.

Ich wurde dann von einem Gericht verhört, dem die Frau Äbtissin, die Subpriorin und der Herr Pater Nikolaus angehörten. Sie tadelten mich auf das härteste und fanden böse Worte für mich. Immer wieder fragte die Frau Äbtissin, wie ich denn einen Kerl in die geheiligten Mauern des Klosters eingeschleppt hätte.

Was hätte ich ihr sagen können? Da saß der schuldige Mann, genau neben ihnen. Nie hätte ich gewagt, mit dem Finger auf ihn zu zeigen. Auch die Frau Subpriorin beschimpfte mich, und Pater Nikolaus sagte, die Hölle sei mir gewiss, wobei sein kurzer Bart vor Empörung bebte.

Nachdem ihr mich dann abgeholt und mitgenommen hattet, verbrachte ich eine entsetzliche Zeit. Ich war froh, dem Albtraum entkommen zu sein, aber mein Körper zitterte vor Schmerz nach ihm. Ich wäre am liebsten gestorben, um endlich meine Ruhe zu haben.

Als das Kind weg war, begriff ich endlich, was meinem Körper widerfahren war, und ich wünschte mir, nie wieder einem Manne nah sein zu müssen. Vater redete mir zur Heirat mit Eckebrecht zu. Ich wollte durchaus nicht, aber was sonst blieb mir übrig? Als Nonne im Kloster wäre ich wohl auch nicht sicher gewesen, wie die Erfahrung gelehrt hat.

So meinte ich, dass die Hochzeit wohl doch der leichteste Ausweg wäre, denn Eckebrechts Freundlichkeit und die Begeisterung, mit der er mir ins Gesicht blickte, hatten mich nicht unbeeindruckt gelassen.

Aber als er sich mir in unserer Hochzeitsnacht nähern wollte, hatte ich solche Angst und einen so unbezwinglichen Widerwillen. Ich wollte nicht, ich wollte nicht, ich wollte nicht! Und ich musste doch. Einmal, ein einziges Mal, hat mein Mann mit mir geschlafen, und schon war ich wieder schwanger.

Das Kind ist das größte Glück, das mir je widerfahren ist. Eckebrechts innige Zuneigung zu dem Kleinen hat mein Herz tief gerührt. Wenn ich den liebevollen Blick sah, mit dem er sich über die Wiege beugte, wandte sich mein Herz auch dem Vater zu. Ich träumte davon, einen neuen Anfang mit ihm zu machen, wenn er von seiner nächsten Handelsreise zurückkäme.

Aber es sollte nicht sein. Eines Morgens ging ich zum Gemüsemarkt, wohin Frau Blithildis mich geschickt hatte, den Korb am Arm. Ich hatte das Gefühl, dass jemand mir folgte, und drehte mich mehrmals um. Auf dem Heimweg stand plötzlich eine hohe Gestalt im Habit vor mir. Es war Pater Nikolaus. Mein Herz begann, wie rasend zu klopfen, noch ehe sich sein Blick in meine Augen bohrte. Er sagte nur mit strenger Stimme, er sei jetzt Pfarrer in St. Columba, und ging dann weiter, ohne mich noch eines Blickes zu würdigen. Ich stand wie erstarrt und wünschte, ich hätte ihn nie im Leben wiedergesehen.

Einige Tage konnte ich mich zurückhalten, dann ging ich nach St. Columba, und nun ist es wieder wie im Kloster.‹

Damit wandte sich Liveradis um und ging weiter.

Ich lief verzweifelt hinter ihr her.

›Was soll denn jetzt werden?‹, flüsterte ich.

Sie drehte sich noch einmal um und nahm mich heftig in die Arme. ›Verzeih mir, Mutter, und behalte mich lieb‹, sagte sie noch und eilte dann davon.

Ich sah ihr mit schmerzendem Herzen nach. Alles, alles hätte ich für sie getan, damit sie glücklich und unbeschwert leben konnte. Aber was sollte ich tun, was, was?

Dann hörte ich, dass deine Heimkehr angekündigt war. Früh am Morgen des Tages, an dem du erwartet wurdest, fuhr Liveradis über den Rhein nach St. Heribert und kehrte nicht mehr lebend zurück.«

Eckebrecht legte seine Hand auf die Schulter der gebrochenen Frau. Noch lange saßen sie schweigend nebeneinander und hingen ihren Gedanken nach.

In ihm tobten widerstreitende Gefühle. Er war gekränkt, weil er sich von Herimann und Durechin belogen und ausgenützt fühlte. Aber er hatte auch tiefes Mitleid mit ihnen, weil sie ihr einziges Kind verloren hatten.

Er fühlte wilden Zorn auf Pater Nikolaus, der ein Mädchen, das noch fast ein Kind war, missbraucht und geschändet und ihm jede Möglichkeit genommen hatte, eine fröhliche, liebende Frau zu werden.

Aber an seine Liveradis konnte er nur mit Schmerz, Trauer und Liebe denken. Sie war das Opfer gewesen, schuldlos, arglos, wehrlos. Nun war sie tot, und Nikolaus war daran schuld. Dafür sollte er büßen. Die schlimmste Strafe war noch zu milde für ihn.

Am nächsten Morgen meldeten sich Eckebrecht, Wolbero und Herimann in aller Frühe zur Audienz beim Erzbischof an. Herr Friedrich empfing sie nach langer Wartezeit, wie es seine Gewohnheit war. Herimann ergriff das Wort.

»Es handelt sich um Nikolaus, den Pfarrer von St. Columba«, begann er. Sofort fiel Herr Friedrich ihm ins Wort.

»Den Pfarrer von St. Columba habe ich heute nach Italien geschickt, wo er in den nächsten Jahren in einem Kloster für mich wichtige Bücher abschreiben wird«, bemerkte er.

Die drei Männer blickten sich an. Eckebrecht wollte gerade zu einer heftigen Antwort ansetzen, als Herr Friedrich mit strengem Blick die Hand hob. »Ihr seid in Gnaden entlassen, geht jetzt.«

Und eilig verließ er den Raum, ohne ihnen Gelegenheit zu weiteren Worten zu geben.

Sie gingen, was blieb ihnen auch anderes übrig? Sie erfuhren nie, dass Herr Nikolaus bei seinem Oberhirten seine Sünden gebeichtet hatte und von diesem teils zur Strafe, teils um ihn der Rache von Liveradis' Angehörigen zu entziehen, in die Verbannung geschickt worden war.

Der weitblickende Herr Friedrich sah Gewalttaten voraus, die ihn seinen Vogt und einen der wichtigsten Angehörigen der Bürgerschaft sowie dessen Sohn kosten konnten, und hatte dem einen Riegel vorgeschoben.

Er beschloss, Pfarrer Nikolaus nicht wieder nach Köln zurückzubefehlen.

Zweites Buch

1113 bis 1150

An diesem Aprilmorgen im Jahr 1113 standen die Menschen in der Domkirche so gedrängt, dass ein paar Frauen in Ohnmacht fielen. Sie konnten wegen der außerordentlichen Enge aber nicht an die frische Luft getragen werden, sondern mussten von ihren Nachbarn gestützt werden und stehen bleiben. Auch der Platz vor dem Dom war überfüllt. Weit standen die Kirchenportale offen, damit man draußen hören konnte, was drinnen verhandelt wurde. Erzbischof Friedrich hielt eine Synode ab, die über die Ketzer Tanchelm, Manasse und Everwalchus richten sollte.

Die drei Männer, die sich hier zu rechtfertigen hatten, waren aus dem Utrechter Raum nach Köln gekommen und hatten hier gepredigt. Über Sittenreinheit hatten sie gesprochen, über Armut und ein gottgefälliges Leben. Das Schlimme daran war, dass sie vor allem der Geistlichkeit vorwarfen, gegen diese Grundsätze zu verstoßen. Auch hatten sie die zu verwerfende Überzeugung bekundet, sie seien berufen, der Kirche zu sagen, was der Wille Gottes sei, wo doch jedem klar denkenden Menschen bewusst war, dass nur die Kirche das Recht zur Belehrung hatte und von niemandem Lehren annehmen würde, wollte, dürfte oder gar müsste.

Da Tanchelm und seine beiden Anhänger ihre ketzerischen Behauptungen schon in Utrecht verkündigt hatten, war die dortige Kirche auf sie aufmerksam geworden und hatte einen Boten an den Kölner Erzbischof geschickt mit der Bitte, er möge die Ketzer festnehmen lassen. Friedrich ließ sie daraufhin in Köln verhaften. Die Utrechter Geistlichkeit dankte ihm dafür sehr und schrieb ihm, er möge sie nur nicht entschlüpfen lassen und recht hart für ihre Anmaßung bestrafen.

Friedrich hatte alle seine Suffraganbischöfe geladen sowie die Äbte und andere höhere Geistliche. Deren Sitzplätze nahmen etwa zwei Drittel der Domkirche ein, die Kölner Bürger und weitere Neugierige mussten sich daher auf wenig Platz drängeln. Nun wurden sie noch beiseite gestoßen, weil Herr Friedrich als Letzter die Kirche mit seinem üblichen Gepränge betrat.

In einem feierlichen Hochamt dankte der Erzbischof zunächst einmal Gott dafür, dass er so gefährliche Leute in seine Gewalt hatte fallen lassen, damit diese ihr schändliches Treiben nicht weiter fortsetzen konnten. Gebete und Predigt hatte er so gewählt, dass allen klar war: Hier würde mit aller Härte gegen Abtrünnige vorgegangen werden.

Unter den zahlreichen Zuhörern befand sich eine Familie, deren Angehörige alle nicht freiwillig hier waren.

Der Ratsherr Wolbero zählte nun über siebzig Jahre und hatte sich beim Erzbischof mit der Begründung entschuldigt, er wisse Besseres mit seinen noch verbliebenen Kräften anzufangen, als stundenlang in drangvoller Enge zu stehen. Erzbischof Friedrich hatte ihm mitgeteilt, dass er gerade auf die Anwesenheit der Führer des Rats besonderen Wert lege. Er hatte eigens für Wolbero eine kleine Bank aufstellen lassen und drei Lanzenträger postiert, die ihm und den Seinen etwas Luft in der Menge verschafften, und so saß Wolbero nun hier.

Neben ihm saß Frau Blithildis, noch immer kraftvoll und hübsch, das früher so herrliche Haar aber inzwischen mit Grau durchsetzt. Auch sie war nicht gern gekommen, denn von jeher hatte sie, anders als viele andere, eine starke Abneigung gegen gierig gaffende Menschenmengen, die auf ein grausames Todesurteil lauerten. Ihr mitfühlendes Herz konnte nicht einsehen, was die Ketzer verbrochen haben sollten. Selbst bei wirklichen Verbrechern meinte Frau Blithildis, dass ein rascher Tod durch das Beil Strafe genug auch für die schlimmste Tat sei, und sie verabscheute quälende Todesarten. Da aber ihr Wolbero hier anwesend zu sein hatte, wollte sie an seiner Seite sein.

Hinter ihnen stand ihr Sohn Eckebrecht. Er besuchte aus kluger Überlegung keine Zusammenkünfte, die sich mit Glaubensabweichlern beschäftigten. Er war angesehen und beliebt unter seinesgleichen und seit dem vergangenen Jahr in den Rat gewählt. Dies hatte er durchaus nicht nur dem hohen Ansehen und dem Reichtum seines Vaters zu verdanken, sondern er galt als ein besonders kluger, weitblickender und geschickter Mann, und seine Meinung zählte.

Dennoch blieb er sich bewusst, dass er nicht immer zu diesem engen Kreis von Honoratioren gehört hatte. Die Juden, obwohl ebenso gewandte und lebenserfahrene Kaufleute wie die Christen, blieben von der Selbstverwaltung der Stadt ausgeschlossen. Eckebrecht bedachte stets, dass in der überhitzten Stimmung gegen Ketzer jemand sich erinnern könnte, dass er nicht immer Christ gewesen war, und dann mochte er durchaus in eine unangenehme Lage geraten. Hier jedoch hatte er sich nicht ausschließen können, denn der Erzbischof hatte unmissverständlich nicht nur die Anwesenheit Wolberos, sondern auch seines Sohnes gewünscht.

Während der Erzbischof predigte, wechselten Wolbero und Eckebrecht bedeutungsvolle Blicke.

»Ich denke, Herrn Friedrich sind die Ketzer recht gleichgültig«, hatte Wolbero am Abend zuvor noch zu Eckebrecht gesagt. »Aber er will wieder einmal seine Macht beweisen. Gerade uns Bürgern will er mit diesem Prozess zeigen, wer der Herr in der Stadt ist, weil unser wachsendes Selbstbewusstsein ihm nicht passt.«

»Er zählt sich zu den wichtigsten Männern im Reich, und das wohl zurecht«, hatte Eckebrecht bedächtig geantwortet. »Als er mit dem Papst über die Kaiserkrönung verhandelt oder als er die kleine englische Prinzessin als Heinrichs Braut gekrönt hat, richteten sich aller Augen auf ihn. Ich kann mir gut vorstellen, dass er glaubt, wir dürften uns ihm nicht anders als in Demut nähern.«

»Ich würde mich wundern, wenn Herr Friedrich nicht längst herausgefunden hätte, dass wir im Bürgerhaus unsere Verschwörung für die Freiheit und auch noch geheime Bündnisse mit den niederrheinischen Fürsten geschlossen haben, und das alles unter Umgehung unseres Oberhirten. Zu viele im Rat wissen davon, es ist sicher etwas durchgesickert. Du wirst sehen, Eckebrecht: In den nächsten Jahrzehnten wird es ein ständiges Tauziehen zwischen dem Erzbischof und uns geben.«

»Er fühlt sich stark – wenn er sich nicht gerade daran erinnert, dass die Kölner mitangesehen haben, wie Kaiser Heinrichs Soldaten ihn damals vom Nachtstuhl geholt haben«, hatte Eckebrecht noch boshaft bemerkt.

Noch jemand stand hier als Mitglied von Wolberos Familie im Dom: Die kleine, rundliche, heitere Sophia war seit drei Jahren Eckebrechts Ehefrau.

Auch sie hatte sehr gezögert, ob sie sich dieses Spektakel ansehen sollte. Sophia wollte zwar für ihr Leben gern dabei sein, denn sie neigte sehr zur Neugier und wünschte sich brennend, all die hohen Herren zu sehen, die sich im Dom zum Konzil versammelt hatten, auch wenn sie dafür stundenlang stehen musste. Aber sie hätte nie etwas getan, was ihr Mann ungern sehen würde, und sie wusste genau, wie er über das Konzil dachte. Sie hatte es daher zunächst abgelehnt, mit in den Dom zu kommen. Eckebrecht, der ahnte, was dieser Verzicht sie kostete, hatte jedoch ihr Mitkommen befohlen, und so brauchte sie kein schlechtes Gewissen zu haben.

Auch diese zweite Ehe Eckebrechts mit der Tochter des Ministerialen Gunther von Dottindorp hatte Wolbero in die Wege geleitet, nachdem sein Sohn keinerlei Anstalten gemacht hatte, sich wieder zu verheiraten.

Eckebrecht war nach Liveradis' Tod eine Weile wie betäubt gewesen. Die ständigen Reisen, die er zu unternehmen hatte, waren ihm gerade recht gewesen, um seinen bedrückenden Erinnerungen zu entgehen. Aber dann hatte er doch Freude daran gefunden, heimzukehren zu seinem kleinen Sohn, den Blithildis auf das sorgfältigste betreute und erzog, zu seinem Vater, der ihn nicht mehr auf den Handelsfahrten begleitete, sondern sich den Geschäften zu Hause und den Angelegenheiten der Bürgerschaft widmete, und zu Blithildis, an der er nach wie vor in zärtlicher Liebe hing.

Von einer erneuten Ehe hatte er durchaus nichts wissen wollen. Zu sehr hatte ihn die Ablehnung seiner Frau getroffen und verletzt. Nur selten und immer nur auf Handelsreisen, weit von der Heimat entfernt, hatte er gelegentlich der Natur Tribut gezollt und sich mit schlechtem Gewissen einer Hübschlerin genähert, die er für ihre Gunst bezahlte. Dabei hatte er sorgfältig darauf geachtet, dass keiner der mitreisenden Knechte etwas davon merkte. Hinterher hatte er sich jedes Mal erbärmlich gefühlt, und die bange Vermutung quälte ihn, dass keine Frau ihn um seiner selbst lieben würde.

Dann war Sophia gekommen. Sie hatte Eckebrecht vor vier Jahren bei einem Gildefest gesehen und sich sehr in ihn verliebt. Von da an hatte sie ihrem Vater ständig in den Ohren gelegen, sie wolle diesen jungen Kaufmann oder keinen.

Gunther hatte eine Weile gezögert, denn er hatte für seine Tochter bereits einen jungen Gefolgsmann des Erzbischofs in Betracht gezogen. Doch dann bedachte er, dass Eckebrecht als Erbe eines bedeutenden Patriziers und ehemaliger Schwiegersohn von Gunthers engem Freund Herimann durchaus ein wünschenswerter Mann für seine Tochter wäre. Außerdem war er sehr reich, und Gunther hatte außer der sonst so fröhlichen kleinen Sophia, die ihm zur Zeit allerdings die Ohren voll weinte, noch vier weitere Töchter zu verheiraten.

So hatte er ihren tränenreichen Bitten nachgegeben und sich bereit erklärt, in der Familie Wolberos anzufragen, und sofort hatte sie sich wieder in seine kleine Lachtaube verwandelt. Bei Wolbero hatte Gunther dann ein offenes Ohr für sein Angebot gefunden.

Wolberos behutsamen Vorschlag einer zweiten Ehe hatte Eckebrecht zunächst rundweg abgelehnt. Auf die kleine, rundliche Sophia hatte er bei dem Gildefest so wenig geachtet, dass er sich kaum ihres Gesichts entsann. Aber Wolbero hatte auf feinfühlige Weise die Angelegenheit bei passender Gelegenheit wieder zur Sprache gebracht, und auch Blithildis hatte sich eingemischt.

»Mein lieber Eckebrecht, ich möchte wirklich nicht, dass aus dir ein vertrockneter, griesgrämiger Hagestolz wird. Die junge Sophia von Dottindorp ist ein sehr liebes Mädchen, und ihre Familie ist hoch angesehen. Du solltest sie wenigstens einmal anschauen«, hatte sie in ihrer freimütigen Art gesagt.

»Ich bin für die Ehe nicht geeignet«, hatte Eckebrecht abgewehrt. Aber da war er bei seiner Mutter schlecht angekommen.

»Unsinn, bis jetzt hast du, wenn ich es richtig bemerkt habe, von der Ehe noch so gut wie gar nichts mitbekommen.«

Eckebrecht war rot vor Verlegenheit geworden und hatte versucht abzulenken.

»Wie ich dich kenne, ist sie sicher eine deiner zahllosen Verwandten?«

Blithildis hatte nachgedacht und dann ernsthaft geantwortet: »Ihre Mutter ist eine entfernte Base von mir. Ist etwas Schlimmes daran, mit mir verwandt zu sein?«

Eckebrecht hatte sich geschämt, weil er so undankbar gegen Blithildis war.

»Nein, Mutter, bitte verzeih. Jeder weiß, dass du mit allen wichtigen Familien in Köln verwandt und versippt bist.«

Blithildis hatte aber noch nicht nachgegeben und einen Grund vorgebracht, der ihr sehr am Herzen lag.

»Und außerdem braucht dein kleiner Junge langsam eine Mutter. Immer ist er nur mit uns alten Leuten zusammen, denn du bist ja so oft fort. Frag ihn doch, ob er sich eine Mutter wünscht?«

Eckebrecht war durch die vereinten Angriffe mürbe geworden und hatte mürrisch zugestimmt, der Familie von Dottindorp seine Aufwartung zu machen.

Aber nachdem er einige Besuche im Kölner Haus des Herrn Gunther und auch einen auf dessen schön gelegenem Landgut vor den Toren Kölns gemacht hatte, gefiel ihm das junge, quirlige Geschöpf immer besser. Sie hatte schönes blondes Haar wie Liveradis, etwas dunkler vielleicht. Zum Glück war das die einzige Gemeinsamkeit. Ihre Augen leuchteten blau, groß und rund aus ihrem Kindergesicht, und sie lachte fast von früh bis spät.

Sie war die zweite Tochter ihrer Eltern und das Ebenbild ihrer Mutter Liutgard, deren Bruder der erzbischöfliche Kämmerer Frowin von Bachem war. Diese hervorragenden verwandtschaftlichen Beziehungen fielen durchaus ins Gewicht, aber viel wichtiger war Eckebrecht der sehnsüchtige Blick, mit dem Sophia ihn ansah, ihre Heiterkeit und ihre offenkundige Freude an seiner Gesellschaft. Sie erwärmte sein Herz, und er begann Gefühle für sie zu empfinden, an deren Vorhandensein er gar nicht mehr geglaubt hatte.

Er begriff, dass das Schicksal ihm noch einmal hold war. Er dachte darüber nach, was die kleine Sophia wohl am meisten freuen würde, und malte sich aus, wie er bei seinem nächsten Besuch auf dem Lande, wo ihre Familie sich derzeit aufhielt, sie in den Garten führen wollte unter den Kirschbaum, der jetzt in Blüte stehen mochte. Dann wollte er ihr tief in die Augen sehen, auf höfische Art auf ein Knie niederfallen und sie um ihre Hand bitten. Darüber müsste sich doch ein Jungmädchenherz freuen.

Zu diesem schönen und ergreifenden Augenblick war es aber nicht gekommen, denn schon als er Sophia in Gegenwart ihrer Eltern und ihrer Schwestern bat, sie möge doch einen Spaziergang in den Garten mit ihm machen, hüpfte sie hoch vor Freude und rief mit fröhlicher Stimme: »Wirst du mir jetzt endlich sagen, dass du mein Mann werden willst?«

Alle Anwesenden waren in lautes Gelächter ausgebrochen und Eckebrecht ohne Umstände von den künftigen Schwiegereltern umarmt und von dem jungen Mädchen abgeküsst worden, dass ihm ganz schwindlig wurde.

Sophia nahm seine Hand und bemerkte: »Im Mai würde ich besonders gern heiraten, dann kann ich einen Kranz von Vergissmeinnicht tragen, und es dauert auch nicht mehr so lange. Jetzt kannst du auch einmal die Braut küssen und nicht nur ihre Schwestern!« Und er hatte es getan. Erst auf dem Heimweg war ihm klar geworden, dass er gar nicht dazugekommen war, seinen Heiratsantrag vorzubringen.

Vor drei Jahren im Mai war die Hochzeit gewesen, und der kleine Fordolf war Blumen streuend vor dem Brautpaar hergegangen. Seine blonden Locken fielen lang über seinen Rücken, und er strahlte vor Freude über seine neuen Gewänder, die er zur Hochzeit erhalten hatte: Hosen mit einem gelben und einem roten Bein, einen weißen Kittel, ein Hütchen mit einer Feder und einen kleinen Umhang.

Alle diese schönen Dinge hatte ihm Blithildis genäht, die mit inniger Freude ihren kleinen Liebling betrachtete und ihn schön wie einen jungen Prinzen fand. Fordolf hatte keine Erinnerungen an Liveradis, bei deren Tod er noch kein Jahr alt gewesen war, und freute sich, dass er nun eine Mutter bekommen sollte wie andere Kinder auch. Es stellte sich indessen heraus, dass sie eher eine Spielkameradin war, die mit ihm herumtollte, den Stall unsicher machte und sich allerlei Streiche ausdachte, die sie dann ihrem Gatten mit strahlendem Gesicht berichtete.

Die Hochzeit von Eckebrecht und Sophia erregte Aufsehen in Köln. Schon zum zweiten Mal hatte der junge Mann eine höchst vorteilhafte Eheschließung erreicht. Im Bürgerhaus sprach man einige Tage über nichts anderes. Wie meistens, so gönnte auch dieses Mal die Mehrzahl der Bürger dem jungen Mann nach dem traurigen Ende seiner ersten Ehe das neue Glück von Herzen. Einige gab es allerdings, die meinten, das Schicksal meine es allzu gut mit ihm.

Die Hochzeitsnacht mit Sophia war von der mit Liveradis sehr verschieden. Mit solcher Freude warf sich Sophia in seine Arme und flüsterte ihm ins Ohr, wie glücklich sie sei, seine Frau zu sein, dass er nun die Wunden vergaß, die Liveradis ihm zugefügt hatte.

Mittlerweile hatte der Erzbischof seine lange Predigt beendet, und die Vernehmung der Ketzer folgte. Die Bürger reckten neugierig die Hälse, begierig, jedes einzelne Wort zu hören.

Der erzbischöfliche Geheimschreiber begann mit lauter Stimme, die Fragen von einem Blatt abzulesen. Dies tat er natürlich, wie es einem gebildeten Mann der Kirche geziemt, in lateinischer Sprache. Die Angeklagten verstanden ihn darum nicht besonders gut, denn sie beherrschten das Lateinische nur, soweit es im Gottesdienst täglich gebraucht wurde. Erst recht vermochten sie nicht, fließend in der fremden Sprache zu reden. Über ihre mühsam gestotterten Satzfetzen ging der Geheimschreiber hinweg.

Dies dauerte Stunden, und die Bürger in der Kirche sowie die Angeklagten, die alle stehen mussten, wurden sehr müde, denn sie konnten den einzelnen Punkten kaum folgen.

So war es fast eine Erleichterung, als der Geheimschreiber schwieg, sich zu dem Erzbischof begab und leise mit ihm flüsterte. Er erhielt dort offenbar Anweisungen, kehrte auf seinen Platz zurück und verkündete mit lauter Stimme das Urteil: »Keiner der Angeklagten hat auch nur einen einzigen Anklagepunkt widerlegen können. Obwohl es die heilige Kirche selbstverständlich keineswegs nach Blut dürstet, ist der Erzbischof zu seinem Bedauern daher gezwungen, alle diese Ketzer zum Tode zu verurteilen. Da die Kirche milde und sanftmütig ist, soll den Angeklagten gestattet werden, sich von der verdienten Todesstrafe zu befreien, falls sie sich erstens durch ein Gottesurteil reinigen können und zweitens ihrer falschen Überzeugung abschwören wollen. Wer dies nicht kann oder will, wird am folgenden Tag auf dem Richtplatz bei Bonn öffentlich verbrannt.«

Manasse war offenbar der furchtsamste der drei Ketzer. Er verfolgte die Erläuterungen des erzbischöflichen Geheimschreibers mit wachsendem Entsetzen. Dann wagte er es, trotz der ablehnenden und geringschätzigen Blicke seiner Leidensgenossen, nach dem Gottesurteil zu fragen, das die Rettung bedeuten würde.

Der Geheimschreiber ließ wieder einen Schwall lateinischer Worte los, die der Unglückliche in seiner Ermüdung nicht aufnehmen und verstehen konnte. Ein Mönch, der dem Geheimschreiber als Gehilfe diente, erklärte Manasse daher: »Du würdest der Wasserprobe unterzogen. Hände und Füße werden dir mit einem Strick zusammengeschnürt, und du wirst in den Rhein geworfen. Gehst du unter wie jeder andere fromme Christenmensch, so bist du unschuldig. Schwimmst du oben, so bist du schuldig und musst verbrannt werden.«

Manasse dachte einen Augenblick nach und schrie dann voller Entsetzen: »Ich kann doch gar nicht über Wasser bleiben, wenn meine Hände und Füße zusammengeschnürt sind! Und außerdem kann ich gar nicht schwimmen! Ich würde doch ertrinken!«

»Ja, das kann durchaus geschehen. Aber deine Seele wäre vor dem ewigen Feuer gerettet«, sagte der Mönch gelangweilt. Da fing Manasse mit verzerrtem Gesicht an zu lachen, und er lachte noch immer, als die drei Männer von den Soldaten des Erzbischofs hinausgetrieben wurden.

Die Gefangenen fanden am folgenden Tag ihren Tod im lohenden Feuer.

Noch zu Beginn des Jahres 1114 schien der Kaiser auf dem Höhepunkt seiner Macht gewesen zu sein. Er hatte im Januar die elfjährige Prinzessin Mathilde von England geheiratet, mit der er bereits seit vier Jahren verlobt war. Heinrich war damit zum Schwiegersohn eines der mächtigsten Herrscher in Europa geworden. Bei der Hochzeit in Mainz war ein glänzendes Fest gefeiert und die Macht des Kaisers eindringlich dargestellt worden.

Eckebrecht war zu diesem Ereignis nach Mainz gereist. Wolbero machte keine so weiten Fahrten mehr, die Bürde des Alters begann, ihn zu drücken. Blithildis, noch immer frisch und munter, hatte nicht mitgewollt.

»Ich habe in meinem Leben schon genügend hohe Herrschaften gesehen. Außerdem muss man bei diesen Festen immer stundenlang stehen, und das ermüdet mich allmählich. Aber du, mein liebes Kind«, hatte sie zu Sophia gesagt, »du solltest dir das nicht entgehen lassen, du fährst mit nach Mainz.«

Nichts konnte ihrer Schwiegertochter mehr Freude machen. Ihr machte stundenlanges Stehen nichts aus, denn sie liebte es, eingehend die kostbaren Gewänder von Königen, Herzögen und Grafen und ihren Frauen zu betrachten.

Außerdem wusste man nie vorher, welche ungeheuer aufregenden Dinge bei einem so großen Hoffest geschehen konnten. Zu dieser Hochzeit war zum Beispiel der mächtige Herzog Lothar von Sachsen, der zur Zeit beim Kaiser in Ungnade war, als barfüßiger Bettler gekommen und hatte sich dem Kaiser zu Füßen geworfen. Noch ehe Kaiser Heinrich diesen aufgehoben hatte, war es Sophia schwarz vor Augen geworden, und sie war in Ohnmacht gefallen, sehr zum Schrecken ihres Mannes.

Wenige Wochen später wurde dann klar, dass es nicht die Rührung über die Versöhnung gewesen war, die Sophia so zugesetzt hatte, sondern der erfreuliche Umstand, dass sie ein Kind erwartete.

Zu seinem Zorn musste Kaiser Heinrich erfahren, dass sich auch sein langjähriger Vertrauter Erzbischof Friedrich von Köln gegen ihn gewendet hatte. Er hatte sich im Geheimen mit Herzog Lothar und mit dem gefangenen Erzbischof Adalbert von Mainz verständigt. Friedrich hatte die Kölner Bürger wissen lassen, dass ihre Verschwörung ihm bekannt geworden war und dass er an ihre Spitze zu treten gedenke.

Mit dieser Kehrtwendung hatten weder der Kaiser noch die Kölner Bürger gerechnet. Letztere hielten es für klüger, nicht lange ihrem Erstaunen Ausdruck zu geben, sondern schleunigst mit ihrem Stadtherrn gemeinsame Sache zu machen.

Wütend war der Kaiser nach Köln gezogen und lag eben nun vor Deutz. Da er die starken Befestigungen schon zweimal nicht überwunden hatte, kämpfte er jetzt mit den Kölnern nur außerhalb von deren Mauern.

»Jedes Mal, wenn wir ein Kind erwarten, muss der Kaiser unsere Stadt belagern«, murrte Eckebrecht und legte seinen Arm um seine Frau.

Sophia brach in Tränen aus.

»Ich sehe gar nicht ein, warum gerade du gegen den Kaiser kämpfen musst. Bist du etwa ein Ritter?«

»Sehe ich wie einer aus?«

»Wenn ich es mir recht überlege, eigentlich schon.« Sophia strich mit der Hand über seinen festen Waffenrock aus Leder mit aufgenähten Metallplättchen.

»Nun, ich bin kein Ritter, und aus mir wird auch keiner. Aber die Bürgersöhne sind nun einmal verpflichtet, ihre Stadt zu verteidigen.«

»Aber du willst ja gar nicht deine Stadt verteidigen, sondern Deutz. Das gehört nicht zu Köln.«

Eckebrecht seufzte ein wenig. »Nein, mein Herz. Allerdings ist es mir lieber, wenn der Kaiser Deutz angreift, als wenn er es wieder an unseren Stadtmauern versucht. Ich bin froh, wenn du hier in Sicherheit bist.«

»Aber …«

Eckebrecht verhinderte weitere Klagen und Widerreden, indem er ihr mit einem innigen Kuss den Mund verschloss.

»Ich verstehe deine Ängste sehr gut, ganz besonders jetzt.« Und er streichelte zärtlich über ihren hochgewölbten Leib. »Du kannst mir glauben, ich wäre sehr gern bei dir, um dir in deiner schweren Stunde beizustehen. Aber ich kann es nun einmal nicht ändern, noch heute muss ich los.«

Eckebrecht ließ also seine Frau in der Obhut der Eltern zurück und begab sich zu den städtischen Truppen. Erzbischof Friedrich, der sich niemals im Leben selbst an die Spitze eines Heeres gesetzt hätte, war so klug, einen sehr kriegserfahrenen und tüchtigen Hauptmann für die Kölner anzuwerben, der natürlich nicht aus seiner Schatulle, sondern von den Bürgern bezahlt wurde.

Unter seiner Leitung und mit mutigem Einsatz errangen die Kölner nach wechselndem Kriegsglück die Oberhand. Es kam zur entscheidenden Schlacht am 14. Oktober 1114 bei Andernach. Dabei fiel auf Kölner Seite einer ihrer Führer, der Graf von Kessel. Eckebrecht, der neben einigen Schrammen in den Kämpfen auch einen Stich in die Schulter davongetragen hatte, gehörte zu dem Geleit, das die Leiche des Grafen per Schiff nach Köln brachte, wo er feierlich neben dem Dom beigesetzt werden sollte.

Erzbischof Friedrich musste nun zu seinem Leidwesen feststellen, dass der Kaiser Abtrünnigen gegenüber nicht völlig hilflos war. Heinrich verteilte die westfälischen Besitzungen der Kölner Kirche unter seine Anhänger und nahm damit Friedrich einen erheblichen Teil seiner Macht und seiner Einkünfte, was diesen heftig schmerzte.

Indessen freute sich Eckebrecht, dass der Kriegszug für ihn mit erträglichem Schaden beendet war. Er konnte es kaum erwarten, den gräflichen Leichnam vor dem Hochaltar den Geistlichen zu übergeben, weil ihn übergroße Sehnsucht zu seiner Sophia trieb.

So schnell er konnte, machte er sich auf den Heimweg in sein Elternhaus. Dort fand Eckebrecht seine Frau in der warmen Küche sitzend, einen Säugling wiegend.

Bei seinem Anblick stieß sie einen Schrei aus, rannte auf ihn zu und schloss ihn heftig in die Arme. Erschreckt fing das Kind zu weinen an, und auch Eckebrecht stöhnte auf, als sie seine verletzte Schulter berührte. Darüber musste nun die junge Frau weinen, und Eckebrecht fing an zu lachen, und endlich lachten sie alle zusammen.

»Es ist ein Knabe«, sagte Sophia stolz. »Er ist gesund und kräftig. Ich habe ihn nach meinem Vater Gunther taufen lassen.«

Eckebrecht nahm voller Freude seinen Sohn in die Arme, den er während der ersten Monate seines Lebens nicht gesehen hatte. Als das Kind ihn anschaute, entdeckte Eckebrecht, dass es die schwarzen Augen seiner Großmutter Rachel geerbt hatte.

Erzbischof Friedrich verabscheute Kriegseinsätze. Sie waren ihm nicht nur persönlich zuwider, sondern kosteten auch viel Geld, und ihr Ergebnis war oft zufällig.

Weitaus günstiger erschien es ihm, die Verbindungen der Kirche ins Spiel zu bringen. Zwar kostete auch das; so hatte Friedrich zum Beispiel in den vergangenen Monaten erhebliche Mittel nach Rom fließen lassen, um den Papst und diesem nahe stehende Berater von der Notwendigkeit kirchlicher Maßnahmen gegen den Kaiser zu überzeugen. Aber die Kosten blieben weit unter allfälligen Kriegskosten zurück, und Schäden durch Verwüstungen waren auch nicht zu beklagen. Zudem war die Wirkung leichter zu berechnen.

So kam es, dass der päpstliche Legat Cuno von Praeneste feierlich in Köln einzog. In der Gereonskirche verkündete er am 19. April 1115 erneut den Bann gegen Kaiser Heinrich.

Im gleichen Jahr holte Friedrich zu einem weiteren Schlag aus. Zu Weihnachten 1115 fand in Köln eine große Fürstenversammlung statt, an der Erzbischof Adalbert von Mainz, vierzehn Bischöfe, der mächtige Herzog Lothar von Sachsen und viele weitere Fürsten teilnahmen.

Nur die Führungsspitze der Kölner Bürgerschaft, nämlich Wolbero, Vogelo und Marcmann, hatte Zutritt zu der Zusammenkunft der Fürsten am Weihnachtstag. Sie eilten darum gleich anschließend ins Bürgerhaus, wo ihre Ratskollegen sie schon ungeduldig erwarteten.

Diese hatten offenbar den Ratshumpen mit gewärmtem Würzwein schon mehr als einmal kreisen lassen, um sich die Zeit zu vertreiben. Dabei hatten sie mit der Beimischung von Wasser offenbar gespart, denn viele der Gesichter wiesen schon eine eindeutige Rötung auf, sie riefen lauter durcheinander als sonst und waren auch in der Wahl der Worte nicht besonders vorsichtig.

»Los, Wolbero, lass uns endlich hören, was die geistlichen Herren sich wieder ausgedacht haben!«

»Nun wartet doch einen Augenblick!« Eckebrecht eilte an die Seite seines Vaters, schob ihm zunächst einmal einen Stuhl hin, kniete nieder und zog Wolbero die schneeverkrusteten Stiefel von den Füßen, dann versorgte er ihn mit einem heißen Trunk.

»Ihr hättet es sehen sollen«, begann Wolbero mit Behagen. »Zwei Kirchenfürsten, die einander spinnefeind sind. Herr Friedrich hätte es sich ja denken können, dass Adalbert von Mainz ein Mann ist, der seinen Kopf durchsetzen kann. Drei Jahre hat der Kaiser ihn gefangen gehalten, und kaum ist er frei, reiht er sich sofort bei den Gegnern des Kaisers ein und beansprucht dort den führenden Rang. Verständlich, dass dies unserem Herrn Erzbischof sehr missfällt, denn solange Adalbert eingesperrt war, hat Friedrich sich daran gewöhnt, als vornehmster und einflussreichster der Kirchenfürsten des Reichs aufzutreten.«

»Darum hat Herr Friedrich ja auch dafür gesorgt, dass der Kardinallegat Köln als Versammlungsort für die Fürsten gewählt hat«, warf Vogelo ein.

»Genau, denn hier ist unser Erzbischof der Hausherr. Aber Herr Adalbert beharrt darauf, dass das Erzbistum Mainz das älteste und vornehmste sei und ihm daher der Vorrang gebühre. Und so trat er heute vor die Fürstenversammlung und sprach den Kirchenbann gegen den Kaiser aus; eigentlich ein unerhörter Vorgang. Aber wir kamen gar nicht dazu, uns darüber zu entsetzen, denn kaum hatte Adalbert zu sprechen begonnen, trat unser Herr Friedrich flugs an seine Seite und fiel dem Mainzer ins Wort, sodass sie den Bannfluch gewissermaßen im Wechselgesang sprachen. Ihr hättet sehen sollen, wie zornig der Mainzer den Kölner Erzbischof anschaute! Aber dieser ließ sich davon gar nicht beeindrucken.«

Die Ratsherren lachten, als sie sich das vorstellten.

»Er lässt sich nie in die zweite Reihe schieben, unser Herr Erzbischof«, meinte Wolbero. »Wenn ich bedenke, dass er unserem Herrscher tatkräftig geholfen hat, als er den Papst zwang, ihn zum Kaiser zu krönen, finde ich es doch ganz schön mutig, dass er sich jetzt als Anführer der kaiserlichen Gegner aufspielt. Er tut so, als habe dies sein Mitverschulden an der ungehörigen Behandlung des Papstes vollkommen ausgelöscht. Und es ist nur noch Empörung über den Kaiser angezeigt.«

»Der Papst braucht unseren Erzbischof eben«, bemerkte Vogelo.

»Aber was ist mit den Reichsfürsten?«, fragte Bruno, einer der ältesten Ratsherren.

»Sie sagten sich alle feierlich vom Kaiser los, solange dieser unter dem Kirchenbann stand.«

Bruno erhob sich mühsam und humpelte ans Feuer.

»Ich sehe, liebe Ratsgenossen, dass ihr nicht allzu sehr erschüttert seid. Als ich noch jung war, wären wir jetzt in großer Angst gewesen, der Kirchenbann unseres Herrschers schien damals auch unser eigenes Seelenheil zu bedrohen. Heute sind wir langsam daran gewöhnt, dass der Kaiser in der Ungnade der Kirche ist. Seit einem Menschenalter sind sie immer wieder im Bann gewesen, zuerst unser guter Kaiser Heinrich IV. und dann sein Sohn, Kaiser Heinrich V.

Das Leben von uns Bürgern ist dennoch ungestört weitergegangen.«

»Darf ich sprechen?«, fragte Eckebrecht höflich. Es geschah nicht häufig, dass die jüngeren der Ratsherren das Wort ergriffen.

»Was möchtest du uns sagen?«, fragte Wolbero und lächelte seinem Sohn aufmunternd zu.

»Mir scheint, wichtiger für uns ist etwas ganz anderes, nämlich, dass Herr Adalbert keineswegs durch die Gunst des Kaisers freikam, sondern weil die Mainzer Bürger seine Freilassung erzwungen haben. Ist es nicht etwas völlig Neues im Reich, dass die Bürger ihre Stimme erheben und sich gegen die althergebrachten Rechte von Kaiser, Adel und Kirche durchsetzen können?«

Die ältesten der Ratsherren dachten eine Weile darüber nach, aber keiner wusste von einem vergleichbaren Fall.

»Wir können Rückschlüsse für uns selbst daraus ziehen«, meinte Wolbero. »Die Zeit ist reif. Wir wollen nicht mehr nur der Spielball der Mächtigen sein. Die Zeiten, wo unsere Erzbischöfe mit uns so umgehen konnten wie damals Herr Anno, sind nun vorbei.«

Nur die ältesten unter den Ratsherren erinnerten sich noch an das harte Regiment des Erzbischofs Anno, der schon seit vierzig Jahren tot war.

»Ein machtgieriger Mann war Anno; ich weiß noch, wie er Heinrich IV. in seine Gewalt brachte, um mit ihm als Pfand im Reich herrschen zu können«, meldete sich Bruno zu Wort.

»War Heinrich damals nicht noch ein Kind?«, fragte der junge Ratsherr Anselm.

»Ja«, nickte Wolbero, »er war damals elf Jahre alt. Anno hatte ihn unter einem Vorwand auf sein Schiff gelockt, ließ dann plötzlich abstoßen und entführte Heinrich. Die Kaiserinwitwe Agnes, Heinrichs Mutter, stand verzweifelt am

Ufer. Der junge König sprang mutig ins Wasser, aber Anno ließ ihn wieder herausfischen und gewaltsam nach Köln schaffen. Ich weiß noch, wie verstört Heinrich bei seiner Ankunft hier war. Uns Bürgern war diese Härte dem königlichen Kind gegenüber zuwider. Damals konnten wir das dem mächtigen Anno nicht zeigen. Immerhin haben wir uns bemüht, den jungen Fürsten unsere Zuneigung und Freundschaft spüren zu lassen in den drei Jahren, die er in unseren Mauern als Gefangener weilte. Auch als Kaiser hat er uns später immer vertraut, aber Erzbischof Anno hat er nie verziehen.«

»Nein, niemals«, ergriff Bruno wieder das Wort. »Er muss ihn sehr gehasst haben. Ich war dabei, als er drei Jahre später mündig wurde. Ich sehe noch vor mir, wie seine Schwertleite begangen wurde. Kaum hat er das Schwert erhalten, drehte er sich mit verzerrtem Gesicht zu Anno um und wollte ihn durchbohren. Nur mit Mühe gelang es seiner Mutter, der sanften Kaiserin Agnes, ihn zurückzuhalten, sein junges Rittertum gleich mit einer Bluttat zu beflecken.«

»Wenn Anno sich schon dem Kaiser gegenüber so selbstherrlich und anmaßend aufführte«, fügte Wolbero hinzu, »muss man sich nicht wundern, dass er sich völlig bedenkenlos über die Rechte der Kölner Bürger hinwegsetzte. Wir bedeuteten ihm offenbar gar nichts. Ich erinnere euch an das Schiff Heriberts!«

Zornig riefen die Ratsherren durcheinander. Auch nach einem halben Jahrhundert hatten sie nicht verschmerzt, dass Erzbischof Anno geglaubt hatte, sie wie rechtlose Knechte behandeln zu können.

Im Jahr 1074 hatte Anno den Bischof Friedrich von Münster eingeladen, das Osterfest gemeinsam mit ihm in Köln zu feiern. Der Gast war zu Pferd nach Köln gekommen. Als er nach den Feiertagen abreisen wollte, hatte es tagelang stark geregnet, die Wege waren aufgeweicht und verschlammt.

Anno meinte, für seinen Gast sei unter diesen Umständen eine Schiffsreise angenehmer. Kurzerhand beschlagnahmten die Leute des Erzbischofs das Schiff des Kölner Kaufmanns Heribert, das gerade für eine Handelsfahrt beladen worden war. Sie warfen die wertvollen Waren einfach ans Ufer und bedrohten die Schiffsmannschaft, die sie daran hindern wollte.

So schnell sie konnten, eilten die Leute Heriberts zu dessen Haus und schrien, der Erzbischof lasse sie bestehlen. Dessen Sohn Gerhard griff zu den Waffen und rannte zum Schiff seines Vaters. Unterwegs schlossen sich ihm viele junge Leute und Knechte der Kaufmannsfamilien an. Sie kamen zum Hafen und vertrieben die Leute des Erzbischofs. Der Stadtvogt hatte davon erfahren und war herbeigeeilt, um Ruhe zu stiften. Da er sich nicht auf die Seite der Bürger stellte, wurde er auch gleich davongejagt.

Der Erzbischof tobte, als er davon hörte, und drohte, beim nächsten Gerichtstag sollten die jungen Leute schon sehen, wie er sie bestrafen werde. Die Bürgersöhne, die ja nur das Ihrige gegen den Raub des Erzbischofs verteidigen wollten, gerieten außer sich, dass sie nun auch noch bedroht wurden. Zahlreiche Bürger rotteten sich vor dem Palast des Erzbischofs zusammen, stürmten ihn und erschlugen einige Diener, die sich ihnen entgegenstellten.

Sie fanden aber den Erzbischof nicht, der hatte sich inzwischen in den Dom gerettet. Der Palast wurde von der aufgebrachten Menge geplündert. Dann merkten die Bürger, dass die Bischofskirche versperrt war und Anno dort Zuflucht gefunden hatte. Sie schrien, wenn er nicht bis zum nächsten Morgen herauskäme, dann wollten sie durch die Mauern brechen und Feuer legen.

In der Nacht floh Anno, als Bettler verkleidet, nach

Neuss. Am Morgen begannen die Kölner, die Domkirche zu erstürmen. Annos Diener öffneten, damit die Kirche nicht unnötig beschädigt würde, und fürchteten um ihr Leben. Doch die Bürger hatten es nur auf Anno abgesehen, den sie wegen seiner Unverschämtheit hassten.

Da dieser nun entkommen war, bereiteten die Kölner sich auf die Verteidigung der Stadt vor, die Kaufleute und Handwerker besetzten die Stadtmauern und Türme. Ein Bote ritt sein Pferd zu Schanden, um König Heinrich um Hilfe zu bitten.

Aber Anno war schneller. Schon nach drei Tagen erschien er mit zahlreichen Truppen, die er im Umland zusammengezogen hatte, vor der Stadt. Angesichts seiner erdrückenden Übermacht gaben die Bürger klein bei, schickten Abgesandte zum Erzbischof und boten ihm Buße an.

Der Erzbischof ritt mit finsterem Gesicht in seine Stadt ein. Er begab sich geradewegs zu der Kirche St. Georg, die vor kurzem fertig gestellt worden war, und feierte dort eine Messe. Dann verlangte er, die Schuldigen hätten sich zu stellen.

Diese kamen als Büßer, barfuß, nur mit Hemden bekleidet. Anno betrachtete sie schweigend eine Weile. Dann bestellte er sie für den nächsten Tag in den Dom, wo er ihnen ihre Buße verkünden wollte. Er selbst schlief in dieser Nacht vorsichtshalber nicht in der Stadt, sondern bei St. Gereon außerhalb der Stadtmauern.

In dieser Nacht flüchteten viele der Kölner Kaufleute aus der Stadt und eilten zum König nach Bayern, um seine Hilfe zu erflehen. Es sollen sechshundert Menschen gewesen sein. Die Zurückbleibenden entschlossen sich, die von Anno verhängte Buße zu verweigern.

Anno wartete drei Tage, dann schlug er zu. Feierlich exkommunizierte er die Kölner Bürger. Seine Bewaffneten brachen in die Stadt, stürmten die Häuser, plünderten und führten sich auf wie in Feindesland. Sie griffen sich eine Reihe von Leuten, die Anno vorher bezeichnet hatte. Gerhard, dem Sohn des Kaufmanns Heribert, der durch die Verteidigung seines Eigentums den Anlass zu dem Aufstand gegeben hatte, und einigen anderen wurden die Augen ausgestochen. Andere wurden gestäupt.

Über alle verhängte Anno hohe Geldbußen und zwang sie zu dem Eid, dass sie die Stadt in Zukunft für den Erzbischof gegen alle Gewalt schützen würden – das ging gegen den König – und die Geflohenen als Feinde anzusehen hätten, bis diese Buße geleistet hätten.

So kam es, dass Köln, bis dahin die zweitwichtigste Stadt nach Mainz, plötzlich verödet war. Zahlreiche Häuser standen leer, der Handel war zusammengebrochen.

Eckebrecht fing den noch immer fleißig kreisenden Humpen ab und brachte ihn zu Wolbero.

»Vater, du warst doch dabei?«

»Nein, ich war zu Ostern nicht in Köln gewesen. Ich kehrte von einer Handelsfahrt zurück am Tag nach Annos Flucht. Mir war sofort klar geworden, wie bedrohlich die Lage war, und darum riet ich in der Ratsversammlung dringend, vor dem Zorn Annos zu fliehen.

Ich ließ mein Schiff gar nicht erst entladen, sondern brachte in aller Eile meine junge Frau Adelheid, den kleinen Sohn Eckebrecht, dessen Namen du jetzt trägst, mein Hausgesinde, zwei Nachbarsfamilien sowie den größten Teil unseres Besitzes an Bord und fuhr rheinauf, um beim König Hilfe zu suchen. Wir ruderten mit allen Kräften. So rettete ich mich, noch ehe Annos Truppen die Gegend durchkämmten und den Rhein sperrten.

Der König war gerade dabei, einen Zug nach Ungarn vorzubereiten. Er hörte die Klage der Kölner zornig an. Erstens war da die Entführung, die er Anno niemals verziehen hatte.

Dann war dem König das Gerücht zugetragen worden, Anno habe den Normannen Wilhelm, der seit acht Jahren durch Eroberung König von England war, dazu überredet, den Königssitz Aachen zu überfallen. Außerdem hatte Anno im vergangenen Jahr dem Waffenaufgebot des Königs gegen die Sachsen nicht Folge geleistet. Das Maß war übervoll!

Heinrich brach seine Vorbereitungen gegen Ungarn ab und kehrte zum Rhein zurück, um gegen Köln zu ziehen. Als Anno dies erfuhr, beeilte er sich, dem König entgegenzueilen. Er traf ihn bei Andernach und schwor, die Vorwürfe seien unbegründet. Heinrich rückte dennoch nach Köln weiter, um hier Gericht über Anno zu halten.«

»Aber ich hörte doch immer von meinem Großvater, dass die Kölner gar nichts gegen Anno ausrichten konnten. Wie kam das denn, wenn ihnen sogar der König zu Hilfe kam?«, wunderte sich Anselm.

Der alte Bruno sagte: »Weil Anno einen kleinen Teil der Bürger bestochen hatte, damit sie zu seinen Gunsten aussagten, und viele durch Drohungen einschüchterte! Um auch die Widerspenstigsten daran zu hindern, ihn vor dem König zu beschuldigen, hatte er heimlich Bürger nachts festnehmen und in einen geheimen Kerker bringen lassen. Ihren Angehörigen wurde er zu verstehen gegeben: Sollten sie gegen ihren Erzbischof vor Gericht auftreten, dann würden die Gefangenen nie wieder auftauchen. Auch ließ er den Bürgern klar und deutlich mitteilen: ›Der König wird die Stadt wieder verlassen – ich aber bleibe und werde mit allen abrechnen, die es nötig haben!‹

So wunderte sich der König bei seiner Gerichtsverhandlung, dass nur ganz wenige Bürger den Mund gegen ihren Stadtherrn aufmachten. Anno veranstaltete aber gewaltigen Donner, beschwor seine Unschuld und gab zu verstehen, das Wort eines Erzbischofs wiege allemal ungleich schwerer als die Aussagen von unbedeutenden Bürgern. Wir waren in seinen Augen kaum besser als Vieh!« Brunos Greisenstimme überschlug sich vor Zorn.

»Am Morgen war meine Base, die Witwe des Ratsherrn Wecelin, bei mir aufgetaucht und hatte mich mit Tränen beschworen, vor Gericht nicht aufzutreten. Ihr einziger überlebender Sohn war nachts abgeholt worden, und sie zitterte um sein Leben. So verließ ich die Stadt, um nicht aussagen zu müssen«, fügte Wolbero hinzu.

»Wie endete die Geschichte denn?«, fragte Anselm noch.

»Der König verlangte von Anno, er solle den Kölnern verzeihen und die Gebannten wieder mit der Kirche versöhnen«, erklärte Bruno. »Ferner solle er ihm sechs seiner Ritter als Geiseln für seine Treue zum Königshaus stellen. Anno weigerte sich. Schließlich zog der König weiter nach Aachen, um es gegen den befürchteten englischen Angriff zu schützen. Er hatte sich gegen den starrsinnigen Anno nicht durchsetzen können.«

»Er hat auch selbstherrlich viele seiner Verwandten mit Gewalt in kirchliche Ämter gedrängt, obwohl keiner sie haben wollte«, sagte sich Wolbero. »Erinnert ihr euch, dass er seinen Neffen zum Erzbischof von Trier machte? Aber die Trierer warfen ihn von einem hohen Felsen herab. Keine Hand regte sich, um ihm beizustehen.«

»Ihr redet nur schlecht über Erzbischof Anno«, brummte der Tuchhändler Heinrich. »Ich habe gehört, dass er ein sehr frommer Mann gewesen sein soll.«

»Aber übermäßig hart gegenüber Sündern«, hielt Wolbero dagegen. »Da war doch die Geschichte von dem Mann, der in der Beichte gestand, viele Jahre zuvor seinen Bruder ermordet zu haben. Der Pfarrer legte diesen schweren Fall dem Erzbischof vor, um die Buße von diesem festlegen zu lassen. Darauf verfügte Anno, der Mörder habe sieben Jahre lang in Eisen gefesselt als Pilger die Stätten von Heiligen zu besuchen.«

Plötzlich brach der alte Bruno in Gelächter aus. »Wisst ihr noch, wie er einmal einige Männer des Nachts hat aufgreifen lassen, weil sie lustig mit den gefälligen Mädchen waren? Er hat sie öffentlich an Pfähle binden und verprügeln lassen. Von da an musste ein Priester die ganze Nacht durch die Straßen gehen und darauf achten, dass solche Vergehen sich nicht wiederholten.«

Das rief allgemeine Heiterkeit bei den längst nicht mehr nüchternen Ratsherren hervor.

»Aber den Dirnen war Anno auch nicht gewachsen«, fügte Wolbero hinzu. »Er hat sie vor sich bringen lassen und versucht, sie entweder ins Kloster zu stecken oder zu verheiraten. Mit diesem Versuch war er aber gar nicht erfolgreich.«

Ein erneutes Gelächter erschütterte den Ratssaal.

»Und letztlich brachte ihm das den Tod. Eine der Dirnen, der er Buße und Reue gepredigt hat, küsste ihm danach die Füße. Mit diesem Kuss übertrug sie ihm eine Krankheit, deren Namen ich nicht weiß. Seine Füße wurden von Geschwüren befallen wie beim Aussatz, aber nicht schleichend, sondern rasch. Das Fleisch faulte und fiel ab, so dass man die Knochen offen liegen sah. Binnen sechs Monaten drang diese grässliche Krankheit seinen Körper empor bis zum Unterleib. Anno fühlte den Tod nahen und ließ sich auf einem Stuhl vor den Dom tragen. Dort wurden die Kölner Reliquien an ihm vorbeigetragen. Es dauerte Stunden, du weißt, wie reich wir mit Reliquien versehen sind. Ich erinnere mich genau, denn auf Annos Befehl musste die gesamte Bürgerschaft zusehen.«

»Wir waren ganz zufrieden damit, dass Anno als seine letzte Ruhestätte die Abtei in Siegburg bestimmt hatte und wir ihn somit los waren«, stellte Bruno noch fest, und die Ratsherren stimmten ihm lautstark zu. Auch nach einem halben Jahrhundert lebte der Hass auf Anno in den Kölner

Bürgern, der so viele ihrer Vorfahren um Ehre, Besitz, Gesundheit und Leben gebracht hatte.

Sie waren jetzt da, wo Wolbero sie hatte haben wollen. Er schickte einen auffordernden Blick zu seinem Sohn. Eckebrecht trat wie zufällig in die Mitte des Raumes. Er wandte sich an den jungen Anselm und bemerkte beiläufig, aber laut und deutlich, dass man ihn überall gut hören konnte: »So schlimm wie Anno ist Herr Friedrich uns gegenüber ja bei weitem nicht. Aber wohl auch nicht so stark. Er ist zu sehr mit seiner Stellung im Reich beschäftigt, als dass er Machtkämpfe mit uns austragen wollte.«

»Was soll das heißen, Eckebrecht?«, rief der alte Bruno. »Wer denkt denn hier an Machtkämpfe mit dem Erzbischof?«

Eckebrecht wandte sich höflich dem Greis zu. »Ich meine nur, verehrter Bruno, dass der Zeitpunkt gekommen scheint, dass wir uns unserer wachsenden Stärke bewusst werden sollten. Hat sich nicht der alte Kaiser Heinrich auf uns gestützt? Und haben wir uns nicht recht erfolgreich gegen den jungen Kaiser gewehrt?«

Die Ratsherren stimmten lautstark zu und klopften auf den großen schweren Eichentisch.

Wolbero erhob sich nun aus seinem Stuhl und trat neben seinen Sohn.

»Hört, ihr Herren, was ich euch vorschlagen möchte. Lasst uns einen gemeinsamen Bund schließen. Wir in diesem Kreis, die wir zu den Geschlechtern und zu den Fernkaufleuten zählen, wollen uns gegenseitig unterstützen. Die Zeiten, da wir uns vor unserem Stadtherrn ducken mussten, sind für immer vorbei. Gemeinsam sind wir stark.«

»Ein Bund gegen unseren eigenen Erzbischof?«, rief Bruno ungläubig.

»Nicht in erster Linie gegen ihn, alter Freund«, sagte

Wolbero, »sondern für uns. Wer soll unsere Rechte wahrnehmen, wenn nicht wir selbst? Oder wer von euch würde heute auf die Hilfe des Kaisers bauen?«

Da verstummte Bruno. Nein, dieser Kaiser würde den Kölnern nicht beistehen, wenn sie Hilfe brauchten.

Es gab jedoch auch noch andere Ratsherren, denen der vorgeschlagene Bund nicht recht war. Das waren einige Abkömmlinge aus den alten Adelsgeschlechtern.

»Höre, Wolbero, natürlich war Anno ein besonders harter Mann. Aber nicht alle Erzbischöfe sind so hochfahrend gegen uns«, meinte Richolf ablehnend. »Mir gefallen deine Neuerungen nicht.«

»Wann hätte irgendeine Neuerung dir gefallen, Richolf?«, spottete Wolbero. »Wir wissen alle, dass dein Wahlspruch lautet: Alles bleibe beim Alten. Du wärst sicher kein Kaufmann geworden, wenn da nicht deine beiden älteren Brüder wären, die euren Adelshof besetzt halten. Aber da du nun einmal zu uns gehörst, denke doch bitte über die Vorteile des Bundes nach. Wir wollen nämlich auch festlegen, wie wir uns gegenseitig in unserem Handel unterstützen, von dem wir ja alle leben. Fern der Heimat ist jeder von uns auf die Hilfe seiner Landsleute angewiesen. Wir könnten unseren Bund Richerzeche nennen, weil es ein Bund der Reichen ist.«

»Soll denn dieser Bund nicht für alle Mitbürger gelten, sondern nur für uns Kaufleute?«, fragte der junge Anselm.

Wolbero sah ihn verständnislos an.

»Natürlich nur für uns Kaufleute, das versteht sich doch wohl von selbst. Die Handwerker sind von uns abhängig. Wer schafft ihnen die benötigten Rohstoffe herbei, wer verkauft ihre überschüssigen Erzeugnisse nach draußen? Doch nur wir Handelsherren. Wir verfügen über Grundbesitz und Geld in dieser Stadt. Meint ihr nicht, dass wir das natürliche Recht haben, über die Mitbürger zu herrschen, die über dergleichen Gottesgaben nicht oder weniger reichlich verfügen?«

Die übrigen Ratsherren stimmten dem zu.

Als Eckebrecht im folgenden Frühjahr seiner Mutter eröffnete, dass sein ältester Sohn ihn auf seiner nächsten Reise begleiten sollte, kam er bei Blithildis schlecht an.

»Nein, Eckebrecht, was denkst du dir denn dabei? Fordolf ist noch viel zu jung. Du kannst ihn noch nicht auf deine Fahrten mitnehmen«, sagte Blithildis besorgt.

Eckebrecht sah seinen Ältesten an und zwinkerte ihm zu. »Ich habe es dir ja gleich gesagt«, sollte das bedeuten.

»Liebste Mutter, er wird bald zehn. In dem Alter hat Vater mich auch schon mitgenommen«, sagte er.

»Und was ist mit der Schule?«

Eckebrecht legte den Arm um sie. »Ich habe gestern mit Bruder William gesprochen, er war sehr zufrieden mit ihm. Seine Handschrift ist schön und deutlich, er kennt sich im Lateinischen ganz ordentlich aus, und die normannische Sprache beherrscht er schon so, dass er sich in London verständigen kann. Das kann für uns wichtig sein, weil wir jetzt stärker in den Handel mit England einsteigen.«

»Er könnte aber ruhig noch ein Jahr warten und kräftiger werden«, beharrte die besorgte Großmutter.

»Jetzt fehlt nur noch, dass du befürchtest, er könnte auf einer Seereise ertrinken«, scherzte Eckebrecht. Fordolf schwamm wie ein Fisch, er tobte im Sommer, so oft er konnte, mit seinen Freunden neben dem Hafen im Rhein herum.

»Ich glaube, du willst ihn nur nicht hergeben, nicht wahr?«, sagte Eckebrecht und drückte sie zärtlich an sich.

»Ich muss zugeben, du hast mich durchschaut«, seufzte Blithildis und gab nach. »Aber ich mache dich dafür verantwortlich, dass ihm nichts zustößt. Wann soll es denn losgehen?«

»Schon übermorgen, Großmutter«, rief Fordolf glücklich.

»Ja, aber noch nicht nach England«, bremste ihn Eckebrecht. »Zuerst müssen wir noch nach Aachen, Wein liefern und Tuch holen. Das bringen wir dann anschließend nach London.«

Am nächsten Tag war Fordolf schon sehr früh auf den Beinen. Peinlich genau überwachte er alle Vorbereitungen für die Handelsfahrt. Er stieg mit seinem Vater in das Kellergewölbe, wo die verschiedenen Weine gelagert waren. Eckebrecht bezeichnete die Vorräte, die mit nach Aachen sollten, und Fordolf schrieb alles gewissenhaft auf seine kleine Schiefertafel. Er beaufsichtigte den Pferdeknecht, der Gurte und Zaumzeug der Pack- und Reitpferde durchsah, und den Wagenknecht, der die Achsen und Räder genau überprüfte, ehe die Handelsware verladen wurde.

»Sieh nur gut nach, ob auch wirklich alles in Ordnung ist, dass mir ja keine Grundruhr eintritt!«, ermahnte der Junge den Knecht Dietrich. Der schaute den Jungen an und verbarg seine Belustigung hinter einer erstaunten Miene.

»Grundruhr? Was soll das denn sein?«

»Wenn ein Rad oder eine Achse bricht und der Wagen die Erde berührt, verlieren wir die Ware darin an den jeweiligen Landesherrn«, klärte Fordolf ihn auf.

»Was es nicht alles gibt! Davon habe ich ja noch nie etwas gehört!«, rief Dietrich. »Und wenn dein Schiff auf Grund läuft, was ist dann?«

»Auch ein Fall von Grundruhr. Großvater hat gesagt, wir müssen unsere Fahrzeuge immer auf das sorgfältigste pflegen, damit uns das nicht zustößt. Er hat auch gesagt, dass man an Land vielleicht einen Schaden ausbessern kann, ehe jemand den Unfall bemerkt. Aber auf Flüssen wird man immer gesehen, wenn man auf Grund läuft, und darum sollen wir auch nie die Kosten für einen Lotsen scheuen, wenn wir den Strom nicht selbst ganz genau kennen oder wenn er als besonders gefährlich bekannt ist. Sagt Großvater.«

Und Fordolf war sehr stolz, dass er mit seinen Kenntnissen hatte glänzen können.

»So, sagt Großvater. Ein Glück, dass er mir das vor zwanzig Jahren auch schon erklärt hat, sonst hätte ich es jetzt von dir naseweisem Burschen lernen müssen«, sagte Dietrich lachend. Fordolf merkte, dass er gefoppt worden war, und schlich beleidigt davon.

Am folgenden Morgen standen die Reisenden auf, noch ehe es hell wurde. Die Pferde waren schon gefüttert und eingespannt, als der Tag anbrach, und nicht lange darauf langten die drei Wagen am westlichen Stadttor nahe bei St. Aposteln an. Die Tore waren gerade geöffnet worden. Draußen warteten schon die Bauern des Umlandes mit Gemüse, Federvieh und Eiern sowie einige Reisende, die tags zuvor nicht mehr rechtzeitig die Stadt erreicht und daher vor den Mauern übernachtet hatten. Sie mussten warten, bis die Ausreisenden die Stadt verlassen hatten.

Eckebrecht lenkte den ersten Wagen. Seine beiden Pferde warfen die Köpfe in die Höhe, schnaubten und zogen an. Die Knechte Dietrich und Hermann lenkten die beiden anderen Gefährte. Sie hatten die weniger gewichtige Ladung, darum reichte ein Zugpferd aus. Außerdem begleitete der Pferdeknecht Bardo die Reisegesellschaft auf einem Reitpferd.

Die Reisenden trugen wollene Wämser zum Schutz gegen die Morgenkühle, darüber dicht gewebtes Leinenzeug, das sich bei Regen nicht so schnell vollsaugte, und Hüte mit Krempen. Feste Stiefel vervollständigten ihre Kleidung. Sie hatten Waffen griffbereit unter den Planen stecken, die die sorgfältig festgezurrte Ladung bedeckten.

»Die werden wir wohl nicht brauchen, der Weg nach Aachen ist schon seit langer Zeit sicher«, sagte Eckebrecht zu seinem Sohn. »Aber nimm trotzdem diesen Dolch, den braucht ein gut ausgerüsteter Kaufmann eben.«

»Vater, bin ich denn ab jetzt ein Kaufmann?«

Eckebrecht lachte und zauste dem Jungen die Haare. »Nein, Fordolf, du bist erst ein Lehrling. Bis du dich einen Kaufmann nennen darfst, musst du noch mindestens zehn Jahre lang lernen.«

Ihren ersten Halt machten sie in Brockendorf, dem Hof von Blithildis' Verwandtem Erlefrid. Dieser war nach dem Tod seines Kaisers Heinrich in Lüttich endlich nach Hause gekommen, sehr zur Freude seiner Frau Mathildis. Es zeigte sich leider, dass er, der jahrzehntelang dem Kaiser gedient hatte, keinerlei Erfahrung in der Leitung eines Gutsbetriebs hatte und mit seinen Anordnungen mehr Schaden als Nutzen anrichtete. Seine kluge Frau beschäftigte ihn also, indem sie ihn ständig zur Jagd schickte. Hierzu eignete er sich weitaus besser.

Eckebrecht ließ Wein und Gewürze in Brockendorf und nahm dafür Erlefrids Felle mit, um sie den Aachener Kürschnern weiterzuverkaufen. Die herzliche Einladung der Hausfrau, doch den Tag bei ihnen zu verbringen und erst am nächsten Tag weiterzureisen, musste er zu seinem Bedauern ablehnen.

»Wir wollen noch ein gutes Stück Wegs hinter uns bringen, damit wir morgen mit Sicherheit vor der Nacht in Aachen sind. Aber Dank für deine Freundlichkeit, Mathildis.«

Er machte sich mit Fordolf und den Knechten zur Abfahrt bereit.

»Darf ich, Vater?«, fragte Fordolf und kletterte auf die Wagenbank neben ihn.

»Ho«, rief Eckebrecht und ließ die Pferde anziehen.

Liebevoll ruhte der Blick des Vaters auf seinem Ältesten. Fordolf war nun neun Jahre alt, bedächtig und gründlich. Er hatte den langen, schlanken Wuchs seiner Mutter, ihr blondes Haar, aber seine Augen waren nicht grün, sondern von tiefem Blau. Er war äußerst wissbegierig. Lernen fiel ihm nie schwer oder lästig, vielmehr saugte er Wissen auf wie ein Schwamm das Wasser. Schon als Fünfjährigem hatte ihm sein alter Großvater Wolbero die Kunst des Lesens und Schreibens beigebracht. Er hatte Kochen von seiner Großmutter Blithildis erlernt, Pferdepflege vom alten, krummen Pferdeknecht Bardo, Reiten, höfische Manieren und Gutsverwaltung von seinem Großvater Herimann.

Oft hatte er sich bei Herimann und Durechin aufgehalten, deren Erbe und Hoffnungsträger er war. Durechin wusste unzählige Sagen und Begebnisse aus der Kölner Geschichte, die wollte Fordolf immer wieder hören. Dann erzählte er sie zu Hause seinem verständnislos, aber begeistert lauschenden kleinen Bruder Gunther, der mit seinen schwarzen Augen und braunen Locken so ganz anders aussah als der ältere Fordolf.

Aber mehr als alles andere beschäftigte ihn das, was der alte Wolbero und Eckebrecht ihn über die Arbeit eines Kaufmanns lehrten. Wie herrlich war es, wenn der Vater einmal nicht auf Reisen war! Fordolf folgte ihm dann wie ein Schatten. Schon heute zeichnete sich ab, dass aus ihm ein tüchtiger Kaufmann werden könnte, und einer der reichsten in Köln. Sein Großvater Herimann war im vergangenen Jahr gestorben und hatte dem Enkel sein bedeutendes Grundvermögen hinterlassen. Auch seine Großmutter Durechin Hardefust besaß zahlreiche Häuser in Köln, die guten Zins abwarfen und dereinst Fordolf gehören würden.

Heimlich hatte Eckebrecht ihn auch in der arabischen Kunst des Rechnens unterwiesen, die er vor vielen Jahren von dem Mönch Adelfrid erlernt hatte. Er war dem Rat Herimanns gefolgt und hatte diese Kenntnisse geheim gehalten, um nicht die Aufmerksamkeit der Kirche auf sich zu ziehen, sie selbst aber immer für kaufmännische Zwecke verwandt und großen Nutzen daraus gezogen.

Fordolf war begeistert davon, wie man mit den geheimnisvollen arabischen Zeichen Zahlen auf die Tafel bannen, mühelos zusammenzählen und wieder voneinander abziehen, sogar große Zahlen miteinander malnehmen konnte, was mit den lateinischen Ziffern nicht möglich war. Der Vater hatte ihn zur Verschwiegenheit gegenüber Fremden verpflichtet, aber bei Herimann durfte Fordolf seine Kunst benutzen, um die Zinszahlungen der unfreien Bauern zu berechnen. Rasch konnte er den Geldwert von verschiedenen Naturalabgaben berechnen und war seinem Großvater damit bis zu dessen Tod durchaus schon eine Hilfe in der Verwaltung seiner Güter gewesen.

Fordolf hatte nun die feste Absicht, die Stunden auf dem Wagen mit seinem Vater auszunutzen. Er setzte sich möglichst nahe neben ihn, während ihr Weg sie in den Wald führte, der sich von Kerpen bis Aachen erstreckte und nur ab und zu von Lichtungen unterbrochen wurde.

»Vater, bist du auch so mit Großvater herumgezogen?«, fragte er.

»Mein lieber Junge, die Zeiten haben sich für die Kaufleute verändert. Zu Zeiten meines Großvaters und Urgroßvaters zogen viele noch allein mit ihren Waren herum, wobei Futtersack und Schwert am Sattel ihres schwer beladenen Lastpferds hingen. Oder sie schlossen sich zusammen in Zügen von zweiräderigen Karren, die von Kaufleuten und Dienern beschützt wurden.

Heute unterscheiden sich die Händler. Manche wandern noch mit ihrer Kiepe auf dem Rücken umher, sie heißen Höcker. Dann gibt es die Krämer, sie haben einen festen Verkaufsstand in ihrer Heimatstadt und beziehen ihre Waren überwiegend von den Großkaufleuten. Zu letzteren gehören wir, wir reisen nach Belieben, sind freie Leute und stehen unter dem Schutz des Kaisers.

Die bedeutenderen Kaufleute besitzen Schiffe wie dein Großvater Wolbero. Damit lassen sich ungleich größere Warenmengen liefern. Schon lange handeln wir Kölner Kaufleute nach England, unter den deutschen Kaufleuten in London nehmen wir die erste Stelle ein.«

Der Junge zupfte den Vater am Ärmel, weil er etwas fragen wollte. »Vater, Kaufleute sind doch alle freie Leute, nicht wahr?«

Eckebrecht nickte bedächtig und erklärte: »Die bedeutenden Kaufleute hier in Köln stammen meistens aus den Adelsfamilien. Jüngere Söhne, die von den Eltern keinen nennenswerten Grundbesitz erbten, fanden hier ihr gutes Auskommen. Überall in der Fremde wird der Kaufmann als frei geborener Mann angesehen. Nur als persönlich Freier kann er ja unbehelligt seine Fahrten machen. Auch meine leiblichen Eltern waren als jüdische Kaufleute freie Leute und von niemandem abhängig. Soll ich dir jetzt erzählen, was mein Vater mir über die Geschichte des Volkes berichtet hat, aus dem ich komme?«

»O bitte, das wollte ich schon immer gern wissen. Aber darf ich wohl auch einmal die Zügel halten?«

»Halte deine Hände hier an meine Hand, damit du fühlst, wie ich die Pferde führe. Später darfst du die Zügel für ein kurzes Stück allein halten, aber erst, wenn die Pferde müder sind als jetzt. Also, höre gut zu.

Vor tausend Jahren haben die Juden ihre Hauptstadt Jerusalem verloren und damit den Mittelpunkt ihres Glaubens und Lebens. Es war ihnen für lange Zeit verboten, die Stadt auch nur zu betreten. Es blieb ihnen darum nichts anderes übrig, als in der Fremde ihr Brot zu suchen.

Meine Vorfahren zogen damals nach Alexandria in Ägypten, wie die meisten überlebenden Einwohner Jerusalems. Sie lebten dort hunderte von Jahren und handelten nach Konstantinopel, Italien und Spanien. Sie waren betroffen von den großen Umbrüchen ihrer Zeit, von den wandernden Völkern und dem Zusammenbruch des weströmischen Reiches. Der Islam entstand und breitete sich im südlichen Teil des ehemaligen römischen Reiches aus wie ein Feuerbrand.

Mein Vater sagte mir, dass unsere Vorfahren dem Eroberer Tarik von Afrika nach Spanien folgten und dort lange Zeit als Kaufleute lebten, bis mein Großvater, dessen Namen ich bis zu meiner Taufe trug, bei einer Handelsreise nach Köln sich entschloss, dazubleiben. Er heiratete Gütlin, die Tochter des Kaufmanns Juda in Köln.«

»Vater, unsere jüdischen Vorfahren sind ja in der ganzen Welt herumgekommen.«

»Sie haben viel gesehen und erlebt, das stimmt schon. Aber ich sehe keinen großen Unterschied zu den christlichen Kaufleuten, zu denen ich nun gehöre. Auch wir reisen nach Skandinavien, Gotland, Livland und Preußen, und selbst die weite Ferne schreckt uns nicht. So mancher von uns kennt Damaskus und Ninive von seinen Handelsreisen, fühlt sich in Konstantinopel und Cordoba zu Hause.«

Der Wald öffnete sich nun zu einem kleinen See hin. Eckebrecht drehte sich um. »Wir machen eine kleine Rast«, rief er den Knechten zu. Die Männer sprangen von den Wagen und wickelten die Zügel um Äste, ohne die Pferde auszuschirren. Dann griffen sie sich einige Hände voll Stroh, das die Ladung polsterte, und rieben die Tiere damit trocken.

»Hole uns schon einmal Wasser, Fordolf«, bat der Vater. Stolz, dass er gebraucht wurde, lief der Junge zum See und tauchte die Ledereimer in den See. Dass er dabei nasse Füße bekam, machte ihm wenig aus. Er lief zurück, stellte die Eimer vor die Pferde, damit sie trinken konnten, und wiederholte das so lange, bis die Tiere genug hatten. Dann füllte er die Trinkschläuche auf und stellte die Holzbecher neben den letzten Eimer frischen Wassers, damit jeder der Männer ein paar Schlucke trinken konnte.

»Gut gemacht, mein Junge. Das habe ich auch dringend nötig, denn vom vielen Erzählen ist mein Hals ganz trocken«, meinte der Vater. Er trank durstig, während sein Sohn um die Wagen herumging und mit aufmerksamem Blick die Räder prüfte und beklopfte.

»Na, sorgst du dafür, dass wir heute keine Grundruhr erleben müssen?«, spottete Dietrich wieder gutmütig.

Aber Fordolf tat, als hörte er den Knecht nicht, und ging weiter ernsthaft seiner selbst gewählten Aufgabe nach.

Eckebrecht wunderte sich.

»Was redest du denn von Grundruhr, Dietrich?«, fragte er. Der Knecht grinste.

»Ach, nichts weiter. Nur hat mich gestern dein kleiner Grünschnabel von Sohn darüber aufklären wollen, wie gefährlich Grundruhr für uns sein kann, und nun rufe ich mir seine Belehrungen eben dauernd ins Gedächtnis zurück, damit ich sie nur ja nicht vergesse.«

Die Männer lachten. Fordolf wurde rot vor Verlegenheit und warf Dietrich einen vorwurfsvollen Blick zu.

»Lass nur, Dietrich«, sagte Eckebrecht. »Der Junge gibt sich eben große Mühe.« Und er gab seinem Sohn einen liebevollen Klaps.

Rasch aßen alle noch ein paar Bissen aus dem Bündel mit Mundvorrat, und schon ging die Fahrt weiter.

Der wissbegierige Fordolf hatte sich genau gemerkt, an welchem Punkt sein Gespräch mit dem Vater stehen geblieben war. Kaum hatten die Pferde wieder angezogen, zupfte er den Vater am Ärmel und fragte ihn:

»Wie bekomme ich denn heraus, wohin meine Handelsfahrten am besten gehen?«

Eckebrecht lachte und strich dem Sohn liebevoll über den Kopf.

»Deine Handelsfahrten, mein Junge, richtest du günstigerweise nach Messen und Märkten, wo wir völlig frei handeln. Du musst immer in Erfahrung bringen, wo viele Leute zusammenkommen: Nicht nur Messen und Märkte, auch bei Turnieren gibt es meistens einen Markttag. Ein Fürstentag oder eine Synode sind für uns ebenfalls ausgezeichnete Gelegenheiten, unsere Waren zu verkaufen.«

»Vater, dann ist es doch sehr günstig für uns, dass wir in Köln drei Messen im Jahr haben!«

»Ja, das gibt uns Kaufleuten hervorragende Möglichkeiten. Es strömt jedes Mal so viel Volk zusammen, dass am Ende der Messe unsere Warenlager völlig leer sind und wir sofort ausziehen, um unsere Bestände zu erneuern. Kommst du aber in eine fremde Stadt, wo nicht gerade das Marktrecht für Ordnung sorgt, dann musst du zuerst dem Stadtherrn ein Geschenk machen, damit er deinen Frieden verbürgt. Merke dir das.«

»Vater, welche Waren bringen den meisten Gewinn?«

»In den letzten Jahren habe ich Wein, Butter, Dörrfisch, Heringe als Fastenspeise, Gewürze, Metalle, Holz und Schmuck, Schnallen, Spangen und Gürtel gekauft und verkauft. Du weißt gut, dass wir vor allem mit Tuch handeln. Ich kaufe Wolle und halbfertige Waren in Flandern, Leinen in Nürnberg, Seide in Italien. Du musst dir die kostbaren dünnen Stoffe aus dem Morgenland anschauen, die ich von meiner letzten Fahrt nach Pisa mitgebracht habe. Sie sind so hauchfein, dass man hindurchsehen kann. Sie sind außerordentlich teuer, ich kann sie nur bei Herrscherhöfen absetzen. Gelegentlich handeln wir auch mit wertvollen Pelzen.«

»Vater, wie viel kann man denn an seiner Ware verdienen?«

»Das ist ganz schwer zu sagen. Zwischen dem Kauf einer Ware und dem Verkauf entstehen mir eine Menge Kosten: Ich brauche ein Schiff, Pferde, Maultiere oder Esel, Wagen, Karren. Dies alles muss ich anschaffen und unterhalten. Ich bezahle die Knechte, die mir helfen und meine Waren schützen. Wenn wir unterwegs sind, müssen wir essen und bei schlechtem Wetter auch in einer Herberge schlafen. Bei manchem Gebietsherrn muss ich sein Geleit annehmen und dafür Gebühren zahlen. Zwar ist mir der Geleitgeber für jeden Schaden verantwortlich, aber der Ersatz ist kaum durchzusetzen. Und ich möchte nicht nur meine Kosten wieder hereinbekommen. Es muss nach dem Verkauf etwas übrig bleiben, sonst wäre meine Arbeit ja umsonst. Für die erhebliche Verlustgefahr muss ich noch einmal einen Zuschlag machen, denn die eine oder andere Ladung geht immer einmal verloren.«

Der Junge überlegte und rechnete auf seinem kleinen Schiefertäfelchen, was auf dem schaukelnden Wagen gar nicht so einfach war. Dann sagte er: »Also kostet dich die Ware etwa den drei- bis vierfachen Einkaufspreis?«

Eckebrecht lachte über den kleinen Kaufmann.

»Nein, mein Junge, jetzt geht es leider erst los. Du glaubst gar nicht, wie viele Leute gierig ihre Hand nach der kostbaren Kaufmannsware ausstrecken!«

»Seeräuber und Straßenräuber, Vater?«

»Ja, die auch. Sie lauern überall. Da wir ein sehr gutes, schnelles Schiff haben, das leicht zu steuern und wendig ist, bin ich Seeräubern bisher noch immer entkommen. Und schiffbrüchig war ich zum Glück auch noch nie.«

Dietrich rief Eckebrecht lachend zu:

»Da kannst du dir gleich einmal von deinem Sohn erklären lassen, was Grundruhr ist.«

Fordolf lenkte schnell ab, indem er seinen Vater fragte: »Wie kam es denn, dass Kaufmann Bruno letztes Jahr sein Schiff verloren hat?«

»Es geriet auf dem Weg nach England in der Nähe der friesischen Küste in Nebel. Strandräuber nutzten die Gelegenheit und setzten ein falsches Leuchtfeuer. Brunos Sohn, der am Steuer stand, ließ sich täuschen und folgte dem Licht. Da lief sein Schiff auf tückische Untiefen auf, schlug leck und gehorchte dem Steuer nicht mehr. Mit der Ebbe kamen dann die Friesen mit langen Messern und Beilen. Sie holten sich die gesamte Ladung. Brunos Sohn wollte sein Eigentum verteidigen, da stachen sie ihn kurzerhand ab. Einer der überlebenden Seemänner hatte sich versteckt und schwamm in der Nacht ans Land. Er wanderte tagelang, bis er zu einer Stadt kam, wo er den Vorfall beim Richter anzeigte. Nun hat Bruno gegen den Fürsten von Friesland geklagt. Wie immer das ausgehen mag, seinen Sohn bekommt er davon nicht wieder. Aus all diesen Gründen haben wir Kaufleute es uns angewöhnt, lieber in größeren Gruppen zu gegenseitigem Schutz zu reisen. Das bedeutet zwar auch gegenseitigen Wettbewerb, aber wir haben gemerkt, dass dieser das Geschäft eher belebt als lähmt.«

Der Wald öffnete sich nun wieder zu einer Lichtung. Plötzlich krachte es laut hinter dem ersten Wagen, und dann fluchte Dietrich laut und vernehmlich. Eckebrecht wandte sich um und sah, dass Dietrichs Wagen schief hing. Ärgerlich zog er die Zügel an und sprang vom Wagen. Fordolf hüpfte gleichfalls hinab und ergriff die Zügel der Pferde, während sein Vater zu Dietrichs Wagen stapfte. Das rechte Vorderrad hatte sich gelöst. Während die Männer noch den Schaden begutachteten, war plötzlich ein lautes Schnaufen zu hören. Eckebrecht wandte sich um. Sein Sohn hatte die Zügel der Pferde an einem Ast festgemacht, wie er das bei der letzten Rast bei seinem Vater beobachtet hatte, und strengte sich jetzt gewaltig an, einen kleinen Baumstamm herbeizuschleifen.

»Was soll das, Fordolf?«, fragte Eckebrecht erstaunt.

»Grundruhr!«, stieß der Junge mit hochrotem Gesicht hervor und schob seinen Stamm gegen die Achse vor. Die Knechte brachen in schallendes Gelächter aus, aber Eckebrecht schmunzelte nur und klopfte dem Jungen auf die Schulter.

»Gut gemacht, du hast ja Recht. Wo hast du denn den Stamm her?«

»Auf der Lichtung da vorn ist eine Holzfällerhütte, und es lagen ein paar Stämme schon fertig gerichtet. Ich habe den kleinsten genommen, die anderen konnte ich nicht bewegen. Na los, wollt ihr nicht den Wagen auf den Stamm legen, damit die Achse nicht mehr den Boden berührt?«

»Nun gehorcht schon dem jungen Herrn«, rief Dietrich Hermann und Bardo zu. »Dann können wir auch sehen, wie es zu dem Unfall kam. Ich will doch nicht hoffen, Fordolf, dass du die Räder nachlässig überprüft hast.«

Empört rief der Junge: »Habe ich gar nicht. Vielleicht hast du nicht aufgepasst, Dietrich, und bist an einen Stein gefahren!«

Aber weder Fordolf noch Dietrich war ein Vorwurf zu machen. Als sie den Wagen angehoben und auf den Stamm gestützt hatten, sahen sie die Ursache. Mitten unter dem Waldweg hatte eine Mäusefamilie einen Gang ihres Baus verlegt, und das Rad war in die Höhlung eingebrochen. Zum Glück war nur der Bolzen entzwei, die Speichen aber heil geblieben, und Dietrich machte sich gleich daran, den Schaden zu beheben. Der Baumstamm sowie einige Äste, die sie miteinander verkeilten, hoben den Wagen hoch genug, um die Arbeit ausführen zu können.

»Ärgerlich«, brummte Eckebrecht. »Aber mit so etwas muss man immer rechnen. Ein Glück noch, dass es den leichtesten von unseren Wagen erwischt hat. Wäre es meiner gewesen, hätten wir ihn wohl entladen müssen.« Er streckte sich neben dem Weg im Grünen aus und hätte gern ein kleines Nickerchen gemacht, aber Fordolf, der inzwischen wieder zu Atem gekommen war, zupfte ihn am Ärmel.

»Hattest du nicht gerade über Räuber gesprochen, als der Unfall geschah, Vater?«

Eckebrecht öffnete ein Auge und sah in das gespannte Gesicht seines Sohnes. Er sah ein, dass es nichts mit dem Schläfchen würde, gähnte herzhaft und setzte sich wieder hin.

»Ja, Räubern kann man überall begegnen. Ich will sehr hoffen, dass gerade keine hier in der Nähe sind.«

Der Junge fuhr zusammen und schaute sich ängstlich um. Aber Eckebrecht fand nun, dass sein Sohn für diesen Tag schon genügend Neckereien hatte einstecken müssen, und fuhr ernsthaft fort: »Glaube übrigens nicht, Straßenräuber wären immer nur niedriges Gesindel. O nein, auch das hochwohlgeborene Gesindel des Ritterstandes verschmäht es nicht, die Pfeffersäcke zur Ader zu lassen, wenn sich ihnen die Gelegenheit bietet.«

»Was sind Pfeffersäcke?«

»So nennt der Adel voller Neid uns Kaufleute. So mancher Ritter hat auf Fahrten mit dem Kaiser nach Italien oder auch beim Kreuzzug reichere Länder gesehen als das unsere, und nun sehnt er sich nach einem Überfluss, den er sich nie und nimmer von den Fronabgaben seiner Bauern leisten kann. Da scheint es doch der einfachste Weg zu sein, schnell einmal einen Händler zu überfallen und auszurauben. Zum Glück sind der Kaiser und die Landesherren da weitsichtiger. Ist ein Gebiet zu unsicher für die Kaufleute, dann kommen sie nicht mehr dorthin, und den großen Herren fehlen ihre Waren und auch die Abgaben der Kaufleute in ihrem Geldbeutel. Die Fürsten sehen darum die Raubritter nicht gern und lassen so manchen von ihnen am Galgen enden, und sie machen zwischen Gesindel und Rittern da keinen Unterschied.

Letztlich geht es dabei nicht nur um den Nutzen des Handels. Die klugen und geldbedürftigen Fürsten wollen diese Milchkühe auch selbst melken und nehmen durch reichliche Zoll- und Wegegebühren den ihnen von Gott zugedachten Anteil am kaufmännischen Ertrag an sich, und zwar so viel, dass den Kaufleuten gerade genug Gewinn bleibt, dass sie wiederkommen. Dabei haben die hohen Herren auch nicht das allerschlechteste Gewissen, weil sie der Ansicht sind, der Kaufmann erziele seinen Gewinn auf unrechte Weise.«

Fordolf fuhr hoch. »Auf unrechte Weise? Wie denn das, Vater?«

Eckebrecht zuckte mit den Schultern. »Sie meinen, es sei Unrecht, Ware für zwei Gulden zu kaufen und für drei Gulden zu verkaufen.«

»Das verstehe ich nicht. Ohne Gewinn bleibe ich besser zu Hause.«

»Stimmt. Aber zu Hause verdienst du gar nichts, und wovon willst du dann leben? Das wissen die Landesherren auch, also lassen sie uns gnädig etwas von unserem Verdienst übrig.«

»Und wenn wir nun einfach keine Abgaben zahlen?«, überlegte der Junge.

»Das schaffst du nicht. Damit möglichst kein Kaufmann den Abgaben entgehen kann, zwingt man uns, bestimmte Wege zu benutzen, die immer wieder von Zollstellen gesperrt werden. Dazu kommt noch das Stapelrecht, das wir anderswo befolgen müssen, das uns in Köln aber Gewinn bringt.«

»Vater, das habe ich schon gelernt: Jeder Kaufmann, der den Rhein befährt, muss hier im Hafen anlegen und alle seine Waren ausladen. Drei Tage lang können dann wir Kölner davon kaufen, was uns beliebt. Den Rest mag er wieder einladen und anderswo absetzen.«

»Ja, und in anderen Städten betrifft uns das ebenso. Darum schließen bedeutende Handelsstädte Bündnisse auf Gegenseitigkeit, sodass ihre Handelsherren keine oder wenig Abgaben zu leisten haben. Mein Sohn, es gibt viele Möglichkeiten für andere, aus der Arbeit der Kaufleute ihren Nutzen zu ziehen und von deren Gewinn abzuschöpfen.«

Fordolf dachte über das Gehörte nach. Er hatte noch Fragen:

»Vater, du sagst, die Ritterbürtigen berauben uns oft. Aber war nicht mein Großvater Herimann auch ein Ritter? Und dein Schwiegervater Gunther? Sie würden uns doch nie etwas wegnehmen!«

»Junge, sie sind Städter, sie kennen uns. Der Handel wird ihnen selbst bald ein erstrebter Beruf, es gibt jetzt häufiger Heiraten über die gesellschaftliche Schranke hinweg, die noch vor hundert Jahren nicht denkbar gewesen wären. Die städtischen Ritter sind viel weltläufiger und offener als ihre Vettern, die nur auf ihren Burgen auf dem Land sitzen und von Fronen leben. Herimann, Gunther und ihre Kölner Standesgenossen schätzen noch etwas sehr an uns: Das ist der Erfahrungsschatz, den wir bei unseren ständigen Reisen erwerben. Wir sprechen fremde Sprachen, lernen fremde Sitten kennen. Die Weltklugheit und Erfahrung, die wir dabei gewinnen, machen uns stark.«

Dietrich hatte inzwischen einen neuen Bolzen, von denen er immer welche mit sich führte, mit einigen festen Hammerschlägen in das Rad gesetzt und es wieder befestigt. Gemeinsam brachten die Männer den Wagen wieder auf den Weg, und es konnte weitergehen.

Eckebrecht bemerkte, dass seinem Sohn inzwischen die Augen zufallen wollten. »Geh nach hinten, mein Junge, deck dich mit deinem Mantel zu, und schlaf ein wenig. Für heute war dein Tag lang genug. Ich möchte noch eine Stunde weiterfahren.«

Sie kamen tatsächlich bis Düren und erreichten am folgenden Tag lange vor Schließung der Tore die Stadt Aachen. Fordolf freute sich. Dies war die erste fremde Stadt, die er sah. Sie war kleiner als Köln, wies aber schöne alte Gebäude auf. Hoch ragte der Dom über sie hinweg.

»Hier verlebte unser großer Kaiser Karl die letzten Jahre seines Lebens. Morgen zeige ich dir seinen Palast. Und nun kannst du dich ein wenig umschauen gehen«, sagte Eckebrecht zu seinem Sohn.

»Danke ,Vater, aber zuerst die Arbeit!«, kam die standhafte Antwort. Gewissenhaft notierte Fordolf die Weinfässer und Felle, die sie an die Aachener Händler lieferten, und beobachtete dann seinen Vater, wie er bei den Tuchmachern deren Erzeugnisse prüfte. Auch Fordolf rieb die Stoffe zwischen den Fingern, strich mit der flachen Hand darüber, hielt sie gegen das Licht, zog einen Faden heraus und verbrannte ihn.

»Taugt die Ware etwas?«, fragte Eckebrecht mit ernster Stimme, während der Tuchmacher sich das Lachen verbiss.

»Die Wollsachen sind gut, und die Leinenballen können wir auch nehmen«, meinte der Junge.

»Da bin ich aber froh, dass dir meine Ware zusagt«, sagte der Tuchmacher und schenkte seinen beiden Kunden ein Glas starken roten Wein ein, um den Handel zu besiegeln.

»Das denn doch nicht, sonst prügelt mich seine Großmutter«, meinte Eckebrecht scherzhaft und schob das für Fordolf bestimmte Glas zurück.

Vater und Sohn überließen den Knechten die Arbeit, die Ware bestens unter der Plane zu verstauen, und gingen noch in den Dom. Eckebrecht sprach ein kurzes Dankgebet für die gute bisherige Reise. Fordolf war begeistert, als sein Vater ihm den Thron zeigte, auf dem schon der große Kaiser Karl gesessen hatte und auf dem dessen Nachfolger bei ihrer Krönung Platz nahmen.

Eckebrecht führte ihn auch in den Kräutergarten, den der große Kaiser hatte anlegen lassen mit dem Befehl, überall im Lande hätten solche Gärten zu entstehen, damit allen Menschen nicht nur Würz-, sondern auch Heilkräuter zur Verfügung ständen. Aber das wollte Fordolf nicht hören.

»Das kenne ich schon, Großmutter Blithildis hat auch einen Kräutergarten, nur vielleicht etwas kleiner«, sagte er.

Es war schon spät, als sie in die Herberge kamen. Die Wagen waren zur Rückkehr im Hof gerichtet, Bardo schlief im Stall daneben, um sie zu bewachen. Als sie sich schlafen legten, fragte Eckebrecht noch:

»Was hast du dir denn für die Kupfermünze gekauft, die ich dir gab?«

Fordolf zog einen hölzernen Kreisel aus der Tasche, den man mit einer Peitschenschnur antreiben konnte.

»Ich hätte gedacht, du bist schon ein wenig zu groß für solch ein Spielzeug«, sagte sein Vater.

»Es ist doch für Gunther«, murmelte der Junge verlegen und schlüpfte unter die Decke.

Als sie am nächsten Morgen bei Anbruch der Dämmerung aufbrachen, sah Bardo blass und elend aus.

»Hast du etwa gestern einen über den Durst getrunken?«, fragte Eckebrecht mit hochgezogenen Augenbrauen.

»Wo denkt Ihr hin, doch nicht, wenn wir auf Handelsfahrt sind«, sagte der Knecht. »Ich habe gestern Fisch gegessen, vielleicht war er nicht mehr richtig frisch. Jetzt habe ich Durchfall. Mach dir keine Gedanken.«

Und er ritt los. Unterwegs blieb er aber immer wieder ein Stück zurück, um seine grollenden Därme abseits zu erleichtern.

Um die Mittagszeit waren sie schon weit im Jülicher Gebiet. Fordolf saß wieder bei seinem Vater, aber heute plagte er ihn nicht mit tausend Fragen. Er war recht müde von den anstrengenden Tagen, die hinter ihnen lagen, und langsam wurde er auch hungrig. Er kletterte nach hinten, um sich einen Bissen aus dem Mundvorrat zu nehmen.

Eckebrecht war mit seinen Gedanken schon bei der bevorstehenden Englandfahrt. Auch er war müde, als er mit seinem Gespann in ein kleines Wäldchen einbog. Aber er wurde schlagartig hellwach, als Brandgeruch in seine Nase drang. Im nächsten Augenblick flog eine lodernde Fackel zwischen seine Pferde, die entsetzt aufwieherten, sich hoch aufbäumten und dann durchgingen.

»Aufpassen«, schrie Eckebrecht. Er stellte sich auf und zog mit aller Kraft die Zügel an, während seine Pferde aufgeregt dahingaloppierten. Dies war ein Überfall! Doch er konnte sich nicht umschauen. »Was ist los?«, rief er seinem Sohn zu, der sich an dem wild schaukelnden Gefährt festklammerte und nach hinten blickte.

»Oh, Vater, da drängen sich vier Männer zwischen Hermanns und Dietrichs Gespann. Sie haben lange Spieße. Drei von ihnen greifen unseren Dietrich an! Da, jetzt hat einer versucht, ihm in die Zügel zu greifen. Das Pferd bäumt sich auf – der Mann fällt hin, ich glaube, ein Huf hat ihn am Kopf getroffen. Er bewegt sich nicht mehr. Dietrich treibt das Tier mit aller Kraft vorwärts. Wenn ihn nur kein Spieß trifft! Wir müssen ihm helfen!«

Eckebrecht hatte seine Pferde inzwischen wieder im Griff und den Wagen zum Stehen gebracht. So schnell er konnte, schlang er eine Wagenleine um einen Baumstamm, damit die aufgeregten Pferde nicht mitsamt dem Wagen verschwanden. »Lauf und versteck dich im Wald, so schnell du kannst«, rief er seinem Sohn zu, zog Schwert und Rundschild unter der Plane hervor und rannte nach hinten, um seinem hart bedrängten Knecht zu helfen.

Dietrich war am Arm verletzt worden und hatte nicht mehr die Kraft, sein Pferd anzutreiben. Hermann war ihm inzwischen zu Hilfe gekommen und schlug auf einen der Räuber mit dem Schwert ein; dieser wehrte sich aber geschickt, und keiner konnte den anderen überwältigen.

Eckebrecht sah, wie hart Dietrich bedrängt wurde, und fürchtete schon, ihn nicht mehr rechtzeitig zu erreichen. Da aber tauchte von hinten Bardo auf, der wegen seines verdorbenen Magens wieder einmal hatte zurückbleiben müssen, und ritt wie der Teufel auf Dietrichs Wagen zu. Die Räuber hatten nicht damit gerechnet, dass die Angegriffenen noch Verstärkung erhielten, waren aber keineswegs bereit, die erhoffte Beute im Stich zu lassen.

Der Kampf ging jetzt Mann gegen Mann, denn Dietrich war nicht mehr kampffähig.

Eckebrecht teilte mächtige Schläge aus, aber sein Gegner war ebenso groß wie er und viel wuchtiger. Er wehrte die Schwerthiebe des Kaufmanns mit seinem Spieß ab. Endlich gelang es Eckebrecht, den Angreifer zu täuschen. Er wich zurück, worauf der andere mit Hohngelächter auf ihn eindrang. Eckebrecht tat so, als wollte er das Schwert heben. Als der andere darauf seinen Spieß hochriss, stach er von unten mit Wucht zu und traf seinen Gegner im Bauch.

Der Räuber starrte Eckebrecht mit leerem Blick an. Er ließ den Spieß fallen. Als Eckebrecht sein Schwert zurückzog, quollen die Gedärme heraus. Der Verletzte presste die Hände darauf und versuchte, sie wieder in den Bauch zurückzustopfen. Dann riss er den Mund auf und brüllte. Nach einem endlos erscheinenden Augenblick ging er zu Boden und verstummte.

Als die beiden Gegner von Hermann und Bardo sahen, dass ihr Anführer gefällt worden war, wandten sie sich eilig zur Flucht, ließen die hinderlichen Spieße zurück und waren mit ein paar Sätzen im Wald verschwunden.

Eckebrecht stand wie erstarrt und schwer atmend da. Da riss Dietrich den unverletzten Arm hoch und stieß einen lauten Warnschrei aus. Eckebrecht drehte den Kopf und sah aus dem Augenwinkel ein langes Messer aufblitzen. In diesem Augenblick fiel eine kleine Gestalt offenbar vom Himmel auf den Angreifer, der aus seiner Bewusstlosigkeit erwacht war und sich leise an Eckebrecht angeschlichen hatte.

Voll Entsetzen erkannte Eckebrecht, dass es Fordolf war, der sich mit dem letzten Räuber auf dem Boden wälzte. Der Junge stieß einen durchdringenden Schrei aus. Sein Vater glaubte, er sei schwer verletzt, und stürzte sich in rasender Wut auf den Mann, griff dessen Hals mit nackten Händen und drückte zu. Das Gesicht unter ihm lief blau an, der Räuber verdrehte die Augen. Eckebrecht wollte gerade loslassen, da hörte er einen lauten Knacks. Das Genick des Mannes war gebrochen. Eckebrecht wandte sich voller Angst seinem Sohn zu, aber der saß schon aufrecht und blickte voller Schauder auf den Toten.

»Wo bist du verletzt, Fordolf?«

»Ich weiß nicht, Vater. Ich glaube, gar nicht.«

»Aber du hast so geschrien?«

»Vater, das war mein Kampfschrei. Ich wollte den Räuber einschüchtern.«

Fassungslos starrte Eckebrecht den Jungen an. Dann warf er den Kopf in den Nacken und fing an zu lachen. Er konnte gar nicht mehr aufhören. Die Tränen liefen ihm über das Gesicht.

Als er sich einigermaßen beruhigt hatte, fiel ihm etwas ein.

»Ich hatte dir gesagt, du sollst dich im Wald verstecken«, sagte er streng zu dem Jungen.

»Ja, Vater, das habe ich ja auch getan. Ich bin im Wald hinter dir hergeschlichen und dann auf den Baum geklettert, unter dem du gekämpft hast. Als ich dann sah, wie der Mann auf dem Boden zu sich kam und sich von hinten an dich heranschlich, wollte ich dir helfen. Du hast mir ja auch den Dolch gegeben.« Er zeigte die Waffe vor.

Eckebrecht schwieg eine Weile.

»Wenn du wüsstest, was für eine Angst ich um dich hatte«, sagte er dann erschöpft.

»Ich um dich aber auch.«

»Du warst ungeheuer mutig. Stürzt dich wie eine Wildkatze auf einen erwachsenen Mann … Nun lass uns einmal nach Dietrich sehen.«

Es zeigte sich, dass Dietrich nicht allzu viel Blut verloren hatte. Nachdem der Stich verbunden und der Arm in eine Schlinge gelegt war, meinte er, er könne den Wagen weiterlenken. Das schlug Eckebrecht aber rundweg ab. Zum Glück stellte sich heraus, dass die anderen nur kleinere Schnittwunden und Beulen davongetragen hatten – selbst Fordolf zeigte stolz einen Kratzer am Bein vor.

Inzwischen hatten Bardo und Hermann die beiden toten Räuber untersucht. Der Anführer hatte einen Beutel bei sich, in dem sich neben einigen Münzen ein wertvoller Ring befand.

»Was machen wir damit, gehört das uns?«, fragte Fordolf.

»Nein, wir müssen fragen, wo hier der nächste Richter ist. Dem müssen wir dann den Überfall anzeigen. Ich werde den Beutel bei ihm lassen. Er gehört uns nur, wenn der rechtmäßige Besitzer sich nicht meldet.«

»Ist das nicht ungerecht? Wir haben doch mit den Räubern gekämpft …«

»Jetzt reicht es, mein Sohn. Wir haben um unser Leben und um unseren eigenen Besitz gekämpft, aber nicht um die Beute der Räuber. Weißt du, ob sie nicht dafür schon Menschen erschlagen haben? Also.«

Dietrich wurde auf einem der Wagen untergebracht, Bardo übernahm die Lenkung seines Fahrzeuges, und das Reitpferd folgte angeleint.

Als sie sich wieder auf den Weg machten, seufzte Eckebrecht und sagte nachdenklich zu seinem Sohn:

»Kannst du dir vorstellen, was Blithildis dazu alles sagen wird?«

An jedem großen Stadttor taten drei Wächter Dienst: Einer ließ die Leute ein und aus, einer ging auf der Stadtmauer auf und ab und beobachtete die Umgebung, und ein Dritter wurde als Bote gebraucht, falls etwas Unvorhergesehenes dem Rat zur Kenntnis gebracht werden musste. So war es auch in jener Winternacht, im Jahr 1119.

»Das ist eigentlich eine sehr gute Aufteilung, und sie passt genau auf uns«, sagte der alte Matthias. »Du, Albert, bist jung und hast gute Augen, also gehörst du auf die Mauer. Karl ist der Flinkeste von uns, also ist er der Bote. Und ich bin erfahren und kann das Tor am besten beaufsichtigen.«

»Schon gut«, sagte Albert. »Ich gehe ja schon. Gute Augen können auch ein Nachteil sein. Jetzt kann ich wieder im kalten Nebel herumstapfen, und du sitzt bequem im warmen Wärterhäuschen.« Er kletterte die Stufen der engen Wendeltreppe empor, die auf die Mauerkrone führte, und begann seinen Rundgang. Heute war ihnen das Tor neben St. Aposteln zugeteilt worden. Frierend ging Albert seinen Streckenabschnitt ab und maulte leise vor sich hin. Aber plötzlich entdeckte er etwas, das ihm das Blut heiß durch die Adern schießen ließ: Hatte dort nicht etwas geblinkt? Er spähte weiter in die gleiche Richtung. Der Nebel ließ etwas nach, nun war ein Irrtum ausgeschlossen: Dort kamen Bewaffnete. Die Knie wurden ihm weich, als er die große Anzahl von Pferden sah. Noch waren sie zu weit, als dass er ihre Wimpel oder Farben hätte erkennen können. Er rannte, so schnell er konnte, auf dem gedeckten Gang hinter den Schießscharten bis zu der Wendeltreppe zurück. »Mordio!«, schrie er, so laut er konnte. »Ein Heer kommt auf uns zu!«

In Windeseile war der alte Matthias auf. »Lauf, Karl, so schnell du kannst, zu Herrn Wolbero.«

Er blickte sich um. Zum Glück waren gerade keine Leute vor dem Tor, die hereinwollten, nur einige Bauern kamen mit ihren Karren vom Markt und wollten heim.

»Drinnen bleiben. Alle anpacken!«, befahl Matthias. »Ihr helft mir jetzt, das Tor herunterzulassen. Und du, Albert, läufst zum Nachbartor.«

Das hätte er nicht zu sagen brauchen, auch die jungen Torwächter wussten ganz genau, was im Augenblick der Gefahr zu tun war. So schnell ihn seine Beine trugen, rannte Albert zum nächsten Tor und warnte die dortigen Wächter, und diese sandten wiederum einen Boten zum übernächsten Tor. So waren in kürzester Zeit alle Tormannschaften gewarnt und bemühten sich fieberhaft, die Stadt zu sichern.

Sie schlossen die schweren Tore aus Eichenholz, legten die Balken vor, machten die Seile los, die die Fallgitter oben hielten. Die Handwerker, die von der Kriegsschar hörten, ergriffen die stets bereitliegenden Waffen und eilten zu dem Mauerabschnitt, den sie bei Gefahr zu verteidigen hatten.

Es zeigte sich indessen, dass das Heer offenbar nicht die Absicht hatte, die Stadt zu bestürmen. Ein kleiner Trupp Reiter führte sie an. Sie waren noch zu weit entfernt, von der Stadt aus konnte auch der scharfäugige Albert noch nicht erkennen, zu wem die Krieger gehörten.

Vor dem Heer ritt Kaiser Heinrich, umgeben von einer Hand voll Getreuer, und gab das Handzeichen zum Halt. »Wir sind jetzt nahe genug, um die Kölner ein wenig zu erschrecken, aber nicht so nah, dass sie sich schon in die Hosen machen«, sagte er spöttisch zu seinem Hauptmann. »Du kannst den Herold losschicken.«

Er sah dem Reiter nach, der mit einem weißen Wimpel in gemessener Geschwindigkeit auf das Tor bei St. Aposteln zuritt.

»Ihr liebt die Kölner wohl nicht, Majestät?«, fragte der Hauptmann.

»Nein, aber ihren Erzbischof noch weit weniger«, bemerkte der Kaiser mit grimmiger Miene.

Erst zwei Tage zuvor war Kaiser Heinrich mit Erzbischof Friedrich von Köln in Aachen zusammengetroffen.

Der geschmeidige Kirchenfürst hatte sich dem Herrscher wieder einmal als Vermittler angedient. Er wollte seine Verbindungen nutzen, um den Kaiser mit dem Papst und den Fürsten zu versöhnen.

Heinrich hatte ihn mit undurchdringlicher Miene gemustert. Er traute Friedrich nicht. Erst vor kurzem war ihm von einem Mitglied des päpstlichen Hofstaates, der insgeheim in Heinrichs Sold stand, zugetragen worden, dass der Kölner Erzbischof den neuen Papst Calixtus nicht nur zu seiner Wahl beglückwünscht, sondern auch den Wunsch hinzugefügt hatte, der Oberhirte möge über den Kaiser triumphieren.

Und die versprochene Aussöhnung mit den Fürsten? Erst im Juni hatten sie den Herrscher ihres Gehorsams versichert, und aller Streit sollte bis zur Ankunft des Papstes, die für den 18. Oktober erwartet wurde, ruhen.

Der Papst hatte sein Versprechen gebrochen. Statt in die deutschen Lande zu kommen, hatte er an eben diesem Tag in Reims eine Kirchenversammlung abgehalten und den Kaiser dort erneut mit dem Bannfluch belegt.

Dem Kaiser war völlig klar, dass der Papst ihn bekämpfen würde, was immer er auch tun oder sagen mochte. Nicht weniger klar war ihm auch, dass Herr Friedrich, der ihm da so milde lächelnd und vermittlungsbereit gegenübersaß, hinter seinem Rücken jederzeit gegen ihn handelte. Heinrich wollte den Einfluss des Erzbischofs etwas ankratzen und hatte ihm daher, ohne auf sein Vermittlungsangebot einzugehen, mitgeteilt, er wolle der Stadt Köln einen Besuch abstatten und vor den dortigen Heiligen beten.

Es hatte ihm Vergnügen bereitet, wie das salbungsvolle Lächeln des Kirchenfürsten auf dessen Gesicht gefroren war. Herr Friedrich hatte nicht die geringste Absicht, dem Kaiser die Möglichkeit zu geben, Stimmung gegen den Erzbischof zu machen. Die Kölner Bürger waren sich ihres wachsenden Einflusses ohnedies schon viel zu bewusst. Er hatte dem Kaiser den Besuch seiner Stadt daher rundweg abgeschlagen.

Mit sanfter Stimme hatte der Kaiser nach dem Grund für die Ablehnung gefragt. Sein Lächeln war Friedrich wie das Zähnefletschen eines Wolfes erschienen. Da ihm so schnell keine passende Ausrede erschienen war, hatte er sich nur würdevoll erhoben, dem Kaiser mit zwei Fingern den Segen erteilt und war davongeeilt. Kurz darauf war ein Bote des Erzbischofs durch das östliche Aachener Stadttor davongeprescht mit dem Auftrag, den Kölnern die Aufnahme des Kaisers strikt zu verbieten.

Aber nun ritt Heinrichs Herold vor die Stadt.

»Jetzt kann ich es erkennen. Der Reiter trägt die kaiserlichen Farben!«, rief Albert.

Der Kaiser! Was wollte er? Matthias öffnete dem Herold die Seitenpforte. Er sprang vom Pferd und trat ein.

»Unser aller Herr, Kaiser Heinrich, entbietet euch seinen huldvollen Gruß«, rief er. »Wer von euch wird seine Botschaft entgegennehmen?«

Es hatten sich im Auftrage des Rats in höchster Eile zwei

jüngere Ratsherren, Eckebrecht und Anselm, am Tor bei St. Aposteln eingefunden.

»Wie lautet deine Botschaft?«, fragte Eckebrecht.

»Der Kaiser bittet euch höflich um Aufnahme in der Stadt. Er hat den dringenden Wunsch, an den Gräbern eurer Heiligen zu beten.«

»Ist das alles?«, entfuhr es Eckebrecht.

»Das ist alles. Er wünscht, die Stadt mit angemessenem Geleit zu betreten, das Heer lässt er draußen.«

Die Ratsherren atmeten tief auf.

»Bitte geh in die Wachstube, und lass dir eine Erfrischung anbieten. Wir eilen jetzt ins Bürgerhaus und werden dir so schnell wie möglich die Entscheidung des Rats mitteilen.«

Die beiden Ratsherren sprangen auf ihre Pferde und ritten rasch zum Bürgerhaus.

Der Besuch des Kaisers hatte eine hitzige Sitzung der Kölner Ratsherren zur Folge. Im Bürgerhaus war es warm und stickig. Zu viele Kohlebecken waren aufgestellt, zu viele Männer redeten und fuchtelten mit den Armen. Wieder einmal war Köln zwischen zwei Mühlsteine geraten und drohte Schaden zu nehmen.

»Meine Schwiegertochter liegt wieder mit einem Enkelkind in Wehen«, sagte Wolbero, der als ältester der Ratsherren den Vorsitz führte. »Beim ersten und zweiten stand auch unser gnädiger Kaiser mit Waffen vor unserer Stadt. Woher erfährt er immer nur, dass in meiner Familie Nachwuchs erwartet wird?«

Die Kaufleute lachten. Nachdem er so die hitzige Lage etwas entspannt hatte, fuhr Wolbero fort:

»Herr Friedrich hat uns verboten, dem Kaiser die Tore öffnen zu lassen, er hat aber keinen Grund dafür genannt. Der Kaiser sagt, er wolle friedlich an den Gräbern unserer Heiligen beten. Die Frage ist nun, wem von beiden wir gehorchen sollen. Schulden wir eher dem Kaiser Gehorsam oder eher unserem Stadtherrn?«

»Dem Erzbischof müssen wir gehorchen«, meinte Richolf.

»Wieso? Er hat keinen vernünftigen Grund, dem Kaiser den Zutritt zu verwehren. Er wird ja wohl noch beten dürfen, den Beistand der Heiligen hat unser Herrscher mehr als nötig!«, rief Vogelo.

»Aber der Erzbischof ist der Stadtherr und hat daher das Recht, über seine Stadt zu verfügen«, beharrte Richolf.

Stimmen schwirrten durcheinander, die Meinungen über diesen Punkt waren durchaus geteilt. Nach kurzer Zeit hob Wolbero die Hand und sagte:

»Freunde, es ist gar nicht entscheidend, ob der Kaiser Recht hat oder der Erzbischof. Was ist schon Recht in einer Zeit, wo nur die Macht entscheidet?«

»Wenn draußen unser früherer Kaiser stünde, würde ich keinen Augenblick zögern«, rief der alte Bruno mit dünner Greisenstimme.

»Unsere Treue und Anhänglichkeit zum verstorbenen Kaiser haben wir seinerzeit teuer büßen müssen, auch und gerade durch seinen Sohn, der nun heute draußen steht und hereinwill«, murrte Richolf auf.

»Auch ich traue dem jetzigen Kaiser nicht. Hätte er nicht vorsorglich angekündigt, dass er unsere Stadt ohne sein Heer betreten will, dann würde ich niemals dafür stimmen, ihn hereinzulassen«, meinte der alte Waffenschmied Heinrich. Er war als ältester Sohn eines Kaufmanns mit einem lahmen Bein geboren und konnte daher nicht umherreisen, machte aber die besten Waffen und Harnische, die in Köln zu haben waren. Sein jüngerer Bruder hatte den väterlichen Handel übernommen und zehn Jahre im Rat gesessen, bis er gestorben war und einen unmündigen Sohn hinterlassen hatte. Bis dieser herangewachsen war und den Platz des Vaters einnehmen konnte, hatten die Ratsherren Heinrich in den Rat berufen. Es war das einzige Mal, dass sie einen Handwerker in ihren Reihen duldeten.

Nun ergriff Wolbero wieder das Wort.

»Ich denke heute nur daran, was wohl unserer Stadt am meisten nützt. Und da ist nicht zu bestreiten, dass Kaiser Heinrich draußen mit einem Heer steht. Schützt uns das Verbot unseres Erzbischofs etwa vor den Soldaten da draußen? Wohl kaum. Unsere guten Befestigungen jedoch, die wir vor dreizehn Jahren mit so gewaltigem Kraft- und Geldaufwand errichtet haben, werden uns auch heute schützen. Aber wenn der Kaiser das Umland verheert und uns belagert, ist unser Schaden in jedem Fall groß. Herr Friedrich wird seine eigene Stadt unbeschädigt lassen und höchstens versuchen, uns mit einer Buße zu belegen. Dagegen würden wir uns wehren, denn der Kaiser zwingt uns ja. Also sage ich, öffnet die Tore.«

Nach eingehender Beratschlagung schlossen sich die Ratsbürger Wolberos Meinung an. Ein berittener Bote wurde zum Stadttor vorausgeschickt, um den Herold mit der ehrerbietigen Einladung des Rats an den Kaiser zurückzusenden. Inzwischen schritten die Ratsherren in feierlichem Zug zum Hahnentor, an ihrer Spitze der alte Wolbero, gestützt durch seinen Sohn Eckebrecht, der gleichfalls in den Rat berufen war. Ein eisiger Wind wehte, und der alte Mann war bis auf die Knochen durchgefroren und erschöpft, als sie das Tor erreichten.

Der mächtige Schlüssel drehte sich im Schloss, und die Brücke wurde herabgelassen. Schon ritt Kaiser Heinrich heran. Würdevoll trat Wolbero auf den Herrscher zu, verneigte sich tief und reichte ihm einen Willkommentrunk, nahm dann dessen Pferd am Zügel und führte es in die Stadt.

Leutselig grüßte der Kaiser die Menge, die sich am Wegesrand drängelte. Er hielt sein Pferd mehrere Male an, um ein paar Sätze zu den Leuten zu sprechen, zum Leidwesen des greisen Wolbero, der mittlerweile Mühe hatte, sich noch auf seinen Füßen zu halten.

Beim abendlichen Festbankett fehlten sowohl Wolbero wie auch sein Sohn. Der alte Kaufmann hatte sich mit hohem Fieber zu Bett legen müssen, und Eckebrecht saß auf dem Bettrand seiner kleinen Frau Sophia, die ihn, keineswegs erschöpft von der Geburt ihres zweiten Sohnes Johannes, fröhlich anlächelte.

Wolbero starb am 1. Dezember 1119, nahezu achtzig Jahre alt. Ein halbes Jahrhundert lang hatte er die Geschicke seiner Stadt mitgestaltet. Seine klugen Ratschläge würden der Stadt sehr fehlen. Noch mehr fehlen würde er seiner Familie, besonders seiner Frau Blithildis, die nicht von seinem Bett gewichen war und ihn mit aufmunterndem Lächeln gepflegt hatte. Sie vergoss keine Träne, sondern lächelte auf den Toten herab und hielt zärtlich seine Hand, während Eckebrecht, Sophia mit dem Neugeborenen im Arm, Fordolf, an dessen Hand der kleine Gunther und das gesamte Gesinde bitterlich weinten.

»Er war der beste Mann, den ich kannte. Ich kann Gott nicht genug danken, dass er mir vier Jahrzehnte an seiner Seite geschenkt hat. Nun wartet Wolbero auf mich, bis ich zu ihm komme«, sagte sie einfach.

Erzbischof Friedrich war so wütend über den Ungehorsam seiner Bürger, dass er das Interdikt über Köln verhängte. Die Priester hatten also eine ruhige Zeit, weil sie die täglichen Messen nicht lesen durften. Die Bürger Kölns taten aber so, als ginge sie das gar nichts an. Auch die trauernde Familie Wolberos machte sich nichts aus diesem Zeichen des erzbischöflichen Grolls, denn das Interdikt wurde erst bekannt gegeben, nachdem Wolbero mit allen Ehren und einem großen Gefolge von Trauernden zu Grabe getragen worden war. Da Taufen vom Interdikt ausgenommen waren, damit nicht ein unschuldiger Säugling ungetauft sterben musste, wurde Eckebrechts Sohn, der kleine Johannes, in die christliche Gemeinschaft aufgenommen, wie es sich gehörte.

Nachdem er feststellen musste, dass seine Strafmaßnahme niemanden beeindruckte, hob Erzbischof Friedrich sein Interdikt nach kurzer Zeit wieder auf. Auch dies wurde von der Bürgerschaft nicht weiter beachtet.

Nach Wolberos Tod musste Eckebrecht das Handelsgeschäft allein führen. Zwar war Wolbero seit Jahren nicht mehr auf den Reisen dabei gewesen, aber er hatte sie klug geplant. Seine Ratschläge fehlten Eckebrecht schmerzlich, mehr aber noch seine humorvolle Art und seine menschliche Anteilnahme. Es wurde Eckebrecht immer deutlicher, wie viel er Wolbero zu verdanken hatte.

Fast immer war Fordolf jetzt auf seinen Reisen dabei, und der Junge gab sich große Mühe, es seinem Vater recht zu machen.

Im Oktober 1121 waren beide aus Venedig zurückgekehrt, wo sie einen großen Posten Gewürze und Seide erstanden hatten.

Die Reise war lang und anstrengend gewesen. Seit zwei Wochen hatte es Herbststürme mit peitschenden Regenfällen gegeben. Kein Wunder, dass Eckebrecht dieses Mal sehr müde und erschöpft nach Köln zurückkehrte. Er wollte nur noch essen und dann gleich zu Bett gehen.

»Alles über den Verlauf dieser Reise kann ich euch auch morgen erzählen«, sagte er zu Sophia und Blithildis, als er in der Küche die nassen Stiefel und Strümpfe von den Beinen streifte. »Heute brauche ich nur noch ein warmes Bett.«

Er streifte seine Frau mit einem so anzüglichen Blick, dass sie lachte und dabei rot wurde.

So fluchte Eckebrecht nicht schlecht, als jemand in der tiefsten Nacht mit beiden Fäusten an die Haustür hämmerte und laut nach ihm rief. Missmutig und verschlafen stieß er den Fensterladen auf und schaute hinunter auf die Straße. Im Schein einer blakenden Fackel erkannte er den Kaufmann Tietmar, der ihm heftig zuwinkte.

»Komm sofort herunter, Eckebrecht, du musst mit mir nach St. Gereon gehen.«

»Nicht nötig, ich habe mein Abendgebet schon gesprochen«, spottete Eckebrecht, noch immer verärgert über die nächtliche Störung.

»Ich erkläre dir alles auf dem Weg, jetzt beeile dich!«, rief Tietmar.

Dieser Wortwechsel weckte noch weitere Anwohner auf, Fensterläden öffneten sich, Stimmen beschwerten sich. Eckebrecht tappte herum und suchte im Dunkeln nach seiner Kleidung. Sophia war aus dem Bett geschlüpft, um ihm dabei zu helfen.

»Leg dich schnell wieder hin, du zitterst ja«, sagte Eckebrecht zärtlich zu ihr. Aber sie tastete sich hinunter in die Küche, wo sie seine nassen Stiefel zum Trocknen hingestellt hatte.

»Ich kann nur hoffen, dass du einen guten Grund hattest, mich aus dem Bett zu holen«, brummte Eckebrecht draußen Tietmar an, während sie sich eilends auf den Weg machten.

»Du wirst nicht glauben, was geschehen ist. In unserer Kirche wurde der heilige Gereon gefunden.«

»Doch wohl nicht mitten in der Nacht?«

»Doch, das ist es ja gerade. Du kennst doch Norbert von Xanten?«

»Du meinst den Günstling unseres Erzbischofs?«

Erzbischof Friedrich hatte den Xantener Kanonikus Norbert 1115 entgegen den kanonischen Vorschriften gleichzeitig zum Diakon und zum Priester geweiht. Er war schon Hofkaplan von Kaiser Heinrich V. gewesen. Seine Beredsamkeit war dem Papst aufgefallen, und dieser hatte den hageren Mann 1118 als seinen bevollmächtigten Bußprediger ausgesandt. In diesem Jahr hatte er bei Laon das Kloster Prémontré gegründet, das Ausgangspunkt für den Prämonstratenserorden wurde.

»Genau den. Er wünscht sich Reliquien für seine zahlreichen Stiftungen, und die stiehlt er bei uns.«

Das verschlug nun sogar Eckebrecht die Sprache.

Sie hatten die Vogelostraße hinter sich gelassen und kamen an Reimbachs Hof vorbei. Ihr Weg führte sie nun an der alten Stadtmauer vorbei, die sich lang nach Westen hinstreckte.

»Er ist heute Nacht heimlich mit ein paar Mönchen in St. Gereon eingedrungen. Sie haben die Bodenplatten abgehoben und gegraben. Unsere Kirche ist eine der ältesten in Köln, und weil sie nach dem Märtyrer aus der Thebäischen Legion benannt ist, hat Norbert sich gedacht, dass er hier Gebeine finden könnte. Und sie haben tatsächlich einen steinernen Sarg gefunden. Bloß steckte der tief in der Erde, und sie mussten sicher lange graben, bis sie ihn freigelegt hatten. Das ging aber nicht ohne Lärm ab. Wir wohnen ja gerade gegenüber der Kirche, und mein Vater hat einen leichten Schlaf. Er erwachte und weckte mich und meine Brüder auf.

Weil wir Fackelschein hinter den Kirchenfenstern sahen, eilten wir hinüber, um zu sehen, was da vor sich ging. Wir hörten Geräusche und sahen Licht, aber die Türen waren verschlossen. Ich kletterte auf die Schultern meines Bruders und schaute durchs Fenster, da sah ich ein halbes Dutzend Männer ein Grab im Boden freilegen. Ich staunte nicht schlecht, als ich Norbert erkannte, der sich nicht zu schade war, eine Schaufel zu schwingen.

Im Boden erkannte ich einen Steinsarg. Schleunigst kletterte ich wieder herunter, und wir weckten die Nachbarn und besonders den Priester unserer Pfarrkirche, der halb bekleidet herbeieilte und die Kirchentür aufschloss.

Wir kamen gerade rechtzeitig, um zu sehen, wie die Männer in der Grube die Deckplatte des Sargs in die Höhe wuchteten.

›Was geht hier vor?‹, rief unser Pfarrer zornig und hob seine Lampe. Der Lichtschein fiel in den Sarg, und wir erstarrten.

In dem Sarg lag ein Männerkörper, breitschultrig und mit kräftigen Armen. Bedeckt war er von einem seidenen Purpurgewand.«

»Willst du damit sagen, der Leichnam in dem Steinsarg war noch erhalten?«

»Ja, das ist ja das Unglaubliche. Der Pfarrer hob das Gewand vorsichtig an, darunter kam ein purpurner Mantel zum Vorschein, der knapp bis über die Knie reichte, und darunter ein weißes, seidenes Hemd, das blutrot schimmerte. Auf seiner Brust lag ein kunstvolles goldenes Kreuz, dessen feine goldene Plättchen im Fackellicht aufglänzten. An den Füßen trug er mit Blumen bestickte Stoffschuhe.

Die Lampe glitt nach oben. Ein Schrei brach sich im Kirchengewölbe: Der Schädel lag neben dem Hals, der Tote war offenbar enthauptet worden. Neben dem Kopf und seitlich vom Körper lag etwas, was wie blutgetränkte Grasbüschel aussah.«

Eckebrecht schüttelte den Kopf.

»Eine wirklich unglaubliche Geschichte. Und nun glaubst du natürlich, dass dies der heilige Gereon ist.«

»Selbstverständlich! Schließlich weiß jedes Kind, dass Gereon enthauptet wurde, weil er dem christlichen Glauben nicht abschwören wollte. Und wo sollte er denn begraben sein, wenn nicht in der Kirche, die nach ihm benannt ist?«

»Da magst du Recht haben. Aber ich hätte doch lieber weitergeschlafen und den Heiligen erst morgen betrachtet.«

»Zum Teufel noch einmal, du alter Schnarchsack, wir brauchen dringend die Hilfe des Rats, damit uns der Heilige nicht gestohlen wird. Was glaubst du denn, warum Norbert in aller Heimlichkeit bei uns herumgegraben hat? Erfülle also gefälligst deine Pflicht, schlafen kannst du auch morgen.«

Sie hatten den Berlich links liegen gelassen und bogen an der Löwenpforte nach rechts ab.

Vor der Gereonskirche wimmelte es inzwischen von Menschen. In der Kirche herrschte ein dichtes Gedränge von Leuten, die auf den Knien lagen und innige Lobgesänge zu Ehren ihres Heiligen anstimmten. Sie waren vor Freude und Ergriffenheit über den Fund ganz außer sich.

Eckebrecht sah, dass schon einige seiner Ratskollegen anwesend waren. »Siehst du, ich wäre gar nicht gebraucht worden«, sagte er vorwurfsvoll zu Tietmar.

»Du könntest ruhig dankbar sein, dass du dabei bist, wenn hier einmal etwas Aufregendes geschieht«, beharrte dieser.

Die Ratsherren verständigten sich rasch und schritten dann auf Norbert von Xanten zu, der sich unauffällig in einer Ecke hielt.

»Gott zum Gruß, Herr Norbert«, begann Eckebrecht. »Sagt uns doch, was es mit dieser nächtlichen Graberei auf sich hat. Ich kann mir doch nicht denken, dass Ihr in die Kirche eingebrochen seid, um dort Kostbarkeiten zu stehlen?«

»Was fällt dir ein, Eckebrecht«, rief der Mönch Matthias empört. »Natürlich stiehlt keiner von uns. Wir haben nur nach Reliquien gesucht.«

Norbert trat dem Mönch heftig auf den Fuß, um ihn zum Schweigen zu bringen, aber es war zu spät. Die Bürger wurden sehr zornig.

»Dieser Tote gehört ausschließlich uns, weil er seit Jahrhunderten als Toter bei uns geweilt hat. Niemand soll wagen, ihn anzurühren – auch nicht der berühmte Norbert von Xanten«, rief der alte Pfarrer erbost.

Im Namen des Rats erteilte Eckebrecht nun seine Befehle.

»Da der Erzbischof zur Zeit abwesend ist, muss seine Rückkehr abgewartet werden. Der Steinsarg ist bis dahin wieder zu verschließen und Tag und Nacht zu bewachen, um den kostbaren Märtyrer zu behüten.«

Insgeheim hielt Eckebrecht nämlich Norbert von Xanten durchaus für fähig, heimlich des Nachts den Toten zu stehlen und aus Köln fortzuschaffen.

»Und Ihr, Herr Norbert, haltet Euch bitte von dieser Kirche fern, bis Erzbischof Friedrich wieder da ist.«

Mit diesen Worten verließ Eckebrecht den Ort des Geschehens und machte sich auf den Heimweg.

Sophia, die vor Neugier fast platzte, wartete hellwach auf die Rückkehr ihres Mannes. Unter vielen fassungslosen Ausrufen hörte sie sich die Geschichte an, die er ihr zu erzählen hatte.

»Sicher haben die Männer bei ihrer Arbeit ordentlich geschwitzt vor Angst.«

»Warum meinst du das, Sophia?«

»Immerhin haben sie ja den Gebeinen Verstorbener Unfrieden gebracht. Und es handelt sich doch hier um heilige Knochen, die vermutlich besondere Macht haben und sich womöglich gegen die Unruhestifter wehren können.«

Dieser Gedanke erheiterte Eckebrecht. Er lachte und zog Sophia in seine Arme.

Seine Frau fügte noch hinzu: »Kein Wunder, dass Norbert in aller Heimlichkeit hat graben lassen. Die Kölner sehen es gar nicht gern, wenn man ihnen ihre Kostbarkeiten nehmen will.«

»Nein, und ganz besonders ungern sehen sie es, wenn man sie entfernt, ohne dafür angemessen zu bezahlen.«

Erzbischof Friedrich kehrte erst am 24. November nach Köln zurück. Er war sofort von dem Aufsehen erregenden Fund unterrichtet worden und begab sich mitsamt vielen Geistlichen und Bürgern unverzüglich zur Gereonskirche. Es hatte sich wie ein Lauffeuer in der Stadt herumgesprochen, wie wundervoll der vor vielen hundert Jahren verstorbene Märtyrer erhalten sei, und jedermann war begierig, einen Blick auf ihn zu werfen.

Norbert von Xanten war nicht dabei. Herr Friedrich, der gern Unannehmlichkeiten vorausschauend vermied, hatte ihn nach Prémontré zurückgeschickt.

Der Erzbischof sprach nun ein feierliches, langes Gebet, besprengte den Steinsarg dann mit Weihwasser und gab den wartenden Männern ein Zeichen, ihn zu öffnen. Der Deckel wurde hochgewuchtet. Ein Schrei des Entsetzens ging durch die dicht gedrängte Menge. Der Leichnam, der so lange Zeit von der Luft abgeschnitten in seinem steinernen Sarg fast unversehrt geruht hatte, war durch die Zufuhr frischer Luft zerfallen. Der Körper war nur noch ein Haufen Asche, der zerrieselte, sobald man ihn anfasste. Die Gebeine, die im vergangenen Monat noch wie weißer Kalk geleuchtet hatten, zerfielen zu Staub.

Zwei Priester sammelten diesen ehrfürchtig ein und bewahrten ihn in einem kostbaren Tuch. Da sich der Staub der blutgetränkten Grasbüschel dazwischenmengte, leuchtete er in einem matten Rot.

Es fanden sich noch ein Wehrgehänge, das einst aus schwarzem Leder gewesen sein mochte, und der verrostete Schwertknauf. Das Schwert selbst war gleichfalls zu Asche zerfallen. Dies alles verstauten die Geistlichen voller Trauer in einem Reliquiengefäß.

Sic transit gloria mundi.

Am 23. Mai 1125 erlag Kaiser Heinrich in Utrecht einem Krebsleiden, erst neununddreißig Jahre alt. Er hatte keine Kinder mit seiner englischen Gemahlin Mathilde. Das salische Geschlecht war damit nach hundertjähriger Herrschaft ausgestorben.

Noch kurz vor seinem Tode hatte der Kaiser seinem Neffen Friedrich von Hohenstaufen, dem Herzog von Schwaben, seinen persönlichen Besitz an Ländereien vermacht und seine Frau sowie die Reichsinsignien in dessen Obhut gegeben.

Nicht nur für Friedrich war das gleichbedeutend mit seiner Designation, zumal er über seine Mutter Agnes ein Enkel von Kaiser Heinrich IV. war. Er konnte auf die Unterstützung der Schwaben und Franken rechnen.

Es gab jedoch Fürsten, die andere Anwärter bevorzugten. Erzbischof Friedrich von Köln, der drei Nichten mit den Grafen von Berg, von Saffenberg und von Blois verheiratet und dadurch an politischem Gewicht gewonnen hatte, fühlte sich zum Königsmacher berufen und bot dem Grafen Karl von Flandern die deutsche Königskrone an. Wieder einmal war er uneins mit den Kölner Bürgern, die auf der Seite des Hohenstaufen waren.

Indes verzichtete Graf Karl noch vor der Königswahl, die im August 1125 in Mainz stattfinden sollte, darauf, sich aufstellen zu lassen. Rasch entschied sich Friedrich darauf für einen dritten Anwärter auf den Königsthron: Lothar von Supplinburg, den Herzog von Sachsen, den Mächtigsten unter den weltlichen Fürsten. Er wurde auch von Erzbischof Adalbert von Mainz begünstigt, obwohl er mit fünfzig Jahren schon als alter Mann gelten musste.

Es kam, wie so häufig bei Königswahlen, zu höchst unschönen Schiebereien: Der Mainzer listete der Kaiserin Mathilde die Reichsinsignien ab. Der Herzog Heinrich von Bayern war Parteigänger für seinen Schwiegersohn Friedrich von Schwaben. Man versprach ihm für seinen ältesten Sohn die Hand der Gertrud von Supplinburg, der einzigen Tochter und Erbin des Sachsen, und Heinrich schwenkte darauf flugs zu Lothars Partei um.

So wurde der alte sächsische Herzog zum deutschen König gewählt.

Erzbischof Friedrich konnte wieder darauf hinweisen, was für ein wichtiger und bedeutender Kirchenfürst er doch war, dessen Meinung im Reich etwas galt. Er rechnete es sich als persönlichen Erfolg an, dass er am 13. September Lothar in Aachen zum König krönen durfte.

Eckebrecht ließ es sich nicht nehmen, bei den Krönungsfeierlichkeiten in Aachen zu sein und dort seine Bestände an Rheinwein zu verkaufen.

»Ich weiß noch nicht so recht, was dieser neue König für Köln bedeutet«, vertraute Eckebrecht nach seiner Rückkehr seiner Frau an. »Er ist schon eisgrau, wirkt aber sehr zielbewusst.«

»Du sahst doch sicher auch die Königin?«, fragte Sophia begierig. »Wie sieht sie aus?«

Eckebrecht ging in der Stube auf und ab und hatte wohl nicht hingehört.

»Nun sage doch. Wie sieht die Königin aus?« Er fuhr aus seinen Gedanken hoch.

»Die Königin, ja. Ich sah Königin Richenza an der Seite ihres Mannes in den Dom einziehen. Sie ist zwölf Jahre jünger als er, sieht aber so frisch aus, als sei sie seine Tochter. Sie hat üppiges rotblondes Haar, vermutlich wohl auch Sommersprossen, aber so nah bin ich ihr nicht gekommen, dass ich das genau gesehen hätte. Sie ist sehr groß und kräftig für eine Frau. Ihren Namen hat sie von ihrer lothringischen Großmutter, und die ist wieder eine Enkelin des Pfalzgrafen Ezzo von Lothringen, der die Abtei Brauweiler gestiftet hat. Sie ist also ein wenig auch ein Kind unserer Gegend.«

»Hatten sie ihre Kinder dabei?«

Auch diese Frage musste Sophia wiederholen, denn Eckebrecht war offenbar mit seinen Gedanken woanders.

»Soviel ich weiß, haben sie nur ein einziges Kind, ihre Tochter Gertrud, die hat Lothar dem Welfen Heinrich von Bayern als Ehefrau angeboten. Ohne dessen Unterstützung hätte er die Wahl zum König wohl nicht erreicht. Gertrud ist noch fast ein Kind, wie man hört.«

Sophia schüttelte den Kopf. »Die Großen schrecken aus Machtgier auch vor gar nichts zurück. Wenn ich eine Tochter hätte, würde ich sie nicht als Kind verheiraten.«

»Nein, meine Herzensfreude, du bist eben eine gute Mutter. Aber du hast auch keine Herzogtümer zu vergeben und keine Krone zu gewinnen. Außer bei mir, denn für mich bist du natürlich meine kleine Königin. Übrigens kannst du dir die Frau Richenza selbst anschauen, denn sie wird ja bald hier in Köln gekrönt.«

Er ließ sich in den Stuhl neben seiner Frau fallen und griff gedankenlos nach einem winzigen Holzpferd, das der Stallknecht Bardo für den kleinen Johannes geschnitzt hatte. Bardo war darin ein Meister und saß meistens abends über eine Schnitzarbeit gebeugt. Alle Löffel, viele Becher und Gefäße in der Küche stammten aus seinen geschickten Händen.

Dieses kleine Spielzeug hatte er dem Fohlen nachgemacht, das vor wenigen Wochen im Stall geboren worden war, und Johannes liebte es heiß.

Eckebrecht drehte es zwischen den Fingern hin und her, schien es aber gar nicht recht zu sehen.

»Da ist doch noch etwas Wichtiges, was du mir noch nicht erzählt hast«, sagte Sophia.

Eckebrecht schaute auf. Seine Hand umklammerte das Holzpferdchen, und es knackte. Er öffnete die Finger: Eins der kleinen Beinchen war abgebrochen.

»O weh, Johannes wird weinen«, sagte Eckebrecht betrübt.

Sophia nahm ihm das Spielzeug weg.

»Damit gehe ich morgen zum Tischler, er wird es so gut anleimen, dass man es kaum sieht«, sagte sie bestimmt. »Und du sagst mir jetzt, was in Aachen geschehen ist.«

Eckebrecht erhob sich wieder und ging ruhelos auf und ab. Dann blieb er neben dem Fenster stehen. Das Licht war in seinem Rücken, darum konnte Sophia sein Gesicht nicht genau sehen.

»Ich hatte gehört, dass eine jüdische Gruppe gekommen war, um dem neuen Herrscher zu huldigen«, sagte Eckebrecht leise. »Und es hieß, es seien Juden aus Lyon dabei. Habe ich dir einmal gesagt, dass meine Mutter Rachel aus Lyon stammte?«

»Du hast es mir oft gesagt. Und was geschah dann?«

»Ich erkundigte mich, wann ihre Audienz beim Herrscher war, und wartete draußen vor dem Palast auf sie. Als ich sie sah – die langen Schläfenlocken, die Hüte – mir war, als sähe ich meinen Vater vor mir.«

Die Stimme versagte ihm.

Sophia wartete eine Weile, dann fragte sie behutsam:

»Hast du mit ihnen gesprochen?«

Eckebrecht seufzte tief auf.

»Ja, ich sprach den Ältesten unter ihnen an, einen würdigen Greis mit langem Bart und kostbarem Seidenkaftan. Ich fragte ihn, ob es richtig sei, dass in dieser Gesandtschaft auch Juden aus Lyon seien. Er zeigte mir drei, vier Männer. Ich ging zu ihnen hinüber und begrüßte sie, dann fragte ich, ob einem von ihnen der Seidenhändler Isaak bekannt sei. Ein Mann, jünger als ich, mit bräunlicher Haut und schwarzem Haar und Bart, trat vor und sagte, er heiße Ebenezer, und seine Mutter Esther sei die Tochter des Seidenhändlers Isaak gewesen, der aber schon lange tot sei.

Zur Sicherheit fragte ich ihn noch, ob seine Großmutter Ruth geheißen habe. Er bejahte und wollte wissen, wer ich sei und warum ich ihn das frage. Ich sah ihn an. Er hatte die gleichen schwarzen Augen wie meine Mutter.

›Ich bin dein Vetter‹, sagte ich. Mein Herz schlug mir bis in den Hals.

Er trat einen Schritt zurück und musterte mich kühl. ›Wie das? Du bist ein Christ‹, sagte er nur knapp.

Ich war so aufgeregt. An einem Tag hatte ich sie alle verloren, meinen Vater, meine Mutter, mein ungeborenes Geschwisterchen – seit diesem Tag stand ich zum ersten Mal wieder vor einem Menschen von meinem Blut.

›Meine Mutter Rachel lebte mit meinem Vater Alexander in Köln. Deine Mutter ist ihre älteste Schwester‹, sagte ich. Ich hätte ihn so gern umarmt oder wenigstens seine Hand ergriffen, aber er stand unnahbar da, und seine Augen waren wie glatte Kiesel. Sein gepflegter Bart bewegte sich kaum, als er weitersprach.

›Meine Tante Rachel starb in Köln bei dem großen Pogrom. Mit ihr starb ihr Mann Alexander. Und auch ihr Sohn Constantin‹, sagte er mit eisiger Stimme.

›Nein‹, rief ich verzweifelt, ›ich habe überlebt! Ich …‹

Aber er gab mir keine Gelegenheit zu Erklärungen.

›Mein Vetter Constantin starb‹, wiederholte er unerbittlich. ›Für uns ist er tot.‹

Ich starrte ihn an. Ich hatte das Gefühl, ich wäre zu Eis erstarrt. Ich konnte nichts mehr sagen.

Er wandte sich ab und sagte im Gehen über die Schulter: ›Dein Name ist nicht Constantin. Dein Name ist Eckebrecht.‹ Dann war er fort.«

Es war dunkler geworden. Sophia konnte nur noch den Umriss ihres Mannes erkennen. Aber sie spürte, dass er lautlos und bitterlich weinte.

Sie ging zu ihm und nahm still seine Hand.

»Ach, Eckebrecht!«, sagte sie nur mit weicher Stimme. Und er drückte sie trostsuchend an sich.

Aber, bei all ihrer Liebe, konnte sie doch die Wunde nicht von ihm nehmen. Er war ein Verstoßener.

Der 25. August 1128 sollte ein Unglückstag für Deutz werden. Liutgard, die Frau des Schmieds Ailbrecht, ging langsam durch die Gassen von Deutz. Am Rheinufer warf sie einen Blick über den in der Sonne funkelnden Strom. Die Kirchtürme der mächtigen Domstadt schimmerten im Mittagslicht, und das Gewimmel am Hafen war auch von der anderen Rheinseite aus deutlich zu erkennen.

Drüben in Köln hatte sie selbst einmal ein Jahr gelebt. Sie stammte aus Sachsen und war mit ihrem Vater Liudger mit dreizehn Jahren nach Köln gekommen. Ihr Vater, der auch Schmied gewesen war, hatte hier eine große Sendung Eisen gekauft und die Tochter, sein einziges Kind, mit in die berühmte Stadt am Rhein genommen.

Oh, wie hatte sie damals dieser Reise entgegengefiebert! Niemals zuvor hatte sie eine so große, lebendige Stadt gesehen, niemals so viele Kirchen mit prächtigen Schätzen und Bildern, nie einen Hafen mit Dutzenden von Schiffen. Der Reichtum der angebotenen Waren ließ ihr den Mund offen stehen, und sie freute sich unbändig darauf, ihren Freundinnen zu Hause in Sachsen das wunderschöne Kleid zu zeigen, das der Vater ihr in Köln gekauft hatte.

Aber sie sollte ihre Heimat nie mehr wiedersehen. Am Tag, bevor sie mit ihrer schweren Ladung nach Sachsen zurückkehren wollten, fieberte Liudger plötzlich stark und konnte nicht abreisen. Er starb innerhalb von drei Tagen und hinterließ seine junge Tochter, fassungslos und außer sich vor Kummer, Angst und Einsamkeit.

Doch sie hatte noch Glück gehabt. Obwohl ihr Vater nicht zur Kölner Zunft gehörte, hatte der oberste Meister der Schmiede sich um das Mädchen gekümmert. Er hatte den Wagen und die Pferde des verstorbenen Liudger verkauft und das gerade erstandene Eisen dazu. Das Geld hatte er für sie in der Zunftkasse hinterlegt und Liutgard als Magd zur Hilfe für seine Frau ins Haus genommen.

Im folgenden Jahr hatte der Deutzer Schmied Ailbrecht sie dort gesehen und um sie geworben. Das tüchtige sächsische Mädchen mit seinen flachsblonden Haaren und seinen hellblauen Augen hatte ihm gut gefallen und ihre Mitgift aus der Zunftkasse nicht minder. Das war nun neun Jahre her, und das Ehepaar lebte nicht schlecht miteinander.

Liutgard blieb stehen und zog das Brusttuch enger um sich, das sie trotz des warmen Sommertages um die Schultern gelegt hatte. Sie fragte sich, warum sie sich denn so unbehaglich und ängstlich fühlte, obwohl sie ihren Beichtvater aufsuchte, dessen Aufgabe es doch war, ihrer Seele den Weg zu Ausgeglichenheit und Ruhe zu zeigen.

Allerdings ging sie nun schon zum zweiten Mal zu ihm wegen der gleichen Sünde. Ja, es war ohne Zweifel eine schwere Schuld, und der Pfarrer hatte bei ihrer Beichte finster die Stirn gerunzelt. Sie hatte die Ehe gebrochen und schämte sich entsetzlich dafür. Dabei hatte sie das gar nicht beabsichtigt, aber der Teufel lauerte eben überall und hatte die günstige Gelegenheit genutzt, eine harmlose junge Frau zur Sünde herabzuzerren.

Ein wandernder Schmiedegesell war nach Deutz gekommen und hatte, wie es Brauch war, bei Meister Ailbrecht Kost und Unterkunft für drei Tage gefordert, um sich kurz von der Wanderschaft auszuruhen. Natürlich hatte er sich während dieser Rast auch nach Kräften nützlich gemacht, sowohl bei Ailbrecht am Schmiedefeuer wie auch bei Liutgard, der er Holz in die Küche schleppte und klaglos beim Teigkneten half.

Am dritten Tag war Ailbrecht hinüber nach Köln gefahren, weil ihm die Hufnägel ausgegangen und in Deutz keine zu haben waren. Als Liutgard in der Scheune nach den Eiern gesucht hatte, die ihre grau gesprenkelte Henne dort immer versteckte, war der Schmiedegesell hinter ihr hergekommen und hatte sie verführt. Es hatte sich einfach so ergeben.

Am nächsten Morgen war er dann weitergewandert, hatte sich von Ailbrecht und seiner Hausfrau verabschiedet und ihr in das blasse Gesicht gelacht.

Gestern hatte sie es gebeichtet, und der Pfarrer hatte ihr die Absolution versagt. Sie solle am nächsten Tag wiederkommen, hatte er gesagt, er müsse erst über die Buße für eine so schwere Sünde nachdenken.

Luitgard holte tief Luft, fasste Mut und ging raschen Schrittes weiter auf St. Urban zu. Der Klosterpförtner, ein alter Mann, schlief und bemerkte nicht, wie sie durch die Pforte schlüpfte.

Sie ging auf die Klosterkirche zu, aber da trat der Pfarrer ihr schon in den Weg, fasste sie am Ellenbogen und führte sie zu dem verfallenden Stall. Das einzige alte Pferd des Klosters war im vergangenen Winter eingegangen, nun wurde seine Behausung nur von Spinnen bewohnt. Der Pfarrer zog einen großen, rostigen Schlüssel aus der Tasche und schloss die Stalltür auf.

Liutgard zögerte und fragte: »Gehen wir denn nicht in die Kirche, in den Beichtstuhl?«

Der Pfarrer blickte strafend auf sie herab. »Gott kann deine Sünden überall hören und sie auch überall vergeben, wenn er will«, fuhr er sie an.

Sie wagte nicht, etwas dagegen zu sagen, und folgte ihm ratlos in den dunklen Raum. Der Pfarrer entzündete eine kleine Stall-Laterne, führte sie zu der Leiter, die zum Heuboden hinaufführte, und machte ihr ein Zeichen, sie solle hinaufsteigen. Nun verstand sie gar nichts mehr, kletterte aber gehorsam die wackligen Sprossen hinauf.

Er folgte ihr, stellte die Laterne neben der Leiter ab und schob sie zu einer Ecke, wo noch altes Heu lag. Es roch muffig, und Liutgard grauste es ein wenig, weil sie Mäuse rascheln hörte. Sie wollte niederknien, wie sie es bei der Beichte gewohnt war, aber der Pfarrer stieß sie zu Boden. Voller Angst blickte sie zu dem Geistlichen auf, der mit einem Ausdruck auf sie herabsah, den sie nicht zu deuten wusste.

»Gelobt sei Jesus Christus. – Was soll denn nun meine Buße sein?«, fragte Liutgard furchtsam.

»Eine so schwere Sünde erfordert auch eine schwere Buße«, sagte er langsam. Dann hob er mit einem Ruck seine Kutte hoch. Obwohl nur die Stall-Laterne ein wenig Licht in den fensterlosen Stall brachte, konnte Liutgard nicht übersehen, dass er stark erregt war.

Sie schrie auf und hob abwehrend den Arm. »Seid Ihr bei Sinnen? Ich will diese Sünde nie, nie wieder begehen und gar mit einem Priester!«

Aber er lachte nur leise und voller Hohn. »Du wirst es müssen, sonst erfährt dein Mann von deinem Ehebruch.«

Sie wurde weiß wie ein Laken. »Das Beichtgeheimnis – Ihr könnt es doch nicht brechen«, brachte sie mühsam hervor.

Er aber antwortete unerbittlich: »Du tust es jetzt mit mir, und dann hast du das erste Mal gesühnt, und niemand wird es wissen.«

Er warf sich neben sie in das Heu und griff nach ihrer Brust. Sie fuhr zurück, ihr Brusttuch riss unter seinem Griff, ein Fetzen Stoff davon und die Fibel, die es zusammengehalten hatte, blieben in seiner Hand. So rasch sie konnte, eilte sie zu der Leiter und kletterte zitternd herab.

Der Pfarrer stieß einen wütenden Ruf aus und wollte sie einholen. Er strauchelte aber über die oberste Sprosse der Leiter und stürzte hinab. Er griff um sich, um sich festzuhalten, erwischte dabei die Laterne, und diese fiel mit ihm zusammen herab.

Die Frau hörte den dumpfen Aufprall hinter sich und schrie auf. Sie hatte die Stalltür schon erreicht, aber diese klemmte, und Liutgard rüttelte verzweifelt daran. Mit einem Ruck sprang die morsche Tür auf, sie war mit einem Satz draußen und sah den Schlüssel, den der Pfarrer hatte stecken lassen. Hastig drehte sie ihn um und schob auch noch den Riegel vor. Fürs Erste war sie in Sicherheit, und sie blieb, nach Luft ringend, stehen.

Der Mann drinnen im Stall stöhnte laut. Er hatte sich bei dem Sturz den rechten Knöchel gebrochen. Dann roch er Rauch und drehte sich um. Das Öl der brennenden Laterne war ausgelaufen, und in dem alten Stroh auf dem Boden züngelten schon ein Dutzend Flammen auf und leckten gierig nach dem Mann.

Er versuchte, vor dem Feuer fortzukriechen, aber der Schmerz in dem Knöchel war so grausam, dass er fast das Bewusstsein verloren hätte. Im Schein der Flammen konnte er nun sehen, dass sein gebrochener Knochen durch das Fleisch gestoßen war, und er schrie vor Angst, Entsetzen und Schmerz so laut auf, dass Liutgard es draußen hörte. Sie hörte inzwischen auch die Flammen prasseln, roch den beißenden Rauch und begriff, was sich drinnen abspielte.

Im ersten Augenblick dachte sie daran, die Tür wieder zu entriegeln und den Mann herauszulassen, der inzwischen laut nach Hilfe rief. Aber dann bemerkte sie ihr zerrissenes Brusttuch und fragte sich, wie sie das alles erklären sollte. Ihr sonst so harmloses Gesicht verzerrte sich, als sie an seine Drohung und Erpressung dachte.

»Durch diese morschen Bretter kann er sich leicht einen

Weg schlagen. Wenn er verbrennt, ist er selbst daran schuld. Wenn Gott es unbedingt für nötig hält, kann er ihn ja retten«, dachte sie grimmig, hielt ihr Tuch über der Brust mit den Händen zusammen, so gut es ging, und machte schleunigst, dass sie ungesehen aus dem Klostergelände kam.

Dass er mit seinem gebrochenen Bein ganz außerstande war, sich selbst zu helfen, konnte sie nicht wissen. Der Rauch war knapp über dem Boden inzwischen so dicht geworden, dass der Priester nicht mehr rufen konnte. Unerbittlich und ätzend drang er in seine Lungen ein und nahm ihm die Luft. Er erstickte, noch ehe die Flammen Zeit hatten, seinen Körper zu verzehren. Dann brach ein großer Balken aus dem Dach und begrub den Oberkörper des Mannes unter sich.

Es dauerte lange, bis der Brand bemerkt wurde. Die Mönche waren alle zusammen beim Hochamt in der Klosterkirche, und der alte Pförtner schlief noch immer. Als die Brüder endlich aus der Kirche kamen, brannten der Stall, die Scheune, das Vorratshaus, und die Flammen griffen schon auf das Dormitorium über. Bruder Benedikt rannte zum Glockenturm und läutete Feueralarm.

Der 25. August 1128 war aber auch ein besonderer Tag für Fordolf. Am Himmel dämmerte es noch kaum, aber alle Hausgenossen Eckebrechts waren schon auf den Beinen. Sollte ein Nachbar noch schlafen, so weckte ihn nun mit Sicherheit das laute Gegacker der Hühner und Gänse in Eckebrechts Hof auf, die von der Magd Cuniza gejagt wurden, weil viele von ihnen den Tag als duftender Braten beschließen sollten.

Die jüngste Magd Cristina schmückte das Haus mit

reichlich Zweigen und Blumen aus, die sie am Tag zuvor vor der Stadt gesammelt hatte. Der Knecht Albert sollte ihr dabei helfen, vergaß sich aber immer wieder und zwickte Cristina in die Wade, die lockend unter dem geschürzten Rock hervorleuchtete, oder auch schon einmal in andere dafür geeignete Körperteile, was dem jungen Mädchen jedes Mal ein schrilles Quieken und Gekicher entlockte.

Das wiederum hörte Frau Blithildis, und sie erschien rasch und sorgte mit gutmütiger Schelte für einen störungsfreien Fortgang der Arbeiten.

Blithildis war nun alt; ihre Gestalt war ein wenig gebeugt, und der Rücken schmerzte oft, sodass sie sich gelegentlich von ihrer Schwiegertochter Sophia eine Salbe kochen und damit einreiben ließ. Aber noch immer war sie unermüdlich tätig.

Sophia hatte sie nach dem Tode Wolberos gefragt, ob sie sich nun in ein Kloster zurückziehen wolle.

»Ich denke gar nicht daran«, hatte Frau Blithildis erklärt. »Jahre und Jahre habe ich mich nach Kindern gesehnt. Nun sind sie da, und ich habe die Absicht, mich an ihnen zu erfreuen. – Es sei denn, du wirst langsam ungeduldig, die Stelle der Hausfrau zu übernehmen, und möchtest, dass ich gehe?«

Da war ihre Schwiegertochter ihr erleichtert um den Hals gefallen.

»Was sollte ich denn ohne dich anfangen?«, hatte sie mit ihrem strahlenden Lächeln gesagt. »Ich bin ja so froh, dass du bei uns bleibst.«

Sophia war ein wenig träge. Sie musste sich morgens quälen, um zu einer frühen Stunde aufzustehen, und die Hausarbeit ging ihr bei weitem nicht so zügig von der Hand wie der flinken Schwiegermutter. Das mochte daran liegen, dass Sophia mitten in einer Arbeit über einem Schwätzchen mit einer Freundin, die auf einen Sprung vorbeigekommen war, vergessen konnte, die Hände zu regen. Aber niemand nahm der fröhlichen kleinen Person das übel, am wenigsten ihr Ehemann, dem ihr sonniges Wesen gut tat.

Eben tauchte Sophia, noch etwas gähnend, als Letzte im Hof auf und strahlte Blithildis an.

»Was ist noch zu tun, liebste Schwiegermutter?«

Blithildis drehte sich zu Sophia um. »Noch unendlich viel, ich weiß gar nicht, wie wir noch fertig werden sollen«, klagte sie. »Das Federvieh für die Festtafel muss noch gerupft werden. Cristina kommt mit dem Grünschmuck nicht voran, weil Albert sie ständig von der Arbeit ablenkt. Johannes ist auf den Heuboden geklettert und hat sich dabei einen Winkel in seine Hose gerissen, das muss genäht werden.«

»Oh«, sagte Sophia erschrocken. Und, nach einer kleinen Pause: »Liebste Blithildis, was soll ich davon zuerst machen?«

Blithildis griff sich an den Kopf, lachte dann aber. »Weißt du was, bitte geh und richte die Brautkammer. Das kann keine so schön wie du.«

Fröhlich zog Sophia davon. Sie hatte viel Geschmack, Dinge hübsch zu gestalten, und machte sich nun mit Eifer daran, den Raum herauszuputzen, in den sie selbst einst als glückstrahlende Braut eingezogen war.

An diesem Tag war Sophia ganz besonders froh über die tatkräftige Leitung der Schwiegermutter, da doch heute der älteste Sohn des Hauses, Fordolf, heiraten sollte. Die Hochzeit wurde zwar, der großen Zahl der Gäste wegen, in der Bürgerstube gefeiert, aber schon die häuslichen Zurichtungen waren eine Aufgabe, der sich Sophia recht ungern allein unterzogen hätte.

Auf der Straße Unter Goldschmied erklangen Hufschläge. Gerade kam der junge Bräutigam zurück. Er hatte sich von dem Gärtner im Bischofspalast einen Strauß taubenetzter Rosen geholt, mit dem er seine Braut überraschen wollte.

Fordolf sprang mit einem kühnen Satz vom Pferd und übergab es dem alten Bardo.

»War der Weg zum Bischofsgarten so weit, dass du das Pferd nehmen musstest?«, fragte Frau Blithildis ein wenig tadelnd.

Fordolf lachte seine Großmutter an. Sein Gesicht war vom scharfen Ritt gerötet. Er war nun zweiundzwanzig Jahre alt und einen Kopf größer als die meisten Männer. Er beugte sich zu Blithildis nieder, küsste sie schallend und schwenkte sie dann herum. Seine langen, blonden Haare flogen, und Blithildis rutschte die Haube vom grauen Kopf, sodass sie sich laut wehrte.

»Großmutter, das wird der schönste Tag in meinem Leben!«, rief er, kniete dann im Staub des Hofes nieder und küsste ihr höfisch die Hand.

Blithildis lachte. »Närrischer Kerl«, sagte sie zärtlich. Fordolf war ihr besonderer Liebling, über den sie nach dem frühen tragischen Tod seiner Mutter den reichlichen Vorrat ihrer Fürsorge und Zärtlichkeit ausgeschüttet hatte. Stolz betrachtete sie ihn. Er war ein sehr gut aussehender junger Mann, hoch und schlank, mit kräftigen Armen und Schultern und schmalen Hüften. Seinen blonden Haarschopf hatte er im Nacken zusammengebunden, die tiefblauen Augen blitzten vor Lebensfreude.

»Ich bin so froh, dass du dein Ziel doch noch erreicht hast«, sagte Eckebrecht, der gerade rechtzeitig in den Hof gekommen war, um die rauschende Ankunft seines Sohnes zu sehen.

Ja, wer hätte gedacht, dass diese Hochzeit jemals zu Stande kommen würde? Zunächst war diese Verbindung so aussichtslos erschienen.

Fordolf hatte seine Braut Engilradis zum ersten Mal vor einem Jahr beim Kirchgang mit ihren Eltern gesehen, und sie war ihm nicht mehr aus dem Kopf gegangen. Sie trug die dunkelblonden Haare als Flechten um den Kopf. Ihre Augen, so glaubte er, waren grau. Er hatte gesehen, wie sie liebevoll ihren Bruder anlächelte, mit einem etwas schiefen Lächeln, was aber sehr reizvoll aussah.

Er wusste natürlich, wer ihre Eltern waren: Ihr Vater Helperich war einer der wichtigsten und einflussreichsten Ministerialen von Erzbischof Friedrich, ihre Mutter Gertrudis eine Tochter des Kaufmanns Vogelo und damit eine weitläufige Verwandte seiner Großmutter Blithildis.

Immer wieder hatte er sich in der Nähe ihres Elternhauses herumgetrieben, ohne dass sie sich je auf der Straße gezeigt hätte.

Er suchte sie auf den Festen der Gilde, bei denen auch die Söhne und Töchter des Adels und der Handelsherren tanzten – vergeblich, Engilradis ging dort nicht hin. So blieb ihm nichts anderes übrig, als sich sonntags vor der Messe, die sie immer in St. Maria im Kapitol besuchte, recht gut sichtbar vor der Kirche aufzustellen und ihr verliebte Blicke zuzuwerfen, wenn sie mit ihren Eltern und ihrem jüngeren Bruder Philipp vorbeiging.

War sie dann im Kirchenportal verschwunden, folgte er ihr und suchte sich einen Platz im Gotteshaus, wo er sie möglichst gut sehen konnte. Kurz vor dem Segen eilte er wieder hinaus, um sie abermals mit Blicken zu verschlingen, wenn sie die Kirche verließ.

Nach einigen Wochen hatte er den Eindruck, dass sie seine sehnsüchtigen Gedanken hören konnte, denn sie hatte ihn offenbar bemerkt. Verstohlen suchte ihr Blick nach ihm, wandte sich aber rasch ab, wenn ihre Augen sich trafen.

Aber wie sollte er Engilradis' nähere Bekanntschaft machen? Er wandte sich mit seinem Kummer an Blithildis, um sich nach seiner Angebeteten zu erkundigen.

»Ja, ich kenne die Familie«, sagte Blithildis. Das erstaunte

Fordolf nicht, denn welche bedeutende Kölner Familie wäre ihr unbekannt gewesen? Sie fuhr aber fort:

»Nur fürchte ich, du wirst dort nichts ausrichten. Engilradis hatte drei Schwestern, und alle vier Mädchen erkrankten vor etwa zwölf Jahren an der Halsbräune. Elend und fiebernd lagen sie alle in einem Bett, die Hälse zugeschwollen durch einen dicken Belag. Ich habe es gesehen, denn ich brachte meiner Base Gertrudis einen Heiltrank, den ich ihr aus den Kräutern in unserem Garten gebraut hatte. Drei der Kinder starben; auch Engilradis lag sehr schwer krank danieder. Da schwor die verzweifelte Mutter, wenn Gott ihr dieses letzte Kind am Leben ließe, dann wollte sie die Tochter dem Klosterleben weihen. Engilradis überlebte, aber ihr Fuß hat durch die Krankheit Schaden genommen, darum hinkt sie etwas.«

Fordolf war erstaunt. Das Hinken war ihm bisher völlig entgangen.

»Weil sie ja später ins Kloster soll, hat sie nicht auch noch ihre Kindheit dort verbracht, sondern die Eltern wollen sie bis zu ihrem Eintritt bei sich behalten. Einige Jahre darauf haben sie dann noch ihren Sohn Philipp bekommen. Engilradis ist also zur Himmelsbraut bestimmt, und darum hast du bei ihr leider keine Aussichten, mein lieber Junge.«

Als er dies hörte, war Fordolf blass geworden. Er versuchte, sich das Mädchen aus dem Kopf zu schlagen, aber es war ihm nicht möglich. Tag und Nacht dachte er an sie. Die nächste Handelsfahrt stand an, er musste für einige Wochen fort. Auf dem Heimweg hetzte er die Pferde fast zuschanden, um noch am Samstag in Köln einzutreffen und Sonntag früh wieder an seinem gewohnten Platz zu stehen. Nun, wo Blithildis ihn darauf aufmerksam gemacht hatte, sah er bei Engilradis eine leichte Unsicherheit im Gang. Aber sein Herz klopfte nur desto heftiger in heißem Mitgefühl.

Fordolf bat den Vater, er möge für ihn werben gehen. Eckebrecht schüttelte bedauernd den Kopf.

»Das ist ganz aussichtslos, mein Sohn«, sagte er. »Sie soll nächstes Jahr ins Kloster gehen, wie ich hörte. Es tut mir Leid, wenn du sie dir in den Kopf gesetzt hast.«

Der junge Kaufmann dachte einige Tage nach. Dann entschloss er sich, die Werbung selbst in die Hand zu nehmen. Am nächsten Sonntag stand er auf seinem gewohnten Platz und heftete mit verzweifelter Sehnsucht den Blick auf sie.

»Schau mich an, bitte schau mich an!«, flehte er innerlich. »Wenn du mich jetzt anschaust, dann wirst du auch meine Frau!« In diesem Augenblick blickte sie, kaum wahrnehmbar, zu ihm hin, und schon war sie vorbei.

Nach dem Gottesdienst folgte Fordolf der Familie Helperichs bei ihrer Rückkehr nach Hause. Er sah die Eltern mit ihren beiden Kindern in ihrem prächtigen, großen Haus in der Rheingasse verschwinden. Eine Weile kämpfte er mit sich selbst, dann schwang er den Türklopfer, in der Aufregung etwas heftiger als üblich.

Er wurde blass, als der Hausherr selbst das Portal öffnete und ihn erstaunt ansah. Dann erkannte Helperich in dem jungen Mann den Sohn des Ratsherrn Eckebrecht und bat ihn höflich herein.

Die Familie setzte sich gerade zum Mittagstisch, und Frau Gertrudis lud Fordolf freundlich ein, an ihrer Mahlzeit teilzunehmen.

Weil er nicht gut sein Anliegen vorbringen konnte, solange die ganze Familie hungrig war, setzte er sich zu Tisch, puterrot vor Verlegenheit. Der Hausherr selbst legte ihm höflich die besten Bissen vor, die der junge Mann dann mit äußerster Anstrengung hinunterwürgte, weil ihm der Hals vor Aufregung wie zugewachsen erschien.

Er bemühte sich sehr, nicht die ganze Zeit zu Engilradis hinüberzustarren, aber es fiel ihm äußerst schwer. In seiner

Aufregung fiel ihm dann noch ein Bissen vom Braten hinunter und hinterließ einen hässlichen Soßenfleck auf seinen schönen rotgrünen Beinkleidern. Wie gern wäre er in einem Mauseloch verschwunden! Endlich war die Mahlzeit beendet, und Helperich fragte:

»Dürfen wir nun erfahren, was dich hergeführt hat? Du hast vermutlich eine Botschaft von deinem Vater für mich?«

Fordolf schluckte, nahm allen Mut zusammen und sagte:

»Nein, ich komme in eigener Sache. Willst du mir bitte erlauben, um deine Tochter zu werben?«

Helperich sah ihn erstaunt an. Mit diesem Ansinnen hatte er offensichtlich gar nicht gerechnet. »Das ist leider nicht möglich. Engilradis ist dem Kloster bestimmt. Ich dachte, das sei allgemein bekannt. Ich muss deinen Wunsch daher abschlagen.«

Fordolf geriet außer sich. Er setzte alles auf eine Karte, eilte um den Tisch, warf sich vor dem jungen Mädchen auf die Knie und umfasste ihre Hand. »Geh nicht ins Kloster, komm zu mir, und werde meine Frau! Zerstöre nicht dein Leben und meins!«

Schon war Helperich neben ihm und packte ihn an der Schulter. »Junger Mann, nimm dich doch zusammen«, sagte er nicht unfreundlich. »Es geht nun einmal nicht. Ich weiß nicht, warum du dir gerade meine Tochter in den Kopf gesetzt hast, wo doch Köln voller schöner Mädchen ist. Nun steh auf, geh nach Hause, und vergiss sie.«

»Niemals«, rief Fordolf, »sie ist mein Leben, und ich muss sie haben.«

Da wurde er von Helperich mit fester Hand hinausgeführt und fand sich vor dem Haus wieder. Er wurde nicht zum Wiederkommen ermuntert. Drinnen kehrte Helperich etwas verstört zu seiner Familie zurück. »Ein höchst merkwürdiges Betragen hat dieser junge Mann, das hätte ich bei einem Sohn vom Ratsherrn Eckebrecht nicht erwartet. Ich kann mir auch gar nicht denken, wie er sich gerade unsere Tochter in den Kopf gesetzt haben kann. Sie geht doch nirgends hin!«

»Außer in die Kirche, und dort lässt er sie seit längerer Zeit nicht aus dem Blick«, antwortete Frau Gertrudis zu seinem Erstaunen.

Entrüstet rief Helperich: »Du hast es bemerkt und mir nichts davon gesagt? Das hört mir jetzt sofort auf. Ich werde mich bei seinem Vater über ihn beschweren.«

Da öffnete seine Tochter zum ersten Mal, seit der Gast das Haus betreten hatte, den Mund.

»Vater, warum fragst du mich denn gar nicht, wie ich darüber denke?«

Helperich fasste sich an den Kopf. »Warum sollte ich? Es geht hier doch nicht darum, was du denkst. Es ist seit vielen Jahren bestimmt, dass du eine Braut Christi wirst. Deine Mutter …«

»Ja, meine Mutter!«, rief das Mädchen zornig. »Ich weiß, was sie in ihrer Angst um mein Leben geschworen hat. Aber ich, ich habe nicht geschworen! Ihr habt mich nie danach gefragt, nun sage ich euch ungefragt, dass ich mir ein Klosterleben überhaupt nicht wünsche. Von klein auf hat man mir gesagt, das sei meine Zukunft, und ich habe es darum hingenommen. Aber seit ich Fordolf vor der Kirche sah …«

»Ach, du hast ihn gesehen! Habt ihr euch denn schon verabredet? Heraus mit der Sprache!« Der Vater packte sie drohend am Arm.

Das trug nicht dazu bei, Engilradis zu beruhigen. Sie funkelte ihn an. »Nein, ich habe noch nie ein Wort mit ihm gewechselt. Ich sah ihn wohl, aber erst heute, wo er so mutig hierher kam, habe ich zum ersten Mal ein wenig Hoffnung, dass mein Leben anders verlaufen könnte, als hinter trostlosen Klostermauern eingesperrt zu werden.«

Helperich blieb unbeugsam. Er gebot, Fordolf abzuweisen, sollte er noch einmal versuchen, das Haus zu betreten. Er grollte die ganze Woche. Am nächsten Sonntag musste er erleben, dass seine Tochter gehorsam zwischen den Eltern zur Kirche ging, sich aber nach der Messe zu der Stelle umwandte, wo Fordolf stand und ihr mit verzehrendem Blick nachsah. Sie schenkte ihm ein strahlendes Lächeln.

Helperich hätte sie am liebsten vor allen Leuten geohrfeigt und beherrschte sich nur mit Mühe. Er sagte sich, dass die Leidenschaft des jungen Mannes wohl bald abkühlen und der Geschichte damit der Boden entzogen würde.

Er irrte sich. Fordolf blieb beharrlich, und Engilradis ebenso. Dann fiel Helperich auch noch seine Frau Gertrudis in den Rücken. Sie gestand ihm, dass sie zum Erzbischof gegangen war und ihn gebeten hatte, sie von dem Gelübde zu entbinden, damit nicht ihre Tochter dessen Preis bezahlen musste.

Der Erzbischof hatte ihrem Wunsch entsprochen und ihr stattdessen auferlegt, für die Domkirche einen neuen Taufstein zu stiften. Da Frau Gertrudis über beträchtliche eigene Mittel verfügte, hatte sie bereits einen Steinmetz beauftragt, ohne es ihrem Mann mitzuteilen.

Helperich, der zu Jähzorn neigte, tobte los, als er davon erfuhr.

»Was fällt dir ein, das hinter meinem Rücken zu tun?«, schrie er Gertrudis an. »Ich bin immer noch der Herr im Haus, und was ich bestimme, hat zu geschehen!«

Gertrudis blieb gelassen. Sie kannte die Zornanfälle ihres Mannes seit Jahrzehnten. Sie ließ ihre Handarbeit sinken und sah ihn an.

»Du hast ganz Recht, ich sehe es ein«, sagte sie besänftigend zu ihm. »Ich hätte das nicht tun dürfen, ohne dich vorher zu fragen.«

Er machte noch immer eine grimmige Miene. »Nein, das

hättest du nicht. Nicht, ohne mich zu fragen. Ich meine, du hättest das überhaupt nicht tun dürfen«, betonte er noch einmal.

»Natürlich käme es mir nie in den Sinn, gegen deinen Willen zu handeln«, fuhr sie mit sanfter Stimme fort.

»Genau das hast du aber getan«, grollte er.

»Nein, ich habe mich daran erinnert, dass du damals gar nicht einverstanden warst mit meinem Gelöbnis. Nur deine schreckliche Angst um unser letztes Kind hat dich dazu bewogen zuzustimmen.«

Helperich versuchte, sich an das Jahr zu erinnern, als seine kleinen Töchter todkrank und fiebernd im Bett gelegen hatten und eine nach der anderen gestorben war. Es war die schlimmste Zeit seines Lebens gewesen, denn trotz seines herrischen und lauten Auftretens liebte er seine Kinder mit hingebungsvoller Zärtlichkeit. Drei von ihnen innerhalb kurzer Zeit zum Grab geleiten zu müssen, hatte ihm fast das Herz gebrochen.

»Du hättest doch sonst nie erwogen, Engilradis ins Kloster zu schicken?«, fragte Gertrudis.

Nein, das hätte er wohl nicht.

»Darum dachte ich, dass ich in Wirklichkeit deinen Wünschen entspreche, wenn ich Engilradis jetzt freikaufe … wenn ich das falsch verstanden habe, bitte ich dich um Verzeihung!«

Er brummelte noch eine Weile herum, einerseits und andererseits.

»Nun ja, wenn du es einmal so geregelt hast … und der Taufstein ist ja auch schon bezahlt …«

Doch dann trumpfte er auf: »Deswegen muss meine einzige Tochter aber noch längst nicht so einen dahergelaufenen Kaufmannssohn heiraten!«

Ohne den Kopf von der Arbeit zu heben, an der sie emsig weiterstichelte, sagte Gertrudis beiläufig:

»Da ich genau weiß, was für ein fürsorglicher, vorausschauender Vater du bist, könnte ich mir denken, dass du dir auch schon einmal hast durch den Kopf gehen lassen, wer denn wohl als Ehemann für unsere Engilradis in Frage gekommen wäre, falls nicht ...«

»Aber nein, wozu denn auch? Höchstens, gelegentlich, vielleicht schon einmal ...«

»Dann wüsste ich gern, wer dir durch den Kopf gegangen ist ... ich meine, gelegentlich ...«

»Nun ja ... wenn mir ein junger Mann aufgefallen ist ...«

»Vielleicht aus besonders gut gestellter Familie? Man möchte ja nicht, dass die einzige Tochter im Elend lebt.«

Nie und nimmer hätte Helperich zugelassen, dass seine Engilradis im Elend leben musste.

Seine Frau hielt ihre Näharbeit in die Höhe und begutachtete sie. Sie schien mit dem Ergebnis zufrieden zu sein, denn sie fuhr fort:

»Angesehen müsste die Familie aber auch sein.«

Etwas anderes hätte Helperich für seine Tochter nie in Betracht gezogen.

»Und tüchtig müsste der junge Mann sein ... und wenn er dann noch liebenswürdig und höflich ist und gut aussieht, könnte das nicht schaden.«

Nun wurde Helperich doch langsam misstrauisch.

»Nein, das könnte nicht schaden. Aber mir drängt sich der Gedanke auf, du singst hier ein Loblied auf Eckebrechts Sohn Fordolf?«

Gertrudis lächelte ihm aufmunternd zu. »Nun ja, sein Vater Eckebrecht und sein Großvater Wolbero haben die höchsten Ämter unter den Fernhändlern unserer Stadt eingenommen, das kann ich nicht abstreiten. Und auch seine Mutter, die so früh und unglücklich ums Leben kam, stammte ohne Zweifel aus den ersten Kreisen. Mein Bruder Vogelo hat mir erzählt, dass Eckebrechts Geschäfte ganz hervorragend gehen und dass der junge Fordolf glänzende Einfälle hat, was den Handel betrifft.«

Helperich trumpfte auf: »Dieser Fordolf ist ja wohl kaum der einzige passende junge Mann in unserer großen Stadt.«

Gertrudis antwortete nicht und nähte weiter.

»Ich denke da zum Beispiel an …«

Seine Frau blickte von ihrer Arbeit auf. »Ja, zum Beispiel?«

»Also, zum Beispiel an den jungen Hermann von Eppendorf. Gute Adelsfamilie.«

»Ein vielversprechender junger Mann«, stimmte Gertrudis zu. »Schade, dass er so lispelt.«

Sie erntete einen ungnädigen Blick ihres Mannes.

»Nun ja. Dann wäre da zum Beispiel Anselm.«

»Aber Helperich. Der ist über fünfzig Jahre alt und außerdem mein Vetter und damit zu nah verwandt mit uns.«

»Ich meine ja nicht den Witwer, sondern seinen Sohn Anselm«, belehrte Helperich sie.

»Ach so. Natürlich. Allerdings kam er mir immer etwas töricht vor, etwas leichtsinnig, meinst du nicht?«

Helperich dachte darüber nach. Möglicherweise hatte seine Frau nicht Unrecht.

»Dann Heinrich, der Sohn von Zöllner Ludolf.«

»Helperich, ich bitte dich. Man könnte meinen, dieser Heinrich sei im Stall aufgezogen worden. Er spricht laut, fällt älteren Leuten ins Wort, er rülpst bei Tisch hemmungslos. Ein Rüpel.«

Helperich grübelte darüber nach, wie viel seine Frau doch an der männlichen Jugend der Stadt auszusetzen hatte. Dann fiel ihm ein weiterer vielversprechender Jüngling ein.

»Jetzt habe ich es. Richwin. Richwin Grin. Sein Vater als Ministeriale gehört nun wirklich zu den ersten Familien. Er benimmt sich tadellos, sieht gut aus, ist reich …«

Seine Frau antwortete nicht. Sie nähte weiter, als würde

sie dafür bezahlt. Aber ihre hochgezogenen Augenbrauen und ihre gerunzelte Stirn sprachen eine deutliche Sprache. Helperich seufzte.

»Heraus mit der Sprache. Was hast du gegen ihn vorzubringen?«

Gertrudis zuckte mit den Schultern.

»Gegen ihn – nichts. Du hast ganz Recht, er ist höflich, gut aussehend und so weiter. Nur erinnere ich mich deutlich, dass über seine Mutter oft getuschelt wurde, sie sei leichtfertig und nähme es mit der ehelichen Treue nicht so genau. Ob er überhaupt der Sohn des alten Richwin Grin ist? Er sieht ihm überhaupt nicht ähnlich …«

Helperich schüttelte sich. Ein solcher Mann für seine kostbare Engilradis: nie und nimmer.

»Also weißt du, Gertrudis«, sagte er vorwurfsvoll, »den kannst du doch wirklich nicht in Betracht ziehen.« Er blickte auf seine Frau, die noch immer emsig an ihrer Arbeit nähte. Er griff ihr unters Kinn, sodass sie zu ihm aufschauen musste.

»Gertrudis, meinst du wirklich, wir sollen unsere Engilradis an Fordolf weggeben?«

»Mich beeindruckt seine Zielstrebigkeit, und der unerschütterliche Mut unserer Tochter rührt mich sehr. Weißt du, Helperich, sie liebt ihn …« Gertrudis schaute ihren Mann an, und nun wurden ihr tatsächlich die Augen feucht.

Erschrocken trat Helperich einen Schritt zurück, denn er wusste genau, dass er Frauentränen nichts entgegenzusetzen hatte. Zum Glück hatte seine stolze Tochter es verschmäht, ihn durch Tränenströme zu rühren.

»Also, wenn es sein muss … meinetwegen.« Dann lenkte er ab. »Jetzt möchte ich doch einmal wissen, an was du die ganze Zeit so fleißig zu nähen hast?«

Sie sah ihn an und lächelte glücklich.

»Das wird Engilradis' Brautkleid.«

Die jungen Leute hatten ihr Ziel also zu guter Letzt doch erreicht, und heute, heute war es endlich so weit.

Ein feierlicher Zug stellte sich im Hof Eckebrechts auf, voraus Fordolf, der Bräutigam. Er bot einen prächtigen Anblick, in rote und weiße Seide gekleidet, strahlte er über das ganze Gesicht. Hinter ihm gingen sein Vater und seine Stiefmutter, dann Blithildis mit seinen jüngeren Brüdern Gunther und Johannes an der Hand, schließlich das Hausgesinde. Dann folgten Musikanten, ein Pfeifer, ein Trommler und ein Fiedler. Viele Gäste schlossen sich an, alle in ihren besten Kleidern. Es war ein Aufsehen erregender Zug, und den Weg zur Kirche säumten viele Schaulustige und riefen Glückwünsche.

Zur gleichen Zeit hatte sich ein entsprechender Zug vom Haus Helperichs in der Rheingasse in Gang gesetzt. Engilradis sah so überaus glücklich aus, dass ihrem Vater fast die Tränen kamen und er ein besonders bärbeißiges Gesicht machte, um seine Rührung zu verbergen.

Sie trafen sich vor der Kirche St. Laurenz, wo die Trauung stattfinden sollte. Höflich ließ Fordolf dem Zug seiner Braut den Vortritt. An der Hand ihres Vaters betrat Engilradis die Kirche. Sie sah wunderschön aus in ihrem grünen Gewand mit roten Säumen und goldenen Borten. Während ein Chor einen strahlenden Choral zum Lobe Gottes anstimmte, wartete der Bräutigam am Altar auf seine Braut.

Nachdem sie getraut waren, flüsterte Fordolf Engilradis ins Ohr: »Bedauerst du, dass du den Bräutigam gewechselt hast?« Sie musste lachen und erntete einen strafenden Blick des Pfarrers.

Jetzt sollte die fröhliche Hochzeitsfeier folgen, bei der Fordolf mit seiner jungen Braut tanzen wollte, bis die Füße sie nicht mehr trugen.

Aber als das Brautpaar die Kirche an der Spitze der Hochzeitsgesellschaft verlassen wollte, wurde draußen Lärm hörbar. Dann begannen Glocken zu läuten, erst eine, eine weitere, viele.

»Feuer!«, riefen die Menschen entsetzt. Brände waren in der Stadt am meisten gefürchtet. Ohne Ordnung drängten sich die Leute aus der Kirche.

»Feuer in Deutz! St. Urban steht in Flammen!«, hörte man schreien.

So schnell sie konnten, rannten alle zu ihren Häusern, um dort Beile, Eimer und Seile zu holen, die jeder in seinem Haus für den Notfall bereitzuhalten hatte. Da das Feuer jenseits des Stromes wütete und Köln nicht unmittelbar bedroht war, nahm man sich auch die Zeit, um hastig die kostbare Festkleidung gegen Arbeitskleidung zu vertauschen.

Dann ging es zum Fluss. Alle Kähne bewegten sich Richtung Deutz. Weithin loderte das Feuer aus dem Kloster St. Urban. Eckebrecht steuerte selbst sein Schiff über den Strom, voll beladen mit Helfern.

Auf der anderen Seite angekommen, sprangen alle an Land und reihten sich in die Menschenschlange ein, die dort Eimerketten bildete. Funken sprühten und verbrannten den Helfern die Haut, ihre Gesichter waren bald von Rauch und Ruß geschwärzt. Mutige Helfer schlugen Gebäudeteile des Klosters ein, um den Flammen eine Schneise in den Weg zu stellen.

Nach Stunden brachten sie das Feuer zum Erliegen. Die Urbanskirche war völlig zerstört, große Teile des Klosters durch den Brand vernichtet.

Eckebrecht war völlig erschöpft, sein kurzer brauner Bart angesengt, seine Hände von Brandblasen bedeckt. Seine Kehle brannte vom Rauch. Er bemerkte einen Brunnen und wollte sich einen Schluck Wasser holen. Neben dem Brunnen befand sich ein völlig verbranntes Holzgebäude.

Eckebrecht hörte, wie der Deutzer Brandvogt ausrief: »Hier liegt ein Toter!«

Ein großer, weitgehend verbrannter Holzbalken bedeckte die obere Körperhälfte eines Mannes, der Unterleib und die Beine waren verkohlt. Einige Männer zerrten den Balken fort, und das unverbrannte Gesicht des Toten wurde sichtbar. Es war von Entsetzen verzerrt, die dunklen Augen und der Mund weit aufgerissen. Die Faust war erhoben, wie um den Kopf zu schützen, die Finger um etwas gekrallt. Ein Mann öffnete vorsichtig die Hand, und ein Stück Stoff mit einer Frauenfibel wurde sichtbar. Jemand rief: »Das ist ja Pfarrer Nikolaus!«

Jäh wandte Eckebrecht sich um. »Nikolaus?«, fragte er tonlos.

»Ja, Pfarrer Nikolaus. Er kam vor einem Jahr aus Monte Cassino hierher und war seitdem unser Pfarrer.«

Eckebrecht blickte noch einmal in das tote Gesicht. Das musste der Mann sein, der Liveradis missbraucht und geschändet und ihre Liebesfähigkeit zerstört hatte und der ohne Zweifel schuld an ihrem frühen Tod war. Er wollte ihn hassen, aber er fühlte nur große Müdigkeit und Erschöpfung. Ihm war übel, Augen und Kehle brannten vom Rauch.

Er ließ sein Beil fallen, ging zurück zu seinem Schiff und gab Fordolf, der besorgt hinter ihm hergekommen war, einen Wink, er möge das Schiff auf die andere Seite steuern. Schweigend stand er am Steven und blickte in die strömenden Fluten.

Als sie drüben ankamen, hatte er sich wieder etwas gefasst.

»Das war ein seltsamer Hochzeitstag, mein Sohn. Ich führe dich jetzt zu deiner jungen Braut, die dich sicher schon voller Sehnsucht erwartet. Bade aber vorher, du stinkst nach Rauch und bist so schwarz, dass du sie erschrecken würdest. Und morgen holen wir das Festmahl mit allen Gästen nach.«

Am Tag vor Weihnachten im Jahr 1133 kehrte Eckebrecht mit Fordolf und drei Knechten gerade von einer Reise durch Bayern zurück. In Nürnberg, Würzburg und Mainz hatten sie vorteilhafte Geschäfte abgeschlossen. Schlechtes Wetter hatte ihre Rückreise in die Länge gezogen, und sie waren in der letzten Woche von morgens bis abends unterwegs gewesen, um noch vor dem Fest wieder in Köln zu sein.

Das Reisen war um diese Jahreszeit besonders beschwerlich und unangenehm. Kälte, Schnee, Regen oder Nebel machten den Aufenthalt im Freien höchst unbehaglich. Wenn es ihnen nicht gelang, eine Herberge für die Nacht zu finden, waren sie am Morgen völlig klamm und durchgefroren. Von Nürnberg aus waren sie über Land nach Würzburg gezogen. Die Wege waren matschig und glatt, leicht konnten die Wagen aus der Spur kommen oder aber im Schlamm stecken bleiben. Ab Würzburg war es dann leichter, von dort aus führte der Weg auf dem Schiff über den Main in den Rhein. Aber starke Regenfälle hatten die Flüsse anschwellen und gefährlich werden lassen, deshalb nahm Eckebrecht immer wieder ortskundige Steuermänner für Teilstrecken an Bord.

Der erste schwache Tagesschimmer war im Osten zu erkennen, als Eckebrecht erwachte. Sacht wiegte sich das Schiff im stetig gleitenden Strom, das Wasser gluckste an den Bordwänden. Er zögerte noch einen Augenblick, aus den schweren Fellen zu schlüpfen, unter denen sein Körper noch warm und geborgen lag, während die eisige Luft, die vom Strom aufstieg, ihn in Nase und Ohren zwickte.

Vorn am Bug machte sich schon jemand zu schaffen. Eckebrecht spähte durch die Dunkelheit. Fordolf, natürlich! Eckebrecht schmunzelte. Dem Sohn dauerte die Heimfahrt viel zu lang. Er sehnte sich nach seiner Frau und seinen beiden kleinen Jungen. Erst wenige Tage vor seiner Abreise hatte Engilradis ihm den zweiten Sohn, Helperich, geboren, und Fordolf konnte es kaum erwarten, seine Lieben wieder in die Arme zu schließen.

Sein erster Sohn zählte schon fast vier Jahre. Wie sehr hatte es Eckebrecht gerührt, als Fordolf ihm glückstrahlend das neugeborene Kind in die Arme legte und dazu sagte, dass er den Knaben Constantin nennen wollte!

»Vater, ich sehe keinen Anlass zu verheimlichen, dass mein Sohn der Enkel eines getauften Juden ist. Ich liebe dich, und ich bin stolz darauf, dein Sohn zu sein. Außerdem ist es Brauch in Köln, den ersten Sohn nach dem Großvater väterlicherseits zu benennen. Das alles sind genug Gründe für meine Namenswahl. So wie einst Großvater Wolbero dich mit dem Namen seines toten Sohnes beschenkt hat, bitte ich jetzt dich, deinen früheren Namen deinem Enkel zu geben.«

So geschah es, und für Eckebrecht war es ein großer Augenblick, als er den Knaben über das Taufbecken hielt. Wohl kam ihm dabei der Gedanke, dass Fordolf sich nicht bewusst war, dass er seine sichere Stellung in der vornehmen Kölner Bürgerschaft als Schwiegersohn des Ministerialen Helperich und als Enkel des alten Herimann einnahm. In Köln sah man Wolbero als Fordolfs anderen Großvater an, und niemand kam auf den Gedanken, in ihm den Enkel des jüdischen Kaufmanns Alexander zu erkennen. Froh und selbstsicher war der junge Mann aufgewachsen, nie hatte er sich die quälende Frage stellen müssen, wo er eigentlich hingehöre, so wie Eckebrecht früher. Nie hatte er erleben müssen, von früheren Glaubensgenossen, ja sogar von seinen Verwandten kalt abgelehnt zu werden. O nein, das war bei Fordolf ganz undenkbar.

Schon zwei Jahre nach seiner Hochzeit wurde er als Mitglied in den Rat gewählt, weit unterhalb des dafür üblichen Alters, denn eigentlich wurde man erst mit frühestens dreißig Jahren für diese Ehre in Betracht gezogen. Von da an besuchten Vater und Sohn gemeinsam die Sitzungen, wie früher Wolbero mit Eckebrecht.

Bald nach Constantins Geburt war Fordolfs Großmutter Durechin Hardefust gestorben und hatte ihm ihren reichen Besitz hinterlassen. Fordolf war schon jetzt ein sehr vermögender junger Mann. Außerdem war er ein besonders begabter Kaufmann mit vielen gewinnbringenden Einfällen und kühler Abschätzung, der Wagnisse vorhersah und vermied. Es war also nicht zu sehr verwunderlich, wenn er schon so jung in das wichtigste Gremium der Bürger berufen worden war.

Eckebrecht erinnerte sich daran, wie sehr sein Sohn die Kölner Kaufleute beeindruckt hatte, als er sich bald nach seiner Wahl in den Rat für die Herstellung von Gelbkupfer einsetzte.

Erzbischof Friedrich hatte den Kaufleuten von Dinant ein Zollprivileg für die Stadt Köln gewährt. So durften sie mit Kupfer in Köln zu stark ermäßigten Zöllen handeln. Die Dinanter brauchten das Kupfer, um es zusammen mit einem bestimmten Erz, das »Galmei« genannt wurde, zu verarbeiten. Das Erzeugnis, ein glänzendes, fast wie Gold schimmerndes Metall, nach ihrer Stadt »Dinanderies« genannt, verkaufte sich glänzend.

»Ich habe mich erkundigt«, hatte Fordolf im Bürgerhaus gesagt, »man braucht außer Kupfer und Galmei noch Holzkohle und genügend Wasserkraft. Man braucht also einen Herstellungsort mit fließendem Wasser, mit Wäldern in der Nähe, weil es zu teuer ist, riesige Mengen Holzkohle von weither zu holen. Es sollte dort möglichst auch noch Galmei vorkommen, ebenfalls wegen der Kosten. Allenfalls das Kupfer kann man hinschaffen. Falls wir in der Nähe von Köln einen Platz finden, der den genannten Anforderungen entspricht, könnten wir den Dinantern ihr Geschäft wegschnappen.«

Als er geendet hatte, herrschte kurzes Schweigen im Ratssaal. Die älteren Männer staunten über die gründliche Planung Fordolfs. Sie beauftragten ihn, nach einem geeigneten Standort für die Herstellung zu suchen. Damit war der junge Kaufmann für die nächsten Wochen beschäftigt.

Aber dieses eine Mal war Fordolfs Mühe ohne Erfolg geblieben, und es wurde nichts aus dem Geschäft, in dem die Kölner das Geld scheffeln und sich eine glänzende Einnahmequelle für viele Jahre hätten erschließen können. Die Aachener waren schneller und kamen den Kölnern zuvor.

Aus diesen Erinnerungen wurde Eckebrecht gerissen, als die Schiffsglocke heftig angeschlagen wurde und mit ihrem schrillen Klang durch das Schiff gellte.

»Aufstehen, ihr Langschläfer!«, rief Fordolf. »Muss ich erst einen Kübel eisiges Rheinwasser über euch schütten? Wollt ihr noch heute nach Hause, oder möchtet ihr gern das Weihnachtsfest auf diesem trostlosen Kahn verbringen?«

»Also, auf das Eiswasser solltest du verzichten, wenn du dir nicht gewaltigen Ärger mit mir einhandeln willst«, brummte Eckebrecht, schlüpfte aus seinen Decken hervor, zog seine Stiefel an und schnürte sie sorgfältig zu. Auch die drei Knechte waren nun auf.

»Es ist hell genug, Vater, lass uns losfahren«, rief Fordolf. Eckebrecht machte ein zustimmendes Handzeichen, und schon zog Fordolf den Anker herauf. Über die Berge rechts des Rheins drang nun genügend Tageslicht, um sich, bei gebührender Vorsicht, im Strom zu bewegen. Links von ihnen tauchte Koblenz auf, und die Fluten der Mosel gaben dem Wasser eine andere Färbung. Fordolf spähte ganz genau hinunter, denn bei Einmündungen gab es immer wieder unerwartete Untiefen.

Die drei Knechte hielten zu beiden Seiten des Schiffes ihre Ruder bereit, um beim kleinsten Zeichen von Fordolf die Richtung des Schiffes zu ändern, und Eckebrecht hielt das Steuer fest in der Hand. Hier hieß es unermüdlich aufpassen, denn allzu leicht konnte es geschehen, dass das Schiff auf eine Sandbank auflief und erheblichen Schaden nahm. Das Schiff war die Grundlage ihres Reichtums. Eckebrecht erinnerte sich, dass sein leiblicher Vater Alexander kein eigenes Schiff besessen hatte. Er hatte seine Handelsfahrten mit Fuhrzeugen gemacht und gelegentlich einen großen Kahn oder einen Platz auf einem Schiff gemietet.

Beim Fastnachtsfest vor drei Jahren hatte Fordolf sich mit seinen Freunden Hedenrich und Markmann etwas ganz Neues ausgedacht: Sie hatten die Schiffe ihrer Väter auf Karren mit starken Rädern gestellt und von Pferden durch die breitesten Straßen der Stadt fahren lassen. Auf diesen Schiffen hatten sie gestanden, der begeistert schunkelnden Menge zugewinkt und kleine harte Pfefferkuchen unter sie geworfen.

Hinter und zwischen ihren Schiffskarren waren verkleidete Narren gelaufen, die immer wieder in die Menge gerufen hatten: »Den Schiffen verdankt Köln seinen Reichtum!« So hatten die jungen Leute geschickt für den Kaufmannsstand geworben und der Menge ins Gedächtnis gerufen, dass ohne den Fleiß der Kaufleute viele Menschen in der großen Stadt ohne Brot wären.

Wie freuten sie sich jetzt darauf, noch rechtzeitig zu Weihnachten nach Hause zu kommen! Nachdem sie an Bonn vorbeigefahren waren, rührte sich keiner mehr von Deck weg, jeder wollte als Erster die Heimat in der Ferne erspähen. Und da tauchten sie aus dem Dunst auf: die große Domkirche, St. Martin, St. Maria im Kapitol, St. Laurenz, St. Aposteln und wie sie alle hießen.

In wenigen Stunden würden alle Glocken geläutet werden und der Hall über Stadt und Strom schweben. Wie sehnten sie sich nach ihrem behaglichen Haus, nach der warmen Küche, der hell erleuchteten Stube, den grünen Tannenzweigen, mit denen die Wände zum Fest geschmückt wurden! Sie ahnten schon tausend Düfte nach Gebratenem, Gesottenem, Gekochtem und Gebackenem. Beim bloßen Gedanken wurde ihnen schon der Mund wässrig.

Eckebrecht freute sich beim Gedanken an die wundervolle Spitze in ihrem Gepäck, die sie in Nürnberg erworben hatten. Sie sollte ein Geschenk für die Frauen des Hauses sein und den Hals der jungen Engilradis, der fröhlichen Sophia und auch der alten Blithildis umschmeicheln.

Noch bei Tageslicht fuhren sie in den Hafen ein. Die Wächter standen schon mit den großen Schlüsseln bereit, um für die Nacht abzuschließen.

»Was seid ihr so früh dran? Es ist doch noch nicht dunkel!«, wunderte sich Eckebrecht.

»Es ist Unfriede in der Stadt«, antwortete einer der Wächter. Eckebrecht drückte ihm schleunigst ein gutes Trinkgeld in die Hand, damit er noch eine Weile wartete und sie mit ihrer Ware von Bord kamen.

In höchster Eile entluden sie das Schiff, die Stauer und Karrenführer, die noch auf letzte Aufträge im Hafen gewartet hatten, konnten sich über einen reichlichen Lohn freuen.

Als sie neben den schwer beladenen Karren durch die Straßen der Rheinvorstadt schritten, standen überall Leute und redeten aufgeregt miteinander. Eckebrecht entdeckte einen seiner Ratskollegen, Adelrich von Zülpich. Er rief ihm zu: »Was ist denn los? Worüber regen sich die Leute auf?«

Adelrich trat auf den Wagen zu und begrüßte Eckebrecht. »Wir haben gehört, dass Kaiser Lothar morgen das Weihnachtsfest in unserer Stadt feiern will. Da werden wir ihm klarmachen, was wir davon halten, uns einen Erzbischof aufzuzwingen, den wir nicht haben wollen.«

Eckebrecht zog erstaunt die Augenbrauen hoch. »Hör mal, Adelrich, das ist zwei Jahre her! Was soll das jetzt noch nützen?«

»Er soll sehen, dass er nicht einfach über unsere Wünsche hinweggehen kann.«

Kopfschüttelnd setzte Eckebrecht seinen Weg fort. Die Ereignisse um die Wahl von Erzbischof Bruno waren allerdings höchst anstoßerregend gewesen.

Nachdem im Oktober 1131 Erzbischof Friedrich nach einer langen Amtszeit gestorben war, wurde sein Nachfolger in Köln gewählt, wie es sich gehörte. Drei päpstliche Legaten waren anwesend, als Geistlichkeit und Volk einmütig den Propst Gottfried von Xanten wählten, einen in Köln sehr beliebten, sanften, gottesfürchtigen und wohltätigen Mann.

Boten trugen die Nachricht von der Wahl in alle Richtungen. Als Erster verließ die Stadt der Abgesandte des Grafen von Deutz, Arnold von Berg. Er eilte in halsbrecherischer Geschwindigkeit nach Frankreich zu Arnolds Bruder Bruno von Berg, der seit vier Jahren Propst von St. Gereon in Köln war und sich gerade in Frankreich aufhielt.

Auf der Stelle schwang der sich auf sein Pferd und ritt es zuschanden auf seinem Weg nach Köln. Er kam gerade vor dem Weihnachtsfest 1131 in der Domstadt an und machte in vierundzwanzig Stunden nicht weniger als siebzehn Besuche in den wichtigsten Häusern, geistlichen wie weltlichen. Die Überredungskunst und die Selbstdarstellung des Sechsundzwanzigjährigen suchten ihresgleichen. Fast überall gelang es ihm, sich selbst als den einzig richtigen Anwärter anzupreisen.

Der achtzehnte und letzte Besuch war der wichtigste: König Lothar war in Köln eingetroffen, um hier das Weihnachtsfest zu feiern. Der junge Bruno bezwang Türsteher, Kammerherren und Geheimschreiber mit seiner Unbekümmertheit und warf sich dem Herrscher zu Füßen. Er beschwor seine familiären Beziehungen: Seit über zweihundert Jahren gehörte seine Sippe zu den mächtigsten im Kölner Raum. Der vorletzte Kölner Erzbischof, Hermann von Hochstaden, gehörte zu seinen Verwandten von Vaters- wie Muttersseite her. Sein Vater war Graf Adolf III. von Berg, seine Mutter Adelheid stammte aus dem Grafenhaus von Kleve. Sein ältester Bruder Adolf würde eines Tages als Graf von Berg folgen, sein zweiter Bruder Arnold war als Graf von Deutz und Vogt von St. Kunibert mächtig in Köln. Und war sein Haus dem König nicht stets treu ergeben gewesen? Wer könnte den König besser als er in der wichtigen Domstadt vertreten?

König Lothar ließ sich überzeugen. Er verständigte sich mit den päpstlichen Legaten, die wegen der Jahreszeit noch nicht abgereist waren. Der gewählte, aber noch nicht zum Erzbischof eingesetzte Gottfried wurde zur königlichen Audienz befohlen und sah sich mit Unbehagen König und Legaten gegenüber, die sich einig darin waren, ihn kühl zu behandeln. Sie ließen ihn deutlich merken, dass er vielleicht doch mit dem hohen Amt überfordert sein könnte.

Eben diese Legaten schienen sich nicht mehr daran zu erinnern, dass sie vor kurzer Zeit seine Wahl durchaus gebilligt hatten. Gottfried, der gern mit seiner Umwelt in Frieden und Eintracht lebte, verstand den deutlichen Wink und erklärte sich zum Rücktritt bereit.

Es wurde sofort eine Neuwahl angesetzt, was durchaus nicht dem kanonischen Recht entsprach. Da am Morgen der Wahl erstaunlich viele königliche Soldaten durch die Straßen streiften, nahm es niemanden wunder, dass Bruno von Berg als neuer Erzbischof von Köln aus der Wahl hervorging. Die gesamte Geistlichkeit hatte ihm seine Stimme gegeben; die Kölner Bürger waren mit diesem Vorgehen weit weniger einverstanden, hielten einen Sechsundzwanzigjährigen auch für zu jung für dieses hohe Amt. Die Klugheit hatte sie indes schweigen lassen.

Bruno wollte, nachdem er sein Ziel erreicht hatte, beweisen, dass er nicht weniger fromm und demütig war als der verdrängte Gottfried. Er schrieb einen Brief an den berühmten Abt Bernhard von Clairvaux und fragte, ob er die Wahl annehmen sollte.

Die Antwort fiel eher kühl aus: Bruno sollte gut darüber nachdenken, zumal sein bisheriger Lebenswandel ihn nicht gerade zum Kirchenfürsten vorherbestimmt habe. Er möge viel beten und Gott um Erleuchtung bitten.

Auch sollte er den Rat des Erzbischofs Norbert von Magdeburg einholen, der sich in den göttlichen Geheimnissen besonders gut auskannte.

Zwar verschwand dieser Brief Bernhards schleunigst in Brunos Truhe, weil er es nicht für zweckmäßig hielt, ihn dem Volk bekannt zu geben. Aber Bernhard hatte Kopien an die Kölner Prälaten gesandt; und weil unter ihnen eine Reihe von Kölner Bürgersöhnen waren, wusste nach kürzester Zeit jeder Kölner Gassenjunge davon, und Bruno musste in so manches Gesicht sehen, das ihn schadenfroh angrinste.

Allerdings ließ sich der dickfellige Berger Grafensohn auch dadurch nicht beeindrucken. Er verkündete, dass er die Wahl annehme, und wurde wenige Wochen später geweiht.

Die Freude über die Rückkehr der Männer war groß in Eckebrechts Haus. Fordolf wollte den kleinen Helperich nicht mehr aus den Armen lassen, und Blithildis, Sophia und Engilradis machten sich unermüdlich um die Heimkehrer zu schaffen und konnten ihnen nicht genug Gutes tun.

Beim Abendbrot ermahnte Eckebrecht Familie und Gesinde, sie sollten am nächsten Tag nur gemeinsam den feierlichen Weihnachtsgottesdienst besuchen und sich sonst zu Hause halten. Falls es zu Unruhen in der Stadt käme, wollte er die Seinen fern davon wissen. Er wollte allein ausgehen und Erkundigungen einziehen, aber zuerst wollte er sich nach der anstrengenden langen Reise gründlich ausschlafen.

Am nächsten Morgen brodelte die Stadt. Die Bürger standen in aller Frühe in Gruppen auf der Straße und redeten miteinander. Die Frauen scharten sich zu mehreren zusammen, als wäre es ihnen zu gefährlich, allein über die Straße zu gehen.

Die jungen Gesellen und Lehrjungen, schon im Sonntagskleid wegen des Weihnachtsfestes, grölten und brüllten Worte wie »Freiheit!« und »Rechte für die Bürger!«, seltener »Wehe dem Kaiser!« oder auch »Nieder mit dem Erzbischof!«

Wurden sie gar zu dreist, waren auch schnell einmal Soldaten in kaiserlichen oder erzbischöflichen Farben zur Hand, die derbe Püffe austeilten, mit den Lanzen fuchtelten und drohten oder gar die Missetäter und Krakeeler in den Arrest führten.

Nun hatte aber die alte Blithildis am nächsten Morgen nicht bedacht, dass sie nicht allein fortgehen sollte. Noch immer stand sie im Morgengrauen, im Winter noch im Dunkeln, als Erste auf. Eckebrecht hatte sie schon oft gebeten, doch liegen zu bleiben, bis Sophia oder eine der Mägde ihr an den kalten Wintermorgen erst einmal ein Kohlebecken zum Wärmen der Hände oder auch einen heißen Trunk gebracht hatte. Aber die Gewohnheit vieler Jahrzehnte war nicht leicht abzustreifen, und sie brauchte, wie viele alte Leute, nur noch wenig Schlaf.

Außerdem war sie mit der Zeit etwas eigensinnig geworden. So stand sie mit ihren dreiundsiebzig Jahren noch immer als Erste auf und fütterte die Hühner im Hof, wenn die anderen Hausbewohner erst aus den Federn krochen.

Zwar war sie langsamer als früher, denn die alten Gelenke waren steif und schmerzten, aber aus alter Gewohnheit glaubte sie, ohne sie müsste der Haushalt zusammenbrechen. Der fröhlichen Sophia war es nämlich noch immer nicht gelungen, die Schwiegermutter an der Spitze des Haushaltes abzulösen. Dass stattdessen Fordolfs Frau Engilradis stillschweigend eine Pflicht nach der anderen auf ihre Schultern genommen hatte und im Hintergrund dafür sorgte, dass die viele Arbeit sinnvoll verteilt und rechtzeitig erledigt wurde, war Blithildis noch nicht so recht bewusst geworden.

Diesen Morgen nun war Engilradis nicht rechtzeitig erwacht, denn ihr kleiner Sohn Helperich hatte in der Nacht mehrfach geschrien und den Schlaf der Mutter unterbrochen. So merkte niemand, dass Blithildis leise das Haus verließ, um vor dem gemeinsamen Hochamt schon einmal in ihre Lieblingskapelle zu gehen und ein kurzes Morgengebet zu sprechen. Sie hatte das Bedürfnis, sich mit der Gottesmutter ein wenig zu unterhalten, wie es ihre Gewohnheit war.

Sie hatte sich, der Kälte wegen, in einen dicken, dunklen Umhang gehüllt und über die Frauenhaube noch eine Pelzmütze gezogen. Die Hände steckte sie in die Ärmel, um sie zu wärmen. Deshalb ließ sie den Stock zu Hause, dessen sie sich in den letzten Jahren bediente.

Blithildis wunderte sich über die aufgeregten Leute auf den Straßen schon zu dieser Morgenstunde. Eckebrecht hatte zwar am Abend über die Unruhe in der Stadt gesprochen, aber Blithildis war zwischendurch eingenickt, müde von den Festvorbereitungen, die sie sich nicht hatte nehmen lassen. So wusste sie jetzt nicht recht, um was es eigentlich ging.

Mit dem leicht schlurfenden Schritt einer Greisin tastete sie sich vorsichtig voran. Ihre Straße, Unter Goldschmied, war gepflastert. Die Steine waren glatt in der Morgenkälte, sie musste Acht geben, um nicht auszugleiten. In den kleinen Gassen aber war der unbefestigte Boden bis in die Tiefe verschlammt und dann überfroren.

Nur mit Mühe fand sie ihren Weg und war froh, als sie zum Alter Markt kam. Sie konnte ihn aber nicht überqueren, weil eine dichte Menschenmenge ihr den Weg versperrte. Verständnislos hörte sie das Geschrei über Bürgerfreiheit. Was meinten die Leute denn bloß? Sie, Blithildis, hatte sich ihr ganzes Leben lang frei gefühlt: in der Obhut ihrer Eltern, als Ehefrau des unvergessenen Wolbero, als Bürgerin von Köln.

Sie blieb einen Augenblick stehen und fasste einen Handwerksburschen, der laut in die Gegend rief, am Ärmel.

»Was wollt ihr eigentlich, warum schreit ihr Burschen hier so herum?«

»Der Kaiser hatte kein Recht, sich in die Wahl unseres Erzbischofs einzumischen«, antwortete er und machte sich los.

Kopfschüttelnd ging Blithildis weiter. »Aber der Erzbischof ist doch ein Reichsfürst und damit Diener des Kaisers? Warum soll dieser nicht frei in der Wahl seiner Diener sein?«, dachte sie verständnislos. »Ich habe mir meine Mägde immer selbst ausgesucht, und niemand hat mir dabei hineingeredet, nicht einmal mein seliger Wolbero, er ruhe in Frieden!«

Sie hatte sich nun durch die Menge gezwängt und schob sich durch das Gedränge auf ihrem Weg zur Domkirche. Sie hörte, wie die Menge aufschrie, als der Kaiser sich auf dem Balkon des Bischofspalastes zeigte; aber ihr Bedürfnis nach einem stillen Gebet überwog die Neugierde.

Leise schlüpfte sie durch eine Seitenpforte und kniete vor dem Marienaltar nieder. Durch die dicken Mauern und starken Türen drang der Lärm vom Vorplatz nur gedämpft, außerdem hörte Blithildis nicht mehr so gut wie früher. Heiter versenkte sie sich in ihre gewohnte Zwiesprache mit der

Gottesmutter, berichtete dieser dankbar von der glücklichen Heimkehr von Sohn und Enkel und trug ihr auf, sich etwas mehr um den jüngsten Enkel Helperich zu kümmern, der nachts unter Blähungen litt.

Dann war sie fertig mit ihrem Gebet. Aber sie ging noch nicht, obwohl an einem Tag wie diesem zu Hause besonders viel Arbeit wartete. Es lag ihr noch etwas auf der Seele. Schließlich erhob sie sich mühsam von den Knien und schaute sich um. Die Kirche war leer.

Sie ging bis ganz dicht vor das Marienbild und schaute empor zur Gottesmutter, die ihr Kind an sich gedrückt hielt und sanft lächelnd herabsah.

»Jahrelang habe ich dir in den Ohren gelegen und um Kinder gebeten. Du hast mich zwar warten lassen, aber dann hast du mich so wunderbar beschenkt. Mein Eckebrecht ist mir heute so nah, wie ein leibliches Kind nur sein kann. Dann kamen die drei Enkel. Auch für Fordolf bin ich fast wie eine Mutter, und meine liebe träge Sophia überließ mir die Pflege ihrer zwei Söhne gern. Und nun sind schon zwei Urenkel da. Was hatte ich doch für ein herrliches Leben! Ich danke dir von Herzen. Aber nun stehe ich doch schon wieder mit einer Bitte vor dir. Nein, nicht Helperichs Blähungen. Es ist etwas Wichtigeres. Weißt du, so langsam werde ich jetzt müde. Nicht nur meine alten Knochen schmerzen, sondern auch mein Herz will nicht mehr so recht, ich merke, wie es stolpert und nicht mehr arbeiten mag. Wenn es im Himmel Langeweile und Ungeduld gäbe, dann würde ich denken, mein Wolbero wartet jetzt lange genug auf mich. Meinst du nicht, du könntest mich nun bald rufen?«

Mit vertrauensvollem Lächeln schaute sie zu der Mutter mit dem Kind empor.

Zu der gleichen Zeit stand der Kaiser neben dem Erzbischof auf dem Balkon des Palastes und hörte ungläubig das Geschrei der Bürger. Er verfügte über keine laute Stimme, darum versuchte er gar nicht erst, gegen den Aufruhr anzuschreien. Er sah auch keinen Anlass, sich vor den Bürgern für seine kaiserlichen Entscheidungen zu rechtfertigen.

Da sich keine Abordnung des Rats aus der Menge löste, um in angemessener Weise dem Herrscher die Bitten der Bevölkerung vorzutragen, gab Kaiser Lothar seinem Haushofmeister einen Wink, befahl zu packen und wandte sich mit zorngeschwellter Stirn in den Palast zurück.

Kurz darauf saß der Kaiser auf seinem Ross und verließ, mit finsterer Miene und gefolgt von seinen Getreuen, die unbotmäßige Stadt Köln.

Das Volk hatte jetzt das Gefühl, gesiegt zu haben. Das Geschrei verwandelte sich in Johlen. Den Kaiser ließen sie vorbeireiten, denn die Achtung vor seinem hohen Amt galt noch immer. Hinter seinem Gefolge jedoch flogen Steine her, die eigentlich dem Kaiser galten.

Es gab nur wenige blaue Flecke bei den Kaiserlichen, aber ein schlecht gezielter Stein traf Blithildis, die gerade aus der Pforte des Doms heraustrat, mit voller Wucht am Kopf, so dass ihr Schädel brach. Die alte Frau sank zusammen. Die Haube rutschte von ihrem Kopf. Aus einem Ohr sickerte Blut und färbte das graue Haar, dessen goldene Pracht früher Wolberos Entzücken gewesen war. Erschrocken eilte eine Bäckersfrau herbei, um sie aufzufangen. Sie hörte noch, wie die Greisin murmelte:

»So viel Gewalt wäre aber auch nicht nötig gewesen, Maria …«

Das Jahr 1137 war ein Jahr des Unheils gewesen. Erzbischof Bruno war mit auf die kaiserliche Heerfahrt gegen die Normannen gezogen. Er starb am 29. Mai in Tram in Apulien am Fieber, nur wenig mehr als dreißig Jahre alt.

Kaiser Lothar ernannte Hugo von Sponheim zu seinem Nachfolger, der seit zehn Jahren Domdekan in Köln war und das Kloster Knechtsteden gegründet hatte, aber auch er starb schon vier Wochen später an der gleichen Seuche.

Im Dezember kehrte der greise Kaiser Lothar von seinem italienischen Feldzug zurück. Unterwegs verließen ihn die Kräfte, er starb, völlig erschöpft von den Anstrengungen des Feldzuges, auf dem Heimweg auf einem Bauernhof in Tirol.

Im Sommer dieses Unglücksjahres gab es mehrere schwere Unwetter, die das Getreide umwarfen. Dann regnete es wochenlang, es gab kaum Korn zu ernten und kaum Rüben, da sie im Boden verfault waren.

Auf den verregneten Sommer folgte ein früher und strenger Winter. Die Menschen suchten außerhalb der Stadt nach Nüssen, Eicheln, Kräutern und Beeren, um den Winter zu überleben. Nachdem es auch noch eine Viehseuche gegeben hatte, die die Ställe der Bauern im Umland leerte, wussten alle, dass das Jahr 1138 mit Hunger beginnen würde.

Im reichen Hause Eckebrechts hätte normalerweise auch in diesen schweren Zeiten niemand zu hungern brauchen. Wenn auch hier Schmalhans Küchenmeister wurde, so war dies die Schuld der jungen Frau Engilradis. Nicht, dass sie schlecht gewirtschaftet oder Lebensmittel verschwendet hätte. Nein, Engilradis führte den großen Haushalt so gut, wie die unvergessene Blithildis es jahrzehntelang getan hatte. Aber sie ließ es sich nicht nehmen, jeden Sonntag eine Mahlzeit für ein Dutzend armer Leute zu kochen, und auch unter der Woche klopften verschämt Arme an der Hofpforte und baten um einen Teller Grütze. Es hatte sich herumgesprochen, dass die junge Schwiegertochter Eckebrechts gab, was sie nur konnte.

»Almosen geben verarmt nicht«, pflegte sie zu sagen. Ihren alten Schwiegervater lächelte sie an, wenn er sie wieder einmal mit einem gefüllten Korb das Haus verlassen sah. »Wohltun bringt Zinsen im Himmel«, rief sie ihm dann zu.

Er selbst ging, ohne jemandem davon ein Wort zu sagen, in die Judengasse und sprach dort mit dem Vorsteher. Eckebrecht bot seine Hilfe für Hungernde an, aber der Vorsteher bedeutete ihm kühl, es gebe nur wenige arme Familien unter ihnen, und es sei der jüdischen Gemeinde leicht möglich, selbst für diese zu sorgen. Dabei ließ er sich deutlich anmerken, dass die Juden nicht die Hilfe eines Abtrünnigen wünschten.

Bedrückt ging Eckebrecht nach Hause. Als er den Hof betrat, verließ Engilradis gerade wieder mit einem schwer gefüllten Korb das Haus. Sie hatte Mühe, ihn zu tragen, und man sah ihr Hinken deutlicher als sonst. Sie lächelte den Schwiegervater schelmisch an und rief ihm ihren Wahlspruch zu: »Wohltun bringt Zinsen im Himmel!«

»Ja, ja, und bei uns gibt es heute Abend wieder nur Grütze ohne Butter«, brummte Eckebrecht. Dann nahm er ihr den schweren Korb ab. »Gib her. Ich werde dich begleiten.«

Engilradis ging neben ihm. Hinter St. Peter waren einige ärmliche Gassen, hier bog die junge Frau zielstrebig ein. Die Häuser waren eng und schmal. Sie klopfte an die Tür einer bescheidenen Hütte und trat ein, ohne eine Antwort erhalten zu haben.

Es war nur ein Raum im Haus, eine Kochstelle in der Ecke mit einem Rauchabzug darüber, durch den jetzt im Februar kalte Luft drang. Auf dem Boden lagen einige Strohsäcke herum und darauf eine abgezehrte Frau mit drei Kindern. Ein etwa fünfjähriges Mädchen mühte sich vergeblich, aus ein paar zusammengelesenen Holzstücken ein Feuer zu entfachen.

Engilradis strich ihr über das ungekämmte Haar und erledigte die Arbeit mit einigen geübten Griffen, nahm dann einen schweren Topf aus ihrem Korb und hängte ihn in die Kochgrube über dem Feuer.

»Ich habe dir einen Topf Grütze gebracht, Bela«, sagte sie zu der Frau. »Geht es dir heute besser?«

Die Frau lächelte dankbar. Dabei sah man, dass sie nur noch wenige Zähne hatte. »Es geht mir besser, und auch die drei Jungen sind nicht mehr so fiebrig«, sagte sie mit matter Stimme.

Engilradis griff sich den Eimer neben der Tür und lief aus dem Haus. Am Ende der Straße war ein Brunnen, sie schöpfte Wasser und eilte zurück. Die Kranke und ihre Kinder erhielten einen Schluck, und Engilradis wischte den Kindern mit einem nassen Lappen über die schmutzigen Gesichter, was diese zu einem matten Widerspruch veranlasste.

Das freute Engilradis. »Wenn ihr euch schon wieder beschweren könnt, dann geht es euch wirklich besser«, sagte sie munter. Die Grütze war inzwischen warm geworden, und sie holte den Topf. Es gab nur zwei aus Holz geschnitzte Löffel im Haus. Mit einem aß die kranke Mutter, mit dem anderen fütterte Engilradis abwechselnd die aufgesperrten Münder der Kinder.

»Ich fühle mich wie eine Vogelmutter, die ins Nest fliegt und gar nicht weiß, welchen Schnabel sie zuerst stopfen soll«, sagte sie und fuhr dem jüngsten Kind über den Kopf.

»Für morgen reicht die Grütze noch. Übermorgen komme ich wieder und sehe nach euch«, sagte sie dann und wandte sich zum Gehen.

Eckebrecht hatte in der Nähe der Tür gestanden und sie beobachtet. »Ich habe immer gedacht, dass Fordolf mit dir eine sehr gute Wahl getroffen hat«, sagte er auf dem Heimweg. »Aber du bist noch weit tüchtiger, als ich bisher annahm. Vergiss jedoch nicht, dass du junges Leben in dir trägst, überanstrenge dich daher nicht.«

Engilradis lächelte nur. Auch ihr Gesicht war hagerer geworden in diesem Hungerwinter, aber sie sah mit ihren siebenundzwanzig Jahren noch immer zart und mädchenhaft aus.

»Die Frau wird bald wieder auf den Beinen sein. Ihr Mann starb vor drei Wochen am Fieber. Kaum hatte sie ihn begraben, da erkrankte sie und auch die Kinder. Es ist ein Wunder, dass sie alle noch leben. Wenn sie wieder gesund ist, will ich, dass sie bei uns im Haus die Wäsche wäscht und sich damit etwas zu ihrem Lebensunterhalt verdienen kann.«

Als an diesem Abend Eckebrechts Familie bei der Abendgrütze saß, klopfte es an der Tür. Die Magd Cristina lief und öffnete. Dann kam sie zurück und sagte dem Hausherrn, draußen stehe ein Mann, der nur mit Eckebrecht selbst sprechen wollte. Nein, hereinkommen wollte er auch nicht.

Also ging Eckebrecht selbst vor die Tür. Draußen stand ein unbekannter Mann, den Umhang bis zur Nase hochgezogen, den Kopf tief in einer Mütze versteckt. Eckebrecht hatte ihn noch nie gesehen und redete ihn höflich an.

»Wer bist du, und was möchtest du von mir?«

Der Fremde schwieg eine Weile. »Man sagt von dir, dass du gern anderen hilfst«, sagte er schließlich.

»Ja, das tue ich, wenn ich kann. Aber willst du mir nicht deinen Namen sagen?«

Der andere schwieg wieder einen Augenblick lang; dann riss er sich die Mütze vom Kopf. Er trug die langen Schläfenlocken der Juden.

Eckebrecht riss die Augen auf vor Erstaunen. Seit er sich damals geweigert hatte, mit Aharon zu gehen, hatte nie wieder ein Jude ihn aufgesucht.

»Nathanael heiße ich. Um meiner selbst willen wäre ich nicht zu dir gekommen.«

Eckebrecht nickte und sagte gedehnt: »Ich verstehe. Aber du bist gekommen. Um wen geht es also?«

»Um meinen Sohn Zacheus. Er hatte das Fieber. Nun ist er sehr schwach und mager. Von dem bisschen, was wir noch zu essen im Haus haben, kann er nicht überleben. Er ist zehn Jahre alt und mein einziges Kind.«

»Komm herein«, sagte Eckebrecht, »ich gebe dir etwas aus unserer Küche.«

Aber Nathanael schüttelte den Kopf. »Ich möchte dein Haus nicht betreten. Kannst du es mir herausbringen?«

Eckebrecht drehte sich schweigend um und ging zur Tafel zurück. Leise bat er Engilradis, einen Korb zu packen, und ging solange wieder auf die Straße hinaus. Nathanael stand in den Schatten der Tür gedrückt, damit er nicht gesehen wurde.

»Warum kommst du gerade zu mir, wenn dich hier niemand sehen darf?«, fragte Eckebrecht, und seine Stimme klang hart.

»Weil ich gehört habe, dass du mit unserem Vorsteher gesprochen und ihm Hilfe angeboten hast. Er hat dir nicht die Wahrheit gesagt. Es gibt bei uns Juden zur Zeit mehr arme Familien, als die anderen mit durchfüttern können. Aber er wollte keine Hilfe von dir, weil du ein Abtrünniger bist. Ich habe lange gezögert und wäre nicht gekommen, wenn ich mir anders zu helfen gewusst hätte. Nicht den Christen bitte ich um eine milde Gabe, sondern den Verwandten. Meine Großmutter Bejle war die Base deiner Großmutter Gütlin.«

Eckebrecht seufzte.

»Ich war ein hilfloses Kind, als meine Eltern erschlagen wurden. Unsere Gemeinde war vernichtet. Ohne Wolbero und Blithildis hätte ich diese entsetzliche Zeit nie überlebt. Es war mein Glück, dass sie mich zu ihrem Sohn machten, und dazu musste ich natürlich Christ werden. Müsst ihr mich darum nun für immer hassen? Übrigens freue ich mich von Herzen, in dir einen Verwandten zu finden. Wolbero suchte damals nach meinen Familienangehörigen, aber vergeblich.«

»Wir waren nach Frankfurt geflohen und kehrten erst viele Jahre später nach Köln zurück. Mein Vater starb früh, so kamen wir auf keinen grünen Zweig mehr und sind heute arm.«

Engilradis trat aus dem Haus, reichte Eckebrecht den Korb, den sie gut gefüllt hatte, und verschwand wieder. Der Kaufmann gab ihn an Nathanael und sagte:

»Nimm, Vetter, ich gebe es dir von Herzen gern. Die Hungerzeit wird wohl noch ein paar Wochen dauern, du kannst also wiederkommen, solange wir noch Nahrung im Haus haben. Ich wünsche deinem Sohn Zacheus baldige Genesung.«

Nachdenklich kehrte Eckebrecht an den Familientisch zurück und schob die kalt gewordene Grütze beiseite. Ihm war der Hunger vergangen. Wortkarg saß er bei seiner Familie und vergaß zu antworten, wenn er angesprochen wurde.

Als er mit Sophia im Bett lag, seufzte er tief und erzählte ihr von dem heimlichen Besucher.

»Ich verstehe nicht, was die Juden gegen mich haben. Ich hatte doch keine Wahl.«

Sophia schwieg lange, und Eckebrecht dachte, sie sei schon eingeschlafen. Da sagte sie plötzlich: »Ich glaube, du hattest schon eine Wahl. Du hast mir doch erzählt, wie Wolbero in Lyon nach den Verwandten deiner Mutter forschte, zu denen du hättest ziehen können, und dass der Kölner Gemeindevorsteher dich in seine Familie aufnehmen wollte; aber du wolltest nicht fort. Warum?«

»Es war wegen Blithildis. Nach dem Tod meiner Eltern

hatte ich einen so verzweifelten Hunger nach Zuwendung, und Blithildis war mir wie eine zweite Mutter. Sie gab mir Wärme und Liebe, sie hatte immer Zeit für mich. Erst später habe ich begriffen, dass ich ohne ihre fürsorgliche Hilfe mich kaum in Wolberos christlichem Haushalt hätte zurechtfinden können. Nie werde ich vergessen, was sie alles für mich getan hat. Ich hatte an einem Tag alle verloren, die ich liebte, meinen Vater, meine Mutter und mein ungeborenes Geschwisterchen. Ich hätte alles getan, um das nicht wieder zu erleben.«

»Siehst du«, sagte Sophia nachdenklich, »ich glaube, Juden setzen ihren Glauben eben über alles. Er ist ihnen wohl wichtiger als alles andere, und darum verzeihen sie dir nicht, dass du deine Bedürfnisse nach Liebe, nach Sicherheit und Geborgenheit, die ich übrigens sehr gut verstehe, darübergestellt hast. Das ist es, was sie dir noch heute vorwerfen, denke ich mir.«

Eckebrecht wunderte sich, dass seine liebe kleine Frau, die ihre Zeit in unbeschwerter Oberflächlichkeit zu verbringen schien, eine schwierige Frage so scharfsinnig beantworten konnte.

»Sie ist viel klüger, als ich geglaubt habe«, dachte er. Und über diesen Gedanken wäre er fast eingeschlafen, doch Sophia hatte noch anderes vor …

Später schlief er, zufrieden und entspannt, in ihren Armen ein. Aber in dieser Nacht kam der Albtraum wieder, der ihn noch immer nach so vielen Jahren heimsuchte: Er rannte in Todesangst durch die Straßen und Hintergärten, dann irrte er auf dem Schiff zwischen all den Toten umher, blickte in die verzerrten, entstellten Gesichter der Erschlagenen auf der Suche nach seinen Eltern, aber er fand sie nicht. Er wollte schreien und konnte nicht.

Er erwachte, weil Sophia ihn behutsam an der Schulter rüttelte.

»Liebster, du hast so entsetzlich gestöhnt. War es wieder dein Traum?«

Und sie nahm ihn sanft in ihre Arme, wischte im Dunkeln mit der Hand den Angstschweiß von seiner Stirn und wiegte ihn zärtlich, bis sein Herz nicht mehr wie rasend klopfte und er aufs Neue einschlief.

Auch dieser harte Hungerwinter war vorübergegangen. Im Februar 1138 war Propst Arnold von St. Andreas zum neuen Erzbischof gewählt worden, und im folgenden Monat sollte ein neuer Kaiser gewählt werden.

Eckebrecht erinnerte sich noch gut an die unglaublichen Vorgänge bei der Wahl des verstorbenen Kaisers, als die staufischen Brüder Friedrich und Konrad von Schwaben durch Hinterlist um ihren Nachfolgeanspruch gebracht worden waren. Erst nach der Kaiserkrönung Lothars hatten sie sich gezwungenermaßen diesem endgültig unterworfen.

Nun hatte der sterbende Lothar die Reichsinsignien und das Herzogtum Sachsen seinem Schwiegersohn, Herzog Heinrich dem Stolzen von Bayern, der Lothars einziges Kind Gertrud geheiratet hatte, übergeben. Die Lage schien also klar zu sein. Heinrich von Bayern würde der nächste Kaiser sein. Aber es folgte ein neuer Wahlbetrug: Weil der Papst befürchtete, Herzog Heinrich werde seine Macht gegen die Kurie ausspielen, schlug er den jüngeren der seinerzeit übergangenen schwäbischen Brüder, Konrad von Hohenstaufen, als deutschen König vor.

Eilfertig berief Erzbischof Albero von Trier nur Konrad und einige mit diesem einverstandene Fürsten zur Wahl am 7. März nach Koblenz. Die Mehrzahl der deutschen Fürsten, die ihre Stimme vermutlich dem Herzog von Sachsen und Bayern gegeben hätten, wurden erst gar nicht eingeladen.

So wurde Konrad in unziemlicher Eile am 13. März vom päpstlichen Legaten Dietwin in Aachen gekrönt.

Bei dieser Wahl half auch der neue Erzbischof von Köln dem Schwaben, und in Köln wusste man, dass er eben zu diesem Zweck noch schnell vor der Kaiserwahl ernannt worden war. Er durfte die Wahl aber nicht leiten, wie es ihm eigentlich zugestanden hätte, weil er selbst seine Weihe als neuer Erzbischof noch nicht empfangen hatte.

Zu seinem nicht geringen Ärger durfte Erzbischof Arnold auch nicht die Krönung des neuen Herrschers in Aachen vornehmen, weil er das Pallium, den Mantel, den er bei feierlichen Amtshandlungen tragen musste, noch nicht vom Papst erhalten hatte. Das verdross ihn ungemein, denn konnte er wissen, ob sich ihm eine solche Gelegenheit noch einmal bieten würde? Um ihn zu beruhigen, ließ der Kardinalpriester Dietwin, welcher die Krönung nun vornahm, Arnold bei der feierlichen Handlung in Aachen immerhin beistehen.

König Konrad begab sich nach seiner Krönung nach Köln und ehrte die Weihe Arnolds zum Erzbischof durch seine Anwesenheit. Anschließend hielt er hier vom 8. bis 11. April 1138 einen Hoftag ab. Eine große Schar niederrheinischer Fürsten und Herren nahm daran teil und bekundete so, dass sie zu Konrad stand und den Welfen Heinrich nicht so gern an der Spitze des Reiches gesehen hätte.

Als die wenigen Fürsten Konrad in Koblenz zum neuen Herrscher machten, hatten auch die Kölner Ratsherren ihre Wahl abgehalten. Es war klar, dass schwierige Zeiten zu erwarten waren. Daher war es wichtiger denn je, nur die klügsten, vorausschauendsten und erfahrensten Männer der Stadt in den Rat zu berufen und mit ihnen die wichtigsten Ämter zu besetzen.

Ein neuer Erzbischof, ein neuer Kaiser – wer von ihnen würde Köln freundlich gegenüberstehen?

Die Ratsherren waren alle miteinander stolze Patrizier, ein enges Netz von verwandtschaftlichen Beziehungen und Heiraten verband sie. Sie verhandelten, nach guter Kölscher Klüngelsitte, die Posten unter ihren Familien.

Eine Ausnahme machten sie aber: Sie beriefen den Kaufmann Eckebrecht zum magister vicinorum, zum Bürgermeister. Zwar war er nicht in ihrem Kreis geboren, aber als angenommener Sohn des unvergessenen führenden Ratsherrn Wolbero, als Schwiegersohn des Vogtes Herimann und des Ministerialen Gunther von Dottindorp gehörte er schon lange dazu. Seine besonderen Fähigkeiten waren bekannt. Wer verhandelte geschickter als er, wer vermochte streitende Parteien mit solcher Besonnenheit an einen Tisch zu bringen, wer zeigte mehr Begabung für Verwaltungsaufgaben?

Dass er als Jude geboren war, wussten alle. Es machte den großen Kaufleuten nichts aus. Sie waren durchaus bereit, einen Juden mit offenen Armen in ihrem Kreis aufzunehmen – er musste sich nur taufen lassen und, natürlich, sehr viel Geld besitzen, dann war er ihnen willkommen.

So kam es, dass Eckebrecht als Vertreter der Bürgerschaft zunächst am Osterfest an der Weihe des Erzbischofs Arnold teilnahm. Anschließend ernannte der König einen anderen Arnold aus dem Hause von Wied, der in Köln die Würde eines Dompropstes bekleidete, zum Reichskanzler. Diese hohe Ehre war auch mit der höchst einträglichen Propstei des Servatiusstiftes in Maastricht verbunden. Arnold von Wied wurde damit für seine Anstrengungen belohnt, den jetzigen Erzbischof Arnold auf den Staufer einzuschwören.

Wenige Tage darauf hatte Eckebrecht Gelegenheit, am Hoftag des Königs teilzunehmen. Er hatte inzwischen das fünfzigste Lebensjahr überschritten. Sein Haupthaar war silbergrau, was sein vornehmes Aussehen noch betonte. Er hielt sich noch immer sehr gerade, und Augen und Ohren hatten in keiner Weise nachgelassen. Er erfreute sich einer eisernen Gesundheit, nur die Narbe, die er von dem Stich in die Schulter behalten hatte, schmerzte bei wechselndem Wetter.

Zu dieser feierlichen Gelegenheit trug er einen prächtigen Rock aus dunkelrotem Samt, den ihm seine liebe Sophia mit Feuereifer genäht hatte.

»Ich sehe aus, als sei ich in eine Altardecke eingewickelt«, hatte Eckebrecht gespöttelt. Darauf waren Sophia zwei dicke Tränen in die Augen getreten, und ihr Mann musste sich beeilen, sie zu umarmen und ihr für ihre Arbeit zu danken. Dann hatte sie ihm noch eine schwarze Samtkappe mit einer Reiherfeder auf den Kopf gedrückt und ihn ermahnt, am Abend ganz genau zu berichten, wie denn der Herr König aussah und wie er gekleidet war.

Der Platz vor dem Dom war abgesperrt. Ein Podest war für die Majestät errichtet, ein Baldachin schützte ihn vor der Frühlingssonne und vor Regengüssen, mit denen im April immer gerechnet werden musste. Der Reisethron des Königs war dort aufgebaut, sodass er in einsamer Höhe über allen anderen Personen saß.

Ein erhebliches Stück tiefer auf dem Podest standen Stühle für die Ranghöchsten unter seinen Getreuen. Unten, sodass sie die Hälse zu recken hatten, waren Bänke für die geringeren Herren des Reiches aufgestellt.

Außen, viel weiter hinten, standen in drangvoller Enge weniger vornehme Menschen. Sie waren aber immer noch dadurch ausgezeichnet, dass sie innerhalb der Abgrenzung stehen durften, die von Soldaten in kaiserlichen Farben genau im Auge behalten wurde.

Hier standen auch die vornehmsten Kölner Bürger: Der junge Albero Hardefust als Stellvertreter seines Vaters beriet sich mit dem Griechen Apollonius über eine Gewürzlieferung; Bruno Jude, sein Vater, der Zollmeister Daniel, sowie dessen Bruder Alexander lachten über eine Geschichte, die ihnen Marcmann Vetscholder erzählte. Hermann Birklin stritt sich mit seinem Nachbarn Godefrid Rufus über eine Hauswand, die Hermann höher bauen wollte, als Godefrid es zuzulassen gedachte.

Der neu gewählte magister vicinorum Eckebrecht befand sich nicht in ihrer Gesellschaft. Als Erzbischof Arnold eingezogen war, hatte er suchend über die ausgewählten Kölner Bürger geblickt und Eckebrecht dann zu sich gewunken. So stand dieser jetzt als einziger Kaufmann unter all den hohen Reichsfürsten hinter Arnolds Stuhl. Es wurde bald klar, warum ihm diese einzigartige Ehre zuteil geworden war. Erzbischof Arnold hatte noch sehr wenig Erfahrung mit seinem neuen hohen Amt. Er kannte kaum einen der Herren, die hier so wichtig waren, und brauchte Eckebrecht, damit er ihn leise und unauffällig aufklärte.

Es war der zweite Tag des Hoftages. Eben kam der Fürst an, der wohl von allen mit der größten Spannung erwartet wurde: Herzog Heinrich der Stolze übergab an der Absperrung sein prächtig aufgezäumtes Ross seinem Knappen und betrat mit seinem Gefolge den Domplatz.

Er hatte keine Einladung zur Königswahl erhalten und hatte darum von dieser Wahl erst erfahren, als Konrad bereits in Aachen gekrönt worden war.

»Herzog Heinrich kennt den Herrn König sehr gut, denn dessen Schwester Kunigunde war Heinrichs erste Gemahlin gewesen«, flüsterte Eckebrecht dem Erzbischof zu, der sich mit fragend hochgezogenen Augenbrauen zu ihm umgedreht hatte. »Auch wegen dieser familiären Bindung haben die staufischen Brüder damals fest mit der Unterstützung der Welfen beim Tode ihres Onkels, Kaiser Heinrich V., gerechnet. Aber dann ist Kunigunde kurz vor der Wahl bei der

Geburt eines kleinen Mädchens gestorben, und Lothar von Sachsen hat die Gelegenheit genutzt und dem alten Herzog Heinrich dem Schwarzen von Bayern angeboten, seine einzige, erst zehn Jahre alte Tochter Gertrud dem gerade verwitweten bayrischen Erben zur Frau zu geben, wenn der Bayer bei der Wahl für ihn stimmen würde. Der alte Heinrich hat das Geschäft abgeschlossen, ohne seinen vom Schmerz ganz verstörten Sohn auch nur zu fragen. So gelangte damals Lothar auf den Kaiserthron.«

»Kam die Ehe zustande?«, fragte der Erzbischof leise.

»Ja, aber aufgrund des jugendlichen Alters der kleinen Braut wurde die Heirat noch zwei Jahre aufgeschoben. Erst vierzehn Jahre alt, hat sie ihm dann seinen Sohn und Erben, den jetzt neunjährigen Prinzen Heinrich, geschenkt. Soviel ich weiß, ist er das einzige Kind.«

»Ach, darum hat der Bayer fest daran geglaubt, der Nachfolger von Kaiser Lothar zu werden«, murmelte der Erzbischof.

»Und zu Recht. Er ist um den Thron betrogen worden. Aber inzwischen hat er wohl erkannt, dass er gegen diese höchst unvorschriftsmäßige Wahl nichts mehr unternehmen kann, nachdem Konrad nun einmal gekrönt ist. Er würde nur als Rebell angesehen werden. Mit wessen Unterstützung könnte er auch rechnen? Schon jetzt betrachten einige Fürsten ihn mit Argwohn, weil er der weitaus Stärkste unter den Fürsten ist, mit seinen beiden mächtigen Stammesherzogtümern Bayern und Sachsen«, dachte Eckebrecht, behielt diesen Gedanken aber lieber für sich.

Herzog Heinrich erschien absichtlich erst jetzt am zweiten Tag. Durch den Mittelgang, ohne rechts und links zu blicken, schritt er auf den Thron des Königs zu, beugte die Knie, wie es sich gehörte, und begrüßte Konrad. Lässig entschuldigte er sein spätes Kommen mit der zu spät erfolgten Einladung. Dann winkte er seinem Knappen, der einen kostbaren Schrein schleppte, ihn zu Füßen des Königs abzustellen.

Konrad kannte diesen Schrein, er hatte ihn oft bei seinem Onkel, dem Kaiser Heinrich V., gesehen. Er enthielt die Reichsinsignien. Er machte nun nicht den Fehler, den Schrein zu öffnen und sich mit den Insignien zu schmücken. Das hätte nur betont, dass er sie erst von Heinrich erhalten hatte. Er nickte also nur knapp und ließ den kostbaren Besitz schleunigst forttragen.

Dann ließ er den Herold die Trompete blasen. Als es ganz still auf dem großen Platz geworden war, sprach Konrad mit sehr lauter Stimme: »Wir begrüßen Unseren teuren Schwager, Herzog Heinrich, der gekommen ist, um Uns nach Unserer Thronbesteigung zu huldigen.«

Er machte eine längere Pause. Eckebrecht fragte sich, was der König wohl beabsichtigte.

»Wir bestätigen dich, Herr Heinrich, also in deinem Herzogtum Bayern. Du magst Uns huldigen.«

Das war es also. Nur Herzog von Bayern, nicht auch von Sachsen. Eckebrecht schoss durch den Kopf, dass damals Kaiser Lothar den staufischen Brüdern, von denen einer hier nun als König saß, einen großen Teil ihres Besitzes abgenommen hatte mit der Begründung, die Salier hätten während ihrer hundertjährigen Regierungszeit Reichsgut in ihr Hausgut überführt. Das hatte zu jahrelangem Kampf geführt.

Nach den letzten Worten des Königs brach Unruhe auf dem Platz aus. Niemand von den hohen Herren hatte mit diesem Schachzug des Königs gerechnet. Die staufisch gesinnten Fürsten riefen laut Beifall und übertönten dabei die Gegenstimmen. Darauf hielt so mancher, der den König der Untreue zeihen wollte, lieber den Mund.

Heinrich war schneeweiß geworden. Auf diesen Schlag war er nicht vorbereitet gewesen. Nur mit Mühe gelang es ihm, seine Stimme zu beherrschen, als er ausrief:

»Ich bin Herzog von Bayern als Erbe meines Vaters und Herzog von Sachsen als Muntwalt meiner Frau Gertrud. Kaiser Lothar selbst hat mir sein sächsisches Herzogtum auf dem Sterbebett übergeben!«

Konrad wartete, bis die Menge sich etwas beruhigt hatte, und sprach erst wieder, als er sicher war, dass man seine Worte verstehen konnte.

»Dann magst du wählen, welches Herzogtum du künftig regieren willst. Ich stelle dir frei, ob es Bayern oder Sachsen sein soll. Beide zu beherrschen, übersteigt die Kräfte eines einzigen Mannes. Entscheide dich, hier und jetzt.«

Heinrich lachte höhnisch auf. »Es wird sich schon zeigen, wer hier seine Kräfte überschätzt. Ich werde dir nicht huldigen, Konrad, denn es geziemt sich nicht für einen König, ein Herzogtum zu stehlen.«

Damit drehte er dem König den Rücken zu, sprang von dem Podest herunter und schritt zornentbrannt durch den Mittelgang hinaus.

Beim Abendbrottisch kam Eckebrecht kaum zum Essen, weil er so viele Fragen beantworten sollte, vor allem von Sophia.

»Du hättest sehen sollen, wie der Herzog hinausstürmte, Sophia. Ich sah, wie der Hauptmann der kaiserlichen Soldaten auf ihn zutreten wollte, aber vor dem Blitze sprühenden Blick Heinrichs zurückschreckte. Der König winkte ab, und so ließ er ihn gehen. Noch während Herzog Heinrich auf sein Ross sprang, wurde die Reichsacht über ihn verkündet, weil er dem König die Huldigung verweigert hatte. Er muss es im Davonsprengen noch gehört haben, aber er wandte sich nicht um. Nicht umsonst heißt er Heinrich der Stolze. Ja, meine Lieben, uns allen, die wir diesem feindlichen Auftritt beigewohnt haben, ist völlig klar: Dem Reich steht keine Zeit des Friedens bevor.«

Und so kam es auch. Der Stadt Köln war zunächst keine friedliche Zeit beschieden. Erzbischof Arnold war nicht beliebt in seiner Stadt. Zum einen hatten den Bürgern die Umstände seiner Wahl missfallen, die, wie auch die Königswahl bald darauf, in unziemlicher Hast und Heimlichkeit stattgefunden hatte. Zwar waren die Kölner an Klüngel gewohnt, aber sie wollten selbst mit an den Fäden ziehen. Hier jedoch waren sie nicht gefragt worden, und das hatte sie beleidigt.

Zum anderen behagte ihnen das Auftreten des neuen Würdenträgers nicht. Arnold stammte aus einem unbedeutenden Adelsgeschlecht von der Nahe, weit südlich von Koblenz. Er hatte zu Erzbischof Brunos Zeiten wenig von sich reden gemacht, umso selbstbewusster und fordernder trat er nun auf.

Genau das war für König Konrad der Grund gewesen, das Amt des Reichskanzlers nicht an Arnold, sondern an einen anderen Kölner zu vergeben. Der Herrscher sah keine Notwendigkeit, sich ständig mit dem Mann beschäftigen zu müssen, dessen Stimme ihm bei der Königswahl nützlich gewesen war.

Auf einer Reise nach Rom hatte Erzbischof Arnold prächtige Bauten gesehen und fühlte starkes Verlangen, in einem ebenso schönen Gebäude Hof zu halten. Mit dem alten erzbischöflichen Palast war er nicht mehr zufrieden. Da aber seine Kasse gerade leer war, hatte er von den Bürgern zusätzliche Steuern gefordert.

Dies führte zu heftiger Aufregung auf der unverzüglich einberufenen Ratssitzung im Kölner Bürgerhaus.

»Episcopus de suis vivat«, rief Albero Hardefust in den Saal, »soll er doch aus seinen eigenen Einkünften seinen Palast bauen!« Dem stimmten die Bürger einträchtig zu.

Eckebrecht meldete sich zu Wort: »Ehrwürdige Herren eines löblichen Rats, ihr habt das Begehr des Erzbischofs vernommen. Ich habe mit dem Kämmerer beraten: Der Hoftag hat uns Geld eingebracht, aber auch viel gekostet. Ihr wisst, dass wir dem Herrn König einen Pokal gefüllt mit Goldstücken verehrt haben – wie es üblich ist und wie er es auch erwartet. Die Verbindungen, die uns der Aufenthalt vieler fremder Herren gebracht hat, mögen sich in Zukunft bezahlt machen; es klimpert aber noch nicht in unseren Truhen. Nun ist es ja nicht so, als wäre unser Stadtsäckel ganz leer, wir haben noch Geld. Aber ich muss euch gestehen, dass die Vorgänge während des Hoftags, bei denen wir Zeuge waren, mir Angst machen. Ich habe den Gesichtsausdruck Herzog Heinrichs noch vor Augen, als er den Hoftag im Zorn verließ: Er verhieß nichts Gutes. Westfalen, uns benachbart, gehört zu seinem sächsischen Herzogtum. Herr Heinrich wird den Ort seiner Demütigung nicht in guter Erinnerung haben, und unseren Erzbischof sieht er sowieso als Feind an. Auch wir Bürger sind ihm als Parteigänger der Staufer und Gegner seines kaiserlichen Schwiegervaters unlieb.«

Er machte eine kleine Pause und fügte dann im Scherz hinzu: »Ich habe meine Frau Sophia gebeten, mich dieses Jahr nicht mit einem Kind zu beschenken, damit uns eine Belagerung erspart bleibt.«

Die anderen Ratsherren lachten. Sie kannten sich alle so lange, und die meisten wussten, dass Eckebrechts drei Söhne jeweils während einer Belagerung der Stadt geboren worden waren. Nun hatte allerdings Frau Sophia ein Alter erreicht, in dem nicht mehr unbedingt weiterer Nachwuchs zu erwarten war.

»Ich bin darum der Ansicht, dass wir mit den uns zur Verfügung stehenden Geldern unbedingt unsere Stadtmauern und Tore instand setzen sollten. Auch würde ich gern die Gräben um die Stadtmauern vertiefen lassen.«

»Das haben wir doch erst zu Zeiten von Kaiser Heinrich

getan«, warf Ratsherr Vogelo ein, der sich noch sehr deutlich an die knochenschindende Plackerei erinnerte.

»Vogelo, das ist dreißig Jahre her.«

»Was das damals gekostet hat!«, rief Richolf, der für seine Sparsamkeit, um nicht zu sagen, seinen Geiz bekannt war.

Der bedächtige Anselm meldete sich zu Wort: »Es hat sich aber wirklich gelohnt, denn wir haben dem Sturm des Königs und späteren Kaisers Heinrichs V. mehrfach widerstehen können.«

»Richtig«, sagte Eckebrecht. »Aber heute bin ich mir nicht mehr sicher, ob wir einem Angriff standhalten könnten. Bitte macht euch die Mühe und geht einmal auf die Mauern und Wälle, meine Herren. Ihr werdet selbst sehen, dass Ausbesserungsarbeiten dringend erforderlich sind.«

»Hingegen scheint mir ein neuer Palast für unseren Erzbischof überhaupt nicht wichtig«, bemerkte der Tuchhändler Regenzo, »denn falls Herzog Heinrich vor unseren Mauern erscheint, wird Herr Arnold sich auf die Feste Wolkenburg im Siebengebirge zurückziehen, die sein Vorgänger, Herr Friedrich von Schwarzenburg, vor zwanzig Jahren erbaut hat, und Köln sich selbst überlassen. Dann könnte es leicht geschehen, dass Herzog Heinrich unsere Stadt mitsamt dem neuen Bischofspalast zerstört.«

»Genau darum möchte ich doch lieber die Stadt befestigen und den Herzog draußen halten, auch wenn Seine bischöflichen Gnaden mit einem alten Palast zufrieden sein muss«, sagte Eckebrecht abschließend. »Eure Meinung, meine Herren?«

Die Herren des Rats klopften auf den großen Eichentisch, um ihre Zustimmung zu diesem weisen Vorschlag zu zeigen. Ihr einmütiger Beschluss lautete, Eckebrecht möge zusammen mit den Ratsherren Adalbero Hardefust, Hermann Birklin, Franco vom Horn und den Tuchhändlern Regenzo und

Pilgrim den Erzbischof aufsuchen. Da meldete sich Fordolf zu Wort, einer der jüngsten Ratsherren.

»Ich bitte den ehrwürdigen Rat, außerdem noch die Ratsherren Godefrid von der Rheingasse, die Brüder Herimann und Richwin de Colonia sowie Sigewin den Stadtgrafen zu entsenden.«

Die Ratsherren drehten erstaunt die Köpfe zu Fordolf hin. Es war nicht üblich, dass die Jungen in der Runde das Wort ergriffen. Schwer setzte Richolf von Lechenich den Pokal, der gegen Ende der Sitzung in der Runde kreiste, um die Ratsherren nach anstrengendem Geschäft zu erfrischen, auf dem Eichentisch ab. »Was soll das, Fordolf? Willst du eine ganze Prozession zum Erzbischof schicken?«

»Ich wünsche mir nur, dass mein Vater heil nach Hause zurückkehren kann, nachdem er dem Herrn Erzbischof eine sehr unerwünschte Botschaft überbracht hat. Ihr Herren wisst besser als ich, wie Erzbischof Anno kurz vor seinem Tod halb Köln ausgerottet hat. Ist nicht so mancher von euch verwandt mit dem Kaufmann Heribert, dem Anno damals sein Schiff ohne jede Rücksicht gestohlen hat? Je zahlreicher unsere Abgeordneten sind, umso schwerer wäre es für den Erzbischof, sich an ihnen zu vergreifen.«

Die Ratsherren sahen sich betroffen an. Fordolf hatte nicht Unrecht. Eckebrecht nickte seinem Sohn liebevoll zu. »Es ist gut, mein Junge. Wir werden Vorkehrungen treffen, damit uns nichts Ähnliches geschieht.«

Zwei Tage darauf ließ sich die Abordnung des Rats, angeführt von Eckebrecht und dem Stadtgrafen Sigewin, beim Erzbischof melden. Herr Arnold ließ sie zu sich hereinführen, unterbrach aber sein Gespräch mit einem italienischen Baumeister nicht.

Schweigend standen die Bürger im Hintergrund des Arbeitszimmers. Ihre Gesichter wurden nicht eben fröhlicher, während sie zuhörten, wie der Erzbischof dem Meister Uberto seine Vorstellungen über den Neubau des bischöflichen Palastes auseinanderlegte. Sie klangen äußerst teuer!

Herr Arnold, der zu seinen Zeiten als Propst von St. Andreas ein völlig unauffälliges Leben geführt hatte, war durch seine neuerworbene Würde wie verwandelt. Er gab sich hochmütig und anspruchsvoll. Die kostbarsten Stoffe waren gerade gut genug für ihn, nicht nur für seine Messgewänder, von denen er sich bereits eine unangemessen große Anzahl aus Seide und Brokat zugelegt hatte, sondern er trug auch außerhalb der heiligen Handlungen nichts Geringeres als Samt in allen Farben, statt sich auf die schlichten Töne zu beschränken, die einem Kirchenfürsten besser anstehen würden, wie die Kölner Bürger fanden.

Er hatte sich auch angewöhnt, häufig auf die Jagd zu reiten, obwohl er nicht sonderlich gut zu Pferde saß.

Nun beschäftigte er sich von früh bis spät mit den Plänen für seinen neuen Palast. Dass dabei sehr wenig Zeit blieb, sich um die Belange seines ausgedehnten Erzbistums zu kümmern, fand er offenbar nicht weiter bemerkenswert. Er schien sich auch keine Gedanken darüber zu machen, dass er der erste Kölner Erzbischof seit hundert Jahren war, der nicht gleichzeitig die Würde des Reichskanzlers bekleidete.

Die Sorgen der Bürger von Köln scherten ihn schon einmal gar nicht, er sah in ihnen nichts weiter als Kühe, deren Bestimmung es war, von ihrem Herrn gemolken zu werden.

Nach einer guten Weile entließ Herr Arnold den Italiener huldvoll und wandte sich an seine Besucher. »Nun, wann kann ich mit den ersten Zahlungen rechnen?«, fragte er.

Eckebrecht trat vor. Er kniete höfisch nieder und küsste den Ring des geistlichen Herrn. Auf dessen Wink erhob er sich wieder.

»Eure erzbischöfliche Gnaden, wir haben im Rat ausgiebig über die nahe Zukunft gesprochen. Leider sehen wir uns zur Zeit außerstande, Eure Wünsche zu erfüllen.«

Der Erzbischof lief rot an. An seinem Kopf, der nicht nur durch die Tonsur kahl war, schwollen die Adern vor Zorn. »Was soll das heißen?«, herrschte er den Kaufmann an.

»Das soll heißen, dass wir dringend die Stadtbefestigung erneuern müssen. Die Mauern sollen ausgebessert, die Gräben vertieft werden. Das Hahnentor ist in keinem guten Zustand, dort muss das Portal erneuert werden. Das wird viel Geld kosten.«

»Wer hat euch Krämern denn erlaubt, eure Befestigungen zu verstärken? Dazu braucht ihr die Genehmigung eures Herrn, und der bin ich!«

»Eure Gnaden«, schaltete sich jetzt Sigewin ein, »die Erlaubnis erteilte uns unser gnädiger König, Herr Konrad, am letzten Tag seines Hoftags.«

Der Erzbischof schwieg. Am letzten Tag des Hoftags war er für mehrere Stunden abwesend gewesen, um sich mit dem päpstlichen Legaten zu besprechen, wie er es vor sich selbst nannte. Tatsächlich hatte der Herr von der Kurie ihn zu sich befohlen und ihm die Weisungen des Papstes übermittelt, wobei die Meinung des Erzbischofs von Köln keine Bedeutung zu haben schien.

Die Abwesenheit ihres Erzbischofs hatten die Kölner rasch genutzt, um den Kaiser um die Genehmigung zur Verbesserung der Festungsanlagen zu bitten. Sie hatten dabei darauf hingewiesen, dass Kaiser Heinrich IV., der Großvater der Majestät, ihnen vor gut dreißig Jahren die gleiche Erlaubnis erteilt hatte, damit die Kölner Bürger sich vor seinem eigenen Sohn schützen konnten.

König Konrad hatte genickt. Die Bedrohung der Kölner durch Herzog Heinrich war nicht zu bezweifeln. Und auch er hatte vom Kölner Erzbischof den Eindruck gewonnen, dass ihm die Verteidigung seiner Stadt eher unwichtig war.

Eckebrecht zeigte dem Erzbischof die königliche Urkunde, die Konrad ihnen sofort durch seinen Schreiber hatte aufsetzen lassen.

»Wir sehen diese Urkunde als königlichen Auftrag an, dem wir selbstverständlich nachkommen müssen. Seine Majestät scheint Köln als Bollwerk gegen den Herzog von Sachsen anzusehen, das er nicht geschwächt sehen möchte. Eure Eminenz werden uns sicher zustimmen, dass es unsere Gehorsamspflicht unserem allergnädigsten König gegenüber ist, diesem Auftrag unverzüglich und mit allen uns zur Verfügung stehenden Mitteln nachzukommen. Leider bleibt uns daher zur Zeit kein Geld mehr übrig für andere Vorhaben.«

Der Erzbischof wandte den Kaufleuten schroff den Rücken zu und winkte ihnen höchst ungnädig, sie möchten sich entfernen. Während die Kölner sich vor ihrem Stadtherrn verneigten und sich zum Gehen anschickten, hörte man draußen laute Stimmen, und dann stürmte der italienische Baumeister in den Raum. Er sprudelte einige Sätze in anklagendem Ton in seiner Muttersprache hervor. Dabei fuchtelte er wild mit den Armen und zeigte auf die Ratsherren.

Der Erzbischof drehte sich den Ratsherren wieder zu und musterte sie wütend.

»Euch werde ich es zeigen«, schrie er. »Wache, Wache!«

Im Laufschritt eilten einige Wachsoldaten und ihr Hauptmann herein.

»Nehmt diese Leute fest, und werft sie in den Kerker«, rief der Erzbischof voller Zorn.

Die Soldaten liefen auf die Bürger zu, um sie zu ergreifen.

Die Ratsherren hatten, wie es üblich war, zum Empfang beim Erzbischof ihre Schwerter und anderen Waffen nicht anlegen dürfen, nur die Dolche, die die Kaufleute von früh bis spät trugen, hingen ihnen an der Seite. Den seinen riss Stadtgraf Sigewin nun heraus und schrie zornig:

»Wage es keiner von euch, mich anzurühren!«

Aber schon waren drei Lanzen auf ihn gerichtet, und Eckebrecht zog hastig Sigewins Arm herunter.

»Ruhig Blut«, mahnte er. »Im Augenblick bleibt uns nichts anderes übrig, als stillzuhalten.«

Die Soldaten packten die Kaufleute am Arm und führten sie ab. Sie wurden mehrere Treppen eher hinuntergestoßen als geleitet. Eine Tür schwang, in den rostigen Angeln kreischend, auf. Der Raum, tief unter der Erde, war dunkel, feucht und kalt. Ratten quiekten in der Finsternis. Was da so erbärmlich stank, war offenbar verfaultes Stroh, Exkremente und Erbrochenes von unglücklichen früheren Insassen des Verlieses. Mit lautem Krach fiel die Tür hinter ihnen ins Schloss, ein schwerer Balken donnerte herunter und machte ihnen klar, dass es von hier so schnell kein Entkommen geben würde.

Draußen verklangen die Schritte der Wachen.

»Was, zum Teufel, hat den Erzbischof denn so aufgebracht?«, fragte Sigewin seine Leidensgenossen. Eckebrecht, der schon in jungen Jahren auf den Fahrten mit Wolbero die italienische Sprache fließend erlernt hatte, erklärte: »Der Baumeister hat sich beim Erzbischof beschwert, dass ihm alle Handwerker für Arnolds Bau davongelaufen sind, er hat weder Maurer noch Steinhauer noch Schreiner, keine Zimmerleute oder Schmiede.«

»Und wo sind die alle geblieben?«

Eckebrecht lachte leise.

»Ich habe sie für die Arbeiten an der Stadtbefestigung verpflichtet.«

»Ach so, nun verstehe ich, warum der Erzbischof so wütend ist«, meinte Godefrid von der Rheingasse, und seine Stimme klang verzagt. »Aber dass er es wagt, uns gleich in den Kerker zu werfen. Was er nun wohl mit uns machen wird? Damals, als Anno …«

»Hör auf mit Anno«, fiel ihm Sigewin ins Wort. »Glaubst du, Eckebrecht und ich sind Narren? Wir haben natürlich unsere Vorkehrungen getroffen. Also halte jetzt den Mund, und warte ab.«

Die Ratsherren versuchten, einen Sitzplatz auf dem verschmutzten Boden zu finden. Sie machten sich auf eine längere Wartezeit gefasst.

Einer der erzbischöflichen Soldaten, ein Sohn der Stadt, wurde vom Hauptmann nach draußen geschickt, um eine Kanne Bier für die Wachsoldaten zu holen. Er ging in eine nahe gelegene Kneipe, die bei den Soldaten am beliebtesten war. Sein Mädchen, Gutha, arbeitete dort als Magd. Rasch zog er sie in eine Ecke und flüsterte ihr zu, was sich im erzbischöflichen Palast abgespielt hatte, bevor er mit der gefüllten Kanne wieder verschwand.

Vorher äugte er noch schnell in ihr ausgeschnittenes Hemd unter dem Mieder, und was er da sah, freute ihn so, dass er seine Hand in ihren Ausschnitt steckte. Das brachte ihm flugs einen Klaps auf die Finger, aber dennoch einen liebevollen Blick ein, während er davoneilte.

Gutha zog ihre Schürze aus und rannte, so schnell die Füße sie trugen, in die Straße Unter Goldschmied, wo ihre Schwester zu den Mägden gehörte. Im Hof stand der junge Fordolf und beaufsichtigte das Verladen von Waren, mit denen er am nächsten Morgen abzureisen gedachte. Gutha rang nach Luft, weil sie so schnell gelaufen war.

»Herr«, keuchte sie, »der Erzbischof hat die Abgesandten in den Kerker geworfen!«

Fordolf wurde blass. Seine Befürchtungen waren also keineswegs unbegründet gewesen. Eckebrecht hatte ihm aber für diesen Fall schon seine Weisungen erteilt. Binnen kurzer Zeit schickte er das gesamte Gesinde mit Befehlen los, er selbst schwang sich auf ein Pferd und ritt wie der Teufel zu mehreren seiner Freunde, die dann ihrerseits in höchster Geschwindigkeit die Botschaft weitertrugen.

Nach sehr kurzer Zeit versammelte sich vor dem bischöflichen Palast eine ungewöhnlich große Anzahl von Männern, die laut schrien und alle Waffen mit sich führten, die sich ihnen geboten hatten: Die Kaufleute und Edelmänner trugen ihre Schwerter, die Handwerker Spieße, Forken, Prügel und Schmiedehämmer. Die Gassenjungen schleppten Steine an und bewarfen die Fenster des Palastes, wo die dünnen Kalbshäute zerbarsten und die wenigen teuren Glasfenster zu Bruch gingen und das Pflaster mit kleinen bunten Scherben übersäten.

Es waren selbst Frauen in der Menge, sie hielten sich mehr im Hintergrund, kreischten dafür aber umso lauter.

Auch den Handwerkern und Lastenträgern, Stauern und Reiseknechten und ihren Familien konnte es nicht gleichgültig sein, wenn der Erzbischof die führenden Männer der Stadt, von denen letztlich ihre Arbeit und ihr Brot abhingen, willkürlich einkerkerte.

»Was kümmert es mich, wenn der Erzbischof ein paar von den Kaufleuten einsperrt?«, murrte ein junger Hafenknecht. »Sollen sie doch eine Weile schmoren, mich stört es nicht.«

»Du bist ein Narr«, fuhr ihn ein grauhaariger Stauer an. »Bei wem verdienst du denn dein Brot, etwa beim Erzbischof?«

»Nein, im Hafen«, stotterte der junge Mann.

»Und du trägst die Ballen und Kisten, mit denen eben diese Kaufleute handeln. Begreifst du nicht, dass du von ihnen dein Brot erhältst?«

Das sah der Hafenknecht ein. »Freiheit für unsere Ratsherren«, stimmte er in das allgemeine Geschrei ein.

Der Rat hatte alle Zünfte rechtzeitig davon in Kenntnis gesetzt, weshalb der Bischof seine Hand auf den Stadtsäckel legen wollte.

»Unglaublich, was der Erzbischof da wieder vorhat. Er will unser Geld für seinen Palast hinausschmeißen, und wenn der Sachsenherzog uns überfällt, dann bringt er sich rechtzeitig in Sicherheit, und wir sind die Dummen«, schimpfte ein Mann im groben Kittel.

Gerade die kleinen Leute fürchteten sich sehr vor einem möglichen Angriff des Sachsenherzogs und waren nicht bereit, ihre Sicherheit zugunsten eines neuen Palastes für ihren Stadtherrn schmälern zu lassen, und außerdem waren ihnen Steuern, gleich aus welchem Anlass, grundsätzlich und von Herzen verhasst. Ihre Wut war daher ehrlich und heftig.

Die Menge überrannte im ersten Anlauf eine Torwache, die keineswegs auf einen Angriff der eigenen Bürgerschaft gefasst gewesen war. Es traf sich gut, dass ihnen dabei der Hauptmann der Wache in die Hand fiel. Er wurde eilends gebunden und geknebelt, nachdem er versucht hatte, auch als Gefangener noch seinen Leuten Befehle zuzurufen.

Die Soldaten, unter ihnen viele Söhne der Stadt, zögerten, auf die Menge zu zielen, in der ihre eigenen Väter und Brüder sein mochten, und ließen die Bogen sinken.

Die Kölner Kaufleute und Handwerker besetzten nun eilends die Seitenausgänge, damit Arnold nicht wie seinerzeit sein Vorgänger Anno heimlich entkommen konnte. Auf der Treppe zum oberen Geschoss trat der Erzbischof der Menge entgegen. Was er den schreienden Leuten entgegenrief, konnte niemand in dem Lärm verstehen.

Aus der Menge lösten sich nun fünf Männer, die anscheinend genau auf diese Gelegenheit gewartet hatten. Sie waren vermummt, sodass niemand später sagen konnte, wer sie gewesen waren. Ihren Bewegungen nach zu urteilen, musste es sich jedoch um junge Männer handeln. Rasch, aber ohne unnötige Rohheit, ergriffen sie den Erzbischof, drehten ihm die Arme auf den Rücken und banden sie. Sie hielten Dolche erhoben, jederzeit kampfbereit.

Einer streckte den Arm aus. Seine Augen blitzten durch die Maske, und er sagte nur ein Wort: »Kerkerschlüssel!« Der Erzbischof zögerte einen Augenblick unschlüssig. Es fehlte ihm nicht an persönlichem Mut, aber der Gegensatz zwischen der brüllenden Menge und den ruhig auftretenden vermummten Männern, die offenbar zu allem entschlossen waren, verunsicherte ihn und machte ihn gleichzeitig hilflos und rasend wütend darüber. Er fühlte, wie ihm das Blut zu Kopf stieg und in den Ohren rauschte, während sein Herz wie wild schlug.

Er winkte seinem Kaplan, und der ließ sich von den bischöflichen Soldaten einen Schlüsselbund aushändigen. Zwei der Vermummten hielten den Erzbischof weiter fest, während die drei anderen schnell mit den Schlüsseln entschwanden und sich durch die Menge drängten, die inzwischen in alle Räume des Palastes eindrang, plündernd und verwüstend.

Einer der vermummten Männer lief rasch die Treppen hinunter; entweder kannte er sich aus, oder man hatte ihm den Weg genau beschrieben. Er hatte Mühe mit den Schlüsseln, weil mehrere Türen auf dem Weg in den Kerker aufzuschließen waren. Er hatte auch daran gedacht, eine Fackel mitzunehmen, sonst hätte er den Weg in der Finsternis nicht finden können.

Schließlich war er im Verlies angekommen. Seine Nase wies ihm den Weg, der Gestank war kaum auszuhalten. Nur eines der Gelasse war belegt. Die Männer in der Zelle erstarrten, als sie im Fackellicht den maskierten Mann erblickten, weil sie ihn für den Henker hielten. Dieser winkte aber schweigend Eckebrecht zu sich. Der Kaufmann zögerte einen Augenblick, trat dann aber beherzt an die geöffnete Tür. Der maskierte Mann neigte sich zu ihm und sprach leise auf ihn ein. Eckebrecht wandte sich an seine Ratskollegen: »Freunde, wir sind frei. Beeilt euch.«

Die anderen mussten sich zuerst strecken, denn die Stunden in dem engen Raum hatte ihre Beine steif werden lassen. Eilig und leise folgten sie dem vermummten Mann die Stiege hinauf. Oben in der erzbischöflichen Halle warteten die beiden anderen Maskenträger. Sie geleiteten die Ratsherren so unauffällig wie möglich durch die außer Rand und Band geratene Menge.

Der eine Maskierte stieß einen gellenden Pfiff aus, auf den die beiden Vermummten auf der oberen Treppe offenbar gewartet hatten. Sie schoben den Erzbischof, der am ganzen Körper vor Aufregung zitterte, an das zerbrochene Fenster und wiesen nur schweigend in den Hof, wo die Befreiten gerade angekommen waren. Die wenigen Wachsoldaten, die sich noch dort aufhielten, kreuzten die Lanzen vor ihnen, schienen aber dennoch unschlüssig, was sie nun tun sollten.

Ein Dolch an seiner Kehle ließ den Erzbischof rasch erraten, was man von ihm wollte. Vor Wut fast besinnungslos, schrie er hinunter: »Lasst die Männer vorbei!« Die Soldaten blickten hoch, erkannten ihren Brotherrn und waren froh, dass ihnen die Entscheidung abgenommen wurde. Sie senkten die Spieße, und die Ratsherren eilten hinaus, bestiegen draußen einige Pferde, die ein Knecht herbeiführte, und waren im Nu mitsamt den drei vermummten Männern entkommen.

Deren zwei Genossen ließen den Erzbischof los, sausten die Treppe hinunter und waren blitzschnell in der tobenden Menge im Hof verschwunden. Jetzt ertönten zwei schrille Pfiffe. Das war offenbar ein vorher verabredetes Zeichen, denn jetzt griffen die Zunftoberen ein, befahlen den Rückzug und führten ihre Leute aus dem Palast. Einige Männer hatten sich so in Wut gesteigert, dass sie von ihren eigenen Zunftgenossen oder Nachbarn auf die Straße gezerrt werden mussten.

Dem Erzbischof war übel. Nie hätte er geglaubt, dass seine Bürger, diese Krämer, es wagen würden, sich ihm nicht nur zu widersetzen, sondern so hässlich mitzuspielen. Er öffnete den Mund und wollte Befehl erteilen, die Vermummten schleunigst aufzuspüren, aber es kam nur ein Stöhnen über seine Lippen, in seinem Kopf dröhnte es wie von Hammerschlägen, vor seinen Augen kreisten rote Wirbel, und er schlug schwer zu Boden. Ein Schlaganfall hatte ihn niedergestreckt.

Nicht nur die befreiten Ratsherren, auch die übrigen Bürger kehrten in ihre Häuser zurück, verrammelten sie nach Kräften und hielten hinter verschlossenen Türen alle verfügbaren Waffen bereit, falls der Erzbischof zum Gegenschlag ausholen sollte.

Hätte jemand nachgeschaut, so hätte er in manchen Häusern Gegenstände angefunden, die dort noch an diesem Morgen nicht gewesen waren und in ihrem Prunk auch nicht dorthin zu passen schienen.

Als das Gerücht durch die Stadt drang, der Erzbischof habe einen Schlag erlitten, sei zwar außer Lebensgefahr, aber doch recht krank und schwach, wurde es langsam ruhig in der Stadt, denn nun war von ihm eine Weile nichts zu befürchten.

Am nächsten Morgen standen die Bürger wie gewohnt auf und gingen ihrer täglichen Arbeit nach. Ganz besonders fleißig arbeiteten die Handwerker, die mit der Instandsetzung der Befestigung beauftragt worden waren.

Der folgende Winter war sehr kalt, und der Rhein war über weite Strecken zugefroren. Jegliche Schifffahrt war ausgeschlossen. Die Heringsfänger konnten daher nicht von der Nordsee aus den Rhein befahren. Sie mussten ihren Fang mit Karren durch das Land schaffen, wenn sie ihre Ware noch rechtzeitig vor der Fastenzeit verkaufen wollten.

Eckebrecht erfuhr von ihnen, dass im Norden in diesem Winter eine schwere Hungersnot herrschte. Darum kaufte er sogleich an Getreide auf, was er nur bekommen konnte, und machte sich mit seinen Söhnen Fordolf und Gunther auf den Weg, sobald der Rhein frei war. In Hamburg heuerte er einen Kapitän namens Raimund für die Fahrt nach Gotland an, weil der die Nord- und die Ostsee wie kein anderer kannte.

Sie umrundeten Dänemark und landeten zuerst auf Bornholm und dann auf Gotland, wo Waren für den ganzen Ostseeraum umgeschlagen wurden. Die ausgezehrten Menschen, die in ihrer Verzweiflung selbst das letzte Körnchen Saatgetreide gegessen hatten, hatten geweint vor Freude, als sie sahen, welche Fracht Eckebrecht ihnen brachte. Sie hatten ihm seine Ladung aus den Händen gerissen. Für den Erlös kaufte er Pelzwerk und Bernstein ein. Er hätte auch gern Honig geladen, eine beliebte Handelsware der Nordländer, die die Gotländer den Liven an der Düna abzukaufen pflegten, aber der war nicht zu haben. Die Hungernden hatten alle Vorräte selbst gegessen.

Die Kölner Kaufleute setzten Segel und machten sich auf den Heimweg. Das Schiff, das auf der Hinfahrt mit seiner gewichtigen Fracht tief im Wasser gelegen hatte, war nun viel leichter.

Sie hatten Gotland vor mehreren Stunden verlassen, als der Himmel sich rasch zuzog.

»Das gefällt mir nicht besonders«, sagte Raimund zu Eckebrecht. »Es sieht nach Sturm aus. Alle Mann an die Ruder, und wenn ich ›Segel reffen‹ rufe, muss es verdammt schnell gehen.«

Sie machten bei aufkommendem Wind rasche Fahrt. Plötzlich begann Raimund, entsetzlich zu fluchen.

»Was hast du denn, so stürmisch ist es doch gar nicht?«, rief Eckebrecht nach vorn.

»Mir geht es nicht um das bisschen Wind. Aber schaut einmal nach Backbord!«, und er wies zur linken Seite hin.

Eckebrecht hatte sehr gute Augen, doch keinen so scharfen Blick wie der Seemann.

Er blinzelte eine Weile und war sich nicht sicher, was da auf sie zukam; dann erkannte er ein Schiff, das mit hoher Geschwindigkeit auf sie zusteuerte.

»Das dürften wohl Seeräuber sein«, brüllte Raimund. »Los, jeden Fetzen Leinwand setzen! Eckebrecht, halte einmal das Ruder, und dass du mir ja die Richtung hältst!«

Die Reiseknechte, die bei dem Wort Seeräuber zu Tode erschrocken waren, ruderten wie besessen, während Raimund selbst mit Fordolf und Gunther die Segel setzte, was das Zeug hielt.

»Du wolltest doch eigentlich die Segel reffen«, rief Eckebrecht vom Steuer nach hinten.

»Um dem Sturm zu entgehen, ja. Aber jetzt heißt es hopp oder topp. Wenn wir denen da drüben entkommen wollen, müssen wir alles wagen.«

Er kehrte an das Steuer zurück und legte das Schiff noch ein wenig härter an den Wind, sodass die Segel sich spannten und die Taue ächzten.

Eilig kehrten Fordolf und Gunther an die Ruder zurück, und auch Eckebrecht war sich keineswegs zu schade dazu. Das fremde Schiff war näher gekommen, sodass sie die Menschen darin erkennen konnten. Es hatte zwei Ruderer mehr als Eckebrechts Schiff, aber Raimund steuerte so geschickt durch den Wind, dass die Entfernung sich nur langsam verringerte.

Die Männer Eckebrechts hatten Todesangst und ruderten wie besessen.

Der Steuermann des fremden Schiffes nahm lässig eine

Hand vom Steuer, ließ sein Beil über seinem Kopf kreisen, damit die Kaufleute schon einmal sehen konnten, was sie erwartete, und fletschte die Zähne.

Da erhob sich Franco, ein kleiner, schmächtiger Mann, den Eckebrecht für diese Reise in Hamburg angeheuert hatte, ging ganz ruhig zum Heck, zog einen großen Bogen heraus und legte einen Pfeil ein.

»Es ist viel zu weit, spare deinen Pfeil«, rief Eckebrecht.

Aber Franco hörte nicht auf ihn. Er zielte sorgfältig und schoss. Der Pfeil zischte durch die Luft und traf den Steuermann drüben mitten in die Brust. Er schrie auf und fiel.

Auf dem Seeräuberschiff erhob sich zorniges Gebrüll. Das Schiff, nunmehr steuerlos, drehte sich und verlor rasch an Fahrt. Aber dann sprang ein weiterer Seeräuber an das Steuer und nahm die Verfolgung auf. Sie hatten jetzt einen Ruderer weniger, aber es dauerte nicht lange, und der Abstand nahm wieder ab.

Wieder griff Franco nach seinem Bogen. Auch vom Seeräuberschiff wurde jetzt mit Brandpfeilen auf die Segel des Kaufmannschiffes geschossen, aber die Pfeile fielen weit vor Eckebrechts Schiff ins Wasser. Franco hingegen traf wieder den Mann am Steuer, diesmal in der Kehle.

Jetzt hatten die Seeräuber offenbar genug. Sie drehten ab und blieben rasch zurück.

»Sollen wir jetzt die Segel reffen?«, rief Eckebrecht Raimund zu.

»Nicht mehr nötig«, kam die Antwort. »Habt ihr nicht gemerkt, dass der Sturm abgeflaut ist?«

Nein, sie hatten es nicht bemerkt. Sie ruderten noch immer in äußerster Hast, als hätten sie das feindliche Schiff hinter sich, obwohl ihre Arme fast taub waren.

Nun war es aber nicht mehr weit bis Bornholm, und dort gingen sie an Land.

»Wir haben noch einmal Glück gehabt«, sagte Eckebrecht. »Nur blutige Blasen an den Händen, aber kein Mensch ist zu Schaden gekommen und die Ladung unversehrt. Das haben wir deinem Können zu verdanken, Raimund.« Dann fügte er hinzu: »Ja, und deinem natürlich auch, Franco. Ich verstehe immer noch nicht, wie du über eine so weite Entfernung schießen und auch noch sicher treffen konntest.«

Franco lächelte bescheiden.

»Das habe ich in England gelernt. Ich war dort zehn Jahre lang Söldner bei König Heinrich Beauclerc. Dort schossen wir mit Bogen mit solcher Reichweite.«

»Ohne deine Treffsicherheit lägen wir jetzt wohl alle tot am Grund des Meeres. Ich bin dir zu besonderem Dank verpflichtet, daran werde ich denken, wenn ich den Lohn auszahle. Übrigens, wenn du eine gute Stellung suchst, nehme ich dich gern in meine Dienste.«

Nun war es Frühsommer, und Eckebrecht kehrte mit seinen Söhnen zurück.

Wie schön war es doch jedes Mal, wenn in der Ferne die vielen Kirchtürme der Domstadt auftauchten! Obwohl die Reise Wochen gedauert hatte, überkam jeden heftige Ungeduld, nun, wo es nur mehr ein oder zwei Stunden dauern konnte, bis sie im Hafen anlegten.

Am ungeduldigsten war wie immer Fordolf. Er hatte seine Frau bei der Ausreise hochschwanger zurückgelassen und konnte es gar nicht erwarten, sie und die Kinder in die Arme zu schließen. Sein ältester Sohn Constantin war nun neun Jahre alt und wäre für sein Leben gern mitgesegelt, und es hatte viel Überzeugungskraft gekostet, bis er sich damit abfand, in Abwesenheit aller anderen Männer der Familie als Verteidiger der Frauen und kleinen Geschwister zu Hause zu bleiben.

Sein jüngerer Bruder Helperich war just sechs Jahre und ging seit einem Jahr zur Schule; Schwesterchen Gertrudis, vier Jahre alt, erlernte zur Zeit bei Stiefgroßmutter Sophia die schwierige Kunst des Strickens. Allerdings war nicht zu übersehen, dass die feinen, gleichmäßigen Gebilde, die Sophia zauberte, recht wenig Ähnlichkeit mit dem schmutzig grauen, zipfligen Lappen zeigten, den Gertrudis gerade in ihren kleinen Händen hielt.

Fordolf stürmte als Erster in das Haus Unter Goldschmied. Er fand seine Frau in dem kleinen Garten hinter dem Haus, das Kind an der Brust. »Es ist wieder ein Mädchen«, sagte Engilradis und sah ihren heimgekehrten Mann froh an. Das Kind war gerade satt, und die Mutter hob es hoch, küsste es zärtlich auf das flaumige Köpfchen und klopfte ihm sanft auf den Rücken. Dann reichte sie es dem strahlenden Vater. Fordolf wurden die Augen feucht, als er das kleine Menschenkind betrachtete.

»Wem sieht unsere Tochter ähnlich?«, fragte er den Vater, der gerade zu ihnen trat. Eckebrecht sah das Kindchen lange an. »Sie erinnert mich sehr an deine Mutter«, sagte er dann. So beschlossen sie gemeinsam, dem Kind den Namen Liveradis zu geben.

»Weißt du eigentlich«, fragte Eckebrecht seinen Sohn, »dass ich vom damaligen Erzbischof Friedrich höchstpersönlich getauft wurde? Ich fürchte sehr, eine solche Ehre kannst du nicht für deine Tochter erwarten.«

Die Männer lachten. Es war klar, dass Herr Arnold niemals mehr zum Freund der Familie Eckebrechts würde. Engilradis sagte ernsthaft: »Der Herr Erzbischof hat sich noch immer nicht ganz von seinem Schlaganfall erholt. Immerhin kann er schon wieder auf seinen Füßen stehen, und das muss er auch, wenn er nächsten Monat die Königin krönen soll.«

»Die Königin krönen?«, riefen die beiden Männer wie aus einem Mund und blickten sich an. Es hatte in Köln zuletzt 1125 ein solches Fest gegeben, als Richenza von Northeim,

Gemahlin von Lothar III., durch Erzbischof Friedrich gekrönt worden war.

»Mein lieber Junge«, sagte Eckebrecht vergnügt, »ich glaube, unser Pelzwerk ist schon so gut wie verkauft. Und den Wein, den wir nach der guten Ernte im letzten Jahr so reichlich eingelagert haben, werden wir auch zu besten Preisen absetzen können.« Er kitzelte das kleine Mädchen an der Nase und sagte fröhlich zu ihr: »Liveradis, mir scheint, deine Mitgift ist schon fast gesichert.«

Das Krönungsfest verlief so, wie die Kölner Kaufherren sich das gedacht hatten. Königin Gertrud, eine Tochter des Grafen von Sulzbach, trug auf ihrem Weg zum Dom einen herrlichen grün-goldenen Mantel mit viel Pelzwerk, das sie bei Eckebrecht erworben hatte. Er hatte es ihr zu einem sehr günstigen Preis überlassen, aber sein gutes Geschäft bei den anderen hohen Damen und Herren gemacht, die der Königin nacheiferten.

Die Königin, eine schlanke dunkelhaarige Frau Mitte zwanzig, war die zweite Frau des Königs und Mutter seines Sohnes Heinrich-Berengar. Der kleine zweijährige Prinz wich seiner hohen Frau Mutter nicht von der Seite. Sein feuerrotes Mäntelchen leuchtete, und das rote Samtbarettchen rutschte ständig in die verschwitzte Kinderstirn.

Die Königin wurde gefolgt von ihren Damen, einem gackernden Hühnerhaufen, wie so mancher Bürger wohl dachte. Alle hatten sich auf das feinste herausgeputzt, trotz des warmen Sommerwetters sah man kein Gewand ohne reichlich Pelzbesatz.

Mit einem kleinen Abstand folgte die nächste Gruppe, angeführt von König Konrad. Der König, zwanzig Jahre älter als seine Frau, im rotblonden Haar schon Silberfäden, war ein sehr nobel aussehender, hochgewachsener Mann. Er lachte in die Menge und freute sich sichtlich, die Stadt wiederzusehen, in der er im vergangenen Jahr seine Regierung aufgenommen hatte. Er führte seine älteste Tochter Bertha aus erster Ehe an der Hand, die die Gemahlin des Markgrafen von Baden war.

Die Menge jubelte und lachte, wie sie das immer tat, wenn hohe Herrschaften zu begaffen waren, die auch noch reichlich Geldstücke in die Menge warfen.

Die Festlichkeiten der Krönung waren vorbei. In der Morgenfrühe fuhren emsig die Karren durch die Stadt, die die gewaltigen Mengen an Abfall fortschaffen sollten. In den ärmeren Häusern aßen die Bewohner noch Reste, die sie bei den großzügigen Gastmählern für das Volk beiseite geschafft hatten, in den reichen wurde der Gewinn der Geschäfte abzüglich der Aufwendungen für Geschenke berechnet.

Herr Arnold hatte als höflicher Hausherr das königliche Paar bei seiner Abreise bis an die Grenze seines Erzbistums begleitet. Die Kölner rechneten also mit seiner Abwesenheit für mehrere Tage. Sie machten sich auch weiter keine Gedanken, als seine Heimkehr sich verschob. Es war nicht so, als ob sie ihn allzu schmerzlich vermissten.

Die Ratsherren wunderten sich, als sie noch spät am Abend zu einer äußerst dringenden Sitzung berufen wurden. Nur ein Drittel der Stadtväter war zur Zeit in Köln anwesend. Fast ausnahmslos waren sie ja Kaufleute, die einen großen Teil ihres Lebens auf Reisen verbrachten. Nach dem Fest waren die meisten von ihnen ausgeschwärmt, um den Sommer, die für Reisen günstige Jahreszeit, zu nutzen und ihre ausverkauften Lager wieder aufzufüllen.

Eckebrecht hatte seine Söhne ausgesandt und war selbst

in der Stadt geblieben. Er hatte bei der Flucht vor dem Seeräuberschiff eine Verletzung am Arm davongetragen, eigentlich eine unbedeutende Schramme, aber die Wunde war verschmutzt worden und hatte sich entzündet. Er hatte einige Tage gefiebert, und der Bader war gekommen und hatte die schmerzende Wunde mit einem im Feuer ausgeglühten Messer geöffnet. Ein Strom von Eiter hatte sich entleert. Nun war Eckebrecht fieberfrei, aber sein Arm würde noch eine Weile schmerzen.

Seine kleine Sophia hatte mit ungewohnter Festigkeit darauf bestanden, dass er erst wieder ganz gesund werden müsse, und hatte ihn mit unzähligen Wickeln, Säften, Tränken und stärkenden Brühen versorgt, die Eckebrecht lächelnd und ergeben über sich ergehen ließ, weil er alles als Ausdruck ihrer zärtlichen Liebe zu ihm deutete.

So kam es, dass er in einer Jahreszeit zu Hause war, die ihn sonst stets auf Reisen sah. Er war es, der mitten in der Nacht seine Kollegen einberufen hatte. Diese eilten, von fackeltragenden Knechten begleitet, durch die stockdunklen Straßen und Gassen, und mancher wurde von einem der Nachtwächter aufgehalten, die des Nachts aufzupassen hatten, dass keine Diebe und Räuber die Stadt unsicher machten.

Als ein Dutzend Männer eingetroffen waren, trat Eckebrecht vor sie, und ohne sich mit Vorreden aufzuhalten, schob er gleich einen staubbedeckten, erschöpften jungen Mann nach vorn.

»Hört euch an, ihr Herren des Rats, was uns dieser junge Mann, mein Knecht Lambert, zu berichten hat.«

»Mein Herr hat mich nach Bonn geschickt wegen einer Warenlieferung. Weil wir nächste Woche eine Gegensendung erwarten, habe ich das Fuhrwerk dort gelassen und bin auf dem Pferd zurückgeritten. Kurz hinter Bonn sah ich es in Richtung Eifel blitzen wie von vielen Waffen. Ich versteckte mein Pferd und schlich mich hin, denn ich war neugierig, was für Truppen denn hier auf kölnischem Boden stehen könnten. Weiter westlich sah ich, in einem Gebüsch versteckt, eine größere Abteilung Soldaten, die sich versammelten. Ich hörte, wie ein Führer einem anderen zurief: ›Wir sollen hier unser Lager aufschlagen und eine Stunde nach Mitternacht aufbrechen.‹ Ich wusste noch immer nicht, was das für Soldaten waren; aber dann ritt ein Mann an mir vorbei, an dem ich deutlich die Farben unseres Herrn Erzbischofs erkannte. Darüber bin ich sehr erschrocken. Es gelang mir, unbemerkt zu meinem Pferd zurückzukommen. Ich schlug dann einen Bogen zum Rhein, ein Stück von den Soldaten weg, damit sie mich nicht bemerkten, und ritt wie der Teufel heim.«

Eckebrecht trat vor.

»Du kannst jetzt heimgehen und dich hinlegen, Lambert. Ihr habt gehört, ihr Herren, was mein Knecht berichtet hat. Wenn diese Truppen kurz hinter Bonn stehen und eine Stunde nach Mitternacht aufbrechen sollen, dann sind sie im Morgengrauen hier. Der Erzbischof hat wohl nicht vergessen, dass er noch eine Rechnung vom letzten Jahr mit uns offen hat. Offenbar ist er jetzt nach seinem Schlaganfall wieder genügend bei Kräften, um sich an uns zu rächen. Ich denke, er hat nur die Abreise des Königs abgewartet. Wollen wir uns zur Wehr setzen? Wir haben nur wenige Stunden.«

In größter Eile wurde festgelegt, welchen Mauerabschnitt die Schneider, welchen die Metzger, welchen die Schuster und die anderen Zunftgenossen zu verteidigen hatten. Zu jedem Stadttor wurde ein Verantwortlicher gesandt, der sich genauestens davon zu überzeugen hatte, dass alles gut verrammelt und verschlossen war.

Frauen und Kinder schleppten Wasser von den Brunnen zu den Stadtmauern, wo es erhitzt wurde. Die Bäche wurden, wie es für den Notfall der Belagerung vorgesehen war, zu den Stadtgräben umgeleitet und diese so hoch geflutet, wie es in den wenigen Stunden möglich war.

Alle Waffen wurden schleunigst geprüft, und die Speer- und Pfeilmacher gingen bei Fackelschein an die Arbeit. Alle Kinder, die älter als vier Jahre waren, schleppten Steine an die Tore, so viele sie nur finden konnten.

Die jungen Männer mit den schärfsten Augen wurden als Wachen auf die Türme besonders der südlichen Stadtmauern gesetzt, damit sie früh den anrückenden Feind erkennen konnten. Fast die ganze Bevölkerung arbeitete fieberhaft, und jeder dachte im Stillen, wie gut es war, dass seit dem April des letzten Jahres so hart an den Befestigungsanlagen der Stadt gearbeitet worden war. Nie zuvor waren die Mauern so hoch und fest, die Gräben so tief, die Tore so unbezwingbar gewesen wie jetzt.

Die Reiter kamen noch vor der Morgendämmerung, um die Stadt beim Öffnen der Tore zu überfallen. Die Bürger drinnen, längst von den Wachen gewarnt, verhielten sich mucksmäuschenstill und ließen die Soldaten herankommen. Wollten sie nicht durch übermannstiefe Gräben schwimmen, konnten sie sich den Mauern nur im Bereich der Tore nähern. Von draußen war nicht zu sehen, dass hinter den Schießscharten Männer in schweren Waffen lauerten, von schildtragenden Knaben geschützt, während die Frauen so lautlos wie möglich die schweren Kessel mit kochendem Pech, Wasser und Öl herbeischleppten.

Das Tor an der Eifelpforte wurde von den Schustern bewacht. Ihr Anführer war ihr Zunftmeister Heinrich, ein kleiner, kahlköpfiger Mann und der Schützenkönig des letzten Jahres. Neben ihm stand Franco, der den Bogen so vortrefflich zu handhaben wusste. Er hatte Eckebrechts Angebot, in seine Dienste zu treten, sehr gern angenommen.

Schuster Heinrich spähte aus der Schießscharte. »Da

kommt die erste Abteilung Soldaten angeschlichen. Ich sehe Wurfleitern und Rammböcke«, flüsterte er Franco zu. Er wandte sich zu seinen Leuten um, die den Frauen die schweren Kessel mit ihrem kochenden Inhalt abgenommen hatten und sich damit hinter den Wehrgang kauerten. Schweigend, damit die Soldaten des Erzbischofs nicht gewarnt wurden, hob Heinrich die Hand. Als er den Arm niedersausen ließ, erhoben sich seine Schuster wie ein Mann, stemmten die Kessel in die Höhe und leerten deren Inhalt über die Männer vor der Stadtmauer aus. Die Frauen und Kinder ließen gleich anschließend einen Hagel von Steinen auf deren Köpfe herabprasseln.

Lautes Geschrei erhob sich von unten.

Heinrich und Franco schossen kaltblütig Brandpfeile auf die Soldaten, die sich brüllend am Boden wälzten, und setzten sie als lebende Fackeln in Brand. Flammen hüpften auf dem öl- und pechgetränkten Boden hin und her, und die Soldaten, des Schutzes der Dunkelheit beraubt, boten den Schützen leichte Ziele.

»Jetzt den Kalk. Sputet euch!«

Zwei Männer hatten sich dicke Handschuhe übergestreift und streuten nun ungelöschten Kalk aus großen Säcken über die Männer vor den Mauern, der diesen die Augen verätzte und sie augenblicklich kampfunfähig machte. Gellend drangen ihre Schmerzensschreie herauf.

»Und wenn nun unsere eigenen Leute dabei sind?«, fragte eine der Frauen voller Angst. »Mein Sohn Gero dient bei den Soldaten des Erzbischofs!«

»Er wird keine Kölner gegen ihre eigene Stadt einsetzen«, beruhigte sie Franco, der in England ausreichend Kriegserfahrung gesammelt hatte. »Sie könnten doch überlaufen. Sicher sind es bergische oder andere Truppen.«

»Los, nun das kalte Wasser!«, befahl Heinrich, und die Verteidiger ließen viel Wasser über die hölzernen Tore herunterlaufen, damit sie nicht etwa ein Raub des Feuers wurden.

»So ist es recht«, rief Franco, »jetzt wird der Boden schlammig. Schau nur, wie die Erzbischöflichen ausrutschen! So wird das nichts mit eurem Überfall, ihr da unten!«

Ähnlich verlief es an der Rheinpforte und der Pantaleonspforte sowie an der Catharinenpforte, wo die Feinde gleichzeitig angegriffen hatten. Als es hell wurde, sah man viele Tote und Schwerverwundete vor den Toren liegen. Die Angriffe wurden noch bis zum Mittag fortgesetzt, dann zog der Erzbischof seine Leute zurück. Sein Zorn auf seine eigene Stadt hatte Dutzende von Menschen das Leben gekostet.

Bei den Kölner Bürgern gab es den Tod eines Knaben zu beklagen, der von einem Pfeil in den Hals getroffen worden war, und einem Schmied war ein Auge ausgeschossen worden. Sonst gab es bei den Stadtbewohnern nur eine Reihe von unbedeutenden Verletzungen, um deren Versorgung sich die Frauen bereits mit großer Sorgfalt kümmerten.

Die Tore und Mauern hatten keinerlei Schaden genommen. Da erkannte Herr Arnold, dass die Kölner ihr Geld gut angelegt hatten und er den Kürzeren gezogen hatte. Er hatte keine Lust mehr auf einen neuen Palast inmitten dieser unbotmäßigen Bürger, gab die Belagerung auf, zog ab und ließ sich für längere Zeit nicht mehr in Köln sehen, was die Kölner aber nicht allzu traurig stimmte.

In den folgenden Jahren hielt sich Erzbischof Arnold überall lieber auf als in Köln, und man sah ihn nur selten hier. Die Kölner Bürger scherten sich nicht darum, ihr Leben ging auch ohne ihren Erzbischof weiter.

Nach Kölns Belagerung durch Herrn Arnold gelang es Eckebrecht im Jahr 1140, auch für seinen jüngeren Sohn eine Heirat zu vereinbaren, die man nicht anders als glänzend bezeichnen konnte. Gunther heiratete Frau Hadewigis, eine junge Witwe.

Sie war eine Tochter des reichen und angesehenen Richolf von Lechenich. Dieser hatte in Köln großes Aufsehen erregt, als er im Jahr 1109 eine Pilgerfahrt nach Jerusalem unternahm. Für den Fall, dass er von einer so weiten und gefahrvollen Reise nicht zurückkehren würde, übertrug er seinen gesamten Besitz seiner Frau Friederun.

Er war aber ein Jahr darauf wohlbehalten wieder zu Hause, und nach der Ankunft nahm er, noch staubig von der Reise, seine Frau sofort bei der Hand und zog sie in die Bettkammer. Das Ergebnis dieser freudigen Begrüßung war die kleine Tochter Hadewigis gewesen, die die besondere Geschichte ihrer Entstehung von allen Hausgenossen immer und immer wieder erzählt bekam und die sich daher mit Recht für besonders begünstigt vom Glück hielt.

Das blieb ihr allerdings nicht zu jeder Zeit treu. Ihre erste Ehe mit dem reichen Kaufmann Bertram aus Soest währte nur wenige Jahre. Er hatte sie gesehen, als sie mit ihren Eltern und Geschwistern einen Besuch bei ihrer Vaterschwester Argentea machte, die in Soest verheiratet war und sich einer großen Familie erfreute.

Auf der Stelle hatte sich Bertram in die achtzehnjährige Hadewigis verliebt und sie nach kürzester Zeit heimgeführt. Tante Argentea hatte das ein wenig verdrossen, denn sie hätte Bertram am liebsten an eine ihrer eigenen zahlreichen Töchter verheiratet.

Das Paar blieb einige Jahre lang kinderlos. Frau Hadewigis stellte darum eine tüchtige Magd als Haushälterin an und widmete sich der ausgedehnten kaufmännischen Tätigkeit ihres Mannes. Fast alle Reisen unternahm sie mit ihm gemeinsam. Sie rechnete besser als sein Gehilfe, konnte im Kopf mühelos mehrere Posten gleichzeitig zusammenzählen und handelte wie der Teufel.

Nach fünf Jahren bekamen Bertram und Hadewigis dann aber doch noch einen kleinen Sohn, worauf Frau Hadewigis, voller Glück über die schon nicht mehr erwarteten Mutterfreuden, zu Hause blieb und sich mit der gleichen Schaffenskraft dem Verkauf in Soest widmete.

Als der kleine Hildebrand ein Jahr alt war, erkrankte er an einer Hirnhautentzündung, die damals viele Kleinkinder in Soest befiel. Er überlebte dank der aufopferungsvollen Pflege seiner Mutter; aber leider hatte er einen unheilbaren Schaden davongetragen, lernte erst nach Jahren und dann sehr mühsam stehen, kaum laufen und sprach nicht mehr als etwa fünfzig Wörter. Aber wenn er seine Mutter sah, leuchteten seine Augen vor Glück, er krabbelte auf sie zu, umarmte sie und murmelte unverständliche Liebesworte. Die Mutter hing an diesem behinderten Kind mit einer innigen Liebe.

Unglücklicherweise wurde Bertram, nun ohne seine Frau reisend, bald darauf unterwegs von Wegelagerern überfallen. Es gelang ihm und seiner Mannschaft, die Räuber nach harten Kämpfen zu vertreiben und seine kostbare Ladung heil nach Soest zu bringen, aber er hatte zahlreiche Wunden davongetragen und starb kurz darauf. Sein kleiner Sohn und dessen Mutter erbten gemeinsam Bertrams großen Besitz.

Hadewigis kehrte als reiche Witwe, aber untröstlich über den Verlust ihres Mannes nach Köln zu ihren Eltern zurück. Nachdem sie sich von ihrem Schmerz erholt hatte, eröffnete sie mit ihren reichlichen Mitteln ein Handelsgeschäft. Es fehlte wahrhaftig nicht an Bewerbern, die allzu gern die reiche, tüchtige und dazu sehr erfreulich anzusehende Witwe heimgeführt hätten, aber sie wollte nie wieder heiraten.

Tagsüber ging sie ihrem Geschäft nach, die Abende waren ihrem Sohn gewidmet.

So hatte sie schon sieben Jahre gelebt. Sie hatte ein großes Haus an der Marspforte erworben, gleich neben der Wohnstätte ihres Bruders Richolf dem Jüngeren, dessen Frau Elisabeth die Jugendfreundin von Frau Hadewigis war. Sie besuchte fast täglich ihre Eltern. Ihr Vater Richolf war Stadtvogt geworden und hatte viel Arbeit mit diesem wichtigen Amt. Auch ihre anderen Geschwister, der Kanoniker Johannes und die verheirateten Schwestern Frederunis und Ostecha, gingen bei Hadewigis ein und aus, und sie vermisste nichts.

Aber dann sah sie eines Tages den jungen Gunther, Eckebrechts Sohn. Er war ein blendend aussehender Mann mit seinen schwarzen Augen und dem ungebärdigen braunen Lockenschopf, nicht ganz so hochgewachsen wie sein Bruder Fordolf, aber von ebenmäßigem Wuchs und bestrickender Liebenswürdigkeit. Er kam zu ihr im Auftrag seines Vaters, um über eine Gewürzlieferung zu verhandeln, die mehrere Kaufleute gemeinsam unternehmen wollten. Sie war fest entschlossen, sich nicht mehr zu verlieben, aber leider ging ihr der junge Mann von früh bis spät nicht aus dem Kopf.

Sie bat ihren Bruder Richolf, unauffällig Erkundigungen über Gunther einzuziehen. Richolf tat es und berichtete der Schwester gründlich, ohne unerwünschte Fragen zu stellen. Auch der Mäkeligste hätte an den Nachrichten über Gunther nichts aussetzen können, höchstens dass er ein wenig hitzig war und rasch aufbrausen konnte.

Hadewigis wartete noch eine Weile, ob vielleicht ihre aufgeregten Gefühle sich wieder beruhigen würden und sie ihr gewohntes Leben fortsetzen könnte. Da das nicht der Fall war, suchte sie eine zweite Gelegenheit und sandte einen Boten zu Eckebrecht, es hätten sich noch Fragen wegen der

Gewürze ergeben, und ob sein Sohn noch einmal bei ihr vorsprechen könne.

Als Gunther dieses Mal kam, wurde er nicht, wie sie es sonst immer hielt, in ihre Arbeitsstube gebracht, sondern eine alte Magd führte ihn die Treppe hinauf. Oben standen die Türen offen, und Gunther konnte einen Blick in eine edel ausgestaltete große Stube werfen.

Aber auch dies war nicht der Ort, wo die Kauffrau ihn zu empfangen gedachte. Die Magd öffnete eine kleine Kammer, und da saß Frau Hadewigis. In der Ecke stand ein großer Webstuhl, wie fast jede Frau in Köln ihn hatte. Die Hausfrau aber saß müßig, die Hände im Schoß, und hatte den Blick auf einen Knaben gerichtet, der zu ihren Füßen saß und mit einem Holzpferdchen spielte. Für seine acht Jahre war er sehr klein und kränklich. Mit ungeschickten, mühsamen Bewegungen führte er das Pferdchen auf dem Boden hin und her. Durch das kleine Fenster schien die Sonne herein.

Mutter und Sohn blickten nun auf, als die Magd Gunther in die Kammer führte. Der junge Mann verneigte sich höflich vor Frau Hadewigis und schaute dann auf den Jungen. Dieser krabbelte wie ein Kleinkind auf den Mann zu, deutete nach oben und sagte etwas Unverständliches.

»Er hat noch nie solche schönen Locken gesehen«, sagte Frau Hadewigis. »Würdest du ihm erlauben, sie zu berühren?«

Der Kaufmannssohn schien gar keinen Anstoß an dieser seltsamen Bitte zu nehmen. Er lachte, kniete nieder und senkte den Kopf. Der Junge hob die Hand, befühlte lange und prüfend die dunklen Lockensträhnen, dann berührte er sehr zart Gunthers Gesicht, fuhr mit dem Zeigefinger über die Stirn, über die Wangen und zog ihn plötzlich sanft an der Nase.

»Aber Hildebrand!«, rief die Mutter erschrocken und sagte dann, etwas verlegen, zu dem Gast: »Verzeih bitte,

Gunther, das mache ich immer bei ihm, er hat es nicht böse gemeint.«

Aber Gunther lachte nur laut und fuhr dem Jungen über den Kopf. Dann setzte er sich nicht auf den angebotenen Stuhl, sondern neben den Jungen auf den Boden und spielte noch ein wenig mit ihm. Als er sich erhob und fragte, womit er Frau Hadewigis nun hinsichtlich der Gewürzlieferung dienen könne, machte sie ein sehr zufriedenes Gesicht, und die geschäftlichen Dinge waren schnell besprochen und geregelt.

Die Magd kam herein und brachte eine leichte Mahlzeit, kaltes aufgeschnittenes Fleisch, gutes weißes Brot, das noch warm war und nach Ofen duftete, und eine Schüssel mit Früchten, dazu einen Krug leichten Wein und einen weiteren mit kühlem Wasser.

»Bitte, sei mein Gast«, sagte Frau Hadewigis, und er ließ sich nicht lange bitten, sondern langte herzhaft zu. Beide steckten zwischendurch dem Knaben Bissen in den Mund.

Hadewigis bat Gunther, ihr von seiner Familie zu erzählen. Was er ihr zu berichten hatte, wusste sie alles schon von ihrem Bruder, aber ihr gefiel die Art, wie er frei heraus und in fröhlichem Ton sprach. Behutsam tastete sie seine kaufmännischen Kenntnisse ab, und er ging auch darauf ein, bis er sie anlachte und fragte: »Habe ich die Prüfung nun bestanden?«

Da wurde die erfahrene, gewandte Frau Hadewigis rot wie ein junges Mädchen und lächelte ihn scheu an. »Ich würde mich freuen, wenn Ihr wiederkämt«, sagte sie und merkte gar nicht, dass sie ihn plötzlich nicht mehr duzte. Er sah sie aufmerksam an, verneigte sich vor ihr, kniete dann noch einmal neben dem spielenden Kind nieder und nahm dessen Hand. »Auf Wiedersehen, Hildebrand. Ich habe mich gefreut, dich kennen zu lernen, und wenn ich wiederkomme, bringe ich dir etwas Schönes mit.« Damit ging er.

Am Abend saß der alte Richolf bei seiner Tochter und dem Enkelsohn und hörte ihren Bericht an.

»Vater, es ist klar, dass mein kleiner Hildebrand niemals eine Frau und Kinder haben wird, und die Ärzte haben mir auch gesagt, dass Gott ihn wohl recht früh zu sich holen wird. Es haben viele in den sieben Jahren meiner Witwenschaft versucht, um mich zu werben. Immer hatte ich das Gefühl, dass sie in mir die Erbin dieses Kindes sehen, das den Reichtum seines Vaters nicht genießen und schon gar nicht verbrauchen kann. Noch nie hat ein Mann dieses Kind, an dem mein Herz in Liebe hängt, beachtet oder gar mit ihm gespielt, so wie heute der junge Gunther.«

Richolf sah seine Tochter fragend an. »Und deshalb hast du ihn ins Auge gefasst?«

»Nein, lieber Vater«, sagte sie leise. »Nicht nur deshalb. Mein Herz klopft bei seinem Anblick, und ich wünsche mir zum ersten Mal seit Bertrams Tod wieder jemanden zum Mann. Aber möglich wird das erst durch seine gütige Art meinem kranken Kind gegenüber.« Sie zögerte etwas und fragte dann: »Vater, was glaubst du, bin ich zu alt für ihn?«

Richolf schüttelte den Kopf. »Mein liebes Kind, die Frage ist falsch gestellt. Du bist gerade einunddreißig und durchaus nicht zu alt, um noch einmal eine Familie zu gründen. Ob Gunther, der so Mitte zwanzig sein mag, für dich zu jung ist, müsstest du dich höchstens selbst fragen. Die Antwort hast du dir aber offenbar schon gegeben.«

So kam es also, dass Vater Richolf sich am nächsten Tag in seinem besten, pelzverbrämten Gewand zu einem Besuch bei seinem Freund und Ratskollegen Eckebrecht aufmachte. Die Männer setzten sich in der Arbeitsstube nieder, und Sophia ließ es sich nicht nehmen, dem Gast selbst den besten Wein anzubieten, den ihr Keller zu bieten hatte.

»Ihr habt vielleicht schon eine Ahnung, weshalb ich zu euch gekommen bin?«, fragte Richolf.

Eckebrecht nickte. »Ich kann es mir denken. Mein Sohn Gunther läuft nur noch pfeifend und singend durchs Haus«, sagte er fröhlich.

Das Paar verlobte sich, und während der drei Monate ihres glücklichen Brautstandes besuchte Gunther das Haus an der Marspforte täglich. Beim hochzeitlichen Kirchgang schoben Constantin, Helperich und Gertrudis einen kleinen Karren auf Holzrädern, auf dem ihre einjährige Schwester Liveradis und Hildebrand saßen, beide quietschten vor Freude und besabberten sich die schönen Hochzeitskleider.

Eckebrecht ging als Letzter der Familie. An seiner Hand führte er Sophia, die seit dreißig Jahren seine Freude war. Neben ihnen ging ihr jüngster Sohn Johannes. Er zählte nun zwanzig Jahre, man würde langsam auch für ihn an eine Braut denken. Fordolf und Engilradis steckten die Köpfe zusammen und lachten über irgendetwas. Das Brautpaar strahlte vor Glück und nickte nach links und rechts in die Menschenmenge, die sich am Straßenrand drängte, um dem Festzug fröhlich Glück zu wünschen.

Es waren gute Zeiten für Eckebrecht und die Seinen.

Nachdem er sich einige Jahre grollend fern gehalten hatte, nahm der Erzbischof im Jahr 1143 doch wieder dauerhaft Sitz in seiner Domstadt. Freilich hütete er sich, es wieder auf allzu scharfe Auseinandersetzungen mit dem Rat ankommen zu lassen. Zu selbstbewusst waren die Bürger geworden, und er hatte einsehen müssen, dass sie sich nicht beliebig von ihm kommandieren und melken lassen würden.

In diesem Jahr waren es andere Feinde, mit denen der Erzbischof sich auseinander zu setzen hatte. Ein geheimes

Schreiben seines Amtsbruders aus Utrecht hatte ihn gewarnt, dass Eiferer, von denen nichts Gutes zu erwarten sei, aus dessen Diözese entschlüpft seien. Groß sei ihr Zulauf gewesen, und der Utrechter habe nicht wagen können, sie festzusetzen.

»Pauperes Christi, so nennen sie sich«, erklärte Erzbischof Arnold seinem Geheimschreiber Ezzo. »Sie fordern Neuerungen in der Kirche. Die Dummköpfe wollen, dass alle Priester bis hinauf zum Papst arm sein sollen und sich nur um geistliche Belange kümmern. So, sagen sie, habe Christus es gewollt.«

Ezzo blätterte in dem langen Anschreiben aus Utrecht. »Sie sind gefährlich, Eminenz. Man muss sie sofort erbarmungslos vernichten.«

»Ganz recht. Ich will also, dass sie unverzüglich festgenommen werden. Benachrichtige alle Spitzel, und gib entsprechende Anweisungen an meine Hauptleute aus.«

Es wurde daher Jagd gemacht im Kölner Erzbistum. Die pauperes Christi, die Armen Christi nämlich, verbargen sich nicht. Wo sie hinkamen, predigten sie auf offener Straße. Es waren schlicht gekleidete Männer, die auf persönliche Sauberkeit und Sittenreinheit hielten. Sie verbrauchten erhebliche Mengen Wasser, weil sie sich täglich von Kopf bis Fuß wuschen. Keinen von ihnen sah man betrunken in der Schenke sitzen, und es wurde nicht bekannt, dass sie Mädchen und Frauen mehr belästigt hätten, als sie höchstens einmal ein wenig in den Hintern zu zwicken.

Anders als andere Glaubenseiferer bettelten sie nicht. Wenn sie in eine Stadt kamen, holten sie sich zunächst die Genehmigung der Zunftvorstände, hier vorübergehend arbeiten zu dürfen. Tagsüber halfen sie dann in den Werkstätten von Schustern, Schreinern und Metzgern aus. Es waren aber auch Männer dabei, redegewandt und gebildet, die sich ihr Brot als Schreiber oder Rechtsberater für kleine Leute verdienten.

Nach ihrem Tagewerk standen sie auf den Plätzen und riefen die Bürger auf, recht zu tun, Gottes Geboten zu folgen, niemandem zu schaden, dem Nächsten in Not zu helfen und niemals zu lügen. Und vor allem warnten sie: »Hütet euch davor, Besitz anzuhäufen. Er ist die Wurzel für Gier, Neid, Geiz, Bosheit und Gewalt.«

»Was habt ihr davon, dass ihr euch bemüht, so gut zu sein?«, fragten ihre Zuhörer oft. »Wir haben die Liebe Gottes und die Gewissheit des ewigen Paradieses«, antworteten die Armen Christi.

Die Menschen waren beeindruckt von diesen pauperes. Sie wirkten recht fröhlich und ausgeglichen. Sie halfen sich gegenseitig, sanftmütig zu bleiben, auch wenn etwas nicht in ihrem Sinne war. In vielen Häusern sprach man über sie, wie weit sie Recht hätten mit ihren Ansichten und ob wohl viele Menschen bereit wären, nach diesen Grundsätzen zu leben.

Auch in Eckebrechts Haus sprach man über die Leute aus dem Utrechter Land. Während sie gemeinsam die Stoffballen im Lager zählten, sagte Fordolf nachdenklich zu seinem Vater:

»Die Kirche lehrt eigentlich dasselbe, aber sie lebt ihre Lehre nicht. Diese Männer leben genauso, wie sie uns predigen, dass wir leben sollen. Das finde ich ehrlich und gut.«

Eckebrecht nickte bedächtig. »Ehrlich, gut – und gefährlich«, erwiderte er.

Sein Sohn sah ihn fragend an. »Gefährlich für wen?«

»Gefährlich für die Kirche, weil das Prassen, Huren, Geldscheffeln und Macht-an-sich-Reißen, das für so manchen Geistlichen zum täglichen Leben gehört, durch diese Armen Christi gegeißelt wird. Wenn sie zu zahlreich werden, muss die Kirche sich an Haupt und Gliedern erneuern. Also dürfen sie nicht zu viele sein. Und darum wird es dann leider auch gefährlich für diese Männer.«

Fordolf verstand immer noch nicht. »Die Armen Christi finden wirklich Beifall bei den Leuten. Wie kann man da verhindern, dass sie Zulauf haben?«

»Die Kirche kann, mein Sohn, glaube es mir. Als ich etwa so alt war wie du jetzt – es war zu Zeiten von Erzbischof Friedrich –, wurden drei Männer, die auch aus dem Utrechter Gebiet gekommen waren, verurteilt und verbrannt. Es war genau die gleiche Geschichte. Diesmal sind es Dutzende. Ich bin sicher, Erzbischof Arnold wird sehr bald zuschlagen.«

Eckebrecht sollte Recht behalten. Die Söldner des Erzbischofs griffen zu einem genau festgelegten Zeitpunkt überall gleichzeitig zu, schleppten die Beschuldigten aus den Werkstätten oder von der Straße fort und lieferten binnen wenigen Stunden siebenundvierzig Männer im Kerker ab.

Manche hatten sich, trotz ihres Glaubens an den Frieden, gegen die Festnahme gewehrt und wiesen nun Verletzungen auf. Sie wurden im Kerker weder mit Lebensmitteln noch mit Wasser versorgt. Es lohnte nicht, denn schon am nächsten Tag fanden sie sich vor dem Gericht des Herrn Arnold wieder.

Diesmal gab es keine überfüllte Kirche, wo halb Köln dem Prozess folgen konnte. Mit Bedacht hatte der Erzbischof das Verhör in den Bischofspalast verlegen lassen. Die Armen Christi standen, gefesselt und aufs engste aneinandergedrängt, sodass sie kaum Luft zum Atmen hatten, in einer Ecke des bischöflichen Empfangsraumes, die durch ein Seil abgetrennt war. Es blieb nur noch Platz für den Erzbischof, seinen Geheimschreiber und zwei weitere Schreiber.

Die Armen Christi verteidigten ihre Lehre nicht. Sie konnten es nicht, weil sie nicht befragt wurden und keiner von ihnen das Wort erhielt. Die Anklage wurde durch den Geheimschreiber verlesen, und dann wurde auch schon das Urteil gesprochen: Tod durch Verbrennen. Einige der Männer hatten es geahnt und behielten einigermaßen die Fassung; andere hätten niemals eine solche Ungerechtigkeit für möglich gehalten und standen nun da, erstarrt, wortlos und ungläubig. Einer der jüngeren aber fing an zu schreien und wollte seine Lehre erklären. Nach den ersten Worten erhielt er einen solchen Schlag über den Kopf, dass er blutend und besinnungslos niederstürzte.

Am nächsten Tag wurden im ersten Morgenlicht die Scheiterhaufen auf dem Richtplatz entzündet. Die Armen Christi waren geknebelt, sonst hätten sie wohl ein Preislied auf den Herrn gesungen, dessen Paradies, so waren sie fest überzeugt, sie noch am gleichen Tag schauen durften. Es waren nur noch fünfundvierzig Männer: Der Verletzte vom Vortag war in der Nacht im Kerker gestorben, ohne das Bewusstsein wiedererlangt zu haben. Einen hatte der Mut verlassen, er war mit dem Kopf so voller Wucht gegen die Kerkermauern gerannt, dass der Schädel platzte, Hirnmasse und Blut über die Wände spritzte.

Aber der grausige Tod im Feuer blieb ihm so erspart.

Im Jahr 1146 hatte Eckebrecht seinen sechzigsten Geburtstag gefeiert. Er schien in den letzten Jahren etwas kleiner geworden zu sein, und sein Haar war silberweiß. Die Zeit auf Pferderücken und Schiffsplanken, die Nächte im Zelt oder auch unter freiem Himmel, die unregelmäßigen Mahlzeiten während seiner ewigen Handelsreisen hatten ihre Spuren hinterlassen. Nur noch selten begleitete er die Söhne auf ihren Fahrten. Aber sein Geist war scharf wie eh und je.

Er saß im Hof seines Hauses und streichelte die dreifarbige Katze auf seinem Schoß. Sie hatte anmutig ihre beiden Vorderpfoten, von denen die eine schwarz, die andere aber goldfarben war, auf seinen Knien ausgestreckt und ähnelte ihrer Vorfahrin, die vor vielen Jahren Liveradis entzückt hatte, wie ein Ei dem anderen. Beide sahen seiner Frau Sophia zu, die mit den drei Jungen der Katze spielte und dabei fröhlich von einem Treffen ihrer großen heiteren Familie berichtete. Sie zog eine Wollschnur durch das Gras, und die drei Kleinen belauerten diesen gefährlichen Gegner, duckten sich, griffen ihn in kühnen Sprüngen an und schlugen blitzschnell mit den kleinen Pfötchen danach.

Auch die Schwiegertochter, Frau Hadewigis, war zu Besuch gekommen. Still und zufrieden saß sie auf einem Schemel neben dem Hausherrn. Ihr dunkelblondes Haar war ordentlich in der Mitte gescheitelt. Immer wieder warf sie einen Blick auf ihren Sohn Hildebrand, der noch immer nicht laufen gelernt hatte. In den sechs Jahren ihrer glücklichen Ehe war ihr und Gunther noch kein Kind geschenkt worden, das war ihr geheimer Kummer.

Drinnen im Haus wirkte Engilradis und bereitete mit den Mägden das Abendbrot. Die buttertriefende Grütze, das mit Honig gewürzte Apfelmus und das frisch gebackene Brot dufteten bis in den Hof hinein.

Im Garten saßen Eckebrechts Enkelinnen, die elfjährige Gertrudis und ihre sieben Jahre alte Schwester Liveradis auf dem Apfelbaum und aßen von den herrlichen Früchten. Im Gras lag vergessen das Nähzeug, dem sie sich eigentlich widmen sollten. Hildebrand war unter den Baum gekrochen und rief den Mädchen im Baum etwas zu, was kein Außenstehender verstanden hätte, aber Liveradis wusste sofort, was er wollte, pflückte einen besonders schönen Apfel vom Ast und warf ihn dem Knaben zu.

Plötzlich war es mit der friedvollen Stille des Abends vorbei. Die Söhne Fordolfs, Constantin und Helperich, stürmten geräuschvoll wie immer von der Straße herein. Sie hatten etwas Aufregendes erfahren, aber niemand verstand, worum es ging, weil sie beide laut und gleichzeitig redeten.

»Ruhe, ihr Wilden«, sagte ihr Großvater und lachte. »Natürlich wollen wir erfahren, was ihr uns zu erzählen habt, aber vielleicht redet immer nur einer von euch, sonst haben wir keine Möglichkeit, euch zu verstehen.«

Helperich versuchte, das Wort zu ergreifen, aber Constantin fuhr ihm über den Mund. »Du bist jetzt still«, sagte er streng. »Ich bin der Ältere und werde dem Großvater berichten.« Gehorsam schwieg Helperich. Er war dreizehn Jahre alt und durchaus daran gewöhnt, dem sechzehnjährigen Bruder zu gehorchen. Beide waren hübsche Burschen, groß für ihr Alter und blondhaarig.

»Also, Großvater«, legte Constantin los, »wir waren am Hafen und schauten uns eine Ladung aus Lissabon an, die dort heute gestapelt wurde. Es war schönes Leder dabei und sarazenische Dolche, wir sollten unbedingt kaufen. Nein, du brauchst dich nicht darum zu kümmern, wir haben es Vater schon gesagt, und er ist bereits auf dem Weg zum Hafen. Dann gingen wir über den Alter Markt nach Hause, und da war ein Mönch, ich glaube, er heißt Radulf, ein großer, dicker Mann mit fettigen schwarzen Haaren um die Tonsur. Er predigte für einen neuen Kreuzzug und meinte, man müsse damit anfangen, erst einmal die Juden totzuschlagen.«

Eckebrecht hob die Hand, um den Jungen zu unterbrechen. Er war totenblass geworden. Deutlich, als sei es gestern gewesen, erinnerte er sich an Peter von Amiens, der vor einem halben Jahrhundert genau das Gleiche in Köln gepredigt hatte. Eckebrecht war damals neun Jahre gewesen und hatte den Namen Constantin getragen. Die Predigt des Eremiten Peter war das Totengeläut für das Leben gewesen, das Eckebrecht bis dahin geführt hatte.

Der alte Mann atmete schwer. Er sah die Gesichter seiner Eltern vor sich, die so grausam erschlagen worden waren, wie sie in enger Umarmung auf der Totenbahre lagen, und auch die Gesichter der beiden Söhne Wolberos, die mit dem ersten Kreuzzug ausgezogen und niemals zurückgekommen waren. Er hörte die Schreie seiner ermordeten Schulkameraden und des alten Rabbis. Was jahrelang wie ein Albtraum in seiner Erinnerung gelegen hatte – jetzt sah er es in aller Deutlichkeit wieder vor sich.

Als Eckebrecht sich wieder ein wenig gefasst hatte, bat er Constantin, in seinem Bericht fortzufahren. Aber der Junge hatte weiter nichts zu berichten. Da rief Frau Engilradis aus dem Haus, das Essen sei fertig.

»Geht hinein und esst«, sagte Eckebrecht, und seine Stimme klang heiser. »Ich werde noch ein wenig hier sitzen und nachdenken.«

Sophia wandte sich ihm zu, die Jungkätzchen noch in den Armen.

»Soll ich bei dir bleiben, Liebster?«

»Nein, geh du bitte auch, Sophia, ich möchte jetzt allein sein.«

Still blieb er allein im Garten. Er hörte die Geräusche der Familienmahlzeit nicht und nicht die kräftigen Stimmen seiner Enkel, die noch einmal für die anderen Angehörigen berichteten. Er saß nur da und dachte nach. Das entsetzliche Geschehen von damals durfte sich nicht wiederholen. Seine Kindheit war zerstört, sein Leben von Grund auf verändert worden, und dennoch hatte er noch so viel Glück gehabt. Viele, viele hatten ihr Leben auf grausamste Art verloren.

Alle die Jahre seitdem hatte er sich schuldig gefühlt;

schuldig, weil er überlebt hatte, während sein Vater und seine Mutter mit seinem ungeborenen Geschwisterchen in ihrem Leib ihr Leben lassen mussten. Schuldig, weil er sich vom Judentum abgewandt hatte. Schuldig, weil ihm das nicht einmal viel ausgemacht hatte. Schuldig gegenüber den Juden, die inzwischen wieder in Köln lebten. Er wusste, er war als Abtrünniger auch schuldig in deren Augen.

Es war Zeit, die Schuld endlich zu begleichen.

Inzwischen war es dunkel geworden. Die Abendkühle senkte sich auf den Garten und ließ Eckebrecht zusammenschauern, es wurde ihm gar nicht bewusst. Seine Aufgabe war es, eine Lösung für die Gefahr zu finden, die den Kölner Juden nun drohte, und schließlich fand er sie.

Eckebrecht holte sich einen Umhang und eine Fackel aus dem Haus und ging leise auf die Straße. An der Ecke begegnete er dem Nachtwächter. Der Mann leuchtete ihm misstrauisch ins Gesicht und beruhigte sich, als er den angesehenen alten Ratsherrn erkannte.

»So spät noch unterwegs, Herr Eckebrecht?«, fragte er. »Soll ich Euch begleiten?« Der Kaufmann schüttelte wortlos den Kopf und eilte weiter.

Nathanael erschrak, als jemand mit kräftiger Hand an seine Haustür pochte, obwohl es längst Nacht war. Ängstlich schaute er zum Fenster hinaus und erkannte im Fackellicht Eckebrecht, seinen Verwandten, den Christen, den er als einen verdächtigen Abtrünnigen ansah. Zögernd öffnete er ihm die Tür.

Eckebrecht hielt sich keineswegs mit überflüssigen Vorreden auf, sondern sagte knapp:

»Nathanael, ihr seid in Gefahr. Schicke unverzüglich jemanden zu eurem Gemeindevorsteher und den wichtigsten jüdischen Männern. Ich habe euch etwas zu sagen, das keinen Aufschub duldet.«

Nathanael hatte Angst, denn ihm wie auch den übrigen Juden war die Hetzpredigt des Mönches Radulf zu Ohren gekommen. Aber er wagte nicht, sich Eckebrecht zu widersetzen. Er huschte von Haus zu Haus, weckte seine Glaubensgenossen und flüsterte ihnen zu, sie sollten sofort in die Synagoge kommen. Eckebrecht hielt derweilen Wache auf der Straße, falls ein Nachtwächter kommen und Anstoß an dem nächtlichen Treiben nehmen sollte.

In kurzer Zeit kamen zwei Dutzend Männer zusammen. Es gab ziemliche Aufregung, als sie Eckebrecht erkannten, und einige riefen, für ihn gäbe es keinen Platz in ihrer Synagoge. Aber Eckebrecht lächelte nur ein wenig traurig.

»Ich war hier früher auch daheim, ihr wisst es«, sagte er. »Ich habe euch zusammenrufen lassen, weil es um Leben und Tod geht. Ihr habt von der Predigt des Mönches gehört?«

Alle hatten davon gehört.

»Ich habe schon gepackt und verlasse mit den Meinen gleich morgen früh die Stadt Köln«, sagte der Gemeindevorsteher Zacharias.

»Und wohin gehst du?«, fragte Eckebrecht. »Wie kannst du wissen, ob du nicht einer Mordbande in die Hände läufst, wie sie damals den Rhein heraufzog? Auf der Straße ist deine Familie wohl kaum sicher, und in welcher anderen Stadt könnte sie es sein? Ihr wisst alle, dass ich den Mord an den Juden damals mit knapper Not überlebt habe, während hunderte von Opfern starben. Mir ist wohl bewusst, dass viele von euch mich verurteilen, weil ich damals Zuflucht bei den Christen fand und nicht zu euch zurückkam. Aber euer Schicksal ist mir niemals gleichgültig gewesen. Nun sehe ich, dass ihr wieder in höchster Gefahr seid. Ich habe mir den Kopf zermartert, wie ihr euch retten könnt. Für die Meinen gab es damals keinen Ausweg, aber für euch weiß ich einen Ort, an dem ihr Zuflucht finden könntet: Es ist die Wolkenburg.«

Die Juden schwiegen. Sie wunderten sich nicht so sehr, dass Eckebrecht sich für ihre Sicherheit einsetzte; sein rechtschaffenes Wesen war allgemein bekannt. Aber was sollte sein Vorschlag bedeuten?

»Die Wolkenburg?«, fragte Zacharias verständnislos. »Aber sie gehört dem Erzbischof!«

Im Jahr 1118 hatte der damalige Erzbischof Friedrich die Feste Wolkenburg im Siebengebirge bei Königswinter erbaut. Er hatte sich dort sehr gern aufgehalten, und sie wurde 1131 sein Sterbeort.

»Ja, sie gehört dem Erzbischof. Und sie ist die stärkste Festung in ganz Lothringen. Es heißt, sie sei uneinnehmbar.«

»Glaubst du, Erzbischof Arnold wird sie für uns räumen?«, spottete der Kaufmann Abraham.

»Gewiss«, sagte Eckebrecht gelassen. »Wenn ihr ihm genug Geld bietet ...«

Langsam begriffen die Juden, was Eckebrecht plante. Die ständige Geldnot des Erzbischofs, der eine unstillbare Gier nach prächtigen seidenen Gewändern, teuren Pferden, kostspieligen Handschriften und anderen schwer erschwinglichen Gütern hegte, war jedem Kaufmann bekannt.

Am nächsten Morgen stand eine Abordnung der Juden vor dem erzbischöflichen Palast, kaum dass der Wächter auf der Zinne in sein Horn gestoßen hatte, um die Bürger zu wecken. Sie hatten sich festlich gekleidet. Eckebrecht war nicht bei ihnen, denn die Abneigung des Herrn Arnold gegen ihn war keineswegs geringer geworden.

Zacharias trug dem Erzbischof die Bitte der Juden vor. Die Geldsumme, die er dem Erzbischof bot, war sehr beträchtlich. Herr Arnold sah den Juden prüfend an. Gerade jetzt brauchte er dringend Geld, da war diese unerwartete Gelegenheit geradezu ein Glücksfall.

»Ich stelle euch meine Festung zur Verfügung, bis ihr selbst meint, die Gefahr sei vorbei. Aber den Preis müsst ihr mir verdoppeln.«

Das hatte der Gemeindevorsteher befürchtet. Die Geldgier Arnolds und auch seine Geldnöte waren ihm bestens bekannt; hatte doch er selbst oft genug dem Kirchenfürsten teuerste Waren zum Kauf angeboten, denen dieser dann trotz fehlender Geldmittel nicht widerstehen konnte.

»Wir werden das Geld auftreiben«, sagte er entschlossen. »Aber alle Christen dort müssen die Festung verlassen.«

»Warum denn das?«, fragte der Erzbischof. Zacharias wagte nicht, ihm zu sagen, dass die Juden befürchteten, ein christlicher Verräter könnte heimlich den Feind in die Festung lassen.

»Es ist unumgänglich«, sagte er nur.

»Und unsere Häuser sowie unser Vermögen in Köln legen wir in die Hände Eurer erzbischöflichen Gnaden, solange wir nicht hier sind«, fügte Zacharias noch hinzu.

Erzbischof Arnold pfiff anerkennend durch die Zähne. Schlau waren sie, diese Juden. Natürlich konnten sie nicht all ihren Besitz zur Wolkenburg schleppen. Lag die Hand des Erzbischofs darauf, würde so schnell niemand wagen, sich daran zu vergreifen.

»Das kostet euch aber noch einmal einen Batzen«, rief er fröhlich. Dem stimmten die Juden zu und gingen, um unverzüglich ihre Übersiedlung zu beginnen.

»Nun reibt der Herr Erzbischof sich wohl die Hände, wenn er an das viele schöne Geld denkt, das ihm dieses Geschäft einbringen wird«, sagte Eckebrecht zu seinem Sohn Fordolf, nachdem er von Zacharias gehört hatte, dass sein Plan Erfolg gehabt hatte. »Auf die Wolkenburg kann er gut eine Weile verzichten.«

»Das war sehr klug ausgedacht von dir, Vater«, meinte Fordolf. »Aber es ist gut, dass Herr Arnold nicht weiß, dass ausgerechnet der christliche Kaufmann Eckebrecht, gegen den er nach wie vor so tiefen Groll hegt, sich diesen Plan ausgedacht hat, um das Volk zu schützen, aus dem er selbst hervorgegangen ist – er hätte wohl sonst nicht zugestimmt.«

Noch am gleichen Tag fuhren die Juden zur Wolkenburg und nahmen außer Lebensmitteln und Waffen nur das Nötigste mit. Es war auch höchste Zeit. Als sie in die Festung einzogen, hatten sich dort schon einige Leute versammelt, die die Worte des Mönches Radulf gehört hatten. Ein massiger Schmied war unter ihnen mit riesigen Händen. Er stürmte zwischen die Juden und erschlug zwei von ihnen mit seinem Schmiedehammer. »Schlagt die Ungläubigen tot«, heulte er dabei.

Die Juden hüteten sich, einen Kampf ausbrechen zu lassen. Sie packten die beiden Toten, zerrten sie in den Hof der Festung, schlugen der Meute die Tore vor der Nase zu und ließen die schweren Balken hinter dem Tor niederkrachen.

Aber wenige Tage später stand Zacharias wieder vor dem Herrn Erzbischof. »Blut ist geflossen«, teilte er dem Fürsten mit. »Ein Schmied aus Brühl mit Namen Bernhard hat zwei von uns erschlagen. Wir haben uns nicht gewehrt, sonst hätte die Menge uns wohl in Stücke gerissen. Auch wissen wir sehr gut, dass nicht wir selbst uns Gerechtigkeit suchen sollen, sondern dass dies Sache des Herrn Erzbischof ist. Wir vertrauen also auf ihn und bieten ihm als Geschenk für seine schützende Hand dies.«

Und er legte einen Beutel mit Goldstücken auf das kleine zierliche Holztischchen, auf dem Herr Arnold sein Glas Wein stehen hatte.

Dieser Beutel stammte aus der Truhe des Kaufmanns Eckebrecht, aber das erfuhr der Erzbischof nicht.

Der Schmied Bernhard hing schon am nächsten Tag am Galgen.

Langsam drehte sein Körper sich im Wind. Krähen saßen

auf seinem kahlen Kopf und hackten nach seinen gebrochenen Augen und nach der Zunge, die blau geschwollen aus seinem weit aufgerissenen Mund hing.

Außer den bedauernswerten Opfern des Schmiedes Bernhard kam kein Mitglied der Kölner Judengemeinde ums Leben. Dies hatten sie dem klugen Rat und auch dem offenen Beutel des Christen Eckebrecht zu verdanken.

Im übrigen Rheinland aber wüteten Pogrome und forderten zahlreiche Tote unter den Juden.

Die Hetzpredigten des Mönches Radulf waren ohne Wissen der Kirche geschehen, ja sogar gegen deren Willen. Mönche durften als Klosterangehörige gar nicht predigen, nur dem weltlichen Klerus war dies erlaubt.

Die schlimmen Folgen des Wirkens Radulfs kamen dem berühmten Bernhard von Clairvaux zu Ohren. Ihn hatte der Papst beauftragt, für den von ihm gewünschten Kreuzzug in Frankreich zu predigen. Aus den deutschen Landen sollte sich Bernhard heraushalten, denn der Papst wollte nicht, dass König Konrad und seine Ritter ins Heilige Land zogen. Vielmehr wünschte er dessen Kräfte gegen die Normannen zu gebrauchen, deren König Roger den Papst durch seine wachsende Macht verärgerte und erschreckte.

Als Bernhard von den Pogromen erfuhr, glaubte er dennoch eingreifen zu müssen. Er reiste ins Rheinland und trat Radulf entgegen. Im Januar 1147 erschien Bernhard in Köln. Wieder einmal war der Alter Markt der Ort für den Auftritt eines Mannes, der es verstand, die Aufmerksamkeit der Menge zu bannen.

Erzbischof Arnold hatte mehrere Feuer auf dem Markt entzünden sowie Kohlenbecken verteilen lassen, denn es war winterlich kalt, und der Markt war mit Schnee bedeckt. Herr Arnold wusste, dass die Predigten des Herrn Bernhard stets mehrere Stunden dauerten, und wollte verhindern, dass die Kölner mittendrin vor der Kälte ausrissen und nach Hause gingen.

Auch Eckebrecht wollte sich die Predigt Bernhards anhören. Er wollte vor allem wissen, ob dieser Hetzreden gegen die Juden zu halten gedachte.

»Aber Eckebrecht, du kannst doch nicht stundenlang in der Kälte stehen, sonst bekommst du das Gliederreißen«, jammerte seine Frau Sophia, als ihr Mann sich anschickte, sein Heim zu verlassen.

Aber diese Absicht hatte Eckebrecht keineswegs. Er begab sich vielmehr zu dem Haus seines Ratskollegen Anselm, das am Alter Markt gelegen war, und saß gemütlich mit diesem am Fenster des oberen Stockwerks. Anselm hatte die Kalbshäute, die die winterliche Kälte abhalten sollten, vom Fenster entfernt, sodass die beiden Ratsherren einen sehr guten Überblick über das Geschehen unten hatten, und sorgte mit gewärmten Ziegeln an den Füßen, einer Kohlenpfanne im Zimmer sowie einem großen Krug heißen Rotweins mit Honig und Gewürzen für einen recht behaglichen Aufenthalt.

Bedächtig stapfte Bernhard unten die Stufen zum Podium hinauf und blickte grimmig auf die Menschenmenge herab, die erwartungsvoll die Gesichter zu ihm erhob. Er hatte sich in zwei dicke Mäntel gehüllt und sah darum ein wenig unförmig aus, aber das gab seiner Persönlichkeit nur zusätzliches Gewicht. Seine laute, weit tragende Stimme kam ihm zugute, als er sich nun zur Predigt anschickte.

»Warum, glaubt ihr wohl, bin ich hier und rufe euch zu den Waffen, ihr Kölner Ritter? Was macht es denn schon aus, dass die Stätten des Heiligen Landes wieder einmal vom Feind bedroht sind? Was muss es uns kümmern, dass der verfluchte Heide Zengi unser Fürstentum Edessa im Heiligen Land erobert hat? Der Herr kann doch eine Legion von

Engeln aussenden, die im Handumdrehen die Feinde vertreiben, und nichts kann vor Seiner Macht und Größe bestehen. Ja, ihr Zögernden, Zweifelnden, ihr Faulen, Satten, die ihr träge am Ofen hockt: Das kann Gott der Herr ohne Zweifel tun, und es kostet Ihn nur einen Wimpernschlag. Aber was wird dann aus euch, ihr schlechten Sünder? Habt ihr nicht alle, wie ihr hier versammelt seid, Sünden auf euch geladen, und das Tag für Tag? Wie wollt ihr die wieder loswerden? Tausende von Jahren müsst ihr dafür in der Hölle schmoren, und Teufel halten euch mit Gabeln in Kesseln voll siedendem Öl fest!«

An dieser Stelle ging ein entsetztes Stöhnen durch die Menge.

»Aber Gott der Herr in Seiner Güte hat euch einen Weg gewiesen, wie auch der Schwärzeste unter euch wieder weißer als frisch gefallener Schnee werden kann. Hier ist die einzigartige Gelegenheit für euch: Kämpft für Gott, und Sein Sold für euch ist die ewige Herrlichkeit des Herrn. Ihr Ritter: Gefahrlos könnt ihr in diesen Kampf ziehen, denn der Sieg bringt euch Ruhm, der Tod aber ist ein Segen für euch, denn mit einem Schlag seid ihr alle Sündenlast los. Ihr Kaufleute: Nirgends winkt euch ein Gewinn so reich wie dieser. Nehmt das Kreuz und beichtet, und alle eure großen Vergehen, eure Raffgier werden euch vergeben. Billig erkauft ihr damit die teuerste Ware, nämlich das Himmelreich, und ein größerer Gewinn ist nicht denkbar! Ihr Handwerker, Schuster, Schneider, Schmiede, alle, die ihr von eurer Hände Arbeit lebt: Euch meine ich nicht mit meinem Ruf. Ihr sollt nicht ins Heilige Land ziehen, denn das Kämpfen ist nicht eure Sache. Aber auch ihr könnt in bescheidenerem Rahmen Verdienste für euer Seelenheil erwerben: Tragt zum Gelingen des Zuges bei, indem ihr Schuhe, Kleidung und Waffen für die Kämpfer herstellt und sie so billig abgebt, wie ihr nur könnt. Auch reichliche Geldspenden sind willkommen! Im Himmel wird alles aufgezeichnet, und am Tag des Jüngsten Gerichtes wird euch eure Unterstützung zugute gerechnet.«

Und so ging es noch lange weiter.

»Klug ist er, dieser Bernhard. Mit listigen Worten fängt er seine Beute wie ein Kater vor dem Mauseloch!«, sagte Eckebrecht zu Anselm, und dieser, bereits über Gebühr vom Rotwein beschwingt, musste über den Vergleich so lachen, dass er sich gar nicht beruhigen konnte.

Da fiel ein Wort, das Eckebrecht aufhorchen ließ. Er legte dem noch immer lachenden Anselm die Hand auf den Arm.

»Sei still, ich kann Abt Bernhard sonst nicht verstehen«, mahnte er.

Von draußen tönte es: »Außerdem verbiete ich euch streng, die Hand gegen die Juden zu erheben. Gott will nicht, dass ihr sie erschlagt. Die bösen Heiden im Morgenland sind es, die ihr besiegen sollt! Lasst die Juden leben, damit sie die Herrlichkeit Christi erkennen lernen.«

Eckebrecht fiel ein Stein vom Herzen. Zwar bedeutete dies noch keineswegs Sicherheit für die Juden, aber es war ein gewaltiger Unterschied, ob sie sich gegen einzelne verblendete Menschen oder eine aufgestachelte Menschenmenge zu verteidigen hatten. Aber er machte keine Bemerkung dazu, denn weder Anselm noch sonst jemand im Rat wusste etwas über Eckebrechts Beteiligung an dem Rückzug der Juden auf die Wolkenburg.

Unten kam Bernhard langsam zum Schluss seiner langen Predigt:

»Ich gebiete euch auch: Zieht nicht kopflos von dannen, wie es die Scharen unter Peter von Amiens getan haben. Nur ein wohl geordnetes und gut ausgerüstetes Heer kann dem Feind widerstehen; denn auch die Heiden verstehen zu kämpfen. Und nun kommt zu mir herauf, und lasst euch das Kreuz des Heils auf euer Gewand heften.«

Fünf Tage blieb der berühmte Bernhard in Köln und sprach jeden Tag zu den Kölnern. Als sein Zulauf dann deutlich geringer wurde, heilte er noch schnell am letzten Tag einen blinden Knaben, was im Volk für ein großes Wunder gehalten wurde. Nur hatte niemand je zuvor diesen Knaben gesehen. Er war wohl mit dem Herrn Bernhard nach Köln gekommen.

Eckebrecht hatte oft von Blithildis gehört, wie damals die Söhne Wolberos mit dem Pilgerheer ausgezogen waren, freudestrahlend und hoffnungsglühend der junge Richwin, in Fürsorge für ihn der ältere Bruder Eckebrecht, dessen Namen er nun trug.

Mit Sorge beobachtete er darum seine Söhne und Enkel, ob nicht einer von ihnen sich etwa von Bernhards Predigten verlocken lassen würde. Fordolf und Gunther indes zogen den Gedanken an einen Kreuzzug gar nicht in Betracht. Sie trugen Verantwortung für ihre Familie und ihr Geschäft und hatten an ungewissen Abenteuern keinen Bedarf.

Auch Johannes hatte anderes im Kopf, denn er hatte sich von seiner Mutter dazu überreden lassen, sich nach einer Braut umzusehen, und umwarb nun die junge Gertrudis, die Tochter des reichen und angesehenen Kaufmanns Otto. Täglich sprach er in dessen Haus am Markt vor.

Die spröde Schöne ließ ihn aber zappeln, hieß ihn einen Tag freudig willkommen und gönnte ihm am nächsten Tag kaum einen Blick. Sie schien sich nicht entscheiden zu können, ob sie Johannes wollte oder nicht. Kein Wunder, dass er nichts anderes mehr im Sinn hatte als das junge Mädchen mit den langen rotbraunen Flechten und dem rätselhaften Blick.

Mehr Sorge machten Eckebrecht da schon die Jungen, Constantin und Helperich. Er rief sie zu sich, um sie zu ermahnen, sich nichts in den Kopf setzen und sich voreilig und unbedacht das Stoffkreuz anhängen zu lassen. Sein Erstaunen war nicht gering, als Constantin ihn ehrerbietig anhörte, um dann zu sagen:

»Lieber Großvater, wir danken dir sehr für deinen guten Rat, aber er wäre nicht nötig gewesen. Wir lassen uns doch nicht vor den Karren des Abtes Bernhard spannen. Er will etwas erreichen: Der Papst wünscht den Kreuzzug, wenn natürlich auch nicht zu Lasten seiner Tasche. Darum macht Bernhard große Versprechungen, die alle nichts kosten, und die Leute fallen darauf herein. Wir aber nicht, nicht wahr, Helperich?« Und der jüngere Bruder nickte eifrig, denn wie immer gab er seinem großen Vorbild Recht.

Eckebrecht sah die jungen Burschen prüfend an. Dieser Constantin: Wie er dastand, die Kappe in der Hand aus Achtung vor dem Großvater, so jung noch und solch eine Urteilskraft!

»Du hast ganz Recht, lieber Junge. Besser wäre es aber, diese Meinung nicht außerhalb der Familie zu äußern.«

Constantin lachte nur. »Natürlich nicht, Großvater. Glaubst du, ich wäre eine Plaudertasche, die jeden Gedanken heraussprudeln muss? Ich weiß schon, dass die Leute, die sich erst vom Mönch Radulf und nun vom Abt Bernhard hinreißen ließen, mich sonst steinigen könnten. Aber zu dir kann ich doch immer alles sagen, was ich denke.«

Und Constantins blaue Augen, die auf die meisten Leute recht kühl wirkten, blickten liebevoll auf den Großvater.

Bald nach der Abreise des Bernhard von Clairvaux versammelte sich die ganze Familie des Gunther von Dottindorp, denn es wurde der siebzigste Geburtstag von Frau Liutgard gefeiert. Ihr Bruder Frowin von Bachem mit seinen Söhnen und Töchtern war gekommen. Die vier Töchter des Hauses, Ida, Margaretha, Methildis und Friderun, ließen die Mutter an ihrem Festtag keinen Handschlag tun und entwanden den Händen der scheinbar Unwilligen den Schlüsselbund.

Sie alle waren unverheiratet geblieben, aber niemals hatte man unverheiratete Frauen um die fünfzig gesehen, die weniger altjüngferlich wirkten als die vier Schwestern. Es herrschte ein ewiges Gekichere, Geschubse, Genecke im Haus von früh bis spät.

Als Letzte der Familie war Sophia mit ihrem Mann gekommen. Sie stimmte sofort in das Gekicher ihrer Schwestern ein, beteiligte sich aber nicht an der Hausarbeit, sondern setzte sich in der Küche auf die Ofenbank und erklärte, in ihrem Elternhaus könne sie nicht auch noch die schwere Bürde der Hausarbeit ertragen, die sie zu Hause schon tagaus, tagein niederdrückte.

Da ihre Schwestern genau wussten, dass Sophia im Hause Unter Goldschmied allenfalls feine Handarbeiten anfertigte und mit den Enkelkindern und Katzen spielte, die Last der Hausarbeit aber Fordolfs Frau Engilradis überließ, brachen sie alle in schallendes Gelächter aus und spöttelten gutmütig über die Schwester in ihrer Trägheit, während sie flink die Zurichtungen zum Festmahl erledigten.

Eckebrecht lachte mit den anderen, denn von den hausfraulichen Tugenden und Fähigkeiten seiner Frau machte er sich keine falschen Vorstellungen. Er beobachtete sie, wie sie auf der Bank saß und den Schwestern bei der Arbeit zusah, während neckende Worte hin und her flogen. Wie wohl sich doch alle in dieser Familie fühlten! Wieder einmal dachte er, was für ein Glück er doch gehabt hatte, als Sophias Auge auf ihn fiel und sie beschloss, dass er ihr Mann zu werden hätte. Aus einer warmherzigen Familie war sie hervorgegangen und hatte diese Wärme mit in sein Leben gebracht, hatte es heiter und behaglich gemacht. Bei all ihrer Bequemlichkeit war es ihr doch nie zu viel, ihren Mann mit tausend Kleinigkeiten zu umsorgen. Ihr Frohsinn war ansteckend, und sie brachte den eher schwerblütigen Eckebrecht oft zum Lachen. Ihre Hingabe an ihn hatte aus dem trostlosen jungen Witwer, der sich von Liveradis immer wieder verschmäht sah, einen zufriedenen und glücklichen Mann gemacht. »Ehret einander mit eurem Leibe«, hatte der Pfarrer bei der Trauung zu ihnen gesagt, und Eckebrecht hatte langsam von Sophia gelernt, was das bedeutete.

Bei Tisch ging der fröhliche Ton weiter, alle langten herzhaft zu, denn die Fastenzeit stand kurz bevor, danach würde es wochenlang keine großen Schmausereien geben. Es gab einen herrlichen Flussfisch in Dillsoße, dann Aal in Honig. Es folgte ein Schweinebraten mit Pflaumen geschmort, dazu Grütze und feines weißes Brot in großen Fladen. Verschiedene Gemüse kamen auf den Tisch: eingesalzener Winterkohl, eingelegte Bohnen, Erbsengemüse mit getrocknetem Dill. Met und Bier flossen in Strömen. Die Frauen liefen dauernd in die Küche, um noch mehr Kannen zu holen.

Zum Schluss ließ der Hausherr jedem Gast noch etwas Rheinwein einschenken. Alles lachte und redete durcheinander. Jeder versuchte, den anderen mit einer noch tolleren Geschichte zu übertreffen. Schließlich berichtete der junge Gunther, dass er den blinden Knaben im Hof des Abtes Bernhard gesehen habe, wie er mit einem scharfen Messer aus einem Stück Holz ein Pferdchen schnitzte – und dies war am Tage vor der wundersamen Heilung geschehen! Alle brüllten vor Lachen und konnten sich gar nicht mehr beruhigen. Der alte Gunther schlug seinem Enkel auf die Schulter, keuchte nach Luft, während ihm die Lachtränen im Auge standen – und plötzlich verdrehte er die Augen und sank zusammen.

Schlagartig war alle Fröhlichkeit wie ausgelöscht, Frau Liutgard warf sich über ihren Mann, und Constantin rannte davon, um den Stadtarzt zu holen. Es half aber nichts, der alte Gunther von Dottindorp war nicht mehr. Er war gestorben, wie er gelebt hatte und wie er zu sterben gewünscht hätte, im Kreise seiner Lieben und voller Fröhlichkeit. Und ist das nicht mehr, als man von den meisten Sterblichen sagen kann?

Im darauf folgenden Monat sollte Eckebrecht nach Aachen reisen. Auf dem Reichstag in Frankfurt war Heinrich, der zehnjährige Sohn König Konrads, zum Thronfolger gewählt worden. Am 30. März sollte er feierlich zum König gekrönt werden.

Zwar war Erzbischof Arnolds Liebe zu Eckebrecht in der Zwischenzeit nicht gewachsen, aber er musste wohl oder übel den führenden Kölner Ratsherrn als Vertreter der Stadt mit zu den Krönungsfeierlichkeiten nehmen. Eckebrecht hatte die Absicht, mit seiner ganzen Familie zu reisen.

Sophia war bei diesen Aussichten in helle Aufregung geraten. Als sie sich dann aber still hinsetzte und eine nachdenkliche Miene machte, schwante ihrem Mann Böses.

»Was ziehe ich denn zu dieser Krönung bloß an?«, fragte sie ihn.

Eckebrecht stöhnte gequält auf, diese Frage hatte er befürchtet. Er liebte es ganz und gar nicht, in Kleiderdingen um Rat gefragt zu werden.

»Um Gottes willen, Sophia, du hast doch genug Kleider in der Truhe!«

»Ja, mein Lieber, du hast ja Recht. Meinst du, ich soll das grüne Kleid nehmen mit der Goldborte am Saum?«

Ihr Mann schüttelte den Kopf.

»Es ist viel zu dünn, du würdest schrecklich darin frieren. Schließlich haben wir erst März.«

Sophia dachte kurz nach.

»Dann vielleicht das blaue, von dem du gesagt hast, dass es mir so gut steht?«

Eckebrecht atmete erleichtert auf.

»Ja, meine Liebe, das ist eine gute Idee, darin siehst du wunderschön aus.«

»Oder vielleicht das gelbe mit den geschlitzten Ärmeln?«

»Ja, Sophia, das ist auch ein sehr schönes Kleid, das kannst du genauso gut anziehen, wenn du willst.«

Sophie runzelte die Stirn, sodass ihr rundes Kindergesicht einen bekümmerten Ausdruck bekam.

»Aber das hatte ich beim letzten Fest im Tanzhaus schon an, das Kleid kennen alle.«

Er hatte es geahnt. Die Sache war durchaus noch nicht ausgestanden.

»Meine Liebe, du hast das Kleid in Köln getragen, wir fahren aber nach Aachen!«

»Ja, nur: Es fahren doch noch mehr Kölner Ratsherren mit ihren Frauen dorthin, oder? Dann denken sie, ich hätte außer dem gelben Kleid nichts anzuziehen.«

»Gut, dann eben das blaue.«

»Oder vielleicht doch das grüne? Vielleicht ist es ja am Krönungstag zufällig schon warm.«

Eckebrecht fasste sich verzweifelt an den Kopf.

»Wenn es aber nicht warm ist, musst du den dicken Umhang nehmen, und dann sieht niemand dein schönes Kleid, und es wird nur zerdrückt.«

»Dann vielleicht doch das blaue?«

Jetzt reichte es dem gepeinigten Kaufmann. »Liebste Sophia, was immer du anziehst, du siehst bezaubernd und anmutig darin aus. Darum ist es eigentlich gleichgültig, welches Kleid du trägst. Aber wenn du dich nicht entscheiden kannst, darfst du auch in mein Stofflager gehen und dir den schönsten Stoff aussuchen, den du finden kannst. Für ein neues Kleid, das noch niemand kennt. Ich habe da einen wunderbaren Ballen rotes Tuch aus Flandern, vielleicht gefällt dir das.«

Das hörte Sophia durchaus nicht ungern.

»Oh, Liebster, ich danke dir sehr. Wann, sagtest du, fahren wir? In zehn Tagen? Dann muss ich mich aber schleunigst nach dem besten Schneider umsehen.« Und sie eilte davon, so schnell die Füße sie trugen.

Eckebrecht blieb zurück und atmete erleichtert auf. Er war noch einmal halbwegs davongekommen. Sie hätte ihn ja auch noch befragen können, welche Schuhe und welche Haube sie tragen sollte.

Er goss sich gerade einen Becher Würzwein ein und setzte sich behaglich an sein Pult, um eine Liste der Waren zusammenzustellen, die er nach Aachen mitnehmen wollte, da ging die Tür auf, und Frau Sophias strahlendes Gesicht schaute herein. »Ach, Liebster, was meinst du, welche meiner Hauben passt denn wohl zu deinem wunderschönen roten Stoff?«

Zum Glück gelang es Sophia, alle Kleiderfragen bis zur Abreise zu lösen, und so fuhren Eckebrecht, seine Frau, seine Kinder und auch die Enkel nach Aachen. Sie alle konnten bei Ostecha unterkommen, einer Schwester von Gunthers Frau Hadewigis, die einen Aachener Ritter geheiratet hatte und dort ein schönes großes Anwesen vor den Toren der Stadt bewohnte.

Die Erwachsenen schliefen im Haus, für die Jugend war in der Scheune Stroh aufgeschüttet und mit Laken bedeckt worden. Dort schliefen sie, von ihren Mänteln bedeckt, und das Geflüster und Gekicher ging bis zum Morgengrauen.

Eckebrecht hatte gute Plätze für seine Familie besorgt. Sie durften nicht mit in den Aachener Kaiserdom, aber von ihrem Standort aus konnten sie den Zug der Festgäste gut überblicken. Prächtig gekleidet und geschmückt standen sie da und trugen Umhänge über ihren Festkleidern, denn es war noch recht frisch. Frau Sophia hatte ihren Umhang zwar umgelegt, ließ ihn aber offen stehen, obwohl sie etwas fror. Man sollte ihr wundervolles rotes Gewand sehen.

Der Zug kündigte sich schon aus der Ferne an, denn zuerst kamen die Trommler und Pfeifer. Sie machten eine Menge Lärm, und ihre Melodien ließen die Füße der wartenden Menge zucken.

Dann folgte die hohe Geistlichkeit, zuerst der Kölner Erzbischof, der die Krönung vornehmen durfte, dann die Erzbischöfe von Mainz und Bremen und weitere hohe geistliche Herren.

Hinter den Klerikern kam der alte König Konrad, hoch zu Ross. Er war nun schon über fünfzig Jahre alt. Sein Haar trug er lang. Noch immer war es rot, daran konnte man die Staufer erkennen, mit nur ganz wenig Grau darin. Freundlich, wie es seine Art war, grüßte er nach rechts und links in die Menge, und viele Frauen seufzten beim Anblick des noch immer gut aussehenden Monarchen.

Man sprach im Volk gut über den König. Besonders beeindruckend war die Geschichte, wie er bei Weinsberg über Welf von Bayern gesiegt hatte, der nach dem frühen Tode Heinrichs des Stolzen die Rechte von dessen jungem Sohn Heinrich wahrnahm.

Die Stadt Weinsberg hatte König Konrad hartnäckigen Widerstand geleistet, und die führenden Männer dort mussten damit rechnen, vom König mit dem Tod bestraft zu werden. Da kam die Äbtissin aus Weinsberg zum König und bat um Schonung der Stadt und ihrer Einwohner. Der König schlug ihr diesen Wunsch ab, weil er recht erbittert über die Weinsberger war. Da die Äbtissin aber eine Jugendfreundin der Königin Gertrud war, gestattete er ihr und den übrigen Frauen, sie dürften die Stadt unbehelligt verlassen und darüber hinaus das, was ihnen am liebsten war, davontragen, ehe er Weinsberg zerstören wollte.

Darauf öffneten sich die Tore der Stadt, und ein merkwürdiger Zug schwankte hervor. Da kamen die Frauen von Weinsberg. Aber nicht Kleider und Schmuck schleppten sie davon, wie der König angenommen hatte, sondern sie hatten sich ihre Ehemänner, Brüder und Väter auf den Rücken geladen und keuchten unter dieser Last nun aufs mühsamste daher.

Die Ritter im Heer des Königs wollten sich ausschütten vor Lachen über diese seltsamen Gespanne von Reiter und Ross, aber der Kanzler ärgerte sich und kramte seine juristischen Kenntnisse hervor.

»Dies war die Meinung unseres hohen Herrn nicht!«, rief er aufgebracht. Aber König Konrad wischte sich die Lachtränen aus den Augen und sagte:

»Ein Wort ist ein Wort, und das gilt ganz besonders für ein Königswort. Wenn die Weiber von Weinsberg denn meinen, ihre Männer seien ihnen das Liebste, dann sollen sie sie behalten dürfen. An meinem Königswort soll niemand deuteln.«

Das war die Geschichte von Weinsberg, die man sich über den König erzählte, und das Volk liebte ihn dafür.

Es waren aber noch andere Geschichten über den Herrscher im Umlauf.

»Ich habe da heute eine sehr ungewöhnliche Geschichte über die Jugend des Königs erfahren«, hatte Eckebrecht noch am vergangenen Abend seiner Frau im Bett erzählt. Sie hatte sich in seinen Arm geschmiegt und ihn erwartungsvoll angesehen. Sie liebte Geschichten, und Klatschgeschichten liebte sie besonders.

»Denke dir: Der König hat sich mit sechzehn Jahren in Gerberga, eine Tochter des Böhmenherzogs, verliebt und sie entführt. Sie schenkte ihm im Laufe der Jahre fünf Bastardkinder, die Konrad alle zärtlich liebte. Auch als er sich mit der Tochter des Grafen von Comburg, seiner ersten Frau, vermählte, behielt er Gerberga heimlich als seine Geliebte, bis sie wenige Jahre später an einer Fehlgeburt starb. Erst jetzt beichtete Konrad seine Sünde, und die Kirchenstrafe war gewaltig, nicht nur weil er gesündigt hatte, sondern auch, weil er dies lange verheimlicht hatte, um ungehindert weiter sündigen zu können.«

Die Meinung seiner Untertanen über diese Liebesgeschichte war geteilt. Die Männer verurteilten ihn wegen seiner Bigamie, weil sie selbst sich das nicht leisten durften. Die meisten Frauen aber schwärmten den heißblütigen Liebhaber an.

Wenn Eckebrecht allerdings geglaubt hatte, seine Frau mit dieser Klatschgeschichte zu erfreuen, irrte er sehr. Sophia hatte in manchen Dingen ihre ganz eigene Meinung.

Sie bemerkte jetzt nur ganz trocken zu ihrem Mann: »Ob Gerberga so besonders glücklich dabei gewesen ist, wird man ja wohl nie erfahren, und auch Gertrud von Comburg hätte wohl Besseres verdient gehabt, als jahrelang hintergangen zu werden. Da lobe ich mir doch meinen lieben Eckebrecht, weil er mit einer einzigen Frau zufrieden ist, oder etwa nicht?«

Und wieder einmal hatte Eckebrecht gefunden, dass seine kleine Sophia im Grunde eine sehr kluge Frau war, die die Dinge in einem sehr klaren Licht zu sehen vermochte.

Keine Königin ritt nun mehr an König Konrads Seite. Im vorigen Jahr hatte er seine zweite Frau, die schöne Gertrud von Sulzbach, begraben müssen. Stattdessen ritt der junge Heinrich, der eigentlich Heinrich-Berengar hieß, neben dem Vater. Sein junges Gesicht war ernst und feierlich.

Sophia lächelte, als der junge Prinz vorbeiritt. Sie hatte ihn als Zweijährigen an der Seite seiner Mutter zu deren

Krönung in Köln laufen sehen. Damals hatte er noch gelacht aus Freude über die jubelnde Menschenmenge.

Dem Herrscher und seinem Sohn folgten die höchsten Reichsfürsten. Auch der Welfe Heinrich von Sachsen war dabei, der früh verwaiste Sohn Heinrichs des Stolzen. Der König hatte ihm im Jahr 1142 das Herzogtum seiner Mutter zurückgegeben, um Frieden mit dem welfischen Haus zu schließen. Heinrich war etwa achtzehn Jahre alt, von gedrungener Gestalt und mit schwarzen Locken. Man begann ihn schon »den Löwen« zu nennen. Bayern aber hatte er nicht erhalten, das hatte König Konrad seinem eigenen Halbbruder gegeben.

Die kleine Liveradis begann zu schluchzen, weil sie nicht genug sehen konnte. Rasch hob Fordolf sein Kind auf und setzte es auf seine Schultern, gerade in dem Augenblick, als der Prinz vorbeiritt. Zufällig wandte er den Kopf und sah ihr, die auf den Schultern des Vaters fast in seiner Höhe saß, gerade in die Augen. Das Mädchen wurde ganz starr vor Begeisterung. Noch lange rief sie sich diesen Blick in ihr Gedächtnis zurück.

Nachdem der junge Prinz die Krone empfangen hatte, stürzte sich nach den Feierlichkeiten alles in das rauschende Fest, das die Stadt Aachen zu diesem Anlass gab. Eckebrecht und Fordolf trafen sich noch rasch mit einigen Aachener Handelsherren, die ihnen gut bekannt waren, und machten die eine oder andere Warenlieferung aus. Geschäft ist Geschäft. Dann begaben auch sie sich frohgemut zum Fest.

Während für die königliche Familie und die Fürsten ein Festmahl in der Kaiserpfalz stattfand, waren nach dem Auszug der Krönungsteilnehmer aus dem Dom auf dem Platz davor Tische und Bänke aufgestellt worden, wo die weniger bedeutenden Gäste Platz nahmen. Gunther brachte hier seine Mutter und die übrigen Familienangehörigen unter. Noch immer musizierten die Spielleute, und Gaukler zeigten auf kleinstem Raum ihre Kunststücke und heischten dafür kleine Münzen. In den anschließenden Gassen drängte sich das Volk, das keinen Anspruch auf einen Sitzplatz hatte; aber auch die einfachen Männer und Frauen bis hinunter zu den Bettelleuten wussten, dass selbst sie nicht hungrig oder durstig vom Feste gehen würden.

Johannes war inzwischen sehr aufgeregt. Er hatte, ein paar Tische weiter, seine angebetete Gertrudis erspäht und sich vorgenommen, bei der ersten sich bietenden Gelegenheit zu ihrem Tisch vorzudringen und sich dort niederzulassen, koste es, was es wolle. Aber zunächst gebot es die Höflichkeit, bei seiner Familie zu bleiben, bis Vater und Bruder von ihren Verhandlungen zurückgekehrt waren, um Gunther nicht die alleinige Obsorge für die große Familie zu überlassen.

Dies dauerte eine ganze Weile, und Johannes rutschte so unruhig auf seinem Platz auf der Bank hin und her, dass seine Mutter ihn fragend anschaute. Sie sah, wohin die Blicke ihres Sohnes gingen, und begriff sofort. »Du kannst ruhig schon einmal hinübergehen, mein Junge«, meinte sie. »Du brauchst nicht auf deinen Vater zu warten.«

Erleichtert und ertappt grinste der junge Mann und versuchte, sich durch die Menge zu quetschen. Das war gar nicht einfach, denn die Bänke standen ganz eng beieinander, Knechte und Mägde hasteten mit vollen Platten, Schüsseln und Kannen herum und schimpften, wenn ihnen jemand in die Quere kam. Sophias Augen folgten ihrem jüngsten Sohn mit zärtlichem Blick.

Mit Mühe gelang es Johannes endlich, sich zum Tisch des Kaufmanns Otto durchzudrängeln. Dessen Frau Odierna hatte wohl gerade etwas Lustiges erzählt, denn die ganze Tischgesellschaft brach in schallendes Gelächter aus. Johannes hatte nur Augen für die schöne Gertrudis, die den Kopf zurückwarf und ebenso herzhaft lachte wie alle anderen.

Aber dann merkte er, dass ihr Blick auf dem jungen Mann ruhte, der dicht neben ihr auf der schmalen Bank saß. Johannes blieb wie erstarrt stehen, und alle Freude war blitzartig wie weggewischt.

Frau Odierna bemerkte Johannes zuerst. Sie zögerte einen ganz kleinen Augenblick, aber da sie eine höfliche Frau war, lud sie ihn ein, sich zu ihnen zu setzen. Der junge Kaufmann machte Anstalten, sich zwischen Gertrudis und den Mann zu setzen, in dem er inzwischen Vogelo, den Sohn des Kölner Kaufmanns Anselm, erkannt hatte, einen Verwandten seiner Schwägerin Engilradis. Aber Frau Odierna wies ihn so bestimmt auf den Platz zwischen ihren jungen Söhnen Waldever und Hildeger, dass Johannes sich nicht zu widersetzen wagte.

Dort saß er nun, bekam reichlich zu essen und zu trinken vorgelegt, brachte aber keinen Bissen hinunter, während er mit den Augen Gertrudis verschlang, die weiter fröhlich mit Vogelo schäkerte und Johannes keinen Blick gönnte. In seiner Aufregung schüttete dieser rasch hintereinander mehrere Becher Bier und Wein hinunter. Waldever und Hildeger, beides noch Kinder, vermochten seine Aufmerksamkeit in keiner Weise abzulenken.

Johannes war ratlos, aber auch wütend. Diese verschleierten Augen, deren rätselhaften Blick zu deuten er sich so sehr bemüht hatte, strahlten den schönen Vogelo unbefangen an, und Gertrudis schien jedes Wort zu gefallen, das aus dessen Mund kam. Voller Neid nahm Johannes wahr, wie gut der hochgewachsene Vogelo mit den ausdrucksvollen Gesichtszügen aussah. Er selbst hatte die kleine Gestalt seiner Mutter Sophia geerbt. Auch sein Gesicht war hübsch, frisch und angenehm anzusehen, aber mit Vogelo konnte er doch nicht mithalten.

Johannes' Herz klopfte wie rasend vor Eifersucht, und er fing an, sich mit spöttischen Bemerkungen in das Gespräch zwischen Vogelo und Gertrudis zu mischen. Das war gar nicht so einfach, denn Gertrudis hatte sich zu Vogelo gewandt, sodass Johannes zu ihrem Rücken hin redete, und dann saß zwischen ihnen auch noch der kleine Waldever, der laut ein fröhliches Trinklied sang, das er den Erwachsenen abgelauscht hatte.

Johannes' spöttische Bemerkungen wurden also an der gewünschten Stelle kaum vernommen und nicht beachtet.

Es schlug dem Fass den Boden aus, als Vogelo dann die Schöne um eine Blume bat, die sie in ihr Haar gesteckt hatte. Gertrudis wehrte ihn lachend ab, denn um diese Jahreszeit waren Blumen noch sehr rar, und sie hatte lange danach am frühen Morgen suchen müssen. Außerdem wollte sie nicht, dass Vogelo ihr die kunstvoll auf dem Kopf zusammengesteckten rotbraunen Flechten durcheinander brachte.

Vogelo meinte wohl, dass dies nur ein Scheingefecht sei, und versuchte, ihr die Blume gegen ihren halbherzigen Widerstand aus dem Haar zu zupfen. Das war zu viel für Johannes. Wie roter Nebel schlug die Eifersucht über ihm zusammen. Er stand auf, brüllte: »Lass sie in Ruhe, du dummer Narr!«, ergriff in seinem Zorn die vor ihm stehende Weinkanne und schmetterte sie Vogelo gegen den Kopf.

Mit einem lauten Stöhnen sank dieser auf der Bank zusammen, Blut rann über sein Gesicht. Jäh ernüchterte Johannes. Während der Kaufmann Otto, Frau Odierna und deren Kinder ihn in fassungslosem Entsetzen anstarrten, sprang der junge Mann über die nächste Bank und verschwand, rücksichtslos drängelnd, in der Menge.

Gertrudis sah das Blut über Vogelos Gesicht rinnen und brach in einen lang anhaltenden Schrei aus.

Frau Sophia hatte, in mütterlicher Neugier, die ganze Zeit über mehrere Sitzbänke hinweg nach ihrem Sohn gespäht. Ihre Augen waren noch sehr scharf. Wegen ihrer geringen

Körpergröße war sie aufgestanden, weil sie sonst nicht über die Köpfe der Menschen zwischen ihr und Johannes hätte blicken können. Ihr Mann und Fordolf waren inzwischen eingetroffen, und Eckebrecht neckte seine Frau gutmütig wegen ihrer Neugier.

Sie hatte natürlich nichts von den spöttischen Worten ihres Sohnes vernehmen können, aber sie hatte gesehen, dass er nicht an der Seite des von ihm so heiß verehrten jungen Mädchens gesessen hatte und dass diese sich ihm auch nicht zugewandt hatte. Vogelo war durch einen hochgewachsenen Mann von ihrem Blickpunkt aus verdeckt, sie hatte also nicht herausgefunden, wer die Aufmerksamkeit von Gertrudis auf sich gezogen hatte. Sie hatte aber gesehen, wie ihr Sohn die schwere Weinkanne gehoben, damit zugeschlagen hatte und geflohen war. Entsetzt schlug sie die Hände vor den Mund, als Gertrudis' lauter Schrei über den Lärm der tafelnden Menge zu ihr drang.

Eckebrecht fuhr herum. Sophia war kreideweiß geworden. »Schnell, Johannes hat irgendetwas Schreckliches getan«, flüsterte sie ihm ins Ohr. »Du musst dich um ihn kümmern. In diese Richtung habe ich ihn fliehen sehen!« Rasch befahl Eckebrecht Fordolf, dem Bruder zu folgen, und Gunther, auf die Familie aufzupassen, während er selbst sich zu dem Tisch des Herrn Otto begab. Gertrudis schrie und weinte noch immer, als er dort angelangt war. Sie hielt den Kopf des Verletzten in ihren Armen, und Blut lief von dessen Stirn über ihre Arme und ihr Kleid.

»Mein Gott, das ist ja Vogelo! Ich bin gekommen, um zu helfen«, sagte er zu Otto und Odierna.

Gertrudis fuhr zu ihm herum. »Helfen? Euer Sohn hat Vogelo ermordet, er hat ihn mit einer Weinkanne erschlagen«, schrie sie.

Eckebrecht schob ein Augenlid Vogelos in die Höhe. »Dem Himmel sei Dank, er lebt«, murmelte er. Vorsichtig befühlte er den Kopf des jungen Mannes. Dieser stöhnte und öffnete die Augen, was seltsamerweise bei Gertrudis einen erneuten Tränenstrom auslöste.

»Ich hoffe, dass sein Schädel nicht verletzt ist. Das viele Blut kommt von einer Platzwunde, wie mir scheint«, sagte Eckebrecht. Vogelo setzte sich vorsichtig auf und hielt sich ächzend den Kopf.

»Wir werden dir jede Genugtuung leisten, Vogelo. Einstweilen bitte ich dich von Herzen um Vergebung für meinen Sohn. Kannst du mir sagen, wo ich deine Eltern finde?«

Vogelo bemühte sich, Eckebrecht anzusehen. Vor seinen Augen tanzten Wirbel, aber allmählich erkannte er das wohlvertraute Gesicht des alten Ratsherrn. Er blickte suchend über die Menge, wobei ihm schwindlig wurde; dann deutete er matt mit der Hand in eine Richtung.

Eckebrecht machte sich zu Vogelos Eltern auf, seinem Ratskollegen Herrn Anselm und dessen Frau. Er teilte ihnen die böse Nachricht mit, entschuldigte sich auch hier für Johannes und bot jede Geldbuße in einer Höhe, die Herr Anselm für angemessen halten würde.

Fordolf hatte mit großer Erleichterung wahrgenommen, dass Vogelo lebte. Sein Bruder Johannes war längst in der Menschenmenge entschwunden. Und niemand wusste, wohin er sich gewandt haben mochte. Er kehrte um und holte sich aus Ostechas Stall ein Pferd. Die Richtung, in die sein Bruder geflohen war, deutete nach Burtscheid, und dort war eine Abtei, in der Ostechas Schwager als Prior lebte.

Fordolf kam bei der Abtei an, als gerade das Glöckchen zum Angelus läutete. Er zog an der Glocke, und der Bruder Pförtner öffnete ihm. Fordolf fragte, ob sein Bruder Johannes in der Abtei sei. Der Mönch nickte und führte ihn schweigend in die Zelle des Priors. Es dauerte eine Weile, bis dieser vom Abendgebet zurückkehrte. Fordolf hatte ihn bei der Hochzeit seines Bruders Gunther kennen gelernt, die beiden Männer umarmten sich.

»Ist Vogelo tot?«, fragte der Prior.

»Nein, Gott sei gelobt, er lebt«, berichtete Fordolf. Der Prior atmete auf.

»Gott sei gelobt«, sagte auch er. »Johannes ist fest davon überzeugt, er hätte Vogelo getötet. Nun, der Schrecken wird ihn vielleicht von seinem unüberlegten Jähzorn heilen. Komm mit.«

Fordolf folgte dem Prior in die Kapelle. Die Mönche hatten den Raum nach ihrem Gebet bereits verlassen. Vor dem Altar lag eine Gestalt, auf den kalten Steinboden hingestreckt. Halblautes Beten war zu hören, von Schluchzen unterbrochen.

Fordolf rief seinen Bruder an. Es dauerte eine Weile, bis dieser aus der tiefen Versunkenheit seines Gebetes auftauchte. Johannes stürzte tränenüberströmt in die Arme des Bruders.

»Ach, Fordolf, mir ist etwas Schreckliches geschehen: Ich bin zum Mörder geworden. Wäre ich doch nie zu diesem Krönungsfest gegangen! Als ich Gertrudis mit Vogelo sah …«

Fordolf unterbrach den jüngeren Bruder und sagte streng: »Du hast mehr Glück gehabt, als du verdienst. Vogelo lebt, und wir können nur hoffen, dass er keinen dauernden Schaden davonträgt. Bist du toll geworden? Wie kannst du nur eine schwere Kanne auf den Kopf eines Menschen schlagen?«

Johannes atmete tief durch. »Er lebt? Gott sei Dank. Das habe ich nicht für möglich gehalten. Ja, Bruder, ich bin toll geworden, toll vor Eifersucht auf Vogelo. Nun dachte ich, ich hätte sein Leben ausgelöscht und meines damit vernichtet … Ja, und das von Gertrudis wohl auch. Ich wollte doch so gern glauben, dass sie mich zum Mann nehmen würde. Wie soll ich das nun wieder gutmachen?«

»Vorher denken, Bruder, und dann am besten aufs Zuschlagen ganz verzichten. Unser Vater bemüht sich gerade darum, das Unheil, das du da angerichtet hast, wieder in Ordnung zu bringen, soweit das möglich ist. Bleib heute Nacht hier, wenn die Gastfreundschaft der Abtei das gestattet, und komm erst morgen nach Aachen zurück, dann haben die Gemüter sich schon etwas beruhigt. Dann ist immer noch Zeit, dass du deinen Teil zur Wiedergutmachung beiträgst.«

Eckebrecht vereinbarte mit Herrn Anselm die Zahlung einer beträchtlichen Summe als Entschädigung. Als Johannes am nächsten Tag in tiefer Reue erschien, ging es Vogelo schon bedeutend besser, und er war geneigt, die demütige Entschuldigung von Johannes anzunehmen. Dazu trug wohl bei, dass Gertrudis an seinem Lager saß und mit viel Geduld kalte Tücher auf seiner Stirn erneuerte, Binden frisch wickelte und im Übrigen seine Hand hielt und in seine Augen schaute.

Auch in die Aachener Stadtkasse hatte Eckebrecht für seinen Sohn eine ordentliche Summe als Strafe für den Bruch des Festfriedens zu zahlen. Das hatte er aber an den guten Geschäften anlässlich dieses Festes schon wieder verdient.

Ueber den höchst aufregenden Ereignissen, die Köln bevorstanden, geriet Johannes unerfreuliche Tat recht bald in Vergessenheit. Den zündenden Predigten des Bernhard von Clairvaux hatte sich auch König Konrad nicht verschließen können. Er rüstete zu einem Zug ins Heilige Land mit dreißigtausend Rittern. Doppelt so viele Pilger und Abenteurer schlossen sich an. Im Mai wollte er über Konstantinopel, wo seine Schwägerin Bertha von Sulzbach als Kaiserin lebte, nach Kleinasien aufbrechen.

Auch die Kölner entdeckten ihre kriegerische Ader. In mehreren Ratssitzungen wurde heiß darüber gestritten, wie und in welchem Umfang sie sich an Konrads Kreuzzug beteiligen wollten.

Eckebrecht hatte sich gründlich mit seinen Söhnen beraten. Er hatte andere Pläne, als ins Heilige Land zu ziehen. Aber es war ihm lieber, seine Gedanken nicht selbst im Rat vorzutragen, denn auch ein halbes Jahrhundert nach seiner Taufe hielt er es für möglich, dass man dem früheren Juden misstrauen würde, wenn es sich um Heiden handelte.

Darum ergriff zunächst Fordolf an seiner Stelle in der Sitzung des Rats das Wort. »Was drängt euch denn nach Konstantinopel?«, fragte er. »Juckt es euch so sehr, es den Rittern des Erzbischofs gleich zu tun, die schon alle ihre Waffen putzen?«

Seine Ratskollegen schauten ihn verwundert an.

»Willst du etwa nicht ins Heilige Land ziehen?«, rief Walthelm von der Aducht.

»Nein«, sagte Fordolf bedächtig, »weil ich weiß, wie weit der Weg ist, wie grausam der Feind und wie ungewiss der Erfolg. Und weil ich gehört habe, wie es den Söhnen unserer Stadt ergangen ist, die vor fünfzig Jahren mit Peter von Amiens ausgezogen sind. Unser Knecht Gerhard ist heimgekommen, nicht aber die Söhne meines Großvaters Wolbero. Ist auch nur einer in euren Familien, der heil und reich aus Jerusalem zurückkam?«

»Mein Bruder Anselm starb vor Antiochia«, sagte der Kaufmann Vogelo.

»Mein Vater brachte Schmuck aus dem Heiligen Land mit. Freilich verlor er auch eine Hand und ein Auge bei der Eroberung von Jerusalem«, rief der Tuchhändler Regenzo.

»Und was hat seine Ausrüstung für die Reise gekostet?«, erkundigte sich Fordolf.

Regenzo zuckte mit den Schultern.

»Sicher drei Mal so viel, wie der Schmuck wert war«, gab er zu.

»Und wer kehrte mit Gewinn zurück?«, fragte Fordolf noch einmal. Aber es war keiner unter den Ratsherren, der jemanden nennen konnte.

»Ich wüsste da etwas«, sagte nun Eckebrecht. Die Köpfe der Ratsherren wandten sich ihm zu.

»Ich habe erfahren, dass der spanische König den Mauren ihre Stadt Lissabon abnehmen möchte, aber weder sein Heer noch seine Flotte reichen dazu aus. Er hat den deutschen und den französischen König um Unterstützung gebeten, aber die rüsten beide zum Aufbruch ins Heilige Land. Da dachte ich, unsere Schiffe sind doch zum größten Teil hier, und wir könnten ihm bei der Eroberung helfen. Er hat eine hübsche Summe dafür geboten. Ich weiß es, weil mein Sohn Gunther gerade von einer Reise nach Spanien heimgekehrt ist.«

Heinrich Hastator wollte Eckebrecht widersprechen, da fügte dieser listig hinzu:

»Wie ich höre, sind die Kaufleute von London mit dabei. Es wäre doch schade, wenn sie das Geschäft allein machten.«

Das überzeugte die Mehrzahl der Kaufleute.

»Übrigens sind die Bewohner von Lissabon Sarazenen. Wenn wir dem spanischen König also helfen, ihnen diese Stadt abzunehmen, dann verhelfen wir auch dem Christentum zum Sieg, ganz im Sinne der Kreuzfahrer«, sagte Fordolf.

»Aber mit wesentlich geringeren Kosten«, sagte Eckebrecht, und der Waffenschmied Heinrich Hastator fügte hinzu:

»Und mit weitaus mehr Aussicht auf Gewinn!«

»Und zwar ganz besonders für dich, du Schwertmacher!«, rief Regenzo.

Mochten sich im Heiligen Land der deutsche und der französische König mit den Heiden herumschlagen: Die Kölner Kaufleute witterten in Portugal bessere Geschäfte.

Als gute Kaufleute und Familienväter machten sie also brav ihr Vermächtnis zugunsten ihrer Ehefrauen, Kinder oder Geschwister, gültig nur, falls sie nicht zurückkehren sollten. Als gute Christen vermachten sie der Kirche Legate für ihr Seelenheil, ebenfalls nur gültig, falls sie nicht zurückkehren sollten.

Sophia weinte bitterlich, als Eckebrecht ihr den halben Besitz für den Fall seines Todes überschrieb, die andere Hälfte sollte dann Fordolf oder, falls auch dieser nicht heimkehrte, dessen Frau Engilradis erhalten.

»Was soll ich mit all dem, wenn du nicht heimkommst?«, fragte sie unter Tränenströmen. Er zog sie an sich und küsste ihr rundes Kindergesicht.

»Du bist dann eine reiche Witwe und kannst dir jeden Mann aussuchen, den du willst«, sagte er zu ihr und lachte aufmunternd.

Aber sie fand das nicht im Geringsten komisch. »Bei jeder Geschäftsfahrt musste ich damit rechnen, dass dir irgendetwas zustößt, und ich habe nie von meinen Ängsten gesprochen, denn so ist nun einmal das Leben der Kaufleute«, klagte sie. »Aber dass du in deinem Alter jetzt noch anfängst, auf Kriegsfahrten zu gehen, ist doch wirklich die Höhe. Warum bleibst du nicht zu Hause, wo du hingehörst, und machst hinterher nur die Abrechnung?«

Jedoch hätte Eckebrecht nichts von diesem Abenteuer abhalten können.

Schiffe wurden hergerichtet, Planken mit Teer abgedichtet, neu gewebte Segel aufgezogen, Lebensmittel verstaut, Waffen sorgfältigst überprüft, Tonnen, Kisten und andere

Behälter zum Aufnehmen der erhofften Beute in den Laderäumen festgezurrt.

Eckebrecht ließ sich diese Fahrt nicht nehmen, ebenso wenig Fordolf. Johannes sollte mitkommen, so hatte der Vater es bestimmt. Also musste Gunther zu Hause bleiben, denn Eckebrecht bestand darauf, dass niemals alle Männer der Familie sich gleichzeitig der Gefahr aussetzen durften, fern der Heimat das Leben zu verlieren.

Am 27. April 1147 setzte die Flotte in Köln die Segel. Sie richteten den Bug nach Norden, vereinten sich in England mit weiteren zweihundert Schiffen und stachen in See Richtung Lissabon. Bei günstigsten Windverhältnissen kamen sie am Vorabend des Festes Peter und Paul im letzten Abendlicht dort an.

In der Stadt erhob sich große Unruhe, als die Sarazenen die große Flotte auf dem Meer erblickten. Die ganze Nacht wurde fieberhaft an der Gegenwehr gearbeitet, hunderte von Fackeln flammten durch das Dunkel und spiegelten sich in den Wellen des Meeres. Von den Schiffen aus gesehen war dies ein traumhaft schöner Anblick.

Am 1. Juli eroberte das christliche Heer die Vorstädte von Lissabon. Die Krieger zogen einen dichten Ring um die Stadt und belagerten sie in der Hoffnung, sie aushungern zu können. Drei Monate später wurden in der Stadt selbst Ratten schon zu Höchstpreisen gehandelt, und die Sarazenen hatten keine Hoffnung mehr, die Stadt weiter gegen die Christen verteidigen zu können. Ein Vertrag wurde ausgehandelt, bevor der Hunger in der Stadt zu viele Menschenleben forderte.

Als passenden Tag dafür wählten die Sarazenen, ritterlich und höflich, das Fest der Elftausend Jungfrauen, da sie davon ausgingen, die Kölner würden sich darüber freuen, den Vertrag am Gedenktag ihrer Stadtpatroninnen zu schließen.

Es wurde nun vertraglich festgelegt, dass Stadt und Land Lissabon an den König von Spanien fallen sollten. Als Kriegsentschädigung für die Kreuzfahrer wurde eine Summe berechnet, die die Kriegskosten reichlich deckte und einen ordentlichen Gewinn dazu in die christlichen Taschen lenkte.

Die Sarazenen fragten höflich, wieso sie eine Kriegsentschädigung zu zahlen hätten, da sie doch überfallen worden waren. Aber die Christen zuckten mit den Schultern und sagten bedauernd: »Vae victis! Wehe den Besiegten!« Und der Anführer der Sarazenen, ein gebildeter Mann, der fließend die lateinische Sprache beherrschte, sah dieses Argument ein.

Als die Hauptleute von den Verhandlungen zurückkehrten und den Kölner Kaufleuten die Ergebnisse bekannt machten, herrschte allgemeine Freude und Zufriedenheit. Eckebrecht stand am Bug seines Schiffes, seine weißen Haare wehten im Seewind. Nachdem er rasch im Kopf den Erlös für seinen Anteil überschlagen hatte, bemerkte er, dass sie bei ihrer genauen Rechnungslegung an die Sarazenen übersehen hatten, dass ja auch der spanische König ein weiteres hübsches Sümmchen an sie für die Vergrößerung seines Reiches bezahlte.

Das erhöhte natürlich den Gewinn beträchtlich. Und weil sie nun in der ungeplünderten Stadt keine Beute in Sachwerten gemacht und doch dafür reichlich Platz in ihren Schiffen war, legten die Kölner ihr soeben ausbezahltes Geld sachverständig in Waren aus Lissabon an, um damit zu Hause noch einmal gute Geschäfte zu machen. Eckebrechts Söhne Fordolf und Johannes waren drei Tage lang von früh bis spät auf den Beinen, um erstklassige und seltene Dinge bei den eben Besiegten einzukaufen: feinste Lederwaren und Goldschmiedearbeiten, aufwendig gearbeitete und ziselierte Dolche für den täglichen Gebrauch, Gewürze und Stoffe.

Dann segelten sie zufrieden und sehr bereichert Richtung Köln.

Der Kreuzzug im Heiligen Land, an dem die Kölner nicht teilgenommen hatten, dauerte noch bis zum Jahr 1149. Vier Fünftel von König Konrads stolzem Heer wurden in den kleinasiatischen Wüsten begraben oder auch nicht begraben, gestorben an Hunger, Krankheit und in Kämpfen mit den Türken. Der König wurde durch Krankheit gezwungen, nach Konstantinopel zurückzukehren. Er machte noch einen zweiten Anlauf, fuhr mit dem Schiff nach Palästina, zog mit König Ludwig VII. von Frankreich gegen Damaskus und hatte wieder keinen Erfolg. Als gebrochener Mann kehrte er zurück, den größten Teil seiner Krieger und seines Vermögens hatte er verloren. Vierundzwanzigtausend Väter, Söhne, Brüder fehlten ihren verwaisten Familien.

Da war es den Kölnern besser gegangen. Freilich, bei ihnen hatten nicht die Ritter das Wort geführt, sondern die Kaufleute.

Es war einer von diesen ganz warmen Frühjahrstagen im April 1150. Die Sonne hatte die letzten Schneereste aufgeleckt, nur unter dem Apfelbaum in Eckebrechts Garten lagen noch weiße Krusten, durchlöchert von den blanken Tropfen, die von den Zweigen herabgefallen waren.

Jetzt am Nachmittag war es schon so warm, dass man gut im Freien sitzen konnte. In dem kleinen Garten des Hauses Unter Goldschmied saßen Sophia und Hadewigis zusammen und nähten. Es war Sonntag, darum hatte Frau Hadewigis heute nichts im Geschäft verloren. Vor ihnen stand ein

Brett mit Kuchenstücken, ein großer Krug Wasser und eine kleine Kanne Wein, sodass die Frauen sich von Zeit zu Zeit etwas stärken konnten.

»Du arbeitest sowieso viel zu viel in deinem Geschäft, meine Liebe«, bemerkte Sophia mit sorgenvoller Miene. »Jetzt musst du dich doch wirklich schonen!«

Hadewigis lächelte nur. Jetzt, obwohl sie vergangenes Jahr ihren vierzigsten Geburtstag gefeiert hatte und schon seit zehn Jahren Gunthers Frau war, war sie endlich gesegneten Leibes. Sie sah blühender und schöner aus denn je. Ihre Haut schimmerte weich, und ihre braunen Augen strahlten. Die glatten braunen Haare trug sie in der Mitte gescheitelt und am Hinterkopf zu einem dicken Knoten geschlungen. Die Frauenhaube hatte sie in der Einsamkeit des Gartens neben sich auf die Decke gelegt, auf der ihr Sohn Hildebrand saß. Er war zwar schon siebzehn Jahre alt, hatte aber nur die Größe eines Zehnjährigen. Da er nie richtig laufen gelernt hatte und über den Boden krabbelte, musste Hadewigis darauf achten, dass er sich dabei nicht erkältete.

»Ach, Sophia, du machst dir unnütze Sorgen. Du siehst doch, es geht mir ausgezeichnet. Es reicht mir, dass Gunther mich wie ein rohes Ei behandelt. Er ist völlig närrisch, seit er weiß, dass wir jetzt auf unsere alten Tage doch noch Eltern werden.«

Sie wandte sich ihrem Sohn zu, der etwas Undeutliches von sich gegeben hatte. Aber seine Mutter verstand, was er meinte, holte einen hölzernen Becher und gab ihm ein paar Schlucke Wasser zu trinken. Er strahlte sie an, drückte sein Gesicht zärtlich gegen ihr Bein und spielte dann mit ein paar Holzstückchen, die sie in seine Reichweite gelegt hatte.

»Nie hätte ich gedacht, dass Gott ihn mir so lange lässt«, sagte Hadewigis zu Sophia. »Die Ärzte meinten, nachdem er als Säugling so schwer erkrankt war, er könne das Kleinkindalter nicht überleben. Du glaubst gar nicht, wie oft ich schon wegen des kranken Kindes bemitleidet wurde. Dabei ist er so lieb, und seine Pflege macht mir nicht zu viel Mühe. Ich bin froh und dankbar, dass ich ihn habe.«

Sie schwieg eine Weile und sah dem Jungen zu, während ihre Hände weiter an einem winzigen Hemdchen stichelten. Sophia legte eine frisch gesäumte Windel auf den Stapel, den sie schon fertig hatte, und nahm sich die nächste vor. Mit ihrem glatten, fröhlichen Kindergesicht sah sie trotz ihrer fünfundfünfzig Jahre nicht älter aus als die Schwiegertochter.

»Aber dass ich jetzt nach all den Jahren, in denen wir vergeblich gehofft haben, noch einmal ein Kind in den Armen halten soll, macht mich so glücklich, dass ich den ganzen Tag singen könnte«, fuhr Hadewigis fort. Sie stand auf und zog Hildebrand eine Joppe über, denn gerade zog eine Wolke über die Frühjahrssonne, und es wurde sofort merklich kälter.

»Mein erstes Enkelkind, wenn ich die vier Kinder von Fordolf nicht mitrechne, die ich eigentlich auch als meine Enkel ansehe«, sagte Sophia. »Ich bin auch sehr glücklich, und darum singe ich jetzt sofort mit dir!« Und sie stimmte ein Lied an, das sie an den Winterabenden beim Spinnen gern sangen. Hadewigis fiel ein, und ihre klare Altstimme passte gut zu Sophias hellem Sopran.

»Was für eine fröhliche Gesellschaft«, sagte eine Stimme vom Haus her. In der Tür stand Eckebrecht und grüßte die beiden Frauen mit einer so übertrieben höfischen Verbeugung, dass die beiden lachen mussten.

Er nahm neben ihnen Platz und ließ sich zufrieden von der Sonne bescheinen, die gerade wieder aus den Wolken auftauchte. Hadewigis stand auf und brachte ihm ein Stück Kuchen sowie einen Becher, in dem sie den Wein viel großzügiger dem Wasser beimischte, als sie und Sophia es genossen hatten.

»Habt ihr schon das Neueste gehört? Unser Erzbischof ist vom Papst abgesetzt worden«, teilte er den Frauen mit.

Die beiden Frauen sahen ihn entgeistert an, vergessen war die fleißige Handarbeit.

»Und da sitzt du da ganz seelenruhig und zufrieden in der Sonne?«, fragte Sophia entgeistert.

Eckebrecht lächelte schadenfroh.

»Meine Liebe, mich regt das überhaupt nicht auf. Du darfst mir ruhig ein wenig Häme gönnen, nachdem unser hoher Herr mich mit meinen Ratsfreunden grundlos in den Kerker geworfen hat und sich keine Gelegenheit entgehen lässt, uns zu schröpfen und unser Geld dann für albernen Tand hinauszuwerfen. Ich habe gehört, man hat ihn letzten Monat auf dem Konzil in Reims der Simonie angeklagt und auch, dass er sein Amt so lässig führt. Es geschieht ihm ganz recht.«

Und da Sophia ihn verständnislos anschaute, erklärte er: »Er hat verschiedene Ämter und Pfründen verkauft, statt sie mit dem besten Geistlichen zu besetzen, wie es seine Pflicht wäre. Außerdem ist er auf dem Konzil nicht erschienen, weil er wieder einmal Wichtigeres zu tun hatte. Aber falls ihr glaubt, das Wichtigere seien etwa politische Geschäfte gewesen, wo doch König Konrad im Heiligen Land ist – o nein, meine Lieben, weit gefehlt. Er hatte Besuch von seinem Bruder, ging mit diesem zur Jagd und unternahm eine Lustfahrt auf dem Rhein, da blieb natürlich keine Zeit für anderes. Das ist dem Papst zu Ohren gekommen, und weil Arnold sich auch noch wegen angeblicher Krankheit für sein Fernbleiben in Reims entschuldigt hat, ist Papst Eugen der Kragen geplatzt, und er hat ihn abgesetzt. Nun hat der Erzbischof alle Gelder zusammengekratzt, die er erwischen konnte, und ist schleunigst nach Rom abgereist, um dort Mitglieder der Kurie zu bestechen, damit seine Entmachtung rückgängig gemacht wird.«

Eckebrecht schlug gemächlich ein Bein über das andere und drehte sein Gesicht noch etwas mehr zur Sonne.

»Natürlich hat er auch versucht, uns Bürgern wieder in die Tasche zu greifen. Aber wir sind eisenhart geblieben. So weit kommt es noch, dass wir dafür aufkommen, dass er sein Amt so schlecht versieht!«

»Aber kann das nicht auch für uns irgendwelche schlimmen Folgen haben?«, fragte Sophia ängstlich.

»Ach, nein, überhaupt nicht. Es ist ja kein Bann über die Stadt verhängt worden, das wäre freilich schlimm, denn wir wollen ja bald eine Taufe feiern, Gott sei gelobt.« Und sein Blick ruhte auf der Schwiegertochter mit ihrem dicken Leib.

»Und falls Arnold sein Amt nicht wieder erhält und der Papst einen anderen Erzbischof einsetzt, wäre ich auch nicht traurig. Schlimmer geht's nimmer als mit diesem. Vielleicht bekämen wir zur Abwechslung ja einmal wieder einen, der ein so herzhafter Mann ist, wie Hermann von Hochstaden es war.«

»Eckebrecht, das ist ja Jahrhunderte her!«, rief Sophia.

»Aber nein, meine Liebe, doch nicht Jahrhunderte. Hermann war Erzbischof, als damals die Juden erschlagen wurden und mit ihnen meine Eltern. Aber er trug keine Schuld daran. Von Wolbero hörte ich, dass Hermann ein gerechter Mann war und seinem Kaiser treu ergeben. Er hat die Geschäfte des Erzbistums gut geführt und auch die Kölner Kaufleute und ihre Arbeit geachtet und sich ihrer Kenntnisse bedient, wenn es nötig war. Ja, damals mussten wir uns nicht gegen unseren eigenen Erzbischof wehren. Du weißt das natürlich nicht, denn du warst ja noch ein Säugling.«

»Aber du, du weißt es natürlich ganz genau? Ich glaube, du warst damals auch noch ein kleiner Junge, denn du bist ja nicht einmal zehn Jahre älter als ich!«, schmollte Sophia.

Eckebrecht lachte seine Frau liebevoll an.

»Natürlich weiß ich es nicht aus eigener Kenntnis, sondern aus den Erzählungen von Wolbero, da hast du ganz Recht.«

»Was hat es denn mit diesem Erzbischof Hermann auf sich, zu dessen Zeiten ich ein Säugling war und du ein allwissender Zehnjähriger?«

»Ich meine nur, so ein tüchtiger, rechtschaffener Mann wie Erzbischof Hermann ist auch Arnold von Wied, ihr wisst schon, er war hier Domprobst, bevor König Konrad ihn im gleichen Jahr zum Reichskanzler machte, als unser Erzbischof Arnold sein Amt antrat. Konrad wird schon gewusst haben, warum er das Amt des Kanzlers einem anderen Mann gab, obwohl es früher doch fast immer dem Kölner Erzbischof zustand.«

»Schwiegervater, es ist wirklich höchst lästig, dass seit Jahrzehnten ständig Hader und Zwist zwischen dem Erzbischof und den Bürgern von Köln herrscht«, sagte Hadewigis. »Gerade jetzt wünschte ich mir so sehr, dass wir einmal in Ruhe und Frieden leben könnten.«

»Ja, meine Liebe, du hast ganz Recht, und gerade du hättest es auch wirklich verdient, wir wollen hoffen, dass friedlichere Zeiten für uns alle kommen«, sagte Eckebrecht freundlich. Er hatte diese tüchtige und liebenswürdige Schwiegertochter sehr gern, und er freute sich von Herzen auf das neue Enkelkind, mit dem niemand mehr gerechnet hatte.

Hadewigis stand wieder auf und trat auf Hildebrand zu. Er hatte sich einen Holzsplitter in den Daumen gezogen und wimmerte. Sachkundig entfernte sie den Spreißel, drückte und herzte ihren Sohn und reichte ihm ein Stückchen Kuchen.

In dieses schöne, friedliche Familienleben platzten wie ein Wirbelwind Johannes, Constantin und Helperich.

»Wisst ihr schon das Neueste? Der Erzbischof ist abgesetzt worden!«, rief Constantin.

Die jungen Männer konnten gar nicht verstehen, wieso Eckebrecht, Sophia und Hadewigis bei dieser aufregenden Botschaft in lautes Lachen ausbrachen.

»Ach so, ich hätte mir ja denken können, dass du uns schon zuvorgekommen bist, Großvater«, bemerkte Constantin und machte sich voller Freude über das Kuchenbrett her.

»Lass mir auch etwas übrig«, bat Helperich und fischte sich rasch ein Stück.

»Alter Gierschlund, ich möchte auch etwas haben, also rück schleunigst von dem Kuchen heraus, immerhin bin ich dein Onkel«, machte sich Johannes wichtig.

»Woher wisst ihr denn davon?«, fragte Eckebrecht. »Ich habe es heute Mittag von einem Boten erfahren, der Rat hört es erst heute Abend.«

»Wir waren im Haus von Apollonius, ich weiß nicht, ob du ihn kennst, der griechische Kaufmann am Fischmarkt mit der Frau mit dem eigenartigen Namen.«

Eckebrecht nickte. »Du meinst Godestu. Apollonius hat sie vergangenes Jahr in Byzanz geheiratet und mit hierher gebracht. Von dort kam auch sein Vater, aber seine Mutter ist, wenn ich mich recht entsinne, eine Kölnerin.«

»Ja, genau. Und der Bote, von dem du sprachst, ist Godestus Bruder Gregor, der hat es seiner Familie erzählt. Er sagte noch, wir sollten bis heute Abend den Mund darüber halten, aber wir meinen, das gilt natürlich nicht für unsere Familie.« Und Constantin stopfte sich rasch ein weiteres Stück Kuchen in den Mund.

»Was hattet ihr denn im Haus von Apollonius zu tun?«, fragte Sophia.

Constantin und Helperich sahen sich an, prusteten los und stießen sich gegenseitig die Ellenbogen brüderlich in die

Rippen. Sie griffen sich die letzten beiden Kuchenstücke und entschwanden, ohne ihren Heiterkeitsausbruch zu erklären.

In der Tür blieb Constantin aber noch einmal stehen, wandte sich zurück und rief: »Ich meine, Geschäftsbeziehungen nach Byzanz können wir sehr gut brauchen!« Zurück blieb Johannes, sein Gesicht war rot und verlegen.

»Raus mit der Sprache, mein Sohn«, ermunterte ihn seine Mutter.

»Nun ja, wir hatten gesehen, wie Gregor nach Hause kam, und darum gingen wir Apollonius besuchen, um zu hören, was Gregor zu berichten hat.«

»Ich wusste gar nicht, dass du Apollonius näher kennst«, wunderte sich Eckebrecht.

»Wie man es nimmt, näher vielleicht nicht. Eigentlich wollte ich – ach, ich kann es euch ja verraten. Eigentlich wollte ich Richlinde sehen.«

Jetzt dämmerte es Eckebrecht. »Ach so, du meinst die junge Schwester von Apollonius?«

Johannes wurde noch röter und nickte. »Ich habe sie gestern Abend beim Tanz im Bürgerhaus gesehen. Sie ist schön, klein und zierlich, ihre Augen sind dunkelbraun, und sie hat ein Grübchen in der linken Wange. Ich hatte kaum Gelegenheit, zu ihr durchzudringen, so groß war die Schar ihrer Verehrer. Und seit dieser Geschichte in Aachen bin ich lieber etwas vorsichtig. Aber als Godestu mit ihr das Fest verlassen wollte, stand ich an der Tür und sah sie an. Ihr werdet es nicht glauben, da ergriff sie doch wirklich meine Hand und sagte, sie hätte mir einen Tanz versprochen, Godestu möge noch kurz warten. Und so tanzte sie mit mir! Ich war so aufgeregt, dass ich gar nicht mehr wusste, wie ich die Schritte und Sprünge setzen musste. Sogar meine Hände wurden feucht. Sie lachte, als sie sah, dass ich sie heimlich am Hosenboden abwischte. Nach dem Tanz riss sie ein Stück von ihrem Haarband ab und drückte es mir verstohlen in die Hand. Und als ich heute mit Constantin und Helperich ganz zufällig an ihrem Haus vorbeikam …«

»Ja, natürlich, ganz zufällig, mein Sohn«, meinte seine Mutter und lachte. »Du hast dich also offenbar von deiner unerwiderten Liebe zu Gertrudis erholt, das ist schön.«

»Und gegen die Familie ist nichts einzuwenden«, sagte sein Vater. »Jetzt ist mir auch klar, was Constantin meinte. Er hat ganz Recht, Apollonius' Beziehungen zu Byzanz könnten uns im Geschäft tatsächlich sehr nützlich sein. Wirb du ruhig um das Mädchen, es ist höchste Zeit, dass in unserer Familie mal wieder eine Hochzeit gefeiert wird.«

»Und für dich ist es auch höchste Zeit, in den Ehestand zu kommen, schließlich bist du schon dreißig«, fügte die Mutter hinzu, die ihren Sohn endlich verheiratet sehen wollte.

Eckebrecht sah fröhlich in die Gesichter seiner Lieben. »Eine Taufe und eine Hochzeit. Und der Erzbischof geduckt. Meint ihr nicht auch, dass dies ein sehr gutes Jahr wird?«, fragte er.

Es gibt viele Jahre, die die meisten Leute als gesegnet empfinden. Die Kinder wachsen heran, das Vieh vermehrt sich, das Getreide reift, bis es geerntet werden kann, es gibt keine Seuchen, keinen Krieg und keine Hungersnöte. Unglück trifft nur wenige, dem Volk geht es gut. Es gibt aber auch Jahre, an die sich alle, die sie überlebt haben, nur mit Grausen erinnern.

Solch ein Jahr war das Jahr 1150. Es wurde ein Unglücksjahr für das Land, für die Stadt und für die Familie Eckebrechts.

Im Mai kehrten einige Abenteurer zurück, die, statt nach

Lissabon zu ziehen, wie die weisen Stadtväter es empfohlen hatten, sich König Konrad angeschlossen hatten. Kaum einer von ihnen brachte Gewinn nach Hause, die meisten von ihnen aber verstümmelte Glieder und Wunden; und einige von ihnen brachten die Pest. Sie breitete sich rasch im Land aus, niemand zählte, wie viele Menschenleben sie forderte.

Natürlich wütete die Seuche auch in Köln. Von früh bis spät bimmelten die dünnen Totenglöckchen, wenn Bürger gestorben waren, und gelegentlich auch die tiefen Glocken der Domkirche, wenn ein hoher Geistlicher der Krankheit erlegen war. Die Totengräber brachen wegen der Überarbeitung zusammen, es gab kaum eine Familie, die keinen Toten zu beklagen hatte.

Zu den wenigen Verschonten zählte Eckebrecht mit den Seinen. Engilradis sperrte beim ersten Auftauchen der Seuche alle ihre Kinder auf den Dachboden des Hauses. Unter Androhung der strengsten Strafen verbot sie ihnen, die Stiege herunterzusteigen. Sie selbst brachte ihren Kindern täglich das Essen hinauf und leerte auch klaglos die Nachttöpfe aus, einen für die Söhne, einen für die Töchter.

Die Söhne Constantin und Helperich, nun zwanzig und siebzehn Jahre, hatten schon zu viel Verstand, um gegen die Fürsorge der Mutter aufzumucken, und Gertrudis und Liveradis waren mit ihren fünfzehn und elf Jahren noch völlig daran gewöhnt, nach ihren Anweisungen zu handeln.

Auch sonst erkrankte niemand im Haus, selbst nicht beim Gesinde. Es mochte daran liegen, dass Frau Engilradis fest davon überzeugt war, Krankheit habe mit Schmutz zu tun. Sie hielt im Haus auf peinliche Sauberkeit. Jetzt scheuchte sie jedes weibliche Wesen und sogar die Knechte mit Eimern und Besen umher. Auch Sophia musste sich dazu aufraffen, mehrmals täglich zu fegen und zu wischen. Gutmütig fügte sie sich der Schwiegertochter, der sie sonst bedenkenlos die Last der Haushaltsführung überließ. Dennoch fand Engilradis noch Zeit, nach Leuten zu sehen, die ihrer Hilfe bedurften.

Sie hinkte nun nicht mehr, wenn sie mit ihrem gewohnten Korb das Haus verließ. Ein Schuhmacher, dem sie während der schweren Krankheit seiner Frau bei der Versorgung des kinderreichen Haushaltes geholfen hatte, hatte ihr Leiden bemerkt und sie gebeten, doch einmal den Schuh auszuziehen. Errötend, denn Engilradis war eine schamhafte Frau, war sie aus dem Schuh geschlüpft, und er hatte ihren Fuß lange betrachtet und sich auf einer Schuhsohle Zeichen gemacht. Zwei Tage später hatte er sie stolz mit einem Paar schöner neuer Schuhe überrascht, die er für sie aus dem bestem Material, das er hatte, angefertigt hatte. Der Schuh des kranken Fußes hatte eine wesentlich dickere Sohle als der andere, und nun konnte Frau Engilradis müheloser laufen denn je.

Die Pest war schon stark abgeklungen, und nur wenige Menschen erkrankten noch neu, da zielte das Unglück mit seinem Pfeil aufs Neue. Eine völlig erschöpfte Frau war bei der Totenwache für ein Familienmitglied eingeschlafen, und ihre Kerze hatte das Bettstroh des Toten in Brand gesetzt. Es handelte sich um eine arme Familie, die in einer kleinen hölzernen Hütte in der Wehrgasse wohnte. Im Nu stand alles in Flammen, und die arme Frau erstickte im Rauch, ohne überhaupt aus dem Schlaf zu erwachen.

Der Nachtwächter hatte gerade in dieser Nacht nicht pflichtgemäß seine Runden gedreht. Die ersten Stunden der Nacht hatte er seinen Dienst noch versehen, wenn auch mit rasenden Kopfschmerzen. Dann aber war er bei einer Stadtpforte unbemerkt zusammengebrochen und lag nun mit hohem Fieber in einem Winkel, und niemand merkte es. So geschah es, dass das Feuer sich ungestört ausbreiten konnte, bis die Bürger davon erwachten und »Feurio« schrien.

Es gab wenige Dinge, die die Bürger so sehr fürchteten wie Feuer in der Stadt. Bei dem gefürchteten Ruf »Feurio« pflegten sie darum, so schnell sie nur konnten, alles das zu tun, was sie zweimal jährlich übten: nur die nötigsten Kleidungsstücke in Hast überstreifen, Äxte, Beile und lederne und hölzerne Wassereimer ergreifen, zur nächsten Wasserquelle rennen, so schnell die Füße tragen wollten.

In größter Eile versammelten sich Menschentrauben an jedem Brunnen und auch am Rhein, denn die Wehrgasse lag zwischen dem Alter Markt und dem Strom. Die Eimer flogen von Hand zu Hand in den Menschenketten. Die stärksten Männer hatten dann das Wasser hoch hinauf in den Brand zu schleudern.

Aber das Feuer hatte, als die Rettungsarbeiten anliefen, bereits die halbe Mühlengasse auflohen lassen und auch schon Groß St. Martin ergriffen. Verzweifelt arbeiteten die Leute, so rasch sie konnten, doch die Urgewalt des Feuers ließ sich durch menschliche Anstrengungen nicht bändigen. Binnen kurzem schlug die rasende Lohe aus dem Dachstuhl der Kirche, und auch das Hospital zwischen Groß St. Martin und St. Brigiden stand in hellen Flammen.

Ein zweiter Brandherd war im Norden der Altstadt entstanden. Im Hospital nahe der Margarethenkapelle hatte der Pförtner Godo im Stall die benötigten Eimer holen wollen. Die alte Stute, die dort stand, hatte erschrocken über den Lärm und die Aufregung im Hospitalhof mit den Hinterhufen nach Godo ausgekeilt, und er war gefallen. Im Sturz hatte er die Lampe in das Stroh fallen lassen, und schon brannte es auch hier schneller, als man löschen konnte.

Auch der alte Eckebrecht und die Seinen arbeiteten in dieser Nacht bis zur völligen Erschöpfung. Eckebrecht, Sophia, Engilradis und deren Kinder schleppten Wassereimer. Fordolf, seit zwei Jahren neben dem Vater Mitglied des Rats, war nicht bei ihnen, denn er befand sich mit Johannes auf einer Fahrt nach London. Mitten in der harten Arbeit schrie Sophia plötzlich auf:

»Schau, Eckebrecht, dort drüben ist schon wieder ein neuer Feuerschein! Kommt das nicht von der Marspforte? Ich muss sofort sehen, ob Hadewigis meine Hilfe braucht!«, und sie rannte davon, ohne sich um den lauten Widerspruch ihres Gatten zu kümmern. Eckebrecht zögerte einen Augenblick. Er verstand schon, dass Sophia sich Sorgen um die hochschwangere Schwiegertochter Hadewigis machte. Doch wie sollte seine kleine Frau im Hause Oben Marspforten eine Hilfe sein? Aber da er sie nicht zurückhalten konnte, rief er nach Constantin.

»Lauf Sophia nach, und stehe ihr bei, falls nötig. Ich selbst kann nicht fort, weil ich die Löscharbeiten zu leiten habe.«

In dem nächtlichen Durcheinander war Sophia bereits verschwunden. Der junge Mann hustete und rang nach Luft, denn er hatte mit anderen eine Schneise in die Feuerwand geschlagen und dabei viel giftigen Rauch eingeatmet. Dennoch versuchte er, sich durch die Menschenmenge zu drängen, so rasch er konnte. Endlich erspähte er ein Stück vor sich auf der Straße die kleine Gestalt der alten Frau.

Constantin sah gerade noch, wie eine brennende Häuserwand neben ihr zusammenbrach und das Dach nach vorn stürzte. »Vorsicht, Sophia!«, wollte er schreien, aber aus seiner entzündeten Kehle drang nur ein undeutlich krächzender Laut.

Hilflos musste er mit ansehen, wie Sophia von brennenden Balken und einem Regen von Dachziegeln begraben wurde. Verzweifelt rannte Constantin zu der Unglücksstelle, riss sich sein Wams vom Leib und wickelte es um die Hand, dann zerrte er die glühenden Balken auseinander und zog Sophia hervor. Im tanzenden Schein der Flammen meinte er, noch Leben in ihren Augen zu sehen, aber dann erkannte er, dass ihr Schädel von den herabstürzenden Ziegeln zerschmettert worden war. Ihre Augen sahen sehr erstaunt ins Leere.

Fast blind vor Tränen schleppte er Sophia zu ihrem Haus Unter Goldschmied. Das erste Morgenlicht dämmerte fahl, und die Straße, vom Feuer unerreicht, lag still und menschenverlassen. Er trug die stille Gestalt in das Haus und legte sie auf die Ofenbank, schloss ihr sanft die Augen, holte ein Tuch und eine Wasserschüssel und reinigte ihr behutsam Hände und Gesicht von Schmutz und Ruß. Über die blutige Wunde an der Stirn kämmte er eine Haarsträhne. Eine Brandblase neben der Nase blieb aber sichtbar und störte ihn, da holte er im Garten eine Rose, zerzupfte sie, streute die Blütenblätter über die Tote und legte eins, wie zufällig, auf die Verletzung, sodass sie nicht mehr zu sehen war.

»Du hast doch immer so viel Wert darauf gelegt, schön und gepflegt auszusehen, liebste Sophia!«, murmelte er dabei.

Bald darauf kehrte Eckebrecht mit der Familie und dem Gesinde nach Hause zurück. »Wir haben noch einmal Glück gehabt, unser Haus ist unbeschädigt«, rief er, als er zum Tor hereinkam. Dann sah er seinen Enkel neben Sophia knien.

Das Feuer hatte seine Habe verschont, ihm aber seine Frau genommen.

Epilog

Zwei Wochen nach der Beerdigung seiner Frau saß Eckebrecht still im Garten seines Hauses. Mit kummervollem Blick betrachtete er die Blumen, die Sophia vor der Bank gepflanzt und auf die sie sich jedes Jahr so gefreut hatte.

Er war allein. Die Kinder scheuten sich, die Trauer des Großvaters zu stören. Sogar Sophias Katze hatte sich seit Tagen nicht gezeigt.

Wie sehr Sophia ihm fehlte! Ihr munteres Geplauder, ihre heitere Art! Ihre liebevollen Worte und Gesten!

»Warum hat sie mich bloß all die Jahre so geliebt?«, fragte er sich in Gedanken. »Ich bin doch viel schwerblütiger als sie. Jetzt erst merke ich, dass ihre Gedanken von früh bis spät darum kreisten, mir Freude zu machen. Sicher habe ich sie nicht so aufmerksam behandelt, wie sie es verdiente.«

Bald musste er ins Haus zurückkehren, das so leer schien ohne sie, sich in sein einsames Bett legen, ohne dass sie sich schlaftrunken an ihn kuschelte. Ja, sie war seine Freude gewesen. Was sollte ihn jetzt noch freuen?

Aus dem Haus hörte er Stimmen, lauter, als es in den letzten Tagen zur Gewohnheit geworden war. Dann stürmte sein Sohn Gunther heraus zu ihm. In seinen Armen hielt er ein kleines Bündel.

»Vater, liebster Vater, sieh doch nur! Ich habe eine Tochter bekommen, eine wunderschöne Tochter!«, jubelte er.

Eckebrecht sah völlig verdutzt auf das freudestrahlende Gesicht seines Sohnes und dann auf das Bündelchen. »Das

Kind ist da? Und du hast das Neugeborene einfach so mitgenommen, von der Mutter weg? Ich kann es nicht glauben!«, sagte er fassungslos.

»Vater, ich musste sie dir sofort zeigen. Ich konnte nicht warten, bis du zu uns kommst. Freilich, die Hebamme hat schrecklich hinter mir her geschimpft. Aber Hadewigis hat nur gelacht, als ich mit ihr davonrannte, und mir noch nachgerufen, sie hoffe doch sehr, dass ich noch heute mit dem Kind zurückkehre.«

Er reichte Eckebrecht das kleine Bündel. Das Tuch öffnete sich, und ein liebreizendes, feierliches kleines Gesichtchen erschien. Die großen blauen Augen sahen in die Ferne, als wollten sie bis auf den Grund des Lebens blicken. Der Großvater schaute sie an, und langsam füllte sich seine leere, traurige Seele mit Freude wie ein Kelch, der aus einer Kristallflasche voll gegossen wird. Er küsste das kleine Mädchen zärtlich auf die Stirn.

»Wenn es euch recht ist, wollen wir sie Sophia nennen«, sagte er.

ENDE

Verzeichnis der Personen

Historisch belegte Figuren sind mit einem Sternchen gekennzeichnet. Die Darstellung ihres Verhaltens und ihres Charakters im Roman entspricht allerdings nicht in jedem Fall den historischen Tatsachen.

Constantins/Eckebrechts Großeltern:
Constantin, 1020–1080, spanischer Jude,
Kaufmann in Köln, seine Frau, 1055: Gütlin
sowie
Isaak, Seidenhändler in Lyon,
seine Frau Ruth

Constantins/Eckebrechts Eltern:
Alexander, 1060–1096, Kaufmann in Köln,
seine Frau Rachel, 1071–1096,
ihre Kinder:
1. Constantin, später getauft als
*Eckebrecht, geboren 1086
2. Löb, 1089–1094
3. Bejle, 1092–1094

Constantins/Eckebrechts Adoptiveltern:
Wolbero, 1040–1119, Kaufmann und
führender Ratsherr in Köln,
erste Frau 1070: Adelheid, 1055–1080,
deren Söhne:

1. Eckebrecht, 1074–1099
2. Richwin, 1079–1096
zweite Frau 1080: Blithildis, 1060–1133

Liveradis' Familie:
*Herimann, 1040–1114, Vogt des Erzbischofs,
seine Frau 1086: Durechin Hardefust, 1070–1125,
ihre Tochter: Liveradis, 1090–1107, sie heiratet 1105 Eckebrecht

Sophias Familie:
*Gunther von Dottindorp, 1070–1147,
Ministeriale des Erzbischofs,
seine Frau: Liutgard von Bachem,
ihre Kinder:
1. Ida
2. Sophia, 1095–1150, heiratet 1110 Eckebrecht
3. Margaretha
4. Methildis
5. Friderun

Eckebrechts Familie:
Eckebrecht, ursprünglich Constantin, Sohn von Alexander und Rachel, wird 1105 getauft und von Wolbero und Blithildis adoptiert, Kaufmann,
erste Frau 1105: Liveradis, 1090–1107, Tochter von Vogt *Herimann und Durechin Hardefust,
ihr Sohn:
1. *Fordolf, geboren 1106, Kaufmann,
dessen Frau 1128: * Engilradis,

geboren Köln 1112,
deren Kinder: *Constantin, *Helperich, *Gertrudis und *Liveradis
zweite Frau 1110: Sophia, 1095–1150, Tochter des Ministerialen *Gunther von Dottindorp und Liutgard von Bachem,
ihre Söhne:
2. *Gunther, geboren 1114, Kaufmann, dessen Frau 1140: Hadewigis, Witwe des Kaufmanns Bertram, Tochter des Kaufmanns *Richolf von Lechenich, deren Tochter: *Sophia, geboren Köln 1150
3. *Johannes, geboren 1119

Engilradis' Familie:
*Helperich, 1080–1139, Ministeriale des Erzbischofs,
seine Frau 1105: Gertrudis, geboren 1090, Tochter des Kaufmanns *Vogelo,
ihre Kinder:
1.–3. Töchter, gestorben 1115
4. *Engilradis, geboren 1112, heiratet 1128 Fordolf, ältesten Sohn von Eckebrecht
5. Philipp, geboren 1118

Hadewigis' Familie:
*Richolf von Lechenich, geboren 1085, Kaufmann,
seine Frau 1107: Friederun,
ihre Kinder:
1. *Richolf der Jüngere, geboren 1108, Kaufmann

2. *Hadewigis, geboren 1109,
heiratet in erster Ehe 1128 Bertram, Kaufmann in Soest,
daraus Sohn Hildebrand, geboren 1133,
heiratet in zweiter Ehe 1140
3. *Johannes, geboren 1112, Kanonikus
4. *Frederunis
5. *Ostecha

Die Erzbischöfe von Köln

***Hermann III.** *der Reiche von Hochstaden, geboren um 1055, gestorben am 21.11.1099*
Sohn von Graf Rütger II. von Kleve und Hellwig von Lothringen (diese ist Enkelin des Pfalzgrafen Ezzo von Lothringen und der Kaisertochter Mathilde von Sachsen). Getreuer von Erzbischof Anno II. von Köln, Kanzler des Heiligen Römischen Reiches 1085–89, Erzbischof von Köln 25.7.1089 bis zu seinem Tod, Erzkanzler des Heiligen Römischen Reiches für Italien 1090/95. Blutsverwandter von Erzbischof Hartwig von Magdeburg und Bischof Johann von Speyer.

***Friedrich von Schwarzenburg,** *geboren um 1070/75, gestorben im Schloss Wolkenburg im Siebengebirge am 5.10.1131*
Sohn von Berthold I., Herr von Schwarzenburg (Schwarzwöhrberg bei Rötz/

Oberpfalz), und N. von Schwarzenburg, Domherr in Speyer und Bamberg, 6.1.1100, bis zum Tode Erzbischof von Köln, 11. 11.1100 bischöfliche Weihe. Erzkanzler für Italien. Anfangs kaisertreu, ab 1106 offen dem mit seinem Vater verfeindeten Kaisersohn König Heinrich V. anhängend, während die Kölner Bürger zum Kaiser halten. Steht schroff gegen die Stadt Köln, die sich erstmals gegen die erzbischöfliche Herrschaft stellt. Kämpfer für die »Libertas Ecclesiae«. Fördert besonders die Abtei Siegburg, in der er 1131 begraben wird.

*Bruno von Berg, *geboren um 1105, gestorben in Trani/Apulien 29.5.1137 auf der Normannenheerfahrt*
Sohn des Grafen Adolf III. von Berg und Adelheid von Kleve, Propst von St. Gereon 1127, Erzbischof von Köln 25.12.1131 bis zum Tod, unterstützt Kaiser Lothar III.

*Hugo von Sponheim, *gestorben in Melfi 1.7.1137 nach vierwöchiger Amtszeit*
1127 Domdekan in Köln, Gründer von Kloster Knechtsteden, 1137 Erzbischof von Köln

*Arnold I. *(evtl. von Merxheim?), gestorben am 3.4.1151*
Propst von St. Andreas/Köln, Febr. 1138 Erzbischof von Köln, 1150 vom Papst wegen Simonie und Vernachlässigung seiner Amtspflichten suspendiert.